D1873465

Die dunkle Stunde
der Serenissima

Verschwiegene Kanäle

© Jerry Bauer

DONNA LEON verließ mit 23 Jahren New Jersey, wo sie 1942 geboren worden war, um in Perugia und Siena weiterzustudieren. Sie blieb im Ausland, arbeitete als Reiseleiterin in Rom, als Werbetexterin in London und als Lehrerin an amerikanischen Schulen in Europa und Asien. Gegenwärtig lehrt sie englische und amerikanische Literatur an einer Universität in der Nähe von Venedig, wo sie seit 1981 lebt. Ihr erstes Buch *Venezianisches Finale,* ein raffinierter Opernkrimi, wurde mit dem renommierten japanischen Suntory-Preis für den besten Kriminalroman 1991 ausgezeichnet.

DONNA LEON

Die dunkle Stunde der Serenissima

Verschwiegene Kanäle

Zwei Romane in einem Band

Aus dem Amerikanischen
von Christa E. Seibicke

Weltbild

Die amerikanische Originalausgabe von *Die dunkle Stunde der Serenissima* erschien 2002 unter dem Titel *Wilful Behaviour* bei William Heinemann, London

Die amerikanische Originalausgabe von *Verschwiegene Kanäle* erschien 2003 unter dem Titel *Uniform Justice* bei William Heinemann, London

Besuchen Sie uns im Internet:
www.weltbild.de

Lizenzausgabe mit freundlicher Genehmigung der Diogenes Verlag AG Zürich für Verlagsgruppe Weltbild GmbH, Steinerne Furt, 86167 Augsburg

Die dunkle Stunde der Serenissima
Copyright der Originalausgabe © 2002 Donna Leon
Copyright der deutschen Ausgabe © 2003 Diogenes Verlag AG Zürich
Übersetzung: Christa E. Seibicke
Das Motto aus: Mozart, *Le Nozze di Figaro,* in der Übersetzung von Lothar Fischer, Booklet zur Aufnahme mit Claudio Abbado, 1994
Copyright © 1968/1991 by Deutsche Grammophon GmbH, Hamburg

Verschwiegene Kanäle
Copyright der Originalausgabe © 2003 Donna Leon
Copyright der deutschen Ausgabe © 2004 Diogenes Verlag AG Zürich
Übersetzung: Christa E. Seibicke
Das Motto aus: Mozart, *Così fan tutte,* in der Übersetzung von Hermann Levi, Breitkopf und Härtel, Leipzig 1898

Umschlaggestaltung: Jarzina Kommunikations-Design, Köln
Umschlagmotiv: Mauritius Images, Mittenwald
Gesamtherstellung: Bagel Roto-Offset GmbH & Co. KG,
Gewerbegebiet Sachsen-Anhalt Süd, Kirchweg,
06721 Schleinitz
Printed in Germany
ISBN 978-3-8289-7781-5

2010 2009 2008 2007
Die letzte Jahreszahl gibt die aktuelle Lizenzausgabe an.

DONNA LEON

Die dunkle Stunde der Serenissima

Roman

Aus dem Amerikanischen
von Christa E. Seibicke

Weltbild

Für Daniel Hungerbühler

I dubbi, I sospetti
Gelare mi fan.

Die Zweifel, das Mißtrauen
Sie lassen mich erstarren.

LE NOZZE DI FIGARO

1

Die Bombe platzte beim Frühstück. Und auch wenn Brunetti als Commissario der venezianischen Polizei eher auf so eine Explosion gefaßt sein mochte als andere Leute, hätte der Schauplatz nicht ungewöhnlicher sein können. Der hatte indes nichts mit seinem Beruf zu tun, sondern betraf Brunetti privat, als Ehemann einer Frau von leidenschaftlicher, wenngleich sprunghafter Wahrnehmung und politischer Gesinnung.

»Warum lesen wir dieses widerliche Revolverblatt eigentlich noch?« explodierte Paola und knallte den zusammengefalteten *Gazzettino* so wütend auf den Frühstückstisch, daß die Zuckerdose umkippte.

Brunetti beugte sich vor, schob mit dem Zeigefinger die Zeitungsecke beiseite und richtete die Zuckerdose wieder auf. Dann nahm er sich eine zweite Brioche und biß hinein in der Gewißheit, daß eine Erklärung folgen würde.

»Hör dir das an!« Paola griff nach der Zeitung und las die Überschrift des Aufmachers auf der Titelseite vor: »›Fulvia Prato enthüllt ihre grausame Leidensgeschichte‹.« Wie ganz Italien wußte auch Brunetti, daß Fulvia Prato, die Frau eines schwerreichen Florentiner Industriellen, vor dreizehn Monaten entführt und von den Kidnappern in einem Keller gefangengehalten worden war. Seit ihrer Befreiung durch die Carabinieri vor zwei Wochen hatte sie am Vortag erstmals ein Interview gegeben. Brunetti konnte sich nicht denken, was Paola an dieser Schlagzeile so empörte.

»Und dann das«, sagte sie und blätterte weiter zur Seite fünf. »›Eingeständnis einer EU-Ministerin: Sexuelle Belästigung an früherem Arbeitsplatz.‹« Auch dieser Fall war Brunetti bekannt: Eine EU-Kommissarin (an ihr Ressort konnte er sich nicht erinnern – eins dieser belanglosen Referate, die man gern den Frauen überließ) hatte gestern auf einer Pressekonferenz zu sexuellen Übergriffen Stellung genommen, denen sie vor zwanzig Jahren, als Mitarbeiterin einer Hoch- und Tiefbaufirma, ausgesetzt war.

Mit einer Langmut, die er sich in über zwanzig Ehejahren erworben hatte, wartete Brunetti Paolas Erklärung ab. »Ist es nicht unglaublich, wie sie mit ihrer Wortwahl manipulieren? Das Entführungsopfer enthüllt und prangert an, aber die arme Frau, der man Gewalt angetan hat, die *gesteht*, so als läge die Schuld bei ihr. Und wie typisch für diese rückständigen Zeitungsfritzen«, fauchte Paola und stach wütend auf das Blatt ein, »sich hinter der Worthülse ›sexuelle Belästigung‹ zu verschanzen, statt die Dinge beim Namen zu nennen. Gott, ich weiß wirklich nicht, warum wir uns dieses Käseblatt halten.«

»Kaum zu glauben, nicht wahr?« stimmte Brunetti zu, nun selbst ehrlich schockiert über die unterschiedlichen Formulierungen und mehr noch darüber, daß er das verbale Mißverhältnis erst bemerkt hatte, als Paola ihn mit der Nase darauf stieß.

Vor Jahren hatte er die Temperamentsausbrüche, zu denen die Lektüre der Morgenzeitungen seine Frau verleitete, mit sanftem Spott ihre »Kaffeepredigten« getauft. Aber mit der Zeit lernte er, daß in scheinbarem Wahn tiefere Einsicht walten kann.

»Hast du je mit solchen Fällen zu tun gehabt?« fragte Paola. Und da sie ihm die untere Zeitungshälfte hinhielt, wußte er, daß nicht die Entführung gemeint war.

»Einmal, aber das ist schon lange her.«

»Wo war das?«

»In Neapel. Als ich dort stationiert war.«

»Und was ist da vorgefallen?«

»Eine Frau kam auf die Wache, um eine Vergewaltigung anzuzeigen. Sie wollte eine offizielle *denuncia* machen.« Er hielt inne und dachte nach, um sich den Fall wieder zu vergegenwärtigen. »Gegen ihren eigenen Mann.«

Auch Paola ließ eine Pause verstreichen, bevor sie nachhakte: »Und?«

»Die Befragung übernahm der Commissario, dem ich damals unterstellt war.«

»Und?«

»Er riet ihr, sich gut zu überlegen, was sie da tue, daß sie ihren Mann in große Schwierigkeiten bringen würde.« Diesmal genügte Paolas Schweigen, um ihn zum Weiterreden zu ermuntern.

»Sowie die Frau das hörte, sagte sie, sie brauchte Bedenkzeit, und ging.« Er sah sie immer noch vor sich, wie sie mit hängenden Schultern das Büro verließ. »Sie ist nicht wiedergekommen.«

Paola seufzte, dann fragte sie: »Hat sich seitdem viel verändert?«

»Ein bißchen was schon.«

»Zum Besseren?«

»Nun ja, immerhin versuchen wir heute, die erste Befragung weiblichen Beamten zu überlassen.«

»Was heißt, ihr versucht es?«

»Sofern Kolleginnen im Dienst sind, wenn so ein Fall zur Anzeige kommt, übernehmen sie.«

»Und wenn nicht?«

»Dann telefonieren wir herum und sehen zu, ob eine Kollegin einspringen kann.«

»Und wenn nicht?«

Wie kam es, fragte er sich, daß das Frühstück unversehens in ein Verhör ausgeartet war. »Dann übernimmt die Befragung eben, wer gerade verfügbar ist.«

»Was vermutlich bedeutet, daß Männer wie Alvise oder Leutnant Scarpa so eine arme Frau vernehmen könnten.« Paola machte aus ihrer Empörung keinen Hehl.

»Es ist ja keine richtige Vernehmung, Paola, nicht so wie bei einem Verdächtigen.«

Sie zeigte auf *Il Gazzettino,* und ihr Fingernagel klopfte in raschem Dreiertakt auf die zweite Schlagzeile. »In einer Stadt, wo *so was* möglich ist, wage ich mir gar nicht vorzustellen, wie Befragungen gleich welcher Art ablaufen.«

Er wollte widersprechen, und vielleicht spürte Paola das, denn plötzlich fragte sie in völlig verändertem Ton: »Wie sieht's heute bei dir aus? Kommst du zum Mittagessen nach Hause?«

Brunetti wußte wohl, daß er mit einer positiven Antwort das Schicksal herausforderte. Aber die Erleichterung über ihr Einlenken war so groß, daß er alle Vorsicht in den Wind schlug. »Ich denke schon. Die Verbrecher scheinen Ferien zu machen in Venedig.«

»Gott, ich wünschte, das könnte ich von meinen Studenten auch sagen«, versetzte sie müde und resigniert.

»Aber Paola, du bist doch erst seit sechs Tagen wieder an der Uni.« Den Einwand konnte er sich nicht verkneifen. Wieso hatte eigentlich nur sie das Recht, über beruflichen Ärger zu klagen? Immerhin mußte er sich, wenn nicht tagtäglich, so doch erschreckend oft, mit Mord, Vergewaltigung und Mißhandlungen herumschlagen, während sie in ihrem Hörsaal schlimmstenfalls gefragt wurde, wer sich hinter der *Dark Lady* verbarg, oder jemand vergessen hatte, wie *Die Erbin vom Washington Square* ausging. Er war schon drauf und dran, etwas in diesem Sinne zu erwidern, als er das Flackern in ihren Augen sah.

»Was ist los?« fragte er.

»Hm?«

Doch Brunetti hatte ein feines Ohr und einen geschulten Blick für Ausweichmanöver jeder Art. »Ich hab dich gefragt, was los ist.«

»Ach, Ärger mit den Studenten. Das Übliche.«

Wieder merkte er ihr an, daß es da irgend etwas gab, worüber sie nicht sprechen mochte. Er schob seinen Stuhl zurück, stand auf, ging um den Tisch herum, bückte sich, die Hand auf ihre Schulter gestützt, und küßte sie auf den Scheitel.

»Wir sehen uns beim Mittagessen.«

»An diese Hoffnung werde ich mich klammern«, gab sie spöttisch zurück und beugte sich vor, um den verschütteten Zucker zusammenzustreichen.

Allein am Tisch zurückgeblieben, stand Paola vor der Wahl, entweder die Zeitung zu Ende zu lesen oder den Abwasch zu machen: Sie entschied sich für den Abwasch. Als sie damit fertig war, zeigte ihr ein Blick auf die Uhr, daß ihre einzige Vorlesung an diesem Tag in weniger als einer Stunde begann, und sie lief ins Schlafzimmer, um sich fertig anzukleiden. In Gedanken war sie dabei, wie so oft, ganz bei Henry James, auch wenn es diesmal nur um seinen Einfluß auf Edith Wharton ging, deren Romane sie zur Zeit in ihrer Vorlesung behandelte.

Neulich hatte sie über das Thema Ehre gesprochen und über den Ehrenkodex als Leitmotiv der drei großen Wharton-Romane, auch wenn es ihr fraglich schien, ob der Begriff für ihre Studenten noch die gleiche Bedeutung hatte wie für die Autorin – ja, ob sie überhaupt noch etwas damit anfangen konnten. Darüber hatte sie an diesem Morgen mit Guido sprechen wollen, denn sie schätzte seine Meinung, aber dann war ihr die Schlagzeile dazwischengekommen.

Nach all den Jahren konnte sie nicht mehr so tun, als merke sie nicht, wie sehr ihre Kaffeepredigten ihn jedesmal verstörten: so sehr, daß er am liebsten fluchtartig den Tisch verlassen würde. Insgeheim schmunzelte sie über seine Wortschöpfung und über den liebevollen Ton, in dem er sie normalerweise damit hänselte. Sie wußte, daß sie auf bestimmte Reizthemen zu vehement und vorschnell reagierte; einmal hatte ihr Mann ihr in der Hitze des Gefechts eine erdrückende Litanei all der Themen an den Kopf geworfen, bei denen es angeblich so mit ihr durchging, daß nicht mehr vernünftig mit ihr zu reden sei. Und er hatte damit so ins Schwarze getroffen, daß der Gedanke an diese Aufzählung sie heute noch nervös machte.

Da sich am Vortag die erste herbstliche Kühle über die Stadt gelegt hatte, nahm Paola eine leichte Wolljacke aus dem Schrank, bevor sie ihre Aktentasche holte und die Wohnung verließ. Obgleich der Weg zur Uni sie durchs moderne Venedig führte, spazierte sie im Geiste durchs New York des vorigen Jahrhunderts, die Kulisse, vor der die Lebensdramen der Frauen aus Whartons Romanen spielten. Bei dem Versuch, all die Untiefen zu umschiffen, die durch gesellschaftliche Etikette, die Kluft zwischen alteingesessener Aristokratie und neureichen Emporkömmlingen, die etablierte Vorherrschaft der Männer und die manchmal noch stärkere Macht der eigenen Schönheit und Anmut drohten, prallten ihre Heldinnen beständig gegen die unsichtbaren Klippen der Ehre. Leider konnte sich die moderne Gesellschaft nicht mehr auf eine allgemeingültige Vorstellung dessen, was ehrenhaftes Verhalten ausmacht, einigen.

Nicht, daß in Whartons Romanen die Ehre triumphiert hätte: In einem Fall kostete sie die Heldin das Leben; eine andere hatte ihr Glück an sie verloren; die dritte behauptete sich nur, weil sie zu unbedarft war, um zu ermessen, was auf dem Spiel stand. Wie sollte man angesichts einer solchen Bilanz die Fahne der Ehre noch hochhalten, zumal vor einem jungen Publikum, das sich allenfalls mit der dritten Romanfigur identifizieren würde – sofern die Studenten von heute überhaupt noch fähig waren, sich in Charaktere hineinzuversetzen, die nicht aus dem Kino stammten?

Die Stunde verlief ganz so, wie Paola es erwartet hatte, und am Ende hätte sie am liebsten aus der Bibel zitiert (einem Buch, für das sie ansonsten keine besondere Vorliebe hegte), und zwar die Stelle über jene, die weder sehen noch hören, obwohl sie doch Augen und Ohren haben. Aber sie verzichtete darauf, in der weisen Voraussicht, daß die Studenten auf den Psalmisten sicher genauso unempfänglich reagiert hätten wie auf Edith Wharton.

Einer nach dem anderen verließen die jungen Leute den Hörsaal, während Paola sich anschickte, ihre Bücher und Notizen einzupacken. Berufliche Fehlschläge setzten ihr nicht mehr so zu wie in der Zeit, als sie erstmals einsehen mußte, daß vieles von dem, was sie vortrug, und wahrscheinlich auch das, woran sie glaubte, ihren Studenten schlicht unverständlich war. In ihrem siebten Unterrichtsjahr hatte sie einmal einen Vergleich zur *Ilias* gezogen und angesichts der allgemeinen Ratlosigkeit festgestellt, daß nur ein einziger Kursteilnehmer sich überhaupt erinnern konnte, sie gelesen zu haben. Und selbst der war außerstande, das antike Ideal der heroischen Tat nachzuvollziehen. Die Trojaner hatten doch verloren, nicht wahr, wen kümmerte es da noch, wie Hector die Niederlage ertrug?

»Die Zeit ist aus den Fugen«, murmelte sie auf englisch vor sich hin und fuhr überrascht zusammen, als sie merkte, daß jemand neben ihr stand, eine Studentin, die ihre *professoressa* jetzt vermutlich für verrückt hielt.

»Ja, Claudia?« fragte sie, halbwegs sicher, daß die junge Frau so hieß. Sie war klein, hatte dunkles Haar, dunkle Augen und einen so zarten milchweißen Teint, als käme nie ein Sonnenstrahl an ihr Gesicht. Sie hatte schon im Vorjahr ein Seminar bei Paola belegt, sich selten gemeldet, eifrig mitgeschrieben, die Klausur mit Sehr gut bestanden und bei Paola den vagen Eindruck einer intelligenten, aber durch ihre Schüchternheit gehemmten Person hinterlassen.

»Ich wollte fragen, ob ich Sie mal sprechen kann, Professoressa«,sagte das Mädchen.

Getreu dem Grundsatz, daß Sarkasmus nur gegenüber den eigenen Kindern erlaubt sei, unterdrückte Paola die Frage, ob sie das denn nicht bereits täte, klickte statt dessen ihre Aktenmappe zu und sagte dann, zu dem Mädchen aufblickend: »Sicher. Worüber denn? Edith Wharton?«

»Ja, auch, aber eigentlich geht es um etwas anderes.«

Wieder verbot sich Paola den Hinweis, daß nur eins von beidem zutreffen könne. »Und um was?« fragte sie, aber diesmal mit einem Lächeln, damit es dem sonst so schweigsamen Mädchen nicht gleich wieder die Sprache verschlug. Und um nicht den Eindruck zu erwecken, daß sie es eilig habe, stellte sie die Mappe hin, lehnte sich mit dem Rücken ans Pult und lächelte wieder.

»Es handelt sich um meine Großmutter«, sagte das Mädchen und sah Paola so forschend an, als gelte es herauszufinden, ob sie wisse, was eine Großmutter sei. Ihr Blick schweifte zur Tür, zurück zu Paola und wieder zur Tür. »Ich hätte gern eine Antwort auf etwas, das ihr Kummer macht.« Hier stockte sie aufs neue.

Als Claudia keine Anstalten machte fortzufahren, nahm Paola ihre Mappe unter den Arm und ging langsam zum Ausgang. Das Mädchen schlängelte sich an ihr vorbei, öffnete die Tür und trat beiseite, um Paola den Vortritt zu lassen: eine Artigkeit, von der Paola sehr angetan war, auch wenn genau das sie andererseits irritierte. Nicht weil es ihr wichtig schien, sondern nur weil die Antwort das Mädchen vielleicht ermuntern würde, sich näher zu erklären, fragte sie: »Ist es Ihre Großmutter mütterlicher- oder väterlicherseits?«

»Eigentlich weder noch, Professoressa.«

Paola versprach sich eine stattliche Belohnung für all die unausgesprochenen Kommentare, die sie sich bei dieser Unterhaltung, falls es denn eine war, bislang schon versagt hatte. »Also eine Art ehrenamtlicher Großmutter?«

Claudia lächelte, ein Lächeln, das sich vor allem in ihren Augen spiegelte und dadurch um so einnehmender wirkte. »Genau. Sie ist nicht meine richtige Großmutter, aber ich habe sie immer so genannt. Nonna Hedi. Weil sie nämlich Österreicherin ist, verstehen Sie.«

Paola verstand nicht, forschte aber trotzdem weiter: »Ist sie mit Ihren Eltern verwandt, eine Großtante oder so was?«

Die Frage war dem Mädchen sichtlich unangenehm. »Nein, sie ist überhaupt nicht verwandt mit uns.« Sie zögerte, dachte nach und platzte dann heraus: »Sie war eine Freundin meines Großvaters, verstehen Sie?«

»Ah«, sagte Paola. Das wurde alles sehr viel komplizierter, als die schlichte Bitte des Mädchens hatte vermuten lassen, weshalb Paola nachhakte: »Und was wollten Sie nun von mir wissen?«

»Also eigentlich wollte ich etwas von Ihrem Mann, Professoressa.«

Paola war so überrascht, daß sie nur wiederholen konnte: »Von meinem Mann?«

»Ja. Er ist doch bei der Polizei, oder?«

»Stimmt, ja.«

»Und da wollte ich Sie bitten, ob Sie ihn etwas für mich fragen würden, das heißt: für meine Großmutter.«

»Sicher. Und was, bitte, soll ich ihn fragen?«

»Also, ob er sich mit Begnadigungen auskennt.«

»Begnadigungen?«

»Ja. Mit der Begnadigung von Straftätern.«

»Meinen Sie eine Amnestie?«

»Nein, Amnestien erteilt die Regierung, wenn die Gefängnisse überfüllt sind und der Unterhalt der Häftlinge zu teuer wird: Dann lassen sie einfach alle frei und geben zur Begründung irgendein denkwürdiges Ereignis an. Aber davon spreche ich nicht. Ich meine einen individuellen Straferlaß, den offiziellen Widerruf, daß jemand ein ihm zur Last gelegtes Verbrechen nicht begangen hat.«

Unterdessen waren sie langsam die Treppen vom vierten Stock hinuntergestiegen, aber jetzt blieb Paola stehen. »Ich bin nicht sicher, ob ich Ihnen folgen kann, Claudia.«

»Das macht nichts, Professoressa. Ich wollte mich zuerst bei einem Anwalt kundig machen, aber der verlangt fünf Millionen Lire für die Auskunft, und da fiel mir ein, daß Ihr Mann bei der Polizei ist, also dachte ich, vielleicht könnte er mir weiterhelfen.«

Paola deutete mit einem flüchtigen Nicken an, daß sie verstanden habe. »Könnten Sie mir genau erklären, was ich ihn fragen soll, Claudia?«

»Ob es eine juristische Möglichkeit gibt, jemanden, der inzwischen verstorben ist, nachträglich in einer Sache zu rehabilitieren, derentwegen er zu Lebzeiten vor Gericht stand.«

»Nur vor Gericht stand?«

»Ja.«

Paolas Stimme verriet, daß sie ihre Geduld auf eine harte Probe gestellt sah. »Er wurde nicht verurteilt und ins Gefängnis geschickt?«

»Nicht direkt. Das heißt, verurteilt hat man ihn schon, aber er kam nicht ins Gefängnis.«

Paola lächelte und legte dem Mädchen die Hand auf den Arm. »Ich fürchte, ich verstehe nicht ganz. Verurteilt, aber nicht inhaftiert? Wie ist das möglich?«

So wie das Mädchen jetzt übers Treppengeländer nach der offenen Eingangstür spähte, hätte man glauben können, sie wolle vor Paolas Fragen fliehen. Aber dann wandte sie sich ihr wieder zu und antwortete: »Weil das Gericht ihn für unzurechnungsfähig erklärte.«

Paola, die sich hütete, nach der Identität dieser Person zu fragen, überdachte die Antwort, ehe sie weiterforschte: »Und wohin kam er statt dessen?«

»Nach San Servolo. Und dort ist er gestorben.«

Wie alle Venezianer wußte auch Paola, daß auf der Insel San Servolo früher die städtische Irrenanstalt untergebracht war, und zwar so lange, bis mit Inkrafttreten der *Legge Basaglia* die Irrenhäuser geschlossen und die Patienten entweder freigelassen oder in weniger abschreckende Institutionen überstellt wurden.

Obwohl sie ahnte, daß das Mädchen es ihr nicht sagen würde, fragte Paola: »Wollen Sie mir verraten, um was für ein Verbrechen es sich handelt?«

»Nein, ich glaube nicht«, sagte Claudia im Hinuntergehen. Am Fuß der Treppe drehte sie sich um und rief Paola zu: »Werden Sie ihn fragen?«

»Natürlich«, antwortete Paola, die mittlerweile ebenso daran interessiert war, ihre eigene Neugier zu befriedigen wie diesem Mädchen einen Gefallen zu tun.

»Danke, Professoressa. Dann also bis nächste Woche, in der

Vorlesung.« Damit wandte Claudia sich zum Ausgang, wo sie noch einmal stehenblieb und zu Paola aufblickte. »Die Bücher haben mir wirklich gefallen, Professoressa«, rief sie nach oben. »Und daß Lily so sterben mußte, hat mir das Herz gebrochen. Aber es war ein ehrenhafter Tod, nicht wahr?«

Paola nickte, froh, daß offenbar wenigstens eine verstanden hatte, worauf es ankam.

2

Brunetti war an diesem Vormittag so sehr damit beschäftigt, den alarmierenden Anstieg der Kleinkriminalität in Venedig zu verfolgen, daß er nicht dazu kam, über etwas so Abstraktes wie Ehre und Ehrbegriffe nachzudenken. Bisweilen hatte es den Anschein, als sei das alles, was sie in der Questura machten: Formulare ausfüllen und in die Ablage geben, Listen erstellen und die Zahlen so auslegen, daß die Kriminalstatistik ihre für die Öffentlichkeit so beruhigend niedrige Quote halten konnte. Aber weil er einsah, daß exakte Bewertungen noch mehr Schreibarbeit erfordern würden, brachte er den leidigen Papierkram, wenn auch murrend, hinter sich.

Kurz vor zwölf, als er eben sehnsüchtig ans Mittagessen zu denken begann, klopfte es. Brunetti rief: *»Avanti!«*, und als er aufblickte, stand Alvise in der Tür.

»Da ist jemand, der Sie sprechen möchte, Commissario«, sagte der Beamte und lächelte.

»Wer denn?«

»Oh, hätte ich mir den Namen geben lassen sollen?« fragte Alvise, ehrlich erstaunt über ein solches Ansinnen. »Nein, schikken Sie ihn einfach rein«, sagte Brunetti ergeben.

Alvise trat zurück und winkte mit ausgestrecktem Arm – eine Geste, die er offenbar den Verkehrspolizisten in italienischen Filmen mit ihrer weißbehandschuhten Grandezza abgeguckt hatte und die Brunetti glauben machte, es stünde womöglich kein Geringerer als der Präsident der Republik persönlich vor der Tür. Also schob er seinen Stuhl zurück und erhob sich, wie um nicht hinter dem beflissenen Alvise zurückzustehen. Doch als er Marco Erizzo hereinkommen sah, ging er um den Schreibtisch herum, begrüßte seinen alten Freund erst mit Handschlag, umarmte ihn dann und tätschelte ihm den Rücken.

Brunetti trat zurück und musterte das vertraute Gesicht. »Marco, das ist aber eine Freude! Mein Gott, wir haben uns ja seit einer Ewigkeit nicht gesehen. Wo hast du denn die ganze Zeit gesteckt?« Es war – wie lange? – ein, vielleicht sogar zwei Jahre her, seit sie sich zuletzt getroffen hatten, aber Marco hatte sich nicht verändert. Sein Haar war immer noch von diesem satten Kastanienbraun und so wuschelig, daß kein Friseur es hätte bändigen können, und um seine Augen strahlte ein reicher Kranz von Lachfältchen.

»Was glaubst du, wo ich gewesen bin, Guido?« fragte Marco zurück. Er sprach Venezianisch mit dem starken Giudecca-Akzent, mit dem ihn seine Klassenkameraden gehänselt hatten, als er und Brunetti vor fast vierzig Jahren zusammen in die Grundschule gingen. »Hier, zu Hause, bei der Arbeit.«

»Geht's euch gut?« Indem er die Frage im Plural stellte, bezog Brunetti Erizzos Ex-Frau und ihre beiden Kinder sowie seine jetzige Lebensgefährtin und die gemeinsame Tochter mit ein.

»Alle gesund, alle wohlauf«, sagte Marco, eine Floskel, die zu seiner Standardreplik geworden war. Stets war alles in bester Ordnung, immer waren alle wohlauf. Aber was hatte ihn dann an diesem schönen Oktobermorgen in die Questura geführt, obwohl er doch angesichts seines weitverzweigten Firmenimperiums gewiß Dringlicheres zu tun hatte?

Marco schaute auf seine Armbanduhr. »Zeit für *un'ombra*?«

Ein geborener Venezianer hatte nach elf Uhr vormittags immer Zeit für ein Gläschen Wein, und so ließ auch Brunetti sich ohne weiteres überreden.

Auf dem Weg zu der Bar am Ponte dei Greci plauderten sie über dies und jenes: ihre Familien, alte Freunde, darüber, wie schade es sei, daß man so selten dazukam, mehr als ein kurzes Hallo auf der Straße zu tauschen, bevor jeder weiterhetzen mußte, um sich dem zu widmen, was immer seine Zeit und Aufmerksamkeit in Anspruch nahm.

In der Bar wollte Brunetti sich an den Tresen stellen, aber Marco faßte ihn am Ellbogen und zog ihn zu einer Bank in einer Nische vor dem Fenster. Brunetti setzte sich ihm gegenüber. Nun würde er endlich erfahren, was seinen Freund auf die Questura geführt hatte. Sie hatten zwar nichts bestellt, aber der Wirt kannte Brunetti lange genug, um ihnen von sich aus zwei kleine Gläser Weißwein zu bringen, wonach er wortlos hinter den Tresen zurückkehrte.

»*Cincin*«, sagten beide im Duett und nahmen ein Schlückchen. Marco nickte anerkennend. »Besser als das, was in den meisten Bars ausgeschenkt wird.« Er trank noch einen Schluck und stellte sein Glas ab.

Brunetti sagte nichts, wohl wissend, daß Schweigen die beste Methode war, einen unentschlossenen Zeugen zum Sprechen zu bringen.

»Ich will uns nicht die Zeit stehlen, Guido«, sagte Marco, der plötzlich sehr ernst klang. Er nahm den kurzen Stiel seines Weinglases zwischen Daumen und Zeigefinger der Rechten und drehte das Glas im Kreis, eine Geste, die Brunetti unversehens in die gemeinsame Kindheit zurückversetzte. Schon damals hatten immer Marcos Hände ihn verraten, wenn er nervös war, sei es, daß ihm bei den schriftlichen Prüfungen reihenweise die Bleistiftspitzen abbrachen oder er beständig an seinem Kragenknopf zupfte, wenn er mit einem Mädchen sprechen mußte, das ihm besonders gut gefiel. »Sag mal, ist das bei euch Jungs ähnlich wie bei den Priestern?« fragte Marco. Er schaute kurz hoch und senkte den Blick gleich wieder auf sein Glas.

»Welchen Jungs?« fragte Brunetti ehrlich verwirrt.

»Na, den Bullen. Auch wenn du Commissario bist. Ich meine, wenn ich dir was anvertraue, läuft das dann wie damals, als wir Kinder waren und zur Beichte gingen und der Priester es niemandem weitererzählen durfte?«

Brunetti verbarg sein Lächeln hinter dem Weinglas. »Ich bin nicht sicher, ob man das vergleichen kann, Marco. Die Priester durften nichts weitersagen, ganz egal, was wir ihnen erzählten oder wie schlimm es war. Aber wenn du mir von einer Straftat berichten würdest, müßte ich wohl etwas unternehmen.«

»Was für eine Straftat?« Als Brunetti nicht antwortete, fuhr Marco fort: »Ich meine, wie schlimm müßte das Vergehen sein, damit du es melden mußt?«

Wenn einer so eindringlich fragte, ging es um mehr als ein Gedankenspiel. Also überlegte Brunetti sich seine Antwort gründlich: »Ich kann's dir nicht sagen. Das heißt, ich kann dir keine Aufstellung geben über das, was ich melden müßte. Aber mit Sicherheit jedes schwerwiegende Delikt, jede Art von Gewaltanwendung.«

»Und wenn noch gar nichts passiert ist?« fragte Marco.

Daß ausgerechnet ein so handfester, praktischer Mensch wie Marco sich mit hypothetischen Fragen befaßte, überraschte Brunetti außerordentlich; selbst in seiner Ausdrucksweise war Marco für gewöhnlich so klar, knapp und präzise, daß Brunetti sich nicht erinnern konnte, aus seinem Munde jemals ein grammatikalisch komplexes Satzgefüge gehört zu haben.

»Marco«, sagte er, »warum vertraust du mir nicht einfach, sagst mir, was los ist, und läßt mich überlegen, ob und wie das Problem zu lösen ist?«

»Es ist nicht so, daß ich dir nicht vertrauen würde, Guido. Bei Gott, das tue ich! Wäre ich sonst zu dir gekommen? Ich will dir nur keine Scherereien machen, wenn ich dir was erzähle, das du vielleicht lieber nicht wissen solltest.« Sein Blick ging zur Theke hinüber, und Brunetti dachte schon, er wolle Wein nachbestellen, aber dann wandte Marco sich ihm zufrieden seufzend wieder zu, und Brunetti begriff, daß er nur hatte sehen wollen, ob jemand ihr Gespräch belauschte. Die Männer am Tresen schienen indes ganz in ihre eigene Unterhaltung vertieft.

»Also gut, ich sag's dir«, versetzte Marco. »Und dann kannst du entscheiden, was du damit anfängst.«

Brunetti erkannte verblüfft, wie sehr Marcos Verhalten, bis hin zu seiner Sprechweise, auf einmal dem so vieler Verdächtiger ähnelte, die er im Lauf der Jahre verhört hatte. Stets kam irgendwann der Punkt, an dem sie aufgaben, sich nicht länger gegen das Bedürfnis sperrten, ihm zu erklären, wie die Dinge lagen oder wie es gewesen war oder was sie dazu getrieben hatte zu tun, was immer sie getan hatten. Er wartete.

»Du weißt ja, oder vielleicht weißt du's auch nicht, daß ich einen neuen Laden auf Torcello gekauft habe, gleich bei der Kirche Santa Fosca«, begann Marco und wartete auf Brunettis Antwort.

»Nein, wußte ich nicht.« Brunetti war klug genug, es bei dieser schlichten Verneinung bewenden zu lassen. Hake nie nach, verlange keine Klarstellung. Laß sie einfach reden, bis ihnen die Worte ausgehen und sie nichts weiter zu sagen haben: Das war dann der Moment, in dem man anfing, Fragen zu stellen.

»Es ist dieses Käsegeschäft, das dem Typen mit dem schütteren Haar gehörte, der nie ohne Hut ging. Netter Mensch; als wir noch drüben wohnten, hat meine Mutter immer bei seinem Vater eingekauft. Jedenfalls, letztes Jahr haben sie seine Miete verdreifacht, worauf er sich entschloß, in Rente zu gehen, und da habe ich die *buonuscita* gezahlt und den Mietvertrag übernommen.« Er sah Brunetti an, um sich zu vergewissern, ob der ihm folgen könne. »Nun will ich dort Masken und Souvenirs verkaufen, und dafür brauche ich Schaufenster, damit die Leute meine Waren auch sehen. Mein Vorgänger hatte nur eines auf der rechten Seite, wo er seinen *Provolone* und *Scamorza* ausstellte, aber links vom Eingang gab's ursprünglich noch ein zweites, das hat sein Vater bloß vor gut vierzig Jahren dichtgemacht und zugemauert. Auf den Bauplänen ist es aber noch verzeichnet, kann also wieder freigelegt werden. Und ich brauche es. Ich muß zwei Schaufenster haben, denn nur, wenn den Touristen der ganze Plunder ins Auge springt, lassen sie sich verführen und nehmen eine Maske mit heim nach Düsseldorf oder Liverpool.«

Er und Brunetti brauchten sich nicht eigens über die Torheit der Souvenirjäger zu verständigen oder darüber, daß vieles von dem, was Marco in seinem Laden als »Original venezianische

Handarbeit« anbieten würde, aus Drittweltländern stammte, wo der einzige Kanal, mit dem die Hersteller je in Berührung kamen, der Abwassergraben hinter ihren Häusern war.

»Jedenfalls, ich habe den Mietvertrag übernommen, und mein Architekt hat die Pläne gezeichnet. Das heißt, die hatte er längst fertig, schon seit ich mit dem früheren Besitzer einig geworden bin, aber einreichen konnte er sie erst, als der Mietvertrag auf meinen Namen umgeschrieben war.« Wieder sah er Brunetti an. »Das war im März.« Marco hob die zur Faust geballte Rechte, reckte den Daumen hoch, wiederholte »März« und zählte dann die Monate an den Fingern ab. »Das ist sieben Monate her, Guido. Sieben Monate haben die Scheißkerle mich schmoren lassen. Ich zahle die Miete, mein Architekt geht einmal im Monat aufs Planungsbüro und erkundigt sich nach der Baugenehmigung, und jedesmal erzählen sie ihm, daß die Papiere noch nicht fertig sind oder daß irgendwas überprüft werden muß, bevor man mir die Bewilligung erteilen kann.«

Marco öffnete die Faust, ließ die flache Hand auf den Tisch sinken und legte die andere mit gespreizten Fingern daneben. »Du weißt, was dahintersteckt, oder?« fragte er. – »Ja«, sagte Brunetti.

»Also habe ich letzte Woche zu meinem Architekten gesagt, er soll die Brüder endlich fragen, wieviel sie verlangen.« Marco spähte über den Tisch, gespannt, ob der Commissario sich überrascht, vielleicht sogar schockiert zeigen würde, aber Brunettis Miene blieb gelassen.

»Dreißig Millionen.« Marco machte eine lange Pause, aber Brunetti sagte immer noch nichts. »Wenn ich ihnen dreißig Millionen zahle, dann kriege ich nächste Woche die Genehmigung, und die Arbeiter können loslegen und mit der Renovierung anfangen.«

»Und wenn du nicht zahlst?« fragte Brunetti.

»Weiß der Himmel«, sagte Marco kopfschüttelnd. »Wahrscheinlich können sie mich dann noch mal sieben Monate zappeln lassen.«

»Warum hast du ihnen denn nicht schon früher ein Angebot gemacht?« fragte Brunetti.

»Weil mein Architekt dauernd sagte, das sei nicht nötig, er kenne die Herren von der Planungskommission, und es seien eben nur eine Menge Aufträge vor mir dran. Und ich habe im übrigen ganz andere Probleme.« Einen Moment lang glaubte Brunetti, Marco würde ihm auch davon erzählen, aber der sagte nur: »Nein, nein, das gehört nicht hierher.«

Brunetti erinnerte sich, wie vor ein paar Jahren eine Fastfood-Kette in vier verschiedenen Vierteln Lokale übernommen und im großen Stil renoviert hatte. Die Bauarbeiter waren Tag und Nacht im Einsatz gewesen. Ehe man sich's versah und lange bevor irgend jemand mit der Eröffnung rechnete, waren sie bereits auf dem Markt, und der Geruch ihrer verschiedenen Hamburger-Kreationen verpestete die Luft wie ein Schlachthaus auf Sumatra zur Sommerzeit.

»Und bist du entschlossen zu zahlen?«

»Mir bleibt ja kaum eine andere Wahl, oder?« fragte Marco resigniert. »Ich zahle ohnehin schon über hundert Millionen Lire pro Jahr für einen Anwalt, nur um der Prozesse Herr zu werden, mit denen man meine anderen Filialen traktiert. Wenn ich jetzt eine Zivilklage gegen städtische Beamte einreiche, die mich mutwillig an der Ausübung meiner Geschäfte hindern oder womit auch immer mein Anwalt sie belangen könnte, dann würde mich das noch mehr kosten; so ein Verfahren könnte sich über Jahre hinziehen, und am Ende käme doch nichts dabei heraus.«

»Warum bist du dann überhaupt zu mir gekommen?« fragte Brunetti.

»Ich wollte wissen, ob du vielleicht etwas unternehmen könntest? Gesetzt den Fall, ich würde die Scheine markieren oder so ...« Marcos Stimme verhallte, und er preßte die Hände zusammen. »Es geht mir wirklich nicht ums Geld, Guido. Bei dem Umsatz, den ich mit diesem Ramsch mache, hole ich das in ein paar Monaten spielend wieder rein. Aber ich bin's ein für allemal leid, unter solchen Bedingungen arbeiten zu müssen. Ich habe Filialen in Paris und Zürich, und dort wären solche Schikanen undenkbar. Man beantragt eine Baugenehmigung, die Behörden bearbeiten deine Papiere, und wenn sie damit durch sind, erteilen sie dir die Bewilligung, und du kannst loslegen. Ohne daß dir auch nur ein Mensch an die Brieftasche geht.« Seine Faust donnerte auf den Tisch. »Kein Wunder, daß diese Stadt so auf den Hund gekommen ist.« Seine Stimme schwoll an und klang plötzlich so schrill und gellend, daß Brunetti schon fürchtete, Marco würde vollends die Beherrschung verlieren. »Hier hat man als Geschäftsmann keine Chance. Diese Scheißbeamten saugen uns doch aus bis aufs Blut.« Wieder knallte seine Hand auf den Tisch. Die Gäste an der Theke und der Wirt schauten her, aber da das, worüber Marco sich so ereiferte, keinem Italiener fremd war, nickten sie nur zustimmend und setzten ihre Unterhaltung fort.

Brunetti wußte nicht, ob Marcos vernichtendes Urteil speziell auf Venedig oder auf ganz Italien gemünzt war. Was indes kaum eine Rolle spielte: Er hätte so oder so recht gehabt.

»Was wirst du nun tun?« fragte Brunetti, und beide wußten, was die Frage bedeutete: Er würde Marco nicht helfen können. Als Freund mochte er ihn bedauern und seine Wut teilen, aber als Polizist war er machtlos. Die Bestechungssumme würde in bar ausbezahlt werden und folglich keine Spuren hinterlassen. Und wenn Marco sich offiziell über ein Mitglied der Planungskommission beschwerte, konnte er seine Läden gleich schließen und sich aus dem Geschäftsleben zurückziehen, denn er würde niemals mehr irgendeine Genehmigung bekommen, egal wie belanglos, egal wie dringlich.

Marco rückte lächelnd ans Ende der Bank. »Wahrscheinlich wollte ich bloß mal Dampf ablassen. Oder vielleicht wollte ich dich auch mit der Nase drauf stoßen, was hier läuft, Guido, weil du doch sozusagen für die arbeitest, und falls das der Grund war, dann tut's mir leid, und ich entschuldige mich.« Marcos

Stimme klang wieder ganz gefaßt, aber Brunetti hatte seine Finger im Blick, die gerade alle vier Kanten einer Papierserviette zu akkuraten Dreiecken falteten.

Brunetti war selbst überrascht, wie sehr es ihn kränkte, daß einer von seinen Freunden annehmen konnte, er arbeite für »die«. Andererseits, wenn nicht für »die«, für wen arbeitete er dann?

»Nein, ich glaube nicht, daß das der Grund war«, sagte er endlich. »Hoffe ich wenigstens. Und auch mir tut es leid, weil ich nichts tun kann. Aber wenn ich dir zu einer Anzeige rate, könnte ich dir auch gleich empfehlen, dich umzubringen, und das will ich denn doch nicht.« Wie schaffte Marco es bloß, ständig neue Läden zu eröffnen, wenn man ihm immerfort solche Knüppel zwischen die Beine warf? Brunetti dachte an den rastlosen Jungen, den mit den hochfliegenden Träumen, der drei Jahre hintereinander mit ihm die Schulbank geteilt hatte, und er erinnerte sich, daß Marco, obwohl er nie lange stillsitzen konnte, doch immer wieder die Geduld aufbrachte, eine Aufgabe zu Ende zu führen, ehe er die nächste in Angriff nahm. Vielleicht war der Freund ja so ähnlich programmiert wie eine Biene und konnte gar nicht anders, als sich mit Feuereifer in eine Arbeit zu stürzen, um, sobald er damit fertig war, zur nächsten davonzufliegen.

»Also dann«, sagte Marco, rutschte von der Bank und erhob sich. Er langte in die Tasche, aber Brunetti gebot ihm mit einer Geste Einhalt. Marco verstand, zog die Hand zurück und streckte sie Brunetti hin, der sitzen geblieben war.

»Dann bin ich nächstes Mal dran?«

»Versteht sich.«

Marco sah auf die Uhr. »Ich muß los, Guido. Ich erwarte eine Lieferung Muranoglas«, erklärte er mit feinem Lächeln und starker Betonung auf Murano. »Die Ware kommt aus Tschechien, und ich muß schauen, daß ich sie heil durch den Zoll kriege.«

Bevor Brunetti aufstehen konnte, war Marco fort und eilte, so wie er immer gelaufen war, im Sturmschritt einem neuen Projekt, einer neuen Aufgabe entgegen.

3

Als Brunetti und Paola sich nach dem Abendessen wie gewöhnlich über ihren Tag austauschten, sahen sie zunächst keinen Zusammenhang zwischen Claudias und Marcos Geschichte; geschweige denn, daß sie dabei an etwas so Hochtrabendes wie das Gebot der Ehre gedacht hätten. Paola bedauerte Marco und sagte, sie habe ihn immer gemocht, worauf Brunetti verblüfft erwiderte: »Also das hätte ich nie gedacht.«

»Und wieso nicht?«

»Wahrscheinlich weil er so ganz anders ist als die Leute, die dir normalerweise gefallen.«

»Wie soll ich denn das verstehen?«

»Ach, ich dachte immer, du hältst ihn für ein Schlitzohr.«

»Er ist ein Schlitzohr, gerade das gefällt mir ja so an ihm.« Als sie sein verdutztes Gesicht sah, erklärte Paola: »Sieh mal, beruflich habe ich doch vor allem mit Studenten oder Akademikern zu tun. Die einen sind in der Regel faul, die anderen beweihräuchern sich ständig selber. Meine Studenten liegen mir mit ihrem zartbesaiteten Gemüt in den Ohren, und wenn wieder mal einer unvorbereitet in den Kurs kommt, dann weil er, statt zu arbeiten, sein wundes Seelchen pflegen mußte. Und die Kollegen kennen kein anderes Gesprächsthema als ihre neueste Monographie über Calvinos Gebrauch des Semikolons, mit der sie die gesamte moderne Literaturkritik revolutionieren werden. Dagegen ist einer wie Marco, der ganz normal über seine Geschäfte redet und übers Geldverdienen; der in all den Jahren nicht einmal versucht hat, mir mit seinem Wissen oder seinen ausgedehnten Reisen zu imponieren, und der mich auch nicht mit endlosen Leidensgeschichten langweilt – also so jemand ist im Vergleich dazu wie ein Glas Prosecco nach einem langen Nachmittag mit kaltem Kamillentee.«

»Kaltem Kamillentee?« wiederholte er verständnislos.

Sie lächelte. »Damit wollte ich den Gegensatz zum Prosecco unterstreichen. Weißt du, das ist so eine Art rhetorischer Kunstgriff, den ich meinen Kollegen abgeschaut habe.«

»Die vermutlich ganz und gar nicht wie Prosecco sind.«

Sie schloß die Augen, bog elegisch den Kopf zurück und ahmte jene köstliche Schmerzenspose nach, die man von Darstellungen der heiligen Agatha kennt. »Es gibt Tage, da bin ich versucht, dir deine Waffe zu entwenden und damit in die Uni zu marschieren.«

»Gegen wen würdest du sie richten, Studenten oder Professoren?«

»Das soll wohl ein Witz sein?« fragte sie mit gespieltem Erstaunen.

»Nein, sag schon!«

»Gegen die Kollegen natürlich. Die Studenten, mein Gott, das sind unreife Kinder, die werden schon noch erwachsen, die meisten jedenfalls, und mausern sich zu halbwegs angenehmen Zeitgenossen. Wen ich auslöschen möchte, das sind meine Kollegen, und sei's nur, um der ewigen Selbstbeweihräucherung ein Ende zu machen.«

»Alle durch die Bank?« wunderte sich Brunetti, der es gewohnt war, daß Paola sich ihre Gegner sehr gezielt auswählte.

Paola sah aus, als überlege sie, daß seine Waffe nur sechs Schuß habe und sie folglich eine Rangliste aufstellen müsse. Nach einer Weile antwortete sie, nicht ohne eine gewisse Enttäuschung in der Stimme: »Nein, nicht alle. Vielleicht fünf oder sechs.«

»Aber das wäre immer noch die Hälfte deines Fachbereichs, nicht wahr?«

»Offiziell sind wir zwölf, aber nur neun davon unterrichten.«

»Und was machen die drei übrigen?«

»Nichts. Doch es nennt sich Forschung.«

»Wie ist das möglich?«

»Einer ist aggressiv und obendrein verkalkt; Professoressa Bettin hatte eine sogenannte Nervenkrise und ist mit ärztlichem Attest bis auf weiteres beurlaubt, was bis zu ihrer Pensionierung reichen dürfte; und unser stellvertretender Vorstand, Professore Della Grazia, nun, der ist ein Sonderfall.«

»Was heißt das?«

»Er ist achtundsechzig und hätte vor drei Jahren emeritiert werden sollen, doch er weigert sich zu gehen.«

»Aber er unterrichtet nicht mehr?«

»Er ist nicht tragbar im Umgang mit den Studentinnen.«

»Was?«

»Du hast schon verstanden. Man kann ihn den Studentinnen nicht zumuten. Und eigentlich«, setzte sie nach einer gedankenvollen Pause hinzu, »den Dozentinnen auch nicht.«

»Ja, was macht er denn so Schlimmes?«

»Also die Studentinnen belästigte er in den Tutorien – solange er noch welche hielt – mit obszönen Anspielungen, oder er zitierte im Seminar handfeste Sexszenen, aber immer nur aus den Klassikern, damit niemand sich beschweren konnte, und wenn sie's doch taten, reagierte er so schockiert und verächtlich, als ob er als einziger am Institut die klassische Tradition hochhielte.« Paola machte eine Pause, doch da Brunetti sich offenbar nicht dazu äußern wollte, fuhr sie fort: »Und von den jüngeren Kolleginnen habe ich gehört, daß diejenigen, die ihm nicht ›entgegenkommen‹, auch keine Aufstiegschancen haben. Denn als stellvertretender Institutsvorstand muß er Beförderungen genehmigen oder kann sie, von Fall zu Fall, auch ablehnen.«

»Du sagtest, er sei achtundsechzig«, bemerkte Brunetti, nicht ohne einen gewissen Ekel in der Stimme.

»Was, wenn man's recht bedenkt, nur beweist, wie lange er damit durchgekommen ist.«

»Aber nun nicht mehr?«

»Nicht mehr in dem Maße – zumindest, seit man ihm die Lehrbefugnis entzogen hat.«

»Was macht er jetzt?«

»Hab ich dir doch gesagt, er forscht.«

»Und was heißt das?«

»Er bezieht sein Gehalt, und wenn er sich entschließt aufzuhören, wird er eine großzügige Abfindung kassieren und danach eine noch großzügigere Pension.«

»Und ist das allgemein bekannt?«

»Innerhalb der Fakultät bestimmt, und wahrscheinlich auch unter den Studenten.«

»Und keiner unternimmt was dagegen?« fragte Brunetti, obwohl er sich beinahe denken konnte, was sie darauf antworten würde.

»Der Fall liegt nicht viel anders als der, von dem Marco dir heute erzählt hat. Alle wissen, daß solche Dinge vorkommen, aber jeder scheut vor einer offiziellen Beschwerde zurück – aus Angst vor den Konsequenzen. Für den, der als erster damit an die Öffentlichkeit ginge, wäre es beruflicher Selbstmord. Man würde ihn in ein Kaff wie Caltanissetta versetzen, wo er Kurse geben müßte über ...« Er sah, wie sie nach einem hinreichend abschreckenden Thema suchte. »... über Elemente des Bardengesangs in der frühkatalanischen Hofdichtung.«

»Ist schon eigenartig«, sagte er. »Obwohl man bei Ämtern und Behörden mittlerweile fast mit solchen Verhältnissen rechnet, glauben oder hoffen wir immer noch – zumindest gilt das für mich –, daß es an einer Universität nicht so zugeht.«

Paola nahm wieder ihre Heilige-Agatha-Pose ein, und bald danach gingen sie zu Bett.

Am Morgen, beim Kaffee, fragte Paola lächelnd: »Na, was ist?«

Brunetti wußte genau, was gemeint war: die Antwort auf die Bitte ihrer Studentin, die er Paola am Vorabend schuldig geblieben war. »Es hängt ganz davon ab«, begann er zögernd, »um was für ein Verbrechen es ging und wie das damalige Urteil lautete.«

»Über das Verbrechen hat sie nichts gesagt, nur, daß er schuldig gesprochen und nach San Servolo geschickt wurde.«

Brunetti rührte gedankenverloren in seinem Kaffee und fragte: »Diese Frau ist also Österreicherin, ja? Hat das Mädchen dir auch gesagt, wer der Mann war?«

Paola versuchte sich zu erinnern, ob bei der kurzen Unterhaltung mit Claudia Namen gefallen waren. »Nein, aber sie erwähnte, daß die Frau eine alte Freundin ihres Großvaters war, also nehme ich an, es geht um ihn.«

»Und deine Studentin? Wie heißt sie?« fragte Brunetti.

»Warum mußt du das wissen?«

»Ich könnte Signorina Elettra bitten nachzusehen, ob wir was in den Akten haben.«

»Aber die alte Frau ist gar nicht mit ihr verwandt«, protestierte Paola, die das Mädchen keinesfalls kriminalistischen Ermittlungen aussetzen wollte, ganz gleich wie diskret oder wohlmeinend sie ausfallen mochten. Wer wußte schon, was es für Folgen haben würde, wenn man Claudias Namen in den Polizeicomputer eingab?

»Aber ihr Großvater war doch wohl mit ihr verwandt.« Brunettis Entgegnung klang pedantischer als beabsichtigt, aber es ärgerte ihn einfach, daß seine Frau sich auf diese heikle Geschichte eingelassen hatte.

»Guido«, begann Paola mit einer Stimme, die ihr selbst etwas zu schroff erschien, »sie wollte lediglich wissen, ob es theoretisch möglich wäre, diesen Mann nachträglich zu begnadigen. Sie hat nicht um eine großangelegte Untersuchung gebeten, sondern nur um eine Information.« Als Professorin alter Schule glaubte Paola nach wie vor, daß sie an ihren Studenten so etwas wie Elternstelle zu vertreten habe; eine Auffassung, die sie in dem Entschluß bestärkte, den Namen des Mädchens nicht preiszugeben.

Brunetti setzte seine Tasse ab. »Also ich fürchte, solange ich nicht weiß, weshalb dieser Mann – Großvater hin oder her –

verurteilt wurde, kann ich gar nichts tun.« Sollte ihm in seinem Jurastudium je ein ähnlicher Fall begegnet sein, so hatte er den längst vergessen. »Sieh mal, wenn es ein kleineres Vergehen war wie Diebstahl oder Körperverletzung, dann bräuchte man gar keine Begnadigung zu beantragen, dann wäre der Fall längst verjährt, aber wenn es sich um ein Kapitalverbrechen wie Mord handelt, dann wäre vielleicht ...« Er überlegte weiter. »Hat sie gesagt, wie lange es her ist?«

»Nein, aber wenn er nach San Servolo kam, dann muß es vor der *Legge Basaglia* gewesen sein, und die wurde in den siebziger Jahren erlassen, oder?« fragte Paola.

Brunetti überlegte. »Hm«, brummte er und setzte nach langem Schweigen hinzu: »Es wird schwer werden, selbst wenn wir seinen Namen rauskriegen.«

»Wir brauchen den Namen nicht, Guido«, beharrte Paola. »Alles, was das Mädchen will, ist eine hypothetische Antwort.«

»Und die lautet, daß ich ihr keine Auskunft geben kann, solange ich nicht weiß, um was für ein Verbrechen es sich handelt.«

»Heißt das, du kannst gar nichts dazu sagen?« fragte sie scharf.

»Paola«, versetzte Brunetti in ziemlich dem gleichen Ton, »ich bin kein Hellseher. Du würdest doch auch nicht verlangen, daß ich ein Gemälde oder eine Graphik auf ihren Wert taxiere, ohne daß man sie mir zeigt.«

Beide sollten sich später an diesen Vergleich erinnern.

»Und was sage ich jetzt dem Mädchen?«

»Genau das, was du von mir gehört hast. Jeder gewissenhafte Anwalt ...«, begann er – ignorierte Paolas erhobene Brauen angesichts dieser absurden Paarung – und fuhr fort: »würde ihr das gleiche antworten. Wie sagt doch dieser Schulmeister in dem Buch, das du ständig zitierst, so schön: ›Fakten, Fakten, Fakten‹? Nun, bis ich oder sonst jemand die Fakten kennt, ist das die einzige Antwort, die sie kriegen wird.«

Paola hatte unterdessen nachgedacht und entschieden, es lohne sich nicht, noch länger Widerstand zu leisten. Guido handelte nach bestem Gewissen, und seine Antwort wurde nicht weniger glaubhaft dadurch, daß sie ihr nicht gefiel. »Gut, ich werd's ausrichten«, erklärte sie. »Und, danke.« Lächelnd setzte sie hinzu: »Jetzt fühle ich mich selbst wie eine Dickens-Figur und würde ihr am liebsten sagen, daß sie fünf Millionen Lire an Anwaltskosten gespart hat und losziehen soll, um sie für etwas Schöneres auszugeben.«

»Du findest für alles ein Zitat aus einem Buch, nicht wahr?« fragte er schmunzelnd.

Statt einer einfachen Antwort, die bei ihr eine Seltenheit war, erwiderte Paola: »Ich glaube, es war Shelley, der gesagt hat, die Dichter seien die verkannten Gesetzgeber der Menschheit. Keine Ahnung, ob das stimmt oder nicht, aber daß die Romanciers die verkannten Tratschonkel dieser Welt sind, das weiß ich gewiß. Egal, welches Thema du wählst, sie haben es schon einmal durchgehechelt.«

Brunetti schob seinen Stuhl zurück und stand auf. »Ich überlasse dich jetzt deinen literarischen Höhenflügen.«

Als er sich hinabbeugte und sie auf den Scheitel küßte, machte er sich auf ein weiteres Zitat gefaßt, aber sie langte nur mit einer Hand nach hinten, tätschelte ihm die Wade und sagte dann: »Danke, Guido. Ich werd's ihr ausrichten.«

4

Da die beiden, die bei ihnen Rat und Hilfe gesucht hatten, im Leben der Brunettis eher eine untergeordnete Rolle spielten, vergaßen der Commissario und Paola deren Anliegen wieder oder verdrängten sie zumindest. Notgedrungen, soweit es Brunetti betraf, denn ein Polizeiapparat, der angesichts der unkontrollierten Flut von osteuropäischen Einwanderern mit steigenden Kriminalitätsraten zu kämpfen hatte, wäre ebensowenig gegen eine kleine Korruptionsaffäre in einem städtischen Amt vorgegangen, wie Paola sich durch besagte Semikolons bei Calvino von der neuerlichen Lektüre der *Goldenen Schale* hätte abhalten lassen.

Als Claudia in der nächsten Vorlesung fehlte, war Paola beinahe erleichtert. Nicht nur, daß sie dem Mädchen ungern die Antwort ihres Mannes überbracht hätte – es widerstrebte ihr auch, sich näher auf das Privatleben oder die außeruniversitären Probleme einer ihrer Studentinnen einzulassen. Früher war das anders gewesen, damals hatte sie sich sehr wohl engagiert, aber wie bei den meisten ihrer Kollegen hatte es entweder nichts gefruchtet oder ein böses Ende genommen. Und um die mütterlichen Instinkte zu befriedigen, die sie als Frau nach gängigen Umfragewerten haben sollte, genügten ihr die eigenen Kinder vollauf.

Eine Woche später saß Claudia wieder im Hörsaal. Während der Vorlesung, die Henry James und Edith Wharton am Bild ihrer Heldinnen verglich, war sie ganz wie immer: machte sich Notizen, stellte keine Fragen, schien aber irritiert über Bemerkungen ihrer Kommilitonen, die von Unwissenheit oder mangelndem Einfühlungsvermögen zeugten. Nach der Stunde wartete sie, bis die anderen den Hörsaal verlassen hatten, und kam dann zu Paola ans Pult.

»Ich wollte mich für mein Fehlen letzte Woche entschuldigen, Professoressa.«

Paola lächelte, aber bevor sie etwas sagen konnte, fragte Claudia: »Hatten Sie Zeit, mit Ihrem Mann zu sprechen?«

Es reizte Paola, zurückzufragen, ob das Mädchen vielleicht glaubte, sie hätte sich zwei Wochen lang nicht mit ihrem Mann unterhalten. Statt dessen wandte sie sich Claudia zu und sagte: »Ja, ich habe mit ihm gesprochen, aber er kann Ihnen leider keine Auskunft geben, solange er keine Vorstellung von der Schwere des Verbrechens hat, für das der Mann verurteilt wurde.«

Paola beobachtete das Mienenspiel, mit dem das Mädchen ihre Antwort aufnahm: Erstaunen, Argwohn und dann ein rasch abschätzender Blick auf Paola, wie um sich zu vergewissern, daß man sie nicht austricksen oder ihr eine Falle stellen wolle. All diese Empfindungen flackerten in Windeseile über ihr Gesicht, bevor sie sagte: »Aber im allgemeinen? Ich möchte ja nur wissen, ob er es für denkbar hält oder ob er von irgendeinem Verfahren weiß, das es ... also das ermöglichen würde, den Ruf eines Menschen wiederherzustellen.«

Paola seufzte nicht, aber antwortete übertrieben langsam und geduldig: »Das kann er eben nicht sagen, Claudia. Solange er nicht weiß, um was für ein Verbrechen es sich handelt.«

Das Mädchen dachte einen Augenblick nach und überraschte Paola dann mit der Frage: »Glauben Sie, ich könnte selbst mit Ihrem Mann sprechen?«

Entweder war sie so sehr auf eine Lösung ihres Problems fixiert, daß sie es in Kauf nahm, mit ihrer Bitte Paolas Vertrauenswürdigkeit in Frage zu stellen, oder sie war zu arglos, um überhaupt so weit zu denken. Im einen wie im anderen Fall bot Paolas Antwort eine vorbildliche Lektion in Gleichmut. »Ich wüßte nicht, was dagegen spräche. Wenn Sie in der Questura anrufen und sich mit ihm verbinden lassen, wird er Ihnen sicher einen Termin geben.«

»Aber wenn man mich gar nicht erst zu ihm vorläßt?«

»Dann berufen Sie sich auf mich. Sagen Sie, Sie riefen in meinem Auftrag an. Das sollte genügen, damit man Sie zu ihm durchstellt.«

»Danke, Professoressa«, sagte Claudia und wandte sich zum Gehen. Dabei stieß sie mit der Hüfte so ungeschickt gegen die Schreibtischkante, daß sie ihre Bücher fallen ließ. Paola, die sich bückte, um ihr beim Aufsammeln zu helfen, schielte als leidenschaftlicher Büchermensch unwillkürlich nach den Titeln. Sie entdeckte eine deutsche Ausgabe, aber da das Buch verkehrt herum lag, konnte sie nichts entziffern. Dafür erkannte sie Denis Mack Smiths Geschichte der italienischen Monarchie sowie seine Mussolini-Biographie, beide auf englisch.

»Können Sie Deutsch, Claudia?«

»Ja, meine Großmutter hat in meiner Kindheit Deutsch mit mir gesprochen. Sie war Deutsche.«

»Da sprechen wir aber jetzt über Ihre richtige Großmutter, oder?« fragte Paola mit einem ermunternden Lächeln.

Immer noch auf den Knien und die Bücher sortierend, warf das Mädchen ihr einen sehr mißtrauischen Blick zu, antwortete aber ganz ruhig: »Ja, die Mutter meiner Mutter.«

Da sie nicht allzu neugierig erscheinen wollte, begnügte Paola sich mit der Feststellung: »Welch ein Glück für Sie, zweisprachig aufgewachsen zu sein.«

»Das sind Sie doch auch, Professoressa, oder nicht?«

»Ich habe als Kind Englisch gelernt, ja«, versetzte Paola und beließ es dabei. Daß sie es nicht von ihrer Familie, sondern von einer ganzen Reihe englischer Kindermädchen gelernt hatte, sagte sie nicht. Je weniger die Studenten über ihr Privatleben wußten, desto besser. Sie deutete auf die Mack-Smith-Titel und fragte: »Und Sie?«

Claudia erhob sich. »Ich war in den Sommerferien öfter in England«, antwortete sie zurückhaltend.

»Sie Glückliche«, sagte Paola auf englisch und fügte lächelnd hinzu: »Ascot, Erdbeeren und Wimbledon, wie?«

»Ich habe eher bei meiner Tante in Surrey die Ställe ausgemistet«, versetzte Claudia in ebenso akzentfreiem Englisch. »Wenn Ihr Deutsch genauso gut ist, dann muß es ganz phantastisch sein«, sagte Paola nicht ohne eine Spur von Neid.

»Oh, ich habe nur selten Gelegenheit, Deutsch zu sprechen, aber ich lese es immer noch gern. Außerdem«, sagte sie und stützte ihre Bücher wieder auf die Hüfte, »gibt's auf dem italienischen Buchmarkt ja nichts Verläßliches über den Zweiten Weltkrieg.«

»Ich glaube, mein Mann wird sich gern mit Ihnen unterhalten, Claudia. Er interessiert sich sehr für Geschichte, und was Sie da sagen, höre ich von ihm schon seit Jahren.«

»Wirklich? Er liest?« fragte Claudia. Und als sie merkte, wie beleidigend das klang, fügte sie matt hinzu: »Ich meine, Geschichtsbücher.«

»Ja«, antwortete Paola, sammelte ihre Notizen ein und widerstand der Versuchung, hinzuzufügen, daß ihr Mann auch des Schreibens kundig sei. Statt dessen sagte sie mit gleichbleibend liebenswürdiger Stimme: »Vor allem die der Römer und Griechen. Die Lügen, die sie erzählen, ärgern ihn offenbar weniger als die unserer zeitgenössischen Historiker, sagt er jedenfalls.«

Darüber lächelte Claudia. »Ja, das kann ich verstehen. Würden Sie ihm sagen, daß ich ihn anrufen werde, wahrscheinlich schon morgen? Und daß ich sehr gespannt bin, ihn kennenzulernen?«

Paola konnte nur staunen über die Unbefangenheit, mit der dieses attraktive junge Ding einer anderen Frau versicherte, wie begierig sie darauf sei, ihren Mann kennenzulernen. Das Mädchen war keineswegs dumm, also konnte es sich nur um eine Arglosigkeit handeln, wie Paola sie schon seit geraumer Zeit bei keinem ihrer Studenten mehr festgestellt hatte, oder um ein anderes, ihr unbekanntes Motiv.

Obwohl es allen Grundregeln über die gebotene Distanz zu den Studenten widersprach, verleitete ihre Neugier auf das, was hinter Claudias Ansinnen stecken mochte, sie zu dem Versprechen: »Gut, ich werd's meinem Mann ausrichten.«

Claudia lächelte und sagte ganz förmlich: »Ich danke Ihnen, Professoressa.«

Gescheit ist sie, dachte Paola, offenbar sehr belesen, mindestens dreisprachig und Älteren gegenüber respektvoll. Man könnte meinen, dieses Mädchen sei auf dem Mars groß geworden.

5

Da Paola ihm am Vorabend gesagt hatte, das Mädchen wolle ihn persönlich sprechen, wußte Brunetti Bescheid, als er einen Anruf von der Pforte bekam und der Posten meldete, unten sei eine junge Frau, die ihn zu sprechen wünsche.

»Wie heißt sie?« fragte Brunetti.

Es dauerte einen Moment, und dann sagte der Wachmann: »Claudia Leonardo.«

»Führen Sie sie bitte nach oben«, entschied Brunetti und legte auf. Er las den letzten Absatz eines sinnlosen Berichts über Haushaltsreformen zu Ende, schob die Akte beiseite, und als er die nächste vom Stapel nahm, geschah das nicht ganz ohne den Hintergedanken, daß er so auf seinen Besuch einen sehr beschäftigten Eindruck machen würde.

Es klopfte, die Tür ging auf, er sah einen uniformierten Arm, der rasch wieder zurückgezogen wurde, und dann eine junge Frau, die zögernd das Büro betrat. Sie wirkte entschieden zu jung für eine Studentin, die sich, laut Paola, bereits auf ihr Abschlußexamen vorbereitete.

Brunetti erhob sich und wies auf den Stuhl vor seinem Schreibtisch. »Guten Morgen, Signorina Leonardo. Ich freue mich sehr, daß Sie die Zeit gefunden haben, mich zu besuchen«, sagte er in einem Ton, der wohlwollend und vertrauenerweckend klingen sollte.

Ihr rascher Blick verriet ihm, daß sie es gewohnt war, von Älteren gönnerhaft behandelt zu werden, und auch, wie wenig ihr das gefiel. Beide setzten sich. Mit ihrem ovalen Gesicht, dem kurzen dunklen Haar und dem zarten Teint war sie ein hübsches Mädchen, wie fast alle in ihrem Alter; nur daß die anderen selten so intelligent und aufmerksam wirkten wie sie.

»Meine Frau sagte mir, Sie möchten etwas mit mir besprechen«, sagte er, als ihm klar wurde, daß sie ihm die Gesprächsführung überließ.

»Ja, Signore.« Ihre Miene war offen, geduldig.

»Wie ich höre, geht es um die mögliche Begnadigung für eine Tat, die lange zurückliegt und deretwegen, falls ich meine Frau nicht mißverstanden habe, ein Mann verurteilt wurde.«

»Ja, Signore«, wiederholte sie mit so festem Blick, daß Brunetti sich fragte, ob sie darauf gefaßt war, daß er wieder den Gönnerhaften spielte, und bloß neugierig sei, in welcher Form sich das diesmal äußern würde.

»Meine Frau sagte weiter, daß dieser Mann statt ins Gefängnis nach San Servolo kam und dort verstarb.«

»Das stimmt.« Ihr Gesicht war ausdruckslos, verriet keine Spannung.

Als er merkte, daß er mit solchen Fragen das Eis nicht brechen würde, sagte er: »Meine Frau hat mir auch erzählt, daß Sie die Mussolini-Biographie von Mack Smith lesen.«

Ihr Lächeln entblößte zwei Reihen makelloser Zähne, und ihre Augen weiteten sich, bis die dunkelbraune Iris ganz von strahlendem Weiß umrahmt war. »Haben Sie die auch gelesen?« fragte sie mit plötzlich erwachter Neugier.

»Vor etlichen Jahren«, antwortete Brunetti und setzte hinzu: »Normalerweise befasse ich mich nicht mit neuerer Geschichte, aber eines Abends kam ich beim Essen mit jemandem ins Gespräch, der uns einreden wollte, um wieviel besser es uns ginge, wenn *Er* wieder da wäre, daß wir alle froh sein könnten, wenn *Er* ...«

»... der Jugend Disziplin beibringen würde«, führte sie seinen Satz nahtlos weiter, »und dafür sorgen, daß wieder Zucht und Ordnung herrscht in unserer Gesellschaft.« Claudia hatte die markige Stimme des Mannes, der Il Duce gerühmt hatte und sein Verdienst um die Zähmung der italienischen Volksseele, so perfekt getroffen, daß Brunetti lachend den Kopf zurückwarf.

Wie sie mit ihrer Imitation die Ewiggestrigen und ihre Parolen lächerlich machte, das hatte etwas Befreiendes. »Ich erinnere mich gar nicht, daß Sie dabei waren«, sagte Brunetti, als er zu lachen aufgehört hatte, »aber es klingt ganz so, als hätten Sie mit am Tisch gesessen und diesen Menschen reden hören.«

»Ach Gott, ich höre dauernd solche Sprüche, sogar an der Uni«, sagte sie frustriert. »Daran, daß die Leute sich über die heutigen Zustände beklagen, hat man sich ja gewöhnt; das gehört fast schon zur Tagesordnung. Aber wehe, man geht her und will das Übel bei der Wurzel packen – dann beschimpfen die Leute einen gleich als Nestbeschmutzer, der keine Achtung hat vor ihrem Land oder seiner Tradition. Niemand ist bereit, ernsthaft über die Vergangenheit nachzudenken, die doch die Gegenwart erst zu dem gemacht hat, was sie ist, geschweige denn darüber, was *Er* für ein Unhold war.«

»Es überrascht mich, daß ihr jungen Leute überhaupt noch wißt, wer Il Duce war.« Hier übertrieb Brunetti, aber nicht sehr; er brauchte nur an den sonderbaren Gedächtnisschwund zu denken, von dem Vertreter aller Altersgruppen befallen wurden, sobald er versuchte, mit ihnen über den Krieg oder seine Ursachen zu diskutieren. Oder, schlimmer noch, über das aberwitzig retuschierte Geschichtsbild der friedliebenden, liberalen und nur von ihren niederträchtigen teutonischen Nachbarn irregeleiteten Italiener.

Die Stimme des Mädchens holte ihn aus diesen Betrachtungen zurück. »Die meisten Jugendlichen kennen ihn auch nicht mehr. Ich rede von den Älteren. Man sollte meinen, die erinnerten sich noch, wie es damals zuging, was er für ein Mensch war.« Unmutig schüttelte sie den Kopf. »Aber nein, alles, was ich zu hören kriege, ist dieser Unsinn über die pünktlichen Züge und daß er die Mafia in die Knie gezwungen hat und wie froh die Äthiopier waren, als unsere tapferen Soldaten einmarschierten.« Sie hielt inne, als gälte es abzuwägen, wie weit man sich bei diesem konservativ wirkenden Mann mit dem freundlichen Blick vorwagen dürfe; was immer sie in seinen Augen sah, schien ihr Mut zu machen, denn sie fuhr fort: »Unsere tapferen Soldaten, die mit Giftgas und Maschinengewehren anrückten, um ihnen die Wunder des Faschismus vorzuführen.«

So jung und schon so zynisch, dachte er – und auch, daß sie dieses Kommentars sicher herzlich überdrüssig war. »Es wundert mich, daß Sie nicht Geschichte studieren«, sagte er.

»Oh, das habe ich, ein Jahr lang. Aber ich hab's nicht ausgehalten, all die Lügen und Ausflüchte und die Feigheit, Stellung zu beziehen zu dem, was in den letzten hundert Jahren passiert ist.«

»Und dann?«

»Bin ich zur Anglistik übergewechselt. Da ärgert man sich schlimmstenfalls über all die idiotischen Theorien zur gesellschaftlichen Relevanz der Literatur oder über Professoren, die die Urheberschaft bestimmter Texte in Frage stellen.« Brunetti hatte das seltsame Gefühl, als höre er Paola in einem ihrer rebellischeren Momente sprechen. »Aber die Texte selber können auch die emsigsten Forscher nicht verändern. Ganz im Gegensatz zu mächtigen Staatsmännern, die peinliche Dokumente einfach aus den Archiven verschwinden lassen. Mit Dante oder Manzoni kann man das nicht machen, oder?« ergänzte sie grüblerisch, eine Frage, die ernsthaft nach einer Antwort verlangte.

»Nein«, stimmte Brunetti zu. »Aber ich fürchte, nur deshalb nicht, weil ein Dante oder Manzoni fester Bestandteil des literarischen Kanons ist. Andernfalls und wenn sie dächten, daß sie damit durchkommen könnten, würden sie's bestimmt versuchen.« Er sah, daß er ihr Interesse geweckt hatte, und fuhr fort: »Mir waren Leute immer unheimlich, die sich im Besitz der Wahrheit wähnen. So jemand würde alles tun, um die Fakten zu verändern und so hinzubiegen, daß sie mit seiner Wahrheit übereinstimmen.«

»Haben Sie denn Geschichte studiert, Commissario?«

Eine Frage, die Brunetti als Kompliment auffaßte. »Wenn ich's getan hätte, wäre ich wahrscheinlich genausowenig dabeigeblieben wie Sie.« Er hielt inne, und sie tauschten ein Lächeln, beide verblüfft, wie leicht und unmittelbar zwei Menschen übereinstimmten, die geistigen Trost in Büchern suchten und fanden. Ohne sich darum zu kümmern, ob er jemandem, der nicht zur Polizei gehörte, so etwas überhaupt anvertrauen durfte, fuhr Brunetti fort: »Die meiste Zeit verbringe ich immer noch damit, mir Lügen anzuhören, aber wenigstens kann ich die meisten von denen, die sie mir hier auftischen, anschließend vor den Haftrichter bringen. Und von einem Verbrecher belogen zu werden ist schließlich nicht dasselbe wie von jemandem, der an der Universität den Lehrstuhl für Geschichte innehat.« Fast hätte er hinzugefügt: »Oder vom Justizminister«, aber er hielt sich gerade noch zurück.

»Das macht die Lügen, die sie verbreiten, um so gefährlicher, nicht?« hakte sie ein.

»Absolut«, bestätigte er, erfreut über ihren Weitblick. Fast widerstrebend lenkte er das Gespräch wieder auf das Thema, um das es vor diesem Exkurs über historische Wahrheit gegangen war. »Aber was wollten Sie mich eigentlich fragen?« Und als sie nicht antwortete, fuhr er fort: »Ich glaube, meine Frau hat Ihnen schon gesagt, daß ich Ihnen, ohne die Einzelheiten zu kennen, keine Auskunft geben kann?«

»Sie werden's niemandem weitersagen?« brach es aus ihr heraus. Der bebende Unterton in ihrer Stimme erinnerte Brunetti daran, daß das Mädchen nicht viel älter war als seine eigenen Kinder und daß man ihr bei aller intellektuellen Reife nicht zuviel zumuten durfte.

»Nein, nicht solange keine Indizien für fortdauernde kriminelle Aktivitäten vorliegen. Und wenn der Fall, um den es geht, lange genug zurückliegt, dürfte er ohnehin verjährt oder inzwischen unter eine Generalamnestie gefallen sein.« Brunetti, der von Paola nur sehr dürftige Informationen bekommen hatte, wollte es dem Mädchen selbst überlassen, ihm mehr über den Fall zu erzählen.

Es folgte eine lange Pause, und Brunetti, der die Gedanken des Mädchens nicht zu erraten vermochte, wandte sich schließlich von ihr ab, wobei sein Blick wie zufällig auf die aufgeschlagene Akte auf seinem Schreibtisch fiel und er in der Stille fast gegen seinen Willen zu lesen begann.

Noch mehr Zeit verstrich. Endlich sagte sie: »Wie ich schon Ihrer Frau erklärte, geht es um eine alte Dame, die ich immer als meine dritte Großmutter angesehen habe. Für sie brauche ich die Information. Sie ist Österreicherin, aber sie hat während des Krieges mit meinem Großvater zusammengelebt. Also mit dem Vater meines Vaters.« Sie schaute Brunetti prüfend an, um zu sehen, ob diese Erklärung ausreichen würde; er begegnete ihrem Blick interessiert, aber durchaus nicht sensationslüstern.

»Nach dem Krieg wurde mein Großvater verhaftet. Es kam zum Prozeß, und in der Verhandlung legte die Staatsanwaltschaft Kopien von Artikeln vor, die er für Zeitungen und Magazine verfaßt hatte und in denen ›artfremde Kunstformen und -praktiken‹ angeprangert wurden.« Brunetti erkannte in der Formulierung den faschistischen Code für jüdische Kunst oder die Werke jüdischer Künstler. »Trotz der Amnestie wurden diese Artikel immer noch als Beweismittel zugelassen.«

Sie verstummte. Als klar war, daß sie nichts weiter sagen würde, ohne daß er nachhakte, fragte Brunetti: »Und wie ist der Prozeß ausgegangen?«

»Da er aufgrund der Togliatti-Amnestie nicht wegen politischer Vergehen belangt werden konnte, lautete die Anklage auf Erpressung. Wegen anderer Vorkommnisse während des Krieges«, erklärte sie. »So hat es mir zumindest meine Großmutter erzählt. Als abzusehen war, daß man ihn verurteilen würde, erlitt er eine Art Kollaps, und sein Anwalt beschloß auf Unzurechnungsfähigkeit zu plädieren.« Und Brunettis Frage vorwegnehmend, fuhr sie fort: »Das hat mich stutzig gemacht, aber meine

Großmutter sagt, er sei wirklich zusammengebrochen und habe nicht bloß simuliert, so wie sie's heute tun.«

»Ich verstehe.«

»Und die Richter haben ihm auch geglaubt, darum schickten sie ihn nach der Verurteilung nach San Servolo.«

Im Gefängnis wäre es ihm besser ergangen, dachte Brunetti unwillkürlich, beschloß aber, dem Mädchen diese Einsicht zu ersparen. San Servolo war schon seit Jahrzehnten geschlossen, und vielleicht war es das beste, die Greuel zu vergessen, die sich dort so viele Jahre lang abgespielt hatten. Was geschehen war, war geschehen, nicht nur den anderen Insassen, sondern vermutlich auch ihrem Großvater, und daran war nichts mehr zu ändern. Durch eine Begnadigung, so sie denn möglich wäre, ließe sich immerhin sein Ruf in der Öffentlichkeit wiederherstellen. Falls – hörte er eine zynische innere Stimme flüstern – falls überhaupt noch irgendwer über diese Dinge nachdachte oder sich darum kümmerte, was während des Krieges passiert war.

»Und was genau möchten Sie nun für ihn erwirken? Beziehungsweise Ihre Großmutter?« fügte er hinzu, um ihr mehr Details zu entlocken.

»Was immer ihn entlasten und seinen Namen reinwaschen könnte.« Dann senkte sie Kopf und Stimme und setzte hinzu: »Es ist das einzige, was ich für sie tun kann.« Und noch leiser: »Ihr einziger Wunsch.«

Claudias Anliegen betraf ein Gebiet der Rechtsprechung, mit dem Brunetti nicht vertraut war und das er mithin nur nach allgemeinjuristischen Kriterien beurteilen konnte. Er hatte indes nicht den Mut, dem Mädchen zu sagen, daß das Gesetz diesen Kriterien nicht immer folgte. »Ich denke, was hier in Frage käme, wäre eine Aufhebung oder ein Widerruf des erstinstanzlichen Urteils. Wenn der damalige Richterspruch aufgehoben würde, dann wäre Ihr Großvater rehabilitiert.«

»Öffentlich?« fragte sie. »Ich meine, gäbe es ein offizielles Dokument, das ich meiner Großmutter zeigen könnte?«

»Wenn das Gericht ein neues Urteil fällte, müßte es das auch offiziell bekanntgeben.« Das war die beste Antwort, die er ihr geben konnte.

Sie dachte so lange darüber nach, daß Brunetti schließlich in ihr Schweigen hinein fragte: »Trug er den gleichen Namen wie Sie?«

»Nein. Ich heiße Leonardo.«

»Aber er war doch der Vater Ihres Vaters?«

Sie sagte schlicht: »Meine Eltern waren nicht verheiratet. Mein Vater erkannte mich nicht gleich als seine Tochter an, und so habe ich den Namen meiner Mutter behalten.«

Brunetti äußerte sich lieber nicht dazu, sondern fragte bloß: »Und wie hieß Ihr Großvater?«

»Guzzardi. Luca.«

Der Name weckte ein schwaches Echo in Brunettis Erinnerung. »War er Venezianer?« fragte er.

»Nein, die Familie stammte aus Ferrara. Aber während des Krieges lebten sie hier.«

Der Name der Stadt brachte die Erinnerung nicht näher. Während er scheinbar über ihre Antwort nachdachte, überlegte Brunetti fieberhaft, bei wem er sich nach dem Kriegsgeschehen in Venedig erkundigen könnte. Die ersten, die ihm einfielen, waren sein Freund Lele Bortoluzzi, der Maler, und sein Schwiegervater Conte Orazio Falier, beides Männer, die den Krieg miterlebt hatten, und beide mit einem ausgezeichneten Gedächtnis gesegnet.

»Aber ich verstehe immer noch nicht«, sagte Brunetti, weil er glaubte, durch scheinbare Verwirrung eher ans Ziel zu kommen als durch unverhohlene Neugier, »was ein gerichtliches Vorgehen jetzt noch bezwecken könnte. Man hätte damals, gleich nach der Verurteilung, in Berufung gehen sollen.«

»Das ist auch geschehen, und das erste Urteil wurde bestätigt; genau wie der Beschluß, meinen Großvater nach San Servolo zu schicken.«

Wieder mimte Brunetti den Verwirrten. »Dann verstehe ich erst recht nicht, wie man heute, nach so vielen Jahren, auf eine Revision hoffen kann oder wer warum so dringend daran interessiert ist.«

Sie musterte ihn so scharf, daß er beschämt die Unschuldsmiene fallenließ – ein billiger Trick, mit dem er versucht hatte, ihr den Namen der Großmutter zu entlocken, der ihn, wie er wohl wußte, aus reiner Neugier interessierte.

Das Mädchen setzte zum Sprechen an, stockte, betrachtete forschend den Commissario, der sich jetzt schon mehrmals dümmer gestellt hatte, als er war, und sagte endlich mit einer Schärfe, die man ihrem Alter gar nicht zugetraut hätte: »Bedaure, aber dazu darf ich Ihnen nichts sagen. Alles, worum ich Sie gebeten habe«, fuhr sie fort, und er war beeindruckt von der Würde, mit der sie unausgesprochen auch hier die Ebenbürtigkeit einforderte, zu der sie in ihrem Gespräch über Geschichte und Literatur gefunden hatten, »ist, mir zu sagen, ob es eine Möglichkeit gibt, seinen Namen reinzuwaschen.« Bevor er etwas erwidern konnte, schnitt sie ihm das Wort ab und sagte: »Sonst nichts.«

»Ich verstehe«, sagte Brunetti und erhob sich. Er wußte nicht, ob er ihr würde helfen können, war aber doch so bezaubert von ihrer Jugend und Lauterkeit, daß er es immerhin versuchen wollte.

Claudia erhob sich ebenfalls. Er kam um den Schreibtisch herum auf sie zu, aber sie streckte ihm zuerst die Hand entgegen. Nach einem kurzen Händedruck wandte sie sich rasch zur Tür und verließ das Büro. Brunetti blieb mit dem dumpfen Gefühl zurück, er habe sich soeben reichlich blamiert; was ihn indes nur in dem Vorsatz bestärkte, der Erinnerung, die sich mit dem Namen Guzzardi verband, so rasch wie möglich nachzugehen.

6

Als das Mädchen gegangen war, zog Brunetti den Stoß Akten, die noch auf seinem Schreibtisch lagen, zu sich heran, kritzelte seine Initialen auf jedes Deckblatt, ohne auch nur ein Wort gelesen zu haben, und schob die Papiere auf die linke Seite, von wo sie weiter durch die Büros der Questura mäandern würden. Er hatte keinerlei Skrupel bei diesem Täuschungsmanöver, ja hielt es sogar für eine kluge Taktik, die er vielleicht beibehalten sollte. Womöglich könnte er sich auch mit einem der anderen Kommissare darauf einigen, einander im wöchentlichen Aktenstudium abzuwechseln. Einen Moment lang erwog er, den gleichen Pakt mit allen vertrauenswürdigen Kollegen zu schließen, um diese törichte Zeitvergeudung einzudämmen, verwarf den Gedanken aber wieder, als er merkte, wie wenige Namen ihm für ein solches Bündnis einfielen: Vianello, Signorina Elettra, Pucetti und eine der neuen Kommissarinnen, Sara Marino.

Der Umstand, daß die Marino Sizilianerin war, hatte Brunetti zunächst mißtrauisch gemacht, und als er erfuhr, daß ihr Vater, ein Richter, von der Mafia ermordet worden war, fürchtete er, sie könne sich als Fanatikerin entpuppen. Doch dann hatte er gesehen, mit welch aufrichtigem Engagement sie sich in die Arbeit stürzte; zudem waren Patta und Tenente Scarpa gegen sie, was sie in Brunettis Augen erst recht vertrauenswürdig machte. Außer diesen vieren – und Sara gehörte nur dazu, weil sein Bauchgefühl ihm sagte, daß sie ein anständiger Mensch sei – gab es niemanden in der Questura, dem er blind vertrauen konnte. Statt sein Wohl in die Hände von Kollegen zu geben, die darauf eingeschworen waren, das Gesetz zu hüten und hochzuhalten, würde er Leben, Karriere und Geschick weit eher jemandem wie Marco Erizzo anvertrauen, einem Mann, den er gerade zu einer kriminellen Handlung angestiftet hatte.

Brunetti beschloß, keine Zeit mehr mit törichten Gedankenspielen zu verschwenden, sondern sich lieber mit seinem Schwiegervater zu beraten; auch er ein Mann, dem er zu vertrauen gelernt hatte, wenngleich dieses Vertrauen immer mit einem gewissen Unbehagen gepaart war. Manchmal nannte er Orazio Falier bei sich das Orakel Orazio, denn er war sicher, daß die unzähligen Verbindungen, die der Conte ein Leben lang geknüpft hatte, ausreichten, um jede Frage zu beantworten, die Brunetti ihm über die Stadt oder ihre Bewohner stellen mochte. Der Conte hatte Brunetti bereits mehrfach dunkle Geheimnisse vorgeblich ehrbarer Bürger anvertraut, die einen trüben Schatten auf deren weiße Weste warfen. Das einzige, was er allerdings nie offengelegt hatte, waren seine Quellen; trotzdem glaubte Brunetti bedingungslos alles, was sein Schwiegervater ihm berichtete.

Er rief den Conte in seinem Büro an und bat um ein Gespräch unter vier Augen. Da Falier bereits zum Mittagessen verabredet war und anschließend verreisen mußte, schlug er vor, Brunetti solle gleich zu ihm an den Campo San Barnaba kommen, wo er ihm ungestört Rede und Antwort stehen könne. Als er aufgelegt hatte, spürte Brunetti, daß die Hellsicht des Conte ihn nervös machte. Falier war wie selbstverständlich davon ausgegangen, daß Brunetti ihn nur sprechen wolle, um ihm Informationen zu entlocken, hatte das freilich so nonchalant vermerkt, daß Brunetti es unmöglich als Kränkung auffassen konnte.

Brunetti hängte einen Zettel an seine Tür mit dem Hinweis, daß er zu einer auswärtigen Vernehmung unterwegs und nach dem Mittagessen zurück sei. Der Tag war düster und kalt geworden, weshalb er sich entschloß, mit dem Vaporetto zu fahren. In der Linie Eins von San Zaccaria drängte sich eine vielköpfige Touristengruppe mit Bergen von Gepäck, vermutlich auf dem Weg zum Bahnhof oder zur Piazzale Roma und von dort zum Flughafen. Brunetti, der in die Kabine durchgehen wollte, fand den

Weg versperrt von einem ausladenden Rucksack auf den Schultern einer noch ausladenderen Frau. Er hatte den Eindruck, als hätten sich die Körpermaße der amerikanischen Touristen in den letzten paar Jahren verdoppelt. Stattlich waren sie schon immer gewesen, aber eher nach Art der Skandinavier: hochgewachsen und muskulös. Doch neuerdings gingen sie obendrein stark in die Breite, ja mutierten zu wabbeligen Wurstpaketen, bei deren Anblick er das Gefühl hatte, sie müßten sich glibberig anfühlen.

Obwohl er wußte, daß der menschliche Organismus sich nur unvorstellbar langsam ändert, wurde er den Verdacht nicht los, daß sich, zumindest was den Flüssigkeitsbedarf anging, bei der Spezies Tourist in den letzten Jahren ein eklatanter Wandel vollzogen hatte: Ohne ständige Zufuhr von Wasser oder kohlensäurehaltigen Getränken schien sie heute nicht mehr lebensfähig. Warum sonst umklammerten alle so inbrünstig ihre Maxiplastikflaschen?

Als er endlich einen Platz ergattert hatte, wurde Brunetti rückfällig, schlug seinen *Gazzettino* auf und wandte sich den vermischten Nachrichten zu, deren vielfältige Freuden er bis zur Haltestelle Ca' Rezzonico genoß.

Am Ende der langen Gasse bog er vor der Kirche rechts ab und ging dann eine noch schmalere *calle* hinunter, bis er vor dem mächtigen *portone* des Palazzo Falier stand. Er klingelte und trat nach rechts, um sich über die Sprechanlage zu melden, aber Luciana, die älteste der Bediensteten im Palazzo, die im Laufe der Zeit und dank ihrer treuen Anhänglichkeit fast zu einem Mitglied der Familie geworden war, öffnete ihm unverzüglich.

»Ah, Dottor Guido«, sagte sie, legte ihm lächelnd die Hand auf den Arm und zog ihn ins Haus. In ihrer spontanen Geste lag die Freude, ihn zu sehen, Besorgnis um sein Wohl und fast so etwas wie Liebe. »Paola? Die Kinder?«

Brunetti erinnerte sich, daß sie erst vor ein paar Jahren, als beide Kinder die zierliche Frau schon um Haupteslänge überragten, aufgehört hatte, sie als »die Babies« zu bezeichnen.

»Alle wohlauf, Luciana. Und wir freuen uns schon alle auf die neue Honigernte.«

Lucianas Sohn hatte bei Bozen einen Bauernhof mit Milchviehhaltung, und jedes Jahr zu Weihnachten schenkte sie der Familie vier Kilotöpfe mit den verschiedenen Honigsorten, die er erzeugte.

»Ist der Vorrat schon alle?« fragte sie besorgt. »Möchten Sie Nachschub?«

Er stellte sich vor, wie sie, falls er bejahte, am nächsten Morgen den ersten Zug nach Bozen nehmen würde. »Nein, Luciana, den Akazienhonig haben wir noch gar nicht aufgemacht. Und vom Kastanienhonig ist auch noch die Hälfte übrig, damit sollten wir bis Weihnachten auskommen. Solange wir ihn vor Chiara versteckt halten.«

Sie lächelte, längst vertraut mit Chiaras unersättlichem Appetit. Trotzdem hatte seine Antwort sie noch nicht überzeugt. »Wenn er Ihnen doch ausgeht, sagen Sie's mir, Giovanni kann ohne weiteres welchen runterschicken. Das ist kein Problem.«

Dann tätschelte sie ihm wieder den Arm und sagte: »Il Signor Conte ist in seinem Arbeitszimmer.« Brunetti nickte, und Luciana wandte sich der Treppe zu, die in den ersten Stock und zur Küche führte, über die sie schon seit unvordenklichen Zeiten herrschte.

Die Tür zum Arbeitszimmer des Conte stand offen, also klopfte Brunetti nur der Form halber an den Pfosten und trat ein. Sein Schwiegervater blickte auf und begrüßte ihn mit einem so herzlichen Lächeln, daß Brunetti sich schon fragte, ob der Conte womöglich im Tausch gegen die Information, die er ihm geben konnte, seinerseits irgendeine Gefälligkeit erwartete.

Brunetti hatte keine Ahnung, wie alt der Conte war, und mit Schätzungen kam man bei ihm nicht weit. Sein schlohweißes Haupt wirkte im Zusammenspiel mit dem sonnengebräunten Gesicht so jugendlich, daß die Haarfarbe alle Rückschlüsse auf das Alter zunichte machte. Einmal hatte der Commissario Paola nach dem Alter ihres Vaters gefragt, aber sie hatte nur geantwortet, das müsse er durch einen Blick in den Paß des Conte herausfinden, und schadenfroh hinzugefügt, er habe vier davon aus vier verschiedenen Ländern, alle mit unterschiedlichen Geburtsdaten und -orten.

Brunetti war sicher, daß die durchdringenden blauen Augen und die vorspringende Nase auf allen vier Paßbildern zu sehen waren; ob auch die Namen alle gleich lauteten, hatte Paola nicht gesagt, und ihm fehlte der Mut, danach zu fragen.

Der Conte kam seinem Schwiegersohn entgegen und begrüßte ihn mit einem festen Händedruck. »Wie nett, daß du vorbeikommst. Setz dich und trink etwas. Kaffee? *Un'ombra?*«

»Nein, danke«, sagte Brunetti und nahm Platz. »Ich weiß, du bist verabredet, also werde ich versuchen, mich kurz zu fassen.«

Ohne seine Uhr zu konsultieren, sagte der Conte: »Mir bleibt noch eine halbe Stunde, wir haben also reichlich Zeit für einen Drink.«

»Nein, wirklich nicht«, beharrte Brunetti. »Vielleicht hinterher, wenn dann noch Zeit ist.«

Der Conte setzte sich wieder hinter seinen Schreibtisch. »Um wen geht es?« Die gezielte Frage bewies, wie gut er Brunetti kannte.

»Um einen Italiener namens Luca Guzzardi, der nach dem Krieg verurteilt wurde. Ich weiß allerdings nicht, für welches Vergehen. Statt ins Gefängnis schickte man ihn nach San Servolo, wo er verstarb.« Brunetti hielt es für besser, Claudia Leonardo nicht zu erwähnen und auch nicht den Grund für seine Nachforschungen. Normalerweise kümmerte den Conte das Warum ohnehin nicht; die Tatsache, daß Brunetti mit seiner Tochter verheiratet war, genügte, um ihm jede erdenkliche Hilfe zu gewähren.

Der Conte hatte Brunetti mit unbewegter Miene ausreden lassen. Dann spitzte er die Lippen und neigte den Kopf zur Seite, als horche er auf die Geräusche aus einem der Palazzi am anderen Ufer des Canal Grande. Mit einem neuerlichen Blick auf Brunetti sagte er: »Ach, das Leben ist doch wirklich lang.«

Brunetti wußte, daß der Conte der Versuchung, eine solch kryptische Bemerkung zu erläutern, genausowenig widerstehen konnte wie seine Tochter. Und tatsächlich brauchte er nur einen Moment zu warten.

»Luca Guzzardi war der Sohn von einem Geschäftspartner meines Vaters. Er selber bezeichnete sich als Künstler.« Und als er Brunettis Verwirrung bemerkte, fügte er hinzu: »Der Sohn, nicht der Vater.« Offenbar war der Conte bemüht, die Fakten zu sortieren, um seine Geschichte verständlich zu erzählen. Er fuhr fort: »Er war kein Künstler, auch wenn er ein gewisses Talent zum Illustrator hatte. Das kam ihm sehr zustatten, denn er wurde Wandmaler und Plakatzeichner für die Partei, die vor und während des Krieges an der Macht war.« Es gab Zeiten, da hatte Brunetti keine andere Wahl, als die Arroganz des Conte zu bewundern: So wie ein Mann in seiner Position seine Dienstboten nicht beim Vornamen nannte, weigerte er sich auch, den Namen der Partei auszusprechen, die sein Vaterland in Trümmer gelegt hatte.

Jetzt erinnerte sich Brunetti, der mit *i fascisti* vertraut war, wo er den Namen Guzzardi gehört oder zumindest gelesen hatte: in einem Bildband über faschistische Kunst, Seite für Seite eine betäubende Ansammlung von wohlgenährten Fabrikarbeitern und Maiden mit strahlenden Augen und langen Zöpfen, die sich in den grellsten Farben für den Sieg ihrer Partei engagierten.

»Er war während des Krieges ziemlich rührig, dieser Luca Guzzardi«, fuhr der Conte fort. »Sowohl in Ferrara, wo seine Familie herstammte – ich glaube, sie machten in Textilien –, als auch hier, wo er und sein Vater recht bedeutende Positionen innehatten.«

Brunetti hatte es längst aufgegeben, seinen Schwiegervater zu fragen, wie er an die Informationen kam, die er an ihn weiterreichte, aber diesmal gab der Conte seine Quelle preis. »Wie Paola dir vielleicht erzählt hat, mußten wir 1939 außer Landes gehen, so daß keiner von uns in den ersten Kriegsjahren in Italien war. Ich war noch ein halbes Kind damals, aber mein Vater hatte viele Freunde, die hierblieben, und als die Familie nach dem Krieg zurückkehrte, erfuhr er (und auch ich), was sich in unserer Abwesenheit zugetragen hatte. Es war wenig Angenehmes darunter.«

Nach dieser kurzen Einleitung fuhr er fort: »Guzzardi senior belieferte die Armee mit Tuch für Uniformen und wohl auch Zelte. Damit machte er ein Vermögen. Der Sohn bekam dank seiner künstlerischen Talente irgendeinen Posten im Propagandaministerium und entwarf Plakate und Reklametafeln, die das Leben unserer großen Nation gebührend bebilderten. Außerdem war er Mitglied der Kommission, die darüber befand, welche angeblich dekadenten Kunstwerke unsere Galerien und Museen abstoßen sollten.«

»Abstoßen?« wiederholte Brunetti verständnislos.

»Das war eine der Seuchen, die wir aus dem Norden einschleppten«, sagte der Conte trocken und fuhr dann in seiner Erzählung fort.

»Es gab eine lange Liste sogenannter entarteter Künstler: Goya, Matisse, Chagall, dazu die ganze Gruppe der deutschen Expressionisten. Und viele andere mehr, bei denen es genügte, daß sie Juden waren. Oder keine gefälligen Themen malten oder nichts, was den Mythos der Partei unterstützte. Alles in dieser Richtung mußte von den Museumswänden entfernt werden, und viele Leute hängten solche Bilder vorsorglich auch in ihren Privathäusern ab.«

»Und wo kamen sie hin?« fragte Brunetti.

»Gute Frage«, versetzte der Conte. »Oft waren das die ersten Kunstwerke, die veräußert wurden, weil die Besitzer Geld zum Überleben brauchten oder das Land verlassen wollten – Leute, die, weil sie im Druck waren, nur sehr wenig für ihre Bilder bekamen.«

»Und die Museen?«

Der Conte lächelte, dieses ironische Lippenkräuseln, das seine Tochter von ihm geerbt hatte. »Guzzardi junior war derjenige, der darüber zu befinden hatte, welche Kunstwerke entfernt gehörten.«

»Und war er auch befugt«, fragte Brunetti, dem langsam dämmerte, worauf das hinauslief, »darüber zu entscheiden, wo die Bilder hinkamen, und ihren Verbleib zu archivieren?«

»Ich freue mich ja so, daß all die Jahre bei der Polizei deine grauen Zellen nicht angegriffen haben, Guido«, sagte der Conte mit fast zärtlicher Ironie.

Brunetti ging nicht darauf ein, und der Conte fuhr fort: »In dem Chaos damals sind viele wertvolle Stücke unbemerkt verschwunden und auf die Seite geschafft worden. Aber Guzzardi ist irgendwann wohl doch zu weit gegangen. Ich glaube, es war 1942: ein Skandal um eine Schweizer Familie, die in einem alten Palazzo wohnte, der seit Generationen im Familienbesitz war. Der Vater, der irgendeinen Titel hatte« –, der Conte sagte es mit der ihm eigenen Geringschätzung für Adelsprädikate, die nicht weiter als tausend Jahre zurückreichten – »war Schweizer Honorarkonsul. Der Sohn geriet dauernd in Schwierigkeiten, weil er offen gegen die damalige italienische Regierung polemisierte, aber dank der guten Beziehungen seines Vaters wurde er nie verhaftet. Bis man ihn eines Tages, ich weiß nicht mehr genau, wann das war, auf dem Dachboden erwischte, zusammen mit zwei Offizieren der britischen Luftwaffe, die er dort versteckt hielt. Eine sehr nebulöse Geschichte, aber die Guzzardis hatten jedenfalls Wind davon bekommen, und einer von ihnen schickte dem jungen Schweizer die Polizei auf den Hals.« Hier stockte der Conte, und Brunetti sah, wie er versuchte, Erinnerungen wachzurufen, die mehr als fünfzig Jahre zurücklagen.

»Sie wurden alle drei verhaftet, der Sohn des Konsuls und seine beiden Schützlinge«, fuhr der Conte fort. »Noch am selben Abend wurden die Guzzardis bei dem Vater vorstellig, und es fand eine, nun, nennen wir es ›Unterredung‹ statt. Am Ende einigte man sich darauf, daß der Junge heimgeschickt und die Klage gegen ihn fallengelassen würde.«

»Und was wurde aus den Fliegern?«

»Ich habe keine Ahnung.«

»Und die Guzzardis?« fragte Brunetti.

»Die sollen in jener Nacht den Palazzo des Konsuls mit einem großen Paket verlassen haben.«

»Entartete Kunst?«

»Das weiß keiner. Der Konsul besaß eine stattliche Sammlung früher Meisterzeichnungen: Tizian, Tintoretto, Carpaccio. Er war außerdem ein Freund und Gönner der Stadt und bedachte die venezianischen Museen mit zahlreichen Schenkungen.«

»Aber besagte Zeichnungen waren nicht darunter?«

»Die waren bei Kriegsende nicht mehr im Palazzo«, sagte der Conte.

»Und die Guzzardis?« fragte Brunetti wieder.

»Der Konsul war offenbar ein Schulkamerad des Mannes, der gleich nach dem Krieg als britischer Botschafter zu uns entsandt wurde, und der bestand darauf, die Guzzardis zur Rechenschaft zu ziehen.«

»Und?«

»Guzzardi junior kam vor Gericht. Ich weiß nicht mehr genau, wie die Anklage lautete, aber der Ausgang stand nie in Zweifel. Der Botschafter war nämlich sowohl sehr reich als auch sehr spendabel, und das wiederum machte ihn sehr mächtig.« Der Conte blickte auf die drei Tizian-Zeichnungen, die hinter Brunetti an der Wand hingen, als erwarte er sich von ihnen eine Auffrischung seines Gedächtnisses.

»Ich wüßte nicht, daß die Zeichnungen je wieder aufgetaucht sind. Damals munkelte man, Guzzardis Anwalt hätte mit dem Gericht einen Handel geschlossen: Gegen Rückgabe der Zeichnungen sollte sein Mandant freigesprochen werden. Aber dann erlitt Guzzardi während des Prozesses einen Kollaps oder einen Anfall – ob echt oder vorgetäuscht, weiß ich nicht – und die Richter verurteilten ihn am Ende doch – wenn ich mich recht entsinne, wohl wegen räuberischer Erpressung – und schickten ihn nach San Servolo. Die Leute sagten, Guzzardis Zusammenbruch sei nur Theater gewesen, inszeniert, damit die Richter ihn in die Anstalt schicken konnten. Man würde ihn ein paar Monate dort behalten und dann, wundersam geheilt, wieder entlassen. Auf die Weise wäre der Botschafter zufriedengestellt, ohne daß man Guzzardi wirklich zu bestrafen brauchte.«

»Aber er starb in der Anstalt?«

»Ja.«

»Erschien sein Tod irgendwie verdächtig?«

»Nein, nicht daß ich wüßte. Aber San Servolo war die Hölle.« Und nach einigem Nachdenken setzte der Conte hinzu: »Nicht, daß die heutigen Zustände sehr viel besser wären.«

Das Fenster in Brunettis Büro ging auf das Männeraltenheim von San Lorenzo hinaus, und was er dort zu sehen bekam, bestätigte all seine Vorurteile über das Schicksal der Alten, geistig Verwirrten oder Verlassenen, die sich in die Obhut staatlicher Einrichtungen begaben. Brunetti schüttelte die düsteren Gedanken ab und sah auf die Uhr; es war höchste Zeit für den Conte, wenn er pünktlich zu seiner Verabredung kommen wollte. Er stand auf. »Ich bedanke mich. Und falls dir noch etwas einfällt ...«

»Lasse ich es dich wissen«, beendete der Conte Brunettis Satz. Und mit einem eher freudlosen Lächeln setzte er hinzu: »Es ist schon ein eigenartiges Gefühl, sich diese Zeiten wieder in Erinnerung zu rufen.«

»Inwiefern?«

»Nun, wie die Franzosen konnten auch wir das, was während des Krieges geschah, hinterher nicht schnell genug vergessen. Du weißt, wie ich zu den Deutschen stehe ...« Und Brunetti nickte zum Zeichen, daß ihm die unerschütterliche Aversion, mit der sein Schwiegervater dieser Nation begegnete, wohl bekannt sei. »… aber die haben nicht die Augen vor ihrer braunen Vergangenheit verschlossen, das muß man ihnen lassen.«

»Hatten sie denn eine Wahl?« fragte Brunetti.

»Aber natürlich hatten sie die, wo das halbe Land unter kommunistischer Herrschaft stand und die Amerikaner, als der Kalte Krieg ausbrach, zitterten, auf welche Seite sich die Westdeutschen schlagen würden. Spätestens nach dem Ende der Nürnberger Prozesse hätten die Alliierten ihnen ihre Vergangenheit bestimmt nicht mehr unter die Nase gerieben. Aber die Deutschen beschlossen von sich aus, Vergangenheitsbewältigung zu betreiben, wenigstens bis zu einem gewissen Grad. Wir haben das nie getan, und folglich gibt es bei uns keine Geschichtsschreibung zu den Kriegsjahren, zumindest keine, die verläßlich wäre.«

Hier argumentierte der Conte ganz ähnlich wie Claudia Leonardo, obwohl zwischen den beiden mehr als zwei Generationen lagen.

An der Tür des Arbeitszimmers drehte Brunetti sich noch einmal um und fragte: »Und die Zeichnungen?«

»Was soll damit sein?«

»Wieviel wären die heute wert?«

»Das läßt sich so nicht beantworten. Niemand weiß genau, um welche Werke es sich handelte oder wie viele es waren, und außerdem gibt es ja auch keinen Beweis.«

»Dafür, daß die Guzzardis sie genommen haben?«

»Ja.«

»Was glaubst du denn?«

»Natürlich haben sie sie genommen!« versetzte der Conte. »Das paßt genau zu dem Abschaum, der sie waren. Großkotzige Emporkömmlinge, genau die Sorte, die sich von solchen politischen Ideen angezogen fühlt. Für sie ist das die einzige Chance im Leben, je zu Macht oder Reichtum zu kommen, also rotten sie sich zusammen wie die Ratten und nehmen, was sie kriegen können. Und hinterher, wenn das Spiel aus ist, sind sie die ersten, die behaupten, moralisch seien sie die ganze Zeit dagegen gewesen und hätten nur mitgemacht, weil sie um die Sicherheit ihrer Familien fürchteten. Es ist erstaunlich, wie solche Leute immer wieder irgendeine wohltönende Entschuldigung finden für das, was sie getan haben. Tja, und bei der ersten Gelegenheit schlagen sie sich dann erneut auf die Siegerseite.« Der Conte hob die Hand in einer Geste zorniger Verachtung.

Brunetti, der sich nicht erinnern konnte, daß sein kühl distanzierter Schwiegervater je so abrupt die Contenance verloren hätte, fragte sich, welche besonderen Erfahrungen den Conte derart heftig auf diese weit zurückliegenden Ereignisse reagieren ließen. Allein, dies war kaum der Zeitpunkt, seiner Neugier zu frönen, weshalb er sich damit begnügte, dem Conte nochmals zu danken und ihm die Hand zu schütteln, bevor er den Palazzo Falier verließ und zum Mittagessen in sein bescheideneres Heim zurückkehrte.

7

Zu Hause traf er die Kinder in einem Streit an. Sie standen in der Tür zum Wohnzimmer, zankten sich lautstark und nahmen kaum Notiz von ihm. Dank jahrelanger Erfahrung mit ihren Kabbeleien hörte Brunetti heraus, daß sie diesmal nicht mit Leib und Seele dabei waren, sondern sich nur pro forma bekriegten, etwa nach Art der Walrösser, die sich damit begnügen, aus dem Wasser aufzutauchen und dem Gegner die Stoßzähne zu zeigen. Sobald einer zurückweicht, läßt auch der andere sich zurückplumpsen und schwimmt davon. Bei dem Streit ging es um eine CD, deren Besitz nicht nur umstritten, sondern momentan auch geteilt war: Raffi hatte die Disk in der Hand, Chiara die Plastikhülle.

»Die hab ich vor einem Monat im Tempio della Musica gekauft«, beharrte Chiara.

»Du spinnst! Die hat Sara mir zum Geburtstag geschenkt«, widersprach Raffi.

Brunetti gratulierte sich zu seiner Selbstbeherrschung, als er nicht vorschlug, nach dem alten Richtspruch zu verfahren und die Heulboje einfach in der Mitte durchzuschneiden. Statt dessen fragte er nur: »Ist eure Mutter in ihrem Arbeitszimmer?«

Chiara nickte, ging jedoch gleich wieder in Kampfstellung. »Ich will sie aber jetzt abspielen«, hörte Brunetti sie noch sagen, während er den Flur entlangschritt.

Die Tür zu Paolas Arbeitszimmer stand offen. Also trat er ohne weiteres ein und fragte: »Gewährst du mir Asyl?«

»Hmmm?« Paola blickte von den Papieren auf ihrem Schreibtisch auf und starrte ihn durch die Lesebrille an, als ob sie nicht recht wisse, wer der Mann sei, der da unangemeldet hereinspaziert kam.

»Ob du mir Asyl gewährst, hab ich gefragt.«

Sie nahm die Brille ab. »Liegen die beiden sich etwa immer noch in den Haaren?« Gleichsam den Kompositionsprinzipien einer Haydn-Symphonie gehorchend, war das Gezänk der Kinder unterdessen ins Adagio abgeglitten. In Erwartung des unvermeidlichen Allegro tempestoso schloß Brunetti vorsorglich die Tür, bevor er auf dem Sofa an der Wand Platz nahm.

»Ich habe mit deinem Vater gesprochen.«

»Worüber?«

»Die Sache mit Claudia Leonardo.«

»Was für eine ›Sache‹?« wollte sie wissen und dachte offenbar nicht daran, ihn zu fragen, woher er den Namen des Mädchens kenne.

»Na, das mit dem Großvater und seinen kriminellen Machenschaften während des Krieges.«

»Kriminell?« wiederholte Paola, nun doch neugierig geworden.

Brunetti rekapitulierte in groben Zügen, was Claudia ihm erzählt und was er von seinem Schwiegervater erfahren hatte.

Als er zu Ende war, sagte Paola: »Ich glaube kaum, daß es Claudia recht wäre, wenn die Geschichte publik wird. Sie hat mich gefragt, ob sie mit dir reden kann, aber ich halte sie nicht für jemanden, der seine Familienangelegenheiten gern in die Öffentlichkeit trägt.«

»Von in die Öffentlichkeit tragen kann doch wohl kaum die Rede sein, wenn ich mich mit deinem Vater bespreche«, gab Brunetti unwirsch zurück.

»Du weißt, was ich meine«, erwiderte sie in dem gleichen Ton. »Ich bin davon ausgegangen, daß ihr Gespräch mit mir vertraulich war.«

»Du bist davon ausgegangen, aber ich nicht«, sagte Brunetti, gespannt, wie Paola darauf reagieren würde. »Sie hat mich in der Questura besucht, also weiß sie, daß ich Polizist bin. Wie hätte ich ihr ohne nähere Informationen antworten sollen?«

»Soweit ich mich erinnere, war ihre Frage rein hypothetisch.«

»Trotzdem mußte ich mehr über die Sache wissen, um ihr eine Antwort geben zu können.« Brunetti, dem es vorkam, als ob er das nun schon zum hundertsten Mal erklärte, merkte wohl, wie sehr ihr Disput dem Gezänk ähnelte, das er beim Betreten der Wohnung mit angehört hatte und das, wie er erleichtert feststellte, offenbar inzwischen beigelegt war. »Hör zu«, sagte er, um Aussöhnung bemüht, »dein Vater hat gesagt, er hilft mir gern, die alten Spuren zu verfolgen und Licht ins Dunkel zu bringen.«

»Aber siehst du überhaupt eine Chance, daß der Großvater in irgendeiner Form rechtsgültig rehabilitiert wird?« fragte sie. »Nur darum geht es doch dem Mädchen.«

»Ich sag dir doch, daß ich darauf erst antworten kann, wenn ich mehr weiß.«

Sie musterte ihn lange, während ihre Rechte gedankenverloren mit einem Bügel ihrer Brille spielte. »Es klingt, als wüßtest du schon genug, um ihr eine Antwort zu geben.«

»Daß es unmöglich ist?«

»Ja.«

»Wahrscheinlich«, sagte er.

»Und warum erkundigst du dich dann noch bei meinem Vater? Aus Neugier vielleicht?« Als er nicht antwortete, fuhr sie mit plötzlich ganz sanfter Stimme fort: »Oder hat mein Ritter in der schimmernden Rüstung wieder sein edles Roß bestiegen, um für die Gerechtigkeit in die Schlacht zu ziehen?«

»Ach, hör auf, Paola«, sagte er und grinste verlegen. »Das klingt ja, als wäre ich ein ausgemachter Trottel.«

»Nein, mein Lieber«, sagte sie und setzte ihre Brille wieder auf. »Das klingt ganz nach meinem Mann, dem Mann, den ich liebe.« Den Gesichtsausdruck, der diese Worte begleitete, verbarg Paola, indem sie sich über ihre Papiere beugte. »Und jetzt geh in die Küche, und mach den Wein auf. Ich komme nach, sobald ich dieses Referat durchkorrigiert habe.«

Brunetti wünschte, seine Kinder könnten sehen, wie prompt er die Weisung ihrer Mutter befolgte, und sich ein Beispiel daran nehmen. Er holte eine Flasche Chardonnay aus dem Kühlschrank, stellte sie auf die Arbeitsplatte und suchte in der Schublade nach einem Korkenzieher. Doch dann überlegte er es sich anders und vertauschte den Wein mit einem Prosecco. »Denn der Arbeiter ist sein Speis und Trank wert«, murmelte er vor sich hin, als er den Korken knallen ließ. Dann zog er sich mit Glas und Flasche ins Wohnzimmer zurück, um dort womöglich in Ruhe den *Gazzettino* zu Ende zu lesen.

Zwanzig Minuten später versammelte sich die Familie um den Mittagstisch. Der Streit um die CD war anscheinend beigelegt – zu Chiaras Gunsten, wie Brunetti inbrünstig hoffte. Sie ließ sich wenigstens noch von ihren Eltern zur Benutzung eines Discmans anhalten; Raffi dagegen hatte sich letztes Jahr eine kleine Stereoanlage für sein Zimmer gekauft und beschallte seither die Familie sowie die Außenwelt in einem Radius von fünfzig Metern mit einer Musik, die Brunetti sehnsüchtig an die Tinnitus-Symptome denken ließ, von denen er einmal gelesen hatte: ein stetes mechanisches Dröhnen oder Summen im Ohr, das jedes andere Geräusch überlagert.

Passend zur Jahreszeit hatte Paola ihren Risotto di zucca ganz zum Schluß mit grob geraspeltem Ingwer bestreut, dessen Schärfe indes durch den Stich Butter und den geriebenen Parmesan, die zuvor in den Topf gewandert waren, aufs angenehmste gemildert wurde. Angesichts dieser raffinierten Geschmackskomposition verlor Raffis Synthesizermusik all ihren Schrecken für den Commissario, und die mit Salbei und Weißwein gegrillte Hähnchenbrust, die dem Risotto folgte, setzte besagter Musik etwas entgegen, das Brunetti wie Engelsgesang dünkte.

Er legte die Gabel hin und wandte sich an seine Frau. »Bring mir einen Braeburn-Apfel, eine dünne Scheibe Montasio-Käse und ein Glas Calvados«, sagte er, »und ich behänge dich mit Diamanten so groß wie Walnüsse, lege dir trüffelweiße Perlen zu Füßen und pflücke dir Smaragde in Kiwigröße …«

»Oh, *papà*!« fiel ihm Chiara ins Wort. »Du denkst immer nur ans Essen.« Aus dem Munde der gefräßigen Chiara war das schamlose Heuchelei, aber bevor Brunetti seine Tochter zurechtweisen konnte, stellte Paola ihm eine große Schale Äpfel hin. »Außerdem«, fuhr Chiara fort, »wer könnte schon einen Smaragd so groß wie eine Kiwi tragen?«

Sein Gedeck verschwand und wurde durch einen sauberen Obstteller nebst Besteck ersetzt.

»*Mamma* würde ihn sowieso nur als Briefbeschwerer benutzen.« Raffi griff nach einem Apfel, biß hinein und fragte, ob er schon aufstehen und seine Matheaufgaben fertigmachen dürfe.

»Wenn ich vor drei Uhr auch nur einen Ton von diesem infernalischen Krach höre, dann komme ich und durchbohre dir das Trommelfell mit Bambussprossen, auf daß du ewig taub bleibst«, drohte seine liebende Mutter, nachdem sie ihm mit einem Nicken erlaubt hatte aufzustehen. Nun wußte Brunetti, wer den Streit um die CD gewonnen hatte. Raffi schnappte sich noch zwei Äpfel und trollte sich, gefolgt von Chiara, die rasch hinter ihm herschlüpfte.

»Du verwöhnst ihn«, sagte Brunetti, während er sich eine nicht besonders dünne Scheibe Montasio abschnitt. »Ich finde, du solltest strenger sein und vielleicht damit drohen, ihm die Fingernägel auszureißen.«

»Er ist bloß zwei Jahre jünger als einige meiner Studenten«, sagte Paola, nahm sich einen Apfel und begann ihn zu schälen. »Wenn ich so was bei ihm anfinge, dann hätte ich Angst, wozu ich mich erst bei den Studenten hinreißen lassen könnte. Der Geruch von Teenagerblut könnte mich um den Verstand bringen.«

»Gar so schlimm kann's doch nicht sein?« meinte Brunetti forschend.

Als sie ihren Apfel geschält hatte, schnitt Paola ihn in acht Stücke und entfernte geschickt das Kerngehäuse. Bevor sie antwortete, spießte sie den ersten Apfelschnitz auf ihre Obstgabel und schob ihn in den Mund. »Nein, wahrscheinlich ist es nicht so schlimm wie in deinem Beruf. Aber glaub mir, es gibt Tage, da sehne ich mich danach, in einer Zelle eingesperrt zu sein: zusammen mit zwei kräftigen Polizisten, einem Studenten und einem stattlichen Arsenal von Folterinstrumenten.«

»Warum ist es plötzlich so schlimm?« fragte Brunetti.

»Plötzlich kann man es eigentlich nicht nennen. Es ist eher so, daß ich gemerkt habe, wie schlimm es mit der Zeit geworden ist.«

»Gib mir ein Beispiel.«

»Also vor zehn Jahren konnte ich sie noch zu der Einsicht bekehren oder ihnen zumindest das Lippenbekenntnis abringen, daß die Kultur, die mich geprägt hat, all die Bücher und die großen Denker, mit denen unsere Generation aufgewachsen ist – Platon, Vergil, Dante –, also daß diese Kultur dem, was ihr Leben bestimmt, irgendwie überlegen war. Oder wenn nicht überlegen, dann zumindest interessant genug, um sich damit auseinanderzusetzen.« Sie aß noch drei Apfelschnitze und eine dünne Scheibe Montasio, bevor sie weitersprach. »Aber die Zeiten sind vorbei. Für die heutigen Jugendlichen ist ihr egozentrischer Lebensstil, sind ihre grölenden Stars, die schneller wechseln als die Jahreszeiten, all unserem törichten Bildungsgut anscheinend haushoch überlegen.«

»Zum Beispiel?«

»Zum Beispiel der zweifellos lächerlichen Vorstellung, daß Schönheit irgendeiner Norm oder einem Ideal verpflichtet ist; oder dem naiven Glauben, daß wir die Wahl haben, ehrenhaft zu handeln, und sie nutzen sollten; oder dem rückständigen Traum, der tiefere Sinn menschlicher Existenz erschöpfe sich nicht in der Anhäufung von Geld und Statussymbolen.«

»Kein Wunder, daß es dich nach diesen Folterinstrumenten gelüstet«, sagte Brunetti und machte den Calvados auf.

8

Am Nachmittag, als er mit dem dumpfen Gefühl, etwas zu üppig getafelt zu haben, wieder in seinem Büro saß, beschloß der Commissario, seine Erkundigungen bei seinem Freund Lele Bortoluzzi fortzusetzen; auch er eine wichtige Quelle für die Art von Auskünften, mit denen man sich anderswo womöglich eine Klage wegen übler Nachrede eingehandelt hätte. Normalerweise hätte er Lele in seiner Galerie aufgesucht, aber der Calvados (auch wenn er sich sagte, daß er kaum daran genippt habe) machte ihn ein wenig benommen, weshalb er lieber zum Telefon griff.

»*Sí*«, meldete sich Lele nach dem zweiten Klingeln.

»*Ciao,* Lele«, sagte Brunetti, ohne seinen Namen zu nennen. »Ich müßte mal wieder dein Archiv durchstöbern, diesmal auf der Suche nach einem gewissen Luca Guzzardi, der …«

»*Quel figlio di mignotta!*« unterbrach ihn Lele mit so zornbebender Stimme, wie Brunetti sie bislang nicht an ihm kannte.

»Du erinnerst dich also an ihn.« Brunetti lachte, um seine Verblüffung zu überspielen.

»Und ob ich mich an ihn erinnere«, sagte Lele. »Der Scheißkerl hat gekriegt, was er verdiente. Schade bloß, daß er so früh gestorben ist: Er hätte länger am Leben bleiben und dort draußen ein Schattendasein fristen sollen.«

»In San Servolo?« fragte Brunetti, obwohl ziemlich eindeutig war, was sein Freund meinte.

»Wo er hingehörte. Besser als in jedes Gefängnis, in das sie den Mistkerl hätten stecken können. Die anderen armen Teufel, die dort einsaßen, haben mir leid getan: Keiner von denen hatte es verdient, so zu leben, schlimmer als ein Tier. Aber Guzzardi verdiente das alles und mehr.«

Brunetti wußte, daß er den Grund für Leles leidenschaftliche Empörung bald erfahren würde. Trotzdem hakte er nach: »Du hast noch nie von ihm gesprochen. Merkwürdig, wenn du so gegen ihn eingenommen bist.«

»Er war ein Dieb und ein Verräter«, sagte Lele, »genau wie sein Vater. Die schreckten vor nichts zurück, hätten jeden ans Messer geliefert.«

Brunetti fiel auf, daß Lele die Guzzardis noch viel heftiger verdammte als der Conte, aber sein Schwiegervater war ja während des Krieges auch nicht in Venedig gewesen. Lele dagegen sehr wohl, und zwar von Anfang bis Ende. Und zwei seiner Onkel, von denen einer mit den Deutschen und der andere gegen sie gekämpft hatte, waren im Krieg gefallen. Brunetti unterbrach den Schwall von Verwünschungen, die weiter an sein Ohr drangen, und sagte: »Gut, gut, ich verstehe, wie du empfindest. Aber nun sag mir, warum.«

Lele lachte gequält. »Muß dir ja komisch vorkommen, diese Wut nach so langer Zeit. Ich habe seinen Namen seit, oh, ich weiß nicht, seit zwanzig Jahren nicht mehr gehört, aber kaum, daß du ihn erwähnst, steht alles, was ich über ihn weiß, wieder lebendig vor mir.« Er hielt einen Moment inne und fuhr dann fort: »Ist es nicht merkwürdig, wie manche Dinge einfach nicht in Vergessenheit geraten? Man sollte meinen, die Zeit hätte einiges gemildert. Aber nicht, wenn's um Guzzardi geht.«

»Was hat sich nicht gemildert?« fragte Brunetti.

»Na, wie sehr wir alle ihn gehaßt haben.«

»Alle?«

»Mein Vater, meine Onkel, sogar meine Mutter.«

»Und warum?«

»Glaubst du, du hast genug Zeit, dir das anzuhören?« fragte Lele.

»Warum hätte ich dich sonst angerufen?« fragte Brunetti zurück, froh, daß Lele nicht wissen wollte, warum er sich nach Guzzardi erkundigte.

Statt zu antworten, fragte Lele erst einmal: »Du weißt, daß mein Vater Antiquitätenhändler war?«

»Ja.« Brunetti erinnerte sich dunkel an Leles Vater, einen Hünen mit weißem Schnauzer und Kinnbart, der starb, als Brunetti noch ein kleiner Junge war.

»Damals wollten eine Menge Leute das Land verlassen. Nicht, daß es viele Orte gegeben hätte, an denen sie sich in Sicherheit bringen konnten. Aber nach Ausbruch des Krieges wandten sich jedenfalls einige von ihnen an meinen Vater mit der Bitte, ob er irgendwelche Sachen für sie verkaufen könne.«

»Antiquitäten?«

»Und Gemälde und Plastiken und seltene Bücher, so gut wie alles, was schön und wertvoll war.«

»Und dein Vater?«

»Er vermittelte als Agent«, sagte Lele, als ob damit alles erklärt sei.

»Was heißt das?«

»Was ich gesagt habe. Er erklärte sich bereit, Käufer zu finden. Er kannte den Markt, und er hatte eine große Kundenkartei. Als Gegenleistung erhielt er bei Vertragsabschluß jeweils zehn Prozent vom Kaufpreis.«

»Ist das nicht ganz normal?« fragte Brunetti. Was immer Lele ihm mitzuteilen versuchte, er konnte ihm offenbar nicht ganz folgen.

»Im Krieg war überhaupt nichts normal«. Lele sagte es, als ob damit alles erklärt sei.

»Lele, da ist zuviel im Spiel, was ich nicht verstehe. Bitte klär mich auf.«

»Schon gut. Ich vergesse immer, wie wenig die Leute über das, was damals passiert ist, wissen oder wissen wollen. Also du mußt dir das so vorstellen: Wenn jemand gezwungen war, Wertsachen zu veräußern, oder so unter Druck geriet, daß ihm keine andere Wahl blieb, als zu verkaufen, dann konnte er das entweder auf eigene Faust versuchen, was immer ein Fehler ist, oder er wandte sich an einen Agenten. Obwohl das oft genauso ein Fehler war.«

»Wieso?«

»Weil einige der Händler Geld rochen, große Summen, und als sie merkten, wie sehr die Anbieter in Panik waren, haben viele durchgedreht.«

»Inwiefern durchgedreht?«

»Indem sie ihre Prozente unverschämt hochschraubten. Die Leute wollten um jeden Preis verkaufen und wenn irgend möglich außer Landes gehen. Zumindest gegen Ende begriffen die meisten, daß hier zu bleiben gleichbedeutend mit sterben war. – Nein«, korrigierte er sich: »Nicht sterben: umgebracht, in den Tod geschickt zu werden. Trotzdem fehlte einigen immer noch der Mut, einfach abzuhauen und alles im Stich zu lassen: Häuser, Bilder, Kleidung, Kunstwerke, Papiere, Familienbesitz. Das hätten sie tun sollen, einfach alles zurücklassen und versuchen, in die Schweiz zu entkommen oder nach Portugal oder sogar nach Nordafrika, aber viele von ihnen waren nicht bereit, auf alles zu verzichten. Bis sie letztlich keine andere Wahl mehr hatten.«

»Und dann?« fragte Brunetti.

»Am Ende waren sie gezwungen, all ihren Besitz zu verkaufen, einzutauschen in Gold oder Edelsteine oder ausländische Währung, was immer sie glaubten, über die Grenze und außer Landes schaffen zu können.«

»Und wieso gelang ihnen das nicht?«

»Das zu erklären, wird sehr lange dauern, Guido«, sagte Lele fast entschuldigend.

»In Ordnung.«

»Nun gut. In den meisten Fällen lief es folgendermaßen: Die Leute kontaktierten einen Agenten. Viele von ihnen waren Antiquitätenhändler, entweder hier oder in einer der großen Städte. Von den namhaften Sammlern versuchten sogar welche, mit den Deutschen zusammenzuarbeiten, mit Männern wie Karl Haberstock in Berlin, über den, wie es hieß, der Fürst Varnese in Rom viele seiner Kunstwerke auf den Markt brachte. Nun, jedenfalls setzten die Leute sich mit einem Agenten in Verbindung; der kam, schaute sich an, was sie zu bieten hatten, und machte dann ein Angebot für die Objekte, die ihm gefielen oder die er glaubte weiterverkaufen zu können.« Hier stockte Lele abermals.

»Und?« fragte Brunetti, der immer noch rätselte, was an dieser ganzen Geschichte den Freund so in Rage bringen mochte.

»Und sie boten einen Bruchteil dessen, was die Sachen wert waren, behaupteten aber, das sei das Äußerste, was man dafür bekommen würde.« Noch bevor Brunetti die naheliegende Frage stellen konnte, erklärte Lele: »Jeder wußte, daß es sinnlos war, einen anderen Händler zu kontaktieren. Die Agenten hatten ein Kartell gebildet, und sobald einer von ihnen ein Gebot abgab, informierte er die anderen über den Preis, und keiner hätte mehr geboten.«

»Aber was war mit Männern wie deinem Vater? Konnten die Leute sich denn nicht an ihn wenden?«

»Zu der Zeit saß mein Vater im Gefängnis.« Leles Stimme war eisig.

»Weswegen denn?«

»Wer weiß? Was spielt das für eine Rolle? Jemand hatte ihn wegen angeblich defätistischer Äußerungen angezeigt. Die er natürlich auch gemacht hatte. Jeder wußte, daß wir keine Chance hatten, den Krieg zu gewinnen. Aber er sagte so was nur zu Hause, nur zu uns. Denunziert hatten ihn die anderen Agenten. Sie zeigten ihn an, und die Polizei kam und nahm ihn fest, und bei den Verhören machte man ihm klar, daß er nicht länger als Agent arbeiten dürfe.«

»Für die Leute, die das Land verlassen wollten?«

»Unter anderem. Sie sagten ihm nie genau, mit wem er nicht mehr zusammenarbeiten dürfe, aber das war ja auch gar nicht nötig, oder? Mein Vater verstand auch so. Als er zum drittenmal zusammengeschlagen wurde, hatte er verstanden. Und als sie ihn laufenließen und er nach Hause kam, versuchte er nicht mehr, diesen Leuten zu helfen.«

»Den Juden?«

»In erster Linie, ja. Aber auch nicht-jüdischen Familien. Der deines Schwiegervaters zum Beispiel.«

»Ist das dein Ernst, Lele?« fragte Brunetti, baff vor Staunen.

»Über dieses Thema mache ich keine Witze, Guido«, versetzte Lele ungewohnt schroff. »Auch der Vater deines Schwiegervaters mußte das Land verlassen, und vorher kam er zu meinem Vater und fragte an, ob er den Verkauf verschiedener Stücke für ihn übernehmen würde.«

»Und, hat er?«

»Er hat die Sachen genommen. Ich glaube, es waren vierunddreißig Gemälde und eine große Sammlung Erstausgaben aus der Druckerei von Aldus Manutius.«

»Hatte dein Vater denn keine Angst? Wo er doch gerade erst eine so drastische Warnung bekommen hatte?«

»Er hat die Sachen nicht verkauft. Er gab dem Conte eine gewisse Summe und sagte ihm, er würde die Bilder und Bücher für ihn aufbewahren, bis er nach Venedig zurückkäme.«

»Und wie ging es weiter?«

»Die Familie, einschließlich deines Schwiegervaters, schlug sich auf dem Landweg nach Portugal durch und setzte von dort nach England über. Sie gehörten zu den Glücklichen, die durchkamen.«

»Und die Sachen, die dein Vater in Kommission hatte?«

»Die deponierte er an einem sicheren Ort, und als der Conte und seine Familie nach dem Krieg wiederkamen, hat er alles zurückgegeben.«

»Wo hat er die Sachen denn versteckt?« fragte Brunetti. Nicht, daß es darauf angekommen wäre, aber der Historiker in ihm verlangte Gewißheit.

»Ich hatte eine Tante, die Äbtissin bei den Dominikanern war, in dem Kloster bei der Chiesa Santa Maria dei Miracoli. Sie hat alles unter ihrem Bett versteckt.« Brunetti war so verblüfft, daß er nicht weiter fragte, aber Lele erklärte es ihm auch so. »Also unter dem Fußboden im Schlafzimmer der Äbtissin befand sich ein großer Hohlraum, und sie hatte ihr Bett genau über den Zugang gestellt. Ich hielt es nicht für höflich, nachzufragen, was eine Äbtissin dort wohl verstecken wollte, also weiß ich auch nicht, wozu dieser Hohlraum ursprünglich diente.«

»Wir können nur hoffen«, bemerkte Brunetti, eingedenk der Geschichten, die man sich in seiner Kindheit über Priester und Nonnen erzählt hatte.

»Du sagst es. Jedenfalls blieben die Sachen dort, bis der Krieg zu Ende war und die Faliers heimkamen. Da gab mein Vater alles zurück, und der Conte erstattete ihm das Geld. Dazu schenkte er ihm noch einen kleinen Carpaccio, den, der jetzt in unserem Schlafzimmer hängt.«

Nachdenklich sagte Brunetti: »Davon habe ich nie etwas erfahren, nicht in all der Zeit, die ich meinen Schwiegervater kenne.«

»Orazio spricht nicht über das, was während des Krieges geschehen ist.«

Überrascht, verwundert, daß Lele so vertraulich von einem Mann sprach, den Brunetti in mehr als zwei Jahrzehnten nie beim Vornamen genannt hatte, fragte der Commissario: »Aber wie hast du davon erfahren? Von deinem Vater?«

»Ja, zumindest teilweise. Den Rest hat mir Orazio erzählt.«

»Ich wußte gar nicht, daß du ihn so gut kennst, Lele.«

»Wir haben zwei Jahre gemeinsam bei den Partisanen gekämpft.«

»Aber er hat gesagt, er sei noch ein Kind gewesen, als sie Venedig verlassen mußten.«

»Das war 1939. Drei Jahre später war er ein junger Mann. Ein sehr gefährlicher junger Mann. Er war einer von den Besten. Oder aus Sicht der Deutschen wahrscheinlich einer der Schlimmsten.«

»Und wo habt ihr gekämpft?«

»Oben in den Bergen, in der Nähe von Asiago«, sagte Lele, stockte und setzte dann hinzu: »Was immer du sonst noch darüber wissen willst, solltest du lieber deinen Schwiegervater fragen.«

Brunetti beugte sich dieser eindeutigen Weisung und kehrte zu seinem ursprünglichen Thema zurück. »Erzähl mir mehr von deinem Vater, über die Zeit, bevor er verhaftet wurde.«

»Davor hat er immer nur seine zehn Prozent genommen, und er tat sein Bestes, um für die Sachen, die seine Kunden zu verkaufen hatten, den höchstmöglichen Preis zu erzielen. Und du kannst versichert sein, daß er selber nie etwas einbehalten hat. Egal, was für einen günstigen Preis man ihm bot, und auch wenn ihm irgendein Stück noch so gut gefiel, er weigerte sich stets, etwas für sich zu kaufen.«

»Und die Guzzardis?« Damit brachte Brunetti die Geschichte wieder dorthin, wo er sie haben wollte.

»Die waren ein perfektes Team. Der Vater war der Geschäftsmann und der Sohn der Künstler.« Das letzte Wort betonte Lele mit ätzendem Spott. » In den Kunsthandel gerieten sie fast zufällig. Aber sie müssen wohl gewittert haben, wieviel Geld damit zu verdienen war. Solche Leute haben dafür immer einen Riecher. Anfangs hielten sie sich noch einen Fachmann als Schätzer, aber weil beide hohe Tiere in der Partei waren, bekamen sie ohne Mühe Zugang zum Kartell. Und ehe man sich's versah, verhandelte jeder, der hier oder in Padua und Treviso etwas losschlagen wollte und unter Zeitdruck stand, mit den Guzzardis. Und das Geschäft blühte. Die Guzzardis nahmen jeden aus. Die reinsten Blutsauger.«

»Hatten sie auch was mit der Verhaftung deines Vaters zu tun?«

Lele, der überzeugt war, daß alle Telefongespräche von irgendeiner staatlichen Stelle abgehört würden, war vorsichtig mit seiner Antwort. »Es ist immer kluges Geschäftsgebaren, die Konkurrenz auszuschalten.«

»Haben sie nur für sich gekauft oder auch im Auftrag von Kunden?«

»Anfangs haben sie – schon weil beide überhaupt keinen Geschmack hatten – als Zwischenhändler fungiert für Leute, die gehört hatten, daß eine bestimmte Sammlung zum Verkauf stünde, und die sich nicht die Hände schmutzig machen wollten, indem sie offen als Käufer auftraten. Je näher das Kriegsende rückte, desto häufiger wurde diese Praxis. Die Sammler waren scharf auf die Kunstwerke, aber sie wollten nicht, daß bekannt wurde, wer sie erworben hatte.«

»Und die Guzzardis?« fragte Brunetti.

»Gegen Ende haben sie angeblich nur noch für sich selbst gekauft. Luca hatte mit der Zeit einen guten Blick für den Wert eines Kunstwerks entwickelt. Das hat sogar mein Vater zugegeben. Luca war nicht dumm, ganz und gar nicht.«

»Und was kauften sie so?«

»Der Vater kaufte Gemälde; Luca interessierte sich für Zeichnungen und Kupferstiche.«

»War er darin besonders bewandert?«

»Nein, das glaube ich nicht. Aber sie sind vom Format her sehr handlich, und weil es von Stichen immer eine ganze Serie gibt und die Maler für ein Bild sehr oft eine ganze Reihe von Skizzen oder Zeichnungen anfertigen, lassen die sich schwerer zurückverfolgen als ein Unikat. Und leichter zu verstecken sind sie auch.«

»Von all diesen Machenschaften hatte ich keine Ahnung«, sagte Brunetti, als ihm schien, daß Lele mit seiner Geschichte zu Ende war.

»Es wissen auch nur wenige davon. Und noch weniger wollten etwas darüber erfahren. So haben wir es gleich nach der Befreiung gehalten: Alle beschlossen zu vergessen, was in den letzten zehn Jahren geschehen war, besonders während des Krieges. Außerdem standen wir am Ende auf Seiten der Siegermächte, und das machte das Vergessen um so leichter. Und diese Politik des Vergessens haben wir seitdem beibehalten. Ein geschöntes Geschichtsbild, das ist es, was wir wollten und auch bekommen haben.«

Brunetti hatte selten eine bessere Analyse gehört. »Sonst noch was?« fragte er.

»Über das, was sich in diesen Jahren abspielte, könnte ich ein ganzes Buch schreiben. Aber sobald der Krieg zu Ende war, ging man wieder zur Tagesordnung über, genau wie in Deutschland. Oder nein, dort dauerte es ein bißchen länger, weil sie erst diesen ganzen Entnazifizierungskram durchmachen mußten, auch wenn's nicht viel gebracht hat. Aber diese Schweine von Agenten, die hatten den Rüssel gleich nach dem Krieg wieder im Trog.«

»Du sagst das so, als würdest du sie kennen.«

»Natürlich kenne ich sie. Ein paar von ihnen leben noch. Einer hat bis heute eine 1944 erworbene Kollektion mit Zeichnungen alter Meister in einem Banktresor.«

»Legal erworben?«

Lele schnaubte verächtlich. »Wenn jemand, der um sein Leben bangt, in dieser Notlage einen Kaufvertrag unterzeichnet – und die Guzzardis achteten immer darauf, daß sie einen Vertrag in Händen hatten –, dann gilt der Handel noch heute als legal. Aber wenn jemand diese Zeichnungen aus dem Tresor stehlen und dem ursprünglichen Besitzer zurückgeben würde, dann wäre das bestimmt gesetzwidrig.« Lele ließ etliche Minuten verstreichen, bevor er unvermittelt sagte: »Ich ruf dich an, wenn mir noch was einfällt.« Und dann war die Leitung tot.

9

Brunetti hatte den ganzen Nachmittag Zeit, über das, was Lele ihm erzählt hatte, nachzusinnen. Mit dem Zweiten Weltkrieg hatte er sich zwar nie näher befaßt, aber die Vergangenheit bot schließlich genügend Beispiele von Kriegsgewinnlerei und Plünderung, so daß auch er sich ein Bild machen konnte – man denke nur an die Eroberung Roms oder die von Konstantinopel: Hatten die Sieger nicht in beiden Fällen gigantische Kunst- und Vermögenswerte beschlagnahmt und mehr noch beim Angriff zerstört? Rom war danach ein Trümmerfeld, und in Byzanz schwelten wochenlang die Ruinen, während die Eroberer plündernd durch die Straßen zogen. Sogar die stolzen Bronzepferde über dem Portal der Basilika von San Marco stammten aus der Kriegsbeute, die das venezianische Heer von diesem Feldzug mit heimbrachte. Gewiß war auch vor dem Untergang Roms oder Konstantinopels Panik ausgebrochen unter denjenigen, die ihr Heil in der Flucht suchten, weil schließlich kein irdischer Besitz, und sei er noch so edel oder kostbar, ein Menschenleben aufwiegt. Vor ein paar Jahren hatte er die Erinnerungen eines französischen Kreuzfahrers gelesen, der an der Belagerung und Erstürmung Konstantinopels beteiligt gewesen war und berichtete, daß »seit der Erschaffung der Welt in keiner andren Stadt so reiche Beute ward gemacht«. Aber was galt das schon angesichts der ungezählten Opfer?

Es war kurz nach sieben, als Brunetti diese Gedanken abschüttelte, wahllos ein paar Akten von einer Schreibtischseite auf die andere schaufelte, damit es nicht so aussah, als habe er an diesem Nachmittag ausschließlich den dunklen Stunden der Menschheitsgeschichte nachgespürt, und sich auf den Heimweg machte.

Er fand Paola wie erwartet in ihrem Arbeitszimmer, wo er sich auf das ramponierte Sofa fallen ließ, von dem sie sich partout nicht trennen wollte. »Du hast mir nie von deinem Vater erzählt«, sagte er zur Begrüßung.

»Was soll ich dir nicht über ihn erzählt haben?« Paola, die aus seinem Ton heraushörte, daß dies ein längeres Gespräch werden würde, schob vorsorglich ihre Notizen beiseite.

»Was er im Krieg gemacht hat.«

»Du sagst das, als hättest du ihn als Kriegsverbrecher entlarvt«, bemerkte sie.

»Kaum«, lenkte Brunetti ein. »Aber heute hat mir jemand erzählt, daß er in den Bergen bei Asiago mit den Partisanen gekämpft hat.«

Sie lächelte. »Nun weißt du also genausoviel wie ich.«

»Wirklich?«

»Absolut. Ich weiß, daß er in ganz jungen Jahren bei den Partisanen war, aber er hat nie mit mir darüber gesprochen, und ich hatte nie den Mut, meine Mutter danach zu fragen.«

»Mut?«

»An ihrem Ton und der Art, wie sie reagierte, wenn ich das Thema zur Sprache brachte – und das tat ich, als ich noch jünger war –, merkte ich, daß sie nicht darüber reden mochte und daß ich auch ihn nicht danach fragen sollte. Also hab ich's gelassen, und dann habe ich wohl irgendwann meine Neugier verloren oder wollte nicht mehr so unbedingt wissen, was genau er getan hatte.« Und bevor Brunetti darauf antworten konnte, fuhr sie fort: »Genau wie du und dein Vater. Alles, was du mir je erzählt hast, ist, daß er im Anschluß an den Afrikafeldzug nach Rußland mußte, jahrelang fortblieb und daß hinterher alle, die ihn kannten, gesagt hätten, er sei nicht mehr der Mann, als der er in den Krieg gezogen war. Aber mehr habe ich nie von dir erfahren. Und deine Mutter, wenn sie überhaupt mal davon sprach, sagte nie mehr, als daß er fünf Jahre fort gewesen sei.«

Die Nachwirkungen dieser fünf Jahre hatten Brunettis Kindheit schmerzlich überschattet, denn sein Vater neigte nach dem Krieg zu unmotivierten Wutausbrüchen. Eine zufällige Bemerkung, eine Geste, ein Buch, das auf dem Küchentisch lag: Jede Kleinigkeit konnte ihn in eine Raserei versetzen, gegen die nur Brunettis Mutter etwas auszurichten vermochte. Als ob sie mit den Heiligen im Bunde sei, gelang ihr das einfach dadurch, daß sie ihm die Hand auf den Arm legte: Selbst die kleinste Berührung genügte, um ihn aus egal welcher Hölle, in die er gestürzt war, zurückzuholen.

Abgesehen von diesen jähen Ausbrüchen war er ein ruhiger Mensch, sehr schweigsam und in sich gekehrt. Da er im Krieg mehrfach verwundet worden war, zahlte die Armee ihm eine Pension, mit der die Familie sich recht und schlecht über Wasser hielt. Brunetti hatte seinen Vater nie verstanden, ja ihn, seiner eigenen Mutter zufolge, nicht einmal richtig gekannt, denn sie betonte stets, der wahre Vater sei der Mann gewesen, als der er in den Krieg gezogen war; nicht der Heimkehrer, mit dem die Kinder aufwuchsen. Desungeachtet gaben ihr die Gnade Gottes, die Macht der Liebe oder auch beide zusammen die Kraft, den einen wie den anderen zu lieben.

Nur einmal hatte Brunetti eine Vorstellung von dem Mann bekommen, der sein Vater früher offenbar gewesen war: an dem Tag, als er heimkam und verkündete, er sei als einziger aus seiner Klasse ins Liceo Classico aufgenommen worden. Als er es den Eltern erzählte, hin und her gerissen zwischen mühsam gebändigtem Stolz und der bangen Furcht, wie sein Vater die Neuigkeit aufnehmen würde, da stemmte der alte Brunetti sich vom Tisch hoch, wo er seiner Frau beim Erbsenauspulen half, trat neben seinen Sohn, legte ihm die Hand an die Wange und sagte: »Du hast wieder einen Mann aus mir gemacht, Guido. Ich danke dir.« Das Lächeln, das er ihm dabei schenkte, war wie ein Sterntalerregen, und zum ersten Mal schmolz Brunettis Herz vor Liebe zu diesem feinen und redlichen Mann.

»Hörst du mir zu, Guido?« Paolas Stimme holte ihn in ihr Arbeitszimmer und in die Gegenwart zurück.

»Ja, ja. Ich hab nur über was nachgedacht.«

»Du siehst also«, fuhr sie fort, als hätte es keine Unterbrechung gegeben, »ich weiß ebensowenig, was mein Vater getan hat, wie du es von deinem weißt. Sie sind in den Krieg gezogen, und als sie zurückkamen, wollte einer wie der andere nicht über das reden, was sie erlebt hatten.«

»Glaubst du, es war so schrecklich, was sie tun mußten?«

»Oder was man ihnen angetan hat«, versetzte Paola.

»Trotzdem gab es einen Unterschied«, sagte er. – »Welchen?«

»Dein Vater entschied sich bewußt für die Resistenza; er hat das Exil verlassen, um hier für sein Land zu kämpfen. Jedenfalls sagt Lele, die Familie sei wohlbehalten nach England entkommen, also muß er aus eigenem Antrieb zurückgekehrt sein.«

»Und dein Vater?«

»Meine Mutter hat mir immer gesagt, er hätte nie zum Militär gewollt. Aber er hatte keine Wahl. Sie haben alle wehrfähigen Männer eingezogen, und kaum hatte man ihnen eingetrichtert, im Gleichschritt zu marschieren, ohne daß einer über den anderen stolperte, da schickte man sie schon in den Afrikafeldzug, nach Griechenland und Albanien und Rußland, ließ sie mit Schuhen aus Pappmaché in den Krieg ziehen, weil der Freund eines Freundes von irgendwem in der Regierung an diesem Ausrüstungsvertrag ein Vermögen verdiente.«

»Und er hat wirklich nie darüber gesprochen?« fragte Paola.

»Mit mir nicht und mit Sergio auch nicht, nein«, sagte Brunetti.

»Glaubst du, er hat vielleicht mit seinen Freunden geredet?«

»Ich glaube nicht, daß er Freunde hatte.« Hier rührte Brunetti an etwas, das er immer für die große Tragödie im Leben seines Vaters gehalten hatte.

»Das ist bei den meisten Männern so, nicht wahr?« fragte sie, aber ihre Stimme klang nur traurig.

»Was meinst du damit? Natürlich haben wir Freunde!« entrüstete sich Brunetti, der ihr Mitleid als kränkend empfand.

»Du weißt, daß ich das anders sehe, Guido, schließlich haben wir oft genug darüber gesprochen. Ich glaube, die meisten Männer haben keine Freunde. Ihr habt bestenfalls Kumpels, Männer, mit denen ihr euch über Sport unterhalten könnt, über Autos oder Politik.« Und nach einigem Nachdenken räumte sie ein: »Gut, da du in Venedig lebst und bei der Polizei bist, kannst du wahrscheinlich die Autos durch Boote und Waffen ersetzen. Aber es geht jedenfalls immer um materielle Dinge, und am Ende läuft es auf das gleiche hinaus: Ihr sprecht nie über eure Empfindungen, eure Ängste, nicht so, wie Frauen es tun.«

»Reden wir jetzt darüber, ob Männer keine Freunde haben, oder darüber, daß wir nicht die gleichen Gesprächsthemen haben wie Frauen? Ich finde, das ist nicht dasselbe.«

Dies war ein altes Streitthema zwischen ihnen beiden, doch Paola hatte heute offenbar keine Lust, es wiederaufzunehmen, nicht, wenn Brunetti so gedrückter Stimmung war und sie überdies für den nächsten Morgen eine anstrengende Vorlesung vorzubereiten hatte. »So schöne Abende gibt es dieses Jahr sicher nicht mehr viele, meinst du nicht auch?« fragte sie und hißte damit gewissermaßen die Friedensfahne. »Wollen wir uns mit einem Glas Wein auf die Terrasse setzen?«

»Die Sonne ist schon untergegangen.« So leicht wollte er nicht einlenken, denn er war immer noch gekränkt wegen der Unterstellung, daß er keine Freunde hätte.

»Dann schauen wir uns eben das Abendrot an. Und ich würde gern neben dir sitzen und deine Hand halten.«

»Gänschen«, sagte er gerührt.

Daß Claudia am nächsten Tag nicht in der Vorlesung war, fiel Paola zwar auf, aber sie dachte sich nichts weiter dabei. Studenten waren von Haus aus unzuverlässig, auch wenn Claudia eigentlich nicht so gewirkt hatte. Den Grund für ihr Fehlen erfuhr sie durch einen Anruf von Brunetti, der sie wenig später in ihrem Büro an der Universität erreichte.

»Ich habe eine schlechte Nachricht für dich«, begann er. Und da er spürte, daß sie sofort um die Sicherheit ihrer Familie bangte, fuhr er so ruhig wie möglich fort: »Nein, es betrifft nicht die Kinder.« Er ließ ihr einen Moment Zeit, sich zu fassen, und fuhr dann fort: »Es geht um Claudia Leonardo. Sie ist tot.«

In einer blitzartigen Erinnerung sah Paola, wie Claudia sich am Eingang zum Hörsaal umwandte und sagte, der Tod von Lily Bart habe ihr das Herz gebrochen. Sie hatte noch Zeit zu denken: Bitte, mach, daß es jemanden gibt, dem Claudias Tod das Herz bricht, bevor Brunetti fortfuhr: »Jemand ist in ihre Wohnung eingedrungen. Sie wurde ermordet.«

»Wann?«

»Letzte Nacht.«

»Wie?«

»Erstochen.«

»Was ist passiert?«

»Bisher weiß ich nur, daß ihre Mitbewohnerin heute morgen heimkam und sie gefunden hat. Claudia lag am Boden. Es sieht so aus, als hätte sie den Einbrecher überrascht, der geriet in Panik und hat den Kopf verloren.«

»Mit einem Messer in der Hand?« fragte Paola.

»Ich weiß nicht. Ich kann dir nur sagen, wonach es bis jetzt aussieht.«

»Wo bist du?«

»In der Wohnung. Bin gerade angekommen. Ich spreche über Vianellos *telefonino.*«

»Und warum rufst du an?«

»Weil du sie gekannt hast und ich nicht wollte, daß du es auf anderem Wege erfährst.«

Paola ließ eine längere Pause verstreichen. »Hatte sie einen schnellen Tod?«

»Das hoffe ich« war die einzige Antwort, die er ihr geben konnte.

»Ihre Familie?«

»Ich weiß nicht. Ich sagte ja, ich bin eben erst gekommen. Wir haben uns hier noch nicht mal umgeschaut.« Sie hörte Geräusche im Hintergrund, eine Stimme, zwei Stimmen, dann wieder Brunetti: »Ich muß Schluß machen. Erwarte mich nicht vor heute abend.« Und dann war die Verbindung weg.

Die zu seiner Frau, aber nicht die zur Gegenwart des Todes hier in einer Wohnung in Dorsoduro, unweit der Pensione Seguso, nur zwei Straßen hinter dem Canale della Giudecca.

Er gab Vianello das *telefonino* zurück, und der steckte es in seine Jackentasche. Brunetti hatte sich noch nicht so recht an den Anblick Vianellos in Zivil gewöhnt, Resultat seiner allzu lange verschleppten Beförderung zum Ispettore. Aber auch wenn das Äußere sich verändert hatte, der Kern war gleichgeblieben: Der zuverlässige, ehrliche, kluge Vianello hatte sofort auf Brunettis Hilferuf reagiert, obwohl der ihn privat erreichte, eben im Begriff, den freien Tag zu einer Einkaufstour mit seiner Frau auf dem Festland zu nutzen. Brunetti war dankbar, daß Vianello so rasch gekommen war: Der selbstsichere, grundsolide stämmige Mann an seiner Seite würde ihm helfen, die bevorstehende Untersuchung durchzustehen.

Vianello machte keinen Hehl daraus, daß er Brunettis Telefonat mit angehört hatte. »Ihre Frau hat die Tote gekannt, Commissario?«

»Sie war eine ihrer Studentinnen«, erklärte Brunetti.

Falls Vianello es merkwürdig fand, daß Brunetti das wußte, so behielt er es für sich. »Sollen wir hinaufgehen, Commissario?«

Ein uniformierter Beamter stand vor dem Haus, ein anderer oben an der Treppe im zweiten Stock, direkt vor der offenen Wohnungstür. Ansonsten hätte das Gebäude, in dem noch drei Parteien wohnten, durchaus leer stehen können, so tief war das Schweigen, das durch die geschlossenen Türen drang. Doch er wußte von der Vermieterin, die die Polizei verständigt hatte, daß Claudias Mitbewohnerin sich in einer dieser Wohnungen aufhielt.

Brunetti zögerte nicht auf der Schwelle, sondern betrat unverzüglich die Wohnung. Das erste, was er sah, war ihre Hand, deren Finger sich im Todeskampf in den Fransen am Saum eines dunkelroten Teppichs verkrallt hatten. Einem turkmenischen Läufer mit hexagonalen weißen Stammesmotiven auf leuchtend rotem Grund im Mittelfeld. Ein hübsches, geometrisches Muster; die stilisierten Blumen waren in dekorativen Reihen angeordnet, und an den Schmalseiten bildete eine weiße Streifenbordüre den Abschluß. Aber an einem Ende war das Muster durchbrochen, weil ihr Blut in den Teppich geflossen war und ein weißes Motiv mit einem Rot gefärbt hatte, das nur eine Spur heller war als das des Teppichgrunds. Brunetti sah, daß eine der Blumen ausgelöscht worden war; ausgelöscht von ihrem verlöschenden Leben.

Sein Blick wanderte nach links, über ihren Hinterkopf und den weißen, schutzlos entblößten Hals. Sie lag vom Eingang abgewandt, also ging er, sorgfältig darauf achtend, wohin er trat, auf die andere Seite des Zimmers, von wo er ihr Gesicht sehen konnte. Auch das war bleich, wirkte aber seltsam entspannt. Es war nichts darin zu lesen, ein ausdrucksloses Antlitz, ganz wie das einer Schlafenden. Brunetti konnte sich des frommen Wunsches nicht erwehren, der Anschein möge nicht trügen.

Suchend blickte er sich nach Kampfspuren um, fand aber keine. Ein Teller mit ein paar inzwischen angetrockneten und bräunlich verfärbten Apfelschnitzen stand in der Mitte eines niedrigen Tisches neben einem Sessel mit bedrucktem Bezug. Auf einer Seitenlehne lag, mit den aufgeschlagenen Seiten nach unten, ein aufgeklapptes Buch. Brunetti trat näher und las den Titel: *Der Faustische Pakt.* Doch er konnte nichts damit anfangen, ebensowenig wie mit der scheinbaren Gefaßtheit, mit der sie in den Tod gegangen war.

»Das war kein Raubüberfall«, sagte Vianello.

»Nein, sicher nicht«, stimmte Brunetti zu. »Aber was dann?«

»Ein Beziehungsstreit?« schlug Vianello vor, obwohl er offensichtlich nicht daran glaubte. »Hier hatte keine Auseinandersetzung stattgefunden.«

Brunetti ging zum Eingang und fragte den Beamten, der dort Wache stand: »Hat die Mitbewohnerin etwas über die Tür gesagt? War sie auf oder zu?« Er sah, daß der junge Mann sich beim Rasieren am Kinn geschnitten hatte, auch wenn er kaum alt genug schien, um sich rasieren zu müssen.

»Das weiß ich nicht, Commissario. Als ich ankam, hatte eine Nachbarin das Mädchen schon nach unten gebracht.«

Brunetti nickte verständnisvoll und fragte dann: »Und das Messer? Also, ich meine die Tatwaffe?«

»Ich hab nichts gesehen, Commissario«, versetzte der Junge entschuldigend. »Vielleicht liegt es unter ihr.«

»Ja, das könnte sein«, sagte Brunetti und wandte sich wieder Vianello zu. »Sehen wir uns mal in den anderen Räumen um.«

Vianello schob die Hände in die Hosentaschen, und Brunetti tat es ihm nach. Beide hatten vergessen, Einweghandschuhe mitzubringen, aber sobald der Gerichtsmediziner kam, konnten sie sich von ihm welche borgen.

Die zwei Schlafzimmer, Küche und Bad verrieten nichts weiter, als daß eins der Mädchen sehr viel ordentlicher sein mußte als das andere und außerdem eine Leseratte. Brunetti hatte wenig Zweifel, welche von beiden das war.

Zurück im Wohnzimmer fragte Vianello: »Und jetzt die Mitbewohnerin?«

Sie wandten sich zum Ausgang, wo Brunetti den Posten noch rasch instruierte, ihn zu holen, sobald der Gerichtsmediziner eintraf, und dann stiegen sie, Brunetti voran, die Treppe hinunter.

Offenbar wurden sie schon erwartet, denn einen Stock tiefer stand eine ältere Frau in der offenen Wohnungstür. »Sie ist hier bei mir, Commissario«, sagte sie und trat zurück, um Brunetti und Vianello eintreten zu lassen.

In der kleinen Diele blieb Brunetti stehen und fragte leise: »Wie geht es ihr?«

»Sehr schlecht, Commissario. Ich habe meinen Hausarzt angerufen, und er kommt, sobald er kann.« Sie war klein, etwas füllig, mit hellblauen Augen und einem Teint, der aussah, als würde er sich so kühl und trocken anfühlen wie der eines Babys.

»Wohnen die beiden schon lange hier?« fragte Brunetti.

»Claudia ist vor drei Jahren eingezogen. Die Wohnung gehört mir, und ich vermiete sie an Studenten, weil ich gern junge Leute um mich habe. Allerdings nehme ich nur Mädchen. Die spielen nicht so laute Musik und kommen nachmittags manchmal auf einen Tee vorbei. Jungs machen das nicht«, erklärte sie abschließend.

Brunetti hatte einen Sohn auf der Universität, wußte also hinreichend Bescheid über die bevorzugte Lautstärke, in der Studenten Musik hörten, und auch, wie unwahrscheinlich es war, daß sie nachmittags zum Tee vorbeischauten.

Brunetti wußte, daß er die Frau ausführlich würde befragen müssen, aber erst wollte er mit dem Mädchen sprechen, für den Fall, daß sie ihnen einen Hinweis auf den Mörder geben könnte. »Wie heißt die junge Dame, Signora?« fragte er.

»Lucia Mazzotti«, antwortete die Vermieterin, eine Signora Gallante. »Sie ist aus Mailand«, fügte sie hinzu, als ob das dem Kommissar irgendwie weiterhelfen könnte.

»Würden Sie mich zu ihr führen?« bat er und bedeutete Vianello mit einem Handzeichen zurückzubleiben. Der Inspektor trug zwar keine Uniform mehr, aber allein seine hünenhafte Gestalt hätte das Mädchen womöglich eingeschüchtert.

Die alte Frau, die sich beim Gehen schwer auf ihr rechtes Bein stützte, führte Brunetti durch einen kleinen Wohnraum, vorbei an der offenen Küchentür und einer geschlossenen, die vermutlich ins Bad führte, bis zur letzten noch verbleibenden Tür. »Ich habe dafür gesorgt, daß sie sich hinlegt«, sagte Signora Gallante. »Aber ich glaube nicht, daß sie schläft. Vor ein paar Minuten, als ich Ihre Männer auf der Treppe hörte, war sie jedenfalls noch wach.«

Die alte Frau klopfte leicht, und als von drinnen jemand antwortete, stieß sie die Tür auf. »Lucia«, sagte sie leise, »da ist ein Herr von der Polizei, der Sie sprechen möchte.«

Damit wandte sie sich zum Gehen, aber Brunetti faßte sie beim Arm und sagte: »Ich glaube, es wäre besser, Sie blieben bei uns, Signora.«

Die alte Frau erstarrte, und ihr Blick schweifte unschlüssig zwischen Brunetti und der offenen Zimmertüre hin und her. »Ich denke, das würde es ihr leichter machen«, flüsterte Brunetti.

Davon ließ die Frau sich zwar umstimmen, aber ganz überzeugt schien sie immer noch nicht, als sie voranging und sich neben die Tür stellte, um Brunetti einzulassen.

Eine junge Frau mit leuchtend rotem Haar lag auf dem abgedeckten Bett und starrte, den Kopf auf ein pralles Kissen gestützt, zur Decke empor. Die Arme hielt sie neben dem Körper ausgestreckt, die Handflächen nach oben gekehrt.

Brunetti zog sich einen Stuhl ans Bett in der Hoffnung, sich im Sitzen kleiner zu machen. »Lucia«, sagte er, »ich bin Commissario Brunetti. Meine Aufgabe ist es, zu ermitteln, was passiert ist. Ich weiß, daß Sie Claudia gefunden haben, und ich kann mir denken, wie furchtbar das für Sie war, aber ich muß mit Ihnen sprechen, weil im Moment nur Sie uns helfen können.«

Das Mädchen wandte den Kopf und sah ihn an. Ihr feinknochiges Gesicht wirkte seltsam schlaff. »Wie könnte ich Ihnen helfen?« fragte sie.

»Indem Sie mir schildern, was passiert ist, als Sie heimkamen, was Sie gesehen haben, woran Sie sich erinnern.« Bevor sie etwas sagen konnte, fuhr er fort: »Und dann sollten Sie mir noch alles über Claudia erzählen, was Ihrer Meinung nach in irgendeinem Zusammenhang stehen könnte mit dem, was passiert ist.«

»Mit ihr, meinen Sie?«

Brunetti nickte.

Das Mädchen drehte den Kopf weg und heftete seinen Blick wieder auf den gelben Lampenschirm, der von der Decke hing.

Brunetti ließ reichlich eine Minute verstreichen, aber das Mädchen starrte unverwandt weiter die Lampe an. Da wandte er sich nach der alten Frau um und hob fragend die Brauen.

Sie trat vor, doch als er Miene machte aufzustehen, legte sie ihm die Hand auf die Schulter und drückte ihn in seinen Stuhl zurück. »Lucia«, sagte sie, »ich finde, Sie sollten mit dem Commissario reden.«

Lucia sah erst die alte Frau an, dann Brunetti. »Ist sie tot?«

»Ja.«

»Ermordet?«

»Ja«, sagte Brunetti wieder.

Das Mädchen sann eine Weile vor sich hin, dann sagte sie: »Ich bin gegen neun nach Hause gekommen. Ich war über Nacht in Treviso und kam heim, um mich umzuziehen und meine Bücher zu holen. Ich habe heute morgen ein Seminar.« Sie blinzelte ein paarmal und sah zum Fenster. »Ist es noch morgen?«

»Es ist gleich elf«, sagte die alte Frau. »Soll ich Ihnen etwas zu trinken holen, Lucia?«

»Vielleicht ein Glas Wasser«, sagte das Mädchen.

Wieder tätschelte die alte Frau Brunetti die Schulter, dann ging sie, schwer auf das rechte Bein gestützt, aus dem Zimmer.

Als sie draußen war, fuhr das Mädchen fort: »Ich kam also zurück, ging nach oben, und als ich die Wohnungstür aufmachte, sah ich sie am Boden liegen. Erst dachte ich, sie wäre vielleicht gestürzt, aber dann habe ich das Blut auf dem Teppich gesehen. Ich stand da und wußte nicht, was ich tun sollte. Ich glaube, ich hab geschrien. Ja, so muß es wohl gewesen sein, denn gleich darauf kam Signora Gallante und nahm mich mit herunter. Das ist alles, woran ich mich erinnere.«

»War die Wohnungstür abgeschlossen?« fragte Brunetti.

Sie überlegte einen Moment, und Brunetti spürte, wieviel Überwindung es sie kostete, sich die Szene wieder in Erinnerung zu rufen. Endlich sagte sie: »Nein, ich glaube nicht. Das heißt, ich erinnere mich nicht, meinen Schlüssel benutzt zu haben.« Ein langes Schweigen folgte, dann räumte sie ein: »Aber ich könnte mich irren.«

»Ist Ihnen draußen jemand aufgefallen?«

»Wann?«

»Als Sie nach Hause kamen.«

»Nein«, sagte sie und schüttelte den Kopf. »Da war niemand.«

»Auch Leute, die Sie kennen, kämen in Frage, Nachbarn zum Beispiel«, sagte Brunetti. Und als sie ihm einen argwöhnischen Blick zuwarf, erklärte er: »Vielleicht ist denen ja jemand aufgefallen.«

Wieder schüttelte sie den Kopf. »Nein, ich hab niemanden gesehen.«

Brunetti wußte, daß diese Fragen wahrscheinlich ohnehin sinnlos waren. Die Farbe des Blutes auf dem Teppich ließ darauf schließen, daß Claudia bei Lucias Heimkehr bereits längere Zeit tot war. Der Gerichtsmediziner würde es genauer bestimmen können, aber Brunetti wäre nicht überrascht zu hören, daß sie die ganze Nacht dort gelegen hatte. Trotzdem mußte er dem Mädchen klarmachen, wie wichtig es war, alle seine Fragen zu beantworten, damit sie, wenn er zu denen kam, die vielleicht auf die Spur des Mörders führten, antworten würde, ohne die Folgen abzuwägen, Folgen für jemanden, der ihr womöglich bekannt war.

Der junge Polizist kam herein und meldete: »Der Doktor ist jetzt da, Commissario.«

Brunetti erhob sich, sagte etwas, das dem Mädchen Trost spenden sollte, und ging. Auf dem Flur traf er mit Signora Gallante zusammen, die ein Glas Wasser für Lucia brachte. Hinter ihr kam ein Jüngling, den ohne die nagelneue schwarze Arzttasche in seiner Rechten gewiß niemand für einen fertigen Mediziner gehalten hätte.

10

Nach ein paar Minuten trat Signora Gallante aus dem Schlafzimmer und ging auf Brunetti und Vianello zu. »Der Doktor meint, sie solle bei mir bleiben, bis ihre Eltern aus Mailand kommen und sie nach Hause holen.«

»Haben Sie die Familie verständigt?«

»Ja, gleich nachdem ich Sie angerufen hatte.«

»Und kommen sie?«

»Ich habe mit Lucias Mutter gesprochen. Sie war ein paarmal hier und hat ihre Tochter besucht, daher kennt sie mich. Sie sagte, sie würde ihren Mann in der Arbeit anrufen, und dann hat sie noch mal zurückgerufen und gesagt, sie würden sofort aufbrechen.«

»Womit?«

»Danach habe ich nicht gefragt«, sagte Signora Gallante, erstaunt über eine solche Frage. »Aber die anderen Male kam Lucias Mutter immer mit dem Auto.«

»Wie lange ist es her, daß Sie mit der Signora gesprochen haben?«

»Oh, eine halbe Stunde, vielleicht auch eine ganze. Jedenfalls gleich nachdem ich Lucia oben gefunden und sie zu mir heruntergebracht hatte. Erst habe ich die Polizei verständigt und dann ihre Eltern angerufen.«

Obwohl das rasche Eintreffen der Eltern die Zeit, die Brunetti mit Lucia allein sprechen konnte, verkürzen und jeden weiteren Kontakt mit ihr erschweren würde, sagte er: »Das war sehr freundlich von Ihnen, Signora.«

»Nicht doch – ich habe einfach nur das getan, was ich mir gewünscht hätte, wenn es um eine meiner Enkelinnen gegangen wäre.«

Brunettis Blick glitt unwillkürlich zur Schlafzimmertür. »Was meint denn der Doktor?«

»Als ich ihm sagte, daß ihre Eltern herkommen, verzichtete er darauf, ihr ein Beruhigungsmittel zu geben. Aber er bat mich, ihr einen Lindenblütentee mit viel Honig zu machen. Gegen den Schock«, setzte sie hinzu.

»Ja, das ist eine gute Idee.« Brunetti hatte draußen Schritte gehört, und da er so rasch wie möglich mit dem Gerichtsmediziner sprechen wollte, sagte er: »Vielleicht kann der Ispettore hier bleiben, während Sie sich um den Tee kümmern.« Ein vielsagender Blick genügte, um Vianello zu instruieren, daß er die Signora in der Zwischenzeit über Claudia ausfragen sollte und über mögliche Bekannte, die sie in ihrer Wohnung besucht hatten.

Brunetti verabschiedete sich höflich und ging wieder nach oben, wo Dottor Rizzardi bereits neben dem toten Mädchen kniete und mit plastikbehandschuhten Fingern nach ihrem Puls tastete. Als er Brunetti kommen hörte, sah er auf und sagte: »Nicht, daß es noch Hoffnung gäbe, aber so sind nun mal die Vorschriften.« Er blickte wieder auf das Mädchen nieder, ließ ihre Hand los und erklärte: »Sie ist tot.« Dann verharrte er noch einen Moment in geziemendem Schweigen, ehe er sich erhob. Ein Fotograf, der mit ihm gekommen war, machte erst ein paar Frontalaufnahmen von der Leiche, umkreiste sie dann langsam und fotografierte sie aus jedem erdenklichen Blickwinkel. Endlich trat er zurück, machte noch eine letzte Aufnahme vom Eingang her, bevor er seine Kamera verstaute und hinausging, um dort auf den Doktor zu warten.

Brunetti kannte Rizzardi gut genug, um ihn nicht mit Vermutungen zu behelligen oder auf die Farbe des getrockneten Blutes aufmerksam zu machen. Statt dessen fragte er nur: »Wann würdest du sagen?«

»Wahrscheinlich irgendwann letzte Nacht, aber den Zeitpunkt kann ich erst bestimmen, wenn ich sie mir angeschaut habe.« Er meinte ›in sie hineingeschaut‹, und beide Männer wußten es, aber keiner konnte oder wollte es aussprechen.

Der Doktor betrachtete die Tote noch einmal und fragte: »Sicher möchtest du auch wissen, was die Mordwaffe war?«

»Ja, natürlich«, sagte Brunetti und trat unwillkürlich neben den Arzt. Rizzardi reichte ihm ein Paar durchsichtige Handschuhe und wartete, bis Brunetti sie übergestreift hatte.

Dann knieten beide nieder und schoben gleichzeitig die Hände unter den Leichnam. Langsam und so vorsichtig, wie ausgewachsene Männer normalerweise höchstens mit Babys umgehen, hoben sie erst die Schulter an, dann die Hüfte und drehten die Tote auf den Rücken.

Kein Messer oder eine andere Stichwaffe lag unter ihr, aber die verkrusteten Löcher in ihrer Baumwollbluse machten die Todesursache schockierend deutlich. Erst dachte Brunetti, es seien vier, doch dann entdeckte er weiter oben, an der Schulter, noch ein fünftes, alle auf der linken Körperhälfte.

Rizzardi öffnete die obersten zwei Knöpfe der Bluse und schlug die Revers zurück. Er untersuchte die Wunden, ja zog bei einer sogar die Hautränder auseinander, was Brunetti an ein perverses Gedicht erinnerte, das Paola ihm einmal vorgelesen hatte und in dem die Wundmale Christi mit offenen Lippen verglichen wurden. »Jeder dieser Stiche hätte tödlich sein können«, erklärte Rizzardi. »Nach der Obduktion kann ich's dir genauer sagen, aber der Fall liegt auch so ziemlich klar.« Damit schloß er die Bluse wieder, knöpfte sie sorgfältig zu und bedeutete Brunetti mit einem Nicken, daß sie wieder aufstehen könnten.

»Ich weiß, es ist nur ein dummer Aberglaube«, versetzte Rizzardi, »doch ich bin froh, daß ihre Augen geschlossen sind.« Und ohne weitere Überleitung fuhr er fort: »Ich würde sagen, du suchst nach einem Täter, der nicht sehr groß ist, nicht viel größer als das Opfer.«

»Wieso?«

»Der Einstichkanal. Wie es aussieht, ist die Waffe fast waagerecht eingedrungen. Wäre der Täter größer gewesen, wären die Stiche schräg von oben nach unten geführt worden. Soweit meine vorläufige Diagnose. Sobald ich den Einstichwinkel vermessen habe, kann ich dir ein Schaubild anfertigen.«

»Danke.«

»Keine Ursache, ist ja leider herzlich wenig.« Rizzardi ging zur Tür, und Brunetti folgte ihm. »Und ich fürchte, viel mehr werde ich dir auch nach der Obduktion nicht sagen können. Trotzdem, sobald ich fertig bin, rufe ich dich an.«

»Hast du die Nummer von Vianellos *telefonino*?«

»Ja«, antwortete Rizzardi. »Aber wieso hast du eigentlich kein eigenes?«

»Ich hab schon eins. Aber das lasse ich ständig irgendwo liegen, entweder im Büro oder zu Hause.«

»Und warum überläßt Vianello dir nicht einfach seins?«

»Er hat Angst, ich würde es verlieren.«

»Sieh mal einer an, der Sergente hat sich ja ganz schön gemausert seit seiner Beförderung, was?« versetzte Rizzardi, doch nicht sarkastisch, sondern in jovialem Ton.

»Hat ja auch lange genug gedauert«, sagte Brunetti, der sich immer noch ärgerte, wenn er an all die Jahre dachte, die Vianello auf die längst verdiente Beförderung hatte warten müssen.

»Scarpa?« Daran, daß Rizzardi so ohne weiteres auf Vice Questore Pattas persönlichen Assistenten tippte, sah man, wie genau er über die Machtverhältnisse in der Questura Bescheid wußte.

»Ja, klar. Jahrelang, seit er zu uns kam, hat er Vianellos Beförderung torpediert.«

»Und wieso hat's dann doch noch geklappt?«

Brunetti wich seinem forschenden Blick aus und sagte: »Keine Ahnung, ich ... äh ...«

»Komm schon, Guido: Wie hast du's angestellt?«

»Ich habe Patta gedroht, mich versetzen zu lassen, nach Treviso oder nach Vicenza.«

»Und?«

»Er hat nachgegeben.«

»Hattest du damit gerechnet?«

»Nein, ganz im Gegenteil. Ich dachte, er wäre froh, mich loszuwerden.«

»Und wenn Patta sich geweigert hätte, ihn zu befördern, wärst du dann wirklich gegangen?«

Brunetti hob die Brauen, zog die Mundwinkel hoch und drückte sich wieder um eine Antwort.

»Na, was ist?«

»Ja doch«, sagte Brunetti, schon an der Tür. »Und gib mir Bescheid, wenn du fertig bist, ja?«

Ein Stockwerk tiefer fand er Vianello bei Signora Gallante in der Küche. Beide hatten eine Tasse Tee vor sich, und zwischen ihnen auf dem Tisch stand ein Glas Honig. Signora Gallante wollte aufstehen, als sie Brunetti kommen sah, aber Vianello beugte sich über den Tisch und legte ihr die Hand auf den Arm. »Bleiben Sie sitzen, Signora. Ich hole dem Commissario eine Tasse.«

Er erhob sich, öffnete so ungezwungen, wie man sich eigentlich nur in längst vertrauten Räumen bewegt, einen Schrank und nahm eine Tasse nebst Untertasse heraus. Dann holte er noch einen Teelöffel aus einer Schublade und stellte das Gedeck vor Brunetti hin, der inzwischen Platz genommen hatte. Schweigend goß er seinem Chef eine Tasse Lindenblütentee ein und setzte sich wieder Signora Gallante gegenüber.

»Die Signora hat mir gerade ein bißchen was über Signorina Leonardo erzählt, Commissario«, sagte Vianello. Signora Gallante nickte. »Sie sagt, die Signorina sei ein braves Mädchen gewesen, sehr zuvorkommend und rücksichtsvoll.«

»O ja, Signore«, fiel die alte Frau ein. »Ab und zu kam sie auf eine Tasse Tee zu mir herunter. Immer hat sie sich nach meinen Enkelkindern erkundigt, wollte sogar Bilder von ihnen sehen. Sie sind auch nie laut gewesen, sie und Lucia: Lernen, lernen, lernen, das war offenbar alles, was sie im Sinn hatten.«

»Aber sie bekamen doch sicher auch mal Besuch von Freunden?« fragte Vianello, als Brunetti keine Anstalten machte, sich danach zu erkundigen.

»Nicht, daß ich wüßte. Das heißt, hin und wieder sah ich schon einen jungen Mann oder ein junges Mädchen auf der Treppe, aber nie ist mir jemand unangenehm aufgefallen. Sie wissen ja, wie gern Studenten gemeinsam lernen. Meine Söhne haben sich auch immer zu Gruppen zusammengetan, nur machten sie dabei leider sehr viel mehr Lärm.« Sie begann zu lächeln, doch als ihr einfiel, was diese beiden Männer an ihren Tisch geführt hatte, erlosch das Lächeln wieder, und sie griff verlegen nach ihrer Tasse.

»Sie erwähnten, daß Lucias Mutter einige Male hier gewesen sei, Signora«, sagte Brunetti. »Aber haben Sie auch Signor und Signora Leonardo kennengelernt?«

»Nein, das wäre auch gar nicht möglich gewesen. Sie sind nämlich beide dahingegangen.« Als sie Brunettis verwirrtes Gesicht sah, versuchte sie zu erklären: »Das heißt, ihr Vater ist tot. Claudia hat mir erzählt, er sei gestorben, als sie noch ganz klein war.«

Als Signora Gallante nicht weitersprach, fragte Brunetti: »Ja, und die Mutter?«

»Oh, ich weiß nicht. Claudia hat nie von ihr gesprochen, aber ich hatte immer das Gefühl, sie sei auch dahin.«

»Sie meinen tot, Signora?«

»Nein, nein, nicht direkt. Oh, ich weiß selber nicht. Aber Claudia hat nie gesagt, daß sie tot ist; es hat sich nur so angehört, als ob sie weg sei, irgendwo weit fort, und nie zurückkommen würde.« Sie hielt einen Moment inne, wie um sich auf die Gespräche mit dem Mädchen zu besinnen. »Wenn ich jetzt darüber nachdenke, war das schon sehr merkwürdig. Normalerweise sprach sie von ihrer Mutter immer in der Vergangenheitsform, aber einmal klang es so, als ob sie noch am Leben sei.«

»Erinnern Sie sich, was sie da gesagt hat?« fragte Vianello.

»Nein, nein, das weiß ich nicht mehr. Es tut mir sehr leid, Signori, aber ich kann mich einfach nicht erinnern. Es ging um irgendeine Vorliebe, eine Farbe oder ein Gericht oder so etwas. Jedenfalls nichts Konkretes wie ein bestimmtes Buch oder einen Film oder einen Schauspieler; eher etwas Allgemeines. Ja, wenn ich mich nicht täusche, ging es um eine Farbe, und sie sagte etwas wie: ›Meine Mutter mag ...‹, und dann nannte sie die Farbe, blau beispielsweise. Genauer erinnere ich mich wirklich nicht, aber ich weiß noch, daß ich damals dachte: Wie seltsam. Plötzlich spricht sie von ihr, als ob sie noch am Leben wäre.«

»Haben Sie sie darauf angesprochen?«

»O nein! Claudia war kein Mädchen, dem man Fragen stellen konnte. Wenn sie einem etwas mitteilen wollte, dann tat sie's von sich aus. Und wenn nicht, dann wechselte sie das Thema, und neugierige Fragen ignorierte sie einfach.«

»Hat Sie das gekränkt?« fragte Vianello.

»Anfangs vielleicht, aber dann merkte ich, so war sie eben, und ich konnte nichts daran ändern. Außerdem hatte ich sie gern, so gern, daß es mir wirklich nichts mehr ausmachte.« Signora Gallante führte ihre Tasse an den Mund und neigte den Kopf darüber, als würde sie trinken, aber dann kamen ihr die Tränen, und sie mußte die Tasse abstellen und nach einem Taschentuch greifen. »Ich glaube, ich möchte nicht weiter darüber sprechen, Signori.«

»Natürlich, Signora.« Brunetti trank seinen Tee aus, der über dem Gespräch kalt geworden war. »Ich sehe nur rasch nach, ob der Doktor fertig ist und ich noch einmal mit Lucia sprechen kann.«

Signora Gallante war das augenscheinlich nicht recht, aber sie sagte nichts, sondern wischte sich nur eilig die Tränen fort.

Brunetti ging zur Schlafzimmertür und klopfte einmal, dann noch einmal. Nach einer Weile öffnete sich die Tür einen Spaltbreit, der Arzt streckte den Kopf heraus und sagte: »Ja?«

»Ich würde gern mit Signorina Mazzotti sprechen, wenn's möglich ist, Dottore.«

»Ich werde sie fragen«, meinte der Arzt und machte Brunetti die Tür vor der Nase zu. Nach ein paar Minuten erschien er wieder und sagte: »Sie will mit niemandem reden.«

»Dottore, würden Sie ihr erklären, daß wir bemüht sind, den Mörder ihrer Freundin zu finden? Ich weiß, daß die Eltern von Signorina Mazzotti aus Mailand anreisen, um ihre Tochter heimzuholen, und danach wird es sehr viel schwieriger sein, mit der Signorina Verbindung aufzunehmen.« Brunetti erwähnte nicht, daß er befugt gewesen wäre, Lucia am Verlassen der Stadt zu hindern. Statt dessen sagte er nur: »Wir wären sehr dankbar, wenn die Signorina sich bereit fände, jetzt mit uns zu sprechen. Das würde uns sehr weiterhelfen.«

Der Arzt nickte verständnisvoll und, wie es Brunetti schien, teilnehmend und schloß erneut die Tür.

Als sie sich gut fünf Minuten später wieder öffnete, stand Lucia Mazzotti hinter dem Arzt. Sie war größer und schlanker, als Brunetti gedacht hatte, und er merkte erst jetzt, wo er ihr gegenüberstand, wie hübsch sie war. Der Doktor hielt ihr die Tür auf, und sie trat hinaus auf den Flur. Brunetti führte sie ins Wohnzimmer, wartete, bis sie in einem Sessel Platz genommen hatte, und fragte dann: »Möchten Sie den Doktor gern bei unserem Gespräch dabeihaben, Signorina?«

Sie nickte und ließ ein sehr leises »Ja« folgen.

Der Arzt setzte sich auf die Sofakante, stellte seine Tasche neben sich auf den Boden und lehnte sich still und unaufdringlich zurück.

Brunetti nahm sich einen Stuhl und rückte ihn etwa einen Meter vor Lucias Sessel, wobei er es so einzurichten wußte, daß sie vollständig im Schatten blieb, während das Licht, das durch das Fenster hinter ihr hereinschien, auf sein Gesicht fiel. Er war bemüht, ihr durch eine möglichst offene, entspannte Atmosphäre die Befangenheit zu nehmen. In der Hoffnung, das wirke beruhigend, lächelte er sie an. Ihre Augen grün, wie die vieler Rothaariger, waren vom Weinen gerötet.

»Ich möchte Ihnen versichern, wie leid es mir tut, Signorina«, begann er. »Signora Gallante hat uns erzählt, was für ein reizendes Mädchen Claudia war. Bestimmt ist es sehr schmerzlich für Sie, eine so gute Freundin zu verlieren.«

Lucia senkte den Kopf und nickte.

»Könnten Sie mir ein bißchen was über Ihre Freundschaft erzählen? Wie lange wohnen Sie hier schon zusammen?«

Das Mädchen sprach mit leiser, fast unhörbarer Stimme, aber Brunetti beugte sich vor und verstand sie doch. »Ich bin vor ungefähr einem Jahr eingezogen. Claudia und ich waren in derselben Fakultät eingeschrieben, daher hatten wir zum Teil auch dieselben Seminare belegt, und als ihre frühere Mitbewohnerin auszog, fragte sie mich, ob ich das Zimmer übernehmen wolle.«

»Und wie lange wohnte Claudia da schon hier?«

»Ich weiß nicht. Ein oder zwei Jahre.«

»Sie kamen aus Mailand, stimmt's?«

Das Mädchen hielt den Blick immer noch auf den Boden gesenkt, aber sie nickte wieder.

»Wissen Sie, wo Claudia herstammte?«

»Ich glaube, sie war von hier.«

Zuerst war Brunetti nicht sicher, ob er sie richtig verstanden hatte. »Aus Venedig?« fragte er ungläubig.

»Ja, Signore. Aber sie ist in Rom zur Schule gegangen.«

»Sie war hier zu Hause, wohnte aber nicht bei ihren Eltern, sondern mietete sich eine eigene Wohnung?«

»Ich glaube, sie hatte keine Eltern«, sagte Lucia. Aber dann merkte sie offenbar, wie befremdlich das klang, schaute Brunetti zum erstenmal offen an und setzte hinzu: »Ich meine, sie sind, glaube ich, tot.«

»Alle beide?«

»Ihr Vater bestimmt. Ich weiß es, weil sie's mir gesagt hat.«

»Und ihre Mutter?«

Darüber mußte Lucia erst nachdenken. »Bei ihrer Mutter bin ich nicht ganz sicher. Ich hab immer angenommen, sie sei auch tot, aber gesagt hat Claudia das nicht.«

»Ist es Ihnen denn nicht merkwürdig vorgekommen, daß ihre Eltern, die doch sicher noch verhältnismäßig jung waren, alle beide tot sein sollten?«

Lucia schüttelte nur den Kopf.

»Hatte Claudia viele Freunde?«

»Freunde?«

»Studienkollegen, junge Leute, die herkamen, um mit ihr zu arbeiten oder zum Essen oder einfach nur zum Reden.«

»Ein paar Kommilitonen kamen manchmal zum Lernen, aber es war niemand dabei, für den sie sich besonders interessierte.«

»Hatte sie einen Freund?«

»Sie meinen einen *fidanzato*?« fragte Lucia in einem Ton, der den negativen Bescheid bereits vorwegnahm.

»Das oder einen Freund, mit dem sie hin und wieder ausging.«

Wieder schüttelte sie verneinend den Kopf.

»Und sonst? Fällt Ihnen irgend jemand ein, der ihr nahestand?«

Lucia überlegte ein Weilchen, bevor sie darauf antwortete. »Die einzige Person, über die oder mit der ich sie am Telefon habe reden hören, war eine Frau, die sie ihre Großmutter nannte. Das war sie aber nicht.«

»Und hieß diese Frau Hedi?« Brunetti war gespannt, wie Lucia darauf reagieren würde, daß die Polizei bereits von der sogenannten Großmutter wußte.

Doch Lucia fand das offenbar gar nicht verwunderlich, denn sie antwortete ganz gelassen: » Ja, so hieß sie, und ich glaube, sie war Deutsche oder Österreicherin. Jedenfalls haben sie sich am Telefon auf deutsch unterhalten.«

»Und Sie? Sprechen Sie Deutsch, Lucia?« Er nannte sie beim Vornamen, in der Hoffnung, die vertrauliche Anrede würde sie lockerer machen und ihr das Antworten erleichtern.

»Nein, Signore. Ich habe nie verstanden, worüber sie sprachen.«

»Hätten Sie's denn gern gewußt?«

Die Frage schien sie zu überraschen: Was um alles in der Welt konnte schon interessant sein an der Unterhaltung zwischen ihrer Mitbewohnerin und einer betagten Ausländerin?

»Haben Sie die alte Dame mal gesehen?«

»Nein. Aber Claudia hat sie besucht. Manchmal brachte sie Plätzchen mit, wenn sie von ihr kam, oder einen Mandelkuchen. Allerdings hab ich sie nie gefragt, sondern einfach angenommen, daß sie das Gebäck von ihr hatte.«

»Und wie kamen Sie darauf?«

»Ach, ich weiß nicht. Vielleicht weil hier bei uns niemand mit solchen Zutaten bäckt. Zimt und Nüsse.«

Brunetti nickte.

»Erinnern Sie sich an irgend etwas, das Claudia vielleicht einmal über die alte Dame erzählt hat?«

»Was meinen Sie?«

»Na, zum Beispiel wie es kam, daß sie ihre, nun ja, Adoptivgroßmutter wurde? Oder wo die alte Dame zu Hause ist?«

»Ich glaube, sie muß hier in der Stadt wohnen.«

»Wieso, Lucia?«

»Weil Claudia an den Tagen, wenn sie etwas von ihr mitbrachte, nie lange fortblieb. Ich meine, nicht lange genug für eine Fahrt aufs Festland.« Und nach einigem Überlegen setzte sie hinzu: »Sie kann nicht mal am Lido wohnen. Ich meine, von der Entfernung her schon, denn man braucht ja nicht lange bis dorthin und zurück, aber Claudia hat mal gesagt – ich weiß nicht mehr, worüber wir gesprochen haben –, daß sie seit Jahren nicht mehr am Lido gewesen sei.«

Brunetti wollte schon die nächste Frage stellen, als Lucia sich plötzlich hilfesuchend an den Arzt wandte. »Dottore, muß ich noch mehr Fragen beantworten?«

Ohne sich mit Brunetti zu verständigen, befand der junge Arzt: »Nur, wenn Sie selbst es wollen, Signorina.«

»Dann möchte ich jetzt aufhören. Das war ohnehin alles, was ich zu sagen habe«, erklärte Lucia an den Doktor gewandt und Brunetti völlig ignorierend.

Brunetti, der sich wohl oder übel damit abfinden mußte, daß jede weitere Befragung in Mailand oder telefonisch stattfinden würde, erhob sich. »Ich danke Ihnen sehr für Ihre Hilfe.« Und an die Adresse des Arztes: »Auch Ihnen, Dottore.«

Dann sagte er abschließend an beide gerichtet: »Signora Gallante hat Tee gekocht und bietet Ihnen sicher gern eine Tasse an.« Damit trat er zur Tür, drehte sich kurz um, als wolle er noch etwas fragen, besann sich jedoch und ging wortlos hinaus.

11

Auf der Treppe stieß Vianello zu ihm. »Sollen wir uns noch mal in der Wohnung umschauen, Commissario?« fragte er.

Brunetti nickte wortlos, machte kehrt und stieg wieder die Treppe hinauf. Der uniformierte Beamte stand noch an der Tür und meldete, als sie oben anlangten: »Sie haben die Leiche abtransportiert, Commissario.«

»Dann können Sie jetzt in die Questura zurück«, sagte Brunetti und trat ein. Der Teppich lag unverändert in der Mitte des Zimmers, aber die blutgetränkte Kante war geglättet, als ob jemand die Fransen gekämmt hätte. Brunetti zog die Handschuhe aus der Jackentasche und streifte sie über. Die grauen Puderflöckchen auf den Möbelflächen legten stummes Zeugnis davon ab, daß die Kriminaltechnik inzwischen dagewesen war und die Fingerabdrücke in der Wohnung gesichert hatte.

Wie oft Brunetti auch schon die Habseligkeiten von Opfern durchsucht hatte, die keinen Anspruch mehr auf ihren Besitz erhoben – er konnte sich des Unbehagens, das ihn dabei jedesmal überkam, nicht erwehren. Er stöberte und stocherte, pulte, zupfte und spähte die Geheimnisse aus, die der von einem jähen Tod Dahingeraffte zurückgelassen hatte, und sosehr er sich auch um Distanz bemühte: Nie gelang es ihm, die Erregung zu unterdrücken, die ihn befiel, sobald er fand, wonach er gesucht hatte. Empfindet so ein Voyeur?, fragte er sich.

Vianello verschwand in Richtung der Schlafzimmer, und Brunetti, der im Wohnzimmer blieb, mußte sich überwinden, um der Stelle, an der sie gelegen hatte, den Rücken zu kehren. Genau da, wo es hingehörte, nämlich auf dem örtlichen Telefonbuch, links vom Apparat, fand er ein Büchlein mit privaten Nummern. Er ging es durch. Erst als er zum Buchstaben »J« kam, glaubte er bei dem Namen »Jacobs« fündig geworden zu sein. Er blätterte die restlichen Seiten durch, aber abgesehen von Einträgen wie »Klempner« und »Computerhilfe« war »Jacobs« das einzige Wort, das nicht auf einen Vokal endete. Außerdem begann die Nummer mit 52 und hatte im Gegensatz zu einigen anderen keine Vorwahl. Einen Moment lang erwog er, dort anzurufen, aber wenn Claudia dieser Frau nahegestanden hatte, durfte sie von ihrem Tod nicht übers Telefon erfahren.

Doch wie sollte er ihre Adresse in Erfahrung bringen? Brunetti schlug das amtliche Telefonbuch auf und ging die wenigen Einträge unter »J« durch. Und da war sie: »Jacobs, H.«, mit einer Anschrift in Santa Croce. Da ihm sein Instinkt sagte, daß er das wichtigste Indiz bereits gefunden hatte, interessierte ihn die weitere Durchsuchung nicht sonderlich.

Vianello kam aus Lucias Schlafzimmer zurück. »Signorina Lucia liest anscheinend nichts außer historischen Abhandlungen über das Byzantinische Reich und Liebesromanzen.«

Brunetti, der dem Inspektor von Claudias Besuch in seinem Büro und ihrem merkwürdigen Ansinnen berichtet hatte, erwiderte bloß: »Ich glaube, ich habe die Großmutter gefunden.«

Vianello langte wie selbstverständlich in die Tasche und zückte sein *telefonino.* »Möchten Sie vorher anrufen und ihr sagen, daß Sie kommen?«

Brunetti machte eine abwehrende Handbewegung, unterdrückte aber den Hinweis, daß sie neben einem Telefon standen, das Handy also überflüssig war. »Nein, sie würde sich nur ängstigen, wenn sie hört, daß die Polizei anruft, und dann müßte ich ihr gleich sagen, was passiert ist. Ich gehe lieber hin und rede persönlich mit ihr.«

»Soll ich mitkommen?« fragte Vianello.

»Nein, nicht nötig. Gehen Sie nur zum Essen. Ist vielleicht auch für die Signora besser, wenn nur einer kommt. Aber bevor Sie gehen, hören Sie sich noch bei den anderen Parteien im Haus um. Fragen Sie die Leute, was sie über die Mädchen wissen und ob sie gestern nacht etwas gesehen oder gehört haben. Morgen können wir dann mit den Vernehmungen an der Universität beginnen: Meine Frau kann mir vielleicht etwas über das Mädchen sagen, wer ihre Freunde waren, ihre anderen Professoren. Ach, und wenn Sie wieder in der Questura sind, bitten Sie Signorina Elettra, etwas über Claudia Leonardo herauszufinden oder über diese Frau, Hedi – vermutlich eine Kurzform von Hedwig – Jacobs. Und sie könnte auch gleich mal nachsehen, ob wir etwas über Luca Guzzardi haben.«

»Macht sie sicher gern. Ich denke, ihr ist im Moment jede Ablenkung recht«, sagte Vianello in einem Ton, der indes nicht so beiläufig klang wie beabsichtigt.

»Schön. Dann sagen Sie ihr, ich möchte alles wissen, was sie in Erfahrung bringen kann, selbst wenn es bis zum Krieg zurückreicht.«

Vianello wollte noch etwas anmerken, vielleicht über Signorina Elettra, aber er stockte und sagte nur: »Ich werd's ihr ausrichten.«

Brunetti wußte, daß die Adresse in Santa Croce irgendwo bei San Giacomo dell'Orio sein mußte, also ging er zu Fuß zur Vaporetto-Anlegestelle an der Accademia und nahm die Linie Eins nach San Stae. Von dort folgte er seinem Instinkt und kam bald auf den Campo San Boldo. Da die Hausnummern schon nahe an der waren, die er suchte, betrat er eine *tabaccheria* und fragte nach dem Weg. Als der Tabakhändler sich nicht ganz sicher war, erklärte Brunetti, er sei auf der Suche nach einer alten Dame, einer Österreicherin. Da lächelte der Ladeninhaber: »Ah, Signora Hedi – die hält mein Geschäft in Gang und mich auf Trab mit ihrem Zigarettenkonsum. Raucht wie ein Türke, die Signora. Sie sind an ihrem Haus vorbeigelaufen. Halten Sie sich rechts, wenn Sie rauskommen, und dann ist's die dritte Tür.«

Brunetti folgte der Weisung und fand auf einem der Schilder neben dem angegebenen Eingang den Namen »Jacobs«. Doch als er die Hand an die Klingel hob, überkam ihn eine Welle der

Erschöpfung. Er hatte das schon zu oft getan, hatte so viele schreckliche Nachrichten überbracht, und das Widerstreben, es abermals zu tun, war momentan übermächtig. Um wieviel leichter wäre sein Beruf, wenn die Opfer keine Angehörigen hätten, sondern einsame, ungeliebte Menschen wären, deren Tod keinen Sturm auslöste, welcher die kleinen Boote im Umkreis kentern ließ und noch mehr Opfer auf die Sandbänke des Lebens spülte.

Brunetti wartete ergeben, bis die dumpfe Resignation nachließ, und ein paar Minuten später läutete er. Nach einer Weile rief eine tiefe Stimme, die aber dennoch unverkennbar einer Frau gehörte, über die Türsprechanlage: »Wer ist da?«

»Ich komme, um mit Ihnen zu reden, Signora«, war das Beste, was ihm einfiel.

»Ich rede nicht mit irgendwem«, antwortete sie und legte auf.

Brunetti läutete wieder und hielt den Finger auf der Klingel, bis er sie fragen hörte: »Wer sind Sie?« Ihr Ton war gebieterisch, ohne eine Spur von Unsicherheit oder Furcht.

»Ich bin Commissario Guido Brunetti, Signora, von der Polizei. Und ich muß mit Ihnen sprechen.«

Es folgte eine lange Pause. Endlich sagte sie: »Worüber?«

»Über Claudia Leonardo.«

Das Geräusch, das er hörte oder zu hören glaubte, konnte eine Frequenzstörung sein, aber vielleicht war es auch ihr Atmen. Das Schloß klickte auf, und er trat ein. Den Boden der Eingangshalle, die nur von einer schwachen Birne in einem schmutzigen Glasgehäuse erleuchtet war, bedeckte ein grüner Schimmelbelag, der, je weiter er die Treppe hinaufstieg, allmählich verblaßte. Auf dem ersten Treppenabsatz brannte wieder eine dämmrige Funzel, deren trüber Lichtschein auf die oktagonalen Marmormedaillons im Fußboden fiel. Links sah er eine offene Tür, eine schwere metallene *porta blindata,* und gleich dahinter eine hochgewachsene, von rheumatischen Schmerzen gekrümmte Frau, deren weißes Haar zu einer kunstvoll geflochtenen Krone aufgesteckt war, wie er es von Fotos aus den dreißiger und vierziger Jahren kannte. Sie stand nach vorn gebeugt, und ihre Hände umklammerten den Elfenbeingriff eines Gehstocks. Obwohl ein Anflug von Alterstrübung ihre grauen Augen verschleierte, waren sie nichtsdestotrotz voller Argwohn.

»Ich fürchte, ich habe eine schlimme Nachricht für Sie, Signora Jacobs«, sagte er und blieb vor der Tür stehen. Vergebens forschte er in ihren Zügen nach einer Reaktion.

»Dann kommen Sie besser rein, damit ich mir im Sitzen anhören kann, was Sie zu sagen haben.« Wenn sie in längeren Sätzen sprach, verriet der leicht schleppende Singsang in ihrer Stimme die österreichische Herkunft. »Ich habe es am Herzen und stehe nicht mehr allzu fest auf den Beinen. Ich muß mich setzen.«

Damit wandte sie sich zurück in die Wohnung. Brunetti schloß die Tür und folgte ihr. Schon beim ersten Atemzug merkte er, daß der Tabakhändler nicht übertrieben hatte: Selbst wenn er durch einen Aschenbecher gewatet wäre, hätte der Nikotingeruch nicht beißender sein können. Darüber lag ein so durchdringender, säuerlicher Geruch, daß er sich fragte, wann in dieser Wohnung wohl zuletzt gelüftet worden war.

Die Frau führte ihn einen weitläufigen Flur entlang, und aus Sorge, daß schon die Furcht vor dem, was er ihr zu sagen hatte, sie ins Stolpern oder gar zu Fall bringen könnte, hielt Brunetti den Blick zunächst starr auf ihren Rücken geheftet. Aber da sie bei aller Langsamkeit offenbar doch ziemlich sicher auf den Beinen war, begann er auch seine Umgebung in Augenschein zu nehmen. Und blieb unwillkürlich wie angewurzelt stehen, überwältigt von der Schönheit, die sich in verschwenderischer Fülle vor ihm auftat.

Die Wände zu beiden Seiten des Flurs waren über und über mit Gemälden und Zeichnungen behängt. Rahmen an Rahmen drängten sich die Bilder, wahllos zusammengewürfelt wie die Wartenden an einer Bushaltestelle: Das kleine Format mit der Tänzerin in vertrauter Pose mußte ein Degas sein; daneben sah er eine Birne, aber eine, wie nur Cézanne sie zu malen verstand; die Madonna mit den schweren Lidern stammte zweifellos aus der Schule von Siena; und daneben hing eine von Goyas Zeichnungen eines Exekutionskommandos.

Während er, gleichsam versteinert wie Lots Weib, auf einem Fleck verharrte, sagte eine Stimme irgendwo links von ihm: »Kommen Sie jetzt und berichten mir, was Sie zu sagen haben, Commissario?«

Brunetti warf noch rasch einen Blick auf ein besonders kleines Format – ein Memling vielleicht? –, ein paar Zeichnungen von Otto Dix und einen unidentifizierbaren und ausgesprochen unerotischen weiblichen Akt. Dann folgte er der Stimme ins Wohnzimmer, wo sein Geruchssinn eine noch schwerere Prüfung zu bestehen hatte: Der Mief war dichter, intensiver und so stark, daß Brunetti spürte, wie er sich in den Stoff seines Jacketts einfraß. Als er sich umblickte, fand er in diesem Raum die verschiedensten Kunstgegenstände versammelt. Eine ganze Wand war mit goldgerahmten persischen oder indischen Miniaturen bedeckt, mindestens dreißig an der Zahl. Linker Hand hingen drei Kacheln, die sogar Brunettis ungeschultes Auge als Iznik-Keramiken erkannte, sowie eine große Sammlung osmanischer Teller und Fliesen, zugleich aber auch ein lebensgroßes hölzernes Kruzifix. Zu seiner Rechten sah er Kohle- und Tuschezeichnungen, doch bevor er die näher betrachten konnte, wurde seine Aufmerksamkeit wieder auf die alte Frau gelenkt, die sich schwerfällig in einem samtüberzogenen Sessel niederließ.

Der Sessel stand in der Mitte eines Teppichs, allem Anschein nach ein Isfahan: Nur hochwertige Seide erzeugte jenen schimmernden Glanz, der Brunetti aus dem kleinen Rechteck am äußersten Ende des Teppichs entgegenleuchtete, im Mittelfeld indes überlagert, ja ausgelöscht war von einem weiten Bogen eingetretener Asche, der halbkreisförmig den Platz unter und vor dem Sessel der Signora markierte. Reflexartig, mit einer Geste, so instinktiv und natürlich wie das Atmen, griff sie nach einer blauen Packung Nazionali, die neben ihr auf dem Tisch lag, und zündete sich mit einem billigen Plastikfeuerzeug eine Zigarette an.

Erst nachdem sie einmal tief inhaliert hatte, setzte sie zum Sprechen an. »Werden Sie mir nun endlich sagen, weshalb sie hier sind?«

»Wegen Claudia Leonardo«, antwortete er. »Sie wurde getötet.«

Die Hand mit der Zigarette sank wie vergessen herab. Signora Jacobs schloß die Augen, und wenn ihr verkrümmtes Rückgrat es zugelassen hätte, wäre ihr Kopf gegen die Sessellehne gefallen. Statt dessen bog er sich nur so weit zurück, daß sie dem Commissario gerade ins Gesicht sah. Als er merkte, wie anstrengend diese Haltung für sie war, rückte Brunetti einen Stuhl heran und setzte sich ihr gegenüber, so daß sie den Kopf senken und trotzdem noch Augenkontakt zu ihm halten konnte.

»O Gott! Ich ahnte ja nicht, daß es soweit kommt«, murmelte sie und wußte vielleicht nicht einmal, daß sie es laut gesagt hatte. Einen Moment lang starrte sie Brunetti noch an, dann hob sie mühsam die Hand und bedeckte ihre Augen.

Brunetti wollte eben fragen, was sie damit meinte, als er neben ihr Rauch aufsteigen sah. Mit einem Satz sprang er hinzu, während sie völlig teilnahmslos blieb. Brunetti hob die Zigarette auf und scharrte mit dem Fuß über das schwelende Fleckchen Seide.

Signora Jacobs schien gar nicht zu merken, daß er da war oder was er tat. »Ist Ihnen nicht wohl, Signora?« fragte er und legte ihr eine Hand auf die Schulter. Kein Anzeichen, daß sie ihn gehört hatte. »Signora?« wiederholte er und verstärkte den Druck auf ihre Schulter.

Die Hand, mit der sie ihre Augen bedeckt hielt, fiel in ihren Schoß, doch die Augen blieben geschlossen. Brunetti, der sie dazu bringen wollte, ihn anzusehen, trat ein wenig zurück. Als sie die Augen aufschlug, sagte sie: »In der Küche. Tabletten – auf dem Tisch.«

Brunetti lief in den hinteren Teil der Wohnung und hastete einen anderen Flur entlang, der mit Bücherregalen gesäumt war. Durch eine offene Tür zur Linken sah er ein Spülbecken, warf die Zigarette hinein und schnappte sich die Medizin auf dem Tisch. Rasch ließ er noch ein Glas Wasser ein und eilte zurück zu Signora Jacobs. Er reichte ihr das Arzneifläschchen und wartete, während sie es aufschraubte, zwei weiße Tabletten in der Größe von Aspirin herausschüttelte und in den Mund steckte. Das dargebotene Glas Wasser wies sie mit erhobener Hand zurück, schloß erneut die Augen und saß vollkommen regungslos in ihrem Sessel. Erst nach einer ganzen Weile, als sie sich allmählich entspannte und ein Hauch von Farbe in ihre Wangen zurückkehrte, wagte Brunetti wieder einen Blick auf die Kostbarkeiten an den Wänden.

Er war an die Zurschaustellung großen Reichtums gewöhnt, auch wenn sein unbeugsames Beharren darauf, daß die Familie sich mit ihrem eigenen Einkommen begnüge, die Opulenz der Faliers im Hause Brunetti auf Distanz hielt. Trotzdem hatten ein paar Gemälde aus Paolas persönlichem Besitz – wie der Canaletto in der Küche – es geschafft, sich nach Art streunender Katzen in verregneten Nächten ins Haus zu schleichen. Er kannte die Sammlung seines Schwiegervaters ebenso wie die der Freunde des Grafen, ganz zu schweigen von den Kunstschätzen, die ihm bei seinen Vernehmungen in den Häusern betuchter Verdächtiger begegnet waren. Doch nichts, was er bisher gesehen hatte, reichte an diese überbordende Fülle heran: Gemälde, Keramiken, Schnitzereien, Drucke drängten sich aneinander, als wetteiferten sie alle um den Ehrenplatz. Ordnung war keine vorhanden, aber eine Schönheit, die ihn überwältigte.

Er blickte zurück zu Signora Jacobs und sah, daß sie ihn beobachtete, während sie nach ihren Zigaretten tastete. Er ging um ihren Sessel herum und setzte sich wieder, indes sie sich eine

Zigarette ansteckte und den Rauch tief, fast trotzig einsog. »Was ist passiert?«

»Ihre Mitbewohnerin kam heute morgen heim und fand sie tot in der Wohnung. Wahrscheinlich ist sie irgendwann gestern abend getötet worden.«

»Wie?«

»Erstochen.«

»Wer hat es getan?«

»Es könnte ein Dieb oder ein Einbrecher gewesen sein.« Noch während er sprach, merkte Brunetti, wie wenig überzeugend das klang.

»So etwas kommt hier nicht vor«, sagte sie. Ohne nachzusehen, ob ein Aschenbecher in Reichweite sei, schnippte sie die Asche ihrer Zigarette auf den Teppich.

»Nein, normalerweise nicht, Signora. Aber bis jetzt haben wir nichts gefunden, was auf eine andere Erklärung schließen läßt.«

»Und was haben Sie gefunden?« fragte sie gebieterisch. Brunetti war verblüfft, wie rasch sie ihre Fassung wiedergefunden hatte.

»Ihr Adreßbuch.«

Erkenntnis blitzte in ihren hellen Augen auf. »Und von allen, die da drinstanden, bin ich zufällig die erste, die Sie aufsuchen?«

»Nein, Signora. Ich kam zu Ihnen, weil ich gewissermaßen schon von Ihnen wußte.«

»Was wußten Sie über mich?« Es gelang ihr nicht, den Schrekken zu verbergen, der jeden in Italien bei der Vorstellung befallen hätte, die Polizei wisse irgend etwas über ihn.

»Daß Claudia Sie als ihre Großmutter betrachtete und sich um ihretwillen darum bemühte, das Urteil gegen eine Person aufheben zu lassen, die in San Servolo gestorben ist.« Brunetti sah keinen Grund, ihr das zu verheimlichen: Früher oder später würde er sie ohnehin dazu vernehmen müssen, also konnte er genausogut gleich damit anfangen, solange der Schock ihren

Widerstand gegen die Beantwortung seiner Fragen noch schwächen mochte.

Sie ließ die Zigarette auf den Teppich fallen, trat sie aus und zündete sich unverzüglich eine neue an. Ihre Bewegungen waren langsam und vorsichtig: Seiner Schätzung nach mußte sie weit über achtzig sein. Sie machte drei so gierige Züge, als hätte sie nicht gerade erst eine Zigarette zu Ende geraucht. Ohne zu fragen, stand Brunetti auf und holte von einem Tisch hinter ihr einen Dosendeckel, der anscheinend als Aschenbecher diente, und stellte ihn neben sie.

Statt ihm zu danken, fragte sie: »Sind Sie derjenige, mit dem Claudia gesprochen hat?«

»Ja.«

»Ich hab ihr gesagt, sie soll zu einem Anwalt gehen. Ich hätte es auch bezahlt.«

»Sie war bei einem Anwalt. Er sagte, es würde fünf Millionen Lire kosten.«

Sie rümpfte die Nase über die Summe und verdammte sie zu ewiger Belanglosigkeit. »Und dann kam sie zu Ihnen?«

»Nicht direkt, Signora. Zuerst wandte sie sich an meine Frau, eine ihrer Professorinnen an der Universität, und bat sie, mich zu fragen. Aber Claudia war offenbar nicht zufrieden mit der Antwort, die ich ihr durch meine Frau übermitteln ließ, also kam sie in die Questura, um persönlich mit mir zu sprechen.«

»Ja, das sieht ihr ähnlich«, sagte die alte Frau mit einem Lächeln, das kaum ihre Lippen berührte, aber ihrer Stimme Wärme verlieh. »Und was für eine Antwort haben Sie ihr gegeben?«

»Im Grunde die gleiche, die ich ihr schon durch meine Frau ausrichten ließ: daß ich ihr keine Auskunft geben könne, solange ich keine genauere Vorstellung von dem Verbrechen hätte, um das es sich handele.«

»Hat sie Ihnen gesagt, um wen es ging?« fragte die Frau, diesmal mit unverhohlenem Mißtrauen in der Stimme.

»Nein«, antwortete Brunetti. Es war eine Lüge, aber eine kranke alte Frau, die unter Schock stand, weil sie einen geliebten Menschen verloren hatte, in unfairer Weise zu übertölpeln, das gehörte schließlich zu seinem Beruf.

Signora Jacobs wandte den Blick von ihm ab nach der Wand zu ihrer Rechten, wo die Keramiken hingen. Aber Brunetti hatte den Eindruck, daß sie die Iznik-Kacheln ebensowenig wahrnahm wie all die anderen Kunstschätze um sie herum. Ihr Schweigen dauerte so lange, bis ihm Zweifel kamen, ob sie sich seiner Gegenwart überhaupt noch bewußt war.

Endlich wandte sie sich ihm wieder zu. »Ich denke, das ist alles«, sagte sie.

»Ich bitte um Verzeihung?« fragte Brunetti höflich. Er verstand wirklich nicht, was sie meinte.

»Das ist alles. Alles, was ich wissen will, und alles, was ich Ihnen zu sagen habe.«

»Ich wünschte, es wäre so einfach, Signora«, versetzte er voll aufrichtigen Mitgefühls. »Aber ich fürchte, Sie haben kaum eine Wahl. Ich ermittle in einem Mordfall, und Sie sind verpflichtet, die Fragen der Polizei zu beantworten.«

Sie lachte. Ein Lachen bar jeder Heiterkeit, aber wohl die einzig angemessene Antwort auf solch eine für sie absurde Belehrung.

»Signor Commissario«, sagte sie, »ich bin dreiundachtzig, und wie meine Abhängigkeit von diesen Tabletten Ihnen gezeigt haben dürfte, bei schlechter Gesundheit.« Bevor er antworten konnte, fuhr sie fort: »Und glücklicherweise findet sich bestimmt kein Arzt, der nicht bestätigen würde, daß Sie mit Ihren fortgesetzten Fragen mein Leben gefährden könnten.«

»So, wie Sie das sagen, klingt es, als glaubten Sie selbst nicht daran«, bemerkte er.

»Oh, ich glaube es sehr wohl. Aber ich bin durch eine viel härtere Schule gegangen, als ihr Italiener sie euch auch nur vorstellen könnt, und so bin ich nie wehleidig gewesen. Aber glauben Sie mir, wenn Sie fühlen könnten, wie mein Herz jetzt hämmert, dann wüßten Sie, daß ich die Wahrheit spreche. Sie gefährden mein Leben mit Ihren Fragen. Den Arzt erwähne ich nur, um Ihnen klarzumachen, wie weit ich gehen würde, um nicht mehr mit Ihnen reden zu müssen.«

»Sind es die Fragen, die Ihr Leben gefährden, Signora, oder die Antworten?«

Plötzlich merkte sie, daß ihre Zigarette ausgegangen war, warf sie zu Boden und griff nach dem Päckchen. »Sie finden gewiß allein hinaus, Commissario«, sagte sie, und ihre Stimme hatte jenen satten Befehlston, den diejenigen, die in einem Haus mit vielen Dienstboten aufgewachsen sind, nie ganz ablegen.

12

Brunetti, den sein Beruf schon mit den unterschiedlichsten Formen der Verzweiflung konfrontiert hatte, sah ein, daß jeder weitere Versuch sinnlos und reine Zeitverschwendung wäre: Es gab nichts, womit er Signora Jacobs dazu bewegen konnte, ihm mehr über das ermordete Mädchen zu erzählen.

Er verließ die Wohnung und beschloß, zu Fuß zur Questura zurückzukehren. Den Spaziergang nutzte er, um darüber nachzudenken, was, wenn überhaupt, die alte Frau und ihre Verbindung zu den Guzzardis mit Claudias Tod zu tun haben könnte. Warum sollten kriminelle Handlungen, die Jahrzehnte vor der Geburt des Mädchens verübt wurden, mit einem womöglich ganz normalen, wenn auch fehlgeschlagenen Diebstahl in Zusammenhang stehen? Normale Diebe, raunte ihm jedoch die Stimme der Erfahrung und gewohnheitsmäßiger Skepsis zu, tragen keine Messer bei sich und bringen diejenigen, die sie bei ihrer Arbeit überraschen, auch nicht um. Jemanden bei einem Fluchtversuch über den Haufen rennen, vielleicht, aber sicher nicht auf ihn einstechen, bis er tot war.

Sein Blick fiel auf den Campanile von San Giorgio und den Engel, der, frisch restauriert, wieder auf der Turmspitze prangte, nachdem er vor Jahren vom Blitz getroffen und in Flammen aufgegangen war. Brunetti war so in Gedanken gewesen, daß er einfach an der Questura vorbeigelaufen war. Als er seinen Irrtum erkannte und hastig kehrtmachte, salutierte der Posten am Eingang zackig wie immer und ohne sich anmerken zu lassen, daß er seinen Vorgesetzten vor ein paar Minuten achtlos hatte vorbeigehen sehen.

Brunetti blieb vor Signorina Elettras Büro stehen, spähte hinein und war erleichtert, als er den üppigen Blumenschmuck auf dem Fensterbrett sah. Noch ein Schritt näher, und er sah seine Hoffnung bestätigt, daß noch mehr davon auf ihrem Schreibtisch prangten: gelbe Rosen, mindestens zwei Dutzend. Wie inständig hatte er die letzten Monate darum gebetet, daß sie zu ihrer schamlosen Plünderung der Stadtkasse zurückfinden möge, indem sie diese verschwenderischen Sträuße als gewöhnliche Büroauslagen geltend machte. Jede Knospe, jede Blüte verströmte den schweren Duft veruntreuter öffentlicher Gelder. Brunetti atmete ihn in tiefen Zügen ein und seufzte erleichtert.

Wie er gehofft hatte, saß sie hinter ihrem Schreibtisch, und er war entzückt, als er sah, daß sie einen grünen Kaschmirpulli trug; noch mehr freute es ihn, daß sie in einer Zeitschrift las. »Was ist's denn heute, Signorina?« fragte er. *»Famiglia Cristiana?«*

Sie blickte auf, aber ohne zu lächeln. »Nein, Signore, die gebe ich immer an meine Tante weiter.«

»Ist sie religiös?« erkundigte sich Brunetti.

»Das nicht, aber sie hat einen Wellensittich.« Signorina Elettra klappte die Zeitschrift zu, aber so, daß er den Titel nicht sehen konnte. Er hoffte auf die *Vogue.*

»Hat Vianello Ihnen Bescheid gegeben?« fragte er.

»Armes Mädchen. Wie alt war sie?«

»Ich weiß nicht genau, höchstens zwanzig.«

Welch furchtbare Vergeudung – aber keiner von beiden sprach es aus.

»Vianello sagt, sie hat bei Ihrer Frau studiert?«

Brunetti nickte. »Ich komme gerade von einer alten Dame, die ihr sehr nahe stand.«

»Haben Sie schon eine Ahnung, was passiert ist?«

»Es könnte ein Raubüberfall gewesen sein.« Als er ihren Gesichtsausdruck sah, setzte er hinzu: »Oder vielleicht war es auch etwas ganz anderes.«

»Zum Beispiel?«

»Ein Liebhaber. Drogen.«

»Vianello sagt, Sie haben mit ihr gesprochen«, sagte Signorina Elettra. »Halten Sie so was für möglich?«

»Spontan würde ich sagen: nein, aber ich verstehe die Welt nicht mehr. Heutzutage ist jedem alles zuzutrauen.«

»Glauben Sie das wirklich, Signore?« Ihr Ton verriet, daß die Frage für sie weit über das hinauszielte, was er ganz gedankenlos hingeworfen hatte.

»Nein«, sagte er nach einigem Überlegen. »Wahrscheinlich glaube ich das nicht. Denn am Ende gibt es ja doch ein paar Leute, denen zu vertrauen sich lohnt.«

»Inwiefern?«

Er hatte keine Ahnung, wie sie auf dieses philosophische Terrain geraten waren noch wo es hinführen mochte, aber er spürte, daß es Signorina Elettra sehr ernst damit war. »Weil es einige Menschen gibt – noch gibt –, die absolut vertrauenswürdig sind. Daran müssen wir einfach glauben.«

»*Müssen* wir? Und warum?«

»Weil, wenn wir nicht wenigstens einen Menschen finden, dem wir uns bedingungslos anvertrauen können – nun, dann ist es unser Schaden. Und ohne die Erfahrung dieses unbedingten Aufgehobenseins im anderen wären wir jedenfalls um vieles ärmer.« Er wußte selbst nicht recht, was er damit meinte, oder vielleicht erklärte er es auch nur schlecht, aber er war überzeugt davon, daß es seinen Wert als Mensch mindern würde, wenn es niemanden gäbe, dem er sich rückhaltlos anvertrauen könnte.

Bevor er ihr das sagen oder sie eine weitere Frage stellen konnte, läutete das Telefon. Signorina Elettra nahm ab. »Ja, Signore.« Sie sah Brunetti an, und diesmal lächelte sie. »Ja, Signore, er ist gerade gekommen. Gut, ich schicke ihn herein.«

Brunetti wußte nicht recht, ob er erleichtert oder enttäuscht war über dieses abrupte Ende ihres Gesprächs, aber er konnte schwerlich bleiben und es fortführen, nicht nachdem Vice-Questore Patta erfahren hatte, daß er im Hause war.

»Wenn ich in einer Viertelstunde nicht wieder draußen bin«, sagte er, »dann rufen Sie die Polizei.«

Sie nickte und schlug ihre Zeitschrift auf.

Patta saß an seinem Schreibtisch und wirkte weder zufrieden noch mißgestimmt, dafür aber, wie stets, derart prädestiniert für eine verantwortungsvolle und maßgebliche Position, daß seine Beförderung einem Naturgesetz hätte folgen können. Als er ihn so sitzen sah, merkte Brunetti, wie sehr er sich daran gewöhnt hatte, in Pattas Miene nach Hinweisen auf die bevorstehende Unterredung zu suchen, gleich einem Augur, der die Nieren eines frisch geschlachteten Huhns befragt.

»Ja, Signore?« sagte er und nahm auf dem Stuhl Platz, zu dem Patta ihn mit einem Wink dirigierte.

»Was ist das für eine Geschichte mit dem toten Mädchen, Brunetti?« Der herrische Kommandoton ging weit über eine Frage hinaus.

»Die junge Frau wurde letzte Nacht erstochen, Signore. Über die genaue Todeszeit werde ich mehr wissen, sobald Dottor Rizzardi seinen Bericht vorlegt.«

»Hatte sie einen Freund?«

»Nach Aussage der Vermieterin und ihrer Mitbewohnerin nicht«, erwiderte Brunetti ruhig.

»Haben Sie die Möglichkeit eines Raubüberfalls ausgeschlossen?« fragte Patta und überraschte Brunetti damit, daß er Claudias Tod nicht auf die naheliegendste Ursache zurückführen wollte.

»Nein, Signore.«

»Also, was haben Sie getan?« fragte Patta, mit auffälliger Betonung auf dem dritten Wort.

Brunetti fand, der Vorsatz zähle für die Tat, zumindest gegenüber seinem Chef, und so antwortete er: »Ich habe Kollegen zur Vernehmung der Nachbarn abgestellt; sie sollen sich erkundigen, ob jemand gestern nacht etwas beobachtet hat; Signorina Elettra überprüft die Telefongespräche, die von der Wohnung des Mädchens aus geführt wurden; mit ihrer Mitbewohnerin habe ich bereits gesprochen, aber sie stand noch zu sehr unter Schock und konnte mir nicht viel weiterhelfen; und wir haben mit der Einvernahme ihrer Freunde an der Universität begonnen, um mehr über das Mädchen zu erfahren.« Brunetti hoffte, all dies noch heute nachmittag in die Wege leiten zu können.

»Und was ist mit Ihrem Inspektor? Arbeitet der auch an dem Fall?« fragte Patta.

Brunetti verkniff sich eine Spekulation darüber, wie es wohl um die Eigentumsrechte an Tenente Scarpa bestellt sei, und begnügte sich mit einem schlichten: »Jawohl, Signore.«

»Gut, also ich wünsche, daß Sie diesen Fall so rasch wie möglich aufklären. Der *Gazzettino* wird ihn garantiert groß auf die Titelseite bringen; ich hoffe bloß, die überregionalen Blätter hängen sich nicht dran. Anderswo werden weiß Gott genug junge Mädchen erstochen, und kein Mensch schert sich darum. Aber für Venedig ist so was immer noch eine Sensation, also werden wir uns wohl auf schlechte Publicity gefaßt machen müssen, jedenfalls so lange, bis die Gemüter sich wieder beruhigt haben.« Mit einem resignierten Seufzer über diese neuerliche Bürde seines Amtes zog Patta sich ein paar Aktenordner heran und sagte: »Das wäre alles, Commissario.« Brunetti erhob sich, doch er konnte einfach nicht so gehen. Er stand so lange vor Pattas Schreibtisch, bis der endlich aufblickte und fragte: »Ja, was gibt's denn noch?«

»Nichts, Signore. Aber das mit der schlechten Publicity, das ist schon eine Schande.«

»Ja, nicht wahr?« bestätigte Patta. Dann konzentrierte er sich ostentativ auf seine Akten, während Brunetti alles daransetzte, Pattas Büro zu verlassen, ohne noch einmal den Mund aufzumachen.

Dabei erinnerte er sich an eine Szene, die er einmal, es mußte jetzt vier Jahre her sein, zusammen mit Paola beobachtet hatte. Sie waren in einer Ausstellung des kolumbianischen Malers Botero gewesen, Paola ganz fasziniert von der überschwenglichen Vitalität seiner dicken, teiggesichtigen Männer und Frauen, die alle den gleichen winzigkleinen Rosenmund hatten. Vor ihnen war eine Schulklasse mit höchstens acht- oder neunjährigen Kindern. Als er und Paola in den letzten Ausstellungsraum kamen, hörten sie die Lehrerin sagen: »Also, *ragazzi,* wir gehen jetzt, aber hier sind noch viele andere Besucher, die nicht durch Lärm oder Geschwätz gestört werden möchten. Darum machen wir jetzt alle«, und hier deutete sie auf ihre Lippen, die sie rund und spitz vorstülpte, »*la bocca di Botero*«. Worauf die Kinder entzückt einen Finger an die Lippen legten und die Münder so fest zusammenpreßten, wie sie es auf den Bildern vor sich sahen, und auf Zehenspitzen kichernd den Saal verließen. Seitdem behalfen sich er und Paola, wann immer ihnen in Gesellschaft eine Taktlosigkeit widerfuhr, mit *la bocca di Botero* und ersparten sich damit zweifellos eine Menge Ärger, ganz zu schweigen von Zeitaufwand und vergeudeter Energie.

Signorina Elettra hatte offenbar ihre Zeitung ausgelesen, denn als Brunetti aus Pattas Büro kam, blätterte sie angelegentlich in einer Akte. »Signorina«, begann er, »ich hätte da einige Aufgaben für Sie.«

»Ja, Signore?« Sie schloß die Akte ohne den geringsten Versuch, den Vermerk VERTRAULICH zu verdecken, der in roten Lettern fettgedruckt über die linke Hälfte des Deckels lief, oder Tenente Scarpas Namen, der quer obendrüber stand.

»Ein bißchen Entspannungslektüre?« fragte er.

»Sehr entspannend«, erwiderte sie hörbar verächtlich und schob den Ordner beiseite. »Was kann ich für Sie tun, Signore?«

»Fragen Sie Ihren Freund bei der Telecom, ob er Ihnen eine Liste der Anrufe besorgen kann, die von der Wohnung des Mädchens geführt und angenommen wurden. Und er möchte feststellen, ob sie oder Lucia Mazzotti – die Mitbewohnerin – ein *telefonino* besitzt. Und sehen Sie zu, was Sie über Claudia herausfinden können: Hatte sie eine Kreditkarte oder ein Bankkonto? Jede Information hinsichtlich ihrer finanziellen Verhältnisse wäre hilfreich.«

»Haben Sie ihre Wohnung durchsucht?« fragte Signorina Elettra dazwischen.

»Noch nicht gründlich. Aber heute nachmittag schicke ich ein Team von der Spurensicherung hin.«

»Gut, dann sollen die mir alle Unterlagen mitbringen, die sie finden.«

»Ja, in Ordnung«, sagte er. – »Sonst noch was?«

»Nein, im Moment fällt mir nichts weiter ein. Aber wir wissen ja auch noch nicht viel. Wenn Sie in den Papieren auf etwas Interessantes stoßen, gehen Sie dem nach.« Und als er ihren fragenden Gesichtsausdruck sah, erklärte er: »Briefe von einem Verehrer. Das heißt, falls solche Briefe heute überhaupt noch geschrieben werden.« Und bevor sie danach fragen konnte, ergänzte er: »Ja, und lassen Sie sich auch ihren Computer herbringen.«

»Und Sie, Commissario?« fragte sie.

Statt zu antworten, sah er auf die Uhr, weil er plötzlich merkte, wie hungrig er war. »Ich werde meine Frau anrufen«, sagte er. Und setzte schon im Gehen hinzu: »Danach bin ich in meinem Büro und warte auf Rizzardis Anruf.«

Der Gerichtsmediziner meldete sich erst lange nach fünf, als Brunetti vor lauter Hunger schon griesgrämig und des Wartens überdrüssig war.

»Ich bin's, Guido«, sagte Rizzardi.

Ohne sich seine Ungeduld anmerken zu lassen, fragte Brunetti bloß: »Und?«

»Zwei der Stichwunden waren tödlich: Beide streiften das Herz. Vermutlich war sie sofort tot.«

»Und der Mörder? Glaubst du immer noch, daß er klein war?«

»Nun ja, auf keinen Fall so groß wie du oder ich. Vielleicht ein bißchen größer als das Mädchen. Und Rechtshänder.«

»Heißt das, es könnte auch eine Frau gewesen sein?« fragte Brunetti.

»Ja, sicher, obwohl Frauen normalerweise nicht auf diese Weise töten.« Und nach kurzem Besinnen setzte der Pathologe hinzu: »Eigentlich morden Frauen sowieso eher selten, oder?«

Brunetti brummte zustimmend, auch wenn er sich im stillen

fragte, ob Rizzardis Bemerkung als Kompliment an das weibliche Geschlecht zu verstehen sei. Und wenn ja: Was sagte das dann über die menschliche Natur aus? Der nächste Satz des Doktors holte ihn aus seinen philosophischen Reflexionen zurück. »Ich denke, sie war noch Jungfrau.«

»Was?«

»Du hast richtig gehört, Guido. Ich sagte Jungfrau.« Eine Weile schwiegen beide, dann fragte Brunetti: »Sonst noch was?«

»Sie war Nichtraucherin und anscheinend kerngesund.« Hier stockte der Arzt und ließ Brunetti für einen Augenblick die traurige Hoffnung, daß er es nicht aussprechen würde. Aber dann sagte Rizzardi es doch: »Sie hätte noch gute sechzig Jahre vor sich gehabt.«

»Danke, Ettore«, sagte Brunetti und legte auf. Neuerlich gereizt nach dem, was er da eben erfahren hatte, hielt es der Commissario nicht länger am Schreibtisch aus; und so ging er hinunter ins Kriminallabor und ließ sich die Sachen zeigen, die die Spurensicherung aus Claudia Leonardos Wohnung mitgebracht hatte.

»Ihr Adreßbuch hat Signorina Elettra«, sagte Bocchese, der Chef des kriminaltechnischen Dienstes, während er etliche Plastikbeutel auf seinen Schreibtisch legte. Als Brunetti sie vorsichtig an den äußersten Enden aufhob, sagte Bocchese abschätzig: »Sie können ruhig zufassen, ich habe den ganzen Kram längst auf Fingerspuren untersucht. Aber es waren überall nur zwei Paar Abdrücke drauf, ihre und die ihrer Mitbewohnerin.«

Brunetti öffnete einen großen Umschlag, der eine Reihe von Schriftstücken und Kuverts enthielt. Es war das übliche Sammelsurium: Gas- und Stromrechnungen, eine Einladung zu einer Galerieeröffnung, Telefonrechnungen, Kreditkartenbelege. Weiter hinten in dem Päckchen stieß er auf einen Stapel Kontoauszüge und überflog die Spalte mit den Einzahlungen. Jeweils am Monatsersten waren zehn Millionen Lire auf Claudias Konto eingezahlt worden. Brunetti blätterte weiter und vergewisserte sich, daß seit Anfang des Jahres jeden Monat der gleiche Betrag eingegangen war. Es bedurfte keiner großen Rechenkünste, um die Jahressumme zu ermitteln, einen atemberaubenden Betrag für ein Studentenkonto. Allein, dort war das Geld nicht: Claudias Guthaben belief sich auf kaum mehr als drei Millionen Lire, was bedeutete, daß dieses junge Mädchen im Laufe der letzten zehn Monate fast hundert Millionen Lire ausgegeben hatte.

Brunetti studierte die Auszüge genauer: Am dritten jeden Monats ging eine Überweisung von Claudias Konto auf das von Loredana Gallante, der Vermieterin. Strom- und Telefonrechnung wurden per Einzugsverfahren abgebucht. Und dann gab es jeden Monat, ohne erkennbares System der Daten und Beträge, namhafte Abbuchungen in unterschiedlicher Höhe, die allerdings nur als »Auslandsüberweisungen« gekennzeichnet waren.

Die monatlichen Einzahlungen waren ebenfalls nur als »Überweisungen aus dem Ausland« deklariert. Brunetti löste die Kontoauszüge aus dem Papierstapel und fragte Bocchese: »Wenn ich die mitnehme, muß ich das quittieren?«

»Ich denke schon, Commissario«, antwortete Bocchese und zog ein dickes Hauptbuch aus einer Schublade. Er schlug es auf, schrieb etwas hinein und drehte das Buch dann zu Brunetti hin. »Unterschreiben Sie hier, Commissario. Und bitte mit Datum.« Keiner von beiden erwähnte Boccheses ebenso beharrliche wie erfolglose Anträge auf Genehmigung eines Fotokopierers.

Brunetti unterschrieb wie gewünscht, faltete die Kontoauszüge zusammen und schob sie in seine Jackentasche.

Die Banken hatten schon geschlossen, und als er in Signorina Elettras Büro zurückkam, war sie bereits gegangen. Ihre Zeitschrift lag mit dem Titelblatt nach unten auf dem Schreibtisch. Brunetti war nicht so dreist, sie umzudrehen, aber er ging um den Schreibtisch herum, bückte sich und las den Titel auf dem Magazinrücken. *Vogue.* Er lächelte, froh über dieses kleine Indiz dafür, daß Signorina Elettra Vice Questore Patta endlich wieder genau das Maß an Aufmerksamkeit widmete, das er ihrer Meinung nach verdiente.

13

Brunetti mußte bis zum nächsten Morgen warten, ehe er seine Neugier stillen und Claudia Leonardos abenteuerlichen Kontobewegungen nachspüren konnte. Dann aber ging es sehr rasch und bedurfte nur eines Anrufs bei der örtlichen Filiale der Banca di Perugia. Seit Jahren schon hatte Brunetti fasziniert beobachtet, daß von allen Berufsgruppen, die ein Anruf der Polizei nervös machte, die Banker am meisten zu leiden schienen. Das verleitete zu Spekulationen darüber, was sie wohl hinter ihren breiten Schreibtischen oder in ihren gepanzerten Tresoren treiben mochten. Doch bevor er dieser Frage weiter nachhängen konnte, wurde er mit dem Direktor verbunden, der ihn an eine Kassiererin weiterleitete, die sich nach der Kontonummer erkundigte. Wenige Minuten später konnte sie ihm die Auskunft geben, daß die Überweisungen von einer Genfer Bank getätigt wurden und an jedem Monatsersten auf Claudias Konto eingingen, seit dieses vor drei Jahren eröffnet worden war, vermutlich zu dem Zeitpunkt, als Claudia nach Venedig kam, um hier ihr Studium zu beginnen.

Brunetti bedankte sich und bat die Kassiererin, ihm Kopien aller Auszüge aus den letzten drei Jahren zu faxen, was sie noch für denselben Vormittag versprach. Wieder brauchte er kaum Papier und Bleistift, um den Gesamtbetrag hochzurechnen: fast vierhundert Millionen Lire, und jetzt befanden sich weniger als drei Millionen auf dem Konto. Wie konnte ein junges Mädchen in drei Jahren über dreihundert Millionen Lire ausgeben? Er rief sich die Wohnung ins Gedächtnis, suchte nach Spuren von Luxus und teuren Anschaffungen, ohne daß ihm das Geringste eingefallen wäre. Ja, er vermutete sogar, daß die Wohnung bereits möbliert vermietet worden war, denn die großen Mahagonischränke, die er in beiden Schlafzimmern gesehen hatte, stammten sicher noch aus der Generation von Signora Gallante. Anzeichen auf Drogenkonsum hätte Rizzardi bemerkt und ihn davon unterrichtet, aber was außer Rauschgift konnte solch riesige Geldmengen verschlingen?

Er rief unten bei Bocchese an, der ihm die Namen der Beamten durchgab, die die Wohnung untersucht hatten. Doch wie Brunettis Nachfrage ergab, war die Garderobe beider Mädchen weder besonders teuer noch umfangreich, hätte also keinesfalls Summen dieser Größenordnung verschlingen können.

Einen Moment lang war Brunetti versucht, Rizzardi anzurufen und ihn zu fragen, ob er die Leiche auf Spuren von Drogenkonsum untersucht habe, unterließ es aber, weil er sich die Antwort des Doktors vorstellen konnte: Wenn Rizzardi nichts gesagt hatte, dann gab es auch keinen Befund.

Statt dessen rief er Paola zu Hause an. »Ich bin's«, sagte er unnötigerweise.

»Und was steht dem Herrn zu Diensten?«

»Wie würdest du dreihundertsechzig Millionen Lire in drei Jahren ausgeben?« fragte er.

»Eigenes oder gestohlenes Geld?« fragte sie zurück, gleich klarstellend, daß sie den beruflichen Hintergrund seiner Frage erkannt hatte.

»Was macht das für einen Unterschied?«

»Also ich würde mit gestohlenem Geld anders umgehen.«

»Weshalb?«

»Weil's eben anders ist, deshalb. Ich meine, es ist nicht dasselbe, als ob man gearbeitet oder sich krummgelegt hat, um es zu verdienen. Sondern wie Geld, das man auf der Straße findet oder in der Lotterie gewinnt. Das gibt man leichter aus, bei mir zumindest wäre es so.«

»Und wie würdest du's ausgeben?«

»Ist das ein allgemeines ›du‹ wie in ›man‹, oder meinst du mich persönlich?«

»Beides.«

»Also ich persönlich würde mir Erstausgaben von Henry James kaufen.«

Brunetti überhörte geflissentlich die Anspielung auf den Autor, den er mit den Jahren begonnen hatte als den anderen Mann im Leben seiner Frau zu betrachten, und fragte: »Und wenn du es von einer allgemeineren Warte aus angehen würdest?«

»Das käme dann wohl auf die betreffende Person an. Das Naheliegendste sind Drogen, aber da du mich um Anregungen fragst, hast du diese Möglichkeit wohl schon ausgeschlossen. Manche Leute würden sich teure Autos oder Designerklamotten kaufen oder, ach, ich weiß nicht, Reisen machen vielleicht.«

»Nein, das Geld wurde Monat für Monat abgehoben, nicht in einem großen Batzen«, sagte er, eingedenk des regelmäßigen Ein- und Auszahlungsverkehrs.

»Teure Restaurants? Frauen?«

»Es geht um Claudia Leonardo«, sagte er nüchtern.

Die Antwort ließ Paola für einen Moment verstummen, dann sagte sie: »Claudia hätte es wahrscheinlich verschenkt.«

»Was?«

»Verschenkt«, wiederholte Paola. – »Wie kommst du darauf?«

Es entstand eine lange Pause. »Das weiß ich selber nicht. Ich muß zugeben, ich habe keine Ahnung, warum ich das gesagt habe. Aber von ihren Seminarbeiträgen und Referaten her hatte ich einfach das Gefühl, daß ihr soziales Gewissen sehr viel stärker ausgeprägt war, als wir das heutzutage bei den Jugendlichen gewohnt sind.«

Mitten in Brunettis Überlegungen hinein fragte Paola: »Woher kam denn das Geld?«

»Von einer Schweizer Bank.«

»Ich glaube, es war Alice im Wunderland, die zu sagen pflegte: ›Kuriöser und kuriöser.‹« Und nach einer weiteren Pause erkundigte sich Paola: »Ist das die Summe – dreihundertsechzig Millionen Lire in drei Jahren?«

»Ja. Könntest du dir noch eine andere Möglichkeit vorstellen?«

»Nein. Aber irgendwie fällt es schwer, Claudia mit Geld in Verbindung zu bringen, noch dazu mit solchen Summen. Sie war, ach, ich weiß nicht, naiv. Nein, das ist das falsche Wort. So wie ich sie kennengelernt habe, war sie durchaus eine vielschichtige Persönlichkeit. Aber Claudia und Geld? Nein, das paßt einfach nicht zusammen.«

»Und warum nicht?«

»Sie schien sich überhaupt nicht dafür zu interessieren. Ich erinnere mich zum Beispiel, wie sie auf das Verhalten von Romanfiguren reagierte: Sie war immer ein bißchen verwundert, daß Menschen sich durch nackte Habgier zu unabänderlichen Taten hinreißen lassen, was sie offenbar einfach nicht verstehen oder sich nicht erklären konnte. Und darum: Nein, sie hätte das Geld nicht für sich ausgegeben.«

»Aber das ist doch bloß Literatur«, wandte er ein.

»Ich muß doch sehr bitten«, sagte Paola, alles andere als gefaßt.

»Ich meine ja nur: Wie kannst du aus ihren Reaktionen auf irgendwelche Romanfiguren schließen, wie sie sich im wirklichen Leben verhalten hätte?«

Er hörte sie seufzen, aber als sie endlich antwortete, tat sie es durchaus mit Geduld und Nachsicht. »Wenn wir jemandem Dinge erzählen, die unserer Familie oder unseren Freunden widerfahren sind, dann können wir an seiner Reaktion ganz gut ablesen, ob er ein anständiger Mensch ist, oder?«

»Natürlich.«

»Siehst du. Und daran ändert sich nichts, nur weil die Leute, über die man spricht, Figuren aus einem Buch sind, Guido. Das solltest du inzwischen wissen, das heißt, falls du mir in den letzten zwanzig Jahren je ernsthaft zugehört hast.«

Das hatte er, und sie hatte recht, aber er wollte es nicht zugeben müssen. »Denk noch mal drüber nach, ja?« bat er. »Was könnte sie mit dem Geld gemacht haben?«

»Na gut. Kommst du zum Mittagessen?«

»Ja. Wahrscheinlich zur üblichen Zeit.«

»Gut, dann koche ich was Besonderes.«

»Heirate mich«, flehte er.

Sie legte auf, ohne zu antworten.

Brunetti ging mit den Kontoauszügen hinunter zu Signorina Elettra, die heute Jeans und eine weiße, herausfordernd keß gestärkte Bluse trug. Der hellblaue Schal, den sie um den Hals geschlungen hatte, mochte Kaschmir, hätte aber auch aus zartem Spinnwebflaum sein können.

»Pashmina?« fragte er und deutete auf den Schal.

Ihr Blick strafte seine Unwissenheit mit Verachtung, aber ihre Stimme war freundlich. »Wenn ich die neueste französische *Vogue* zitieren darf, Signore, dann ist Pashmina ›mega-out‹.«

»Was dann?« fragte er, nicht im mindesten entmutigt durch ihren Tadel.

»Kaschmirseide«, erklärte sie so lässig, als wäre von Nesseln und Dornen die Rede.

»Erinnert mich an das, was meine Frau über die Literatur sagt: Mit den Klassikern liegt man immer richtig.« Dann legte er ihr die Kontoauszüge auf den Schreibtisch. »Zehn Millionen Lire wurden jeden Monat von einer Schweizer Bank auf Claudia Leonardos Konto überwiesen«, sagte er, sicher, daß das ihr Interesse wecken würde.

»Von welcher Bank?«

»Ist nicht angegeben. Macht denn das einen Unterschied?«

Sie legte einen Finger auf die Kontoauszüge und zog sie näher heran. »Wenn ich der Sache nachgehen will, schon. Es ist sehr viel leichter für mich, bei den Privatbanken zu recherchieren.«

»Recherchieren?« fragte er skeptisch.

»Recherchieren«, wiederholte sie.

»Könnten Sie in dem Fall etwas herausfinden?«

»Die Bank oder die ursprüngliche Geldquelle?«

»Beides.«

Sie nahm einen Auszug in die Hand. »Ich könnt's versuchen. Dauert vielleicht eine Weile. Wenn es eine Privatbank ist, gut. Aber selbst bei einer, wo man so schwer reinkommt wie in die Bank Hofmann, sollte sich irgendwas finden, Commissario.«

»Schön. Ich möchte, daß dieser Fall endlich irgendeinen Sinn ergibt.«

»Aber das wird er sowieso nicht, oder?«

»Nein, wahrscheinlich nicht«, gab er zu und wandte sich zum Gehen.

Als er wieder in seinem Büro war, beschloß er, noch einmal bei seinem Schwiegervater anzufragen, ob der inzwischen etwas in Erfahrung gebracht hatte. Doch am Telefon sagte man ihm, der Conte sei für einen Tag nach Paris geflogen, worauf Brunetti nichts weiter übrigblieb, als Lele Bortoluzzi anzurufen, in der Hoffnung, daß der inzwischen seine Erinnerung aufgefrischt hatte. Im Atelier nahm niemand ab, also versuchte er es unter der Privatnummer, wo er den Freund dann auch erreichte.

Nachdem sie die üblichen Höflichkeiten ausgetauscht hatten, fragte Brunetti: »Erinnerst du dich an eine gewisse Hedi – Hedwig – Jacobs, die ...?«

»Es geht dir immer noch um Guzzardi, oder?« unterbrach ihn Lele.

»Ja. Und jetzt auch um diese Frau Jacobs.«

»Ich glaube, ›Frau‹ ist ein Gefälligkeitstitel«, sagte Lele. »Es ist nie ein Herr Jacobs in Erscheinung getreten.«

»Gut, aber hast du sie gekannt?« fragte Brunetti.

»Ja, allerdings nicht näher. Wenn wir uns in Gesellschaft trafen, haben wir uns gelegentlich unterhalten. Ich erinnere mich vor allem daran, wie merkwürdig es war, daß eine so anständige Person wie sie derart blind auf einen Mann wie Guzzardi reinfallen konnte. Alles, was er sagte, war wunderbar für sie und alles, was er tat, war für sie über jeden Zweifel erhaben.« Die Stimme des Malers wurde nachdenklich. »Ich habe viele Menschen gekannt, die vor lauter Liebe den Kopf verloren, aber die meisten bewahren sich doch noch einen Funken Verstand. Die Jacobs nicht. Sie wäre für ihn zur Hölle hinabgestiegen, wenn er es verlangt hätte.«

»Aber sie haben nie geheiratet?« forschte Brunetti.

»Er hatte schon eine Frau und einen Sohn, damals noch ein kleines Kind. Guzzardi führte beide am Gängelband, seine Ehefrau und die Österreicherin. Ich bin sicher, sie wußten voneinander, aber so wie ich Guzzardi einschätze, blieb ihnen wohl nichts anderes übrig, als sich mit der Situation abzufinden.«

»Hast du sie gekannt?«

»Wen? Die Frau oder die Guzzardis?«

»Sowohl als auch.«

»Die Frau kannte ich besser. Sie war eine Kusine des Sohns meiner Patentante.« Brunetti hatte keine Ahnung, wieviel eine solche Verbindung in Leles Familie galt, aber so mühelos, wie der Maler die verwandtschaftlichen Verhältnisse rekapitulierte, war es wohl kein indifferentes Band.

»Und was war sie für ein Mensch?« fragte Brunetti.

»Warum willst du das alles wissen?« Lele konnte nicht länger verhehlen, daß Brunettis Neugier auch ihn angesteckt hatte.

»Guzzardis Name ist im Zusammenhang mit einem Fall aufgetaucht, den ich bearbeite.«

»Kannst du mir sagen, worum es geht?«

»Das tut nichts zur Sache«, antwortete Brunetti.

»Na schön«, sagte Lele ergeben. »Also, die Frau hatte sich, wie gesagt, damit abgefunden. Schließlich waren das schwere Zeiten, damals, und Guzzardi war ein einflußreicher Mann.«

»Und als er keinen Einfluß mehr hatte?«

»Du meinst nach dem Krieg? Als sie ihn eingesperrt hatten?«

»Ja.«

»Da ließ sie ihn fallen wie eine heiße Kartoffel. Wenn ich mich recht erinnere, hieß es, sie habe sich mit einem britischen Offizier eingelassen. Aber genau weiß ich's nicht mehr. Jedenfalls ging sie weg aus Venedig, mit ihrem Sohn und mit dem Soldaten.«

»Und?«

»Ich habe nie mehr von ihr gehört, und das hätte ich, wenn sie zurückgekommen wäre.«

»Und Signora Jacobs?«

»Guido, du mußt bedenken, daß ich fast noch ein Kind war. Wie alt war ich bei Kriegsende? Achtzehn? Neunzehn? Und seitdem ist viel Zeit vergangen, ein Großteil meiner Erinnerungen ist eine Mischung aus dem, was ich tatsächlich gesehen und gehört habe und was die Leute einem so im Lauf der Jahre erzählen. Je älter ich werde, desto schwerer fällt es mir, zwischen beidem zu unterscheiden.«

Brunetti fürchtete schon, er müsse sich jetzt eine Betrachtung über das Alter anhören, aber dann fuhr Lele fort: »Ich glaube, zum erstenmal sah ich sie bei der Eröffnung einer Galerie. Aber das war, bevor sie ihn kennenlernte.«

»Was machte sie denn in Venedig?«

»Ich weiß nicht mehr genau, aber ich erinnere mich dunkel, daß es irgendwas mit ihrem Vater zu tun hatte. Der arbeitete hier oder hatte ein Büro in Venedig. Irgend so was, glaube ich.«

»Erinnerst du dich noch, wie sie damals war?«

»Wunderschön. Also, ich war über zehn Jahre jünger als sie und hätte, von ihrer Warte aus, ebensogut auf dem Mond leben können, aber ich weiß noch, daß sie eine Schönheit war.«

»Und war es seine Macht, die sie zu Guzzardi hinzog, genau wie die Ehefrau?« fragte Brunetti.

»Nein, das war ja das Eigenartige. Sie hat ihn wirklich geliebt. Ich hatte sogar immer den Eindruck, oder zumindest war da so ein unbestimmtes Gefühl, daß sie nicht so dachte wie er, aber seine Vorstellungen akzeptierte, weil sie ihn eben geliebt hat.«

»Und als er verhaftet wurde? Kannst du dich daran noch erinnern?«

»Nein, nicht genau. Ich glaube, sie versuchte ihn freizukaufen, entweder als Gegenleistung für erwiesene Dienste oder mit Geld. Zumindest gab es Gerüchte darüber.«

»Aber wenn er nach San Servolo kam, dann war sie in ihren Bemühungen nicht sehr erfolgreich, oder?«

»Nein, er hatte sich zu viele Feinde gemacht, der gemeine Hund, und darum konnte ihm keiner helfen, nicht, als alles aus war.«

»Was hat er denn gar so Schlimmes verbrochen?« fragte Brunetti, immer noch perplex über die Bitterkeit, mit der Lele diesen Mann verdammte, und eingedenk der ungeheuren Schuld, die so viele andere auf sich geladen hatten, von denen die meisten nach dem Krieg mehr als glimpflich davongekommen waren.

»Er hat sehr vielen Menschen ihr kostbarstes Gut geraubt.«

Brunetti wartete in der Hoffnung, daß Lele selbst merken würde, wie schwach dieses Argument klang. Aber als der Maler beharrlich schwieg, fragte er schließlich: »Wie lange ist er jetzt tot? Seit über vierzig Jahren, nicht?«

»Na und? Das ändert nichts daran, daß er ein Schwein war und es verdiente, in dieser Anstalt zu sterben, wo sie ihre eigene Scheiße gefressen haben.«

Abermals erschrocken über Leles unerbittlichen Zorn, rang Brunetti vergeblich um eine Antwort. Doch der Maler ersparte ihm ein weiteres peinliches Schweigen, indem er versicherte: »Das hat nichts mit dir zu tun, Guido. Du kannst mich alles über ihn fragen, was du wissen willst.« Und nach einer Pause fügte er hinzu: »Es ist, weil er meine Familie angerührt hat.«

»Das tut mir leid«, sagte Brunetti.

»Tja, also ...«, begann Lele. Doch dann wußte er offenbar nicht weiter und ließ den Satz in der Schwebe.

»Wenn dir noch etwas zu Signora Jacobs einfällt, würdest du mich anrufen?«

»Natürlich. Und ich werde mich ein bißchen umhören; mal sehen, wer sich sonst noch an sie erinnert.«

»Danke.«

»Keine Ursache, Guido.« Fast schien es, als hätte Lele noch etwas zu sagen, aber dann verabschiedete er sich nur sehr herzlich und legte auf.

Das Mittagessen war in der Tat etwas Besonderes. Vielleicht hatte das Gespräch über die dreihundertsechzig Millionen Lire Paola über die Stränge schlagen lassen, jedenfalls hatte sie einen ganzen Seebarsch gekauft und ihn mit frischen Artischocken, Zitronensaft und Rosmarin gebacken. Dazu servierte sie eine riesige Schüssel mit gerösteten Prinzeßkartoffeln, ebenfalls leicht mit Rosmarin besprenkelt. Anschließend gab es, zur Erfrischung des Gaumens, einen Salat mit Rucola und Radicchio und zum Dessert Bratäpfel.

»Bloß gut, daß du an drei Vormittagen die Woche in die Universität mußt und uns nicht jeden Tag so traktieren kannst«, sagte Brunetti, als er beim zweiten Apfel dankend ablehnte.

»Soll das ein Kompliment sein?« fragte Paola.

Bevor Brunetti antworten konnte, bestätigte Chiaras stürmische Bitte um noch einen Apfel die Bemerkung ihres Vaters aufs schönste in der gewünschten Weise.

Nach dem Essen überraschten die Kinder ihre Eltern damit, daß sie sich freiwillig für den Abwasch meldeten. Paola zog sich in ihr Arbeitszimmer zurück, und Brunetti folgte ihr wenig später mit einem Glas Grappa. »Wir sollten uns wirklich ein neues Sofa anschaffen, meinst du nicht?« fragte er, streifte die Schuhe ab und streckte sich auf dem bedrohten Möbel aus.

»Wenn ich je wieder ein so bequemes finden würde wie das da«, antwortete Paola, »dann würde ich es wahrscheinlich kaufen.« Aber nachdem sie das Sofa nebst ihrem auf dem Rücken liegenden Gatten eine Weile betrachtet hatte, sagte sie einschränkend: »Vielleicht könnte ich's einfach neu beziehen lassen.«

»Hm«, brummte Brunetti zustimmend und mit geschlossenen Augen, die Hände um den Stiel seines Glases gefaltet.

»Hast du schon was rausbekommen?« fragte Paola, nicht im

mindesten interessiert an den wartenden Seminararbeiten, die sie zu korrigieren hatte.

»Nur das mit dem Geld. Ach, und Rizzardi sagt, sie war noch Jungfrau.«

»Im einundzwanzigsten Jahrhundert!« rief Paola baßerstaunt. »Mirabile dictu. Oder«, ergänzte sie einschränkend, »vielleicht doch nicht so verwunderlich.«

»Wieso nicht?« fragte Brunetti, immer noch mit geschlossenen Augen.

»Ach, sie hatte so was Blauäugiges, war so ganz ohne alle Raffinesse. Man könnte es arglos nennen, vielleicht auch unschuldig«, sagte Paola. »Was immer das ist«, setzte sie lakonisch hinzu.

»Klingt ziemlich theoretisch«, bemerkte Brunetti.

»Ich weiß«, räumte sie ein. »Aber so war eben mein Eindruck.«

»Hast du ihre Referate noch?«

»Die, die sie für mich geschrieben hat?«

»Ja.«

»Natürlich. Liegen alle im Archiv.«

»Ob es was bringen würde, sie durchzusehen?«

Paola dachte lange nach, bevor sie darauf antwortete. »Wahrscheinlich nicht. Wenn ich sie jetzt läse – oder du –, würden wir nur nach Dingen suchen, die vielleicht gar nicht drinstehen. Ich denke, du kannst meinem allgemeinen Eindruck vertrauen und davon ausgehen, daß sie ein nettes, hochherziges Mädchen war, das noch an das Gute im Menschen glaubte.«

»Und dafür erstochen wurde.«

»Dafür?«

»Nein, das hab ich nur so gesagt«, gab Brunetti zu. »Ich fände es furchtbar, wenn eins das andere zur Folge hätte.« Zwar glaubten beide voller Stolz, daß die gleichen Eigenschaften, die Paola dem toten Mädchen zugeschrieben hatte, auch ihre Tochter besäße. Aber vielleicht aus Bescheidenheit, wohl eher jedoch aus abergläubischer Furcht, wagte keiner es auszusprechen. Statt dessen stellte Brunetti sein Glas auf den Boden und döste ein, während Paola ihre Brille aufsetzte und alsbald in jenen Trancezustand hinüberdämmerte, in den die Lektüre unausgegorener Studentenreferate ein Erwachsenenhirn unweigerlich versetzt.

14

Zurück in der Questura, schaute Brunetti bei Signorina Elettra vorbei, die gerade telefonierte, und zwar auf französisch. Mit erhobener Hand bedeutete sie ihm zu warten, sprach wieder in die Muschel, lachte und legte auf.

Er verbot sich jede Frage nach dem Telefonat und wollte nur wissen, ob Bocchese ihr die Unterlagen heraufgebracht habe.

»Ja, Signore. Und ich habe auch schon jemanden darauf angesetzt.«

»Was heißt das?«

»Mein Freund kümmert sich drum« – sie nickte zum Telefon hin –, »aber vor Schalterschluß werde ich wohl kaum von ihm hören.«

»Genf?« fragte er.

»*Oui.*«

Mannhaft enthielt er sich eines Kommentars, hakte auch nicht weiter nach, sondern ging mit einem lakonischen »Ich bin in meinem Büro« nach oben.

Er trat ans Fenster und blickte auf die beiden gelben Kräne, die nun schon so lange über der San-Lorenzo-Kirche aufragten, daß man sie fast für ein Paar Engelsflügel hätte halten mögen, die sich zu beiden Seiten des Kirchenschiffs emporschwangen. Nach Brunettis Erinnerung waren sie schon dagewesen, als er zur Questura kam, aber so lange konnte doch keine Restaurierung dauern? Hatte er die Kräne überhaupt je bei der Arbeit gesehen oder wenigstens in einer anderen Position als heute? Brunetti verweilte geraume Zeit bei diesen Betrachtungen, indes sein Kriminalistenhirn unermüdlich den Fall Claudia Leonardo durchbuchstabierte.

Die stählernen Engelsflügel draußen vor dem Fenster erinnerten ihn an den Engel auf einem Gemälde, das an der Wand hinter Signora Jacobs Sessel hing, ein Werk der flämischen Schule, auf dem der Cherub so scheelsüchtig und unglücklich dreinblickte, als sei er zum Schutzengel der leibhaftigen Tugend bestellt und langweile sich entsetzlich dabei.

Wieder wählte Brunetti Leles Nummer, und als der Maler sich meldete, fragte er ohne jede Einleitung: »Hast du vielleicht mal munkeln hören, die Österreicherin könnte die bewußten Bilder und Zeichnungen bei sich zu Hause verwahren?«

Er rechnete damit, daß Lele ihn fragen würde, warum er das wissen wolle, aber der Maler antwortete bloß: »Solche Gerüchte kursierten natürlich immer wieder. Aber soviel ich weiß, hat noch keiner ihre Wohnung von innen gesehen, es sind also nur Spekulationen, und du weißt ja, was davon zu halten ist. Die Leute tratschen in einem fort, auch wenn sie von nichts eine Ahnung haben, und sie übertreiben ständig.« Es entstand eine lange Pause, und Brunetti hörte förmlich, wie die Gedanken in Leles Kopf klickten. »Und wenn doch einer drin war«, resümierte er schließlich, »und was gesehen hat, dann würde er wohl kaum darüber sprechen.«

»Warum denn nicht?«

Lele lachte oder stieß vielmehr jenes spöttische Schnauben aus, das Brunetti so vertraut war. »Weil derjenige hofft, wenn er nur dichthält, würde niemand sonst neugierig werden auf das, was die Jacobs in ihren vier Wänden hortet.«

»Ich verstehe immer noch nicht.«

»Nun, sie wird nicht ewig leben, Guido.«

»Und weiter?«

»Wenn sie die Bilder tatsächlich hat, dann wird sie vor ihrem Tod vielleicht ein paar davon zu Geld machen, und bei so einem Geschäft möchte unser heimlicher Zeuge doch keine Konkurrenz haben.«

»Gab es auch Gerüchte über die Herkunft der Bilder?« fragte Brunetti.

»Ahhh.« Leles langgezogenen Seufzer mochte man als Ausdruck der Zufriedenheit deuten, weil Brunetti endlich die richtige Frage gestellt hatte; vielleicht mokierte er sich aber auch nur über die menschlichen Schwächen im allgemeinen. »Da braucht man doch wohl nicht weit zu suchen, oder?« fragte er zurück.

»Guzzardi?«

»Na klar.«

»Wie du die Signora schilderst, sollte man nicht glauben, daß sie sich auf so was eingelassen hat.«

»Guido«, sagte Lele mit ungewohntem Ernst, »der Polizeidienst sollte dich gelehrt haben, daß ein Mensch viel eher bereit ist, von einem Verbrechen zu profitieren, als es zu begehen.« Und bevor Brunetti etwas einwenden konnte, fuhr er fort: »Darf ich dich an den braven Kardinal und Kirchenfürsten erinnern, gegen den zur Zeit wegen Kungeleien mit der Mafia ermittelt wird?«

Jahrelang hatte Brunetti ruhig zugehört, wenn sein Freund in diesem Stil loslegte, doch auf einmal war seine Geduld erschöpft. Unwirsch schnitt er Lele das Wort ab. »Sieh zu, was du in Erfahrung bringen kannst, ja?«

Der Maler nahm ihm die harsche Abfuhr offenbar nicht übel, sondern fragte bloß: »Warum interessierst du dich so für die Signora?«

Das wußte Brunetti selber nicht genau oder konnte es jedenfalls nicht begründen. »Weil ich nicht weiß, wo ich sonst ansetzen soll«, gestand er.

»Nicht gerade ein Argument, das mein Vertrauen in die Kompetenz der Behörden stärkt«, sagte Lele.

»Gibt es überhaupt etwas, das dich bewegen könnte, den Behörden zu trauen?«

»Soweit kommt's noch«, brummte der Maler und legte auf.

Brunetti saß da und sann auf eine Möglichkeit, noch einmal in Signora Jacobs' Wohnung zu gelangen. Er sah sie vor sich, wie sie zusammengesunken in ihrem Sessel kauerte und mit gierigen

Zügen den Rauch in die Lungen sog, beschwor die Szene aus dem Gedächtnis herauf und nahm sie auseinander wie ein Puzzlespiel: »Was paßt nicht in dieses Bild?« Aschebestreuter Teppich, Fenster, die seit Ewigkeiten keiner mehr geputzt hatte, kostbare Iznik-Keramiken an der Wand, auf dem Tisch eine allem Anschein nach echte Celadon-Schale, daneben das blaue Päckchen Nazionali und ein billiges Feuerzeug, eine durchgescheuerte Schuhspitze, die Degas-Zeichnung einer jungen Tänzerin. Was stimmte nicht mit diesem Bild?

Die Antwort war so offensichtlich, daß er sich einen Idioten schalt, weil er ihn nicht früher bemerkt hatte: den krassen Gegensatz zwischen Reichtum und Armut. Jede beliebige dieser Kacheln, eine einzige Zeichnung hätte ausgereicht, um die ganze Wohnung nicht bloß säubern, sondern komplett renovieren zu lassen. Und wer auch nur einen dieser Drucke besaß, brauchte sich gewiß nicht mit der billigsten Zigarettenmarke zu begnügen. Brunetti durchforschte sein Gedächtnis nach weiteren Indizien für den ärmlichen Lebensstil der Signora, versuchte sich zu erinnern, was sie angehabt hatte, aber alten Frauen schenkte man eben nicht viel Beachtung, und so hatte er nur eine verschwommene Vorstellung von etwas Dunklem: grau, braun, schwarz, ein Rock oder ein Kleid, auf jeden Fall ein Gewand, das fast bis zum Boden reichte. Er wußte nicht einmal mehr, ob ihre Kleidung sauber gewesen war oder ob sie Schmuck getragen hatte. Hoffentlich würde er sich wenigstens an sein schlechtes Detailgedächtnis erinnern, bevor er das nächste Mal die Geduld mit einem Tatzeugen verlor, der Mühe hatte, den Verdächtigen zu beschreiben.

Das Klingeln des Telefons riß ihn aus seinen Grübeleien.

»Ja?«

»Wenn Sie vielleicht mal runterkommen würden, Signore«, sagte Signorina Elettra.

»Ja«, wiederholte er und fragte gar nicht erst, ob sie Nachricht von ihrem Freund aus Genf habe. Oder vielmehr aus *Genève.*

Als er ihr Büro betrat und ihr Lächeln sah, erübrigte sich die Frage ohnehin. »Die Überweisungen stammen von einer Galerie namens Patmos in Lausanne«, sagte sie. »Das Geld wurde monatlich bei einer Genfer Bank eingezahlt und von dort auf ihr hiesiges Konto überwiesen.«

»Irgendwelche besonderen Verfügungen?«

»Nein, nur der Überweisungsauftrag.«

»Und haben Sie schon mit ihnen gesprochen?« fragte er.

»Mit der Bank oder mit der Galerie?«

»Der Galerie.«

»Nein. Ich dachte, das würden Sie gern selbst übernehmen, Commissario.«

»Mir wäre es lieber, wenn das Gespräch auf französisch geführt würde«, sagte er. »Die Leute fühlen sich immer sicherer in ihrer eigenen Sprache.«

»Für wen soll ich mich denn ausgeben?« fragte Signorina Elettra, als sie nach dem Telefon griff und die 9 wählte, um ein Amt zu bekommen.

»Sagen Sie, Sie rufen im Auftrag des Questore an.«

Und das tat sie denn auch, wenngleich ohne Erfolg. Der Direktor der Galerie, ein Monsieur Lablanche, mit dem sie nach langem Hin und Her verbunden wurde, weigerte sich, Auskunft über die fraglichen Zahlungen zu geben, solange ihm kein entsprechender Beschluß eines Schweizer Gerichts vorläge. Brunetti schloß aus Signorina Elettras Miene, daß der Direktor ihr diesen Bescheid alles andere als höflich übermittelt hatte.

»Und jetzt?« fragte er, als sie ihm die Antwort des Direktors gekonnt in dessen patzigem Ton wiederholt hatte.

Signorina Elettra schloß kurz die Augen und hob die Brauen, zum Zeichen, daß dieses Problem nicht der Rede wert sei. »Wie sagen die Polizisten im Kino immer zu ihren Pappenheimern: Es liegt ganz bei euch, ob's auf die leichte Tour geht oder auf die harte. Monsieur Lablanche hat die harte Tour gewählt.«

»Für sich oder für uns?« fragte Brunetti.

»Erst mal für uns«, versetzte sie. »Aber je nachdem, worauf wir stoßen, vielleicht auch für ihn.«

»Sollte ich fragen, was Sie vorhaben?«

»Da es nicht ganz legal ist, lieber nicht, Commissario.«

»Dacht' ich mir. Wird's lange dauern?«

»Nicht länger, als Sie brauchen, um unten an den *fondamenta* einen Kaffee zu trinken. Ich schlage vor«, sagte sie mit einem Blick auf ihre Armbanduhr, »ich erledige das rasch und komme dann in ein paar Minuten nach.«

Brunetti war nicht standhafter als Adam im Paradies. »Ist es wirklich so leicht?« fragte er nur.

Signorina Elettra, die heute philosophisch gestimmt schien, antwortete wieder mit einem Vergleich: »Ich wollte mal von einem Klempner, der nur drei Minuten brauchte, um meinen Boiler zu reparieren, wissen, wie er sich erdreisten könne, dafür, daß er einen kleinen Schalter umlegt, achtzigtausend Lire zu verlangen. Darauf gab er mir zur Antwort, er habe zwanzig Jahre gebraucht, um zu lernen, welchen Schalter man umlegen müsse. Hier verhält es sich genauso: Es ist vielleicht in ein paar Minuten erledigt, aber ich habe jahrelang dafür trainiert.«

»Verstehe«, sagte Brunetti und ging hinunter in die Bar am Ponte dei Greci, wo er dann allerdings gut zwanzig Minuten warten mußte, bis Signorina Elettra nachkam.

Sobald sie einen Kaffee vor sich stehen hatte, begann sie zu erzählen: »Die Galerie wird von zwei Brüdern geführt, den Enkeln des Gründers. Und die Schweizer Polizei interessiert sich lebhaft für einige ihrer jüngsten Akquisitionen, insbesondere solche aus dem Nahen Osten, denn drei Exponate in ihrem Katalog waren früher in kuwaitischem Privatbesitz. Behaupten zumindest die Kuwaitis; leider haben sie weder dokumentierende Fotos noch Quittungen, was dafür spricht, daß sie die fraglichen Kunstwerke ebenfalls illegal erworben hatten.« Sie nippte an ihrem Kaffee, gab noch ein Löffelchen Zucker hinzu, kostete erneut und stellte dann die Tasse ab.

»Während des Krieges, als der Großvater die Galerie leitete, übernahm Patmos reihenweise Gemälde aus Deutschland, Frankreich und Italien. Selbstredend alle mit untadeligen Expertisen, Verkaufsquittungen, Zollerklärungen. Natürlich hat man nach dem Krieg Ermittlungen eingeleitet, doch alles verlief im Sande. Die Galerie genießt einen guten Ruf, ist erfolgreich und Gerüchten zufolge sehr diskret.«

Da das offenbar alles war, was sie über die Galerie in Erfahrung gebracht hatte, fragte Brunetti: »Und die Banküberweisungen?«

»Genau wie Sie's errechnet hatten: jeden Monat zehn Millionen Lire. Der Auftrag läuft seit ihrem sechzehnten Lebensjahr.«

Damit, dachte Brunetti, käme man auf eine Gesamtsumme von über einer halben Milliarde Lire. Trotzdem hatte Claudia zuletzt nur drei Millionen Lire auf dem Konto. »Wie ist es möglich«, sinnierte Brunetti, »daß jemand soviel Geld aus dem Ausland bezieht, ohne daß der Fiskus davon Wind bekommt?«

»Aber Sie wissen doch gar nicht, ob das Geld am Finanzamt vorbeigeschmuggelt wurde, Commissario, oder? Vielleicht hat sie es ja angegeben und ordnungsgemäß versteuert, so unwahrscheinlich das auch klingt. Oder vielleicht hatten die Banken ein diskretes Arrangement getroffen, und das Geld floß ohne Nachricht an den Fiskus, oder die Meldung ging ungelesen durch.«

»Aber wird die *Finanza* nicht automatisch informiert, wenn Summen dieser Größenordnung eingeführt werden?«

»Nur im Einvernehmen mit der Bank, Signore.«

»Das ist ja kaum zu glauben!« entrüstete sich Brunetti. – »Ja, das meiste von dem, was Banken tun, ist schwer vorstellbar.«

Er erinnerte sich, daß Signorina Elettra, bevor sie zur Questura kam, für die Banca d'Italia gearbeitet hatte. Vermutlich wußte sie also, wovon sie sprach.

»Wie könnte man feststellen, was mit dem Geld geschah, nachdem es auf Claudias Konto eingegangen war?«

»Entweder durch eine Bankauskunft oder indem man sich Zugang zu ihrem Konto verschafft.«

»Was ist leichter?«

»Hat die Bank Ihnen freiwillig Auskunft gegeben? Vermutlich haben Sie doch gesagt, daß das Mädchen tot ist.«

Brunetti vergegenwärtigte sich das formelle Getue des Direktors. »Nein, er hat mich an die Kassiererin verwiesen, und die schickte mir eine Kopie der Eingänge und Abbuchungen. Aber eine Erklärung für die hohen Überweisungsbeträge bekam ich nicht.«

»Dann wären wir, denke ich, gut beraten, die Bankbelege selber zu überprüfen«, schlug Signorina Elettra vor.

Brunetti wußte natürlich, daß so etwas verboten war. Trotzdem zögerte er keine Sekunde. »Könnten wir das jetzt gleich angehen?«

»Nichts leichter als das, Commissario«, versetzte sie und trank ihren Kaffee aus.

Zurück im Büro studierten sie alle Informationen, die Signorina Elettra ihrem Computer entlockte, und stellten fest, daß Claudia Leonardo in den letzten Jahren ihr Vermögen über den ganzen Erdball verteilt hatte: Thailand, Brasilien, Ecuador und Indonesien waren nur einige der Länder, in die Gelder von ihrem Konto geflossen waren. Die Überweisungen folgten keinem erkennbaren Muster, und die jeweiligen Summen variierten zwischen zwei und zwanzig Millionen, beliefen sich insgesamt aber auf gut über dreihundert Millionen Lire. Weitere Beträge waren als *assegni circolari* an verschiedene Empfänger gegangen. Auch hier ließ sich kein Schema ausmachen, wohl aber dienten offenbar sämtliche Überweisungen ähnlichen Zwecken, denn alle gingen an karitative Einrichtungen: ein Waisenhaus in Kerala, Médecins sans Frontières, Greenpeace, ein AIDS-Hospiz in Nairobi.

»Paola hatte recht«, dachte Brunetti laut. »Sie hat alles verschenkt.«

»Für ein Mädchen ihres Alters ziemlich ungewöhnlich, oder?« fragte Signorina Elettra. »Wenn die Zahl stimmt«, sagte sie und deutete auf die Summe, die sie unterm Strich errechnet hatte, »dann kommt da fast eine halbe Milliarde Lire zusammen.«

Er nickte nur.

»Und nichts davon wurde versteuert, nicht wahr? Nicht, wenn das Geld ausschließlich wohltätigen Zwecken zugute kam.«

Sie brüteten noch eine Weile über den Zahlenkolonnen, aber mehr als der Gesamtbetrag und die Empfänger, denen die jeweiligen Summen zugegangen waren, ließ sich daraus nicht ersehen.

»Wird da irgendwo ein Notar oder Rechtsanwalt erwähnt?« fragte Brunetti plötzlich.

»Hier drin?« fragte sie zurück und deutete auf Claudias Papiere, die immer noch auf ihrem Schreibtisch ausgebreitet lagen.

»Ja.«

»Nein. Aber ich habe die Telefonnummern in ihrem Adreßbuch noch nicht überprüft. Soll ich?«

»Wie? Indem Sie alle durchtelefonieren?« Brunetti griff nach dem Adreßbuch und schlug den Buchstaben A auf.

Hatte sie für den Bruchteil einer Sekunde die Augen geschlossen? Brunetti war sich nicht sicher. Aber während er noch darüber nachdachte, nahm sie ihm das Büchlein aus der Hand und sagte: »Nein, Signore. Die Telecom kann jeder registrierten Nummer ohne weiteres Namen und Adresse zuordnen. Man braucht nur eine Telefonnummer in den Computer einzugeben, und im Handumdrehen spuckt das Programm die Daten des Teilnehmers aus.«

»Und würde man mir die durchgeben, wenn ich bei der Telecom anrufe?« fragte er.

»In anderen Ländern geht das über die Auskunft, aber hier hat einzig die Telecom Zugriff auf persönliche Daten, und ich glaube kaum, daß man sie Ihnen ohne Gerichtsbeschluß überlassen würde.« Nach einer kurzen Pause fuhr sie fort: »Aber mein Freund Giorgio hat mir eine Kopie des Programms besorgt.«

»Wunderbar! Würden Sie dann bitte alle Nummern überprüfen und feststellen, ob ein Anwalt oder Notar darunter ist?«

»Und dann?«

»Dann will ich den Betreffenden sprechen.«

»Soll ich Ihnen einen Termin machen, falls ich fündig werde?«

»Danke, aber ich erscheine lieber unangemeldet.«

»Wie ein Dieb?« fragte sie.

»Wie ein Raubtier wäre wohl der schmeichelhaftere Vergleich, Signorina, auch wenn der Ihre der Wahrheit vielleicht näher kommt.«

15

Es war schon nach sechs, als Signorina Elettra ihm endlich die Früchte ihrer Arbeit mit Giorgios Piratenprogramm präsentierte. Sie konnte sich eines Lächelns nicht erwehren, als sie ihm den Computerausdruck auf den Schreibtisch legte. »Da haben wir's, Signore. In ihrem Adreßbuch stand nur die Nummer; kein Name. Aber es ist ein Notar.«

Brunetti überflog das Blatt. »Wirklich?« fragte er, als er den Namen sah, einen, den er noch aus Kindertagen kannte. »Ich dachte, Filipetto wäre seit Jahren tot.«

»Nein, Signore, der, der gestorben ist, war sein Sohn. An Bauchspeicheldrüsenkrebs. Das muß jetzt sechs oder sieben Jahre her sein. Er hatte die Kanzlei seines Vaters übernommen, fand aber vor seinem Tode noch Zeit, sie an seinen Neffen, den Sohn seiner Schwester, zu übergeben.«

»Den, der vor ein paar Jahren in diesen Bootsunfall verwickelt war?« fragte Brunetti.

»Ja. Massimo Sanpaolo.«

»Praktiziert der Alte denn noch?«

»Kann ich mir nicht vorstellen, wo er die Kanzlei doch damals schon auf den Sohn überschrieben hatte. Außerdem stimmt die eingetragene Adresse nicht mit der von Sanpaolos Büro überein.«

Brunetti erhob sich, faltete das Blatt auf Postkartengröße zusammen und steckte es in die Innentasche seines Jacketts.

»Sind Sie dem alten Filipetto je begegnet?« fragte Signorina Elettra.

»Einmal, vor vielen Jahren, als er noch als Notar tätig war. Und Sie?« fragte er zurück. »Kennen Sie ihn?«

»Mein Vater hatte früher mal mit ihm zu tun. Aber es ist sehr schlecht ausgegangen.«

»Für wen? Ihren Vater oder Dottor Filipetto?«

»Ich glaube, den Fall, der für einen Filipetto je schlecht ausgegangen wäre, sei es Sohn oder Vater, den hat's noch nicht gegeben.« Und sarkastisch setzte sie hinzu: »Abgesehen von der Bauchspeicheldrüse des Juniors natürlich.«

»Um was ging es denn beim Streit mit Ihrem Vater?«

Sie dachte kurz nach und sagte dann: »Er war Teilhaber eines Restaurants, das auch ein paar Tische im Freien, am Kanal entlang, aufgestellt hatte. Dottor Filipetto wohnte im dritten Stock des Hauses, über dem Restaurant, und er behauptete, die Tische draußen versperrten ihm den Blick auf das andere Ufer des Kanals.«

»Was denn? Vom dritten Stock aus?«

»Ja.«

»Und was geschah?«

»Filipetto war ein alter Freund des Richters, der den Fall verhandelte. Anfangs machten mein Vater und sein Partner sich keine Sorgen, weil die Klage so lächerlich war. Aber dann erfuhr er, daß der Richter und Filipetto beide Freimaurer waren und derselben Loge angehörten, und sobald er das wußte, war ihm klar, daß er keine andere Wahl hatte, als den Streit außergerichtlich beizulegen.«

»Und wie ist es ausgegangen?«

»Mein Vater mußte Filipetto monatlich eine Million Lire zahlen, damit der keine weitere Klage anstrengte.«

»Wann war das?«

»Vor etwa zwanzig Jahren.«

»Aber damals war das ein Vermögen!«

»Mein Vater hat seinen Anteil an dem Restaurant auch kurz danach verkauft. Er redet nicht mehr darüber, aber ich entsinne mich noch gut, wie er seinerzeit Filipettos Namen auszusprechen pflegte.«

Brunetti erinnerte sich an eine ganze Reihe ähnlicher Geschichten, die er im Lauf der Jahre über Dottor Filipetto gehört hatte. »Ich denke, ich gehe mal bei ihm vorbei und seh nach, ob er zu Hause ist.«

Auf dem Weg nach draußen machte er im Dienstzimmer halt, wo Vianello trotz seiner Beförderung immer noch saß, weil Tenente Scarpa sich geweigert hatte, ihm einen Schreibtisch im Büro der anderen *Ispettori* zuzuweisen.

»Ich will rüber nach Castello, zu einer Befragung. Haben Sie Lust mitzukommen?«

»Geht es um das Mädchen?« fragte Vianello.

»Ja.«

»Dann mit Freuden«, sagte Vianello, sprang auf und nahm seine Jacke von der Stuhllehne. »Zu wem wollen wir denn?« fragte er, als sie aus der Questura traten.

»Notaio Gianpaolo Filipetto.«

Vianello blieb zwar nicht wie angewurzelt stehen, verhielt aber doch für einen Moment den Schritt. »Filipetto?« fragte er. »Lebt der denn noch?«

»Sieht ganz so aus«, antwortete Brunetti. »Seine Telefonnummer stand in Claudia Leonardos Adreßbuch.«

Unterdessen waren sie zur *riva* gelangt und wandten sich nach rechts, der Piazza zu. Brunetti erläuterte im Gehen, wie Claudia Leonardo mit großzügigen Überweisungen diverse karitative Organisationen in aller Welt unterstützt hatte.

»Klingt aber gar nicht nach der Art von Transaktionen, an denen sich ein Filipetto beteiligen würde«, warf Vianello ein.

»Was? Soviel Geld für wohltätige Zwecke zu spenden?«

»Überhaupt einen Finger für wohltätige Zwecke zu rühren«, antwortete Vianello.

»Noch wissen wir ja auch nicht, ob eine Verbindung zwischen ihm und Claudias Geld besteht«, sagte Brunetti, obwohl er nicht einen Augenblick daran zweifelte.

»Wann immer ein Filipetto und Geld im Spiel sind, gibt's da auch eine Verbindung.« Es klang wie eine Erkenntnis, die für einen Venezianer seit Generationen Gültigkeit besaß.

»Haben Sie eine Ahnung, wie alt der Notaio sein könnte?« fragte Brunetti.

»Ich schätze mal an die Neunzig.«

»Irgendwie merkwürdig, daß einer sich in dem Alter noch für Geld interessiert, oder?«

»Er ist eben ein Filipetto«, erwiderte Vianello und unterband damit jede Spekulation, zu der Brunetti sich womöglich hätte verleiten lassen.

Filipetto wohnte am Campo Bandiera e Moro, in einem Gebäude gleich rechts von der Kirche, in der Vivaldi getauft wurde und von deren Kunstschätzen während der Amtszeit eines früheren Pfarrers angeblich zahlreiche Bilder und Statuen in private Hände gelangt waren. Sie klingelten einmal und dann noch einmal, bis sich eine Frauenstimme über die Sprechanlage meldete und nach ihrem Namen fragte. Als Brunetti erklärte, er sei von der Polizei und wolle Notaio Filipetto sprechen, sprang die Tür auf, und die Stimme dirigierte sie in den ersten Stock.

Sie erwartete sie an der Wohnungstür, eine Frau von auffallend eckiger Erscheinung: Kinnpartie, Ellbogen, der Schnitt ihrer Augen – lauter abgezirkelte Konturen, die bisweilen in kantigem Winkel aufeinanderstießen. Keine Bögen, keine Rundungen: Sogar ihr Mund war ein schmaler, gerader Strich. »Ja?« fragte sie von dem gleichermaßen rechtwinkligen Türrahmen her.

»Ich hätte gern Notaio Filipetto gesprochen«, sagte Brunetti und hielt ihr seinen Dienstausweis hin.

Sie machte sich nicht die Mühe, ihn zu prüfen, sondern fragte nur: »In welcher Angelegenheit?«

»Eine, die den Notaio betreffen könnte«, sagte Brunetti.

»Nämlich?«

»Es handelt sich hierbei um eine polizeiliche Ermittlung, Signora«, sagte Brunetti, »über die ich leider nur mit dem Notaio persönlich sprechen kann.«

Entweder waren ihre Empfindungen leicht zu durchschauen,

was Brunetti für unwahrscheinlich hielt, oder sie wollte ihn merken lassen, wie sehr sie seine Unnachgiebigkeit mißbilligte. »Er ist ein alter Mann. Sie können ihn nicht so ohne weiteres mit polizeilichen Ermittlungen behelligen.«

»Wer ist da, Eleonora?« rief eine hohe Fistelstimme aus dem Hintergrund. Als sie nicht antwortete, wurde die Frage wiederholt, und als sie immer noch schwieg, meldete sich die Stimme zum drittenmal: »Wer ist es, Eleonora?«

»Jetzt haben Sie ihn aufgeregt. Also kommen Sie schon herein«, sagte die Frau, trat in den Flur zurück und hielt ihnen die Tür auf. Irgendwo im Innern der Wohnung wiederholte die herrische Stimme abermals die immer gleiche Frage. Der Commissario war sicher, daß sie nicht eher verstummen würde, als bis sie eine Antwort bekam.

Brunetti sah, wie die Frau die Lippen zusammenpreßte, und fast tat sie ihm leid. Die Situation erinnerte ihn an etwas, aber er kam nicht darauf: eine Szene aus einem Buch.

Schweigend führte die Frau sie in den rückwärtigen Teil der Wohnung. Von hinten wirkte sie genauso eckig wie von vorn: Ihre schmalen Schultern standen parallel zum Fußboden, und ihr stark ergrautes, glattes, kinnlanges Haar war wie mit dem Lineal geschnitten.

»Ja doch, ich komme schon«, rief sie. Worauf die andere Stimme verstummte, sei es, daß die Antwort sie zufriedenstellte oder weil sie sich erschöpft hatte wie ein abgelaufenes Uhrwerk.

Sie kamen an eine große Doppeltür, deren intarsiengeschmückte Flügel offenstanden. »Er ist da drin«, sagte sie und ging als erste hinein.

Ein alter Mann saß an einem wuchtigen Schreibtisch, auf dem im Halbkreis allerlei Schriftstücke ausgebreitet lagen, matt beleuchtet von einer Leselampe, deren Schirm die obere Hälfte seines Gesichts verschattete.

Sein Mund war schmal, und die dünnen Lippen entblößten ein falsches Gebiß, das zu groß wirkte für das greisenhaft eingefallene Gesicht. Schwere Hautlappen, so lang, daß sie Brunetti an die Lefzen eines Jagdhundes erinnerten, hingen von den Mundwinkeln aufs Kinn herab; der runzlige Hals lag in schlaffen Wülsten über dem gestärkten Kragen.

Brunetti sah wohl, daß der Alte ihn musterte, aber da das Licht nicht bis zu Filipettos Augen reichte, war er außerstande, sein Mienenspiel zu deuten. *»Sì?«* fragte Filipetto mit der gleichen brüchigen Falsettstimme wie vorhin.

»Notaio«, begann Brunetti und trat näher, um Filipettos Gesicht besser sehen zu können, »ich bin Commissario Guido Brunetti, und ...«, aber der alte Mann schnitt ihm das Wort ab.

»Ich weiß, wer Sie sind. Ich habe Ihren Vater gekannt.«

Brunetti war so überrascht, daß er einen Moment brauchte, um seine Fassung wiederzugewinnen, aber dann sah er, wie die dünnen Lippen sich leicht emporkräuselten. Filipettos Gesicht war lang und schmal; die Haut schimmerte wächsern. Die dünnen weißen Haarbüschel auf dem braungesprenkelten Schädel erinnerten an den mageren Flaum kranker Hühner. Als Brunettis Augen sich so weit an das schummrige Licht gewöhnt hatten, daß er die trübe, pergamentene Iris seines Gegenübers sehen konnte, fing er auch den verschlagenen Blick auf, mit dem Filipetto unter schweren Lidern hervorblinzelte.

»Er war ein pflichtbewußter Mann, Ihr Vater«, erklärte Filipetto in offenkundig bewunderndem Ton. Weiter sagte er nichts, aber seine Lippen bewegten sich unaufhörlich und glitten mümmelnd an dem falschen Gebiß auf und ab.

Die Bemerkung über seinen Vater genügte, um alles, was Brunetti über den Notar gehört hatte, zu bestätigen. »Ja, das war er, Signore. Und Pflichtbewußtsein war eine der Tugenden, zu denen er uns erzogen hat.«

»Sie haben einen Bruder, nicht wahr?« fragte der Alte.

»Ja, Signore.«

»Gut. Ein Mann sollte Söhne haben.« Brunetti hatte keine

Ahnung, was darauf die passende Antwort sei, aber Filipetto half ihm aus der Verlegenheit, indem er gleich weiterfragte: »Was hat er Ihnen noch beigebracht?«

Brunetti registrierte dunkel, daß die Frau immer noch in der Tür stand und daß Vianello sich unwillkürlich gestrafft hatte, um, soweit seine kanariengelbe Krawatte das zuließ, soldatische Haltung anzunehmen.

»Pflichtgefühl, Ehre, Achtung vor der Fahne, Disziplin«, zählte Brunetti auf, nach Kräften bemüht, sich all die Werte faschistischer Ideologie ins Gedächtnis zu rufen, die ihm stets besonders lächerlich erschienen waren, die er aber jetzt in ernstem Ton rezitierte. Er spürte, wie Vianello neben ihm, scheinbar durchdrungen von der markigen Kraft dieser Ideale, erst recht strammstand.

»Setzen Sie sich, Commissario«, sagte Filipetto, der Vianello keinerlei Beachtung schenkte. »Eleonora, rück ihm den Stuhl zurecht«, befahl er. Die Frau trat näher, und Brunetti zwang sich zu warten wie einer, der es gewöhnt ist, sich von Frauen bedienen zu lassen. Sie schob einen Stuhl vor den Schreibtisch, und ohne sie eines Dankes zu würdigen, nahm Brunetti dem alten Mann gegenüber Platz.

»Was führt Sie zu mir?« fragte Filipetto.

»Im Zuge einer unserer Ermittlungen ist Ihr Name aufgetaucht, Signore, und als ich ihn las, da ...« Brunetti unterbrach sich mit einem verlegenen Lachen. Dann sah er den Alten an und fuhr fort: »Also, ich erinnerte mich daran, wie mein Vater immer von Ihnen gesprochen hat, Signore, und da wollte ich mir ehrlich gesagt die Chance nicht entgehen lassen, Sie endlich einmal persönlich kennenzulernen.«

In Wahrheit hatte der Vater seiner Erinnerung nach Filipetto nur einmal erwähnt, und zwar als er gegen die Männer wütete, die während des Krieges den Staatssäckel dreister als alle anderen geplündert hatten. Filipettos Name hatte nicht ganz oben auf der Liste rangiert – der Platz blieb dem Gauner vorbehalten, der der Armee das Pappmachéschuhwerk angedreht hatte, in dem Brunettis Vater sechs Zehen erfroren waren –, aber er gehörte dazu, wie all die anderen, die so geschmeidig aus den Reihen der Kriegsgewinnler in die Elite der pazifistischen Nachkriegsgesellschaft aufgestiegen waren.

Ein zufälliger Blick des Alten streifte Vianello, und als er das beifällige Lächeln sah, mit dem dieser die letzte Bemerkung seines Vorgesetzten quittierte, sagte er: »Sie können auch Platz nehmen.«

»Danke, Signore.« Steif und respektvoll ließ Vianello sich auf einer Stuhlkante nieder und tat so, als lausche er andächtig den Einsichten, an denen diese beiden Männer ihn teilhaben ließen und die seine eigenen politischen Ideale scheinbar so trefflich widerspiegelten.

Brunetti nutzte den Moment, in dem Filipetto durch Vianello abgelenkt war, um einen Blick auf die Papiere auf dem Schreibtisch zu werfen. Eine aufgeschlagene Zeitschrift enthielt Fotos von Il Duce in verschiedenen, aber ausnahmslos martialischen Posen. Das übrige waren irgendwelche Dokumente, aber bevor er etwas davon entziffern konnte, beanspruchte Filipetto aufs neue seine Aufmerksamkeit.

»Was sind das für Ermittlungen?« fragte er.

»Ihr Name, Signore«, sagte Brunetti in der Annahme, daß eine Telefonnummer so gut wie ein Name sei, »wurde unter den Papieren einer jungen Frau gefunden, die vor kurzem zu Tode kam, und ich wollte mich erkundigen, ob Sie vielleicht in irgendeiner Form mit ihr zu tun hatten.«

»Mit wem?«

»Claudia Leonardo«, sagte Brunetti.

Filipetto ließ nicht erkennen, ob der Name ihm etwas sagte. Doch während er sich angelegentlich über seine Schriftstücke beugte, erriet Brunetti mit dem durch langjährige Erfahrung geschulten Instinkt des Kriminalisten, daß der Alte Claudias Namen nicht zum erstenmal hörte. Und so ausführlich, wie die

Zeitungen über den Mord berichtet hatten, wußte vermutlich so gut wie jeder in der Stadt von ihrem Schicksal.

»Wie war der Name?« fragte der Notar mit gesenktem Kopf.

»Claudia Leonardo, Signore. Sie starb hier in Venedig – sie wurde ermordet.«

»Und wie ist mein Name in ihren Nachlaß geraten?« fragte Filipetto und blickte wieder zu Brunetti auf. Danach, wie oder warum Claudia umgebracht worden sei, erkundigte er sich nicht.

»Das tut nichts zur Sache, Signore. Wenn Sie nie von ihr gehört haben, dann brauchen wir die Angelegenheit auch nicht weiterzuverfolgen.«

»Muß ich eine Aussage unterschreiben?« fragte Filipetto.

»Aber Signore!« ereiferte sich Brunetti in gut gespielter Bestürzung. »Ihr Wort genügt mir vollauf.«

Da bleckte Filipetto die Zähne zu einem rundum zufriedenen Lächeln. »Und Ihre Frau Mutter?« erkundigte er sich leutselig. »Ist sie noch bei uns?«

Brunetti hatte keine Ahnung, was der Alte damit meinte: ob seine Mutter noch lebe, was der Fall war; ob sie noch bei geistiger Gesundheit sei, was nicht der Fall war; oder ob sie weiterhin der politischen Ideologie anhinge, die ihrem Mann die Jugend geraubt und ihn um seinen Seelenfrieden gebracht hatte. Da sie diese Ideologie stets nur mit Verachtung gestraft hatte, beschränkte Brunetti sich tunlichst auf die erste Variante, als er die Frage bejahte.

»Gut, gut. Auch wenn heute wieder so mancher den Wert dessen zu begreifen scheint, was wir seinerzeit anstrebten, ist es doch beruhigend zu wissen, daß es noch Menschen gibt, die treu zu den alten Idealen stehen.«

»Ich bin sicher, solche wird es immer geben«, sagte Brunetti, und seine Stimme verriet keine Spur des Ekels, den diese Vorstellung in ihm wachrief. Dann erhob er sich, ließ den Besucherstuhl achtlos stehen und lehnte sich über den Schreibtisch, um dem Alten die Hand zu schütteln, die kalt und zerbrechlich in der seinen lag. »Es war mir eine Ehre, Signore«, sagte er. Wozu Vianello feierlich nickte, außerstande, seine rückhaltlose Zustimmung anders mitzuteilen.

Der Alte hob die Hand und winkte der Frau, die sich wieder an die Tür zurückgezogen hatte. »Eleonora, mach dich nützlich. Geleite den Commissario hinaus.« Dann lächelte er Brunetti zum Abschied wohlwollend zu und beugte sich wieder über seine Papiere.

Eleonora, deren Verhältnis zu dem Alten nach wie vor ungeklärt war, wandte sich um und führte sie zurück zum Ausgang. Brunetti versuchte gar nicht erst, den Schleier stummer Feindseligkeit, den sie während dieser Unterredung so fest um sich gezogen hatte, zu durchdringen, sondern beschränkte sich zum Abschied auf einen flüchtig gemurmelten Dank, ehe er vor Vianello die Treppe hinunterstieg und auf den *campo* hinaustrat.

16

Da kommt einem ja die Galle hoch«, knurrte Vianello, sobald sie draußen in der kühlen Abendluft standen.

»Nun, immerhin hat der Duce dafür gesorgt, daß die Züge pünktlich fuhren«, warf Brunetti ein.

»Sicher! Und was zählen am Ende schon ein paar Millionen Tote und ein zerstörtes Land, wenn nur die Züge pünktlich verkehren?«

»Genau.«

»Gott, da denkt man, diese Brut wäre längst ausgestorben, und kaum dreht man einen Stein um, hockt immer noch einer drunter.«

Brunetti seufzte zustimmend.

»Zur Not versteht man noch, daß die Jungen diesen verlogenen Mist glauben, weil ihnen in den Schulen keiner sagt, wie es wirklich war. Aber von denen, die es als Erwachsene miterlebt haben und gesehen haben, wo es hinführte, also von denen würde man doch was anderes erwarten.«

»Dafür müßten sie ihrem alten Glauben abschwören, und der Preis wäre ihnen wohl zu hoch, fürchte ich. Wer sich mit all seiner Liebe und Treue an solche Ideen hängt, dem ist es schlechterdings unmöglich, im nachhinein einzugestehen, von welchem Wahnsinn sie getragen waren.«

»Wahrscheinlich haben Sie recht«, räumte Vianello ein, aber ganz überzeugt klang das nicht. Unterdessen waren sie bis zur Riva degli Schiavoni gekommen und wandten sich der Piazza zu.

»Es mag sich seltsam anhören«, begann Vianello wieder, »aber in den letzten Jahren treffe ich immer öfter auf Leute, die mir Sachen erzählen, wonach ich diese Typen nur für verrückt halten kann. Ich meine ernsthaft verrückt.«

Brunetti, dem solche Erfahrungen nicht fremd waren, fragte bloß: »Was denn für Sachen?«

Vianello erwog die Antwort so gründlich, als habe er noch mit niemandem hierüber gesprochen. »Nun ja, man redet mit Leuten, die sich Sorgen machen über das Ozonloch und darüber, was aus ihren Kindern und den künftigen Generationen werden soll, und dann erzählen sie mir, sie hätten sich grade einen dieser Riesenschlitten gekauft, Sie wissen schon, wie die Amerikaner sie fahren.« Er paßte sich Brunettis Schritt an, überlegte einen Moment und fuhr dann fort: »Ganz zu schweigen von religiösen Wahnvorstellungen wie der, daß Padre Pio geheilt wurde, weil ein Hubschrauber mit einer Statue über sein Kloster geflogen ist.«

»Was?« fragte Brunetti, der das für eine Episode aus einem Fellini-Film gehalten hatte.

»Also ganz gleich, was für Legenden über ihn kursieren: Er war ein Spinner, aber die Leute wollen partout einen Heiligen aus ihm machen. Ja«, bekräftigte Vianello, als sehe er endlich klar, »das sind so Beispiele. Und wenn die Leute so was alles glauben können, dann frage ich mich wirklich, ob die Welt nicht langsam komplett verrückt wird.«

»Meine Frau behauptet, sie könne das Verhalten ihrer Mitmenschen leichter ertragen, wenn sie sich uns als Wilde mit *telefonino* am Ohr vorstellt«, sagte Brunetti.

»Im Ernst?« fragte Vianello, aber es klang eher neugierig als zweifelnd.

»Das ist bei meiner Frau immer sehr schwer zu entscheiden«, räumte Brunetti ein. Und dann, um das Gespräch auf den Besuch bei Filipetto zurückzulenken, fragte er: »Na, und was hatten Sie für einen Eindruck?«

»Er hat das Mädchen gekannt, das ist mal sicher«, sagte Vianello.

Brunetti war froh, seinen Verdacht bestätigt zu finden. »Und was halten Sie von der Frau?«

»Ich habe mehr auf den Alten geachtet.«

»Apropos: Wie alt würden Sie sie schätzen?« forschte Brunetti weiter.

»Fünfzig? Sechzig? Warum fragen Sie?«

»Weil ich gern wüßte, in welchem verwandtschaftlichen Verhältnis sie zu ihm steht.«

»Sie glauben, die Frau ist mit ihm verwandt?«

»Ja. Er hat sie nicht wie eine Angestellte behandelt.«

»Sie mußte Ihnen den Stuhl zurechtrücken«, wandte Vianello ein.

»Ich weiß. Zuerst dachte ich auch, sie sei eine Hausangestellte. Aber mit denen springt man nicht so um. Zu Dienstboten ist man höflicher als zur eigenen Familie.« Brunetti wußte das, weil er seit vielen Jahren mitbekam, wie Paolas Familie ihr Personal behandelte, aber das mochte er Vianello nicht erklären.

»Sein Name stand nicht in ihrem Adreßbuch, oder?« fragte Vianello.

»Nein, nur die Telefonnummer.«

»Hat Signorina Elettra die Telecomlisten abgerufen, um festzustellen, wie oft das Mädchen mit ihm telefoniert hat?«

»Sie ist grade dabei.«

»Wäre interessant zu wissen, warum sie ihn angerufen hat, nicht?«

»Besonders, da er sie gar nicht gekannt haben will«, stimmte Brunetti zu.

Erst als sie über die Piazza schlenderten, fiel Brunetti ein, daß Vianellos Heimweg ja in die andere Richtung lag. Also blieb er stehen und sagte: »Ich denke, ich fahre mit dem Vaporetto weiter. Hätten Sie Lust, noch was zu trinken?«

»Aber doch nicht hier.« Vianellos Blick schweifte über Taubenschwärme und Touristenscharen – eine Spezies so lästig wie die andere. »Fehlt bloß noch, daß Sie Harry's Bar vorschlagen.«

»Ich glaube, da kommt außer den Touristen keiner rein«, sagte Brunetti.

Vianello lachte schallend. »Ein Venezianer in Harry's Bar, alles was recht ist!« Und dann sagte er noch, er wolle zu Fuß heimgehen.

Brunetti, der es weiter hatte, lief zur nächsten Anlegestelle und nahm die Linie Eins nach San Silvestro. Während der Fahrt blickte er zerstreut auf die Prunkfassaden der Palazzi am Ufer und ließ den Besuch bei Filipetto Revue passieren. Im Zimmer des Alten war es so dämmrig gewesen, daß er nicht viel wahrgenommen hatte, aber was er sehen konnte, ließ keineswegs auf Reichtümer schließen. Dabei gehörten Notare angeblich zu den wohlhabendsten Bürgern des Landes, und das Notariat der Filipettos wurde seit Generationen im engsten Familienkreis weitervererbt. Trotzdem verrieten das Zimmer oder seine Ausstattung keine Spur von Luxus.

Das Jackett des Alten war an den Ärmelaufschlägen durchgescheuert; die Kleidung der Frau zeichnete sich, wenn überhaupt, nur durch triste Farblosigkeit aus. Weil sie ihn direkt zu Filipetto geführt hatte, konnte Brunetti sich kein Bild von der Größe der Wohnung machen, aber er hatte einen flüchtigen Blick in den Hauptflur erhascht, und dessen Länge ließ auf eine stattliche Zimmerflucht schließen. Außerdem war ein armer Notar so unvorstellbar wie ein zölibatärer Priester.

Zu Hause fragte Paola ihn zwar nicht direkt, wie er mit dem Fall vorankomme, aber Brunetti spürte ihre Neugier, und so begann er, während sie die Pasta ins sprudelnde Wasser gab, von Filipetto zu erzählen. Neben dem Nudeltopf köchelten in einer Pfanne Tomaten mit, soweit er es erkennen konnte, schwarzen Oliven und Kapern. »Wo hast du denn so große Kapern her?«

»Saras Eltern waren eine Woche auf Salina, und ihre Mutter hat mir ein halbes Kilo mitgebracht.«

»Ein ganzes Pfund?« staunte er. »So viel können wir doch gar nicht essen.«

»Sie sind eingesalzen, die halten sich«, beruhigte ihn Paola. Dann sagte sie: »Vielleicht solltest du dich bei meinem Vater nach ihm erkundigen.«

»Filipetto?«

»Ja.«

»Was weiß denn dein Vater über den Notaio?«

»Frag ihn.«

»Hm … wie lange brauchst du noch für …?« begann Brunetti, aber Paola unterbrach ihn und sagte: »Warte mit dem Anruf bis nach dem Essen. Das könnte ein längeres Gespräch werden.«

Da Brunetti es kaum erwarten konnte, seinen Schwiegervater zu befragen, wurde den Kapern und erst recht der Pasta nicht ganz die Wertschätzung zuteil, die er ihnen normalerweise gezollt hätte. Und sowie der Nachtisch, von dem er kaum gekostet hatte, abgeräumt war, zog der Commissario sich ins Wohnzimmer zurück und rief den Conte an.

Als der Name Filipetto fiel, überraschte sein Schwiegervater ihn mit dem Vorschlag: »Vielleicht könnten wir das persönlich besprechen, Guido.«

»Wann?« erkundigte sich Brunetti prompt.

»Ich reise morgen früh nach Berlin und komme erst am Wochenende zurück.«

Bevor der Conte einen späteren Termin vorschlagen konnte, fragte Brunetti: »Hättest du jetzt Zeit?«

»Es ist nach neun«, sagte der Conte, aber es klang nicht vorwurfsvoll, nur wie eine Feststellung.

»Ich könnte in einer Viertelstunde da sein«, beharrte Brunetti.

»Also gut. Wenn du meinst«, versetzte Orazio und legte auf.

Brunetti brauchte weniger als fünfzehn Minuten, obwohl er Paola zuvor noch erklären mußte, wo er hin wollte, und daraufhin die Grüße und besten Wünsche an ihre Eltern entgegenzunehmen hatte, die sie ihm so dringlich auftrug, als würde sie nicht mindestens einmal täglich mit ihnen sprechen.

Der Conte empfing ihn in seinem Arbeitszimmer. Er trug einen dunkelgrauen Anzug mit dezenter Krawatte. Brunetti fragte sich mitunter, ob die Hebamme, die den Erben der Faliers entbunden hatte, wohl erschrocken war, als das Neugeborene bereits in dunklem Anzug mit Krawatte zur Welt kam – ein skurriler Gedanke, den er sich Paola gegenüber nie zu äußern traute.

Brunetti kostete den Grappa, den der Conte ihm anbot, nickte anerkennend, nahm dann auf einem der Sofas Platz und fragte ohne Umschweife: »Filipetto?«

»Was willst du über ihn wissen?«

»Seine Telefonnummer stand im Adreßbuch der jungen Frau, die letzte Woche ermordet wurde. Du hast es sicher in der Zeitung gelesen.«

Der Conte nickte. »Aber du verdächtigst doch wohl nicht den Notaio, sie ermordet zu haben?« sagte er mit einem leisen Lächeln.

»Nein, das nicht. Ich glaube kaum, daß er noch imstande ist, ohne fremde Hilfe seine Wohnung zu verlassen. Ich habe ihn heute gesprochen und ihm das mit der Telefonnummer erzählt, aber er bestreitet, das Mädchen gekannt zu haben.« Als der Conte darauf nichts erwiderte, fuhr Brunetti fort: »Doch mein Instinkt sagt mir, daß er lügt.«

»Typisch Filipetto«, rief der Conte. »Die lügen wie gedruckt, alle miteinander, die ganze Sippe, das war schon immer so.«

»Das ist, gelinde gesagt, ein vernichtendes Urteil«, meinte Brunetti.

»Aber nichtsdestotrotz die Wahrheit.«

»Wie lange kennst du die Familie schon?« fragte Brunetti, dem an Fakten ebenso gelegen war wie an der persönlichen Meinung seines Schwiegervaters.

»Wohl mein Leben lang, zumindest dem Namen nach. Ein direkter Kontakt ergab sich allerdings erst, als ich aus dem Exil zurückkam. Nach dem Krieg haben die Filipettos gelegentlich bei Immobilienkäufen meiner Familie als Notare fungiert.«

»In eurem Auftrag?«

»Nein!« sagte der Conte entschieden. »Für die Verkäufer.«

»Und für eure Familie haben sie nie gearbeitet?«

»Einmal«, entgegnete der Conte schroff. »Ganz zu Anfang.«

»Was ist passiert?«

Der Conte nippte an seinem Grappa, prüfte den Geschmack und ließ sich mit der Antwort reichlich Zeit. »Du wirst es mir nicht übelnehmen, wenn ich nicht ins Detail gehe«, sagte er endlich – eine Reverenz an ihr gemeinsames Credo, wonach sich Auskünfte über Geldgeschäfte stets auf ein absolutes Minimum beschränken sollten. Brunetti dachte an Leles Weigerung, Brisantes am Telefon zu erörtern, und er fragte sich, ob Mißtrauen allmählich zu einem genetischen Merkmal der Italiener mutiere. »Beim Kauf einer bestimmten Immobilie hatten wir uns auf die Zusicherung Filipettos verlassen, das Haus sei im Grundbuch auf einen seiner Erben eingetragen. Mein Vater ging darauf ein und übergab dem Erben eine vereinbarte Summe als Anzahlung.« Hier stockte der Conte und ließ Brunetti Zeit für die Schlußfolgerung, daß die Zahlung in bar erfolgt war, ohne Quittung, höchstwahrscheinlich mit unversteuertem Geld und daß der Conte die Angelegenheit deshalb nicht hatte am Telefon besprechen wollen. »Und dann, als das Geschäft platzte und der Fall vor Gericht kam, stellte sich heraus, daß diese Person nicht nur keinen Rechtsanspruch auf die Immobilie hatte, sondern daß Filipetto hierüber vollkommen im Bilde war und es vermutlich von Anfang an gewußt hatte. Ich habe nie erfahren, wessen Idee es war, seine oder die des Erben, aber ich bin sicher, daß sie halbpart gemacht und sich das ergaunerte Geld geteilt haben.« Brunetti war erstaunt, wie gefaßt Stimme und Mimik des Conte blieben. Aber vielleicht war für jemanden, der sein Leben lang in den Untiefen des Finanzhandels herumgepaddelt ist, irgendwann auch der Hai bloß noch ein Fisch wie jeder andere. »Seit der Zeit«, schloß der Conte, »habe ich mit Filipetto keine Geschäfte mehr gemacht.«

Brunetti sah auf die Uhr und stellte fest, daß es schon nach zehn war. »Wann mußt du morgen aufbrechen?« fragte er.

»Nicht so wichtig. Ich brauche nicht mehr viel Schlaf. Auch dieses Bedürfnis scheint, wie so manches andere, mit dem Alter abzunehmen.«

Beim Stichwort Alter mußte Brunetti unwillkürlich an Signora Jacobs denken. »In diesen Fall ist übrigens noch eine alte Österreicherin verwickelt«, sagte er. »Eine gewisse Hedwig Jacobs. Kennst du die vielleicht auch?«

»Der Name kommt mir bekannt vor«, sagte der Conte, »aber ich kann mich nicht erinnern, wo oder wann sie mir begegnet sein könnte. Was hat sie denn mit deinem Fall zu tun?«

»Sie war Guzzardis Geliebte.«

»Dann tut sie mir leid, selbst wenn sie Österreicherin ist.«

»Egal, wo sie herstammt, sie hat all die Jahre treu zu ihm gehalten.« Brunetti war selbst überrascht, wie eilfertig er sich zum Verteidiger der alten Frau aufschwang. Als der Conte nichts erwiderte, sagte er fast beschwörend: »Seitdem sind fünfzig Jahre vergangen.«

Der Conte dachte eine Weile nach. »Ja«, meinte er dann, erhob sich seufzend, trat an den Getränkeschrank und kam mit der Grappaflasche zurück. Als er beide Gläser nachgefüllt hatte, stellte er die Flasche zwischen sich und Brunetti auf den Tisch und nahm wieder Platz. »Fünfzig Jahre«, wiederholte er, und der Commissario war betroffen von der Trauer in seiner Stimme.

Vielleicht lag es an der späten Stunde, der seltenen Vertrautheit ihres Beisammenseins in dem stillen Palazzo, oder vielleicht war es auch bloß der Grappa – jedenfalls fühlte Brunetti sich plötzlich von einer fast überströmenden Zuneigung zu diesem Mann durchdrungen, den er seit so vielen Jahren kannte und doch nie wirklich kennengelernt hatte.

»Bist du stolz auf das, was du im Krieg gemacht hast?« entfuhr es Brunetti spontan, und er war selbst nicht minder erstaunt über die Frage als der Conte.

Falls er annahm, sein Schwiegervater müsse die Antwort erst abwägen, so hatte er sich geirrt, denn der Conte versetzte ohne zu zögern: »Nein, stolz bin ich nicht darauf. Das heißt, anfangs war ich's vermutlich schon, aber da war ich sehr jung, noch gar nicht richtig erwachsen. Ich war keine achtzehn, als der Krieg zu Ende ging, trotzdem hatte ich da schon über zwei Jahre gelebt und gehandelt wie ein Mann, oder wie ich mir vorstellte, daß ein Mann handeln müsse. Doch mein moralisches Bewußtsein«, hier hielt der Conte inne und schenkte Brunetti ein Lächeln, das seltsam anrührend wirkte, »oder, wenn du so willst, meine ethische Reife war die eines Knaben.«

Er beugte sich nieder, als studiere er das Muster des Teppichs zu seinen Füßen, und schnippte ein paar zerzauste Fransen wieder gerade, was Brunetti daran erinnerte, wie er die tote Claudia Leonardo vorgefunden hatte. Die Stimme des Conte holte ihn in die Gegenwart zurück. »Niemand sollte stolz darauf sein, einen Menschen getötet zu haben, schon gar nicht solche wie die, die wir kurz vor dem Ende exekutierten.« Fast beschwörend, als wolle er ihn zwingen zu verstehen, sah er zu Brunetti auf. »Wir kennen vermutlich alle das Klischee vom deutschen Wehrmachtssoldaten: ein blonder Hüne, womöglich noch mit dem Totenkopf als Elite-Abzeichen einer Spezialeinheit dekoriert, wie er das Blut von seinem Bajonett wischt, nachdem er – was weiß ich – einer Nonne oder einer Mutter die Kehle durchbohrt hat. Die Männer, mit denen ich zusammen war, sagten, zu Anfang hätten sie solche Greueltaten erlebt, aber am Ende hatten wir es bloß noch mit verängstigten Kindern zu tun, die statt in Uniformen in irgendeiner notdürftig zusammengewürfelten Kluft herumliefen, sich an ihren Waffen festklammerten und hofften, der Umstand, daß sie welche trugen, mache aus ihrem kläglichen Trupp eine richtige Armee. Dabei waren es nichts als Kinder, die Todesangst hatten, genau wie wir.« Er nippte an seinem Grappa und drehte dann das Glas zwischen den Händen. »Ich erinnere mich an einen der letzten, die wir getötet haben.« Seine Stimme war ruhig und sachlich, als wolle er das, was er erzählte, auf Distanz halten. »Er kann höchstens sechzehn gewesen sein. Wir nahmen ihn gefangen und brachten ihn vors Kriegsgericht, jedenfalls nannten wir es so. Aber das Verfahren lief ganz nach der Devise, die man aus amerikanischen Western kennt: ›Macht ihm einen fairen Prozeß, und dann wird er gehenkt.‹ Nur daß wir ihn erschossen. Oh, wir nahmen uns enorm wichtig, spielten Anwälte und Richter und kamen uns dabei furchtbar heldenhaft vor. Er war, wie gesagt, noch ein halbes Kind, völlig hilflos, und es gab keinen Grund, warum wir ihn nicht einfach hätten gefangensetzen sollen. Eine Woche später kapitulierten die Deutschen. Aber da war er schon tot.«

Der Conte wandte sich ab und sah zum Fenster. Vom anderen Ufer des Canal Grande schimmerten verzerrte Lichter herüber, und auf die richtete sich im Weitersprechen sein Blick. »Zwar gehörte ich nicht zum Erschießungskommando, aber ich mußte ihn an die Wand führen und ihm die Augen verbinden. Sicher hatte das einer von uns in einem Buch gelesen oder im Kino gesehen. Ich hätte es schon damals besser gefunden, die Verurteilten sehen zu lassen, wer sie töten würde. So viel stand ihnen zu. Oder so wenig. Aber vielleicht taten wir es genau deswegen, damit sie uns nicht sehen konnten.«

Er machte eine lange Pause, wie um die eigene Einschätzung zu überprüfen, und fuhr dann fort: »Er hatte panische Angst. Kaum, daß ich hochlangte, um ihm die Augen zu verbinden, versagte seine Blase. In dem Augenblick hatte ich kein Mitleid mit ihm; wahrscheinlich fand ich es sogar gut, daß wir diesen Deutschen zu so einem erbärmlichen Häuflein Elend erniedrigt hatten. Es wäre barmherziger gewesen, über seine Schmach hinwegzusehen, aber damals kannten wir keine Barmherzigkeit, ich nicht und die anderen auch nicht. Also starrte ich hinunter auf den Fleck in seiner Hose, und er sah genau, wo ich hinschaute. Dann fing er an zu weinen, und ich konnte genug Deutsch, um zu verstehen, was er sagte: ›Ich will zu meiner Mutter. Ich will zu meiner Mutter‹, und er konnte nicht aufhören zu schluchzen. Er hielt das Kinn auf die Brust gepreßt, und ich kriegte das Tuch nicht über seine Augen, also trat ich einfach zur Seite, und sie erschossen ihn. Vielleicht hätte ich ihm mit dem Tuch die Tränen abwischen können, aber wie gesagt, ich war sehr jung damals und kannte keine Barmherzigkeit.«

Der Conte kehrte den Lichtern draußen den Rücken und wandte sich wieder Brunetti zu. »Ich habe ihn mir angesehen, als er tot war. Sein Gesicht war rotzverschmiert und seine Brust voller Blut, und in dem Augenblick war der Krieg für mich zu Ende. Ich dachte nicht groß darüber nach, jedenfalls nicht in irgendeinem ethischen Sinn, aber ich wußte trotzdem, daß wir ein Verbrechen begangen, daß wir ihn ermordet hatten, nicht anders, als wenn wir ihn schlafend in seinem Bett, im Hause seiner Mutter gefunden und ihm die Kehle durchgeschnitten hätten. Es war nichts Rühmliches an dem, was wir taten, und vor allem war es absolut sinnlos. Am nächsten Tag erschossen wir noch drei. Beim ersten hatte ich mitgemacht und hielt es auch noch für gerechtfertigt. Aber danach, als ich zur Besinnung gekommen war, hatte ich trotzdem nicht den Mut, die anderen zurückzuhalten, aus Angst vor dem, was dann aus mir werden würde. Um also auf deine Frage zurückzukommen: Nein, ich bin durchaus nicht stolz auf das, was ich im Krieg getan habe.«

Der Conte leerte sein Glas und stellte es auf den Tisch.

Er erhob sich. »Ich glaube, mehr habe ich dazu nicht zu sagen.«

Auch Brunetti stand auf, und aus einem Impuls heraus, der ihn selbst überraschte, trat er zu seinem Schwiegervater und umarmte ihn, hielt ihn minutenlang umfangen, ehe er sich abwandte und das Arbeitszimmer verließ.

17

Paola schlief schon, als er nach Hause kam, und obwohl sie für einen Moment die Augen aufschlug und wissen wollte, wie es mit ihrem Vater gegangen sei, war sie doch so benommen, daß Brunetti nur sagte, sie hätten lange miteinander geredet. Dann küßte er sie und ging nachsehen, ob die Kinder zu Hause und im Bett waren. Er betrat Raffis Zimmer, nachdem er leise angeklopft hatte, und fand ihn bäuchlings, wie ein riesengroßes X, auf seiner Matratze ausgestreckt. Ein Arm und ein Fuß hingen über die Bettkante. Brunetti überschlug das Erbe seines Sohnes: Ein Großvater war mit nur vier gesunden Zehen und seelisch gebrochen aus Rußland heimgekehrt, der andere hatte willig mitgeholfen, wehrlose Halbwüchsige hinzurichten. Er schloß die Tür und schaute hinüber zu Chiara, die in manierlicher Seitenlage unter unzerwühlten Decken schlief. Später im Bett dachte er noch eine Weile über seine Familie nach und schlief dann tief und fest.

Am nächsten Morgen ging er als erstes zu Signorina Elettra, deren Schreibtisch er von wahren Papierbastionen belagert fand.

»Sollte ich dieses Chaos vielversprechend finden?« fragte Brunetti, als er ihr Büro betrat.

»Wie sagte doch Howard Carter, als er endlich in Tutanchamuns Grab hineinschauen konnte: ›Ich sehe wundervolle Dinge‹?«

»Aber Sie sehen vermutlich weder goldene Masken noch Mumien, Signorina«, versetzte Brunetti.

Wie ein flinker Croupier, der die Karten zusammenharkt, schob sie einige der Schriftstücke zu ihrer Rechten auf einen Stapel und klopfte sie gerade. »Werfen Sie mal einen Blick hier drauf: Ich habe die Dateien aus dem Computer des Mädchens ausgedruckt.«

»Und ihre Kontoauszüge?« fragte er, während er sich einen Stuhl heranzog und sich neben sie an den Schreibtisch setzte.

Sie wies mit einer verächtlichen Handbewegung auf die andere Seite des Schreibtischs. »Ach, genau wie ich vermutet hatte«, sagte sie mit der größten Selbstverständlichkeit. »Die Bank hat dem Fiskus die Eingänge nie gemeldet, und das Finanzamt hat es offenbar nie für nötig gehalten, bei der Bank nachzufragen.«

»Und das bedeutet?« fragte Brunetti, obwohl er es sich ziemlich gut vorstellen konnte.

»Am ehesten dürfte es wohl so gewesen sein, daß das Finanzamt sich einfach nicht die Mühe gemacht hat, ihre Angaben mit den Bilanzen der ausländischen Devisentransfers zu vergleichen.«

»Und gibt es eine Erklärung dafür?«

»Ich tippe auf Nachlässigkeit oder Bestechung.«

»Ist denn so was möglich?«

»Ich hab's Ihnen doch schon gesagt, Commissario: Wenn es um die Usancen der Banken geht, ist alles möglich.«

Brunetti beugte sich ihrer reichen Erfahrung und fragte nur: »War es schwer für Sie, sich diese Unterlagen zu beschaffen?«

»In Anbetracht der löblichen Diskretion der Schweizer Banken und der instinktiven Verlogenheit der unseren: schwerer als gewöhnlich.«

Brunetti, der um ihr weitverzweigtes Freundschaftsnetz wußte, ließ es dabei bewenden. Auch wenn ihm gar nicht wohl war bei dem Gedanken, was für Informationen man vielleicht eines Tages als Gegenleistung von ihr fordern und ob sie darauf eingehen würde.

»Das sind ihre Briefe«, sagte Signorina Elettra und reichte ihm einen Stapel Papiere. »Die Daten und die angeführten Beträge stimmen mit den Abbuchungen von ihrem Konto überein.«

Brunetti las den ersten Brief, adressiert an ein Waisenhaus in Indien, in dem Claudia schrieb, ihre Spende solle den Kindern zu einem besseren Leben verhelfen, und dann einen an ein Heim für mißhandelte Frauen in Pavia, der ganz ähnlich formuliert war. In beiden Briefen stand, die Spende diene dem Andenken ihres Großvaters, dessen Name allerdings ebensowenig genannt wurde wie der ihre.

»Sind alle so?« fragte er, von dem Schreiben aufblickend.

»Ja, so ziemlich. Ihr Name oder der des Großvaters bleiben immer ungenannt, und jedesmal gibt sie der Hoffnung Ausdruck, der beigefügte Scheck möge den Empfängern zu einem besseren Leben verhelfen.«

Brunetti wog den Stapel Briefe in den Händen. »Wie viele sind's denn?« fragte er.

»Über vierzig. Alle im gleichen Tenor.«

»Und sind die Beträge auch immer gleich?«

»Nein, die variieren. Allerdings scheint sie eine Vorliebe für Zehn-Millionen-Lire-Spenden gehabt zu haben. Der Gesamtbetrag deckt sich annähernd mit der Summe, die im Lauf der Jahre auf ihr Konto geflossen ist.«

Brunetti überlegte, was für ein Vermögen eine dieser Spenden für ein indisches Waisenhaus oder ein Asyl für mißhandelte Frauen bedeuten mochte.

»Und gibt es auch Mehrfachspenden an irgendeinen Adressaten?«

»An das Waisenhaus in Kerala und an das AIDS-Hospiz. Die scheinen ihr besonders am Herzen gelegen zu haben; alles übrige sind, soweit ich es überblicken kann, einmalige Zuwendungen.«

»Was haben Sie sonst noch?« fragte er.

Signorina Elettra deutete auf den ihr zunächst liegenden Stapel. »Das sind die Referate, die sie für ihre Seminare geschrieben hat. Ich hatte noch nicht die Zeit, alle zu lesen, aber daß Gilbert Osmond ihr zuwider war, ist nicht zu übersehen.«

Den Namen hatte er oft genug von Paola gehört, um zu wissen, daß sie Claudias Abneigung teilte. »Und sonst?« fragte er.

Signorina Elettra wies auf einen dicken Stapel neben ihrem

Computer und sagte: »Privatkorrespondenz, ist aber nichts sonderlich Interessantes dabei.«

»Und das da?« fragte er und zeigte auf ein einzelnes Blatt.

»Zum Steinerweichen«, seufzte sie und reichte es ihm.

»Ich, Claudia Leonardo«, las er, »erkläre hiermit, daß mein gesamter Besitz bei meinem Tode verkauft und an die nachstehend aufgeführten karitativen Einrichtungen verteilt werden soll. Ich weiß wohl, daß eine solche Geste das Unrecht lebenslanger unrechtmäßiger Bereicherung nicht wiedergutmachen kann; dennoch bitte ich es als Versuch in diese Richtung anzuerkennen.« Darunter waren die Namen und Adressen von sechzehn Wohltätigkeitsorganisationen aufgeführt, zu denen auch die indischen Waisenhäuser und das Frauenhaus in Pavia gehörten.

»›Unrechtmäßige Bereicherung‹?« fragte er.

»Als sie starb, hatte sie drei Millionen, sechshunderttausend Lire auf der Bank«, antwortete Signorina Elettra lakonisch.

Brunetti las das Testament noch einmal und blieb wieder bei der Wendung »unrechtmäßige Bereicherung« hängen. »Sie meint ihren Großvater!« rief er, als ihm endlich ein Licht aufging.

Signorina Elettra, der Vianello einiges aus Claudias Familiengeschichte erzählt hatte, schloß sich seiner Meinung an. Dann bemerkte Brunetti, daß das Testament nicht unterschrieben war. »Ist das Ihr Computerausdruck?« fragte er.

»Ja.« Und bevor er weiterfragen konnte, setzte sie hinzu: »Bei ihren Papieren habe ich aber keine Kopie gefunden.«

»Verständlich. Wer so jung ist, glaubt nicht ernsthaft, daß er sterben muß.«

»Passiert normalerweise ja auch nicht«, ergänzte Signorina Elettra.

Brunetti legte das Testament auf den Schreibtisch zurück. »Was haben Sie unter der Privatkorrespondenz gefunden?«

»Briefe an Freunde und ehemalige Klassenkameraden, an eine Tante in England. Letztere auf englisch. Sie schrieb über ihren Alltag, ihr Studium, erkundigte sich nach den Kindern der Tante und nach den Tieren auf dem Hof. Ich glaube nicht, daß es was bringt, aber wenn Sie wollen, können Sie gern reinschauen.«

»Nein, nein, schon gut. Ich verlasse mich da ganz auf Sie. Hatte sie sonst noch Korrespondenz?«

»Nur den üblichen Behördenkram: vor allem mit der Universität, ach ja, und dann war da noch ein Schrieb, der aussah wie der Entwurf für eine Bewerbung. Aber ich habe keinen Adressaten …«

»Ein Bewerbungsschreiben?« unterbrach Brunetti. »Sie bekam über hundert Millionen Lire im Jahr. Warum sollte sie auf Jobsuche gehen?«

»Man arbeitet nicht immer nur des Geldes wegen, Signore«, gab Signorina Elettra unerwartet eindringlich zu bedenken.

»Aber sie war Studentin«, beharrte Brunetti.

»Ja, und?«

»Sie hätte keine Zeit gehabt für einen Job, zumindest nicht während des Semesters.«

»Mag sein«, versetzte Signorina Elettra mit einer Skepsis, die nahelegte, daß sie mit den akademischen Anforderungen der Universität einigermaßen vertraut war. »Auf jeden Fall gab es in ihren Finanzen in letzter Zeit keine Veränderung, die auf eine andere Einkommensquelle schließen läßt«, räumte sie ein und kramte unter den Papieren, bis sie Claudia Leonardos Kontoauszüge fand. »Hier, sie hat bis zu ihrem Tod jeden Monat den gleichen Betrag abgehoben. Also hatte sie wohl keine weiteren Einkünfte.«

»Sie könnte natürlich auch unentgeltlich gearbeitet haben, ehrenamtlich oder als Volontärin«, sagte Brunetti. »Das wäre doch eine Möglichkeit, nicht?«

»Grade sagten Sie, daß sie als Studentin keine Zeit gehabt hätte für einen Job.«

»Vielleicht war's ja eine Teilzeitstelle«, beharrte Brunetti. »Erinnern Sie sich vielleicht an irgendeine Bemerkung in den

Briefen, die darauf hindeuten könnte, daß sie nebenher gearbeitet hat?«

Signorina Elettra überlegte eine Weile, dann sagte sie: »Nein, nicht daß ich wüßte, allerdings habe ich bisher auch nicht darauf geachtet.« Dann griff sie, ohne zu fragen, nach den Kopien von Claudia Leonardos Briefen, teilte den Stapel in zwei Hälften und reichte eine davon Brunetti.

Er schob seinen Stuhl vom Schreibtisch zurück, streckte die Beine aus und begann zu lesen. Und während er sich in die schriftlichen Zeugnisse von Claudias so jäh verkürztem Leben vertiefte, fiel ihm ein Geschenk ein, das er vor vielen, vielen Jahren von einer Tante zu Weihnachten bekommen hatte. Wie enttäuscht war er gewesen, als er die kleine Schachtel öffnete und darin nichts weiter fand als ein bohnenförmiges Gebilde aus Packpapier. »Was soll denn das sein?« hatte er die Tante nicht eben freundlich gefragt. Worauf sie eine Schale mit Wasser füllte und ihn aufforderte, die Papierbohne hineinzulegen.

Wunderbarerweise schwamm das hutzelige Ding, statt unterzugehen, munter an der Oberfläche, ja begann vor seinen staunenden Augen zu tanzen und zu kreisen, bis es sich ganz mit Wasser vollgesogen hatte und endlich berstend Hunderte, so schien es, winziger Blütenblätter entfaltete, deren jedem, kaum daß es geöffnet war, ein weiteres nachdrängte. Und als das wundersame Gebilde endlich zur Ruhe kam, erblickte er eine vollkommene weiße Nelke, so groß wie ein Apfel. Seine Tante fischte sie aus dem Wasser, ließ sie abtropfen und setzte sie auf die Fensterbank in die fahle Wintersonne, wo sie sich noch tagelang hielt und Brunetti, wann immer sein Blick darauf fiel, an den magischen Zauber erinnerte, der eine unscheinbare Papierbohne so wunderschön hatte erblühen lassen.

Und als er jetzt Claudias Briefe las und dabei im Geiste ihre Stimme hörte, erging es ihm ganz ähnlich. »Diese bedauernswerten Albaner. Die Leute hassen sie, sobald sie erfahren, woher sie kommen, als ob ihre Pässe (falls die Ärmsten überhaupt welche haben) Teufelshörner wären.« – »Ich ertrage es nicht, meine Freunde dauernd jammern zu hören, wie schlecht es ihnen geht. Dabei leben wir doch allesamt besser als einst selbst die römischen Kaiser.« – »Ach, wie gern möchte ich ein Hündchen haben, aber wer könnte einem Hund zumuten, in dieser Stadt zu leben? Vielleicht sollte man sich in Venedig lieber einen Touristen als Schoßtier halten.« Nichts von dem, was sie schrieb, war besonders tiefschürfend oder glänzend formuliert, aber jenes zusammengeknüllte, farblose Papierklümpchen damals schien auch kaum eines zweiten Blickes wert – und war doch so herrlich erblüht.

Nach etwa zehn Minuten machte er eine Pause und fragte: »Was gefunden?«

Sie schüttelte nur den Kopf und las weiter.

Wieder ein paar Minuten später bemerkte er: »Sie scheint sehr viel Zeit in der Bibliothek verbracht zu haben, nicht?«

»Sie hat studiert«, sagte Signorina Elettra, von den Briefen in ihrem Schoß aufblickend. Aber dann setzte sie hinzu: »Doch, ja, das fällt schon auf, oder?«

»Vor allem, weil es nie danach klingt, als ob sie dort recherchiert hätte.« Brunetti blätterte eine Seite zurück und las laut vor: »›Ich mußte heute schon um neun in der Bibliothek sein, und du weißt, wie unleidlich ich so früh am Morgen bin – der reinste Menschenschreck.‹«

Brunetti ließ das Blatt sinken. »Komisch, nicht, diese Sorge, sie könnte in einer Bibliothek die anderen Leser verprellen?«

»Besonders, wenn sie zu Studienzwecken hinging. Was kümmerten sie da die Leute?« Auch wenn Signorina Elettras Einwurf eher rhetorisch gemeint war, gab er beiden zu denken.

»Wie viele Bibliotheken gibt's in Venedig?« fragte Brunetti plötzlich.

»Mal sehen … also die Marciana, die Querini Stampalia, die Universitätsbibliothek, dann die Stadtbüchereien und vielleicht noch eine Handvoll andere.«

»Versuchen wir unser Glück«, sagte Brunetti und griff entschlossen zum Telefon.

Genauso rasch zog Signorina Elettra die unterste Schreibtischschublade auf, nahm das Telefonbuch heraus und blätterte bis zu den Einträgen der »Comune di Venezia«. Eine nach der anderen telefonierte Brunetti die Stadtbüchereien in Castello, Canareggio, San Polo und auf der Giudecca durch, aber in keiner war eine Angestellte oder studentische Hilfskraft namens Claudia Leonardo bekannt. Und die gleiche abschlägige Antwort erhielt er von der Marciana, der Querini Stampalia und der Unibibliothek.

»Was nun?« fragte Signorina Elettra und klappte das Telefonbuch zu. Brunetti nahm es ihr aus der Hand und schlug unter »B« nach. »Haben Sie schon mal von der Biblioteca della Patria gehört?« fragte er.

»Der was?«

»Patria«, wiederholte er und las die Adresse vor. »Scheint irgendwo unten am Ende vom Sestiere Castello zu sein.«

Sie preßte die Lippen zusammen und schüttelte den Kopf.

Brunetti wählte die Nummer, und als eine Männerstimme sich meldete, fragte er, ob eine gewisse Claudia Leonardo in der Bibliothek beschäftigt sei. Der Mann, der einen leichten Akzent hatte, bat ihn, den Namen zu wiederholen, hieß ihn dann einen Moment warten und ging aus der Leitung. Kurz darauf meldete er sich wieder und fragte: »Wer spricht da, bitte?«

»Commissario Guido Brunetti«, antwortete er. »Und was ist nun mit Claudia Leonardo?«

»Ja, die hat hier gearbeitet«, sagte der Mann, ohne ihren tragischen Tod zu erwähnen.

»Und Sie sind?« erkundigte sich Brunetti.

»Maxwell Ford.« Als er seinen Namen nannte, verlor die Stimme des Mannes ihre angelernte samtigweiche *italianità* und verriet seine angelsächsische Herkunft. Brunettis forderndes Schweigen bewog ihn zu dem Nachsatz: »Ich bin Kodirektor der Biblioteca.«

»Und wo genau befindet sich Ihr Institut?«

»Ganz am Ende der Via Garibaldi, jenseits vom Rio di Sant'Anna.«

Brunetti kannte die Gegend, konnte sich aber nicht erinnern, dort je eine Bibliothek gesehen zu haben. »Ich würde gern mit Ihnen sprechen«, sagte er.

»Selbstverständlich«, versetzte der Mann, dessen Stimme plötzlich viel freundlicher klang. »Geht es um den Tod dieses armen Mädchens?«

»Ja.«

»Eine schreckliche Geschichte. Wir waren tief betroffen.«

»Wir?« wiederholte Brunetti.

Eine kurze Pause, dann erklärte der Mann: »Das Personal hier in der Bibliothek.« Im Italienischen war sein Akzent kaum hörbar.

»Ich denke, ich kann in zwanzig Minuten dort sein«, sagte Brunetti und legte auf.

»Und?« fragte Signorina Elettra.

»Ich habe mit einem gewissen Signor Ford gesprochen. Er ist der Kodirektor der Bibliothek, trotzdem schien er zunächst nicht zu wissen, ob das Mädchen dort gearbeitet hat oder nicht.«

»Jeder wäre nervös, wenn man ihn nach jemandem fragt, der gerade ermordet wurde.«

»Mag sein«, sagte Brunetti. »Ich geh jedenfalls hin und rede mit ihm. Ach, was haben wir eigentlich über Guzzardi?«

»So einiges. Ich hole gerade Erkundigungen über verschiedene Häuser ein, die ihm noch gehörten, als er starb.«

Brunetti, der schon auf dem Weg zur Tür war, blieb stehen und drehte sich um.

»Waren es viele?«

»Drei oder vier.«

»Und was ist daraus geworden?«

»Das weiß ich noch nicht.«

»Wie haben Sie denn davon erfahren?«

»Ich habe meinen Vater gefragt.« Sie war gespannt, was Brunetti dazu sagen würde, aber der hatte jetzt keine Zeit zum Plaudern: Er wollte Signor Ford nicht warten lassen. Ja, er bereute schon, daß er telefoniert und dem Bibliotheksdirektor seinen Besuch angekündigt hatte: Die Art, wie die Leute reagierten, wenn unerwartet die Polizei vor ihrer Tür stand, war oft genauso aufschlußreich wie das, was sie zu sagen hatten.

Für den Weg zum Arsenale wählte Brunetti eine abgelegene Route, und während er sich instinktiv von Brücke zu Brücke schlängelte, ließ er im Geiste die verworrene Geschichte von Claudia Leonardo und ihrem Großvater Revue passieren, sich auflösen und wieder neu zusammensetzen. Fakten, Daten, Informationen, Gerüchte schwirrten ihm durch den Kopf und machten ihn so benommen, daß er erst an der Porta del Arsenale, links neben sich die tumben Löwenwächter, wieder in die Gegenwart zurückfand. Auf dem Scheitelpunkt der hölzernen Brücke verhielt er einen Moment und genoß den Blick durchs Tor auf das einstige Herzstück der venezianischen Vormacht, den Quell ihres Reichtums und der stolzen Seeherrschaft der Serenissima. Hier hatten Zimmerleute und Bootsbauer mit ihrer Hände Arbeit, mit Hämmern und Sägen und all den anderen Werkzeugen, die so wunderliche Namen trugen, an einem einzigen Tag ein ganzes Schiff fertiggestellt und binnen kurzem die Meere mit einer unbesiegbaren Flotte beschickt. Heute dagegen hatte es trotz Kränen und Bohrhämmern und unzähligen hochgerüsteten High-Tech-Geräten nicht den Anschein, als ob man mit dem Wiederaufbau der ausgebrannten La Fenice je fertig werden würde.

Brunetti kehrte sowohl diesen Betrachtungen wie dem Tor den Rücken und setzte seinen Weg fort. Über die Via Garibaldi gelangte er, links am Kanal entlang, zur Kirche Sant'Anna. Er konnte sich nicht erinnern, sie jemals von innen gesehen zu haben; vielleicht diente sie aber auch, wie so viele andere in der

Stadt, schon längst nicht mehr als Gotteshaus. Wie lange würden sich die Kirchen überhaupt noch halten können in einer Zeit, da es nur noch so wenige Kirchgänger gab und die jungen Leute, auch seine Kinder, sich gelangweilt abwandten, weil ihnen Christentum und Religion nichts mehr zu sagen hatten? Brunetti würde ihren Niedergang nicht sonderlich bedauern, aber daß so wenig Ersatz in Aussicht war, beunruhigte ihn doch. Wieder mußte er seine abschweifenden Gedanken zur Ordnung rufen.

Er überquerte die schmale Brücke zu seiner Linken und sah rechts ein langgestrecktes, einzeln stehendes Gebäude, das mit seiner Rückfront parallel zum Kirchenschiff stand. Als er in die Calle Sant'Anna einbog, stieß er nach wenigen Schritten auf einen mächtigen grünen *portone*. Rechts davon zwei Klingeln: »Ford« und »Bibliothea della Patria«. Er läutete bei der Bibliothek.

Der elektrische Türöffner schnarrte, und Brunetti betrat eine Eingangshalle, die gewiß an die fünf Meter hoch war. Das Licht, das durch fünf vergitterte Fenster auf der Kanalseite hereinfiel, erhellte den Raum bis hinauf zu den wuchtigen Balken – fast so dick wie die im Palazzo Ducale –, die das Deckengewölbe trugen. Das Fußbodenmosaik war in einem schlichten Fischgrätmuster angeordnet. Gegen den Hinterausgang zu und besonders auf den Stufen, die zum Fluttor hinunterführten, glänzten die Fliesen schlüpfrig unter einer dünnen Moosschicht.

Es gab nur einen Aufgang. Auf dem ersten Treppenabsatz erwartete ihn ein untersetzter Mann in einem sehr teuren dunkelgrauen Anzug. Er war etwas jünger als Brunetti, und sein leicht gelichtetes Haar hatte jenen seltsam gesprenkelten Farbton, der Rothaarigen eigen ist, wenn sie langsam ergrauen. »Commissario Brunetti?« fragte er.

»Ja, Signor Ford?« fragte Brunetti zurück und ergriff die dargebotene Hand.

»Bitte, kommen Sie herein.« Ford trat einen Schritt zurück und hielt Brunetti die Tür auf.

Der Commissario betrat einen großen Saal und sah sich um. Eine Fensterfront ging auf den Kanal hinaus, mit Blick auf das Längsschiff der Kirche, während man auf der gegenüberliegenden Seite bis zur Isola di San Pietro hinübersehen konnte.

Vier oder fünf lange Tische mit grünbeschirmten Leselampen waren im Raum verteilt; verglaste Bücherschränke säumten die Wände zwischen den Fenstern. An den übrigen Wänden hingen gerahmte Fotografien und Urkunden, und in einem Schaukasten in einer Ecke waren auf drei Konsolen Objekte ausgestellt, die Brunetti auf die Entfernung nicht erkennen konnte.

Der Saal hatte ein ebenso hohes Deckengewölbe wie die Eingangshalle unten, und an etlichen Balken hingen Flaggen und Standarten, mit denen Brunetti allerdings nichts anzufangen wußte. In einer länglichen, oben verglasten Vitrine, wie man sie aus Museen kennt, wurden dem Besucher aufgeschlagene Tagebücher präsentiert.

»Ich freue mich, daß Sie gekommen sind«, sagte Ford und schritt nach rechts auf eine Tür zu. »Aber gehen wir doch in mein Büro. Dort sind wir ungestört.«

Das wären wir hier auch, dachte Brunetti, denn der Lesesaal war völlig leer, aber er nickte nur und folgte dem Mann. Fords Büro, ein Eckzimmer an der von der Isola di San Pietro abgekehrten Seite, hatte zwei Fensterfronten, wobei die an der Schmalseite nur auf die geschlossenen Läden des Hauses auf der anderen Straßenseite blickten.

Auch hier zogen sich an den Wänden zwischen den Fenstern mannshohe Bücherregale empor, die allerdings gut zur Hälfte mit Aktenordnern bestückt waren.

Als sie Platz genommen hatten, eröffnete Brunetti das Gespräch mit der Frage: »Sie sagten am Telefon, Claudia Leonardo habe hier in der Bibliothek gearbeitet?«

»Ja, ganz recht«, antwortete Ford. Er hatte auf die Autoritätsposition hinter seinem Schreibtisch verzichtet und sich Brunetti zwanglos an einem Besuchertischchen gegenübergesetzt. Mit seinen hellbraunen Augen und der geraden Nase war er ein, zumindest nach britischem Geschmack, gutaussehender Mann.

»Für wie lange?«

»Ungefähr drei Monate, vielleicht nicht ganz.«

»Und was hat sie hier gemacht?«

»Neuzugänge katalogisiert, unseren Lesern bei Recherchen geholfen ... alles, was normalerweise zu den Aufgaben einer Bibliothekarin gehört.« Ford antwortete Brunetti so ruhig und gefaßt, als wolle er ihm zeigen, daß er seine Fragen verständlich finde, ja vielleicht sogar damit gerechnet habe.

»Aber sie studierte doch noch, war also vermutlich keine ausgebildete Bibliothekarin. Woher wußte sie denn, was sie zu tun hatte?«

»Ach, Claudia war sehr aufgeweckt.« Hier lächelte Ford zum erstenmal. Doch seine Augen blickten traurig, als er sich das junge Mädchen loben hörte. »Im übrigen unterscheidet sich ein Forschungsarchiv wie das unsere gar nicht so sehr von den Seminarbibliotheken, mit denen sie von der Universität her vertraut war.«

»Aber haben sich die Recherchegewohnheiten durch das Internet nicht doch sehr verändert?« fragte Brunetti.

»Ja, natürlich, in manchen Bereichen schon. Aber die Informationen, die wir anbieten und an denen unsere Benutzer interessiert sind, also dazu findet man im Internet leider nur sehr wenig.«

»Zum Beispiel?«

»Augenzeugenberichte von Kriegsteilnehmern oder ehemaligen Mitgliedern der Resistenza. Letzte Nachrichten über gefallene oder vermißte Soldaten. Die Schauplätze weniger bekannter Kämpfe oder Gefechte. Lauter Fragen aus diesem Umfeld.«

»Und wer interessiert sich dafür?«

Fords Stimme war lebhafter geworden, sobald das Gespräch sich von dem Mordopfer eines vor wenigen Tagen verübten Verbrechens fortbewegte und er abschweifen konnte zu den Opfern eines Krieges, der ein halbes Jahrhundert zurücklag. »Sehr oft bekommen wir Anfragen von Angehörigen der Männer, die als vermißt gemeldet wurden oder angeblich in Gefangenschaft gerieten. Manchmal werden die Gesuchten in Tagebüchern oder Briefen ehemaliger Soldaten erwähnt, die in der selben Region kämpften oder zur selben Zeit in Gefangenschaft gerieten. Da unsere Bestände größtenteils unveröffentlicht sind, können die Interessenten sie allerdings nur hier vor Ort einsehen.«

»Aber erhält man solche Auskünfte denn nicht übers Archivio di Stato?« fragte Brunetti.

»Leider stellt das Staatsarchiv seine Informationen der Öffentlichkeit nur sehr bedingt zur Verfügung. Und hier wähle ich meine Worte mit Bedacht: Selbstverständlich haben sie die Informationen, aber sie geben sie anscheinend nur widerwillig heraus. Und wenn, dann erst nach nervenaufreibenden Verzögerungen.«

»Ja, aber wieso?« fragte Brunetti.

»Weiß der Himmel«, seufzte Ford deutlich frustriert. »Ich kann Ihnen nur schildern, wie es funktioniert oder besser gesagt nicht funktioniert.« Wie jeder Historiker, der sich für sein Fachgebiet erwärmt, geriet nun auch er zusehends in Fahrt. »Jedenfalls werden private Anfragen beim Staatsarchiv durch unnötige Formalien erschwert, aber in so einer Behörde gehen die Uhren eben einfach anders.« Brunetti erkundigte sich nicht, wie das gemeint sei; Ford erklärte es trotzdem. »Zu mir sind schon Leute gekommen, die beim Archiv vor dreißig Jahren Akteneinsicht beantragt hatten. Ein Mann brachte mir die vollständige Korrespondenz zu den Nachforschungen über den Verbleib seines Bruders, von dem er zuletzt 1945 gehört hatte. Er hatte einen ganzen Ordner voll mit Standardbriefen des Archivs, in denen es ein ums andere Mal hieß, die Anfrage werde auf dem Dienstweg weitergeleitet.« Brunetti brummte etwas, das Interesse vermuten ließ, und der Engländer fuhr fort: »Das Tragische an diesem Fall war, daß die ersten Gesuche alle noch von seinem Vater unterzeichnet waren. Als der vor fünfzehn Jahren starb, hatte die Familie noch keinerlei konkreten Bescheid. Seitdem verfolgt der Sohn die Sache weiter.«

»Und wie ist er auf Sie gekommen?«

Die Frage war Ford offenbar peinlich. »Ich finde es nicht richtig, mit unserer Arbeit zu prahlen, und tue es normalerweise auch nicht, aber wir haben schon vielen Menschen, die sich vom Staatsarchiv im Stich gelassen fühlten, weiterhelfen können, und so was spricht sich eben herum.«

»Und erheben Sie Gebühren für Ihre Dienste?«

Ford schien ehrlich erstaunt über diese Frage. »Wo denken Sie hin! Die Bibliothek erhält einen kleinen staatlichen Zuschuß, aber im wesentlichen finanzieren wir uns aus privaten Spenden sowie einer ebenfalls privaten Stiftung.« Und nach kurzem Zögern: »Ihre Frage ist ehrenrührig, Commissario. Verzeihen Sie, aber das mußte gesagt werden.«

»Ich verstehe Ihre Empörung, Signore« – und Brunetti verneigte sich leicht –, »nur bitte haben auch Sie Verständnis dafür, daß ich hier sozusagen recherchiere und deshalb alles fragen muß, was mir wichtig erscheint. Das ist durchaus nicht gegen Sie gerichtet.«

Ford quittierte Brunettis Entschuldigung seinerseits mit einer kleinen Verbeugung, und die Atmosphäre entspannte sich wieder.

»Wie kam es denn eigentlich dazu«, fragte Brunetti, »daß Claudia Leonardo bei Ihnen arbeitete?«

»Nun, ursprünglich kam auch sie, um zu recherchieren, aber als sie Einblick in unsere Arbeit gewann, bot sie sich als freiwillige Hilfskraft an. Sie hat immer nur ein paar Stunden die Woche ausgeholfen. Wenn Sie wollen, kann ich gern in den Dienstplänen nachsehen«, sagte Ford und schickte sich an aufzustehen. Doch Brunetti winkte ab.

»Sie hat sich rasch mit unseren Beständen vertraut gemacht«, fuhr der Engländer fort, »und genauso schnell gewann sie die Sympathie der meisten unserer Leser.« Ford senkte den Blick auf seine Hände, während er nach Worten suchte für das, was er

Brunetti nahebringen wollte. »Viele davon sind schon sehr alt, wissen Sie, und ich denke, es hat ihnen gutgetan, jemanden um sich zu haben, der nicht nur hilfsbereit war, sondern auch sehr ...« Hier verstummte er hilflos.

»Ich glaube, ich weiß, was Sie sagen wollen«, versetzte Brunetti, der selber nicht imstande gewesen wäre, Claudias Jugend und ihre Begeisterungsfähigkeit mit Worten zu schildern, ohne daß es ihm weh getan hätte. »Wissen Sie zufällig, wie sie auf die Bibliothek aufmerksam wurde?«

»Nein, keine Ahnung. Eines Tages kreuzte sie hier auf und erkundigte sich, ob sie unser Archiv benutzen dürfe. Und da sie sich augenscheinlich für unser Material interessierte, kam sie mehrmals wieder, bis sie eben eines Tages fragte, ob sie sich irgendwie nützlich machen könne.« Er versuchte offenbar, sich den Antrag des Mädchens ins Gedächtnis zu rufen. »Vom Staat werden wir nicht besonders hoch subventioniert, und viele unserer Nutzer sind arme Leute, also waren wir natürlich froh über ihr Angebot.«

»Wir?« hakte Brunetti nach. »Sie sagten schon, daß Sie hier der Kodirektor sind. Darf ich fragen, wer Ihr Partner ist?«

»Aber natürlich!« Ford lächelte entschuldigend: »Wie nachlässig von mir. Ich leite die Bibliothek zusammen mit meiner Frau. Sie hat übrigens seinerzeit das Archiv gegründet. Und als wir heirateten, schlug sie vor, daß ich die Hälfte ihrer Aufgaben übernehme.«

»Verstehe«, sagte Brunetti. »Aber um auf Claudia zurückzukommen: Hat sie mit Ihnen über ihre Bekannten gesprochen? Vielleicht einmal einen Freund erwähnt?«

Ford dachte nach. »Nein, nicht daß ich wüßte. Mag sein, daß sie mal von einem Jungen geschwärmt hat – ich denke, das tun alle jungen Mädchen –, aber an jemand Bestimmten kann ich mich, ehrlich gesagt, nicht erinnern.«

»Dann wissen Sie vielleicht etwas über ihre Familie? Studienfreunde?«

»Nein. Bedaure, Commissario, aber sie war doch wesentlich jünger als ich, und ich muß gestehen, daß ich, falls es nicht um Geschichte geht oder eins meiner sonstigen Interessengebiete, leider nicht besonders achtgebe auf das, was die jungen Leute so reden.« Er grinste verlegen, fast schuldbewußt – völlig grundlos, dachte Brunetti, der Fords Ansicht über die Jugend und ihre Gesprächsthemen durchaus nachvollziehen konnte.

Da ihm keine weiteren Fragen einfielen, erhob er sich und streckte die Hand aus. »Danke, daß Sie sich die Zeit genommen haben. Sie waren mir eine große Hilfe, Signore«, sagte er.

»Haben Sie schon irgendeinen Hinweis auf ...« Ford brachte es nicht über sich, die Frage zu Ende zu formulieren.

»Die Ermittlungen laufen«, lautete Brunettis stereotype Antwort.

»Gut. Eine furchtbare Geschichte. Sie war so ein reizendes Mädchen. Wir haben sie alle sehr gern gehabt.«

Da Brunetti dem nichts hinzuzufügen wußte, nickte er nur und folgte Ford aus dem Büro zurück in den noch immer leeren Lesesaal. Ford wollte ihn bis zum Ausgang begleiten, aber Brunetti dankte höflich und sagte, er fände allein hinunter. Als er kurz darauf in das fahle Licht eines Spätherbsttages hinaustrat und sich, da er fürs erste keine anderen Verpflichtungen hatte, anschickte, zum Mittagessen nach Hause zu gehen, begleitete ihn einzig die Trauer über den sinnlosen Verlust eines jungen Lebens, die das Gespräch mit Ford schmerzlich wieder heraufbeschworen hatte.

18

Daheim empfing ihn Paola mit der Nachricht, daß Marco Erizzo zweimal angerufen habe und dringend um seinen Rückruf bitte.

Auf einem Zettel neben dem Telefon hatte sie die Nummer von Marcos *telefonino* notiert, und Brunetti wählte sie sofort, obwohl er durch die Eßzimmertür sah, daß seine Familie bereits vor den dampfenden Tagliatelle saß.

Beim zweiten Klingeln meldete Marco sich mit Namen.

»Ich bin's, Guido. Was gibt's?«

»Deine Leute sind hinter mir her«, rief Marco aufgeregt. »Aber mir wär's lieber, wenn *du* kämst und mich verhaften würdest.«

In der Annahme, Marco habe vielleicht zuviel ferngesehen, fragte Brunetti: »Wovon redest du, Marco? Was für Leute? Was hast du denn angestellt?«

»Ich hab dir doch gesagt, was da läuft, oder?«

»Du meinst wegen deiner Baugenehmigung? Ja, ja, ich weiß. Rufst du deswegen an?«

»Auch, ja ...« Hintergrundgeräusche übertönten seine Stimme, ein Rauschen und Knistern, die Verbindung war gestört.

Als die Leitung wieder frei war, fragte Brunetti: »Also, was ist passiert?«

»Der Architekt war's, der Scheißkerl«, fluchte Marco.

»Er hat mich gelinkt. Die Baugenehmigung lag schon seit drei Monaten vor! Er hat mich die ganze Zeit angelogen und behauptet, sie wäre noch nicht durch, aber wenn wir ein paar kleine Änderungen vornähmen, würden sie die Pläne vielleicht endlich absegnen. Und dann, ich hab's dir ja erzählt, kam er auf einmal an und sagte, einer im Baureferat verlange dreißig Millionen Lire. Und die ganze Zeit habe ich ihn für jeden neuen Plan bezahlt, den er mir vorlegte, und für die vielen Stunden, die er angeblich für mich gearbeitet hat.« Hier versagte ihm vor Wut die Stimme.

»Wie bist du dahintergekommen?«

»Ich war gestern mit Angelo Costantini einen trinken. Zufällig kam ein Freund von ihm in die Bar, und als Angelo uns bekannt machte, erinnerte sich der Typ an meinen Namen und sagte, er sei vom Planungsreferat und wann ich denn endlich mal vorbeikäme, um meine Baugenehmigung abzuholen.« Er hielt inne, um Brunetti Gelegenheit zu geben, Schock oder Empörung zu äußern, aber der war ganz bei seinen Tagliatelle, über die Paola unterdessen einen tiefen Teller gestülpt hatte, unter dem sie hoffentlich warm bleiben würden.

»Und du, was hast du gemacht, Marco?« fragte er, immer noch abgelenkt von der Sorge um sein Mittagessen, das womöglich inzwischen kalt wurde.

»Ich hab den Mann gefragt, wovon er spricht, und er sagte, der Architekt habe ihnen erzählt – das muß vor zwei Monaten gewesen sein –, daß ich noch ein paar Änderungswünsche hätte, weshalb er die Pläne erst mit mir durchsprechen müsse, bevor er die endgültigen Zeichnungen einreiche.«

»Aber wenn die Pläne da bereits genehmigt waren, warum hat das Referat dich nicht einfach angerufen?«

»Sie haben den Architekten angerufen. Der Kerl kann von Glück sagen, daß ich ihn nicht umgebracht habe.«

Endlich begriff Brunetti, warum Marco ihn so dringend sprechen wollte. »Was ist passiert?«

»Heute morgen bin ich zu ihm ins Büro gegangen«, begann Marco, dann stockte er.

»Und? Was hast du gemacht?«

»Ihm gesagt, was ich weiß, was der Typ vom Planungsreferat mir erzählt hat.«

»Und dann?«

»Dann hat er behauptet, ich müsse ihn falsch verstanden haben und er würde noch heute hingehen aufs Amt und die Angelegenheit klären.« Brunetti hörte, wie Marco tief durchatmete, um seine Wut zu zügeln. »Aber ich habe gesagt, ich wüßte, was gespielt wird, und er sei gefeuert.«

»Und?«

»Und da sagte er, ich könne ihn nicht feuern, bevor der Auftrag zu Ende geführt sei, und wenn ich's doch täte, würde er mich wegen Vertragsbruch verklagen.«

»Und dann?«

Die Art Pause, die jetzt folgte, kannte Brunetti von seinen Kindern und wußte daher, daß er sich in Geduld fassen mußte. »Dann hab ich ihm eine gelangt«, sagte Marco endlich. Nach einer weiteren Pause fuhr er fort: »Der Kerl thronte hinter seinem großen Schreibtisch mit Bergen von Plänen und Zeichnungen darauf und sagt zu mir, wenn ich ihn feuere, dann verklagt er mich. Da bin ich ausgerastet.«

»Was genau ist passiert?«

»Ich bin um den Schreibtisch rum – wollte ihm bloß mal Bescheid stoßen ...« Brunetti schauderte bei der Vorstellung, Marco würde das so vor Gericht formulieren. »Aber er sprang gleich hoch und ging auf mich los.«

Da offenbar keine weitere Erklärung zu erwarten war, sagte Brunetti im gleichen Ton, den er den Kindern gegenüber anschlug, wenn sie mit einem schlechten Zeugnis aus der Schule kamen: »Erzähl mir ganz genau, was du getan hast, Marco.«

»Hab ich dir doch schon gesagt. Ich hab ihm eine gelangt.« Bevor Brunetti etwas erwidern konnte, fuhr Marco fort: »Nicht schlimm, ich hab ihn nicht mal k. o. geschlagen, wollte ihn mehr so wegschubsen.«

»Hast du mit der Faust zugeschlagen?« fragte Brunetti, dem es wichtig schien zu definieren, was hier mit »schubsen« gemeint war.

Nach einer weiteren langen Pause sagte Marco: »Irgendwie schon, ja.«

Brunetti ließ das auf sich beruhen und fragte: »Wohin?«

»Aufs Kinn oder auf die Nase.«

»Und?«

»Er ist einfach in seinen Sessel zurückgeplumpst.«

»Hat er geblutet?«

»Weiß ich nicht.«

»Wieso nicht?«

»Weil ich abgehauen bin. Ich hab noch gesehen, wie er sich wieder hinsetzte, und dann bin ich auf und davon.«

»Und warum sollen meine Leute hinter dir her sein?«

»Weil ich die Sorte kenne. Dieser saubere Architekt hat garantiert die Polizei alarmiert und behauptet, ich hätte versucht, ihn umzubringen. Aber ich wollte, daß du weißt, wie es wirklich war.«

»War es denn wirklich so, Marco?«

»Aber ja! Ich schwör's beim Leben meiner Mutter.«

»Also gut. Und was erwartest du jetzt von mir?«

Marco klang ehrlich überrascht, als er antwortete: »Gar nichts. Warum solltest du dich da einmischen? Ich wollte bloß, daß du die Wahrheit erfährst.«

»Wo bist du jetzt?«

»Im Restaurant.«

»Dem beim Rialto?«

»Ja, warum?«

»Ich bin in fünf Minuten dort. Warte auf mich. Unternimm inzwischen nichts, und vor allem: Rede mit niemandem. Hast du verstanden, Marco? Mit niemandem! Und ruf auch nicht deinen Anwalt an.«

»Wenn du meinst«, brummte Marco unwirsch.

»Ich bin gleich da«, versprach Brunetti und legte auf. Dann ging er ins Eßzimmer, deckte seinen Teller auf und schnupperte den verführerischen Duft von geriebenem Ricotta mustia und Auberginen. Behutsam deckte er den Teller wieder zu, küßte Paola auf den Scheitel und sagte: »Ich muß dringend zu Marco.«

Im Hinausgehen hörte er gerade noch, wie Chiara sagte: »Okay, Raffi, du kriegst die Hälfte.«

Das Restaurant war gesteckt voll, und auf den Tischen standen die köstlichsten Gerichte: Ein Paar am Eingang hatte die größten Hummer auf dem Teller, die er je gesehen hatte, während sich links neben der Theke einige Geschäftsleute durch eine Meeresfrüchteplatte aßen, von der ein Dorf in Sri Lanka eine ganze Woche lang satt geworden wäre.

Brunetti ging schnurstracks in die Küche, wo Marco sich mit Signora Maria, der Köchin, unterhielt. Als er Brunetti kommen sah, rief er: »Magst du was essen?«

Dies war eins der besten Restaurants von Venedig und Signora Maria eine begnadete Köchin, der Brunetti unzählige Gaumenfreuden verdankte. Trotzdem sagte er jetzt tapfer: »Danke, Marco, aber ich habe schon zu Hause gegessen.« Dann nahm er den Freund beim Arm, lotste ihn von der sichtlich enttäuschten Maria fort und aus der Schußlinie eines Kellners, der mit einem vollbeladenen Tablett auf der Schulter vorbeiflitzte. Sie landeten auf der Schwelle zur Vorratskammer, wo sich frische Tischwäsche und Dosentomaten stapelten.

»Wie heißt der Architekt?« fragte Brunetti.

»Warum willst du das wissen?« knurrte Marco genauso unwirsch wie vorhin am Telefon.

Brunetti hätte es ihm lieber nicht gesagt, hielt es dann aber für besser, ihn einzuweihen, und sei es nur, um Marco diesen Ton abzugewöhnen. »Weil ich in die Questura gehen und nachsehen werde, was ich über ihn in Erfahrung bringen kann. Und wenn er sich jemals was hat zuschulden kommen lassen oder wenn gar ein Verfahren gegen ihn anhängig ist, dann werde ich meine Stellung gefährden, indem ich Amtsmißbrauch begehe und ihm so lange einheize, bis er von einer Anzeige gegen dich absieht.« Seine Stimme war immer lauter geworden, und Brunettis Zorn auf Marco glich väterlichem Unmut. »Beantwortet das deine Frage? Und jetzt sag mir endlich den Namen!«

»Piero Sbrissa«, stammelte Marco. »Sein Atelier ist in San Marco.«

»Danke!« Brunetti schlüpfte an Marco vorbei ins Lokal zurück und rief dem Freund über die Schulter zu: »Ich ruf dich an. Und du sprich mit niemandem!«

In der Questura saß Vianello eine geschlagene Stunde am Computer, Brunetti doppelt so lange am Telefon, und danach hatten sie genügend Hinweise gesammelt, um Architetto Sbrissa hoffentlich davon überzeugen zu können, daß es klüger sei, von einer Anzeige gegen seinen Kunden Marco Erizzo abzusehen. Der Architekt hatte offenbar mehr als einmal unerklärlich lange Verzögerungen bei der Erteilung von Baugenehmigungen geltend gemacht. Das versicherten Brunetti jedenfalls drei seiner früheren Kunden, die sich auf Sbrissas Vorschlag eingelassen und eine alles andere als legale – wenngleich sehr verbreitete – Methode zur Lösung ihrer Probleme gewählt hatten. Allerdings war keiner der Männer bereit, die Summen zu nennen, die dabei geflossen waren. Vianello wiederum fand heraus, daß Sbrissa im Vorjahr nur sechzehn Millionen Lire Honorar von Marco Erizzo versteuert hatte, obwohl Marcos Sekretärin dem Inspektor am Telefon versicherte, ihr lägen quittierte Belege des Architekten für mehr als vierzig Millionen vor.

Von einem Freund auf der Carabinieri-Wache in San Zaccaria erfuhr Brunetti, daß Sbrissa am selben Vormittag dort angerufen habe, um einen tätlichen Angriff zu melden. Nach einem Besuch beim Arzt wolle er persönlich vorbeikommen, um offiziell Anzeige zu erstatten. Brunetti brauchte nur ein paar Minuten, um seinem Freund die Ungereimtheiten in Sbrissas Steuererklärung zu erläutern und anzuregen, daß man den Architetto vielleicht dazu bringen könne, sich das mit der Anzeige noch einmal zu überlegen. Der Carabiniere versprach, dies mit dem Architekten persönlich zu klären, meinte aber, er habe keinen Zweifel, daß Signor Sbrissa sich einsichtig zeigen werde.

Als Brunetti schließlich Marco anrief und ihm sagte, die Sache sei so gut wie geregelt, konnte der es anfangs gar nicht glauben und wollte unbedingt wissen, wie Brunetti das angestellt habe. Da Brunetti jede Auskunft darüber verweigerte, verstummte Marco fürs erste, jammerte aber im nächsten Moment, daß er nun *disonorato* sei, weil er sich von der Polizei habe rauspauken lassen.

Brunetti bezwang sich nur mit Mühe, aber er blieb ruhig und sagte bloß: »Du bist mein Freund, Marco, und damit basta.«

»Aber du mußt mir eine Chance geben, mich bei dir zu revanchieren.«

»Gut, das kannst du«, versetzte Brunetti bereitwillig.

»Ja womit denn? Alles, was du willst!«

»Wenn wir das nächste Mal bei ihr essen, bitte Signora Maria, Paola das Rezept für ihre Muschelfüllung zu geben.«

Es entstand eine lange Pause, doch endlich sagte Marco ebenso ernst wie bekümmert: »Das ist Erpressung. Außerdem würde sie ihr Rezept niemals verraten.«

»Zu schade, daß nicht sie es war, die Sbrissa niedergeschlagen hat.«

»Selbst dann würdest du das Rezept nicht kriegen«, sagte Marco resigniert. »Bevor sie das rausrückt, ginge sie lieber ins Gefängnis.«

»Das hatte ich befürchtet«, seufzte Brunetti, versprach, sich etwas anderes auszudenken, womit Marco seine Schuld begleichen könne, und legte auf.

So erhebend dieses kleine Erfolgserlebnis für ihn persönlich auch war, bei der Lösung des rätselhaften Dreiecks Leonardo, Guzzardi, Filipetto brachte es Brunetti kaum voran. Als er zu Signorina Elettra hinunterging, hatte sie ihr Büro bereits verlassen. Was ihn nicht weiter verwunderte, denn es war fast fünf, und sie beklagte sich oft über die Langeweile in den letzten beiden Dienststunden. Brunetti wollte schon wieder gehen, als sich die Tür zu Vice-Questore Pattas Büro öffnete und der Chef persönlich heraustrat. Er trug seinen taubengrauen Mantel über dem

Arm und in der Linken eine neue Aktentasche, ein Bottega-Veneta-Modell, wie Brunetti auf einen Blick sah.

»Ah, Brunetti«, rief Patta geschäftig, »ich habe in zwanzig Minuten eine Besprechung mit dem Pretore.« Brunetti, dem es völlig gleichgültig war, ob Patta zum Dienst kam oder nicht oder wie lange er sich im Büro aufzuhalten beliebte, staunte doch über den fast Pawlowschen Reflex, mit dem dieser Mann sich ständig durch irgendwelche Flunkereien absicherte: Ob Patta nach seiner Pensionierung womöglich eine zweite Karriere in der Politik anstrebte?

»Dann will ich Sie nicht aufhalten, Signore«, sagte er und trat beiseite, um seinen Chef vorbeizulassen.

»Sind schon Fortschritte zu verzeichnen im Fall ...« Patta konnte sich offenbar nicht an Claudias Namen erinnern, und so fuhr er fort: »... also bei dem Mord an diesem jungen Mädchen?«

»Die Ermittlungen laufen, Signore«, sagte Brunetti.

Patta, der ungeduldig auf seine Uhr sah, antwortete mit einem zerstreuten »Gut, gut«, grüßte kurz und war auch schon zur Tür hinaus.

Brunetti war neugierig, was Signorina Elettra inzwischen herausgefunden hatte, zögerte aber, ihren Computer zu befragen: Wäre sie auf etwas Wichtiges gestoßen, dann hätte sie ihn sicher verständigt. Und bei ihrem Mißtrauen gegen einige Mitarbeiter der Questura hatte sie ihre Dateien sicher so gut verschlüsselt, daß ein Laie wie er ohnehin nicht hineingekommen wäre.

Also ging er wieder nach oben in sein Büro, nahm sich Claudias Akte vor und suchte die Telefonnummer ihrer Mitbewohnerin in Mailand heraus. Er wählte und hatte gleich darauf die Mutter des Mädchens am Apparat, die sich zwar bereit erklärte, ihre Tochter ans Telefon zu holen, ihm aber einschärfte, daß Lucia sich nicht aufregen dürfe. Sie werde vom Nebenanschluß aus mithören, betonte die Mutter.

Allein, das Gespräch verlief ergebnislos, denn Lucia erinnerte sich weder, ob Claudia je den Namen Filipetto erwähnt, noch ob sie irgendwann von einem Notar gesprochen habe. Da er wußte, daß die Mutter als stumme Zeugin in der Leitung war, fragte er Lucia nicht nach ihrem Befinden, und als sie sich erkundigte, wie es mit dem Fall vorangehe, konnte er nur sagen, daß sie selbst die kleinste Spur verfolgen würden und zuversichtlich auf baldige Fortschritte hofften. Auch wenn ihm jedesmal ganz elend zumute war, wenn er sich solche Platitüden absondern hörte.

Hinterher war er so frustriert, daß er sich zu nichts mehr aufraffen konnte. Also verließ er die Questura und machte sich über den Rialto auf den Heimweg. Aber statt wie gewohnt an Pieros Käsestand links abzubiegen, ging er geradeaus weiter nach Santa Croce hinein, Richtung Campo San Boldo, und machte nicht eher halt, als bis er vor Signora Jacobs Haus stand und bei ihr klingelte.

Er mußte lange warten, bis ihre tiefe Stimme fragte, wer da sei.

»Commissario Brunetti«, antwortete er.

»Ich hab Ihnen doch gesagt, ich will nicht mit Ihnen reden.« Sie klang eher erschöpft als verärgert.

»Aber ich muß mit Ihnen sprechen, Signora.«

»Worüber?«

»Notaio Filipetto.«

»Wen?« fragte sie nach langer Pause.

»Notaio Filipetto«, wiederholte Brunetti ohne eine weitere Erklärung.

Um so überraschter war er, als er gleich darauf das elektrische Türschloß klicken hörte. Er stieß die Haustür auf und lief rasch nach oben, wo er sie wie trunken an den Türstock gelehnt fand.

»Danke, Signora«, sagte er, schob eine Hand unter ihren Ellbogen und führte sie in die Wohnung zurück. Diesmal achtete er weniger auf die Kunstwerke an den Wänden als auf die Frau an seiner Seite, und während er sie langsam zu ihrem Sessel geleitete, fiel ihm auf, wie schwach und zart ihr Körper war. Sie saß kaum, da langte sie auch schon nach den Zigaretten, aber ihre Hand zitterte so stark, daß drei Stück aus der Packung rutschten und zu Boden fielen, bevor es ihr gelang, sich eine anzustekken. Wie er sich daheim oft wunderte, wo das, was seine Kinder täglich in sich hineinfutterten, eigentlich blieb, rätselte Brunetti auch jetzt, da er die alte Frau so gierig inhalieren sah, in welchem Vakuum ihrer Lungen diese gewaltigen Rauchmengen wohl verschwinden mochten.

Ihm war, als wolle sie ihn etwas fragen, aber sie sagte kein Wort, bis sie die Zigarette aufgeraucht hatte und den Stummel in eine blaue Keramikschale warf, die schon zur Hälfte mit Kippen gefüllt war.

Da sie beharrlich weiterschwieg, ergriff Brunetti das Wort. »Signora, im Zuge unserer Ermittlungen sind wir auf den Namen Dottor Filipetto gestoßen.« Er hielt inne, um zu sehen, ob sie nachfragen oder den Namen des Notars kommentieren würde, aber sie blieb stumm. »Und nun bin ich zu Ihnen gekommen«, fuhr er fort, »weil Sie mir vielleicht sagen können, was Claudia von ihm wollte.«

»Ah, jetzt ist es also schon Claudia, wie?« bemerkte sie spitz.

»Verzeihen Sie?« fragte Brunetti ratlos.

»Sie sprechen von ihr, als ob Sie befreundet gewesen wären«, versetzte sie gereizt. »Claudia!« wiederholte sie empört, und Brunetti sah das Mädchen auf einmal wieder lebhaft vor sich.

Was war wohl der schlimmere Verstoß gegen die Intimsphäre, überlegte Brunetti, einen Menschen kurz nach dem Sex aufzuschrecken oder die Totenruhe zu stören? Vermutlich letzteres, weil die Toten jeder Möglichkeit zu Täuschung oder Heuchelei beraubt waren. Nackt und bloß lagen sie da und scheinbar so verletzlich, obwohl sie doch aller Verwundbarkeit und allem Schmerz entrückt waren. Wer sagt: Ich bin hilflos, der hofft immer noch, daß ihm geholfen wird. Aber die Toten sind darüber hinaus, für sie gibt es keine Hilfe und keine Hoffnung mehr.

»Ich wünschte, wir hätten Freunde werden können«, sagte Brunetti.

»Warum? Damit Sie auch sie hätten aushorchen und sich in ihre Geheimnisse einschleichen können?«

»Nein, Signora, um mich mit ihr über die Bücher zu unterhalten, die wir beide gelesen haben.«

Signora Jacobs schnaubte halb ungläubig, halb verächtlich.

Fasziniert von dem Gedanken, daß Claudia Geheimnisse hatte, zugleich aber auch gekränkt, begann Brunetti sich zu verteidigen. »Sie hat bei meiner Frau studiert. Und einmal hatten wir bereits ein Gespräch über Bücher.«

»Bücher!« echote sie, und diesmal obsiegte die Verachtung. Sie hatte sich so ereifert, daß es ihr den Atem verschlug, was wiederum einen heftigen Hustenanfall auslöste. Ein tiefer, feuchter Raucherhusten und so hartnäckig, daß Brunetti schließlich in die Küche lief, um ihr ein Glas Wasser zu holen. Er wartete geduldig, bis sie den Trank in kleinen Schlucken hinuntergewürgt hatte und endlich aufhörte zu husten.

»Danke«, sagte sie ganz selbstverständlich und reichte ihm das Glas.

»Gern geschehen«, erwiderte er ebenso unbefangen, stellte das Glas auf den Sekretär und rückte seinen Stuhl so zurecht, daß er ihr gegenübersaß.

»Signora«, begann er, »ich weiß nicht, wie Sie zur Polizei stehen oder was Sie von mir halten, doch Sie müssen mir glauben, daß ich alles daransetze, Claudias Mörder zu finden. Aber wenn es sich irgend vermeiden läßt, will ich dabei an nichts rühren, was sie lieber geheimgehalten hätte. Sofern das überhaupt möglich ist, soll sie in Frieden ruhen.« Während er sprach, schaute er die alte Frau so unverwandt an, als beschwöre er sie, ihm zu glauben.

Signora Jacobs zündete sich die nächste Zigarette an. Wieder inhalierte sie so tief, daß Brunetti schon ängstlich auf den nächsten Hustenanfall wartete. Aber es kam keiner. Während die Kippe in der blauen Schale verglomm, sagte sie: »Dafür hat man in ihrer Familie kein Talent.«

»Wofür?« fragte er verdutzt.

»In Frieden zu ruhen. Bei denen lief nichts friedlich ab.«

»Es tut mir leid, aber ich kenne niemanden aus der Familie – außer Claudia.« Er überlegte, wie er die nächste Frage formulieren sollte, ließ dann aber alle Vorsicht fahren und bat gerade heraus: »Würden Sie mir etwas über ihre Familie erzählen?«

Sie hob die Hände zum Gesicht, legte die Fingerspitzen aneinander und führte sie an die Lippen wie zum Gebet, wenngleich Brunetti das Gefühl hatte, daß es lange her war, seit diese Frau zum letztenmal um etwas oder zu jemandem gebetet hatte.

»Sie wissen, wer ihr Großvater war«, sagte sie. Brunetti nickte. »Und ihr Vater?« Er schüttelte den Kopf.

»Er wurde im Krieg geboren, also nannte sein Vater ihn Benito.« Sie sah ihn an und lächelte, als hätte sie einen Scherz gemacht, aber Brunetti lächelte nicht zurück. Er wartete darauf, daß sie weitersprach.

»Das war so Lucas Art.«

Für Brunetti war Luca Guzzardi nichts als ein Opportunist, ein Mitläufer, der in einem Irrenhaus gestorben war. Also schwieg er lieber.

»Er hat wirklich an all das geglaubt: die Aufmärsche und die Uniformen und die triumphale Wiederauferstehung des Römischen Reiches.« Sie schüttelte nachsichtig den Kopf, aber diesmal ohne zu lächeln. »Zumindest anfangs glaubte er daran.«

Brunetti hatte keine Ahnung, und in seiner Familie war auch nie darüber gesprochen worden, ob sein Vater jemals an *all das* geglaubt hatte. Er wußte weder, ob das einen Unterschied machte, noch, wenn ja, welchen; also wartete er einfach ab, wohl wissend, daß die Alten ihren Faden irgendwann von allein wiederfinden.

»Er war ein schöner Mann.« Signora Jacobs wandte sich zur Anrichte und wies mit der Hand auf eine Zickzackreihe verblichener Fotos. Brunetti, der das als Aufforderung verstand, erhob sich, ging hinüber und betrachtete die Bilder. Das erste war ein Halbporträt eines jungen Mannes, dessen Kopf fast unter den Bersaglieri-Federn auf seinem Helm verschwand, ein Uniformschmuck, der dem erwachsenen Brunetti immer besonders lächerlich erschienen war. Auf anderen Fotos hielt derselbe junge Mann, dessen Körper zur Hälfte von einem langen dunklen Umhang verdeckt war, abwechselnd ein Gewehr oder ein Schwert; er posierte stets betont kriegerisch, mit vorgerecktem Kinn und hartem Blick, um den hehren patriotischen Moment zu verewigen. Auf Brunetti wirkten solche Posen ebenso albern wie der Federschmuck, die Ordensbänder und Epauletten an der Uniform des jungen Mannes. Er war generell so immun gegen jedes militärische Gepränge, daß er häufig der Versuchung erlag, Männer in Uniform im Geiste in neuguineische Stammeskrieger zu verwandeln: mit einem Knochen als Nasenzier, weißer Kriegsbemalung als Körperschmuck und einer meterlangen Bambusscheide über dem Penis. Kein Wunder, daß es ihm schwerfiel, bei offiziellen Zeremonien und Paraden den nötigen Ernst aufzubringen.

Er betrachtete die Fotos so lange, wie es ihm der Pietät halber geboten schien, dann kehrte er auf seinen Platz zurück. »Erzählen Sie mir mehr von ihm, Signora.«

Ihr Blick war direkt, wenn auch durch eine leichte Alterstrübung entschärft. »Was gibt's da zu erzählen? Wir waren jung, ich war verliebt, und die Zukunft gehörte uns.«

Brunetti erlaubte sich, ihr intimes Geständnis aufzugreifen. »Nur Sie waren verliebt?«

Ihr Lächeln war das eines alten Menschen, der mit fast allem abgeschlossen hat. »Ich sagte Ihnen doch: Er war ein schöner Mann. Solche Männer lieben letztendlich nur sich selbst.« Bevor er etwas entgegnen konnte, setzte sie hinzu: »Damals wußte ich das nicht. Oder wollte es nicht wissen.« Sie nahm sich eine Zigarette, zündete sie an, blies eine lange Rauchfahne aus und sagte: »Aber das läuft aufs gleiche hinaus, nicht wahr?« Sie drehte die brennende Zigarettenspitze zu sich hin, sah sie einen Moment lang an und fuhr dann fort: »Merkwürdigerweise hat aber auch dieses Wissen meiner Liebe zu ihm nichts anhaben können. Ja, ich liebe ihn immer noch.« Sie sah zu Brunetti auf, dann senkte sie den Blick in ihren Schoß und sagte ganz leise: »Darum möchte ich ihm seinen guten Namen zurückgeben.«

Brunetti blieb stumm, wollte sie nicht unterbrechen. Offenbar spürte sie das und fuhr fort: »Es war alles so aufregend, das Gefühl oder die Hoffnung, nun bräche eine ganz neue Zeit an. In Österreich hatte man seit Jahren davon geträumt, deshalb kam es mir nie in den Sinn, daran zu zweifeln. Und als ich diese Stimmung hier wiedertraf, bei Männern wie Luca und seinen Freunden, da konnte ich nicht erkennen, was dahintersteckte oder wie sie wirklich waren oder daß alles, was der Umsturz uns bringen würde, uns allen, auf Leid und Tod hinauslief.« Sie seufzte und sagte dann: »Auch Luca hat das nicht vorausgesehen.«

Als er den Eindruck hatte, daß sie von allein nicht weitersprechen würde, fragte Brunetti: »Wie lange haben Sie ihn gekannt?«

Sie überlegte und antwortete dann: »Sechs Jahre waren wir zusammen, also die ganzen letzten Kriegsjahre, bis hin zu seinem Prozeß, und dann ...« Sie brach ab, und Brunetti war gespannt, wie sie das, was noch folgen mußte, formulieren würde. »Und bei dem, was danach kam« war alles, was sie schließlich sagte.

»Sie haben ihn also auch in San Servolo besucht?«

Sie räusperte sich, ein hohler, gurgelnder Laut, der Brunetti durch Mark und Bein ging, so unheilvoll klang er nach Siechtum und dunklen Säften. »Ja. Einmal die Woche fuhr ich hin, bis sie mich nicht mehr zu ihm ließen.«

»Warum das?«

»Ich denke, sie wollten nicht, daß jemand mitbekam, wie sie gehalten wurden.«

»Aber warum der Sinneswandel? Ich meine, wenn Sie doch anfangs Besuchsrecht hatten«, erklärte Brunetti.

»Weil sein Zustand sich dort rapide verschlechterte. Nachdem er begriffen hatte, daß er nicht wieder herauskommen würde.«

»War denn das geplant?« fragte Brunetti und setzte dann erläuternd hinzu: »Ich meine, als er eingeliefert wurde, hat er oder haben Sie da geglaubt, daß man ihn wieder freilassen würde?«

»Das war die Vereinbarung«, sagte sie.

»Mit wem?«

»Warum stellen Sie mir all diese Fragen?«

»Weil ich verstehen möchte – ihn, die Vergangenheit.«

»Warum?«

Das liegt doch wohl auf der Hand, dachte er. »Weil es mir weiterhelfen könnte.«

»Sie meinen Claudia?« fragte sie. Und er wünschte, er hätte wenigstens einen Funken Hoffnung in ihrer Stimme gehört. Allein, er wußte, daß sie zu alt war, um aus irgend etwas, das nach dem Tode kam, Hoffnung zu schöpfen.

Brunetti beschloß, ihr die Wahrheit zu sagen, nichts zu beschönigen, und darum begnügte er sich mit einem zurückhaltenden: »Vielleicht«, ehe er auf seine ursprüngliche Frage zurückkam. »Was war das für eine Vereinbarung? Und mit wem wurde sie getroffen?«

Sie zündete sich die nächste Zigarette an und rauchte sie halb auf, bevor sie bereit war zu antworten. »Mit den Richtern. Es hieß, er solle ein umfassendes Geständnis ablegen, dann, nach seinem Zusammenbruch, würde man ihn nach San Servolo schikken, wo er ein, zwei Jahre zu bleiben hätte, und wenn Gras über die Sache gewachsen wäre, würde er wieder freikommen.« Sie nahm einen letzten Zug und drückte die Zigarette zwischen den Stummeln im Aschenbecher aus. »Und zu mir zurückkehren«, ergänzte sie. Und nach einer langen Pause: »Das war alles, was ich wollte.«

»Aber was geschah statt dessen?«

Sie studierte Brunettis Gesicht, bevor sie antwortete. »Sie sind zu jung, um über San Servolo Bescheid zu wissen, darüber, was wirklich dort geschah.«

Er nickte.

»Ich habe es nie erfahren. Eines Samstagmorgens kam ich hin ... ich fuhr jede Woche hinaus, auch wenn sie mir keine andere Auskunft gaben, als daß ich ihn nicht sehen könne, und mich wieder heimschickten. Aber an dem Tag sagten sie mir, er sei gestorben.« Sie stockte und sah hinunter auf ihre Hände, die untätig in ihrem Schoß ruhten. Sie kehrte die Handflächen nach oben, betrachtete sie und rieb dann mit drei Fingerkuppen der Rechten über den linken Handteller, als wolle sie, so jedenfalls schien es Brunetti, die Lebenslinie ausradieren. »Das ist alles, was man mir gesagt hat«, fuhr sie fort. »Keine Erklärung. Aber es hätte alles mögliche sein können. Vielleicht hat einer der anderen Insassen ihn umgebracht. Solche Fälle wurden immer vertuscht. Womöglich war's auch einer der Wärter. Oder vielleicht ist er an Typhus gestorben, wer weiß. Die Patienten wurden dort wie Tiere gehalten, sobald sie niemand mehr besuchen kam.« Sie ballte die Hände zu Fäusten und preßte sie fest auf die Oberschenkel.

»Aber die Absprache mit den Richtern, was war damit?« fragte Brunetti.

Sie lächelte und lachte dann sogar, fast als fände sie die Frage wirklich amüsant. »Also Sie sollten eigentlich wissen, daß man den Versprechungen eines Richters nicht trauen darf, Commissario!« Und als Brunetti keinen Einwand erhob, fuhr sie fort: »Zwei der Richter waren Kommunisten, die suchten einen Sündenbock. Der dritte war der Sohn des Parteiführers der Faschisten in Mestre und mußte folglich beweisen, daß er eine blütenreine Weste hatte und nicht im mindesten von den politischen Ansichten seines Vaters beeinflußt war.«

»Und die Amnestie?« Brunetti dachte an den allgemeinen Dispens, den Togliatti gleich nach Kriegsende erlassen hatte und der Verbrechen, wie sie im Faschismus von der einen wie der anderen Seite begangen worden waren, unter Straffreiheit stellte. Wieso war ausgerechnet Guzzardi bestraft worden, während Tausende, die das gleiche oder gar weit Schlimmeres begangen hatten als er, frei ausgingen?

»Die Richter erklärten, das Verbrechen sei auf Schweizer Territorium verübt worden«, antwortete sie schlicht. »Da galt keine Amnestie.«

»Ich verstehe nicht?«

»Na, die Residenz des Schweizer Konsuls. Sie sagten, das sei Schweizer Territorium.«

»Aber das ist doch lächerlich!« rief Brunetti.

»Nicht in den Augen der Richter. Und das Berufungsgericht bestätigte ihr Urteil. Juristisch habe ich alle Möglichkeiten ausgeschöpft.« Ihre Stimme klang jetzt trotzig und hatte jene Schärfe angenommen, die sich einstellt, wenn jemand etwas verteidigt, das eher seinem Glauben als den Tatsachen verpflichtet ist.

Brunetti hatte von den Freunden seines Vaters genug über die abenteuerlichen Zustände in den ersten Nachkriegsjahren gehört, um ihr abzunehmen, daß Guzzardi wegen dieser an den Haaren herbeigezogenen Formsache verurteilt worden war. Viele alte Rechnungen waren während des Krieges ans Licht gezerrt worden, und etliche davon wurden nach der Kapitulation Deutschlands gnadenlos beglichen. Vermutlich war es für die Richter ein leichtes gewesen, Guzzardi oder seinen Verteidiger zu überreden, ihr Angebot anzunehmen. Doch sobald man den Verurteilten in San Servolo eingeliefert hatte, hielten sie sich nicht mehr an ihr Versprechen.

Er blickte zu der alten Frau hin und sah, daß sie eine Hand an die Lippen gepreßt hielt. »Als Claudia zu mir kam«, sagte er, »da wollte sie wissen, ob ein Urteil, das gleich nach dem Krieg gefällt worden sei, heute noch revidiert werden könne, und als ich mich nach Einzelheiten erkundigte, antwortete sie nur, es ginge um ihren Großvater, aber an Informationen hat sie mir nicht viel geliefert.« Er hielt inne, doch da sie sich nicht dazu äußerte, fuhr er fort: »Nach dem, was ich nun von Ihnen höre, kann ich mir schon eher ein Bild machen. Mein Jurastudium liegt schon lange zurück, Signora, aber der Fall scheint mir nicht sonderlich kompliziert. Ich halte es durchaus für denkbar, daß einer nachträglichen Revisionseingabe stattgegeben würde. Allerdings glaube ich nicht, daß man auf diesem Wege eine offizielle Unschuldserklärung erwirken könnte.«

Sie hörte ihm aufmerksam zu, und er sah ihr an, daß sie seine Erklärung mit anderen Stellungnahmen verglich. Es dauerte lange, bis sie das Wort ergriff. »Sind Sie sich da ganz sicher? Daß es keine offizielle Rehabilitierung geben würde, irgendeine Zeremonie, die seine Ehre und seinen guten Namen wiederherstellt?«

Nach dem, was Brunetti über Guzzardi gehört hatte, schien es unwahrscheinlich, daß er je viel Ehre besessen hatte, die zu retten sich lohnte, aber Hedi Jacobs war zu alt und zu gebrechlich, um ihr das zu sagen. »Signora, meines Wissens gibt es dafür keinerlei juristische Handhabe. Wer immer Ihnen Hoffnung auf dergleichen machte, war entweder falsch informiert oder hat Sie vorsätzlich irregeleitet.« Hier stockte Brunetti. Ganz gleich, wie lange die Revision eines Urteils, das vor einem halben Jahrhundert gefällt worden war, dauern mochte: Die alte Frau würde es gewiß nicht mehr erleben. Wenn Claudia versucht hatte, ihrer Großmutter zuliebe den Namen des Großvaters reinzuwaschen, dann war ihr Besuch bei Brunetti vergebens gewesen, aber das brauchte die alte Frau nicht zu erfahren.

Hedi Jacobs wandte den Kopf nach der Fotogalerie. Lange Zeit ignorierte sie den Commissario und betrachtete statt dessen die Bilder auf der Anrichte. Sie preßte die schmalen Lippen zusammen, schloß die Augen und ließ den Kopf erschöpft auf die Brust fallen. Während sie so saßen, entschloß sich Brunetti, endlich das anzusprechen, was Guzzardis Sturz vom sicheren

Thron des reichen Herrensöhnchens in die finsteren Tiefen von San Servolo herbeigeführt hatte. Als sie eine Hand vom Schoß nahm, fragte er geradeheraus: »Was ist aus den Zeichnungen geworden?«

Signora Jacobs wollte eben nach der Zigarettenpackung greifen, doch er sah ihre Hand in der Bewegung innehalten. Überrascht blickte sie ihn an, schaute dann wie traumverloren auf ihre Hand, führte die Bewegung zu Ende und nahm sich eine Zigarette. »Was für Zeichnungen?« fragte sie scheinbar ahnungslos. Doch ihr Blick hatte Brunetti auf dieses Täuschungsmanöver vorbereitet.

»Jemand hat mir erzählt, der Schweizer Konsul habe den Guzzardis diverse Zeichnungen überlassen.«

»Sie meinen verkauft«, sagte sie mit Betonung auf dem Prädikat.

»Wie Sie wollen«, räumte er ein und ließ es dabei bewenden.

»Das war auch so etwas, das nach dem Krieg aufkam«, sagte sie, und es klang müde. »Leute, die ehedem Kunstwerke veräußert hatten, versuchten sie zurückzubekommen, indem sie behaupteten, sie wären zum Verkauf gezwungen worden. Ganze Sammlungen mußten von Leuten zurückgegeben werden, die sie in gutem Glauben erworben hatten.« Sie schaffte es, empört zu klingen.

Brunetti bezweifelte nicht, daß derlei vorgekommen war, aber er hatte genug gelesen, um zu wissen, daß das größte Unrecht diejenigen erlitten hatten, die, sei es aus Ängstlichkeit oder unter direkter Bedrohung, ihren Besitz unter Wert veräußert oder gar abgetreten hatten. Allein, er sah keinen Sinn darin, das mit Signora Jacobs zu erörtern, und so murmelte er nur ein begütigendes: *»Certo, certo.«*

Plötzlich spürte er, wie ihre dünnen Finger sein Handgelenk umklammerten. »Es ist die Wahrheit«, flüsterte sie mit leidenschaftlich gepreßter Stimme. »Als man ihm den Prozeß machte, da haben sie sich alle an die Richter gehängt und mit der Behauptung, er hätte sie um dies oder jenes betrogen, ihr angebliches Eigentum zurückgefordert.« Sie zerrte ungestüm an seiner Rechten und zog ihn näher zu sich heran, bis sein Gesicht nur noch eine Handbreit von dem ihren entfernt war. »Es waren lauter Lügen. Damals wie heute. All die Sachen gehören ihm, rechtmäßig. Das lasse ich mir von niemandem ausreden.« Brunetti spürte ihren Atem, der nach Tabak und schlechten Zähnen stank, und er sah etwas Wildes in ihren Augen flackern. »Luca wäre zu so etwas nicht fähig gewesen. Nie hätte er etwas Unehrenhaftes getan.« Plötzlich sprach sie in jenem getragenen Tonfall, der ihm verriet, daß sie das gleiche schon oft beteuert hatte, als ob es durch die Wiederholung wahr werden könnte.

Jede Gegenrede wäre sinnlos gewesen, also wartete er, auch wenn er behutsam zurückwich, wartete darauf, welche Verteidigung sie als nächstes auffahren würde.

Doch für Signora Jacobs war offenbar alles gesagt, denn sie griff nach einer neuen Zigarette, zündete sie an und paffte so hingebungsvoll, als sei der aufsteigende Rauch das einzig Interessante im Raum. Endlich, nachdem auch diese Zigarette in der Schale mit den Kippen gelandet war, sagte die alte Frau, ohne ihm das Gesicht zuzuwenden: »Sie können jetzt gehen, Commissario.«

19

Als Brunetti auf dem Heimweg das Gespräch mit Signora Jacobs noch einmal überdachte, stieß er sich an dem Paradox, daß sie ungeachtet der trostlosen Erkenntnis, Guzzardi sei stets nur in sich selbst verliebt gewesen, immer noch mit solch unerschütterlicher Treue an ihm festhielt. Natürlich wußte er, daß die Liebe einem Menschen den Verstand rauben kann, manchmal sogar mehr als das, aber in der Regel verabreichte sie ihm auch das nötige Narkotikum, das ihn blind machte gegen die Widersprüche im eigenen Verhalten. Nicht so Signora Jacobs, die sich offenbar keinerlei Illusionen über ihren früheren Geliebten machte. Wie traurig, ebenso scharfsichtig wie hilflos gegenüber der eigenen Schwäche zu sein. Gewiß, Guzzardi war ein gutaussehender Mann gewesen, aber eher der Typ des geschniegelten Schönlings, wie man ihn heutzutage unter Zuhältern oder Frisören findet; allerdings konnte Brunetti den männlichen Idolen, die im Moment gefragt waren, diesen androgynen blonden Jünglingen, die als wandelnde Kleiderständer ihre verlängerte Pubertät auslebten, auch nichts abgewinnen.

Daß es sich bei Signora Jacobs um die große Liebe handelte, merkte man schon daran, wie lebhaft sie das Gespräch über Guzzardi gesucht und von Brunetti erwartet hatte, daß er seine Fotografie bewunderte, ein seltsames Ansinnen an einen Mann gegenüber einem Geschlechtsgenossen. Und dann: Wie schmerzbewegt sie von seinem Prozeß gesprochen hatte und von der Zeit – es mußte eine furchtbare Zeit gewesen sein – in San Servolo; und wie hart es sie, selbst nach all den Jahren, noch ankam, über seinen Tod zu sprechen.

Die Guzzardis hätten kein Talent dafür, in Frieden zu ruhen, hatte sie gesagt und sich damit insbesondere auf Luca Guzzardis Sohn bezogen. Doch dann hatte das Gespräch eine andere

Wendung genommen, und Brunetti erfuhr nicht mehr, woran Benito gescheitert war. Aber wenn Guzzardi einen Sohn hatte, der später Claudias Vater wurde, dann mußte es auch eine Mutter geben. Claudia hatte gesagt, ihre Großmutter mütterlicherseits sei Deutsche gewesen, und von ihrer eigenen Mutter hatte sie in der Vergangenheitsform gesprochen. Lucia gegenüber hatte sie ihren Vater für tot erklärt. Signora Gallante wiederum hatte den Eindruck, daß Claudias Mutter noch am Leben sei, auch wenn das Mädchen von ihr gesprochen habe wie von einer Toten. Die Frau mochte heute irgendwo zwischen Ende Dreißig und Mitte Fünfzig sein und wer weiß wo leben, aber Brunetti wußte nur, daß sie Leonardo hieß, und das war wohl kaum ein deutscher Name.

Ungeduldig zählte er sich in Gedanken die vorhandenen Informationsquellen auf. Über Claudias Geburtsurkunde ließe sich herausfinden, in welchem Viertel ihre Mutter gewohnt hatte, als das Mädchen geboren wurde. Aber Claudia hatte keinen venezianischen Akzent, also war sie vielleicht auf dem Festland zur Welt gekommen oder sogar außerhalb von Italien. Brunettis Gedanken wetteiferten mit seinem forschen Schritt, und er kam zu dem Schluß, daß die persönlichen Daten sicher bei der Universität oder beim Ufficio Anagrafe abzurufen waren, wo Claudia gemeldet sein mußte. Und da sie noch so jung war, sollten ihre Daten bereits im Computer erfaßt und somit Signorina Elettra leicht zugänglich sein. Der Commissario blickte auf und lächelte vor sich hin, froh, wieder etwas gefunden zu haben, womit er Signorina Elettra beschäftigen und ihr beweisen konnte, wie unentbehrlich sie für die Questura war.

Claudias Großmutter war nach dem Krieg mit einem britischen Soldaten durchgebrannt und hatte ihr Kind – Claudias späteren Vater – mitgenommen. Wie war es zugegangen, daß die Enkelin wieder in Venedig landete, obendrein akzentfrei Italienisch sprach und Signora Jacobs als ihre Adoptivgroßmutter betrachtete? Sosehr Brunetti sich auch vorhielt, daß alles Spekulieren fruchtlos sei, so wenig konnte er seiner Phantasie Einhalt gebieten.

Seine sorgenvollen Gedanken begleiteten den Commissario bis nach Hause, aber als er die Treppen zu seiner Wohnung hinaufstieg, bemühte er sich redlich, sie auf den letzten Stufen hinter sich zu lassen – zumindest bis der nächste Morgen ihn zurückholen würde in den Bann des Todes.

Ein weiser Entschluß, wie sich herausstellte, denn für die Menschen, die seine Gedanken bevölkerten, wäre kein Platz mehr gewesen am häuslichen Tisch, um den heute außer seiner Familie noch zwei Gäste versammelt waren, nämlich Raffis Freundin Sara Paganuzzi und Michela Fabris, eine Schulfreundin von Chiara, die über Nacht bleiben würde.

Weil Marco ihn um sein Mittagessen gebracht hatte, nahm Brunetti von den Spinat- und Ricotta-Crêpes, die Paola als ersten Gang servierte, guten Gewissens eine zweite Portion. Anfangs war er zu sehr aufs Essen konzentriert, als daß er viel zur Unterhaltung beigetragen hätte, und so teilte sich das Gespräch in zwei Gruppen, wie der Chor in einem Oratorium von Scarlatti: Paola diskutierte mit Chiara und Michela über einen Filmschauspieler, dessen Name Brunetti nichts sagte, aber in den seine einzige Tochter offenbar hoffnungslos vernarrt war; Raffi und Sara turtelten in dem unergründlichen Code junger Liebe, den Brunetti seiner Erinnerung nach auch einmal beherrscht hatte.

Als der größte Hunger gestillt war, begann er aufmerksamer auf das zu achten, was um ihn her gesprochen wurde, gleichsam als schalte er sich in ein laufendes Radioprogramm ein. »Ich finde ihn wunderbar«, seufzte Michela, was Brunetti veranlaßte, den Sender zu wechseln und auf Sara umzuschalten. Aber außer daß hier die Schwärmerei seinem einzigen Sohn galt, wurde ihm das Zuhören auf diesem Kanal auch nicht leichter gemacht.

Paola kam gerade rechtzeitig mit einer gewaltigen Kasserolle aus der Küche, um ihn aus seiner Verwirrung zu retten. Als Beilage zu dem geschmorten Kaninchen, das sie auftrug, glaubte Brunetti Oliven zu erkennen. »Und Walnüsse?« fragte er und deutete auf eine Handvoll hellbrauner Bröckchen, die obenauf lagen.

»Ja«, sagte Paola und bat Michela um ihren Teller.

Das Mädchen reichte ihn ihr, fragte aber sichtlich nervös: »Ist das Kaninchen, Signora Brunetti?«

»Nein, Hühnchen, Michela«, antwortete Paola mit ungezwungenem Lächeln und legte dem Mädchen einen Schenkel auf den Teller.

Chiara wollte etwas sagen, doch Brunetti kam ihr zuvor, indem er sich hinüberbeugte, ihren Teller nahm und Paola anreichte. »Und was ist sonst dran?« fragte er harmlos.

»Oh, etwas Sellerie für den Geschmack und die üblichen Gewürze.«

Brunetti gab Chiara ihren Teller zurück und fragte Michela: »Was war das für ein Film, über den ihr geredet habt, Chiara und du?«

Während sie ihm antwortete und dabei nicht vergaß, den umwerfenden Charme des jungen Schauspielers zu rühmen, der es ihr angetan hatte, verzehrte Brunetti genüßlich seine Portion Kaninchen. Lächelnd nickte er Michela zu und versuchte gleichzeitig herauszuschmecken, ob Paola außer Rosmarin auch ein Lorbeerblatt zugegeben hatte. Raffi und Sara aßen schweigend, und Paola trug noch eine Schüssel mit gerösteten Prinzeßkartoffeln und Zucchini auf, die sie mit hauchdünnen Mandelscheiben gedünstet hatte. Michela war inzwischen bei zwei früheren Filmen angelangt, die ihren Schauspieler zum Star gemacht hatten, und Brunetti tat sich noch ein Stück Braten auf.

Während des Erzählens aß Michela genüßlich ihren Teller leer und hielt nur kurz inne, als Paola ihr noch eine Portion Fleisch und einen Löffel voll Sauce nachreichte. »Das Hühnchen schmeckt köstlich, Signora«, lobte sie. Und Paola dankte mit einem Lächeln.

Nach dem Essen, als Chiara mit Michela zurück auf ihr Zimmer gegangen war, wo sie in einer Lautstärke kicherten, wie sie nur Mädchen im Teenageralter erreichen, leistete Brunetti Paola beim Abwasch Gesellschaft. Während sie die Teller in den Geschirrständer über der Spüle stapelte, nippte er an einem Fingerhut voll Pflaumenlikör.

»Warum wollte sie kein Kaninchen essen?« fragte er.

»Kinder sind so. Sie essen nicht gern Tiere, zu denen sie eine Gefühlsbindung haben«, erklärte Paola mit allen Anzeichen von Sympathie für diese Einstellung.

»Was Chiara nicht davon abhält, Kalbfleisch zu essen«, warf Brunetti ein.

»Oder auch Lamm«, stimmte Paola zu.

»Warum wollte Michela dann kein Kaninchen essen?« hakte Brunetti nach.

»Weil ein Kaninchen ein Schmusetier ist, eins, das jedes Stadtkind kennt und sicher auch schon mal auf dem Arm hatte, und sei es nur in einer Tierhandlung. Um ein Kalb oder ein Lamm zu streicheln, müßte man erst auf einen Bauernhof fahren, also haben die Kinder keinen echten Bezug zu ihnen.«

»Glaubst du, darum essen wir keine Hunde und Katzen?« fragte Brunetti. »Weil wir sie dauernd um uns haben und sie uns zu Freunden werden?«

»Nun ja, andererseits essen wir auch keine Schlangen«, sagte Paola.

»Nein, aber das ist wegen Adam und Eva. Viele Völker setzen Schlangen problemlos auf den Speisezettel. Die Chinesen zum Beispiel.«

»Und wir essen Aal«, ergänzte sie, trat neben ihn, griff nach seinem Glas und trank einen Schluck.

»Warum hast du sie angelogen?« fragte er endlich.

»Weil sie ein nettes Mädchen ist und ich nicht wollte, daß sie etwas essen muß, wogegen sie sich sträubt, oder daß sie sich mit einer Weigerung in Verlegenheit bringt.«

»Aber es hat köstlich geschmeckt«, beharrte er.

»Falls das ein Kompliment war, dann danke ich dir«, sagte Paola und reichte ihm sein Glas zurück. » Im übrigen wird sie darüber hinwegkommen oder ihre Skrupel vergessen, wenn sie älter wird.«

»Und Geschmack an Kaninchen finden?«

»Wahrscheinlich.«

»Ich fürchte, ich kann mit jungen Mädchen nicht viel anfangen«, sagte er nach einer Pause.

»Wofür ich vermutlich dankbar sein sollte«, antwortete sie.

Als er am nächsten Morgen in Signorina Elettras Büro kam, hatte sie gerade eine Auseinandersetzung mit Tenente Scarpa. Der Tenente war ein rotes Tuch für die Sekretärin seines Vorgesetzten und brachte regelmäßig ihre mißliebigste Seite zum Vorschein; Brunetti, der das wußte, wünschte nur allgemein ein für beide bestimmtes »buongiorno« und zog sich ans Fenster zurück, um das Ende des Streits aus sicherer Entfernung abzuwarten.

»Ich bin nicht sicher, ob Sie befugt sind, Akten aus dem Archiv zu entnehmen«, sagte Scarpa.

»Möchten Sie, daß ich jedesmal, wenn ich was nachschauen muß, zu Ihnen komme und Sie um Erlaubnis bitte, Tenente?« entgegnete sie mit ihrem gefährlichsten Lächeln.

»Natürlich nicht. Aber Sie müssen die Bestimmungen befolgen.«

»Und was für Bestimmungen wären das, Tenente?« fragte sie, griff nach einem Stift und zog sich einen Notizblock heran.

»Sie müssen eine Genehmigung einholen.«

»Gut, aber von wem?«

»Von demjenigen, der befugt ist, sie zu erteilen«, sagte er, und seine Stimme klang nicht mehr freundlich.

»Ja, aber können Sie mir sagen, wer das ist?«

»Derjenige, der in der Personalrichtlinie, welche die Befehls- und Verantwortungshierarchie festlegt, als Weisungsbefugter ausgewiesen ist.«

»Und wo finde ich eine Kopie dieser Richtlinie?« fragte sie und tippte mit der Spitze ihres Stifts auf den Block, aber nur ganz leicht und bloß einmal.

»In der Akte mit den Weisungslisten«, sagte der Tenente, der zusehends die Kontrolle über seine Stimme verlor.

»Ah«, seufzte Signorina Elettra mit glücklichem Lächeln. »Und wer gibt mir die Vollmacht, diese Akte einzusehen?«

Scarpa machte abrupt kehrt und stürmte aus dem Büro. In der Tür zögerte er jedoch, und man sah ihm an, daß er sie liebend gern zugeknallt hätte, aber dann besann er sich auf die Gegenwart des ausdruckslos höflichen Brunetti und widerstand der Versuchung.

Sobald Scarpa gegangen war, trat der Commissario an den Schreibtisch. »Ich habe Sie vor ihm gewarnt, Signorina«, erinnerte er sie ohne den Hauch eines Tadels in der Stimme.

»Ich weiß, ich weiß!« Elettra schürzte die Lippen und stieß einen entnervten Seufzer aus. »Aber die Versuchung ist zu groß. Jedesmal, wenn er hier reinkommt und mir Vorschriften machen will, möchte ich ihm am liebsten an die Gurgel springen.«

»Damit würden Sie sich nur Ärger machen«, mahnte er.

Sie zuckte wegwerfend mit den Schultern. »Das ist wie mit der berühmten zweiten Nachspeise. Man weiß, daß man darauf verzichten sollte, aber es schmeckt so gut, daß man einfach nicht widerstehen kann.«

Brunetti, der selbst oft genug mit dem Tenente aneinandergeraten war, hätte kaum diesen Vergleich gewählt, aber er war auch nicht so kämpferisch veranlagt wie Elettra, und so ließ er es durchgehen. Zumal jede aggressive Regung der Signorina ein erfreuliches Zeichen dafür war, daß sie ihren Optimismus wiederfand, so paradox das auch klingen mochte, wenn man sie nicht näher kannte. Darum beschränkte Brunetti sich auf die Frage, was sie über Guzzardi in Erfahrung gebracht habe.

»Ich sagte Ihnen doch, daß ich die Immobilien überprüft habe, die er bei seinem Tod hinterließ, nicht wahr?«

Er nickte.

»Tja, nur gehörten ihm die Häuser, als er starb, gar nicht mehr. Sie wurden Hedi Jacobs übereignet, während er im Gefängnis auf seinen Prozeß wartete.«

»Das wird ja immer interessanter«, sagte Brunetti. »Aber was heißt übereignet?«

»Verkauft. Es war alles ganz legal, die Papiere sind völlig in Ordnung.«

»Was ist mit seinem Testament?«

»Ich habe eine Kopie in der Notariatskammer gefunden.«

»Woher wußten Sie, wo Sie suchen mußten?«

Sie schenkte ihm ihr unschuldigstes Lächeln. »In dem gesamten Verfahren wird nur ein Notar aufgeführt«, sagte sie, aber sie sagte es ganz bescheiden.

»Filipetto?« fragte Brunetti.

Wieder dieses Lächeln.

»Er war Guzzardis Notar?«

»Das Testament wurde kurz nach Guzzardis Tod in Filipettos Notariatsliste aufgenommen«, erklärte sie, und der Stolz in ihrer Stimme ließ sich nicht länger unterdrücken. »Als Filipetto sich aus der Kanzlei zurückzog, gingen all seine Verträge an die Notariatskammer, wo ich auch Guzzardis Testament gefunden habe.« Sie zog die oberste Schublade ihres Schreibtischs auf und entnahm ihr die Fotokopie eines Dokuments, beschriftet mit den inzwischen archaisch anmutenden Lettern einer mechanischen Schreibmaschine.

Brunetti nahm das Blatt entgegen und ging damit zum Fenster, ans Tageslicht. Guzzardi hatte verfügt, daß sein gesamter Besitz in direkter Linie auf seinen Sohn Benito übergehen solle und, für den Fall, daß sein Sohn vor ihm stürbe, auf dessen Erben.

Es hätte nicht einfacher sein können. Hedi Jacobs wurde mit keinem Wort erwähnt; ebensowenig waren die Bestandteile des Vermögens aufgeschlüsselt. »Seine Frau? Irgendein Hinweis darauf, daß sie dieses Testament angefochten hat?« fragte er und tippte auf das Blatt in seiner Hand.

»In Filipettos Akten gibt es keinen Beleg dafür.« Und ehe Brunetti nachfragen konnte, setzte sie hinzu: »Vielleicht waren sie geschieden, und die Frau wußte nicht oder kümmerte sich nicht darum, daß er gestorben war.«

Brunetti trat wieder zu ihr an den Schreibtisch. »Und der Sohn?«

»Über ihn habe ich nur das bestätigt gefunden, was man auch Ihnen bereits gesagt hat, Signore, nämlich daß seine Mutter ihn nach dem Krieg mit nach England nahm.«

»Sonst nichts?« Brunetti konnte nicht verhehlen, wie sehr es ihn irritierte, daß ein Mensch so einfach von der Bildfläche verschwand.

»Ich habe eine Anfrage nach Rom geschickt, aber alles, was ich dort angeben konnte, war sein Name. Wir haben ja nicht einmal das Geburtsdatum.«

Einen Moment lang überdachten beide resigniert die Chance, daß Rom sich zu einer Antwort bequemen würde. »Außerdem habe ich noch einen Freund in London kontaktiert«, fuhr Signorina Elettra fort, »und ihn gebeten, die dortigen Melderegister einzusehen. Wie es scheint, haben die Briten ein System, das funktioniert.«

»Wann können Sie mit einer Antwort rechnen?« fragte Brunetti.

»Auf jeden Fall lange bevor mit irgendwas aus Rom zu rechnen ist.«

»Ich möchte, daß Sie sich bei der Universität und beim Einwohnermeldeamt erkundigen, welche Informationen die über Claudia Leonardo haben. Die Namen ihrer Eltern und vielleicht auch deren Geburtsdaten sollten registriert sein. Die könnten

Sie nach London durchgeben, vielleicht hilft das ja weiter.« Er dachte an die deutsche Großmutter, aber bevor er Signorina Elettra bitten würde, in diese Richtung zu ermitteln, wollte er abwarten, was hier in Venedig und in London herauszufinden war.

Auf dem Weg nach oben fiel ihm eine Strophe aus einem alten Gedicht ein, das Paola ihm vor Jahren unbedingt hatte vorlesen wollen und das, wenn er sich recht erinnerte, von einem Drachen handelte, der auf einem herrenlosen Schatz saß und feuerspeiend alle, die sich ihm näherten, in die Flucht schlug. Brunetti wußte nicht recht, warum ihm diese Verse gerade jetzt in den Sinn kamen, aber er hatte eine seltsame Vision von Signora Jacobs, wie sie auf ihren Schätzen hockte, bereit, jeden zu vernichten, der sich an ihrem Hort vergreifen wollte.

Kurz vor seinem Büro überlegte er es sich anders, ging wieder nach unten und verließ die Questura. Es war eine voreilige Entscheidung, das wußte er und auch, daß es nicht klug war, Signora Jacobs, so kurz nachdem sie ihn weggeschickt hatte, wieder zu belästigen, aber sie war der einzige Mensch, der ihm die Herkunft der Kunstschätze in ihrer Wohnung erklären konnte. Trotzdem hätte er sich im Dienstzimmer abmelden sollen; eigentlich müßte er jetzt an seinem Schreibtisch sitzen, Anrufe entgegennehmen und Papiere unterzeichnen; zweifellos hätte er auch Signorina Elettra dafür tadeln sollen, daß sie es Tenente Scarpa gegenüber an Respekt mangeln ließ.

In Anbetracht der Touristenmassen, die um diese Stunde auf die Vaporetti drängten, entschied er sich, zu Fuß zu gehen. Er war zuversichtlich, daß er auf dem Landweg den schlimmsten Horden bis in die Nähe des Rialto würde ausweichen können, und hoffte, daß sich der große Pulk verlaufen würde, sobald er die *pescheria* hinter sich gelassen hatte. So war es auch, aber schon das kurze Stück, auf dem er sich rempelnd und hakenschlagend durch die Gassen zwischen San Lio und dem Fischmarkt winden mußte, machte ihn verdrießlich und brachte seine stets köchelnde Abneigung gegen das Touristenheer zum Sieden. Warum waren sie so träge und dick und lethargisch? Warum mußten sie ihm alle den Weg versperren? Warum um Himmels willen konnten sie nicht lernen, sich in einer Stadt zügig fortzubewegen, statt gaffend herumzutrödeln wie Schaulustige auf einem Jahrmarkt, die aufgerufen sind, das fetteste Schwein zu küren?

Seine Stimmung besserte sich, sobald er die letzte Reisegruppe abgehängt hatte und durch menschenleere Straßen dem Campo San Boldo entgegenschritt. Er läutete, bekam aber keine Antwort. Eingedenk einer Taktik, deren Vianello sich bediente, um jemanden aufzuwecken, der bei zu laut aufgedrehtem Fernseher eingeschlafen war, drückte er den Daumen auf die Klingel und nahm ihn erst wieder fort, als er bis hundert gezählt hatte. Er zählte langsam. Es rührte sich immer noch nichts.

Der Mann im Tabakladen hatte gesagt, er brächte der Signora immer die Zigaretten hinauf; also ging Brunetti hinüber, zeigte seinen Dienstausweis vor und fragte den Tabakhändler, ob er einen Schlüssel zu der Wohnung habe.

Der Mann hinter dem Ladentisch schien sich nicht im geringsten dafür zu interessieren, was die Polizei von Signora Jacobs wolle, sondern langte ganz selbstverständlich in seine Kasse und zog einen einzelnen Schlüssel heraus. »Ich habe nur den zum *portone* unten an der Straße. In die Wohnung hat sie mich immer selber reingelassen.«

Brunetti schloß die schwere Eingangstür auf und stieg die Treppe hinauf. Oben läutete er an der Wohnungstür, doch es kam niemand. Er klopfte, und als von drinnen immer noch kein Laut zu hören war, versuchte er es abermals mit Vianellos Taktik.

Später würde er sagen, er habe es gewußt, habe an dem Schweigen, das auf dem Treppenabsatz gähnte, als er den Daumen von der Klingel nahm, erraten, daß die Tür unverschlossen sein und sich öffnen würde, sobald er die Klinke herunterdrückte. Und wahrscheinlich wußte er da auch schon, daß er sie tot auffinden würde, von ihrem Sessel gestürzt oder gestoßen, mit einem dünnen Blutrinnsal unter der Nase. Trotzdem überraschte es ihn, als sich sein Verdacht bestätigte. Und als er sich fragte, warum er außer einem fassungslosen Staunen nichts weiter empfand, mußte er sich eingestehen, daß er diese Frau nicht gemocht hatte, auch wenn das gewohnheitsmäßige Mitleid mit alten, gebrechlichen Menschen stark genug gewesen war, um seine Abneigung zu überdecken und ihm vorzugaukeln, daß er ihr Anteilnahme und Sympathie entgegenbrachte.

Brunetti riß sich aus diesen Betrachtungen und rief in der Questura an, wo er Vianello verlangte. Dem erklärte er in kurzen Worten, was geschehen war, bat ihn, ein Team zusammenzustellen und unverzüglich in die Wohnung zu kommen.

Als Vianello aufgelegt hatte, verschränkte Brunetti die Hände auf dem Rücken, eine Fernsehkrimipose, die ihm selber peinlich war, und begann sich in der Wohnung umzusehen. Er ging nach hinten, wo es außer dem Zimmer, in dem sie ihn empfangen hatte, nur noch ein Schlafzimmer sowie Küche und Bad gab. Letztere waren zu seiner Überraschung beide blitzsauber, was dafür sprach, daß die Signora irgend jemanden gehabt hatte, der zum Putzen kam.

An den Schlafzimmerwänden hingen Himmelskarten zuhauf und in allen Größen, schwarz gerahmt und allem Anschein nach sämtlich aus der gleichen Kollektion oder zumindest aus der Werkstatt ein und desselben Bilderrahmers. Einige Karten waren in Pastelltönen koloriert, andere original schwarzweiß belassen. Er knipste das Licht an, um sie besser in Augenschein nehmen zu können. Von Kniehöhe an bis einen Meter unter der sehr hohen Decke pflasterten sie die Wände in ungeordneter Reihung. Er erkannte eine Sternkarte von Cellarius, zählte die Blätter darüber und darunter und stellte fest, daß es zwei komplette Serien waren. Nur ein Experte hätte ihren tatsächlichen Marktwert beziffern können, aber Brunetti war sicher, daß es Hunderte von Millionen Lire waren. Die Möblierung war dagegen spärlich: ein hoher *armadio*, ein klösterlich schmales Bett, daneben ein Nachttisch mit Leselampe, einem Tablett mit Arzneifläschchen und Wasserglas sowie einem Buch: einer deutschen Bibel, wie sich herausstellte, als Brunetti nahe genug herantrat, um den Titel lesen zu können. Vor dem Bett lag ein abgetretener Seidenteppich, und ein Paar Pantoffeln war sorgsam unter den Saum des Bettüberwurfs geschoben. Nichts deutete darauf hin, daß die Signora in diesem Zimmer geraucht hatte. Im Schrank hingen nur zwei lange Röcke und ein wollenes Umhängetuch.

Zurück im Wohnzimmer brach Brunetti mittels einer Kreditkarte erst die unterste Schreibtischlade auf, arbeitete sich anschließend von Fach zu Fach nach oben und besah sich, ohne indes etwas anzurühren, den Inhalt. Eine Schublade enthielt, fein säuberlich sortiert, etliche Stapel Rechnungen, eine andere Fotoalben, die der Größe nach übereinanderlagen, die oberste weitere Rechnungen und ein paar Zeitungsausschnitte.

Als Brunetti sich abschließend im Zimmer umsah, wußte er nicht, ob er es spartanisch nennen sollte oder klösterlich.

Er ging zurück in die Küche und schaute in den Kühlschrank. Ein Liter Milch, ein Stück Butter in einem Glasbehälter mit Deckel, ein Kanten Brot. Die Schränke waren ebenso karg bestückt: ein Glas Honig, etwas Salz, Margarine, Teebeutel und eine Dose mit gemahlenem Kaffee. Entweder hatte die Frau so gut wie nichts gegessen, oder die Mahlzeiten wurden ihr ebenso ins Haus gebracht wie ihre Zigaretten.

Im Bad fand er ein Plastikdöschen für ihr Gebiß, ein flanellenes Nachthemd, das hinter der Tür hing, ein paar Toilettenartikel und in einem Arzneischränkchen vier Tablettenpackungen. Als er wieder ins Wohnzimmer kam, kehrte er der Toten tunlichst den Rücken, wohl wissend, daß ihm die Spurensicherung den näheren Anblick nicht ersparen würde.

Er stellte sich mit dem Rücken ans Fenster und versuchte zu

entschlüsseln, was er vor sich sah. Der Wert der Kunstwerke im Raum bewegte sich mit Sicherheit in Milliardenhöhe, ja vielleicht war der Cézanne, der ihm gegenüber links von der Türe hing, allein schon soviel wert. Er suchte die Wände nach einem helleren Rechteck ab, das auf ein kürzlich entferntes Bild hätte schließen lassen. Kein Dieb, ganz gleich wie ungebildet, konnte den Wert der Kunstwerke in diesem Raum verkennen; allein, es gab kein Indiz dafür, daß irgend etwas fehlte, ebensowenig wie einen Hinweis darauf, daß Signora Jacobs an etwas anderem als einem Herzinfarkt gestorben war.

Er wußte aus langer Erfahrung, daß es ein Fehler war, mit vorgefaßten Meinungen an eine Ermittlung heranzugehen; es war eine der größten Gefahren, vor denen er jeden Neuling warnte. Und doch stand er nun hier, bereit, alle Indizien, ganz gleich wie überzeugend, zurückzuweisen, die auf eine natürliche Todesursache oder auf einen Unfall hindeuteten. Er spürte es in den Knochen, sein innerer Radar, ja seine Seele argwöhnten, daß Signora Jacobs ermordet worden war, und obwohl sich keinerlei Spuren von Gewalteinwirkung fanden, hegte er kaum einen Zweifel, daß der Mörder derselbe war, der ihre Adoptivenkelin umgebracht hatte. Brunetti dachte an Galileo und an das, was er seinen Gegnern geantwortet hatte. *»Eppur si muove«*, flüsterte er und ging an die Tür, um Vianello und seine Kollegen hereinzulassen.

Es ist ein Gebot der Logik, daß eine Aufgabe leichter und ihre Durchführung einfacher wird, je öfter man sie wiederholt. Demnach müßte die Spurensicherung am Tatort von Mal zu Mal rascher vonstatten gehen, besonders in einem Fall wie diesem, wo eine alte Frau tot neben ihrem Sessel lag, ohne jedes Anzeichen von Gewaltanwendung oder unbefugtem Eindringen. Hier jedoch zog sich jeder Arbeitsgang unerträglich in die Länge. Aber vielleicht, dachte Brunetti, liegt das nur an meinem subjektiven Zeitempfinden, und die Fingerabdruckexperten und Fotografen arbeiteten in Wahrheit so flink und routiniert wie immer.

Als er sie aufforderte, Fotos zu machen und Fingerspuren zu sichern, spürte er natürlich ihre unausgesprochene Skepsis dagegen, daß er den Leichenfundort von vornherein zum Schauplatz eines Verbrechens erklärte. Was konnte schließlich eindeutiger für sich selbst sprechen als dieses Szenario: eine alte Frau, die aus ihrem Sessel gestürzt, und ein Arzneifläschchen, das von ihr weg durchs halbe Zimmer gerollt war?

Auch Rizzardi, der als letzter eintraf, schien sich zu wundern, wieso man ihn gerufen hatte und nicht den Hausarzt der Signora, aber er war zu gut mit Brunetti befreundet, um seine Entscheidung in Frage zu stellen. Statt dessen erklärte er die Frau offiziell für tot, nachdem er den Leichnam kurz untersucht hatte, äußerte die Vermutung, daß die Signora in der vergangenen Nacht gestorben sei, und ließ sich nicht weiter anmerken, ob er Brunettis Wunsch nach einer Obduktion befremdlich fand.

»Und wenn man von mir eine Begründung verlangt?« fragte er nur, als er sich erhob.

»Mach dir deswegen keine Gedanken, ich besorge eine richterliche Anordnung«, antwortete Brunetti.

»Du hörst von mir.« Der Doktor bückte sich und wischte sich Aschestäubchen von den Knien.

»Danke.« Brunetti war erleichtert, daß der Gerichtsmediziner ihn mit neugierigen Fragen verschonte, die er nicht hätte beantworten können.

Stunden schienen vergangen, als Brunetti sich endlich mit Vianello allein in der Wohnung wiederfand, aber der Lichteinfall vom Fenster her bezeugte, daß immer noch Vormittag war. Noch nicht eins, wie der Commissario mit einem Blick auf seine Uhr überrascht feststellte; und doch war soviel innere Zeit verstrichen, waren entsetzliche Dinge passiert.

»Magst du Mittagessen gehen?« fragte Brunetti und merkte, wie leicht es ihm fiel, Vianello zu duzen. Gewiß leichter als bei den meisten seiner Kollegen.

»Also das, was in der Küche ist, werden wir ja wohl nicht

essen, oder?« fragte Vianello lächelnd und setzte dann, ernst werdend, hinzu: »Aber vielleicht schauen wir uns vorher hier noch ein bißchen um.«

Brunetti brummte zustimmend, blieb aber, wo er war, und ließ sinnend den Blick durch den Raum schweifen.

»Wonach suchen wir?« erkundigte sich Vianello.

»Keine Ahnung. Irgendwas im Zusammenhang mit den Bildern und den anderen Kunstwerken«, antwortete er und wies mit ausladender Geste auf all die Kostbarkeiten im Raum. »Eine Kopie ihres Testaments oder einen Hinweis darauf, wo es deponiert sein könnte. Den Namen eines Notars oder seine Quittung.«

»Also Papiere?« fragte Vianello, knipste im Flur das Licht an und pflanzte sich vor einem der Bücherregale auf. Und als Brunetti zustimmend nickte, griff er sich das erste Buch aus dem obersten Fach, wog es in der rechten Hand, klappte es mit der linken auf und blätterte es erst von hinten nach vorn und dann noch einmal in umgekehrter Richtung durch. Als er sich überzeugt hatte, daß nichts zwischen den Seiten versteckt war, bückte er sich, legte das Buch rechts neben sich ab und zog das nächste aus dem Regal.

Brunetti nahm die Papiere aus der obersten Schreibtischlade, trug sie hinüber in die Küche und legte sie dort auf den Tisch. Er holte sich einen Stuhl, setzte sich und zog den Stapel Papiere zu sich heran.

Einige Zeit später – Brunetti machte sich nicht einmal die Mühe, auf die Uhr zu schauen, um nachzusehen, wie lange es gedauert hatte – kam Vianello in die Küche, trat ans Spülbecken, wo er sich eine Staubschicht von den Händen wusch, dann das Wasser laufen ließ, bis es richtig kalt war, und zwei Gläser davon trank.

Keiner von beiden sagte etwas. Irgendwann hörte Brunetti, wie Vianello ins Bad ging und die Toilette benutzte. Mechanisch las er jede Quittung und jedes Papier durch und legte sie anschließend zur Seite. Als er damit fertig war, kehrte er an den Schreibtisch zurück, holte sich die Papiere aus der untersten Schublade und sah sie ebenso gewissenhaft durch. Sorgsam chronologisch geordnet, erzählten sie die Geschichte von den Immobilienverkäufen der Signora Jacobs. Der erste lag mehr als vierzig Jahre zurück. Von da an hatte sie etwa alle zwölf Jahre eine Wohnung abgestoßen. Da kein Sparbuch zu finden war, konnte Brunetti nur vermuten, daß die Zahlungen in bar erfolgten und das Geld in der Wohnung verwahrt wurde. Er nahm einen Brief von der Gasgesellschaft zur Hand und drehte ihn um. Nachdem er die Rechnungen für Miete, Strom, Gas und Wasser geprüft hatte, kam Brunetti zu dem Schluß, daß (falls der angegebene Preis für eine Immobilie wie üblich nur etwa die Hälfte des tatsächlichen Erlöses betrug) das Geld aus jedem Verkauf zwischen acht und zehn Jahre gereicht haben dürfte. Es wunderte ihn, daß eine Frau, die einmal mehrere Häuser besessen hatte, selbst zur Miete wohnte, aber er hatte die Mietquittungen zum Beweis dafür.

Ganz zum Schluß stieß er auf einen kleinen Stapel Quittungen von der Patmos-Galerie in Lausanne, alle mit den Initialen »EL« gezeichnet und ausgestellt über den Verkauf von »Wertgegenständen«.

Brunetti stand auf und ging zurück in den Flur, wo Vianello mit dem zweiten Regal fast durch war. Ganze Bücherhügel zogen sich zu beiden Seiten des Regals die Wände hinauf; an einer Stelle war eine Lawine in den Flur hineingestürzt.

Vianello sah ihn kommen. »Nichts«, sagte er. »Nicht einmal ein gebrauchter Vaporettofahrschein oder ein Streichholzheftchen.«

»Ich habe die Geldquelle für Claudia Leonardos Wechsel gefunden«, sagte Brunetti.

Vianellos Blick war scharf und wißbegierig.

»Quittungen von der Galerie Patmos über ›Wertgegenstände‹«, erklärte der Commissario.

»Sicher?« fragte Vianello, dem der Name der Galerie schon bekannt war.

»Die erste Quittung wurde einen Monat vor der ersten Einzahlung auf das Konto des Mädchens ausgestellt.«

Vianello nickte anerkennend.

»Warte, ich helfe dir.« Brunetti stieg über einen Stoß Bücher und bückte sich nach dem untersten Bord. Seite an Seite durchblätterten sie die restlichen Bücher, bis das Regal leergeräumt war, fanden aber nichts außer dem, was die Autoren hineingeschrieben hatten.

Brunetti schloß den letzten Band und legte ihn auf das Bord neben sich. »Das reicht. Gehen wir was essen.«

Ein Vorschlag, dem Vianello durchaus nicht abgeneigt war. Also verließen sie die Wohnung, und Brunetti benutzte den Schlüssel von Signora Hedi, um hinter ihnen abzuschließen.

20

Nach einem enttäuschenden Mittagessen kehrten die beiden zu Fuß zur Questura zurück. Unterwegs machten sie einander auf die eine oder andere Verbindung aufmerksam, die es noch zu erforschen galt, oder auf Fragen, die bislang unbeantwortet waren. Egal wie gewissenhaft Rizzardi nach Indizien dafür suchen mochte, daß Signora Jacobs Opfer einer Gewalttat geworden war – ohne konkrete Beweise würde kein Richter die Untersuchung der Todesursache bewilligen; von Patta ganz zu schweigen, der sich um jede Genehmigung drückte, es sei denn, die letzten Worte des sterbenden Opfers hätten den Namen des Mörders preisgegeben.

In der Questura angekommen, trennten sie sich, und Brunetti ging nach oben in Signorina Elettras Büro. Als er eintrat, sah sie auf und sagte: »Ich hab's schon gehört.«

»Rizzardi meint, es könnte ein Herzinfarkt gewesen sein.«

»Daran glaube ich auch nicht«, sagte sie, seinen Einwand vorwegnehmend. »Was nun?«

»Wir warten das Ergebnis der Obduktion ab, und dann müssen wir sehen, wer die Sachen in ihrer Wohnung erbt.«

»Sind die wirklich so außergewöhnlich schön?«

»Nicht zu glauben. Wenn sie echt sind, dann war es eine der besten Sammlungen von ganz Venedig.«

»Es ergibt keinen Sinn, oder? So zu leben, inmitten all dieser Reichtümer.«

»Die Wohnung war sauber, und jemand brachte ihr Zigaretten und Lebensmittel«, antwortete Brunetti. »Es ist nicht so, als hätte sie im Elend gehaust.«

»Nein, das wohl nicht. Aber wir neigen doch zu der Annahme, daß, nun ja, daß Menschen anders leben, wenn sie das Geld dazu haben.«

»Vielleicht wollte sie es so«, sagte Brunetti.

»Mag sein«, gab Signorina Elettra widerstrebend zu.

»Vielleicht genügte es ihr, die Bilder um sich zu haben«.

»Wäre Ihnen das genug gewesen?« fragte sie.

»Ich bin keine dreiundachtzig«, sagte Brunetti. Dann wechselte er das Thema und fragte: »Was ist mit London?«

Sie reichte ihm ein Blatt Papier. »Ich hab's ja gesagt: Die Briten sind uns in solchen Dingen weit voraus.«

Brunetti überflog das Blatt und erfuhr, daß Benito Guzzardi, geboren 1942 in Venedig, 1995 in Manchester an Lungenkrebs gestorben war. Claudias Geburtsschein, der vor einundzwanzig Jahren in London ausgestellt worden war, vermerkte statt der Eltern nur die Mutter, Petra Leonhard. Weder über die Eheschließung noch über den Tod des Vaters gab es irgendwelche Unterlagen. »Das erklärt den Nachnamen, nicht wahr?« fragte er.

Signorina Elettra schob ihm eine Kopie von Claudias Immatrikulationsantrag hin. »Es war ganz leicht. Sie hat einfach Papiere mit dem Namen Leonhard eingereicht und die Schreibung in Leonardo geändert.«

Bevor Brunetti weiterfragen konnte, sagte Signorina Elettra: »In Claudias Paß war ihre Tante als nächste Angehörige eingetragen, die zu benachrichtigen sei, falls dem Mädchen etwas zustieße.«

»Die Tante in England?«

»Ja. Ich habe sie angerufen. Sie wußte noch gar nicht, daß Claudia tot ist. Hier hatte niemand daran gedacht, sie zu benachrichtigen.«

»Wie hat sie's aufgenommen?«

»Es hat sie schwer getroffen. Sie sagte, Claudia habe seit frühester Kindheit die Sommerferien bei ihr verbracht.«

»Ist sie die Schwester der Mutter oder des Vaters?«

»Nein.« Signorina Elettra schüttelte den Kopf über diese verworrenen Familienverhältnisse. »Es ist wie mit der Großmutter. Sie ist eigentlich gar nicht ihre Tante, aber Claudia hat sie immer so genannt. Sie war die beste Freundin der Mutter.«

»War? Also ist die Mutter doch tot?«

»Nein. Verschwunden.« Und bevor Brunetti weiterfragen konnte, erklärte sie: »Aber nicht im üblichen Sinne. Ihr ist nichts zugestoßen. Die Tante sagte, sie sei einfach einer dieser Freigeister, die kommen und gehen, wie es ihnen beliebt.« Hier hielt sie inne und reichte dann ihren eigenen Kommentar nach: »Und es anderen Leuten überlassen, die Scherben aufzusammeln.« Als Brunetti schwieg, fuhr sie fort: »Die Frau in England hat ein paar Monate nach dem Tod des Vaters zum letztenmal von ihr gehört. Da bekam sie eine Postkarte aus Bhutan mit der Bitte, sie möge sich um Claudia kümmern und ein bißchen auf sie aufpassen.«

Aus dem Gefühl heraus, das tote Mädchen noch nachträglich beschützen zu müssen, und entrüstet darüber, daß ihre Mutter sie einfach so abgeschoben hatte, rief Brunetti: »Auf sie aufpassen? Wie alt war sie – fünfzehn, sechzehn? Was sollte sie denn machen, während ihre Mutter ihrer inneren Harmonie nachspürte oder was immer die Leute in Bhutan suchen?«

Da es auf Fragen wie diese keine Antwort gibt, wartete Elettra, bis sein Zorn sich ein wenig gelegt hatte, und sagte dann: »Die Tante hat mir erzählt, daß Claudia bis zum Tod ihres Vaters bei den Eltern gelebt hat, sich dann aber entschloß, nach Italien zurückzukehren, wo sie in Rom auf eine Privatschule ging. Ich denke, um die Zeit wird sie auch Verbindung mit Signora Jacobs aufgenommen haben. In den Sommerferien fuhr sie jeweils zurück nach England und wohnte bei der Tante.«

Während er Signorina Elettra zuhörte, wie sie Claudias Geschichte darlegte, beruhigte sich Brunetti ein wenig, und nach einer Weile sagte er: »Claudia hat mir erzählt, ihre Eltern hätten nie geheiratet, aber ihr Vater habe sie als seine Tochter anerkannt.«

Signorina Elettra nickte. »Das deckt sich mit dem, was die Frau am Telefon gesagt hat.«

»Mithin war Claudia Guzzardis Erbin«, folgerte Brunetti.

»Ein sehr kümmerliches Erbe, allem Anschein nach«, sagte Signorina Elettra. Dann blickte sie mit schräg geneigtem Kopf zu ihm auf und setzte hinzu: »Es sei denn …«

»Ich weiß nicht, wie die Gesetzeslage ist, wenn jemand im Besitz von Wertgegenständen stirbt, deren Eigentümerschaft ungeklärt ist«, sagte Brunetti, der ihre Gedanken erraten hatte. »Andererseits ist es nicht üblich, das Eigentumsrecht auf Dinge anzuzweifeln, die sich zum Zeitpunkt des Todes beim Erblasser befinden.«

»Normalerweise nicht, nein«, stimmte Signorina Elettra zu. »Aber in diesem Fall …« Und sie verstummte in einer Beschwörung des Möglichen.

»Unter ihren Papieren haben wir nichts gefunden, keine Quittungen über den Verkauf irgendwelcher Wertsachen«, sagte Brunetti.

Sie folgte seinem Gedankengang. »Die könnten bei ihrem Notar oder Anwalt hinterlegt sein.«

Brunetti schüttelte den Kopf: In ihren Unterlagen hatte es keinen Hinweis auf einen Anwalt oder Notar gegeben, und die Durchsicht der Bücher war ebenfalls ergebnislos verlaufen. Es war Signorina Elettra, die aussprach, was aus seiner Überlegung folgte. »Wenn es kein Testament gibt, dann erbt ihre Familie.«

»Falls sie eine hat.«

Und wenn nicht, erkannten beide gleichzeitig, würde alles dem Staat anheimfallen. Sie waren Italiener, und aus ihrer Sicht konnte einem Menschen nichts Schlimmeres widerfahren: Alles, was er besaß, dazu verdammt, in die Hände anonymer Bürokraten zu fallen und geplündert zu werden, bevor es zur Aufbewahrung, zum Katalogisieren und Schätzen kam und das wenige, das diese Sieberei überstand, schließlich verkauft oder im Keller irgendeines Museums vergessen wurde.

»Da könnte man genausogut gleich alles auf die Straße werfen«, sagte Signorina Elettra.

Obwohl er ganz ihrer Meinung war, schien es Brunetti nicht

angebracht, das zuzugeben. Also fragte er statt dessen: »Was ist mit Claudias Anrufen bei Filipetto?«

»Die habe ich noch nicht ausgedruckt, Signore«, sagte sie, »aber wenn Sie einen Blick auf den Computer werfen, können Sie sie gleich einsehen.« Sie gab ein paar Befehle ein, und Buchstaben flimmerten über den Bildschirm. Dann wurde er einen Augenblick lang dunkel und kehrte gleich darauf mit kurzen Zahlenkolonnen zurück. Signorina Elettra tippte mit dem Finger nacheinander auf die Ziffern der obersten Reihe und erklärte: »Angewählte Nummer, Datum, Uhrzeit und Dauer des Gesprächs. Das sind ihre Anrufe bei Filipetto«, sagte sie, drückte wieder auf eine Taste, und weitere Zahlenkolonnen schlossen sich an. »Und hier haben wir die Verbindungen, die von seinem Anschluß aus hergestellt wurden.« Sie ließ ihm einen Moment Zeit, die Ziffern zu studieren, und fragte dann: »Merkwürdig, nicht, sieben Telefonate zwischen Leuten, die sich nicht gekannt haben?«

Sie drückte noch ein paar Tasten, und neue Ziffern traten an die Stelle der alten.

»Was ist das?« fragte Brunetti.

»Die Gespräche zwischen ihrem Anschluß und der Bibliothek. Ich hatte noch nicht die Zeit, sie auseinanderzudividieren, deshalb sind alle Verbindungen aufgeführt und nur chronologisch geordnet.«

Er studierte die Zahlenkolonne. Die ersten drei Anrufe gingen von ihrer Nummer an die Biblioteca della Patria. Dann kam ein einzelner von der Bibliothek an Claudia. Wieder einer von ihr. Und nach einer Unterbrechung von drei Wochen begann eine ganze Kette von Anrufen aus der Bibliothek, die etwa sechs Wochen lang in vier- oder fünftägigem Abstand wiederholt wurden. Zuerst dachte Brunetti, Claudia habe von der Arbeit aus mit ihrer Mitbewohnerin telefoniert, aber dann sah er, daß einige der Anrufe nach neun Uhr abends registriert waren, eine ungewöhnliche Zeit für einen Bibliotheksaufenthalt. Er überflog die letzte Zahlenreihe, die die Länge der jeweiligen Gespräche angab, und stellte fest, daß im Vergleich zu den früheren Anrufen, die zwischen fünf und zehn Minuten gedauert hatten, der letzte sehr kurz gewesen war, weniger als eine Minute.

Signorina Elettra, die die Liste zusammen mit ihm durchgegangen war, sagte: »Mir ist das auch schon passiert, daher erkenne ich das Muster wieder.«

»Telefonterror?« fragte Brunetti. – »So würde ich's nennen.«

»Können Sie mir die erste Liste ausdrucken?« fragte er und erklärte auf ihr Nicken hin: »Ich denke, ich werde noch mal mit Dottor Filipetto reden. Mal sehen, ob die Liste sein Gedächtnis auffrischt.«

Wieder war es die Frau, welche der Notar Eleonora nannte, die Brunetti einließ und ihn, ohne sich nach dem Grund seines Besuches zu erkundigen, ins Arbeitszimmer führte. Wäre er danach gefragt worden, hätte Brunetti geschworen, daß der alte Mann sich seit ihrem letzten Gespräch nicht vom Fleck gerührt habe. Wie beim letztenmal bedeckten Papiere und Zeitschriften die Schreibtischfläche vor ihm.

»Ah, Commissario«, sagte Filipetto mit allen Anzeichen der Freude, »Sie sind zurückgekommen.« Er winkte Brunetti näher, während er die Frau mit einer gebieterischen Geste auf Abstand hielt, ihr aber zugleich bedeutete, sie solle den Raum nicht verlassen. Brunetti registrierte vage, daß sie hinter ihm stand, irgendwo in der Nähe der Tür.

»Ja, Signore, ich bin gekommen, um Ihnen noch ein paar Fragen bezüglich des Mädchens zu stellen«, sagte Brunetti, als er auf dem angebotenen Stuhl Platz genommen hatte.

»Mädchen?« fragte Filipetto scheinbar verwirrt. Doch Brunetti durchschaute sein Spiel.

»Ja, Signore, Claudia Leonardo.«

Filipetto sah zu ihm auf und blinzelte ein paarmal. »Leonardo?« wiederholte er. »Ist das jemand, den ich kenne?«

»Das wollte ich Sie fragen, Signore. Vor ein paar Tagen war ich ihretwegen schon einmal hier, und da sagten Sie, Sie hätten nie von ihr gehört.«

»Stimmt«, sagte Filipetto mit hörbarer Gereiztheit in der Stimme. »Der Name sagt mir gar nichts.«

»Sind Sie da ganz sicher, Signore?« fragte Brunetti höflich.

»Natürlich bin ich sicher«, beharrte Filipetto. »Wieso zweifeln Sie an meinem Wort?«

»Ich zweifle nicht an Ihrem Wort, Signore; ich erlaube mir lediglich, die Genauigkeit Ihres Gedächtnisses in Frage zu stellen.«

»Und was soll das heißen?« konterte der Alte.

»Nichts weiter, Signore, nur, daß wir manchmal Dinge vergessen, jeder von uns.«

»Ich bin ein alter Mann ...«, begann Filipetto, doch dann stockte er, und Brunetti konnte zusehen, wie sich der Alte vor seinen Augen verwandelte. Er sackte in seinem Sessel zusammen; sein Mund klappte auf, und eine Hand tastete auf der Schreibtischplatte nach der anderen. »Also ich erinnere mich nicht an alles«, sagte Filipetto mit einer Stimme, die plötzlich hoch und schrill klang: eine greinende Greisenstimme.

Brunetti fühlte sich wie der Hund des Odysseus, der als einziger die Maskerade seines Herrn durchschaute. Hätte er nicht mit angesehen, wie Filipetto sich absichtlich in einen hinfälligen Greis verwandelte – sein Mitgefühl hätte ihn daran gehindert, weitere Fragen zu stellen. So aber war sein Mißtrauen geweckt, und er hütete sich, die Telecomliste zu erwähnen.

Er strengte sich gewaltig an, ein Lächeln zustande zu bringen, das ebenso herzlich wie vertrauensselig wirken sollte, und fragte höflich: »Dann könnte es also sein, daß Sie sie doch gekannt haben, Signore?«

Filipetto wedelte mit matter Hand durch die Luft. »Oh, mag sein, mag sein. Ich behalte nicht mehr sehr viel.« Er hob den Kopf und rief der Frau an der Tür zu: »Eleonora, kannte ich eine gewisse ...« Und als ob die Frau Claudias Namen nicht sehr gut hätte mithören können, wandte er sich an Brunetti mit der Frage: »Wie sagten Sie doch gleich, daß sie hieß?«

»Claudia Leonardo«, soufflierte Brunetti gleichmütig.

Die Antwort der Frau ließ lange auf sich warten. Endlich sagte sie: »Ja, ich glaube, der Name kommt mir bekannt vor, aber ich kann mich nicht erinnern, woher.« Das war alles; sie erkundigte sich nicht einmal, wer diese Claudia sei.

Sosehr es ihn auch wurmte, daß der schlaue Fuchs ihn ausgetrickst hatte: die Art, wie Filipetto aus seinem Alter und seiner scheinbaren Gebrechlichkeit Kapital geschlagen hatte, nötigte Brunetti doch eine gewisse Bewunderung ab. Die Telefonprotokolle konnten jetzt nicht mehr bewirken, als sein Greisengedächtnis zu der Erinnerung zu bewegen, daß, ja, ja, nun da Brunetti es erwähne: Vielleicht habe er mit einem jungen Mädchen gesprochen, aber er könne sich nicht erinnern, worüber.

Brunetti sah ein, daß es seine Niederlage nicht schmälern würde, wenn er bliebe und die Befragung fortsetzte. Also stützte er die Hände auf die Knie und stemmte sich aus dem Sitz hoch. Über den Schreibtisch gebeugt, schüttelte er Filipetto die Hand und sagte: »Danke für Ihre Hilfe, Notaio. Und verzeihen Sie, daß ich Sie mit dieser Sache behelligen mußte.« Filipettos Händedruck war tatsächlich schwächer geworden; seine Rechte fühlte sich so dürr an wie eine Handvoll trockener Spaghetti. Die Stimme des Alten versagte offenbar ganz, und er konnte dem Commissario nur noch stumm zunicken.

Brunetti wandte sich zur Tür, und die Frau trat beiseite, um ihn vorbeizulassen. Am Ende des Flurs, kurz vor der Wohnungstür, blieb er stehen und sagte ohne Umschweife: »Darf ich fragen, in welcher Beziehung Sie zu Dottor Filipetto stehen?«

Sie sah ihn lange und fest an und antwortete: »Ich bin seine Tochter.«

Brunetti bedankte sich, bot ihr jedoch nicht die Hand, als er ging.

21

Brunetti, der seinen Mutmaßungen über den Mord an Signora Jacobs erst nachgehen konnte, wenn Rizzardis Bericht vorlag, fühlte sich unschlüssig und ohne rechte Antriebskraft. Weder wollte er zurück ins Büro, noch hatte er Lust, die Befragung der Nachbarn der alten Frau in Angriff zu nehmen. Vor allem wollte er nicht an Claudia Leonardo und ihren Tod denken.

Von Filipettos Haus machte er sich zu Fuß auf den Weg Richtung San Lorenzo, aber als er die Brücke vor der griechischen Kirche erreichte, verließ ihn der Mut, und statt direkt zur Questura zu gehen, tauchte er in die Unterführung ein. Er überquerte den Campo Santa Maria Formosa, wo vor dem verlassenen Palazzo eine kurdische Sippe kampierte, die ihre spärliche Habe vor sich ausgebreitet hatte und eng zusammengekauert auf bunten Teppichen hockte. Die Männer trugen gedeckte Anzüge und schwarze Scheitelkäppchen, die langen Röcke und wallenden Schals der Frauen aber schillerten in leuchtenden Rottönen, mit Gelb und Orange vermischt. Die kleine Schar schien sich nicht im geringsten um die vorbeieilenden Passanten zu kümmern; alles, was dieser entrückten Steppenszene noch fehlte, waren ein Lagerfeuer und ein paar Tragesel.

Über den Campo dei Santi Apostoli und vorbei am Kaufhaus Standa wandte Brunetti sich nach rechts und zurück zur Lagune. Er passierte die Scuola della Misericordia und das Steinrelief des turbanbewehrten maurischen Kaufmanns mitsamt seinem Kamel, bog dann wieder rechts ab und ging aufs Geratewohl weiter, bis er zum Vaporettohalt Madonna dell'Orto gelangte. Ein Boot legte gerade ab, doch als der Kapitän ihn kommen sah, schaltete er erst auf Leerlauf und dann in den Rückwärtsgang und stieß zurück zur Anlegestelle. Das Tuckern des Motors klang wie ein Befehl, an Bord zu kommen. Der Matrose schob das Gitter zurück, und Brunetti sprang auf, obgleich er gar nicht die Absicht gehabt hatte, ein Boot zu nehmen.

Als das Vaporetto an den Fondamente Nuove hielt, stieg Brunetti rasch entschlossen in die Linie um, die hinaus zum Friedhof fuhr. Beim Ausstieg dort war er der einzige Mann unter sehr vielen, vorwiegend alten Frauen, die alle Blumen dabeihatten. Wieder, wie schon seit Beginn dieses ungeplanten Ausflugs, folgte er allein seinem Instinkt und ließ gleichsam die Füße den Weg bestimmen.

Im Kreuzgang hielt er sich rechts, dann ging es treppauf und treppab über flache Stufen, bis er vor der Marmortafel stand, hinter der die Gebeine seines Vaters ruhten. Brunetti war fast ebenso alt wie sein Vater, als der gestorben war, und auch er hatte zwei Kinder. Seine Mutter war nach dem Tode ihres Mannes oft hier herausgekommen, um sich mit ihm zu besprechen, und das, obwohl er ihr zu Lebzeiten bei keiner Entscheidung sonderlich geholfen hatte. Einmal hatte Brunetti sie darauf angesprochen, aber sie sagte nur, es täte ihr gut, sich hin und wieder jemandem nahe zu fühlen. Jahre vergingen, bevor er die harsche Kritik, die hinter dieser Bemerkung steckte, annahm, aber da war seine Mutter schon jeglicher Liebe und Fürsorge entglitten und abgedriftet in die Gefilde der Senilen und geistig Verwirrten, und so hatte er sie nie um Verzeihung bitten oder Wiedergutmachung leisten können.

Die Blumen in der kleinen Silbervase vor der Grabplatte waren frisch, doch Brunetti hatte keine Ahnung, von wem sie stammten: vielleicht von seinem Bruder oder der Schwägerin? Ganz gewiß nicht von deren Kindern oder den seinen: So etwas wie Totenkult war der heutigen Jugend offenbar gleichgültig, weshalb die Gräber seiner Generation vermutlich einmal ohne Blumenschmuck und Besuche würden auskommen müssen. Wer würde, wenn Paola einmal nicht mehr war, noch den Weg zum Friedhof finden, nur um mit ihm zu reden? Hätte man ihn gefragt, wieso er davon ausging, daß er als erster sterben würde, oder wäre Brunetti auf die Idee gekommen, sich die Frage selbst zu stellen, dann hätte er wohl auf all jene Statistiken verwiesen, denen zufolge die Männer zuerst starben und die Frauen allein weiterlebten. Dabei gründete seine Annahme in Wahrheit wohl eher in beider unterschiedlichem Naturell: Während Paola sich in der Regel für das Lichte, Helle und den bejahenden Sprung ins Leben entschied, blieb er lieber im Hintergrund, wo die Dinge weniger gut beleuchtet waren, ihm aber die Zeit ließen, sich in Ruhe darauf einzustellen, bevor er eine Entscheidung traf.

Die Rechte auf den Namenszug seines Vaters gelegt, verharrte er einen Moment und ließ den Blick nach links über die lange Reihe von Grabplatten schweifen, die in gerader Linie eine über der anderen angeordnet waren und alle gleich viel Raum einnahmen. Bald schon würden auch Claudia Leonardo und Signora Jacobs hier ihren Platz finden. In dem gepflegten Areal hinter ihm erhoben sich die Grabmäler der Reichen, riesige Marmormonumente in allen Formen und Stilen. Er dachte an Iwan Iljitsch, der die Seinen zum Verzicht aufgerufen hatte, und er dachte an Ozymandias, den König der Könige, und seine abgrundtiefe Verzweiflung; vor allem aber beschäftigte ihn der Gedanke, warum er kaum etwas fühlte, während er hier am Grab seines Vaters stand. Er verließ den Friedhof und nahm das Vaporetto zurück zu den Fondamente Nuove.

Brunetti entschloß sich, an diesem Tag nicht mehr in die Questura zurückzukehren. Aber als er Vianello anrufen wollte, um sich abzumelden, fand er nirgends eine Telefonzelle: kein Wunder in einer Zeit, da alle Welt mobil telefonierte. Notgedrungen landete der Commissario schließlich in einer Bar und bestellte einen Kaffee, den er nicht wollte, nur um das Telefon benutzen zu dürfen. Nachdem er Vianello gesprochen hatte, rief er daheim an, doch es war niemand zu Hause, nur seine eigene Stimme auf

Band, die seine Nummer ansagte und ihn aufforderte, eine Nachricht zu hinterlassen.

Geistesabwesend wanderte Brunetti durch die Stadt, fast schwindlig vor Sehnsucht nach seinem Zuhause. Dort angelangt, lehnte er sich vor Freude von innen gegen die Tür, sobald die hinter ihm ins Schloß gefallen war; auch wenn er sich dabei fühlte wie die Heldin eines Melodrams, die sich vor den Nachstellungen ihres tyrannischen Freiers sicher wähnt, obwohl der immer noch hinter der Türe lauert.

Mit geschlossenen Augen seufzte er laut: »O Gott! Fehlt nur noch, daß ich mich unterm Bett verkrieche.«

Zu seiner Linken hörte er Paola sagen: »Wenn das die ersten Anzeichen geistiger Umnachtung sind, dann weiß ich nicht, ob ich damit klarkomme.« Er drehte sich um und sah sie lächelnd in der Tür ihres Arbeitszimmers stehen, ein Buch in der Hand.

»Ich glaube kaum, daß das die *ersten* Anzeichen sind, die du an mir bemerkt hast«, sagte er und stieß sich von der Tür ab. »Aber wieso bist du schon zu Hause? Heute ist doch Dienstag, oder?«

»Ich habe einen Zettel an meine Bürotür gehängt und mich krank gemeldet«, erklärte sie.

Er sah sie forschend an: In ihren Augen blitzte der Schalk, ihr Teint strahlte vor Gesundheit. »Krank?« fragte er.

»Davon, in diesem muffigen Büro herumzuhocken.«

»Aber die Bücher wirst du nie leid, oder?« fragte er.

»Niemals«, bekräftigte sie. »Und du? Warum kommst du so früh?«

»Du hast's ja gehört: Ich möchte mich unterm Bett verkriechen.«

Sie trat zurück ins Zimmer und sagte über die Schulter zu ihm: »Komm rein und erzähl mir, was los ist.«

Zwanzig Minuten später hatte Brunetti ihr alles mitgeteilt, was es über den Tod von Signora Jacobs und seine Überzeugung, daß sie weder eines natürlichen Todes gestorben noch einem Unfall zum Opfer gefallen sei, zu sagen gab.

»Aber wer hätte denn Grund gehabt, alle beide umzubringen?« fragte Paola, seine Schlußfolgerung, daß ein Zusammenhang zwischen den beiden Todesfällen bestehen müsse, aufgreifend.

»Wenn ich wüßte, warum sie sterben mußten, wäre die Frage nach dem Wer leicht zu beantworten«, entgegnete Brunetti.

»Hinter dem Warum können nur die Gemälde stecken«, erklärte Paola.

Und obwohl Brunetti keinen Grund sah, ihr zu widersprechen, fragte er dennoch skeptisch: »Dann brauchen wir also bloß abzuwarten, bis sich ein Testament findet oder bis ein Notar es beim Nachlaßgericht einreicht?«

»Das erscheint mir etwas zu simpel«, entgegnete Paola. Und nach einem langen Blick auf die Bücherwand gegenüber setzte sie gedankenvoll hinzu: »Das erinnert alles sehr an *Die Schätze von Poynton.*«

»Erzähl schon«, drängte er, wohl wissend, daß sie es ohnehin tun würde.

»So heißt eine Novelle von Henry James. Darin geht es um den Besitz eines Hauses voll der schönsten Kostbarkeiten, und dadurch, wie die Personen mit diesen Schätzen umgehen, zeigen sie ihr wahres Gesicht.«

»Zum Beispiel?« fragte Brunetti, der wie immer vor der Lektüre des »Meisters« zurückschreckte und es vorzog, sich seine Bücher von Paola nacherzählen zu lassen.

»Also ich denke, es wäre leichter zu verstehen, wenn du's selber liest«, meinte sie.

»Ach komm, gib mir wenigstens ein Beispiel.«

»Der Sohn der Frau – also von der Frau, der all die Kostbarkeiten gehören – hat keinen Sinn für die Schönheit ihrer Sammlung, ist ihr gegenüber ebenso taub oder blind wie gegen die Gesellschafterin seiner Mutter, die die ideale Frau für ihn wäre, im Gegensatz zu der jungen Dame, mit der er sich verlobt. Er kann weder die augenfällige Schönheit der Schätze seiner Mutter würdigen noch die verborgene Schönheit des Mädchens.« Sie überdachte kurz das Gesagte und setzte dann, wie um den Meister in Schutz zu nehmen, hinzu: »Die Novelle erzählt das viel besser, aber es trifft so ziemlich den Kern der Geschichte.«

»Also gut, ich frage«, sagte Brunetti, als er merkte, daß sie zu Ende war. »Wo siehst du eine Verbindung zu Signora Jacobs?«

Er saß da und sah zu, wie sie nach einer Antwort suchte, die er verstehen würde. Schließlich sagte sie: »Sind bestimmte Dinge am Ende wichtiger als Menschen? Wen rettet man aus dem brennenden Gebäude, den Rembrandt oder das Baby? Und wie unterscheidet man in unseren geldgierigen Zeiten zwischen Schönheit und Marktwert?«

»Und jetzt erklär's mir noch mal, ohne die rhetorischen Fragen«, bat er.

Sie lachte, keineswegs gekränkt, und fuhr fort: »Ich denke, ein gut entwickelter Schönheitssinn ist ein Zeichen für so was wie geistige Reife«, begann sie, und Brunetti merkte, daß ihm eine ihrer gewundenen Erklärungen bevorstand. Doch er zweifelte nicht daran, daß etwas Interessantes dabei herauskommen würde. »Aber ich fürchte, unsere Zeit hat die Kunst dermaßen zu einem Investment- und Spekulationsfaktor gemacht, daß den Leuten der Blick für die Schönheit eines Objekts verstellt ist. Oder zumindest bedeutet sie ihnen nicht mehr viel: Sie sehen nur noch den Geldwert, die Konvertierbarkeit des Kunstwerks in eine bestimmte Summe.«

»Ist das so schlimm?« fragte er.

»Für mich schon.« Sie sah ihn an und setzte lächelnd hinzu: »Aber du weißt ja, ich bin ein furchtbarer Snob.« Als er die Pause, die sie einlegte, nicht nutzte, um ihr zu widersprechen, fuhr sie fort: »Ich denke, sobald wir Schönheit nur noch nach ihrem Marktwert taxieren, sinken unsre Skrupel, wenn es darum geht, irgend etwas Begehrenswertes in unseren Besitz zu bringen. Und darum überrascht es mich gar nicht, daß einer zum Mörder wird, um an ein Gemälde zu kommen, das er nur nach dem Kaufpreis beurteilt. Wohingegen ich mir nicht vorstellen kann, daß jemand aus reiner Bewunderung tötet, bloß um sich ein Bild seines Lieblingsmalers anzueignen.« Sie stützte den Kopf an die Sofalehne und schloß kurz die Augen, bevor sie weitersprach. »Unterschiedliche Ziele treiben Menschen zu unterschiedlichen Verhaltensweisen. Oder vielleicht ist es auch umgekehrt, und verschiedene Menschen werden von verschiedenen Zielen getrieben. Wie auch immer, ich glaube, einer, der hinter Geld her ist, riskiert mehr als jemand, der das Schöne verehrt.«

»Und in diesem Fall?« fragte er.

»Mord geht schon ziemlich weit«, lautete ihre Antwort. »Und was ist mit dem geistesgestörten Kunstsammler, der um jeden Preis seine Kollektion vervollständigen will?« fragte Brunetti.

»Solche gibt's wohl, aber vermutlich würden nur die wenigsten hergehen und junge Mädchen erstechen oder alte Frauen umbringen, um ans Ziel ihrer Wünsche zu gelangen. Außerdem weiß doch noch niemand, wo diese Bilder am Ende landen werden, oder?«

Brunetti schüttelte den Kopf. Die Frage war immer noch offen.

Paola sagte in sein Schweigen hinein: »Ich hab nicht vergessen, was du immer sagst, Guido.«

»Nämlich?«

»Daß es bei einem Verbrechen entweder um Geld, Sex oder Macht geht.« Und tatsächlich hatte er das oft behauptet, einfach weil ihm so wenig andere Motive untergekommen waren. »Nun, wenn Claudia noch Jungfrau und Signora Jacobs über achtzig war, dann können wir Sex wohl ausschließen«, fuhr Paola fort. »Und ich kann mir nicht vorstellen, daß es um Macht geht, oder?« Er schüttelte den Kopf, und sie schloß mit der Frage: »Also?«

Als der Commissario am nächsten Morgen in die Questura kam, ging ihm das Gespräch mit Paola immer noch so sehr nach, daß er, ohne sich bei irgendwem zu melden, direkt in sein Büro hinaufging. Dort rief er als erstes Lucia Mazzotti in Mailand an. Zu seiner Überraschung war das Mädchen gleich selbst am Apparat. Sie klang vollkommen verändert, alle Scheu war aus ihrer Stimme gewichen, und Brunetti hatte wieder einmal Grund, das rasche Regenerationsvermögen der Jugend zu bewundern. Er begann mit den üblichen Floskeln, kam aber aus Sorge, daß Lucias Mutter in der Nähe sein und sie unterbrechen könnte, sehr bald auf den Grund seines Anrufs zu sprechen. Hatte Claudia jemals einen Mann erwähnt, der sich allzu intensiv für sie interessierte oder sie womöglich gar belästigte? Schweigen in der Leitung. Nach einer langen Weile sagte Lucia: »Sie bekam Anrufe. Ein paarmal auch, als ich dabei war.«

»Was denn für Anrufe?« fragte Brunetti.

»Ach, Sie wissen schon, von irgend so einem Typen, der mit einem ausgehen oder sich einfach nur unterhalten möchte. Von dem man selber aber nichts wissen will.« Sie sagte das mit der größten Selbstverständlichkeit: ein schönes junges Mädchen, für das solche Nachstellungen alltäglich sind. »Den Eindruck hatte ich jedenfalls, nach der Art, wie sie mit ihm redete.«

»Haben Sie eine Ahnung, wer dieser Mann sein könnte, Lucia?«

Wieder langes Schweigen, und Brunetti wunderte sich, wieso Lucia Skrupel hatte, ihm diese Frage zu beantworten. Doch schließlich sagte sie: »Ich glaube nicht, daß es immer ein Mann war.«

»Wie bitte?« sagte Brunetti. »Würden Sie mir das erklären, Lucia?«

Es klang ein bißchen ungeduldig, als Lucia erwiderte: »Ich sag doch: Es war nicht immer ein Mann. Einmal, vor etwa zwei Wochen, bekam Claudia wieder so einen Anruf, und da war eine

Frau am Telefon. Aber das Gespräch war ihr genauso unangenehm wie die anderen Male.«

»Wissen Sie Näheres über diesen Anruf?« fragte Brunetti.

»Nun ja, ich habe ihn entgegengenommen, und die Frau fragte nach Claudia.«

Wieso hatte sie das nicht schon bei der ersten Befragung erwähnt, wunderte sich Brunetti. Doch dann fiel ihm ein, daß damals ihre Mitbewohnerin tot in der Wohnung über ihnen gelegen hatte. »Diese Frau – was hat sie gesagt?«

»Sie wollte Claudia sprechen«, wiederholte Lucia in einem Ton, als könne nur ein Trottel dieselbe Antwort zweimal verlangen.

»Erinnern Sie sich, ob sie nach Claudia verlangte oder nach Signorina Leonardo?«

Nach einer langen Pause antwortete das Mädchen: »Genau weiß ich's nicht mehr, aber sie könnte nach Signorina Leonardo gefragt haben.« Lucia überlegte noch einmal und sagte dann, nun ohne jede Ungeduld in der Stimme: »Tut mir leid, ich erinnere mich wirklich nicht mehr. Ich habe auch nicht weiter drauf geachtet, denn als die Frau sich meldete, dachte ich zunächst, es wäre was Berufliches.«

»Wissen Sie noch, wann der Anruf kam?«

»Irgendwann vor dem Abendessen.«

»Könnte es die österreichische Dame gewesen sein?«

»Nein, die hatte einen Akzent, die Anruferin aber nicht.«

»Also war's eine Italienerin?«

»Ja.«

»Venezianerin?«

»Dazu habe ich nicht lange genug mit ihr gesprochen. Aber Italienerin war sie ganz bestimmt. Darum dachte ich ja, es handele sich um Claudias Arbeit.«

»Sie sagten, Claudia wollte nicht mit der Anruferin reden. Wie kamen Sie darauf?«

»Ach, durch die Art, wie sie mit der Frau gesprochen hat. Oder besser gesagt, wie sie ihr zuhörte. Ich war in der Küche und machte das Abendbrot, aber ich konnte Claudia reden hören, und sie klang, na ja, sie klang irgendwie verärgert.«

»Was hat sie gesagt?«

»So genau weiß ich das nicht mehr. Aber ich habe an ihrer Stimme gemerkt, daß sie nicht mit dieser Frau reden wollte. Ich war grade dabei, Zwiebeln anzubraten, also konnte ich den Wortlaut nicht verstehen. Ich hab nur mitbekommen, daß ihr der Anruf oder die Anruferin gegen den Strich ging. Irgendwann hat sie dann aufgelegt.«

»Und hat sie mit Ihnen darüber gesprochen?«

»Nein, eigentlich nicht. Sie kam in die Küche und machte eine Bemerkung über die unglaubliche Dummheit gewisser Leute. Aber sie wollte nicht weiter darüber reden, also sprachen wir über die Uni.«

»Und dann?«

»Und dann haben wir zu Abend gegessen. Und anschließend mußten wir beide noch arbeiten.«

»Hat sie den Vorfall vielleicht später noch einmal erwähnt?«

»Nicht, daß ich wüßte.«

»Und bekam sie danach weiter solche Anrufe?«

»Ich kann mich nicht erinnern.«

»Und der Mann?«

»Ich war nie am Telefon, wenn er anrief, also kann ich Ihnen auch nichts über ihn sagen. Es war auch mehr so ein Gefühl von mir. Irgend jemand rief sie an, eine Weile hörte sie zu und sagte nur ›ja‹ oder ›nein‹, dann sprach sie ein paar Worte, und irgendwann legte sie auf.«

»Und Sie haben sie nie darauf angesprochen?«

»Nein. Wissen Sie, wir waren nicht wirklich befreundet, Claudia und ich. Ich meine, befreundet waren wir schon, aber nicht so eng, daß man sich gegenseitig solche Sachen erzählt hätte.«

»Verstehe«, sagte Brunetti, überzeugt, daß, auch wenn ihm

der Unterschied nicht klar war, seine Tochter ihn gewiß verstanden hätte.

»Und sie hat sich nie zu diesen Anrufen geäußert?«

»Nein. Außerdem war ich ja nur ein paarmal dabei.«

»Aber sie bekam doch sicher noch andere Anrufe, von Leuten, die auch Sie kannten?«

»Ja, manchmal. Ich kannte die Stimme der Österreicherin und die von ihrer Tante.«

»Der aus England?«

»Ja.«

Brunetti fiel nichts weiter ein, was er das Mädchen noch hätte fragen können. Also bedankte er sich für ihre Hilfe und sagte, er würde sich vielleicht noch einmal melden, hoffe aber, daß er sie nicht mehr mit schmerzlichen Erinnerungen quälen müsse.

»Schon in Ordnung, Commissario. Ich wäre froh, wenn Sie den finden, der's getan hat«, sagte sie.

22

Als Brunetti am nächsten Tag in die Questura kam, hielt ihm der Posten am Eingang einen Umschlag hin. »Ein Mann hat das für Sie abgegeben, Commissario.«

»Was denn für ein Mann?« Brunetti blickte auf das braune Kuvert in der Hand des jungen Polizisten und dachte an Briefbomben, Terroristen, tödliche Anschläge.

»Keine Angst, Signore. Er hat Venezianisch gesprochen«, sagte der Posten.

Brunetti nahm die Sendung entgegen und stieg die Treppe hinauf. Der Umschlag war etwas größer als ein Standardbrief und enthielt anscheinend irgend etwas Kompaktes, vielleicht ein Bündel Papiere. Brunetti drückte und schüttelte ihn, wartete aber mit dem Öffnen, bis er an seinem Schreibtisch saß. Dort warf er auch erstmals einen Blick auf die Vorderseite, wo in Blockbuchstaben mit lila Tinte sein Name geschrieben stand.

Er kannte nur einen, der solche Tinte benutzte: Marco Erizzo hatte sich als erster aus ihrer Clique einen Montblanc-Füller gekauft, und bis auf den heutigen Tag trug er zwei davon in seiner Jackentasche.

Brunetti wurde das Herz schwer, als er zu erraten glaubte, was der Umschlag enthielt: Ein Bündel Papier konnte nur eins bedeuten, und das von seinem Freund! Er beschloß, kein Wort darüber zu verlieren, das Geld zu spenden und nie wieder mit Marco zu sprechen. Im Geiste hörte er wieder Marcos erbittertes *»disonorato«*, und der Gedanke an das jähe Ende einer so langen Freundschaft schnürte ihm die Kehle zu.

Er schob den Daumennagel unter die Klappe, riß den Umschlag auf, entnahm ihm ein dickes Blatt beigen Kanzleipapiers und ein kleines, versiegeltes Kuvert. Das Schreiben, das er als erstes entfaltete, war schwungvoll mit schräg geneigten Schriftzügen in der nämlichen Tinte bedeckt.

»In beiliegendem Kuvert findest Du etwas von dem Rosmarin, den Maria von ihrem Sohn auf Sardinien bekommt. Sie läßt Dir ausrichten, man solle nur etwa einen halben Teelöffel auf ein Kilo Muscheln nebst einem Pfund Tomaten nehmen und keine anderen Gewürze beigeben.«

Brunetti hielt sich das kleine Kuvert unter die Nase und atmete das Aroma der Liebe.

Im Lauf des Tages wurde der Commissario zunehmend unschlüssig, ob und in welche Richtung man den Tod der Signora Jacobs untersuchen solle. Rizzardis Bericht, der gegen elf per Fax einging, bestätigte, daß die Hämatome an den Armen der Toten durchaus von einem Sturz herrühren konnten. Todesursache war eindeutig Herzinfarkt, ein so schwerer, daß die Tabletten, die die Signora nahm, sie womöglich nicht hätten retten können.

Kurz vor der Mittagspause kam Vianello in sein Büro. Er hatte mit den Nachbarn gesprochen, aber ganz wie bei den Leuten in Claudia Leonardos Haus hatte auch in der Umgebung von Signora Jacobs niemand etwas Ungewöhnliches gehört oder gesehen. Als Brunetti wissen wollte, ob er auch den Tabakhändler befragt habe, sah Vianello ihn verständnislos an. Und als Brunetti ihm das Arrangement mit dem Schlüssel erklärte, sagte Vianello, es sei niemandem eingefallen, dieser Spur nachzugehen.

Und von da an traten sie auf der Stelle. Am Nachmittag ließ Patta den Commissario zu sich rufen und erkundigte sich nach den Fortschritten im Mordfall »dieses Mädchens«, und Brunetti war genötigt, eine ernste Miene aufzusetzen und dem Chef zu versichern, daß sie in jede nur denkbare Richtung ermittelten. Wie es der Zufall wollte, waren in dieser Woche über einhundert Mafiabosse aus der Haft entlassen worden, weil das Justizministerium es nicht geschafft hatte, das Verfahren gegen sie vor

Ablauf der festgesetzten Frist zu eröffnen; natürlich fiel die Pressemeute daraufhin so vehement über den Minister her, daß ihr ein kleiner Mord in Venedig gar nicht mehr auffiel – weshalb die ausbleibenden Ermittlungserfolge Patta denn auch weniger zu beunruhigen schienen als sonst. Trotzdem wäre es Brunetti nicht im Traum eingefallen zu erwähnen, daß zwischen dem Tod von Claudia Leonardo und dem der Signora Jacobs ein Zusammenhang bestehen könnte.

Der Tag verstrich und ebenso ein zweiter, ohne daß sich etwas Nennenswertes ereignet hätte. Claudias Tante in England bombardierte die Questura erst mit Fragen und dann Forderungen nach der Freigabe von Claudias Leiche, die sie zur Beisetzung überführen wollte, aber der Bürokratie waren die nötigen Zugeständnisse nicht abzuringen, und so verblieb der Leichnam in Venedig. Als Brunetti am dritten Tag bewußt wurde, daß er nicht mehr an »das Mädchen« dachte, wenn von Claudia die Rede war, sondern an »die Leiche«, hörte er auf, die Faxe der Tante zu lesen. Signorina Elettra fuhr nach Mailand zu einem Lehrgang über das neuste Hexeneinmaleins der Computerkunde, und ihre Abwesenheit verstärkte noch die lähmende Stimmung, die sich seit neuestem in der Questura breitgemacht hatte. Signora Jacobs wurde auf dem protestantischen Teil des Friedhofs beigesetzt. Brunetti, der nicht an der Trauerfeier teilnahm, sorgte indes dafür, daß ein Team von der Kriminaltechnik in ihre Wohnung entsandt wurde, um die Kunstwerke vor Ort abzulichten und vollständig zu katalogisieren.

Und so schleppte sich der Fall dahin, bis Brunetti eines Morgens, als er ein Jackett anzog, das er seit einer Woche nicht mehr getragen hatte, in die Tasche faßte und den Schlüssel zu Signora Jacobs' *portone* herauszog. Auch ohne Namensschild oder Schlüsselring erkannte er ihn sofort, und da es ein heiterer Morgen war und er sich erinnerte, daß es bei San Boldo eine besonders gute *pasticceria* gab, beschloß er, einen Spaziergang dorthin zu machen, sich einen Kaffee und eine Brioche zu genehmigen, den Schlüssel zurückzugeben und bei der Gelegenheit mit dem *tabacchaio* zu sprechen, bevor er mit dem Vaporetto zur Arbeit fuhr.

Die Brioche belohnte ihn reichlich für den Fußmarsch: Sie war knusprig und doch weich; mit mehr Marmelade gefüllt, als den meisten lieb gewesen wäre, und also genau nach Brunettis Geschmack. In dem erhebenden Gefühl, einer zweiten widerstanden zu haben, ging Brunetti an der Tür zu Signora Jacobs' Haus vorbei und betrat das Tabakgeschäft.

Der Mann hinter der Ladentheke erschrak, als er ihn sah, und rief, noch bevor Brunetti etwas sagen konnte: »Ich weiß, ich weiß, ich hätte Sie anrufen sollen. Aber ich wollte nicht, daß sie Ungelegenheiten bekommt. Sie ist eine gute Frau.«

Obwohl er genauso überrascht war wie sein Gegenüber, hatte Brunetti die Geistesgegenwart, ganz ruhig zu erwidern: »Das bezweifle ich nicht. Aber Sie hätten uns trotzdem verständigen sollen. Es hätte ja wichtig sein können.« Seine besonnene Rede erweckte den Eindruck, er wisse zwar bereits alles, was der Mann ihm mitteilen könnte, würde es aber trotzdem gern aus seinem Munde hören. Dann zog er den Schlüssel aus der Tasche und hielt ihn in die Höhe, als sei dies der Glücksfund, der ihn hergeführt habe, um die ganze Geschichte zu erfahren.

Der Mann preßte die Arme an den Körper und ballte die Hände zu Fäusten, um zu zeigen, daß er den Schlüssel keinesfalls zurücknehmen werde. »Nein, ich will ihn nicht.« Und er schüttelte den Kopf, um seiner Beteuerung Nachdruck zu verleihen. »Behalten Sie ihn. Schließlich ist er doch der Grund für den ganzen Ärger, nicht?«

Brunetti nickte und schob den Schlüssel wieder in seine Jackentasche. Er wußte nicht recht weiter, hatte aber den Eindruck, daß der Mann sich kaum mehr vorzuwerfen habe als das peinliche Versäumnis hinsichtlich dieser »guten Frau«, wer immer das sein mochte. »Warum haben Sie denn nicht angerufen? Ich meine, was hätte ihr denn schon groß passieren können?« fragte er in der Hoffnung, das klänge harmlos genug, um dem Mann Näheres zu entlocken.

»Na, sie ist eine Illegale. Und sie arbeitet schwarz. Sie hatte panische Angst, man könnte sie ausweisen, wenn die Sache herauskäme, und daß Sie sie zurückschicken würden.«

Brunetti gestattete sich ein Lächeln. »Das steht kaum zu befürchten, es sei denn, sie tut etwas …« Er hatte sagen wollen, es bestünde keine Gefahr, solange die Frau, wer immer sie war, nichts Ungesetzliches tue, aber er wollte dem Mann nicht einmal diese Möglichkeit offenbaren und beendete deshalb seinen Satz mit den Worten: »… es sei denn, sie macht Dummheiten.«

»Ich weiß, ich weiß«, rief der Mann, hob die Hände und begleitete gestikulierend den Fortgang seiner Rede. »Man braucht doch bloß an all die Albaner zu denken, die sich aufführen, wie's ihnen paßt. Stehlen und morden nach Lust und Laune, und kein Mensch kommt auf die Idee, sie zurückzuschicken, die Scheißkerle.«

Brunetti hielt an sich und nickte dem Mann zu, als teile er seine Meinung über die Albaner.

»Dagegen diese armen Teufel, die gehen ja weiß Gott durch die Hölle. Da kann man sie doch wenigstens hier bei uns arbeiten lassen. Wie Salima. Sie ist nicht mal getauft, aber arbeiten tut sie wie ein Christenmensch. Und die Signora, sie ruhe in Frieden, die sagte immer, man könne ihr blind vertrauen: Wenn man ihr zehn Millionen Lire gäbe mit der Bitte, sie eine Woche aufzuheben, dann bekäme man sein Geld pünktlich zurück und brauchte nicht mal nachzuzählen.« Der Mann überlegte einen Moment und fuhr dann fort: »Ich wünschte, ich könnte sie bei mir arbeiten lassen, aber sie hat ja solche Angst vor den Behörden – weiß der Himmel, was sie ihr in Afrika angetan haben – und unternimmt nichts, um sich neue Papiere zu verschaffen. Ich kann machen, was ich will, sie versucht es nicht einmal.«

»Wahrscheinlich fürchtet sie, die Polizei könnte sie zwangsinternieren«, mutmaßte Brunetti, und er sagte es so, als sei die Polizei ein weltfremdes Organ, mit dem er nicht das geringste zu schaffen habe.

»Genau. Darum glaube ich ja auch, daß sie schon mal Probleme hatte mit den Behörden, entweder dort, wo sie herstammt, oder hier bei uns.«

Brunetti wiegte mitfühlend den Kopf. Er hatte immer noch keine Ahnung, wo das alles hinführen mochte.

»Aber Sie werden wohl mit ihr reden müssen, wie?« fragte der Mann. »Schon wegen der Schlüssel?«

»Leider, ja«, bestätigte Brunetti, und es klang sehr widerstrebend.

»Und darum hätte ich Sie eben anrufen sollen«, sagte der Mann. »Weil ich wußte, daß Sie früher oder später kommen würden. Aber ich konnt's ihr einfach nicht antun. Das arme Ding wäre ja vor Angst vergangen, wenn ich ihr gesagt hätte, daß ich Sie verständigen würde oder Sie womöglich schon angerufen hätte.«

»Das verstehe ich«, sagte Brunetti, was zumindest teilweise der Wahrheit entsprach. Er selbst hatte nie viel mit illegalen Einwanderern zu tun gehabt, wußte aber von Kollegen, was vielen dieser Flüchtlinge nicht nur in ihrer Heimat widerfahren war, sondern auch von seiten der italienischen Polizei, in einem Land, wohin sie sich in der Hoffnung auf ein besseres Leben geflüchtet hatten. Erpressung, Gewaltanwendung und Vergewaltigung endeten nicht an der Grenze, und wenn diese Frau sich vor der Polizei, also auch vor ihm, Brunetti, fürchtete, dann hatte sie wahrscheinlich gute Gründe dafür. Trotzdem mußte er mit ihr reden. Über die Schlüssel und über Signora Jacobs.

»Vielleicht wäre es einfacher, wenn Sie mich zu ihr bringen«, schlug Brunetti vor. »Wohnt sie hier in der Nähe?«

»Irgendwo habe ich die Adresse«, sagte der Mann und bückte sich, um die unterste Schublade hinter seiner Theke zu öffnen. Er zog ein dünnes Hauptbuch heraus, befeuchtete mit der Zunge den Zeigefinger und begann langsam zu blättern. Auf der siebten Seite fand er, was er suchte. »Hier steht's. San Polo 2365. Das ist irgendwo drüben beim Campo San Stin.« Er sah zu Brunetti auf, und sein schräg geneigter Kopf war wie ein stummes Fragezeichen.

Unsicher, was der Mann damit ausdrücken wollte: ob der Commissario die Adresse kenne oder ob er immer noch seine Begleitung wünsche oder ob sie jetzt gleich aufbrechen sollten, nickte Brunetti zu allen dreien. Ohne den geringsten Einwand, vielleicht, weil er jetzt selbst gespannt darauf war, wie die Sache ausgehen würde, zog der Mann einen Schlüsselbund aus der Tasche und trat hinter seiner Theke hervor. Während Brunetti draußen in der *calle* auf ihn wartete, schloß der Tabakhändler seinen Laden ab.

Auf dem kurzen Wegstück zum Campo San Stin erzählte Mario Mingardo, so hieß der *tabaccaio,* daß seine Frau jene Salima aufgetan hatte, nachdem die Putzfrau, die bei ihrer Mutter und bei Signora Jacobs saubermachte, nach Treviso gezogen war und man Ersatz finden mußte. Das hatte sich als schwierig erwiesen, zumindest bis eine Nachbarin ihre Zugehfrau empfahl, eine Schwarzafrikanerin, aber sehr sauber und fleißig. Das lag jetzt zwei Jahre zurück, und inzwischen war Salima aus ihrem Leben nicht mehr wegzudenken.

»Ich weiß allerdings nicht viel über sie«, sagte Mingardo abschließend, »nur das, was meine Schwiegermutter erzählt hat und die Signora natürlich.«

»Was ist mit ihrer Familie?«

»Ich glaube, die ist noch dort unten, aber Salima spricht nicht darüber.«

Sie überquerten den Rio di Sant'Agostin und gelangten rasch auf den Campo. »Irgendwo hier rechts muß es sein«, sagte Mingardo und bog in die erste *calle* ein. »Ich hoffe doch, daß sie zu Hause ist. Seit dem Tod der Signora ist sie nicht mehr gekommen, und ich weiß nicht, ob sie sich trauen würde, auf eigene Faust eine neue Stelle zu suchen.« Mingardo betrat die Stufe zum Hauseingang, las die Namen auf den Klingelschildern und läutete beim untersten. Brunetti konnte erkennen, daß dort »Luisotti« stand, was nicht gerade nach einem afrikanischen Namen klang.

»Sì?« fragte eine Frauenstimme.

»Ich bin's, Salima, Mario. Ich komme wegen der Signora.«

Sie mußten lange warten, bevor sie Schritte im Flur hörten, und es dauerte noch länger, bis die Tür sich einen Spaltbreit öffnete. Mingardo drückte mit der Hand dagegen, zwängte sich hinein und hielt Brunetti die Tür auf.

Als die Frau drinnen einen zweiten Mann sah, fuhr sie herum, ehe der Commissario sie recht hatte anschauen können, und machte einen Schritt auf die halboffene Wohnungstür hinten im Gang zu. Aber Mingardo rief: »Er ist ein Freund, Salima. Es ist alles in Ordnung.«

Sie blieb wie angewurzelt stehen, einen Arm immer noch ausgestreckt, um Schwung zu holen für ihre Flucht ins sichere Versteck. Langsam drehte sie sich nach den beiden Männern um, und als er ihr Gesicht sah, holte Brunetti kurz Luft, so beeindruckt war er von ihrer Schönheit und dem Umstand, daß Mingardo kein Wort darüber verloren hatte.

Sie war Ende Zwanzig, vielleicht sogar jünger. Ihr schmales Gesicht, der kleine Kopf, die fein gebogene Nase und die vollkommene Mandelform ihrer Augen erinnerten ihn an die Büste der Nofretete, die er vor vielen Jahren im Ägyptischen Museum in Berlin gesehen hatte. Die Haut unter ihren Augen war noch um eine Schattierung dunkler als der Mahagoniteint von Stirn und Wangen, doch der Kontrast ließ ihre Zähne und das Weiße in ihren Augen nur um so strahlender erscheinen. Mein Gott, dachte er unwillkürlich, wie müssen wir diesen Menschen wohl vorkommen: wie riesige Kartoffelklöße mit kleinen Puddingaugen? Wie derbe, schlecht geräucherte Fleischberge? Wie ertragen sie bloß den Anblick unserer blassen, übergewichtigen Leiber, und was mag es für ein Gefühl sein, aus der Warte solch vollkommener Schönheit in unsere unansehnlichen Bleichgesichter zu schauen?

Mario nannte Brunettis Namen, und der Commissario trat vor und bot ihr die Hand, in der Hoffnung, es möge eine Geste der Freundschaft sein und nicht die des Verrats. »Ich würde gern mit Ihnen reden, Signora«, sagte er.

Mingardo blickte erst auf seine Uhr, dann sah er die Frau an. »Du kannst ihm vertrauen, Salima. Ich muß zurück in den Laden, aber bei ihm bist du in guten Händen. Er ist mein Freund.«

Er lächelte erst ihr zu und dann Brunetti, bevor er kehrtmachte und rasch hinausging, ohne einem von beiden die Hand zu geben.

Die Frau hatte immer noch nichts gesagt und sich auch nicht von der Stelle gerührt. Aber sie betrachtete Brunetti aufmerksam, als versuche sie abzuschätzen, welche Gefahr von diesem Mann ausgehen mochte, auch wenn Mingardo ihn als seinen Freund vorgestellt hatte.

Endlich löste sie sich aus ihrer Erstarrung, drehte sich vollends um und schritt auf ihre Wohnung zu. Es blieb Brunetti überlassen, ihr zu folgen. An der Tür hielt sie kurz inne und machte eine kleine Verbeugung; ein geheiligtes Ritual der Gastfreundschaft, das selbst diesem Fremden gegenüber nicht vernachlässigt werden durfte, so gefährlich er auch sein mochte.

»Wenn Sie gestatten«, sagte Brunetti, betrat hinter ihr die Wohnung und legte die Hand auf die Türklinke. Als sie seinen fragenden Blick sah, bedeutete die Frau ihm mit einer Geste, er solle die Tür schließen. Er tat wie ihm geheißen, und dann sah er sich im Zimmer um. Auf dem Fußboden eine einfache Binsenmatte, dahinter ein Diwan mit einem dunkelgrünen, bestickten Überwurf und einem Stapel Kissen, die ebenfalls mit Stickereien verziert waren. Ein kleiner Tisch und zwei Stühle und an einer Wand eine Kommode mit fünf Schubladen. Auf dem Tisch eine ovale Holzschale mit Äpfeln und an der rückwärtigen Wand eine Kochplatte und ein kleines Spülbecken, darüber ein zweitüriges Hängeschränkchen. Die Tür links daneben führte wohl ins Bad. Es roch nach exotischen Gewürzen, unter denen Brunetti Nelken und Zimt zu erkennen glaubte, vermischt mit fremden, sehr köstlichen Düften. Seiner Schätzung nach war die ganze Wohnung kleiner als das Zimmer seiner Tochter.

Er ging zum Tisch, schob einen der Stühle zurück, trat beiseite und bedeutete ihr lächelnd und mit einer entsprechenden Handbewegung, sie möge sich setzen. Als sie seiner Aufforderung nachgekommen war, nahm er auf dem anderen Stuhl Platz, wobei er sorgsam darauf achtete, daß soviel Abstand wie möglich zwischen ihnen blieb.

»Ich möchte mich mit Ihnen unterhalten, Signora.« Als sie schwieg, setzte er hinzu: »Über Signora Jacobs.«

Sie nickte zum Zeichen, daß sie ihn verstand, sagte aber immer noch nichts.

»Wie lange waren Sie bei ihr?«

»Zwei Jahre«, erwiderte sie, und die knappe Antwort ließ keine Rückschlüsse darauf zu, wie gut ihr Italienisch war.

»Und haben Sie gern für die Signora gearbeitet?«

»Sie war eine gute Frau«, entgegnete Salima. »Viel zu tun war nicht bei ihr, und sie war immer sehr großzügig.«

»Würden Sie sagen, daß sie arm war?«

Sie zuckte mit den Schultern, als sei jede westliche Definition von Armut von Haus aus absurd, wenn nicht gar beleidigend.

»Inwiefern war sie großzügig?«

»Ich bekam immer etwas zu essen bei ihr, und manchmal gab sie mir ein paar Lire extra.«

»Ich könnte mir vorstellen, daß viele Arbeitgeber nicht so großzügig sind«, bemerkte Brunetti in der Hoffnung, sie damit etwas aus der Reserve zu locken. Aber es war wohl ein so plumper Versuch, daß sie seine Worte ignorierte und ruhig die nächste Frage abwartete.

»Hatten Sie Schlüssel zu ihrer Wohnung?«

An dem Blick, mit dem sie zu ihm aufsah, spürte er, daß sie abzuschätzen versuchte, wie riskant es sei, ihm die Wahrheit zu sagen. Wie gern hätte er ihr versichert, daß keine Gefahr bestünde, aber er wußte, daß das gelogen wäre, und sagte nichts.

»Ja.«

»Wie oft gingen sie hin?«

»Zum Putzen einmal die Woche. Aber manchmal war ich zwischendurch dort und brachte ihr etwas zum Essen. Sie aß nicht genug. Hat immer nur geraucht.« Ihr Italienisch war ausgezeichnet, woraus er schloß, daß sie wohl aus Somalia stammte, dem Land, in dem sein Vater gekämpft hatte, er mit seinem Maschinengewehr gegen Männer mit bloßen Speeren.

»Hat sie mit Ihnen über die Bilder in ihrer Wohnung gesprochen?«

»Die sind *harram«,* sagte sie, »und die Signora wußte, daß ich nicht darüber reden oder sie anschauen mochte.«

»Verzeihen Sie, Signora, aber ich weiß nicht, was Sie meinen«, gestand Brunetti.

»Harram – unrein. Der Prophet verbietet uns, Bilder von Menschen oder Tieren zu machen. Es ist unrecht, und diese Bilder sind unrein.«

»Danke, jetzt verstehe ich.« Brunetti nickte erleichtert, auch wenn er sich wunderte, wie jemand diese feingliedrigen jungen Tänzerinnen für unrein halten konnte.

»Aber hat sie vielleicht trotzdem mal was darüber erzählt?«

»Sie sagte, viele Leute würden sie für sehr wertvoll halten, aber ich wollte sie nicht ansehen, aus Angst, mich zu versündigen.«

»Haben Sie auch das junge Mädchen kennengelernt, das Signora Jacobs ihre Enkeltochter nannte?«

Salima lächelte. »Ja, ich bin ihr drei- oder viermal begegnet. Sie hat immer ›Signora‹ zu mir gesagt und mich mit Respekt behandelt. Einmal, als ich das Schlafzimmer saubermachte, brachte sie mir eine Tasse Tee. Und sie dachte daran, viel Zucker hineinzutun: Ich hatte ihr erzählt, daß man ihn bei uns gern süß trinkt. Sie war ein liebes Mädchen.«

»Wußten Sie, daß man sie ermordet hat?«

Salima senkte die Lider bei dem Gedanken, daß dieses liebe Mädchen tot war. Dann schlug sie die Augen wieder auf und sagte leise: »Ja.«

»Können Sie sich vorstellen, wer ihr nach dem Leben trachtete?«

»Wie hätte ich das wissen können und nicht zur Polizei gehen?« fragte sie ehrlich entrüstet, die erste Gefühlsregung, die sie seit Beginn des Gesprächs erkennen ließ.

»Signor Mario sagte mir, Sie hätten Angst vor der Polizei«, sagte Brunetti.

»Stimmt«, erwiderte sie brüsk. »Aber das spielt keine Rolle, nicht, wenn ich etwas gewußt hätte. Natürlich hätte ich es dann gemeldet.«

»Sie wissen also nichts?«

»Nein. Gar nichts. Aber ich glaube, das hat die Signora umgebracht.«

»Warum sagen Sie das?«

»Sie wußte, daß sie nicht mehr lange zu leben hatte. Ein paar Tage nach dem Tod des Mädchens sagte sie mir, daß sie in Gefahr sei.« Salimas Stimme klang wieder ruhig und gleichmütig.

»In Gefahr?« wiederholte Brunetti.

»Das waren ihre Worte. Ich wußte von ihren Herzbeschwerden, aber zuletzt griff sie viel öfter zu ihren Pillen, Tag für Tag nahm sie mehr davon.«

»Und hat sie gesagt, daß die Gefahr von ihrer Krankheit herrühren würde?« forschte Brunetti.

Salima dachte so lange über seine Frage nach, als beleuchte sie sie von allen Seiten und aus verschiedenen Blickwinkeln. »Nein. Nur, daß ihr Gefahr droht. Aber nicht, woher.«

»Und Sie nahmen an, es beträfe ihr Herz?«

»Ja.«

»Hätte es auch etwas anderes sein können?«

Wieder ließ ihre Antwort lange auf sich warten. »Ja.«

»Hat sie Ihnen sonst noch was erzählt?«

Sie preßte angestrengt den Mund zusammen, und dann sah er ihre Zunge vorschnellen und die Lippen befeuchten. Sie hielt den Blick auf ihre Hände gesenkt, die sittsam auf der Tischkante gefaltet waren. Nun neigte sie den Kopf tiefer und sagte etwas, aber so leise, daß Brunetti es nicht hören konnte.

»Entschuldigung, Signora, aber ich habe Sie nicht verstanden.«

»Sie hat mir etwas gegeben.«

»Ja? Was denn, Signora?«

»Ich glaube, es waren Dokumente.«

»Sie glauben es nur?«

»Es war ein Umschlag. Sie gab mir einen Umschlag und bat mich, ihn aufzubewahren.«

»Bis wann?«

»Das hat sie nicht gesagt. Nur, daß ich ihn bei mir behalten solle.«

»Und wann hat sie Ihnen diesen Umschlag gegeben?«

Er sah, wie sie in Gedanken nachrechnete. »Zwei Tage nach dem Tod des Mädchens.«

»Hat sie nicht doch irgendwas dazu gesagt?«

»Nein, aber ich glaube, sie hatte Angst.«

»Wie kommen Sie darauf, Signora?«

Sie schlug ihre vollendet geschwungenen Mandelaugen zu ihm auf und sagte: »Weil ich mich auskenne mit der Angst.«

Brunetti wandte den Blick ab. »Haben Sie den Umschlag noch?«

»Ja.«

»Würden Sie ihn mir holen, Signora?«

»Sie sind von der Polizei, nicht wahr?« Immer noch hielt sie den Kopf gesenkt und ihr wunderschönes Antlitz vor ihm verborgen, als fürchte sie sich, einem Mann zu gefallen, der Macht hatte über sie.

»Ja. Aber Sie haben nichts Unrechtes getan, Signora. Es wird Ihnen nichts geschehen.«

Ihr Seufzer war so tief wie die Kluft zwischen ihren Kulturen. »Was muß ich für Sie tun?« fragte sie, und ihre Stimme klang jetzt müde und resigniert.

»Nichts, Signora. Geben Sie mir nur die Papiere, und dann werde ich gehen. Die Polizei wird Sie danach nicht mehr belästigen.«

Sie zögerte noch immer und überlegte womöglich, auf was sie ihn schwören lassen könnte – etwas, das ihnen beiden heilig wäre. Doch was immer es war, wonach sie während dieses Schweigens suchte, sie konnte es nicht finden. Ohne ihn anzusehen, erhob sie sich und ging zu der Kommode.

Sie zog die oberste Schublade auf und entnahm ihr einen großen wattierten und prall gewölbten Umschlag. Sorgsam umfaßte sie das Päckchen mit beiden Händen und brachte es ihm.

Brunetti nahm es dankend in Empfang. Ohne Zögern bog er die beiden Metallklammern auf, die den Umschlag verschlossen hielten. Er war nicht zugeklebt und auch nicht mit Tesafilm gesichert, aber er hütete sich, sie mit der Frage zu kränken, ob sie ihn vielleicht schon einmal geöffnet hätte.

Er schob die rechte Hand hinein und stieß auf weich raschelndes Seidenpapier, das, wie sich bei weiterem Vordringen erwies, über den Rand zweier Pappdeckel geschlagen war. Am unteren Ende ertastete er einen zweiten Umschlag, auch er dick und ziemlich voluminös. Brunetti zog die Hand zurück, und vorsichtig, nur mit den Fingerspitzen, fischte er heraus, was Geheimnisvolles zwischen den Pappdeckeln verborgen lag. Er löste das in Seidenpapier gehüllte Päckchen aus der Umhüllung und legte es auf den Tisch: Es war ein Rechteck, etwas größer als ein Buch, ungefähr im Format einer kleinen Zeitschrift. Außen an dem Seidenpapier klebte ein Zettel, und darauf stand in der schräg geneigten Schrift einer Hand, die an steilere Lettern als die italienischen gewöhnt war: »Inliegendes war lange in meinem persönlichen

Besitz und ist ein Geschenk für Salima Maffeki.« Die Botschaft war unterzeichnet mit »Hedwig Jacobs« und drei Tage vor ihrem Tod datiert.

So gespannt wie ein Kind die Türchen eines Adventskalenders geöffnet hätte, schlug Brunetti das Seidenpapier zurück. *»Oddio!«* entfuhr es ihm, als er die mit kühnen Strichen skizzierte Gestalt erkannte, die leblos in den Armen der Mutter ruhte. Es konnte nur ein Tizian sein, soviel war klar, aber ihm fehlte der Blick des Experten, um die Arbeit genauer bewerten zu können.

Sie hatte sich ihm zugewandt, doch nicht aus Neugier auf die Zeichnung in seiner Hand, sondern weil sein Ausruf sie überrascht hatte. Aber gleich darauf drehte sie sich jäh weg von dem, was nicht mehr *harram* hätte sein können: ein Abbild ihres falschen Gottes, dieses Gottes, der keiner war – wie hätte er sonst sterben können – und vor dem sie zurückscheute wie vor etwas Obszönem.

Brunetti breitete das Seidenpapier sorgsam wieder über die Zeichnung und schob sie zurück zwischen die beiden Pappdekkel. Schweigend legte er das Päckchen beiseite und wandte sich dem zweiten Umschlag zu. Auch der war unversiegelt. Er öffnete die Klappe und brachte einen Stapel Briefschaften zum Vorschein, alle doppelt gefaltet und mit einem Gummiband zusammengehalten.

Brunetti nahm das oberste Schreiben zur Hand: »Ich, Alberto Foa, verkaufe die unten aufgeführten Gemälde für den Pauschalbetrag von vierhunderttausend Lire an Luca Guzzardi.« Das Dokument war auf den 11. Januar 1943 datiert und enthielt im Anhang eine Aufstellung von neun Gemälden, allesamt Werke berühmter Künstler. Eine Stichprobe ergab, daß noch zwei weitere Dokumente auf Luca Guzzardi ausgestellte Verkaufsurkunden waren, beide vor dem Sturz Mussolinis datiert. Eine davon betraf Zeichnungen; in der anderen waren Gemälde und Plastiken aufgeführt.

Brunetti zählte die übrigen Blätter: neunundzwanzig. Mit den dreien, die er geöffnet hatte, insgesamt also zweiunddreißig Verkaufsurkunden, zweifellos alle unterzeichnet und datiert und mithin völlig legal und vor allem ein rechtskräftiger Beweis dafür, daß die Kunstgegenstände in Signora Jacobs' Besitz vormals rechtmäßiges Eigentum von Luca Guzzardi gewesen waren, ihrem Liebhaber, geistig umnachtet und seit einem halben Jahrhundert unter der Erde.

Und Erbin all dieser Kunstschätze war Claudia Leonardo, Guzzardis Enkelin, die man erstochen hatte und die ohne rechtsgültiges Testament verstorben war.

Brunetti faltete die drei Dokumente, die er eingesehen hatte, zusammen und legte sie zurück auf den Stapel, streifte den Gummiring darüber und schob das Päckchen zurück in den Umschlag.

Behutsam und vorsichtig packte er dann alles zusammen wieder in das große Kuvert. »Signora«, sagte er mit einem beschwörenden Blick auf Salima, »ich muß das mitnehmen.«

Sie nickte.

»Signora, Sie müssen mir glauben, wenn ich Ihnen sage, daß Sie nicht in Gefahr sind. Wenn Sie wollen, bringe ich meine Frau und meine Tochter zu Ihnen, und Sie können sie fragen, ob ich ein ehrlicher Mann bin. Ich denke, sie werden das bestätigen, aber wenn Sie möchten, bringe ich die beiden her.«

»Ich glaube Ihnen«, sagte sie, immer noch ohne ihn anzusehen.

»Dann glauben Sie auch dies, Signora, denn es ist wichtig. Signora Jacobs hat Ihnen sehr viel Geld vermacht. Ich weiß noch nicht, wieviel es ist, dazu muß ich mich erst mit jemandem besprechen, der sich in diesen Dingen auskennt. Aber es ist bestimmt eine Menge Geld.«

»Fünf Millionen Lire?« fragte sie so sehnsüchtig, als ließe sich mit genau dieser Summe Glück oder Frieden oder ein Platz im Paradies erkaufen.

»Wozu brauchen Sie gerade diesen Betrag, Signora?«

»Für meinen Mann. Und meine Tochter. Wenn ich ihnen so viel schicken kann, dann können sie nach Italien ausreisen. Darum bin ich hier, um zu arbeiten und zu sparen und sie nachzuholen.«

»Es wird mehr sein als fünf Millionen«, sagte Brunetti, obwohl er keine Ahnung hatte, wieviel die Zeichnung wert war; so viel aber mindestens, womöglich sogar ein Vielfaches davon.

Da er sich wieder mit dem Umschlag beschäftigte und die Klammern durch die perforierten Löcher in der Klappe schob, um ihn zu verschließen, sah er nicht, wie die junge Frau sich bewegte. Doch im nächsten Augenblick schnellten ihre Hände vor und ergriffen seine Rechte, die sie mit der Handfläche nach unten drehte. Dann neigte sie sich darüber und preßte sekundenlang ihre Stirn auf seinen Handrücken. Er fühlte, wie ihre Hände zitterten.

Endlich gab sie seine Hand frei und richtete sich wieder auf.

Brunetti erhob sich und ging, den Umschlag unter den Arm geklemmt, zur Tür, wo er sich umwandte und ihr die Hand entgegenstreckte. Aber sie schüttelte den Kopf und hielt die Hände seitlich an den Körper gepreßt, eine sittsame Frau, für die es sich nicht schickte, einem fremden Mann die Hand zu reichen.

23

Als Brunetti aus Salimas Haus kam, mußte er überrascht feststellen, daß seine Knie zitterten. Er wußte nicht, ob es an der fremdländischen Geste lag, mit der die Frau ihn gewissermaßen verpflichtet hatte, dafür zu sorgen, daß sie das Geld bekam, mit dem sie ihre Familie nachholen konnte, oder ob die brisanten Dokumente, die sie ihm überlassen hatte, ihn so erregten.

Aus einer Bar rief er Lele Bortoluzzi an und verabredete sich mit ihm in zwanzig Minuten in seiner Galerie; so lange würde er schätzungsweise brauchen, wenn er die Linie 82 vom Rialto nahm. Als Brunetti eintraf, unterhielt der Künstler sich gerade mit einem Kunden, einem Amerikaner, der darauf bestand, sich sämtliche Arbeiten anzusehen, sich nach Techniken und Farben erkundigte, nach dem Licht und Leles Stimmung beim Malen der jeweiligen Bilder, und der nach fast einer Viertelstunde die Galerie verließ, ohne irgend etwas gekauft zu haben.

Lele trat zu Brunetti, der vor einem Seestück stand, umarmte den Jüngeren und küßte ihn auf beide Wangen. Als engster Freund seines verstorbenen Vaters hatte Lele ihn stets mit väterlicher Herzlichkeit umsorgt, wie um ihn dafür zu entschädigen, daß Brunettis leiblicher Vater seinen Söhnen nie hatte zeigen können, was er für sie empfand.

Brunetti wies mit einer Kopfbewegung auf das Gemälde und sagte: »Das ist wunderschön.«

»Ja, nicht wahr?« erwiderte der Künstler ohne eine Spur von Verlegenheit. »Besonders diese Wolke da links, gleich über dem Horizont.« Er führte die Kuppe seines rechten Zeigefingers dicht an die Leinwand und tippte dann ein-, zweimal mit dem Fingernagel auf die Wolke. »Es ist die schönste, die ich je gemalt habe, wirklich einmalig.«

Da es sonst gar nicht Leles Art war, seine eigenen Arbeiten zu loben, trat Brunetti gespannt näher, aber er sah nach wie vor bloß eine Wolke.

Der Commissario legte den wattierten Umschlag auf den Tisch, öffnete ihn und nahm das Päckchen mit der Zeichnung heraus, wobei er sorgsam darauf achtete, die schützenden Pappdeckel nicht zu knicken. »Sieh dir das mal an«, sagte er.

Bortoluzzi zog die mit Seidenpapier umhüllte Zeichnung zwischen den Pappen hervor, schlug das Papier zurück, und als er sah, was sich darunter verbarg, entfuhr ihm unwillkürlich ein staunendes *»Mamma mia!«*. Er sah kurz zu Brunetti auf, aber die Schönheit des Kunstwerks zog seinen Blick gleich wieder magisch an. Und während das Auge des Malers andächtig Strichführung und Lineatur des Leichnams Christi folgte, fragte Lele: »Wo hast du das her?«

»Kann ich dir nicht sagen.«

»Ist es gestohlen?«

»Ich glaube nicht«, antwortete Brunetti und bekräftigte nach einigem Nachdenken in entschiedenerem Ton: »Nein, nicht gestohlen.«

»Und warum kommst du damit zu mir?« fragte Lele.

»Weil du es verkaufen sollst.«

»Bist du auch sicher, daß es nicht gestohlen ist?« fragte der Maler.

»Lele, es ist nicht gestohlen, aber ich brauche dich, um es zu verkaufen.«

»Das werde ich nicht tun«, sagte der Maler, doch bevor Brunetti etwas einwenden konnte, setzte er hinzu: »Ich kaufe es selber.«

Lele nahm das Blatt vom Tisch und trat näher ans Tageslicht, das durch Tür und Fenster einfiel. Abwechselnd prüfte er die Zeichnung in kurzem Abstand oder hielt sie auf Armeslänge von sich, ehe er zurückkam und sie wieder auf den Tisch legte. Mit dem kleinen Finger seiner rechten Hand strich er behutsam über die linke untere Ecke. »Das Papier ist echt. Venezianisch, sechzehntes Jahrhundert.« Wieder nahm er die Zeichnung zur Hand und studierte sie, wie Brunetti schien, minutenlang, bevor er sagte: »Über den Daumen gepeilt würde ich dieses Blatt auf zweihundert Millionen schätzen. Natürlich müßte man die Preise der letzten Auktionen vergleichen, aber ich weiß, daß Pietro vor etwa drei Jahren einen Tizian verkauft hat, also kann ich ihn fragen, was er damals bekommen hat.«

»Pietro Palma?« fragte Brunetti und benannte damit einen berühmten venezianischen Kunsthändler.

»Ja. Er wird mich anlügen, der Mistkerl. Das macht er immer, trotzdem kann ich mir anhand seiner Flunkerei ausrechnen, wieviel er wirklich erzielt hat. Aber der Preis dürfte sich irgendwo zwischen hundertfünfzig und zweihundert Millionen bewegen.« Und ganz beiläufig, zu beiläufig, fragte Lele: »Gehört dir das Bild?«

»Nein, aber ich bin bevollmächtigt, es zu verkaufen.« Womit er nicht die Unwahrheit sagte; zwar hatte Salima ihn nicht gebeten, die Zeichnung zu Geld zu machen, aber er handelte doch zweifellos in ihrem Sinne. Bei dem Gedanken an das Geld tauchte sofort eine neue Sorge auf: Wie konnte er sicherstellen, daß Salima es auch bekam? Wo sollte man es deponieren, bis sie in der Lage war, es für ihre Familie zu verwenden? »Könntest du bar bezahlen?« fragte er.

»Solche Geschäfte werden immer in bar abgewickelt, Guido. Das hinterläßt keine Spuren im Schnee.«

Brunetti, der diesen Satz schon viele Male von Lele gehört hatte, erkannte gleichwohl erst jetzt, wie treffend und wie nützlich obendrein eine solche Maxime war. Trotzdem hatte er keine Ahnung, was er mit soviel Geld anfangen sollte. Es auf die Bank zu bringen wäre mehr als riskant: Das Finanzamt würde sich angelegentlich dafür interessieren, wie ein Kriminalbeamter im höheren Dienst plötzlich zu einem so hohen Barvermögen gekommen war. Andererseits hatten sie zu Hause keinen Safe, und er konnte das Geld wohl kaum in seinem Sockenfach verstecken.

»Wie und wann wollen wir den Handel perfekt machen?« fragte der Maler.

»Ich laß es dich wissen. Weißt du, das Geld ist nicht für mich bestimmt, aber die eigentliche Empfängerin kann es nirgends sicher aufbewahren.« Rasch spielte Brunetti die wenigen Möglichkeiten durch, die sich ihm boten, und schlug am Ende vor: »Warum behältst du das Geld nicht, bis mir einfällt, wie man es ihr zukommen lassen könnte?«

An der Person des Vorbesitzers hatte Lele offensichtlich nicht das geringste Interesse, zumindest jetzt nicht mehr, wo er den Tizian bereits als sein rechtmäßiges Eigentum betrachtete. »Möchtest du nicht wenigstens eine Anzahlung?« fragte er, und Brunetti begriff, daß der Maler seinen Kauf unbedingt absichern wollte.

»Das Bild gehört dir, Lele«, sagte Brunetti. »Und wie wir das mit dem Geld regeln, das besprechen wir nächste Woche.«

»Schön, schön«, murmelte Lele, dessen Augen längst wieder auf dem toten Christus ruhten.

Als alles weitere geklärt war, nutzte der Commissario den Besuch in der Galerie, um den fachlichen Rat des Malers einzuholen. Er zog den Stapel Quittungen aus dem Kuvert, griff wahllos eine heraus und reichte sie Lele mit der Bitte: »Sag mir, was es damit auf sich hat.«

Lele nahm das Blatt entgegen, überflog es rasch und studierte dann im einzelnen den Vertrag und noch gründlicher das Verzeichnis der Gemälde und Zeichnungen. *»Caspita!«* rief er, legte den Vertrag auseinandergefaltet auf den Tisch und zog noch ein paar Dokumente aus dem Stapel. Er las zwei oder drei und breitete sie anschließend vor sich auf dem Tisch aus. Als er den vierten Vertrag eingesehen hatte, sagte er: »Da sind sie also abgeblieben.«

»Erkennst du etwas wieder?«

»Ein paar Sachen schon, ja. Soweit ich das nach den Beschreibungen beurteilen kann. So was wie ›Iznik-Kachel mit Nelkendekor‹ ist natürlich zu allgemein, außerdem verstehe ich nicht viel von osmanischer Keramik. Aber hier zum Beispiel: ›Ansicht des Arsenale von Guardi‹, damit kann ich schon etwas anfangen, besonders, wenn ich sehe, daß das Bild von den Orvietos stammt.«

Lele deutete auf die ausgebreiteten Verträge und fragte: »Sind das die Kunstwerke aus der Wohnung der alten Frau?«

»Ja.« Brunetti konnte das zwar nicht mit absoluter Gewißheit behaupten, aber eine andere Erklärung schien kaum denkbar.

»Ich hoffe, das Haus wird bewacht«, sagte Lele, woraufhin Brunetti umgehend die massive Eingangstür zu Signora Jacobs' Wohnung vor Augen sah. Aber dann dachte er an Salima und an ihre Schlüssel, die er nicht zurückgefordert hatte.

»Ich hab eine Inventarliste erstellen lassen«, sagte der Commissario trotzig.

»Und führe uns nicht in Versuchung.«

»Schon gut, schon gut, aber wo wir jetzt diese Belege haben« – und Brunetti schwenkte die Verkaufsurkunden –, »da wissen wir doch, was alles in der Wohnung ist.«

»Oder war«, ergänzte Lele trocken.

Auf die Gefahr hin, der Dienstehre der Polizei damit ein eher fragwürdiges Zeugnis auszustellen, sagte Brunetti: »Die beiden, die mit der Inventur beauftragt wurden, Riverre und Alvise, das sind Idioten. Die könnten einen Manet nicht vom Titelblatt einer Friseurzeitung unterscheiden.« Und nach einer Pause fügte er hinzu: »Wobei letztere ihnen vermutlich besser gefiele.«

Der Maler, den das Kunstverständnis von Polizeibeamten nicht übermäßig interessierte, fragte sachlich: »Was wird nun aus alledem?«

Brunetti zuckte die Achseln, eine Geste, die sowohl Unsicherheit verriet als auch sein Widerstreben, mit jemandem, der nicht in die Ermittlungen einbezogen war, Spekulationen anzustellen, nicht einmal mit einem so engen Freund wie Lele. »Vorläufig bleibt alles in ihrer Wohnung.«

»Bis …?« fragte Lele.

Die beste Antwort, die Brunetti darauf einfiel, war: »Bis kommt, was kommt.«

Beim Mittagessen war Brunetti ungewöhnlich still und ließ die lebhaften Familiengespräche an sich vorbeischwirren: Raffi behauptete, er müsse unbedingt ein *telefonino* haben, woraufhin Chiara prompt das gleiche Bedürfnis anmeldete. Als Paola wissen wollte, wozu sie denn eins brauchten, antworteten beide, um den Kontakt zu ihren Freunden zu halten oder um Hilfe zu rufen, falls Gefahr im Verzug sei.

Daraufhin formte Paola mit den Händen einen Trichter vor dem Mund und rief ihrer Tochter über den Tisch hinweg zu: »Erde an Chiara. Erde an Chiara. Kannst du mich hören? Chiara, bitte kommen. Hörst du mich?«

»Was soll denn das, *mamma*?« fragte Chiara sichtlich gereizt.

»Ich wollte dich daran erinnern, daß du in Venedig lebst, also am vermutlich sichersten Ort der Welt.« Als Chiara etwas einwenden wollte, schnitt Paola ihr kurzerhand das Wort ab: »Es ist also ganz unwahrscheinlich, daß dir hier Gefahren drohen, das heißt abgesehen von *acqua alta,* und dagegen würde dir ein *telefonino* auch nicht viel helfen.« Und als Chiara den Mund aufmachte, war Paola wieder schneller und befand abschließend: »Also heißt die Antwort nein.«

Raffi versuchte sich unsichtbar zu machen, so gut das eben ging, wenn man gleichzeitig ein zweites Stück Birnentorte mit einem Berg Schlagsahne verzehrte. Er hielt den Blick auf seinen Teller gesenkt und schluckte zögernd wie eine Gazelle, die aus einem Wasserlauf trinkt, obwohl sie weiß, daß er vor Krokodilen wimmelt.

Paola griff nicht an, aber sie tauchte auf und fixierte ihn mit Reptilienblick. »Wenn *du* dir eins kaufen willst, Raffi, meinetwegen. Aber du bezahlst es von deinem Geld.« Er nickte.

Das Gespräch brach ab. Brunetti war währenddessen ganz woanders gewesen und hatte die kleine Kabbelei an sich vorbeirauschen lassen, auch wenn der Vorwurf, mit dem Paola den angeblichen Konsumwahn ihrer Kinder tadelte, ihn aufhorchen ließ. Und plötzlich fragte er wie aus heiterem Himmel in die Runde: »Schämt ihr euch eigentlich gar nicht, daß ihr so versessen darauf seid, möglichst viel Geld zusammenzuraffen, ohne einen Gedanken an Einsicht und Wahrheit und das Wohl eurer Seele zu verschwenden?«

»Wo hast du das denn her?« fragte Paola überrascht.

»Von Platon«, sagte Brunetti und machte sich über seinen Kuchen her.

Schweigend ging die Mahlzeit zu Ende; Chiara und Raffi tauschten forschende Blicke und Achselzucken; Paola dachte über Brunettis Einwurf nach und versuchte zu begreifen, was um alles in der Welt ihn auf dieses Zitat gebracht hatte, das ihrer Erinnerung nach aus der *Apologie* stammte.

Nach dem Essen verschwand Brunetti im Schlafzimmer, wo er die Schuhe abstreifte, sich aufs Bett warf und durchs Fenster in die Wolken starrte, denen man freilich nicht vorwerfen konnte, daß sie so heiter vorbeisegelten. Nach einer Weile kam Paola herein und setzte sich zu ihm auf die Bettkante.

»Vor einiger Zeit hast du mal davon gesprochen, den Dienst zu quittieren. Ist das jetzt ein Rückfall?«

Er wandte ihr das Gesicht zu und griff mit der Linken nach ihrer Hand. »Nein. Ich denke, es war nichts weiter als ein plötzlicher Anfall von moralischer Ermüdung.«

»Bei deinem Beruf ganz verständlich.«

»Vielleicht liegt es daran, daß es uns so gut geht, oder ich werde allergisch gegen Reichtum, jedenfalls begreife ich einfach nicht, wie weit manch einer zu gehen bereit ist, nur um an Geld zu kommen.«

»Wie jemanden zu töten, meinst du das?«

»Nein, nicht unbedingt. Lügen und stehlen genügen schon oder ein Leben lang einer Arbeit nachgehen, die einem gar nicht liegt. Oder, wenn du mir die Bemerkung erlaubst, als Frau mit einem Scheusal von Mann verheiratet zu bleiben, bloß weil er Geld hat.«

Paola lag schon die Frage auf der Zunge, ob das am Ende auf sie gemünzt sei. Aber da sie an seinem Ton merkte, wie ernst es ihm war, versagte sie sich diesen Scherz und fragte statt dessen: »Und du, bist du denn mit deiner Arbeit zufrieden?«

Er zog ihre Hand näher zu sich heran und begann ihren Trauring am Finger zu drehen. »Ich glaube, mir bleibt gar keine andere Wahl. Ich weiß, ich beklage mich oft darüber, aber im Endeffekt kommt doch so manches Gute dabei heraus.«

»Machst du darum weiter?«

»Nein, nicht nur. Zum Teil wohl auch, weil ich von Natur aus neugierig bin und immer wissen will, wie die Geschichte ausgeht oder wie oder warum sie überhaupt angefangen hat.«

»Ich werde nie begreifen, wieso ausgerechnet du Henry James nicht magst«, sagte sie ehrlich erstaunt.

24

Es dauerte noch eine ganze Woche, bevor die Ermittlungen zum Tod der beiden Frauen mehr zutage förderten als Aktennotizen und Verteilerlisten, und als der Durchbruch endlich kam, verdankte man ihn jener urvenezianischen Einrichtung: einer Informationsbörse, die sich aus Freundschaftsdiensten und wechselseitigen Verpflichtungen speiste. Ein Beamter der Urkundenstelle beim Standesamt, der sich erinnerte, daß Signorina Elettra, deren Schwester die Ärztin seiner Frau war, einmal Interesse an Claudia Leonardo und Hedwig Jacobs bekundet hatte, rief eines Morgens an, um ihr zu sagen, daß Signora Jacobs' Testament vor zwei Tagen bei seiner Behörde eingereicht worden sei.

Elettra erkundigte sich, ob er ihr wohl eine Kopie des Testaments faxen könne, und als er antwortete, das sei »in höchstem Maße unstatthaft, aber ohne weiteres machbar«, da bedankte sie sich lachend und beendete das Gespräch mit der unausgesprochenen Zusicherung, daß man ein Auge zudrücken würde, sollte er je mit der Polizei aneinandergeraten. Gleich anschließend rief sie Brunetti an und bat ihn, hinunter in ihr Büro zu kommen.

Er hatte keine Ahnung, warum sie ihn sprechen wollte, doch als er eintrat, hörte er das Faxgerät rattern. Wortlos stand sie auf, ging zu dem Apparat, und als das erste Blatt die Zunge aus dem Schlitz streckte, machte sie eine tiefe Verbeugung, deutete auf das austretende Papier und winkte Brunetti heran. Neugierig beugte er sich darüber und begann zu lesen, noch bevor das Gerät den Text ganz ausgespuckt hatte. »Ich, Hedwig Jacobs, österreichische Staatsbürgerin mit Wohnsitz in Venedig, Santa Croce 3456, erkläre hiermit an Eides Statt, daß ich keine lebenden Angehörigen habe, die Anspruch auf meinen Nachlaß erheben könnten.« Er las den ersten Satz, blickte zu Signorina Elettra auf, die ihn beobachtete und ihre Selbstzufriedenheit nur mit einem kleinen Lächeln zu erkennen gab. Das Blatt ruckelte vorwärts, und er beugte sich wieder darüber. »Daher verfüge ich, daß mein gesamter Besitz im Falle meines Todes auf Claudia Leonardo übergeht, ebenfalls wohnhaft in Venedig und Enkelin von Luca Guzzardi. Sollte sie aus irgendeinem Grund dieses Vermächtnis nicht antreten können, so ist es mein erklärter Wille, daß der gesamte Nachlaß ihren Erben zufällt. Ferner vermache ich sechs Tiepolo-Zeichnungen, als deren rechtmäßige Eigentümerin ich auf dem Rahmenrücken vermerkt bin, zum Angedenken an Luca Guzzardi dem Direktor der Biblioteca della Patria, der im Dienste und zum Wohle der Bibliothek darüber verfügen möge.« Laut Datum war das Dokument zehn Tage vor Claudias Tod unterzeichnet worden. Brunetti, der unter Signora Jacobs' Unterschrift nur weißes Papier sah, blickte ratlos zu Signorina Elettra auf, aber dann spuckte das Faxgerät noch ein paar Zentimeter aus, und vor seinen Augen erschienen Name und Unterschrift des Notars, der das Testament aufgesetzt hatte: »Massimo Sanpaolo«. Die Unterschriften der beiden Zeugen waren unleserlich.

Brunetti zog das ausgedruckte Blatt aus dem Schlitz und reichte es Signorina Elettra, die genauso überrascht war wie vor ihr Brunetti, als sie auf den Namen des Notars stieß. *»Oh, my!«* rief sie auf englisch und setzte, ins Italienische wechselnd, spöttisch hinzu: »Was für ein Zufall.«

»Nicht wahr?« Brunetti schmunzelte. »Ja, die Familie Filipetto scheint überall ihre Finger im Spiel zu haben.«

Signorina Elettra ging wieder an ihren Schreibtisch, und noch bevor er sie darum bitten konnte, schlug sie vor: »Sollen wir mal nachsehen?«

Keine andere Familie hätte sich leichter durch die Archive oder die diversen Ämter und Institutionen der Stadt verfolgen lassen. Gianpaolo, den Brunetti inzwischen als »seinen« Filipetto betrachtete, war der einzige Sohn eines Notars und hatte seinerseits nur einen Sohn gezeugt, der an Krebs gestorben war. Eine seiner Töchter hatte bei den Sanpaolos eingeheiratet, ebenfalls eine berühmte Notarsdynastie, und es war ihr Sohn Massimo, der nach dem Tod seines Onkels Filipettos Kanzlei übernommen hatte. Massimo war verheiratet und Vater zweier Söhne, die nach Brunettis Überzeugung auch mit ihren sechs beziehungsweise sieben Jahren bereits in die Mysterien der Notariatskunde eingeführt und dazu erzogen wurden, Reichtum und Ansehen der Familie zu erhalten und zu mehren. Gianpaolos jüngere Tochter hatte einen Ausländer geheiratet, aber erst mit weit über vierzig, und so war die Ehe kinderlos geblieben.

Die Kanzlei von Notaio Sanpaolo lag in einer engen *calle* unweit des Teatro Goldoni. Brunetti zog es vor, unangemeldet zu erscheinen, was er etwa zwanzig Minuten später tat. Er nannte einer der beiden Sekretärinnen im Vorzimmer seinen Namen, erhielt aber den Bescheid, daß Sanpaolo gerade *un rogito* begonnen habe, also die notarielle Verbriefung eines Immobilienverkaufs. Brunetti wußte, daß wahrscheinlich in Kürze eine Verhandlungspause eintreten würde, während der die Parteien die Geldübergabe regelten. Der Notar würde sich unter dem Vorwand entschuldigen, daß er noch eine Formsache überprüfen müsse, und in seiner Abwesenheit würden die Käufer den Verkäufern die tatsächliche Kaufsumme aushändigen, die immer doppelt so hoch war wie der offiziell angegebene und zu versteuernde Preis. Da der Handel bar abgewickelt wurde und in der Regel Hunderte Millionen Lire gezählt werden mußten, durfte der Notar mit einer langen Pause rechnen, bevor er wieder zurückmußte, um die Unterzeichnung des Vertrages zu beglaubigen. Vor allem aber konnte er, der bei diesem Akt von Staats wegen als Zeuge bestellt war, durch seine Abwesenheit während des Geldzählens wahrheitsgemäß beteuern, daß in seiner Gegenwart keine Barmittel geflossen seien.

Wie Brunetti es vorausgesehen hatte, kam Sanpaolo etwa zehn

Minuten später aus seinem Büro, sah den Besucher, tat jedoch so, als erkenne er ihn nicht, und begann ein Gespräch mit einer der Sekretärinnen. Die aber machte ihren Chef auf Brunetti aufmerksam und sagte, der Herr wünsche ihn zu sprechen.

Sanpaolo war ein hochgewachsener, kräftig gebauter Mann mit starkem Bartwuchs und einem überfälligen Haarschnitt. In seiner Jugend mochte er sehr attraktiv gewesen sein, aber ein üppiger Lebensstil hatte seine Gesichtszüge erschlaffen und den Körper Fett ansetzen lassen, so daß er nun eher einem in die Breite gegangenen Sportler glich als einem seriösen Notar. Brunetti tippte darauf, daß der Jüngere sich vermutlich als schlechter Lügner erweisen würde: Bei Männern mit Kindern war das oft der Fall, auch wenn Brunetti nicht wußte, warum. Vielleicht machten brenzlige Situationen einen Familienvater eher nervös.

»Ja?« fragte Sanpaolo, der zögernd auf Brunetti zutrat, ihm unhöflicherweise aber nicht einmal die Hand bot.

»Brunetti, ich komme wegen des Testaments von Signora Hedwig Jacobs«, sagte der Commissario mit ruhiger Stimme und ohne sich auszuweisen.

»Was ist damit?« fragte Sanpaolo, forderte Brunetti aber immerhin nicht auf, den Namen zu wiederholen.

»Ich wüßte gern, wie es in Ihre Hände kam.«

»In meine Hände?« wiederholte Sanpaolo betont unverbindlich.

»Wie es dazu kam, daß Sie das Testament aufsetzten und beim Nachlaßgericht zur Bestätigung einreichten«, erläuterte Brunetti.

»Signora Jacobs war meine Mandantin, also ist es doch nur natürlich, daß ich ihr Testament aufgesetzt sowie ihre Unterschrift und die der beiden Zeugen beglaubigt habe.«

»Und wer sind diese Zeugen?«

»Mit welchem Recht stellen Sie solche Fragen?« Sanpaolos Nervosität schlug in Zorn um, und er wurde laut. Was die ruhige Sachlichkeit Brunettis nur verstärkte.

»Ich ermittle in einem Mordfall, und Signora Jacobs' Testament ist in diesem Zusammenhang wichtig.«

»Wie denn das?«

»Darüber darf ich Ihnen keine Auskunft geben, Notaio, aber ich versichere Ihnen, daß ich jedes Recht habe, mich nach dem Testament zu erkundigen.«

»Das wird sich zeigen«, sagte Sanpaolo und schwenkte ab, zurück zum Empfangstresen. Er sagte etwas zu einer der Sekretärinnen und verschwand durch eine Tür links neben seinem Büro. Die Frau, mit der er gesprochen hatte, schlug ein großes schwarzes Adreßbuch auf, suchte eine Telefonnummer heraus und stellte eine Verbindung her. Sie hörte kurz zu, sagte ein paar Worte, drückte eine Taste an der Telefonanlage und legte den Hörer auf. Obwohl weder sie noch ihre Kollegin von Brunetti Notiz zu nehmen schienen, mimte der Commissario mit Hingabe den Gelangweilten, der, des Wartens überdrüssig, immer wieder nach der Uhr sieht, während er sich in Wahrheit die Zeit des Anrufs einprägte: Das würde Signorina Elettra die Arbeit erleichtern, wenn sie daranging, Sanpaolos Telefonate zu überprüfen.

Ein paar Minuten später öffnete sich langsam die Tür zu Sanpaolos Büro, und ein Mann steckte den Kopf heraus und sagte, der Notar könne jetzt wieder hereinkommen. Die Sekretärin, die eben telefoniert hatte, antwortete, der Notar habe gerade einen Anruf aus Südamerika erhalten, werde aber gleich wieder zur Verfügung stehen. Der Mann zog den Kopf zurück und schloß die Tür hinter sich.

Die Minuten verstrichen, und nach einer Weile erschien der Mann aus dem Büro wieder in der Tür und fragte, was los sei; die Sekretärin erkundigte sich, ob sie ihm und den anderen Herrschaften etwas zu trinken anbieten könne. Ohne auf ihr Angebot einzugehen, verschwand der Mann wieder im Büro und schloß die Tür, diesmal laut und vernehmlich.

Als Sanpaolo nach mehr als zehn Minuten endlich wieder zum

Vorschein kam, wirkte er nicht mehr so imposant wie zuvor. Die Sekretärin sagte etwas, doch er winkte sie mit dem Handrücken fort wie ein lästiges Insekt.

Der Notar wandte sich an Brunetti. »Am Tag der Testamentsunterzeichnung ging ich zu Signora Jacobs in die Wohnung; zusammen mit meinen Sekretärinnen, und sie waren es auch, die die Unterschrift der Erblasserin beglaubigten.« Er sprach so laut, daß die Frauen ihn hören konnten; beide blickten denn auch erst Sanpaolo und dann Brunetti an und nickten brav.

»Und wie kam es, daß Sie zu ihr nach Hause geholt wurden?« fragte Brunetti.

»Sie rief mich an und bat mich zu kommen«, sagte Sanpaolo, aber er wurde rot dabei.

»Hatten Sie zuvor schon für Signora Jacobs gearbeitet?« fragte Brunetti.

In dem Moment öffnete sich abermals die Tür zu Sanpaolos Büro, aber diesmal steckte ein anderer Mann den Kopf heraus.

»Na, was ist?« wandte er sich herrisch an Sanpaolo.

»Zwei Minuten, Carlo«, versprach der Notar mit einem breiten Lächeln, das indes seine Augen nicht erreichte. Der Mann zog den Kopf zurück und knallte die Tür zu.

Sanpaolo sah Brunetti entschuldigend an, aber der wiederholte seine Frage so gelassen, als hätte es keine Unterbrechung gegeben: »Waren Sie auch früher schon für Signora Jacobs tätig?«

Die Antwort ließ lange auf sich warten. Brunetti beobachtete, wie der Notar erwog, Notizen oder Terminkalendereinträge zu fälschen, den Gedanken jedoch wieder verwarf. »Nein.«

»Und wie kam es dann, daß die Signora von allen Notaren der Stadt gerade Sie ausgewählt hat, Dottor Sanpaolo?«

»Ich weiß es nicht.«

»Könnte es sein, daß jemand Sie empfohlen hat?«

»Vielleicht.«

»Ihr Großvater?«

Sanpaolos Lider schlossen sich. »Vielleicht.«

»Vielleicht oder ja, Dottore?« verlangte Brunetti zu wissen.

»Ja.«

Brunetti kämpfte die Verachtung nieder, die er für den anderen empfand, weil der so leicht eingeknickt war. Aber natürlich konnte in dieser Situation nichts abwegiger sein als der Wunsch nach einem stärkeren Gegner. Schließlich war das hier kein Spiel, kein Revierkampf unter Platzhirschen, sondern es ging darum, herauszufinden, wer Claudia Leonardo ein Messer in die Brust gestoßen und sie dann elend hatte verbluten lassen.

»Sie sagten, Sie hätten das Testament mitgenommen.«

Sanpaolo nickte.

»Und wer hat es aufgesetzt?«

»Ich verstehe nicht, was Sie meinen«, sagte der Notar, und Brunetti glaubte ihm. Der Mann ängstigte sich offenbar dermaßen vor den Folgen seiner anfänglichen Finten, daß er den weiteren Fragen nicht mehr richtig folgen konnte.

»Wer hat Ihnen die Formulierungen vorgegeben, die Sie in dem Testament verwenden sollten?«

Wieder sah er Sanpaolo das Labyrinth von Gefahren durchirren, die ihm im Falle einer Falschaussage drohten. Mit einem Seitenblick maß der Notar seine Sekretärinnen, die beide ostentativ mit ihrem Computer beschäftigt waren, und er schien abzuwägen, wieweit er darauf vertrauen könne, daß sie ihn bei einer Lüge deckten und was man ihnen gegebenenfalls dafür abverlangen würde. Und Brunetti konnte zusehen, wie er sich von dem Gedanken verabschiedete.

»Mein Großvater.«

»Wie?«

»Er rief mich einen Tag vorher an, um den Termin zu fixieren. Dann diktierte er Cinzia den Text am Telefon, und sie bereitete einen Entwurf vor, den ich der Signora vorgelegt habe.«

»Wußten Sie irgend etwas über dieses Testament, bevor Ihr Großvater Sie anrief?«

»Nein.«

»Und die Signora? Hat sie aus freien Stücken unterschrieben?« fragte Brunetti.

Sanpaolo war empört, daß seine anfänglichen Ausflüchte Brunetti auf die Idee brachten, er würde womöglich gegen die Gebote seines Berufsstandes verstoßen. »Selbstverständlich«, konterte er, wandte sich um und deutete auf die beiden Frauen, die sich immer noch angelegentlich über ihre Tastaturen beugten. »Sie können die Damen fragen.«

Das tat Brunetti und verblüffte damit nicht nur die beiden, sondern auch Sanpaolo, vielleicht weil sein Wort nie zuvor so deutlich in Frage gestellt worden war. »Ist das wahr, meine Damen?« rief Brunetti durch den Raum.

Sie blickten von ihren Tastaturen auf, und eine gab sich schokkiert.

»Ja, Signore.«

»Ja, Signore.«

Brunetti konzentrierte sich wieder auf Sanpaolo. »Hat Ihr Großvater Ihnen irgendeine Erklärung gegeben?«

Sanpaolo schüttelte den Kopf. »Nein, er rief nur an, diktierte das Testament und sagte, ich solle es am nächsten Tag der Signora zur Unterschrift vorlegen, es bezeugen lassen und in meiner Kanzlei registrieren.«

»Keinerlei Erklärung?«

Wieder schüttelte Sanpaolo den Kopf.

»Haben Sie denn keine verlangt?«

Diesmal konnte Sanpaolo sein Erstaunen nicht verbergen. »Niemand hinterfragt die Anordnungen meines Großvaters.« Er hörte sich an wie ein Schüler im Katechismusunterricht, der aufgerufen ist, eins der Zehn Gebote aufzusagen. Und die kindliche Schlichtheit, mit der er hinzusetzte: »Es ist uns nicht erlaubt, den *nonno* zu kritisieren«, ließ den Rest von Verachtung, die Brunetti noch für ihn hegen mochte, zu Mitleid schrumpfen.

Brunetti verließ die Kanzlei und kehrte in die Questura zurück. Auf dem Weg dorthin überließ der Commissario wieder einmal seinen Beinen die Führung, indes er über Filipettos Listen und Ränke nachdachte und über seine legendäre Habgier. Es wäre natürlich zu riskant gewesen, wenn sein Enkel sich in einem von ihm aufgesetzten Testament selbst als Erben benannt hätte, aber wie kam der Alte auf die Biblioteca della Patria? Als der Commissario sich San Marco näherte, rotierten seine Gedanken auf der Suche nach dem neuralgischen Punkt, an dem alle Spuren zusammenliefen. Indes, bislang kreuzten sie sich leider nur: Claudia und Signora Jacobs; Filipetto und Signora Jacobs; die Politik, die Claudia verabscheute und der ihr Großvater huldigte. Und dann war da noch die Lebenslinie, die ein Messer brutal durchtrennt hatte.

Vor den Wachtposten beim Amtssitz des Friedensrichters zückte Brunetti sein *telefonino* und wählte Signorina Elettras Nummer. Als sie sich meldete, sagte er: »Ich interessiere mich für alles, was Sie über Filipetto herausfinden können – beruflich oder privat –, und über die Biblioteca della Patria.«

»Offiziell?«

»Ja, aber ruhig auch das, was die Leute so reden.«

»Wann werden Sie hier sein, Signore?«

»In spätestens zwanzig Minuten.«

»Dann hänge ich mich jetzt ans Telefon, Signore«, sagte sie und legte auf.

Er beschleunigte seine Schritte nicht, sondern schlenderte gemächlich am *bacino* entlang und nutzte die Gunst des silbrig flimmernden Tages für einen Blick hinüber nach San Giorgio, machte dann eine Kehrtwendung um hundertachtzig Grad und betrachtete die Kuppeln der Kirchen, die das andere Kanalufer säumten. Einst hatte die Madonna die Stadt vor der Pest gerettet, und man errichtete ihr eine Kirche. Dann retteten die Amerikaner das Land vor den Deutschen, und McDonald's hielt Einzug in Venedig.

Als er in die Questura kam, ging Brunetti direkt in Signorina Elettras Büro. »Na? Fündig geworden?« fragte er noch von der Schwelle her.

»Ja. Ich habe ein bißchen rumtelefoniert.« Er war begierig zu erfahren, was das bedeuten mochte.

»Und?«

»Vor ein paar Jahren heiratete Filipettos jüngere Tochter einen Ausländer, der hier in Venedig beschäftigt war«, sagte sie und hielt ein Blatt von ihrem Notizblock in die Höhe. »Sie hat ein beachtliches Vermögen von ihrer Mutter geerbt, und das investierte sie, um ihm eine Position zu schaffen, eine sehr gut dotierte Position. Er ist wesentlich jünger als sie, und man munkelt, daß er ungeachtet seines Ehegelübdes nichts anbrennen läßt. Zum Beispiel hat mir jemand gesteckt, daß das Ehepaar vor ein paar Monaten aus einem Restaurant hinauskomplimentiert wurde.«

Obwohl ihn solcher Klatsch eigentlich nicht sonderlich interessierte, fragte Brunetti: »Und warum?«

»Meine Gewährsperson meint, der Filipetto habe es nicht gefallen, wie ihr Mann ein Mädchen am Nebentisch beäugte. Anscheinend wurde sie ziemlich ausfallend.«

»Gegen ihren Mann?« fragte Brunetti, überrascht, daß Eleonora Filipetto überhaupt fähig war, Emotionen zu zeigen.

»Nein, gegen das Mädchen.«

»Was ist passiert?«

»Die Besitzer des Restaurants mußten sie bitten, ihr Lokal zu verlassen.«

»Aber was ist nun mit Filipetto, und was hat er mit der Biblioteca zu tun?« fragte er, plötzlich irritiert von Elettras venezianischer Klatschsucht.

Er hörte sie seufzen. »Sie sollten vielleicht doch lieber das andere Motiv verfolgen, Signore«, sagte sie.

»Wovon reden Sie?«

»Von Eleonoras Mann.«

Doch Brunetti war die Spielchen leid und blaffte sie an: »Ich gebe nichts auf das Gerede der Leute. Ich will wissen, was mit Filipetto los ist.«

Elettra ließ ihn spüren, wie tief seine barsche Abfuhr sie gekränkt hatte. Statt zu antworten, reichte sie ihm ein Blatt Papier. »Das dürfte Sie interessieren, Signore«, sagte sie mit erzwungener Höflichkeit und wandte sich wieder ihrem Computer zu.

Er trat vor und nahm das Blatt entgegen. Aber ehe er einen Blick darauf warf, sagte er: »Bitte entschuldigen Sie, Elettra. Ich sollte nicht so mit Ihnen umspringen.«

In ihrem Lächeln mischten sich Erleichterung und kindlicher Eifer. »Achten Sie auf den Namen!« sagte sie und deutete auf das Papier in seiner Hand.

Brunetti gehorchte. *»Gesú Bambino!«* rief er, was freilich nicht der Name auf dem Papier war. »Sie hat Maxwell Ford geheiratet.« Er sagte es laut und horchte auf das Dröhnen in seinem Kopf, mit dem die aufgetürmten Puzzleteile ins Rutschen kamen, herunterpurzelten und sich donnernd zusammenfügten.

»Was hat der Mann vor seiner Heirat gemacht?«

»Er war Lokalreporter für eine englische Zeitung. Kurz nach der Eheschließung wurde die Biblioteca gegründet.«

»Mit Billigung des Vaters?«

»Dottor Filipetto gilt nicht als sonderlich konziliant, und diese Heirat beraubte ihn der Tochter, die seit dem Tod seiner Frau fünfundzwanzig Jahre lang für ihn gesorgt hatte.«

»Aber sie ist doch nach wie vor bei ihm.«

»Nur zwei Nachmittage die Woche, wenn seine Haushälterin Ausgang hat.«

»Und warum engagiert er sich für diese Tage nicht einfach einen Ersatz?«

»Keine Ahnung, Signore, aber die Filipettos waren noch nie sehr freigebig mit ihrem Geld. Außerdem kann er bei diesem Arrangement ein Auge auf seine Tochter haben und dafür sorgen, daß sie ihm nicht völlig entgleitet.«

»Was macht sie in der übrigen Zeit?«

»Sie arbeitet in der Biblioteca.«

Auf einmal stutzte Brunetti und fragte: »Woher wissen Sie das eigentlich alles?«

»Ich hab mich umgehört«, antwortete sie ausweichend.

»Bei wem?«

»Zum Beispiel bei meiner Tante Ippolita. Die Frau, die bei Filipetto saubermacht, bügelt zwei Nachmittage die Woche für meine Tante.«

»Und bei wem noch?« fragte Brunetti, der mit ihrer Hinhaltetaktik wohl vertraut war.

»Bei Ihrem Schwiegervater«, versetzte sie ausdruckslos.

Brunetti starrte sie entgeistert an. »Sie haben den Conte gefragt?«

»Na ja, ich wußte, daß er ein Patient meiner Schwester ist; außerdem weiß ich, daß er weiß, daß ich hier arbeite, und mein Vater hat mir mal erzählt, daß sie zusammen im Widerstand waren. Also habe ich mir die Freiheit genommen, ihn anzurufen und ihm darzulegen, um was Sie mich gebeten hatten.« Sie machte eine Pause, vielleicht um ihm Gelegenheit zu geben, sie noch einmal anzufahren, aber als er sich jeden Kommentars enthielt, fuhr sie fort: »Ich hatte den Eindruck, er hat mir sehr gern geholfen. Ich glaube nicht, daß er große Sympathie für die Filipettos hegt.«

»Und was hat er Ihnen so erzählt?«

»Die Tochter war vor zwanzig Jahren schon einmal verlobt, aber der Mann überlegte es sich anders oder ging weg aus Venedig. Der Conte war nicht sicher, aber er meinte, der Vater habe seine Hand im Spiel gehabt und den jungen Mann vielleicht dafür bezahlt, daß er die Stadt verließ oder zumindest seine Tochter.«

»Sagten Sie nicht gerade, die Filipettos hingen so an ihrem Geld?«

»Das war vermutlich ein Sonderfall, weil diese Verlobung seine Macht und seine Bequemlichkeit bedrohte. Wenn die Tochter geheiratet hätte, dann hätte er eine Bedienstete einstellen müssen, und manche von denen, so hört man, geben ihren Herrschaften freche Antworten, wissen Sie, und beharren stur auf ihrem Lohn.«

»Aber warum sollte sie ihm schließlich doch den Gehorsam versagen?« fragte er und dachte an Sanpaolos jämmerliche Unterwürfigkeit.

»Aus Liebe, Commissario. Aus Liebe.« Der Ton, in dem sie das sagte, ließ vermuten, daß sie dabei nicht nur an Eleonora Filipetto dachte.

Brunetti zog es vor, dem nicht weiter nachzugehen, und sagte statt dessen: »Er hat mir erzählt, seine Frau sei Kodirektorin der Bibliothek.«

»In der auch Claudia gearbeitet hat«, ergänzte sie und ließ sowohl den Satz als auch den Gedanken dahinter für Spekulationen offen.

»Diese Telefonate«, sagte er. »Zeigen Sie mir noch mal die Telecomliste.«

Signorina Elettra machte sich an ihrem Computer zu schaffen, und in weniger als einer Minute erschien die komplette Liste von Claudias Telefonaten auf dem Bildschirm. Brunettis Bitte vorwegnehmend, drückte sie ein paar Tasten, und sämtliche Einträge bis auf die Telefonate zwischen Claudia Leonardo und der Biblioteca della Patria verschwanden. Gemeinsam verglichen sie die restlichen Aufzeichnungen: die kurzen Telefonate der Anfangsphase, dann die längeren und immer länger werdenden Gespräche, und schließlich den Donnerschlag jenes letzten Anrufs, der genau zweiundzwanzig Sekunden gedauert hatte.

»Würden Sie es ihr zutrauen?« fragte Signorina Elettra.

»Ich denke, die Frage werde ich ihrem Mann stellen«, antwortete Brunetti.

25

Signorina Elettra druckte die Telefondatei aus, und sowie Brunetti sie in Händen hielt, ging er nach unten und bat Vianello, ihn zu begleiten. Auf dem Weg zur Bibliothek klärte er den Inspektor über Eleonora Filipettos Eheschließung auf, erläuterte Zeit und Dauer der Telefonate sowie die Schlüsse, die er daraus gezogen hatte.

»Es wäre wohl auch eine andere Erklärung denkbar?« gab Vianello der Form halber zu bedenken.

»Natürlich«, räumte Brunetti ein, obwohl er ebensowenig daran glaubte.

»Und Sie sagen, Filipettos Tochter ist Kodirektorin dieser Bibliothek?« fragte Vianello.

»Laut Aussage ihres Mannes, ja. Warum?«

Vianello verlangsamte seinen Schritt und blickte Brunetti von der Seite an, um zu sehen, ob der Commissario seinen Gedankengang nachvollzogen habe. Als Brunetti schwieg, fragte der Inspektor: »Fällt Ihnen denn gar nichts auf?«

»Nein, was denn?«

»Mit einem solchen Namen – ›Biblioteca della Patria‹ – kassieren die doch von beiden Seiten. Egal, für wen diese alten Männer im Krieg gekämpft haben, sie werden ihr Geld der Biblioteca spenden, im guten Glauben, daß dort ihre Ideale vertreten werden.« Vianello verstummte, und Brunetti konnte beobachten, wie er seine These in Gedanken zu Ende entwickelte. Endlich fuhr der Inspektor fort: »Wahrscheinlich sind sie auch noch als gemeinnütziger Verein eingetragen, und kein Mensch prüft nach, wofür sie die Gelder verwenden.« Und dann rasselte es in seiner Kehle, als wolle er ausspucken.

»Das können Sie nicht mit Sicherheit behaupten«, sagte Brunetti.

»Natürlich kann ich. Sie ist eine Filipetto.«

Danach versank Vianello in Schweigen und paßte sich wieder Brunettis Schritt an, während sie entlang der schmalen Kanäle im Castello-Viertel auf San Pietro di Castello und die Biblioteca zusteuerten. Dort angekommen, entdeckte Brunetti neben dem Eingang eine Tafel mit den Öffnungszeiten, die ihm beim letztenmal nicht aufgefallen war. Er läutete, ein paar Sekunden später sprang der *portone* auf, und sie traten ein.

Die Tür oben an der Treppe war nicht verschlossen, und sie gelangten ungehindert in die Bibliothek. Ford war nirgends zu sehen, die Tür zu seinem Büro geschlossen. Ein alter Mann saß gebückt und ein wenig angestaubt an einem der langen Tische und hielt ein aufgeschlagenes Buch in den Lichtschein der Leselampe. Ein anderer Veteran stand vor der Vitrine und betrachtete die ausgestellten Tagebücher. Schon auf etliche Meter Entfernung nahm Brunetti den charakteristischen Altmännergeruch wahr: die säuerliche Ausdünstung trockener Haut und muffiger Kleider, die lange nicht mehr gewaschen wurden. Unmöglich zu sagen, von wem der Geruch kam, vielleicht von beiden.

Bei ihrem Eintritt blickte keiner der Veteranen sich nach ihnen um. Erst als Brunetti sich neben den Mann vor der Vitrine stellte, sah der zu ihm auf. Mit Bedacht wählte der Commissario die venezianische Mundart, als er ohne jede Einleitung sagte: »Schön, daß es noch Leute gibt, die Respekt vor den alten Traditionen haben.« Dabei wies er mit einer Handbewegung auf die Regimentsflagge über ihnen.

Der Alte nickte lächelnd, sagte aber nichts.

»Mein Vater war in Afrika und in Rußland«, schob Brunetti nach.

»Ist er zurückgekommen?« fragte der Alte. Er sprach einen so breiten Castello-Dialekt, daß Nicht-Venezianer ihn vermutlich gar nicht verstanden hätten.

»Ja.«

»Gut. Mein Bruder ist nicht wiedergekommen. Den haben die

Alliierten verraten. Wie uns alle. Sogar den König haben sie reingelegt und ihn zur Kapitulation überredet. Wenn er nicht umgefallen wäre, wenn wir weitergekämpft hätten, dann hätten wir den Krieg gewonnen.« Und nach einem Blick in die Runde setzte er hinzu: »Hier weiß man das wenigstens noch.«

»Und ob«, bekräftigte Brunetti, eingedenk Vianellos Vermutung über die wahren Zwecke der Bibliothek. »Und wenn wir gewonnen hätten, dann wäre es heute besser um unser Land bestellt.« Er legte alle Überzeugungskraft, die ihm zu Gebote stand, in seine Stimme.

»Wir hätten noch Disziplin«, sagte der Alte.

»Und Ordnung«, kam das Echo von dem Mann am Tisch, ebenfalls im Dialekt.

»Das dumme Mädel verstand nichts von diesen Dingen«, sagte Brunetti voll Verachtung. »Hat immer nur gelästert über die Vergangenheit und den Duce und war dafür, daß wir all diese Immigranten aufnehmen sollten, die von weiß Gott woher ins Land drängen und uns die Arbeitsplätze wegnehmen. Wenn das so weitergeht, haben die uns bald überall rausgedrängt.« Er machte sich nicht die Mühe, logisch zu argumentieren: Klischees und Vorurteile würden genügen.

Der Mann neben ihm schnaubte zustimmend.

»Ich weiß nicht, warum er sie hier arbeiten ließ.« Brunetti deutete mit dem Kopf auf die Tür zu Fords Büro. »Sie war völlig fehl ...«, begann er, aber der Mann am Tisch fiel ihm ins Wort.

»Sie wissen doch, wie er ist«, sagte der Alte mit einem schmierigen Grinsen. »Er brauchte bloß ihre Titten zu sehen, und schon verlor er den Kopf. Hat sie mit den Augen verschlungen, genau wie die davor. Der hat er ja auch lange genug auf die Titten gestarrt, bis seine Frau sie dann rausgeschmissen hat.«

»Weiß der Himmel, was sie in seinem Büro getrieben haben«, sagte der an der Vitrine, und seine gepreßte Stimme verriet allerhand heimliche Phantasien.

»Bloß gut, daß seine Frau die letzte auch durchschaut hat.«

Brunetti klang spürbar erleichtert: Wieder einmal hatte die Unantastbarkeit der Familie über die Versuchung durch unmoralische junge Frauenspersonen gesiegt.

»Hat sie?« fragte neugierig der am Tisch.

»Sicher doch. Sie hätten sehen sollen, wie sie die Kleine angestarrt hat mit ihren engen Jeans über diesem prallen Hintern«, erklärte der andere.

»Ich weiß, was ich mit dem Hintern gemacht hätte.« Der Alte nahm die Hände vom Tisch und bewegte sie im Schritt auf und ab, was witzig gemeint war, auf Brunetti aber nur obszön wirkte. Er dachte an Claudia und hoffte, sie würde ihm und diesen traurigen alten Narren verzeihen, daß sie so frevelhaft auf ihr Grab spuckten.

»Ach, der Direktor, ist er da?« fragte Brunetti so überstürzt, als hätte er über dieser faszinierenden Unterhaltung ganz den Grund seines Besuches vergessen.

Beide nickten. Der am Tisch brachte seine Hände wieder zum Vorschein, stützte den Kopf darauf und beugte sich, da er die Aufmerksamkeit seines Publikums offenbar verloren hatte, erneut über die Seiten seines Buches.

Brunetti bedeutete Vianello mit einer raschen Geste, er möge im Lesesaal bleiben; dann ging er zum Eingang von Fords Büro. Er klopfte, und von drinnen rief eine Stimme: *»Avanti.«*

Brunetti machte die Tür auf und trat ein.

»Ah, Commissario«, sagte Ford und erhob sich. »Wie nett, Sie wiederzusehen.« Er kam näher und streckte seine Hand aus, die Brunetti lächelnd ergriff. »Sind Sie Claudias Mörder inzwischen auf der Spur?« fragte Ford.

»Ich glaube, ich bin nahe an dem dran, der für ihren Tod verantwortlich ist, aber das ist nicht dasselbe, wie ihren Mörder zu kennen.« Brunetti erschrak selbst vor der philosophischen Gelassenheit, mit der er das sagte.

Ford zog seine Hand zurück. »Was meinen Sie damit?«

»Was ich gesagt habe, Signore: Der Grund für ihren Tod ist

nicht schwer zu finden, und die Person, die sie getötet hat, vermutlich auch nicht. Ich bin mir bloß nicht im klaren darüber, wie das eine zum anderen führte; das heißt, *noch* nicht.«

»Ich habe keine Ahnung, wovon Sie reden.« Ford wich zurück und stützte sich auf den Schreibtisch, als könnte das massive Holzmöbel seinen Worten Nachdruck verleihen.

»Vielleicht versteht es Ihre Frau. Ist sie hier, Signore?«

»Worüber wollen Sie mit meiner Frau sprechen?«

»Über das nämliche Thema, Signor Ford: den Tod von Claudia Leonardo.«

»Das ist ja lächerlich. Wie sollte meine Frau etwas darüber wissen?«

»Tja, das ist die Frage, nicht wahr? Ihre Frau gehört doch auch zum Direktorium der Bibliothek, oder?«

»Ja, gewiß.«

»Bei meinem letzten Besuch haben Sie das nicht erwähnt«, stellte Brunetti fest.

»Doch, natürlich. Ich habe Ihnen gesagt, daß sie meine Kodirektorin ist.«

»Aber, wer Ihre Frau ist, das haben Sie mir nicht verraten, Signor Ford.«

»Sie ist meine Frau. Was brauchen Sie sonst noch über sie zu wissen?« beharrte Ford. Brunetti stellte sich vor, wie Paola reagieren würde, wenn sie ihn je so von ihr reden hörte. Doch er behielt diese Spekulationen lieber für sich und wiederholte stattdessen seine Frage: »Ist sie hier?«

»Das geht Sie gar nichts an.«

»Alles, was mit Claudia Leonardos Tod zusammenhängt, geht mich sehr wohl etwas an.«

»Sie können nicht mit ihr sprechen!« Ford wurde jetzt ziemlich laut.

Wortlos trat Brunetti zurück, wandte sich um und ging zur Tür.

»Wo wollen Sie hin?«

»Zurück zur Questura, um mir eine richterliche Vorladung für Ihre Frau zu besorgen.«

»Das können Sie nicht machen«, protestierte Ford noch lauter.

Brunetti fuhr herum und machte einen Schritt auf ihn zu. Er wirkte so erbost, daß der andere unwillkürlich zurückschreckte. »Was ich tun kann oder nicht, das richtet sich nach dem Gesetz, Signor Ford, nicht nach Ihren Wünschen. Und ich werde mit Ihrer Frau sprechen.« Damit wandte er dem Engländer brüsk den Rücken, um deutlich zu machen, daß er ihm nichts weiter zu sagen habe. Er rechnete damit, daß Ford ihn zurückrufen und einlenken werde. Als das nicht geschah, ging Brunetti hinaus in den Lesesaal, wo Vianello mit einem aufgeschlagenen Buch an einem der Tische lehnte. Niemand hätte den raschen Blickwechsel bemerkt, mit dem sie sich verständigten, und der Inspektor schaute auch gleich wieder in sein Buch.

Brunetti war schon auf dem Weg zur Treppe, als Ford aus seinem Büro gelaufen kam. »Warten Sie!« rief er ihm nach. Brunetti hielt inne, drehte sich halb um, machte aber keine Anstalten, in den Lesesaal zurückzukehren.

»Commissario ...« Fords Stimme klang gefaßt, aber auf seinem Gesicht lag noch die Zornesröte des Unterlegenen. »Vielleicht können wir uns aussprechen.« Er warf einen Blick auf die beiden Alten, aber die beugten sich schon wieder angelegentlich über die Bücher, in denen sie gelesen hatten, als Ford hereinstürzte. Vianello nahm von niemandem Notiz.

Der Engländer streckte versöhnlich die Hand aus. »Commissario! Kommen Sie in mein Büro, und lassen Sie uns reden.«

Um zu demonstrieren, wie widerwillig er der Bitte entsprach, bewegte sich Brunetti betont langsam. Als er an Vianello vorbeiging, deutete er verstohlen auf die beiden Alten, und der Inspektor nickte. Brunetti folgte dem Engländer zurück in sein Büro, wartete, bis Ford die Tür geschlossen hatte, und nahm dann wieder in dem Sessel Platz, in dem er schon bei seinem ersten Besuch gesessen hatte. Ford verschanzte sich diesmal hinter seinem Schreibtisch.

Es fiel Brunetti nicht schwer, sein eisernes Schweigen beizubehalten, hatte ihn doch langjährige Erfahrung gelehrt, wie wirksam diese Taktik war, wenn man die anderen zum Reden bringen wollte.

Endlich sagte Ford: »Ich glaube, ich kann das erklären.« Und da Brunetti beharrlich weiterschwieg, fuhr er fort: »Also das Mädchen benahm sich wahnsinnig aufreizend.« Er beobachtete, wie Brunetti darauf reagierte, und als der Commissario interessiert schien, fuhr er fort: »Natürlich hatte ich davon keine Ahnung, als sie anfänglich zu uns kam und bat, die Bibliothek benützen zu dürfen. Damals machte sie einen durchaus seriösen Eindruck. Und das blieb so, bis sie die Stelle hatte, aber dann legte sie los.«

»Womit?« fragte Brunetti, und es klang ebenso gespannt wie gutgläubig.

»Ach, sie erfand ständig Ausreden, um zu mir reinzukommen und nach irgendwelchen Dokumenten zu fragen oder weil sie angeblich ein Buch nicht finden konnte, nach dem sich jemand erkundigt hatte.« Er bedachte Brunetti mit einem kleinen Lächeln, das wohl jungenhaft und verlegen sein sollte, auf Brunetti aber nur durchtrieben wirkte. »Anfangs hat mir das sogar geschmeichelt – also, daß sie meine Hilfe oder meinen Rat suchte. Aber es dauerte nicht lange, bis ich merkte, wie überflüssig viele ihrer Fragen waren und wie – nun ja – unverhältnismäßig ihre Dankesbezeugungen.« Hier stockte Ford, als wisse er nicht recht weiter, ein Kavalier in Nöten, der weder die Unwahrheit sagen noch den Ruf einer jungen Frau ruinieren wollte.

Doch unter Brunettis stoischem Blick schien er die Hürde falsch verstandener Ritterlichkeit zu überwinden, und seine Wahrheitsliebe siegte. »Sie wurde so schamlos, daß mir schließlich keine andere Wahl blieb, als sie gehen zu lassen.«

»Soll heißen?«

»Ich mußte sie bitten, die Biblioteca zu verlassen.«

»Sie haben sie also gefeuert?«

Ford lächelte. »Nicht direkt. Sie hat ja nicht offiziell hier gearbeitet. Ich meine, nicht als reguläre Angestellte. Sie war eine freiwillige Hilfskraft, und dadurch konnte ich sie auch leichter auffordern zu gehen.« Er senkte den Kopf, sprach aber weiter. »Es war trotzdem noch schwer genug und sehr peinlich.« Als Brunetti das nicht zu verstehen schien, erklärte Ford: »Ich wollte sie doch nicht kränken.«

Brunetti zweifelte nicht daran, daß Claudias Ausscheiden aus der Bibliothek eine peinliche Angelegenheit gewesen war, aber ob die Begründung, die Ford ihm geliefert hatte, ganz den Tatsachen entsprach, das schien ihm nicht so sicher. Der Commissario wählte eine grüblerische Pose und zupfte, um sie glaubhafter zu machen, mit Daumen und Zeigefinger an seiner Unterlippe. »Wußte Ihre Frau davon?«

Ford zögerte einen Moment mit der Antwort, aber für Brunetti war das Zögern an sich ausschlaggebend, unabhängig von seiner Dauer.

»Ich habe ihr nie etwas davon gesagt, falls es das ist, worauf Sie anspielen«, versetzte Ford in einem Ton, der nahelegte, es sei indiskret von Brunetti, so etwas zu fragen. Statt darauf hinzuweisen, daß seine Frage damit nicht beantwortet sei, wartete der Commissario einfach ab, bis der Engländer endlich zugab: »Ich fürchte, sie könnte etwas mitbekommen haben. Eleonora ist sehr aufmerksam.« Wozu sie bei so einem Mann auch allen Grund hatte, dachte Brunetti bei sich.

»Haben Sie irgendwann einmal mit Ihrer Frau über das Mädchen gesprochen?«

»Nein, natürlich nicht«, beteuerte Ford, ganz gekränkter Kavalier. »Gut, anfangs habe ich vielleicht einmal erwähnt, daß sie eine tüchtige Kraft sei, aber da mich das Mädchen nicht ernsthaft interessierte, werde ich kaum mehr über sie gesagt haben.«

»Und hat Claudia auch für Ihre Frau gearbeitet, oder hatte sie gelegentlich Bibliotheksdienst, wenn Ihre Frau hier war?«

»Ah!« Ford lächelte geschmeidig. »Da habe ich mich wohl nicht klar genug ausgedrückt. Sehen Sie, das Ressort meiner Frau beschränkt sich strikt auf administrative Aufgaben. Das heißt, sie kümmert sich um den Behördenkram und verhandelt mit dem Stadtrat und den Ämtern im Umland, die sich für unsere Arbeit interessieren.« Er setzte ein kleines Lächeln auf. »Als Italienerin, genauer gesagt als Venezianerin, weiß sie besser, wie man sich hier durch die Instanzen laviert. Ich als Ausländer wäre da völlig hilflos.«

Brunetti lächelte zurück, während er bei sich dachte, daß Hilflosigkeit ganz sicher nicht zu den Eigenschaften gehörte, die man Mr. Ford zuordnen würde.

»Und was sind dann Ihre Aufgaben, Signore?«

»Ich kümmere mich um den Betrieb hier in der Bibliothek«, sagte Ford.

»Verstehe.« Nun endlich war Brunetti überzeugt, daß Vianello die wahren Ziele der Bibliothek richtig gedeutet hatte.

Ford blieb stumm, den Anflug eines Lächelns auf den Lippen. Da er offenbar nichts weiter zu sagen hatte, erhob sich Brunetti mit den Worten: »So leid es mir tut, aber ich muß auch noch mit Ihrer Frau sprechen.«

»Das würde sie furchtbar aufregen.«

»Wieso?«

Die Antwort ließ ziemlich lange auf sich warten. »Sie mochte Claudia sehr gern, und ich fürchte, es wäre sehr schmerzlich für sie, über den Tod des Mädchens zu sprechen.«

Brunetti fragte nicht, wie sie jemanden habe ins Herz schließen können, mit dem sie ihrem Mann zufolge so gut wie keinen Kontakt gehabt hatte. »Bedaure, Signore, aber darauf kann ich keine Rücksicht nehmen. Ich muß mit ihr sprechen.«

Er sah Ford abwägen, was es ihn kosten würde, wenn er sich der Forderung des Commissarios widersetzte. Der Mann gab vor, mit der italienischen Bürokratie nicht vertraut zu sein, aber jeder, der auch nur ein paar Jahre in diesem Land verbracht hatte, mußte wissen, daß die Polizei das Gespräch mit seiner Frau früher oder später erzwingen würde. Brunetti wartete geduldig und ließ Ford reichlich Zeit, sich zu entscheiden. Endlich sah der Engländer zu ihm auf und sagte: »Also gut. Aber vorher möchte ich mit ihr reden.«

»Das geht leider nicht«, beschied ihn Brunetti ungerührt.

»Nur um ihr zu versichern, daß sie keine Angst zu haben braucht«, ergänzte Ford.

»Das dürfen Sie getrost mir überlassen.« Der strenge Ton, in dem Brunetti das vorbrachte, nahm der konzilianten Floskel viel von ihrer beruhigenden Wirkung.

»Also gut.« Ford erhob sich und ging zur Tür.

Wieder durchquerte Brunetti den Lesesaal. Die zwei Alten waren inzwischen gegangen, und statt ihrer saß jetzt Vianello an einem der Tische, vor sich ein aufgeschlagenes Buch, in das er scheinbar so vertieft war, daß er nicht einmal aufblickte, als die beiden Männer aus Fords Büro kamen. Dafür tippte er mit der Spitze seines Kugelschreibers auf ein Blatt Papier, das neben dem Buch lag und auf dem Brunetti im Vorbeigehen zwei Namen und Anschriften zu erkennen glaubte.

Ford wartete im Flur auf Brunetti und stieg ihm voran die Treppe hinauf. Die Tür oben war nicht verschlossen, so daß er sie nur aufzuklinken brauchte. Man hätte glauben können, sie seien auf dem Lande, umgeben von treusorgenden Nachbarn, die einer des anderen Haus bewachten, und nicht mitten in einer von Dieben und Einbrechern belagerten Stadt.

Drinnen in der Wohnung erwartete Brunetti ein deutlicher Kontrast zu der schlichten Ausstattung im Untergeschoß. Schon in der Diele lag ein so dicker und farbenprächtiger Sarouk, daß er sich genierte, ihn mit Schuhen zu betreten. Ford führte ihn in ein geräumiges Wohnzimmer, dessen Fenster auf den *campo* am anderen Ufer des Kanals hinausgingen. Eine Celadon-Schale in jenem außerirdischen Grün, das Brunetti nie gemocht hatte, stand auf einem niedrigen Tischchen vor einem mit beigem Satin bezogenen Sofa.

An drei Wänden hingen Gemälde, hauptsächlich Porträts, während die vierte von Bücherregalen gesäumt war. Blickfang war fraglos der riesige Nain-Teppich, dessen helle Arabesken aufs schönste mit dem Sofabezug harmonierten.

»Ich geh rasch und hole sie«, sagte Ford und strebte dem hinteren Teil der Wohnung zu.

Doch Brunetti bot ihm mit erhobener Hand Einhalt. »Ich glaube, es wäre besser, Sie würden sie rufen, Signore.«

Ford schaffte es, verwirrt und gekränkt zugleich dreinzublikken, als er fragte: »Warum?«

»Weil ich mit ihr reden möchte, bevor Sie mit ihr gesprochen haben.«

»Ich wüßte nicht, was das für einen Unterschied macht«, versetzte Ford, diesmal nicht verwirrt, aber entschieden gekränkt.

»Aber ich weiß es«, beharrte der Commissario brüsk. Er hatte sich gleich links neben der Tür plaziert, so daß es nur eines kleinen Schritts bedurft hätte, um sie mit seinem Körper zu versperren. »Bitte rufen Sie sie herein.«

Ford blieb ostentativ auf der Schwelle stehen und rief in den hinteren Teil der Wohnung: »Eleonora!« Und als keine Antwort kam, noch einmal: »Eleonora!«

Diesmal hörte Brunetti eine Stimme aus dem Hintergrund antworten, doch was sie sagte, war unmöglich zu verstehen.

»Könntest du einen Augenblick herkommen, Eleonora«, rief Ford.

Brunetti war darauf gefaßt, daß er eine Erklärung nachschikken würde, aber die blieb aus. Eine Minute verstrich, dann noch eine, und dann hörten beide, wie irgendwo weiter hinten eine Tür geschlossen wurde. Während sie warteten, betrachtete Brunetti das Porträt einer verhärmten Frau mit gestärkter Halskrause, die das Haar streng zurückgekämmt und zu einem straffen Knoten geschlungen trug und die mit einem Blick in die Welt sah, der alles, was sich ihm darbot, scharf mißbilligte. Brunetti fragte sich, wer so blind oder so grausam sein konnte, ein solches Bild ausgerechnet in dem Haus aufzuhängen, in dem Eleonora Filipetto wohnte.

Gegen seinen Willen stellte unwillkürlich auch er den Vergleich zwischen Porträt und lebendem Abbild an, als Eleonora Filipetto ins Zimmer kam. Ihr Haar war grau gesträhnt wie bei der Frau auf dem Gemälde, nur daß das ihre schlaff herunterhing. Beide hatten die gleichen schmalen, blutleeren Lippen, die so leicht verkniffen wirkten, wie eben jetzt bei Signora Ford, als sie eintrat.

Sie erkannte Brunetti, sah neben ihm ihren Mann und richtete das Wort an den Commissario: »Ja? Um was geht es?« Sie versuchte forsch und entschieden zu wirken, aber ihre Stimme klang nur nervös.

»Ich komme wegen Claudia Leonardo und möchte Ihnen ein paar Fragen stellen, Signora.«

Sie wartete, ohne zu fragen, warum, hielt aber den Blick unverwandt auf ihn gerichtet.

»Bei unserer letzten Begegnung, als ich mich bei Ihrem Vater nach Claudia erkundigte, haben Sie mir nicht gesagt, daß Sie das Mädchen kannten.«

»Sie haben mich nicht danach gefragt.« Ihre Stimme war so flach wie ihr Busen.

»Unter diesen besonderen Umständen hätten Sie ruhig mehr sagen können, als daß Sie den Namen wiedererkannten.«

»Sie haben mich nicht gefragt«, wiederholte sie, als hätte er diese Antwort nicht eben erst zurückgewiesen.

»Was hatten Sie für einen Eindruck von Claudia?« erkundigte sich Brunetti. Überraschenderweise machte Ford keinen Versuch, die Aufmerksamkeit seiner Frau auf sich zu lenken. Vielmehr schlenderte er langsam in den vorderen Teil des Zimmers und stellte sich ans Fenster. Als Brunetti zu ihm hinblickte, hatte der Engländer ihnen den Rücken zugekehrt und sah zur Kirche hinaus.

Eleonoras Blick folgte ihrem Mann, als hoffe sie, die Antwort auf Brunettis Frage von seinem Rücken ablesen zu können. »Ich habe mir keine Gedanken über sie gemacht«, sagte sie endlich.

»Und wieso nicht, Signora?« fragte Brunetti höflich.

»Sie war einfach ein junges Ding, das in der Bibliothek arbeitete. Ich hab sie ein-, zweimal gesehen. Warum hätte ich mich mit ihr befassen sollen?« Das sollte offenbar trotzig wirken, aber ihre Stimme klang stockend, fast unsicher, und die Frage schien durchaus ernst, nicht ironisch gemeint.

Brunetti war das Herumlavieren leid. »Weil sie eine junge Frau war, Signora, und weil Ihr Mann bekannt dafür ist, daß er junge Frauen attraktiv findet.«

»Wovon reden Sie?« Die Frage kam zu rasch, genau wie der verstohlene Blick hin zu ihrem Mann.

»Für mich ist das ganz einfach, Signora. Ich beziehe mich auf das, was alle Welt zu wissen scheint: nämlich daß Ihr Mann Sie betrügt, daß er eine Schwäche für jüngere, für attraktivere Frauen hat.«

Ihr Gesicht verzerrte sich, aber nicht vor Gram oder einer anderen Regung, wie man sie auf diese Bemerkungen hätte erwarten können, die Brunetti so mitleidlos und verletzend wie nur möglich hingeworfen hatte. Sie jedoch wirkte eher entsetzt, ja sogar schockiert.

»Was soll das heißen, alle wüßten Bescheid? Woher sollten die Leute so etwas wissen?«

»Nun, als ich vorhin im Lesesaal wartete«, versetzte Brunetti in legerem Plauderton, »da haben sich sogar die Veteranen darüber unterhalten, wie er den jungen Dingern immer an die Titten gegangen sei.« Den Blick ostentativ auf ihre Brust gerichtet, wechselte er vom wohlartikulierten Italienisch in breite, vulgäre venezianische Mundart: »Ich verstehe, was er gemeint hat, als er zu mir sagte, daß er gern mal ein paar richtige Titten in die Hand bekommt.«

Sie schnappte so laut nach Luft, daß Ford, der von Brunettis Dialekteinlage kein Wort verstanden hatte, wie elektrisiert herumfuhr. Er sah seine Frau, die mit vor der Brust verkrampften Händen und offenem Mund einen sehr gefaßten Brunetti anstarrte, der sich jetzt vorbeugte und höflich in kultiviertestem Italienisch fragte: »Verzeihen Sie, Signora, aber ist Ihnen nicht wohl?«

Sie stand immer noch mit offenem Mund da und pumpte verzweifelt Luft in ihre Lungen. »Das hat er gesagt? Das hat er zu Ihnen gesagt?« keuchte sie.

Ford eilte vom Fenster herbei. Er hatte keine Ahnung, was passiert war, als er seiner Frau jetzt beschützend die Arme entgegenstreckte.

»Bleib mir vom Leib«, stieß Eleonora mit gepreßter Stimme hervor. »Das hast du zu ihm gesagt?« zischte sie. »Nach allem, was ich für dich getan habe? Zuerst betrügst du mich mit dieser kleinen Hure, und dann redest du so über mich?« Ihre Stimme wurde mit jeder Frage schriller, und das Blut staute sich in ihrem Gesicht.

»Eleonora, sei still!« rief Ford beschwörend, nun schon ganz dicht bei ihr. Sie hob die Hand, um ihn zurückzustoßen; er faßte gleichzeitig nach ihrem Arm. Aber durch eine abrupte Seitwärtsbewegung ihrerseits landete seine ausgestreckte Rechte nicht auf ihrem Handgelenk oder dem Arm, sondern auf ihrer Brust.

Sie erstarrte, doch Instinkt oder Sehnsucht waren stärker als ihr Zorn, und im nächsten Moment schon neigte sie sich seiner Hand entgegen. Dann aber fuhr sie brüsk zurück und erhob die geballte Faust. »Rühr mich nicht an. Wag es nicht, mich da anzufassen, so wie du es bei der kleinen Hure gemacht hast.« Ihre Stimme kletterte noch um eine Oktave höher. »Du wirst sie nicht noch mal anfassen, oder? Nicht mit einem Messer in der Brust, da, wo deine Hände waren, oder?« Ford stand starr vor Entsetzen. »Oder«, schrie sie, »oder?« Und ganz plötzlich zog sie ihre Faust zurück und ließ sie einmal, zweimal, dreimal gegen seine Brust krachen, während die beiden Männer wie gelähmt vor ihrer Wut standen. Nach dem dritten Schlag wich sie von ihrem Mann zurück. So rasch, wie ihr Zorn aufgeflammt war, brach er in sich zusammen, und sie begann mit großen, herzzerreißenden Schluchzern zu weinen. »Ich hab das alles für dich getan, und trotzdem kannst du so zu ihm reden über mich.«

»Halt den Mund!« schrie Ford sie an. »Sei still, du Idiot!«

Während ihr die Tränen unaufhaltsam aus den Augen strömten, sah sie zu ihm auf und fragte: »Warum müßt ihr immer in schöne Dinge vernarrt sein, ihr beide, Papa und du? Alles, was ihr je begehrt habt, mußte schön sein. Keiner von euch wollte jemals …« Heftiges Schluchzen überkam sie und verschluckte das letzte Wort, aber Brunetti wußte auch so, wie es heißen sollte: »mich.«

26

Obwohl Ford ein großes Gezeter anstimmte und behauptete, Brunetti habe kein Recht, seine Frau festzunehmen, leistete Eleonora keinen Widerstand, sondern erklärte sich bereit, mit ihm zu gehen. Mit Ford im Schlepptau, der wüste Drohungen ausstieß und ihm die Namen bedeutender Persönlichkeiten nachschleuderte, führte der Commissario sie zum Ausgang. Hinter der Tür stand Vianello lässig an die Wand gelehnt, aber Brunettis erfahrenes Auge erkannte unter seiner aufgeknöpften Jacke die Pistole im Holster.

Brunetti war unschlüssig, wie er Vianello instruieren sollte, solange er nicht sicher war, ob sich das, was er gerade von Signora Ford gehört hatte, wirklich als Mordgeständnis werten ließ. Außer Ford war kein Zeuge zugegen gewesen, und der Engländer würde natürlich leugnen, daß er etwas dergleichen aus ihrem Munde gehört hatte, oder von vornherein behaupten, daß sie ganz etwas anderes gesagt habe. Es kam also darauf an, die Signora dazu zu bringen, ihr Geständnis in Vianellos Beisein zu wiederholen oder, besser noch, sie auf die Questura zu bringen, wo man ihre Aussage auf Band oder Video aufzeichnen konnte. Er wußte, daß er sich mit einer Anklage, die allein auf seinem Wort beruhte, vor jedem erfahrenen Strafrichter, ja bei allen Gesetzeskundigen zum Gespött machen würde.

»Ich habe ein Boot angefordert, Signore«, sagte Vianello ganz ruhig, als er sie kommen sah. »Die Kollegen werden gleich hier sein.«

Brunetti nickte, als wäre es das Natürlichste von der Welt, daß Vianello eigenmächtig eine solche Anordnung traf.

»Wohin?« fragte er.

»Ans Ende der *calle*«, sagte Vianello.

»Das können Sie nicht machen!« protestierte Ford aufs neue und versperrte Brunetti den Weg zur Treppe. »Mein Schwiegervater ist mit dem Pretore bekannt. Das wird Sie Ihre Stelle kosten.«

Brunetti brauchte kein Wort zu sagen. Mit einem gleichmütigen *»Permesso«* schob Vianello den Engländer gewaltsam beiseite und räumte die Treppe für seinen Chef und die Signora. Brunetti schaute nicht zurück, als sie hinuntergingen, aber er hörte Ford erst schimpfen und zetern und dann vernehmlich ächzen, wohl infolge eines vergeblichen Versuchs, Vianello vom Treppenabsatz zu drängen, um seiner Frau folgen zu können.

Draußen empfing sie strahlender Sonnenschein, und es war ungewöhnlich mild für einen Novembertag. Als sie aus dem Gebäude traten, hörte Brunetti von rechts her das Tuckern eines Motorbootes und führte die schweigende Frau in dessen Richtung. Eine Polizeibarkasse rauschte auf die Stufen am Ende der *calle* zu und hielt; als er sie kommen sah, hievte ein uniformierter Beamter eine breite Planke zwischen Dollbord und Uferdamm und half erst der Frau, dann dem Commissario an Bord.

Brunetti führte Eleonora Filipetto hinunter in die Kabine, unsicher, ob er mit ihr reden oder warten sollte, bis sie von allein zu sprechen begann. Seine Neugier machte es ihm nicht leicht zu schweigen, aber er entschied sich trotzdem dafür, und so saßen sie einander auf dem Weg zurück zur Questura stumm gegenüber.

Dort angekommen, brachte er sie in einen der kleinen Vernehmungsräume und wies sie darauf hin, daß man ihre Aussage auf Band aufnehmen würde. Dann führte er sie zu einem Stuhl an einer Seite des Tisches, setzte sich ihr gegenüber, gab ihrer beider Namen sowie Datum und Uhrzeit zu Protokoll und fragte, ob sie einen Anwalt hinzuziehen wolle. Sie machte eine wegwerfende Handbewegung, aber er wiederholte die Frage, bis sie sagte: »Nein. Keinen Anwalt.«

Dann saß sie wieder stumm da, den Blick auf die Tischplatte gesenkt, in die andere Einvernommene vor ihr über Jahre Initialen, Wörter und Bilder eingeritzt hatten. Die Augen in ihrem rotfleckigen Gesicht waren vom Weinen geschwollen. Mit dem rechten Zeigefinger malte sie ein paar Initialen nach, bevor sie endlich zu Brunetti aufschaute.

»Trifft es zu, daß Claudia Leonardo in der Bibliothek arbeitete, deren Kodirektorin Sie sind?« Er hielt es für ratsam, ihren Mann so lange aus dem Spiel zu lassen, bis das Gespräch in Gang gekommen war.

Sie nickte.

»Verzeihen Sie, Signora«, sagte er mit einem milden Gesichtsausdruck, der nicht ganz einem Lächeln gleichkam, »aber Sie müssen etwas sagen. Wegen der Aufzeichnung.«

Sie sah sich nach Mikrophonen um, doch die waren an der Wand in zwei Fassungen untergebracht, die aussahen wie Lichtschalter, weshalb sie die Mikros nicht erkannte.

»Hat Claudia Leonardo in der Biblioteca della Patria gearbeitet?« fragte er noch einmal.

»Ja.«

»Wann sind Sie ihr dort zum ersten Mal begegnet?«

»Schon recht bald.«

»Könnten Sie mir das erste Zusammentreffen schildern? Ich meine, die Umstände.«

Sie ballte die Rechte zur Faust und begann geistesabwesend mit dem Daumennagel an einem der Buchstaben auf der Tischplatte herumzukratzen und die fettige Substanz herauszupulen, die sich mit den Jahren in den Kerben angesammelt hatte. Brunetti sah zu, wie sie ein winziges Krümelchen herauslöste, das man für geschwärztes Wachs hätte halten können. Sie wischte es zu Boden, dann sah sie zu ihm auf. »Ich mußte ein bestimmtes Buch aus der Bibliothek holen, und als ich hereinkam, sprach sie mich an und fragte, ob sie mir helfen könne. Sie wußte nicht, wer ich war.«

»Was war Ihr erster Eindruck von dem Mädchen?«

Sie tat die Frage mit einem Schulterzucken ab, doch bevor

Brunetti sie an die Mikrophone erinnern konnte, begann sie: »Ich hatte eigentlich keinen besonderen Ein...« Aber dann besann sie sich offenbar darauf, wo und warum sie hier war, setzte sich gerade, schaute Brunetti an und sagte mit fester Stimme: »Sie schien ein nettes Mädchen zu sein.« Wobei sie das »schien« deutlich betonte. »Sie war sehr zuvorkommend, und als ich ihr sagte, wer ich sei, behandelte sie mich sehr respektvoll.«

»Und glauben Sie, daß dieser erste Eindruck richtig war?« fragte Brunetti.

Sie zögerte keinen Augenblick mit der Antwort: »Nein, das kann nicht sein, nicht nach dem, was sie meinem Mann angetan hat.«

»Aber was dachten Sie anfangs, bei Ihrer ersten Begegnung?«

Offensichtlich kostete es sie Überwindung, diese Frage zu beantworten, doch dann sagte sie: »Anfangs habe ich mich geirrt. Später erkannte ich die Wahrheit, aber es dauerte seine Zeit.«

Brunetti gab es auf, sie zu einer unvoreingenommenen Wiedergabe ihrer ersten Begegnung mit dem Mädchen zu bewegen, und fragte statt dessen: »Und zu welchem Schluß kamen Sie dann?«

»Ich sah, daß sie sich, daß sie, daß sie ...« Aber weiter kam sie nicht; ihre Stimme versagte. Wieder sah sie auf die Initialen auf der Tischplatte hinunter, grub noch einen Krümel Talg heraus und flüsterte endlich: »Daß sie sich für meinen Mann interessierte.«

»In unziemlicher Weise?« forschte Brunetti.

»Ja.«

»Hatte es so etwas schon früher gegeben? Daß Frauen sich für Ihren Mann interessierten?« Brunetti formulierte es wohlweislich so, als hätte die Schuld bei den Frauen gelegen; zumindest fürs erste, bis sie bereit war, der Wahrheit ins Gesicht zu sehen, schien ihm diese Taktik angezeigt.

Sie nickte. »Ja«, stieß sie hervor, mit einer Stimme, die zu laut war und zu nervös.

»Und kam das oft vor?«

»Ich weiß es nicht.«

»Waren auch früher schon Bibliotheksangestellte dabei?«

»Ja, die letzte, die wir hatten.«

»Was geschah da?«

»Ich bin dahintergekommen. Und er hat mir erzählt, wie es dazu kam, weil sie ... also weil sie ein unmoralisches Flittchen war. Ich hab sie weggeschickt, zurück nach Genf, wo sie herstammte.«

»Und sind Sie Claudia auch auf die Schliche gekommen?«

»Ja.«

»Könnten Sie mir schildern, wie?«

»Ich habe gehört, wie er mit ihr telefonierte.«

»Sie haben gehört, was er sagte?« Als sie nickte, fragte er: »Haben Sie das ganze Telefonat mitgehört oder nur das, was er sagte?«

»Nur ihn. Er war in seinem Büro, aber die Tür war nicht geschlossen. So konnte ich ihn hören.«

»Und was sagte er?«

»Daß Schluß sein müsse, wenn sie ihre Arbeit in der Bibliothek behalten wolle.« Er sah, wie sie sich in Gedanken zurückversetzte und noch einmal den Worten ihres Mannes bei jenem Telefonat lauschte. »Er sagte, wenn sie das Ganze einfach vergessen und niemandem davon erzählen würde, dann verspreche er, nichts weiter zu unternehmen.«

»Und daraus schlossen Sie, daß es Claudia Leonardo war, die Ihrem Mann nachstellte?« Brunetti wollte damit gar nicht seine Zweifel zum Ausdruck bringen, sondern wunderte sich nur, daß sie die Worte ihres Mannes so hatte interpretieren können.

»Natürlich.«

»Und sehen Sie das jetzt immer noch so?«

Mit einemmal wurde ihre Miene gehässig; die verschlungenen Initialen auf dem Tisch waren vergessen. »Es konnte nur so sein«, stieß sie überzeugt und mit gepreßter Stimme hervor. »Sie war doch seine Geliebte.«

»Wer hat Ihnen das gesagt?« Während er auf ihre Antwort wartete, studierte Brunetti diese Frau, die gebremste Hektik ihrer Hände, vergegenwärtigte sich die hungrige Sehnsucht, mit der sie ihre Brust der zufälligen Berührung ihres Gatten dargeboten hatte, und eine gänzlich neue Perspektive erschloß sich ihm. »Hat Ihr Mann Ihnen die Affäre gebeichtet, Signora?« fragte er in sanfterem Ton.

Zuerst kamen die Tränen, die ihn überraschten, weil keine Gefühlsregung auf ihrem Antlitz sie angekündigt hatte. »Ja«, sagte sie dann und senkte den Blick wieder auf die Tischplatte.

Bei Jagdhunden, so viel wußte Brunetti, unterschied man zwei Kategorien – je nachdem ob der Gesichts- oder der Geruchssinn stärker entwickelt war. Wie einer der letzteren war er jetzt auf und davon, preschte durchs satte, feuchte Grün eines Herbsttages, übersprang Hindernisse, die ihm den Weg versperren sollten, und fand, die Nase hart am Boden, die Spur seiner Beute wieder, deren Witterung zwischendurch von stärkeren Gerüchen überlagert gewesen war. Seine Gedanken überschlugen sich, ihn schwindelte, aber er blieb der Beute hart auf den Fersen, bis er wieder am Ausgangspunkt war. »Wessen Idee war es, Signora, an die alte Dame heranzutreten und ihr in Aussicht zu stellen, daß man Guzzardis Namen reinwaschen könne? Hat sich das Ihr Mann einfallen lassen?«

Sie hätte fassungslos sein müssen, hätte entsetzt zu ihm aufschauen sollen und beteuern, daß sie nicht wisse, wovon er spreche. Wenn sie so reagiert hätte, dann hätte er ihr nicht geglaubt, aber immerhin abschätzen können, wie weit er noch gehen mußte, um sie zur Strecke zu bringen.

Statt dessen überraschte sie ihn mit einer Gegenfrage: »Woher wissen Sie das?«

»Tut nichts zur Sache, ich weiß es eben. Also: Wer hatte die Idee?«

»Maxwell. Eins der Empfehlungsschreiben, mit denen Claudia sich in der Bibliothek bewarb, trug Signora Jacobs' Unterschrift. Sie gehörte seit einiger Zeit zu den Förderern der Biblioteca della Patria, erkundigte sich dauernd nach Berichten über Guzzardi und ob wir irgendwelche Unterlagen hätten, die beweisen könnten, daß er sich die Zeichnungen des Schweizer Konsuls nicht widerrechtlich angeeignet habe.« Sie hielt inne, und trotz aller Neugier drängte Brunetti sie nicht, fortzufahren. »Mein Vater hat Guzzardi noch gekannt, und er sagte, solche Beweise würde man niemals finden, weil Guzzardi die Bilder sehr wohl gestohlen habe. Und dann sagte er noch, daß die Sammlung heute ein Vermögen wert wäre – bloß wisse keiner, wo sie hingekommen sei.«

»Niemand wußte, daß Signora Jacobs sie hatte?«

»Nein, natürlich nicht. Sie hat nie Besuch empfangen, und es war allgemein bekannt, wie arm sie war.« Eleonora stockte, dann korrigierte sie sich: »Ich meine, man hielt sie für bettelarm.«

»Und wie hat er die Wahrheit herausgefunden?« fragte Brunetti, der es immer noch vermied, ihren Mann namentlich ins Spiel zu bringen.

»Na, durch Claudia! Eines Tages, als sie sich über Signora Jacobs unterhielten, sagte sie, wie schade es doch sei, daß außer ihr und der alten Frau niemand die schönen Dinge in der Wohnung ihrer Großmutter zu sehen bekäme.« Außer ihnen und der Zugehfrau, hätte Brunetti gern ergänzt. Der Putzfrau aus Somalia, die so ehrlich war, daß Signora Jacobs ihr sogar die Schlüssel anvertraute, während die ganze Stadt als nicht vertrauenswürdig ausgesperrt und ahnungslos blieb.

»Und Sie? Wie haben Sie davon erfahren, Signora?«

»Ich habe sie reden hören, meinen Vater und Maxwell. Beide waren so daran gewöhnt, mich zu ignorieren«, erklärte sie, und Brunetti war erstaunt, wie beiläufig sie das hinzunehmen schien, »daß sie all ihre Geschäfte ohne Scheu in meiner Gegenwart besprachen.«

»Und wollte man Signora Jacobs im Gegenzug für die Rehabilitierung Guzzardis seine Zeichnungen entlocken?«

»Ich denke, ja. Maxwell erzählte Claudia von irgendwelchen Papieren, die jemand der Biblioteca übergeben habe und die Guzzardis Unschuld beweisen würden.« Brunetti sah, wie sie sich anstrengte, um getreulich wiederzugeben, was in ihrer Gegenwart gesprochen worden war.

»Hat er vorgeschlagen, daß Signora Jacobs die Zeichnungen im Tausch gegen diese Papiere hergeben solle?«

»Nein, er hat Claudia nur gesagt, es gäbe Beweise für die Unschuld ihres Großvaters und sie solle Signora Jacobs fragen, was sie zu tun gedenke.«

»Und?«

»Ich weiß nicht, wie es ausging. Aber ich glaube, Claudia hat der alten Frau davon erzählt, und mein Vater hat dann extra noch jemanden zu ihr geschickt.« Es klang vage, das Thema schien sie nicht zu interessieren; plötzlich aber faßte sie den Commissario scharf ins Auge und sagte: »Und dann hörte ich ihn mit Claudia telefonieren.«

»Und war das der Anlaß dafür, daß er Ihnen ihr Verhältnis beichtete?« fragte Brunetti.

»Ja. Aber er sagte, es sei vorbei, er habe Schluß gemacht. An dem Tag, als ich mithörte, hat er sogar den Hörer aufgeknallt, nachdem er ihr gesagt hatte, sie solle sehr vorsichtig sein mit dem, was sie über ihn erzählt. Und er klang so aufgebracht, daß ich wohl irgendein Geräusch gemacht habe vor Schreck.« Wieder stockte sie.

Brunetti wartete.

»Er kam aus seinem Büro, sah mich und fragte, was ich gehört hätte. Ich hab's ihm gesagt und auch, daß ich's nicht mehr ertragen könne, seine ewigen Weibergeschichten, daß ich Angst hätte vor dem, was ich tun würde, wenn er damit nicht endlich aufhört.« Sie nickte, als höre sie die Worte im Geiste wieder, durchlitte noch einmal die Eifersuchtsszene mit ihrem Mann.

Nach einer Weile fuhr sie fort: »Daraufhin hat er mir erzählt, wie sie ihn verführt hat, obwohl er gar nichts von ihr wollte.

Aber sie hat sich ihm an den Hals geworfen. Angefaßt hat sie ihn.« Die Worte »verführt« und »an den Hals geworfen« stieß sie mit Abscheu hervor, aber als sie »angefaßt« sagte, klang blankes Entsetzen aus ihrer Stimme. »Und dann hat er mir auch gestanden, daß er sich fürchte vor dem, was passieren würde, wenn sie zurückkäme, weil er schließlich ein Mann sei und also schwach. Daß er nur mich liebe, aber für nichts garantieren könne, falls dieses verdorbene Geschöpf ihn wieder in Versuchung führen sollte.«

Sie war jetzt dermaßen erregt, daß es Brunetti ratsam schien, sie für einen Moment abzulenken. »Lassen Sie mich noch einmal auf das Telefonat zurückkommen, das Sie mitgehört haben. Ihr Mann sagte zu Claudia, wenn sie ihre Arbeit in der Bibliothek wiederaufnähme und im übrigen den Mund hielte, dann würde er keine weiteren Schritte unternehmen? Ist das so richtig?«

Sie nickte.

»Tut mir leid, Signora, aber Sie wissen ja: Sie müssen etwas sagen.«

»Ja.«

»Das waren also seine Worte?«

»Ja.«

»Wäre es möglich, daß er über etwas anderes gesprochen hat? Haben Sie darüber mal nachgedacht?« fragte er.

Sie blickte ihn ganz freimütig an. »Aber so hat er es mir doch erklärt. Daß er sie wiederaufnehmen und nichts gegen sie unternehmen würde, wenn sie sich in Zukunft anständig aufführte.«

»Aber warum wollte er sie überhaupt zurückhaben?«

Sie lächelte überlegen, denn die Frage hatte sie sich natürlich auch gestellt und rascher als er die Antwort gefunden. »Er sagte, er wolle keinen Tratsch, er dulde nicht, daß ich unter dem Gerede der Leute leiden müsse.« Wieder lächelte sie, triumphierend diesmal, denn die Rücksichtnahme ihres Mannes war doch ein augenfälliger Beweis seiner Liebe.

»Verstehe«, sagte Brunetti. »Aber danach, als er Ihnen seine Schwäche gestand und die Angst, daß das Mädchen ihn doch wieder betören könnte – wie haben Sie da reagiert?«

»Ich war stolz auf ihn, weil er so aufrichtig war, und glücklich, daß ich ihm so viel bedeutete. Daß er sich mir anvertraute.«

»Natürlich«, murmelte Brunetti, der endlich begriff, was Ford mit seiner Beichte wirklich hatte erreichen wollen und wie erfolgreich er das bewerkstelligt hatte. »Und hat er etwas von Ihnen verlangt?« Als sie darauf offenbar nicht antworten mochte, formulierte er die Frage um: »Hat er Sie um Hilfe gebeten?«

Das brachte ihr Lächeln zurück. »Ja. Er wollte, daß ich zu ihr gehe und mit ihr rede und sie dazu bringe, ihn in Ruhe zu lassen.«

»Klingt nach einer vernünftigen Lösung«, sagte Brunetti, der nur zu gut verstand, auf welch raffinierte Weise ihr Mann sie zu seinem Werkzeug gemacht hatte. »Und? Sind Sie zu ihr gegangen?«

»Nicht gleich. Erst einmal sagte ich Maxwell, daß ich ihm vertraue, auch darauf, daß er stark sein und ihr widerstehen würde.« Wieder versagte ihr die Stimme vor Entsetzen über die Schamlosigkeit des Mädchens.

»Und hat er Sie dann noch einmal gebeten, zu ihr zu gehen und sie zur Rede zu stellen?«

»Nein. Das brauchte er nicht. Ich wußte, daß ich's tun mußte: zu ihr gehen und ihr sagen, daß sie meinen Mann in Ruhe lassen soll.«

»Und?«

»Und an dem bewußten Abend bin ich hingegangen.« Sie stützte die gefalteten Hände vor sich auf den Tisch.

»Und?« fragte Brunetti wieder.

»Sie wissen doch, was passiert ist«, sagte sie, dieses alberne Frage-und-Antwort-Spiel verächtlich beiseite wischend.

»Ja, leider, Signora, aber Sie müssen es trotzdem sagen.«

»Ich habe sie getötet«, antwortete sie mit gepreßter Stimme. »Sie ließ mich rein, und ich versuchte erst, mit ihr zu reden. Ich habe meinen Stolz, also sagte ich nicht, daß Maxwell mich geschickt hatte. Ich erklärte ihr nur, daß sie sich von ihm fernhalten müsse.«

»Und weiter?«

»Sie sagte, ich sei im Irrtum, sie interessiere sich überhaupt nicht für ihn, ich hätte alles falsch verstanden, und es sei Maxwell, der ihr nachstelle.« Sie lächelte selbstsicher. »Aber er hatte mich gewarnt, daß sie lügen und so was behaupten würde, also war ich gewappnet.«

»Und dann?«

»Dann behauptete sie Dinge über ihn, furchtbare Dinge, die ich mir nicht anhören konnte.«

»Was für Dinge?«

»Daß Maxwell und mein Vater diese Papiere, die Guzzardi entlasten sollten, nur erfunden hätten, um an Geld zu kommen; daß sie Maxwell gesagt habe, sie werde Signora Jacobs die Augen öffnen.« Sie hielt inne, und als sie weitersprach, klang ihre Stimme hart und kalt. »Und sie erfand Lügen über andere Mädchen und was man sich angeblich in der Bibliothek über ihn erzählte.«

»Und dann?«

»Und dann sagte sie, schon der Gedanke, mit ihm zu schlafen, sei ihr widerlich.« Hier entgleiste ihre Stimme wie vor einem entsetzlichen Frevel, und auch ohne daß sie es aussprach, wußte Brunetti, daß es dieser Satz war, der sie zum Äußersten getrieben hatte.

»Und die Waffe, Signora?«

»Sie hatte einen Apfel gegessen, als ich kam. Das Messer lag noch auf dem Tisch.« Wie in *Tosca*, dachte Brunetti, und ihn schauderte.

»Sie hat nicht geschrien?« fragte er.

»Nein. Ich glaube, es kam zu überraschend. Sie hatte sich nach irgend etwas umgeschaut, ich weiß nicht, was es war, und als sie sich wieder umdrehte, da hab ich's getan.«

»Verstehe.« Brunetti wollte jetzt nicht nach Einzelheiten forschen: wichtiger war, daß die Schreibkraft draußen so rasch wie möglich das Band zum Abtippen bekam, damit man Signora Ford ihr Geständnis zur Unterschrift vorlegen konnte. Aber dann gewann seine Neugier doch die Oberhand: »Und Signora Jacobs?«

»Was soll mit ihr sein?« Ihr Erstaunen klang so echt, daß Brunetti zusammen mit der Frage, die er noch hatte stellen wollen, endlich auch den Verdacht fallenließ, die alte Frau sei gleich ihrer Enkelin ermordet worden.

»Ich fürchte, es war zuviel für sie«, sagte Eleonora Ford leise und überraschte Brunetti mit dem Nachsatz: »Es tut mir leid, daß sie tot ist.«

»Tut es Ihnen auch leid, daß Sie das Mädchen getötet haben, Signora?«

Sie schüttelte mehrmals ruhig und bestimmt den Kopf. »Nein, durchaus nicht. Ich bin froh, daß ich es getan habe.«

Offenbar hatte sie wieder vergessen oder schon verziehen, was der Commissario ihr erst diesen Nachmittag eingeredet hatte – jenen nur vorgetäuschten Verrat ihres Mannes, der sie in den Selbstverrat getrieben hatte.

Plötzlich wie erdrückt von der Last menschlicher Torheit und Qual, stand Brunetti auf, gab die Uhrzeit zu Protokoll, erklärte die Vernehmung für beendet, nahm die Kassette aus dem Rekorder und ging hinaus, um das Geständnis abtippen zu lassen.

27

Brunetti bekam sogar Signora Fords Unterschrift. Er blieb neben der Sekretärin stehen, die das Geständnis abtippte, und brachte es dann zurück zu der Frau, die im Vernehmungsraum wartete. Doch kaum hatte sie ihren Namenszug unter das Datum gesetzt, da erschien ihr Mann in Begleitung eines Anwalts, der sich wortreich dagegen verwahrte, daß man seine Mandantin vernommen habe, ohne ihn hinzuzuholen. Und da Ford offenbar entschlossen war, alle Register zu ziehen, hatte er gleich auch noch einen Arzt mitgebracht, der nach einem flüchtigen Blick auf seine Patientin erklärte, sie gehöre umgehend in eine Klinik. Arzt und Anwalt erinnerten Brunetti an ein Paar Salz- und Pfefferstreuer: Beide Männer waren groß und hager; der Doktor war blaß und weißhaarig, Filippo Boscaro, der Advokat, hatte dunkles Haar und trug einen dichten schwarzen Schnurrbart.

Brunetti wollte wissen, warum die Signora so dringend ins Krankenhaus müsse, und der Mediziner, dessen beschützende Hand auf Signora Fords Schulter ruhte, sagte, seine Patientin stehe ganz offensichtlich unter Schock und sei daher kaum in der Verfassung, irgendwelche Fragen zu beantworten.

Daraufhin blickte Signora Ford erst ihn an und dann ihren Gatten, der neben ihr kniete und seine Hände fürsorglich um die ihren geschlungen hatte. »Hab keine Angst, Eleonora«, sagte er, »ich werde dich beschützen.«

Die Frau lehnte sich an ihn und flüsterte etwas, das Brunetti nicht hören konnte. Ford küßte sie sanft auf die Wange, und als sie zu Brunetti aufschaute, glühte ihr Gesicht vor vergoltener Liebe. Brunetti sagte nichts, sondern wartete Fords nächsten Schachzug ab.

Unbeholfen, da seine Hände immer noch in denen seiner Frau gefangen waren oder vielmehr die ihren gefangenhielten, erhob sich der Bibliotheksdirektor. Als er sich aufgerichtet hatte, half er seiner Frau aus ihrem Stuhl hoch, legte behütend den Arm um sie und wandte sich dann an den Arzt: »Giulio, würden Sie Eleonora hinausbringen?«

Bevor der Arzt reagieren konnte, schritt Brunetti ein: »Ich fürchte, ich kann Ihre Frau nicht gehen lassen, es sei denn, eine Polizistin begleitet sie.« Ford, sein Anwalt und der Arzt wetteiferten in ihrem Protest gegen diese Entscheidung, doch Brunetti öffnete ungerührt die Tür zum Korridor und forderte den Posten draußen auf, unverzüglich eine Polizistin heraufzuschikken.

Der Anwalt, den Brunetti vom Sehen kannte, über den er aber kaum mehr wußte, als daß er Strafverteidiger war, sagte drohend: »Sie wissen hoffentlich, Commissario, daß nichts von dem, was meine Mandantin hier möglicherweise ausgesagt hat, beweiskräftig ist.«

»Wofür?« fragte Brunetti.

»Wie bitte?«

»Beweiskräftig wofür?« wiederholte Brunetti.

»Was auch immer« war alles, was dem düpierten Juristen dazu einfiel.

»Dürfte es als Beweis dafür gelten, daß die Signora hier gewesen ist, *avvocato*?« fragte Brunetti höflich. »Oder vielleicht dafür, daß sie in der Lage war, ihre Personalien anzugeben?« Er wußte, daß es nichts bringen würde, den Anwalt zu reizen; trotzdem konnte er sich diese kleine Spitze nicht versagen.

»Ich weiß nicht, was das soll, Commissario«, knurrte Boscaro, »aber ich habe das Gefühl, daß Sie mich absichtlich provozieren.«

Brunetti, der das nicht hätte leugnen können, wandte sich rasch an den Arzt. »Würden Sie mir Ihren Namen nennen, Dottore?«

»Giulio Rampazzo«, sagte der Weißhaarige.

»Und Sie sind Signora Fords Hausarzt?«

»Ich bin Psychiater«, antwortete Dr. Rampazzo.

»Verstehe.« Brunetti nickte bedächtig. »Und ist Signora Ford schon länger bei Ihnen in Behandlung?«

Hier verlor der Ehemann die Geduld. Er zog seine Frau fester an sich und führte sie zur Tür. »Ich höre mir diese Farce nicht länger an. Ich werde meine Frau jetzt von hier wegbringen.«

Brunetti wußte, daß es sinnlos gewesen wäre, sich dem Mann in den Weg zu stellen, besonders, da er Arzt und Anwalt im Schlepptau hatte. Doch er sah erleichtert, daß die angeforderte Polizistin bereits vor der Tür stand. »Kommen Sie herein, Sie werden diese Dame hier begleiten.«

»*Sí,* Signore«, sagte sie und salutierte, ohne zu fragen, wohin sie mit der Frau gehen, was sie an ihrer Seite tun oder verhindern solle.

»In welche Klinik bringen Sie die Signora?« fragte Brunetti den Psychiater. Während Rampazzo, der offenbar um eine Antwort verlegen war, sich bemühte, nicht allzu hilfesuchend nach Ford zu schielen, machte Brunetti sich seine mißliche Lage zunutze und entschied: »Gut, dann werde ich Sie zum Ospedale Civile eskortieren lassen.« Und er wies den Beamten, der inzwischen wieder auf seinem Posten war, an, ein Polizeiboot zu ordern.

Während er, den anderen voran, die Treppe zum Ausgang hinunterschritt, überlegte Brunetti, wie die Situation am besten zu handhaben sei. Wenn der Psychiater Eleonora Ford attestierte, daß sie unter einem schweren Schock stand, würde ihr Mann sie auf jeden Fall aus der Questura herausbringen; es wäre sinnlos, sich dagegen aufzulehnen. Je unauffälliger und friedlicher jedoch ihr Abgang verlief, desto mehr Gewicht würde man ihrem Geständnis beimessen, bei dem sie vollkommen ruhig und gefaßt gewirkt hatte.

Vor der Questura wartete die Polizeibarkasse mit tuckerndem Motor. Brunetti folgte der kleinen Gruppe nicht hinunter zur Anlegestelle, sondern blieb am Eingang stehen. Der nämliche uniformierte Beamte half erst den beiden Frauen und den drei Männern aufs Boot, dann sprang auch er an Bord. Als die Barkasse ablegte, ging Brunetti wieder hinein und tätigte die Anrufe, die hoffentlich dafür sorgen würden, daß Signora Ford nicht so leicht wieder aus dem Labyrinth der Justiz entkam, in das ihr Geständnis sie geführt hatte.

Während der kommenden Monate richtete sich das Interesse Venedigs immer wieder auf dieses Labyrinth, durch das der Mordfall Claudia Leonardo und der Streit um Hedwig Jacobs' Kunstschätze ihren trägen Fortgang nahmen – was hoffentlich nicht gar zu dynamisch formuliert ist. Beide Fälle hatten in der Öffentlichkeit wie Kometen eingeschlagen und hatten in Lokal- wie überregionaler Presse für Schlagzeilen gesorgt. Die Reportagen über andere Verbrechen oder interne Verwicklungen rutschten an den Fuß der Titelseite ab, verdrängt durch das sensationelle Mordgeständnis der Tochter eines der bekanntesten Notare der Stadt sowie durch die Entdeckung einer glanzvollen Kunstsammlung im bescheidenen Heim einer armen alten Frau.

Um den ersten Fall rankten sich abenteuerliche Spekulationen um Eifersucht, Leidenschaft, Ehebruch; mit dem zweiten verband die Fama gedämpftere Gefühle wie Liebe, Treue und Hingabe. Nach einer Weile aber verlagerte sich die Berichterstattung in beiden Fällen gemeinsam mit ihren Protagonisten: Signora Ford wurde nach Hause entlassen, und ihre Geschichte rückte in den Innenteil der Gazetten; die der Signora Jacobs wurde vollends beerdigt, sowie man die alte Frau auf dem protestantischen Friedhof beigesetzt hatte, allerdings nicht bevor Brunetti seinen Irrtum, daß auch sie einem Mord zum Opfer gefallen sei, eingesehen und bedauert hatte. Claudias Tod hatte Hedwig Jacobs umgebracht, nicht Claudias Mörder.

Das Verfahren, das man abwechselnd den Leonardo- oder den Ford-Prozeß nannte, nahm seinen Lauf. Eleonoras Geständnis wurde in Zweifel gezogen und als typisches Beispiel brutaler

Verhörmethoden der Polizei angeprangert, aber endlich, nach sechsmonatigem juristischem Gefeilsche, doch für rechtsgültig erklärt. Inzwischen aber hatten Dr. Rampazzo und seine Kollegen ein Gutachten vorgelegt, demzufolge die Angeklagte, von Eifersucht getrieben, zur Tatzeit nicht zurechnungsfähig war. Boscaro wurde seinem Ruf und zweifellos auch seinem Honorar gerecht, indem er den Richtern dieses Argument so zwingend nahebrachte, daß sie entschieden, Signora Ford habe sich an dem Abend, als sie Claudia Leonardo aufsuchte, tatsächlich in einem Zustand verminderter Schuldfähigkeit befunden. Und was dann geschehen war ... Wie hatte doch Maxwell Ford zu seiner Frau gesagt: Das Fleisch ist schwach und treibt Menschen dazu, Dinge zu tun, die sie gar nicht tun wollen.

Brunetti, mittlerweile mit einem anderen Fall befaßt, einem noch größeren Korruptionsskandal im *Casinò*, verfolgte den Prozeß in den Zeitungen und über seine Freunde bei Gericht, wohl wissend, daß er den Gang der Ereignisse nun nicht mehr beeinflussen konnte.

Die Kunstwerke in Signora Jacobs' Wohnung wurden noch einmal inventarisiert, diesmal vom Finanzministerium und der Sovrintendenza delle Belle Arti. Claudias Mutter wurde für deren rechtmäßige Erbin erklärt und damit zugleich auch zur Erbin von Hedwig Jacobs. Da sie indes unauffindbar war, verhängte der Staat eine siebenjährige Sperrfrist, nach deren Ablauf man sie für tot erklären und ihr Erbe an den Staat fallen würde. Die Gemälde und Keramiken sowie die berühmten Zeichnungen, die einmal dem Schweizer Konsul gehört hatten (oder auch nicht) und deren Besitzerin nun Claudias Mutter war (oder auch nicht), wurden allesamt nach Rom geschafft, dort in einem Depot eingelagert, und dann brach die siebenjährige Wartefrist an.

Eines Abends, als sie miteinander im Wohnzimmer saßen, blickte Paola von ihrem Buch auf und überraschte Brunetti mit dem Spruch: »Jarndyce gegen Jarndyce.«

»Wie bitte?« fragte Brunetti.

Ihre Blicke trafen sich, Paolas Augen hinter der Lesebrille wirkten leicht vergrößert. »Ach, nichts«, sagte sie. »Nur eine langwierige Geschichte aus einem Buch.«

Sechs Monate später starb Gianpaolo Filipetto friedlich im Schlaf. Da er der Gemeinde von San Giovanni in Bragora angehörte, wurde er mit allem Pomp in deren Grablege beigesetzt, und die Stadt gab ihm ein Ehrengeleit, wie sie es seinem Alter und seinem hohen Ansehen schuldig war.

Brunetti kam zu spät und verpaßte die Totenmesse, konnte sich aber gerade noch unter die Leute mischen, die als erste aus dem Portal traten und sich in respektvollem Schweigen vor der Kirche versammelten, um auf den Trauerzug zu warten. Sechs Männer trugen den dunklen Mahagonisarg, der mit einem dichten Teppich aus roten und weißen Rosen bedeckt war. Der erste, der aus dem dämmrigen Kirchenschiff trat, war der Pastor, ein Greis, gebeugt von der Last fast ebenso vieler Jahre, wie dem Verstorbenen vergönnt gewesen waren. Dicht hinter ihm folgte Filipettos Tochter, deren Hausarrest für die Dauer der Beisetzungsfeierlichkeiten aufgehoben war, am rechten Arm mit fester Hand von ihrem Gatten geführt. Maxwell Ford hatte in den letzten Monaten zugenommen und strotzte förmlich vor Gesundheit und Wohlsein, sie dagegen war noch eckiger und besendürr geworden.

Ford hielt den Blick im Gehen auf das Gesicht seiner Frau geheftet; der ihre war zu Boden gesenkt. Die Menge teilte sich und bildete vor den Sargträgern, die gemessenen Schrittes auf den *campo* hinaustraten, ein Spalier. Vom *bacino* her, wo die Gondel festgemacht war, die den Verstorbenen auf den Friedhof überführen sollte, kam ein Mann auf den Platz geeilt. Kaum daß er den Sarg erblickte, lief er auf den Pfarrer zu und sprach ihn an; der greise Priester wandte sich um und deutete auf Ford. Der Mann nickte und machte Ford ein Zeichen, woraufhin der seine Frau mit einer leisen Bemerkung verließ und sich zu dem Fremden gesellte.

Brunetti nutzte die Gelegenheit, um sich Eleonora Ford zu nähern.

»Signora«, grüßte er und trat mit einer leichten Verbeugung vor sie hin.

Sie blickte auf, erkannte ihn sofort, sagte aber nichts. Brunetti hatte den Eindruck, sie sei seit ihrer letzten Begegnung um mehr Jahre gealtert, als Monate ins Land gegangen waren. Abgezehrte, hohle Wangen umrahmten einen verdorrten Mund, und sie sah aus, als sei ihr der Schlaf abhanden gekommen.

Sie schlug die Augen nieder und sprach so leise, daß er sich hinunterbeugen mußte, um sie zu verstehen. »Sagen Sie, was Sie mir zu sagen haben, bevor er zurückkommt.« Hastig stieß sie die Worte hervor und blickte dabei verstohlen nach links, wo ihr Mann sich mit dem Fremden unterhielt.

»Haben Sie die Zeitungsberichte über Ihren Fall gelesen, Signora?« fragte Brunetti.

Sie nickte.

»Auch den Obduktionsbericht?«

Jetzt weiteten sich ihre Augen, und dann schloß sie für einen Moment die Lider. Brunetti deutete das als Bestätigung, doch er wollte es aus ihrem Munde hören.

»Nun, haben Sie ihn gelesen?«

»Ja.«

»Dann wissen Sie also, daß sie noch Jungfrau war.«

Sie öffnete den Mund, und er sah, daß sie beide Vorderzähne im Unterkiefer verloren und nicht hatte ersetzen lassen. »Er hat mir geschworen ...«, begann sie und stockte, ängstlich zu ihrem Mann hinüberschielend.

»Das glaube ich Ihnen gern, Signora«, sagte Brunetti, wandte sich ab und überließ sie den Männern in ihrem Leben.

DONNA LEON

Verschwiegene Kanäle

Roman

Aus dem Amerikanischen
von Christa E. Seibicke

Weltbild

Für Hedi und Augustí Janés

In uomini, in soldati
Sperare fedeltà?

Bei Männervolk, bei Soldaten
Sucht ihr ein treues Herz?

COSÌ FAN TUTTE

I

Durst weckte ihn. Nicht der gesunde Durst, der sich nach drei Runden Tennis oder einem Tag auf der Skipiste allmählich einstellt, sondern jener unbarmherzige, quälende Brand infolge übermäßigen Alkoholkonsums, wenn der Körper dringend nach Flüssigkeitsausgleich verlangt. Er lag wach im Bett, verschwitzt, in klebrig feuchter Unterwäsche, und hatte Durst.

Erst dachte er, er könne ihn überlisten und sich einfach zurückfallen lassen in den dumpfen Trunkenheitsschlaf. Also drehte er sich auf die Seite, atmete mit offenem Mund ins Kissen und zog sich die Decke über die Schultern. Aber sosehr sein Körper auch nach Ruhe verlangte, er kam nicht dagegen an – weder gegen den Durst noch gegen das nervöse Ziehen in der Magengegend.

Schlapp und willenlos lag er da und versuchte wieder einzuschlafen. Tatsächlich gelang das auch für ein paar Minuten, aber dann schreckte eine Kirchenglocke irgendwo stadteinwärts ihn unsanft ins Bewußtsein zurück. In seinem Kopf entstanden Flüssigkeitsbilder: prickelndes Mineralwasser in einem beschlagenen Glas, von dem die Tropfen abperlten; der Trinkbrunnen auf dem Flur seiner Grundschule; ein Becher schäumendes Cola. Mehr als alles, was ihm am Leben je begehrenswert oder verlockend erschienen war, brauchte er etwas zu trinken.

Noch einmal versuchte er den Schlaf herbeizuzwingen und wußte doch schon, daß er verloren und nun keine andere Wahl mehr hatte, als aufzustehen. Er wußte nicht gleich, auf welcher Seite er aus dem Bett steigen mußte, ihm graute vor dem kalten Fußboden im Gang, aber dann warf er alle Bedenken so ungestüm beiseite wie seine Decken und richtete sich auf. Sein Kopf dröhnte, der Magen protestierte unwirsch gegen den abrupten Stellungswechsel, doch der Durst war stärker.

Er öffnete seine Zimmertür und tappte auf den Flur hinaus,

den von draußen ein fahler Lichtschein erhellte. Wie er befürchtet hatte, war es scheußlich, mit bloßen Füßen über kaltes Linoleum zu laufen, aber der Gedanke an das erlösende Wasser, das am Ende des Flurs winkte, half ihm, sich zu überwinden.

Schlaftrunken taumelte er in den Waschraum und stürzte gierig zum ersten der weißen Becken hin, die in langer Reihe eine ganze Wand säumten. Er drehte den Kaltwasserhahn auf und ließ ihn gut eine Minute laufen: Selbst in seinem benommenen Zustand ekelte er sich vor dem rostig warmen Geschmack des ersten Strahls, der aus diesen Rohren kam. Als das Wasser, das ihm über den Ellbogen rann, kalt genug war, fing er es mit den hohlen Händen auf, beugte sich nieder und schlürfte geräuschvoll wie ein schlabbernder Hund. Herrlich kühl und erfrischend spürte er es die Kehle hinabfließen: gerettet! Er wußte aus Erfahrung, daß man nach den ersten Schlucken innehalten sollte, innehalten und warten, wie der aufgewühlte Magen auf die unverhoffte Zufuhr alkoholfreier Flüssigkeit reagieren würde: im ersten Moment sehr empfindlich, aber da er jung war und gesund, gab sich das bald, und dann schluckte auch der Magen brav, ja konnte gar nicht genug bekommen.

Erleichtert hielt er den Kopf unter den Hahn und schlürfte noch acht oder neun Mundvoll, einer ums andere eine Wohltat für den ausgetrockneten Körper. Dann allerdings kippte etwas in seinem vollgepumpten Magen, der löste ein Signal im Gehirn aus, und ihm wurde im Nu so schwindelig, daß er sich vorbeugen und mit den Händen am Beckenrand abstützen mußte, so lange, bis die Welt sich nicht mehr um ihn drehte.

Wieder tauchte er die Hand unter den fließenden Strahl und trank. An einem gewissen Punkt, als Verstand und Erfahrung ihn warnten, daß jeder weitere Schluck riskant wäre, richtete er sich mit geschlossenen Augen auf und fuhr sich mit den nassen Handflächen erst übers Gesicht und dann übers T-Shirt. Rasch noch einmal mit dem Hemdzipfel die Lippen betupft, bevor er sich erfrischt und mit dem Gefühl, langsam wieder unter die

Lebenden zu gehören, anschickte, in sein Zimmer zurückzukehren.

Und die riesige Fledermaus sah, einen Vampir, oder das, was seine benebelten Sinne auf die Entfernung dafür hielten. Auch wenn es keiner sein konnte, denn das, was da schwarz und drohend von der Decke hing, war bestimmt zwei Meter lang und so breit wie ein ausgewachsener Mensch. Trotzdem sah es aus wie ein Vampir: Ganz deutlich erkannte er den Kopf über den schlaff herabhängenden Flügeln und darunter die Krallenfüße.

Er kniff die Augen zusammen und rubbelte sich mit den Händen übers Gesicht, wie um die Erscheinung fortzuwischen, aber als er die Augen wieder aufschlug, war der finstere Spuk noch immer da. Er wollte fliehen und schlich, weil er sich nicht traute, dem Gespenst den Rücken zu kehren, im Krebsgang zur Tür zurück, neben der er den Schalter für die Deckenbeleuchtung wußte. Wie er jetzt, halb betäubt vor ungläubigem Entsetzen und die Hand zitternd nach hinten gestreckt, fahrig über die Kacheln tastete, hätte man glauben können, mit der Berührung dieser Wand vergewissere er sich der letzten ihm noch verbliebenen Verbindung zur Realität.

Wie ein Blinder folgte er seiner sehenden Hand an der Wand entlang, bis er den Lichtschalter gefunden hatte. Die Neonröhren, die in langer Doppelreihe angeordnet waren, flammten eine nach der anderen auf und tauchten den Raum in ein kaltes, grelles Licht.

Während die gleißende Helligkeit sich flackernd ausbreitete, kniff er die Lider ganz fest zusammen. Nur nicht mit ansehen müssen, wie sich der Vampir, aus dem wohligen Schattendunkel seines Versteckes aufgescheucht, in Bewegung setzte! Erst als alle Lichter ruhig brannten, öffnete der Junge die Augen und zwang sich hinzusehen.

Obwohl die Spukgestalt im Hellen deutlicher hervortrat und Kontur gewann, verlor sie weder ihre Ähnlichkeit mit einer Fledermaus, noch milderte sich die Drohgebärde der im Luftzug schleifenden Flügel. Nur daß sich diese Flügel mit einemmal als der reiche Faltenwurf eines der dunklen Paletots entpuppte, die zur Winteruniform der Kadetten gehörten, und aus dem Fledermauskopf im Licht der Neonröhren der Kopf von Ernesto Moro wurde, einem Venezianer und, gleich dem Jungen, der sich nun, von heftigem Brechreiz geschüttelt, über einem Waschbecken krümmte, Schüler der Militärakademie San Martino.

2

Es dauerte ziemlich lange, bis die Behörden auf den Tod des Kadetten Moro reagierten, wobei diese Verzögerung am wenigsten seinem Klassenkameraden Pietro Pellegrini anzurechnen war. Der kehrte, sobald die Wellen der Übelkeit verebbten, auf sein Zimmer zurück, griff zum *telefonino,* das ihm schon fast wie ein natürlicher Fortsatz seiner Gliedmaßen erschien, so oft benutzte er es, und rief seinen Vater an, der geschäftlich in Mailand weilte. Pietro erklärte ihm, was passiert war oder vielmehr was er gerade gesehen hatte. Der Vater versprach zunächst, er würde die Polizei verständigen, besann sich dann aber in seiner Eigenschaft als Rechtsanwalt eines Besseren und entschied, der Sohn solle selber anrufen, und zwar unverzüglich.

Nicht, daß Pellegrinis Vater befürchtet hätte, sein Sohn könne etwas mit dem Tod des anderen Jungen zu tun haben. Aber als Strafverteidiger war er mit den Gedankengängen der Behörden wohlvertraut und wußte zum einen, daß ein Zeuge, der eine Straftat erst mit Verzögerung anzeigte, unweigerlich selbst in Verdacht geriet, und zum anderen, daß man es sich bei der Polizei gern einfach machte. Also riet er seinem Sohn – ja man könnte sagen, er befahl es ihm –, umgehend die Behörden zu verständigen. Der Junge, den sein Vater und zwei Jahre San Martino zu striktem Gehorsam erzogen hatten, bezog das auf die Schulbehörde, und so ging er nach unten, um seinem Direktor zu melden, daß in dem Waschraum im dritten Stock ein Toter hing.

Der Polizist in der Questura, der schließlich verständigt wurde, notierte den Namen des Anrufers und ließ sich den Sachverhalt schildern. Kaum war das Gespräch beendet, erkundigte er sich bei dem Kollegen, der mit ihm in der Telefonzentrale Dienst tat, ob sie die Meldung nicht an die Carabinieri weiterleiten sollten, da San Martino als Militäreinrichtung doch wohl eher in deren Zuständigkeit als in die der Questura falle. Nach einigem Hin und Her rief der zweite Polizist im Bereitschaftsraum an, um die Verfahrensfrage dorthin weiterzuleiten. Der Kollege, der drüben abhob, sagte, nein, die Akademie sei eine Privatschule ohne offizielle Anbindung an die Armee – er wußte das, weil der Sohn seines Zahnarztes auf die San Martino ging –, und folglich seien doch sie zuständig. Die zwei in der Telefonzentrale diskutierten noch eine Weile, bevor sie sich endlich der Meinung ihres Kollegen anschlossen. Da es inzwischen schon nach acht war, eine Zeit, zu der ihr Vorgesetzter für gewöhnlich bereits an seinem Schreibtisch saß, wählte einer der beiden die Nummer von Commissario Guido Brunetti.

Der bestätigte ohne Zögern ihre Zuständigkeit, fragte aber gleich darauf argwöhnisch: »Wann ist der Anruf eingegangen?«

»Sieben Uhr sechsundzwanzig, Signore«, antwortete Alvise wie aus der Pistole geschossen.

Ein Blick zur Uhr bestätigte Brunetti, daß seitdem über eine halbe Stunde verstrichen war, aber da Alvises Stern nicht zu den hellsten am Firmament der Questura zählte, sparte er sich jede Kritik und sagte nur: »Fordern Sie ein Boot an. Ich komme runter.«

Sowie er aufgelegt hatte, überflog Brunetti den Dienstplan. Da Ispettore Lorenzo Vianello weder für diesen noch für den nächsten Tag eingeteilt war, rief er bei ihm zu Hause an und erklärte in groben Zügen, was vorgefallen sei. Bevor der Commissario ihn darum bitten konnte, sagte Vianello: »Wir treffen uns dort.«

Wenn es Alvise gelungen war, dem Bootsführer Brunettis Auftrag fehlerfrei zu übermitteln, dann wohl nicht zuletzt deshalb, weil der nur einen Schreibtisch weiter saß. Immerhin fand Brunetti, als er ein paar Minuten später aus der Questura trat, Alvise und den Bootsführer schon an Bord der im Leerlauf vor sich hin tuckernden Barkasse. Mit einer unmißverständlichen Handbewegung winkte er Alvise wieder zurück. »Gehen Sie nach oben, Sergente, und schicken Sie mir Pucetti herunter.«

»Aber soll ich Sie denn nicht begleiten, Signore?« fragte Alvise so enttäuscht wie eine Braut, die der Bräutigam vor der Kirche stehengelassen hat.

»Das geht nicht, leider. Wissen Sie, falls die Schule noch mal anruft, dann möchte ich, daß sie denselben Ansprechpartner haben. Das schafft Vertrauen, und auf die Weise werden wir um so mehr erfahren.«

Auch wenn diese Notlüge alles andere als plausibel war, gab Alvise sich offenbar damit zufrieden, und Brunetti überlegte nicht zum ersten Mal, ob es vielleicht gerade die unsinnigen Befehle waren, die einem Mann wie ihm am ehesten einleuchteten. Jedenfalls kehrte der Sergente folgsam in die Questura zurück. Ein paar Minuten später war Pucetti an Bord, und der Bootsführer manövrierte die Barkasse von der *Riva* fort und auf den *Bacino* di San Marco zu. Der Regen der letzten Nacht hatte die Luft reingewaschen und der Stadt einen herrlich klaren Morgen beschert, auch wenn schon ein scharfer Hauch von Spätherbst in der Luft lag.

Brunetti hatte seit über zehn Jahren keine Veranlassung mehr gehabt, nach San Martino hinauszufahren, nicht seit der Abschlußprüfung eines Vetters zweiten Grades, der anschließend, wie die meisten Absolventen der Kadettenschule, gleich im Leutnantsrang von der Marine übernommen worden und fortan zügig aufgestiegen war – gleichermaßen zum Stolz seines Vaters wie zur Verwirrung der übrigen Verwandtschaft. Weder bei den Brunettis noch in der Familie seiner Mutter hatte es je eine Militärtradition gegeben. Wenn es zum Krieg kam, wurden die Männer natürlich trotzdem eingezogen, und falls, wie im Zweiten Weltkrieg, die Front quer durchs eigene Land verlief, blieb auch die Familie daheim nicht verschont.

Vor diesem Hintergrund war es nur verständlich, daß Brunetti von Kindheit an über die Militärs und ihre pompösen Auftritte mit jener geringschätzigen Verachtung hatte reden hören, die seine Eltern und deren Freunde sich ansonsten für Regierung und Kirche aufsparten. Und im Laufe seiner Ehe mit Paola Falier, einer Frau von linkslastiger, wenn auch sprunghafter politischer Gesinnung, hatten sich Brunettis Vorbehalte begreiflicherweise noch verstärkt. Für Paola bestand das größte Verdienst der italienischen Armee in ihrer langen Tradition vermeintlich feiger Rückzugsgefechte. Die größte Schmach hingegen lastete sie jenen politischen und militärischen Führern der jüngeren Geschichte an, die sich dieser Tradition widersetzt und den sinnlosen Tod Hunderttausender junger Männer verschuldet hatten, weil sie sich in trügerischer Verblendung nur mehr von der eigenen Ruhmsucht und dem politischen Ehrgeiz ihrer Verbündeten leiten ließen.

Brunettis eigene Erfahrungen mit den Militärs, im Wehrdienst und danach, hatten ihm wenig Anlaß gegeben, Paolas Urteil in Frage zu stellen. Selbst die zynische These, das Militär (das italienische wie das jeder anderen Nation) unterscheide sich nicht groß von der Mafia, war nicht ganz von der Hand zu weisen: Hier wie dort herrschte eine von Männern dominierte, frauenfeindliche Organisation; unfähig zu moralischem Handeln oder auch nur schlichter Fairneß außerhalb der eigenen Reihen; machtgierig, arrogant gegenüber der Zivilbevölkerung; gewaltbereit und feige zugleich. Nein, der Unterschied war tatsächlich nicht groß, außer daß die einen ihre Uniformen mit Orden und Lametta dekorierten, während die anderen den unauffälligen Zwirn von Armani und Brioni bevorzugten.

Mit der Geschichte der Akademie war Brunetti leidlich vertraut. 1852 von Alessandro Loredan – einem frühen Gefolgsmann und späteren General Garibaldis – auf der Giudecca gegründet, residierte die Schule in einem weitläufigen Gebäudekomplex auf der Insel. Loredan, der kinderlos und ohne männliche Erben starb, hatte zusätzlich zu diesem Anwesen auch seinen Privatpalazzo und das gesamte Familienvermögen in einen Treuhandfonds überführt, unter der Bedingung, daß die Erträge ausschließlich zum Aufbau und Erhalt der Militärakademie verwendet würden, die er nach dem Schutzpatron seines Vaters benannt hatte.

Nun waren die Oligarchen von Venedig zwar nicht unbedingt Anhänger des Risorgimento, aber wenn es galt, der Stadt ein so riesiges Vermögen wie das von Alessandro Loredan zu erhalten, durfte die Gesinnung ruhig einmal hintanstehen. Nur Stunden nach dem Tod des Generals war der genaue Wert seines Vermächtnisses beziffert, und binnen Tagen hatten die im Testament benannten Treuhänder einen pensionierten Offizier, der zufällig mit einem von ihnen verschwägert war, mit der Leitung der Akademie betraut. Die wurde bis zum heutigen Tag nach streng militärischen Regeln geführt, eine Eliteschule, auf der die Söhne hoher Offiziere und vermögender Patrizierfamilien jenen sprichwörtlich letzten Schliff erhielten, der in der Regel auch ihnen den Weg in den Offiziersstand eröffnete.

Bis hierher war Brunetti mit seinem Rückblick gekommen, als das Boot hinter der Kirche Sant' Eufemia in einen Seitenkanal einschwenkte und den nächsten Anlegeplatz ansteuerte. Pucetti sprang mit dem Tau an Land und schlang es um den eisernen Haltering auf dem Pflaster. Dann streckte er Brunetti die Hand entgegen und half ihm von Bord.

»Zur Schule geht's da lang, nicht wahr?« Brunetti wies auf die Leeseite der Insel und zur Lagune hin, die in der Ferne gerade noch erkennbar war.

»Keine Ahnung, Signore«, gestand Pucetti. »Ich muß zugeben, daß ich außer zum Redentore-Fest eigentlich nie auf die Giudecca komme. Daher weiß ich leider auch nicht, wo die Schule ist.«

Daß seine venezianischen Mitbürger durch die Bank zähe Nesthocker waren, wußte Brunetti natürlich, aber von einem wie Pucetti, der so intelligent und weltoffen wirkte, hätte er doch etwas mehr Aufgeschlossenheit erwartet.

Als ob er die Enttäuschung seines Chefs erraten hätte, fuhr Pucetti fort: »Überspitzt gesagt, war die Insel für mich immer fast schon Ausland, Signore. Muß an meiner Mutter liegen: Sie spricht über die Giudecca, als gehörte sie nicht zu Venedig. Man könnte ihr hier das schönste Haus schenken, sie würde es nicht nehmen.«

Brunetti, dem es klüger schien, nicht zu erwähnen, daß seine eigene Mutter ähnlich dachte, ja daß auch er einiges von dieser Mentalität geerbt hatte, sagte nur: »Doch, doch, die Schule liegt dahinten, am anderen Ende des Kanals« und gab zielstrebig die Richtung vor.

Schon von ferne sah er, daß der große *portone,* der in den Hof der Akademie führte, für jedermann weit offenstand. Er wandte sich nach Pucetti um. »Finden Sie heraus, wann das Tor heute morgen geöffnet wurde und ob beim Verlassen und Betreten des Schulgeländes Meldepflicht besteht.« Bevor Pucetti etwas sagen konnte, fuhr Brunetti fort: »Das gilt auch für die letzte Nacht, wir wissen ja nicht, wie lange der Junge schon tot ist. Und erkundigen Sie sich, wer Schlüssel zum *portone* hat und wann er abends geschlossen wird.« Pucetti brauchte man die Vernehmungsfragen nicht im Wortlaut vorzubeten: eine willkommene Entlastung bei einer Dienststelle, deren Beamte im Durchschnitt das Niveau eines Alvise hatten.

Vianello stand bereits vor dem *portone.* Er begrüßte seinen Vorgesetzten mit leicht gerecktem Kinn und nickte Pucetti zu.

Brunetti, der den Vorteil, unangemeldet und in Zivil zu erscheinen, nicht ungenutzt lassen wollte, schickte Pucetti zurück zum Boot; er solle ihnen zehn Minuten Vorsprung geben und dann nachkommen.

Im Hof hatte sich die Nachricht von dem Todesfall offenbar bereits herumgesprochen, auch wenn Brunetti nicht hätte erklären können, woran er das merkte. Vielleicht am Anblick der Knaben und jungen Burschen, die in kleinen Gruppen beisammenstanden und sich mit gedämpfter Stimme unterhielten, vielleicht auch daran, daß einer von ihnen weiße Socken zu den Uniformschuhen trug, ein sicheres Zeichen dafür, daß er sich überstürzt und ohne nachzudenken angekleidet hatte. Außerdem fiel ihm auf, daß keiner der Jungen Bücher dabeihatte. Militärakademie hin oder her – dies war eine Lehranstalt, und Schüler trugen Bücher bei sich, es sei denn, ein Ereignis von höchster Dringlichkeit hätte ihren Alltagsrhythmus außer Kraft gesetzt.

In der Nähe des *portone* löste sich ein Kadett aus seiner Gruppe und trat Brunetti und Vianello entgegen. »Was kann ich für Sie tun?« fragte er, allerdings in einem Ton, als sei es an *ihnen* zu erklären, was sie hier verloren hätten. Ein gutaussehender junger Mann, dunkelhaarig, mit markanten Gesichtszügen und fast so groß wie Vianello, auch wenn er sicher noch keine zwanzig war. Seine Kameraden folgten ihm mit den Augen.

Verärgert über den hochfahrenden Ton des Kadetten, sagte Brunetti: »Ich möchte mit dem Schulleiter sprechen.«

»Und wer sind Sie?« fragte der Junge zurück.

Brunetti antwortete nicht, sondern maß sein Gegenüber nur mit einem langen, abschätzigen Blick. Der andere zuckte mit keiner Wimper und wich auch nicht zurück, als Brunetti einen Schritt auf ihn zu trat. Er trug die vorschriftsmäßige Dienstuniform – dunkelblaue Hose und Jacke, weißes Hemd mit Krawatte – und hatte zwei goldene Streifen auf den Ärmelaufschlägen. Während Brunetti beharrlich schwieg, verlagerte der Junge sein Gewicht und starrte ihn, die Hände in die Hüften gestemmt, durchdringend an. Aber er unterließ es, seine Frage zu wiederholen.

»Wie heißt der zuständige Mann hier?« erkundigte sich Brunetti barsch und fügte nicht weniger schroff hinzu: »Ich meine nicht seinen Namen, sondern den Titel.«

»Comandante«, entfuhr es dem überraschten Jungen.

»Ah, wie imposant«, spottete Brunetti, der nicht sicher war, was ihm mehr gegen den Strich ging, die mangelnde Achtung der Jugend vor dem Alter im allgemeinen oder die aufmüpfige Arroganz dieses Knaben im besonderen. »Inspektor, notieren

Sie den Namen dieses jungen Mannes«, sagte er an Vianello gewandt und schritt auf die Freitreppe zu, die in den Palazzo führte.

Er ging die fünf Stufen hoch und stieß die Eingangstür auf. Der Fußboden im Foyer war mit einem großflächigen Rautenmuster aus verschiedenfarbigen Hölzern getäfelt. Stiefelbewehrte Füße hatten quer übers Parkett eine dunkle Spur gelegt, die zu einer Tür an der Stirnwand führte. Brunetti folgte der ausgetretenen Fährte durch die menschenleere Halle, öffnete die Tür und gelangte in einen Korridor, dessen Wände über und über mit Regimentsflaggen geschmückt waren. Die meisten trugen den Löwen von San Marco im Wappen, aber auch anderes Getier war vertreten, allesamt in kriegerischer Haltung, mit gebleckten Zähnen, ausgestreckten Krallen oder gesträubtem Nackenhaar.

Über den drei Türen zur Rechten stand jeweils eine Zahl. Als Brunetti an der letzten vorbeiging, trat ein Junge, kaum älter als fünfzehn, auf den Flur hinaus. Erstaunt sah er Brunetti an, der ihm ruhig zunickte und fragte: »Wo finde ich das Büro des Comandante?«

Sein Ton oder sein Auftreten lösten bei dem Jungen eine Art Pawlowschen Reflex aus: Er nahm unverzüglich Haltung an und grüßte zackig. »Eine Treppe höher, Signore. Dritte Tür rechts.«

Brunetti widerstand der Versuchung, »Stehen Sie bequem« zu sagen, und wandte sich mit einem schlichten »Danke« der Treppe zu.

Oben angekommen, folgte er der Weisung des Jungen und fand richtig neben der angegebenen Tür ein Schild mit der Aufschrift: COMANDANTE GIULIO BEMBO.

Brunetti klopfte, zögerte einen Moment und klopfte noch einmal. Als es drinnen stillblieb, beschloß er kurzerhand, die Abwesenheit des Comandante zu nutzen, um sich in dem Büro ein wenig umzusehen. Noch ein rascher Blick den Flur hinunter, dann drückte er auf die Klinke und trat ein. Es ist schwer zu sagen, wer mehr erschrak, Brunetti oder der Mann, der mit einem Stoß Papiere in Händen vor der Fensterfront stand.

»Oh, ich bitte um Verzeihung«, sagte Brunetti. »Einer der Schüler meinte, ich solle hinaufgehen und in Ihrem Büro auf Sie warten. Ich hatte keine Ahnung, daß Sie hier sind.« Er wandte sich halb zur Tür und drehte den Kopf zurück, scheinbar unschlüssig, ob er bleiben oder sich entfernen sollte.

Der Mann am Fenster sah ihn an, doch durch den Lichteinfall geblendet, konnte Brunetti seine Gesichtszüge kaum erkennen. Die Uniform des Comandante war heller als die der Kadetten, auch hatten die Hosen keine farbigen Seitenstreifen, und die Ordensspange auf seiner Brust schätzte Brunetti über eine Handspanne breit.

Der Mann legte die Papiere auf den Schreibtisch, machte aber keine Anstalten, auf Brunetti zuzugehen. »Und Sie sind?« fragte er betont gelangweilt.

»Commissario Guido Brunetti, Signore. Ich habe den Auftrag, einen hier gemeldeten Todesfall zu untersuchen.« Das entsprach nicht ganz der Wahrheit, es sei denn, Brunetti hätte sich selbst beauftragt, doch er sah keinen Grund, dies dem Comandante auf die Nase zu binden. Er trat vor und streckte so unbefangen die Hand aus, als wäre er immun gegen die frostige Kühle, mit der sein Gegenüber ihn offenbar auf Distanz halten wollte.

Nach einer angemessenen Frist, die zeigen sollte, wer hier das Sagen hatte, ließ Bembo sich herab, die Begrüßung zu erwidern. Sein Händedruck war fest, aber irgendwie verhalten – ganz so, als wolle er die Hand des Zivilisten schonen.

»Ach ja«, sagte Bembo, »ein Commissario.« Er legte eine Pause ein, um der herablassenden Feststellung ihre gebührende Wirkung zu verleihen, und fuhr dann fort: »Ich wundere mich, daß mein Freund, Vice-Questore Patta, nicht daran gedacht hat, mich anzurufen und von Ihrem Kommen zu unterrichten.«

Brunetti überlegte, ob der Hinweis auf seinen Vorgesetzten (der im übrigen frühestens in einer Stunde in seinem Büro sein würde) ihn einschüchtern sollte, damit er versprach, alles in seiner Macht Stehende zu tun, um Bembo nur ja nicht mit seinen Ermittlungen zu behelligen. »Ich bin sicher, das wird er nachholen, sobald ich ihm meine ersten Erkenntnisse vorlege, Signore«, sagte Brunetti.

»Natürlich.« Bembo ging um den Schreibtisch herum, nahm in seinem Sessel Platz und bedeutete Brunetti mit einer zweifellos huldvoll gemeinten Geste, er dürfe sich ebenfalls setzen. So angelegentlich, wie der Comandante den Zierat auf seinem Schreibtisch herumschob, Papiere zu einem Stoß aufeinanderstapelte und zurechtklopfte, schien er nicht übermäßig interessiert daran, daß die Ermittlungen rasch in Gang kamen. Brunetti verharrte schweigend.

»Eine unglückselige Geschichte, das«, sagte Bembo endlich.

Brunetti nickte nur.

»Ist das erste Mal, daß wir in der Akademie einen Selbstmord haben«, fuhr Bembo fort.

»Ja, das muß ein Schock gewesen sein. Wie alt war der Junge?« fragte Brunetti. Er zog ein Notizbuch aus der Jackentasche und bog, sobald er eine leere Seite gefunden hatte, den Falz auseinander. Dann klopfte er mit verlegenem Lächeln seine Taschen ab, beugte sich vor und griff nach einem Bleistift auf dem Schreibtisch. »Wenn Sie erlauben, Signore«, sagte er.

Bembo machte sich nicht die Mühe, auf die Bitte einzugehen. »Siebzehn, glaube ich«, sagte er.

»Und sein Name, Signore?« fragte Brunetti.

»Ernesto Moro.«

Brunetti zuckte erstaunt zusammen, als unvermutet einer der berühmtesten Namen Venedigs fiel.

»Ja«, sagte Bembo, »Fernandos Sohn.«

Dottor Fernando Moro hatte einige Jahre als Abgeordneter in verschiedenen Parlamentsgremien gewirkt – einer der wenigen Politiker, denen man allenthalben attestierte, daß sie ihr Amt redlich und in Ehren versahen. Böse Zungen behaupteten, Moro sei nur deshalb von Ausschuß zu Ausschuß weitergereicht worden, weil den Kollegen ebendiese Redlichkeit unbequem war: Sobald man einsehen mußte, daß er tatsächlich immun war gegen die Verlockungen von Macht und Geld, suchte und fand jedes Komitee Mittel und Wege, sich seiner rasch wieder zu entledigen. Wenn Moro als Politiker dennoch Karriere machte, so bewies das lediglich, daß die Hoffnung nie versiegt: Jeder Vorsitzende, in dessen Ausschuß Moro berufen wurde, war überzeugt, er werde den Dottore umstimmen und auf den Kurs einschwören können, der langsam, aber sicher die Taschen der Minderheit auf Kosten der Mehrheit füllt.

Drei Jahre lang war es offenbar keinem gelungen, Moro zu korrumpieren. Und dann, es war gerade erst zwei Jahre her, hatte er plötzlich und ohne Erklärung sein Mandat niedergelegt und sich von einem auf den anderen Tag von der politischen Bühne zurückgezogen, um sich fortan wieder ausschließlich seiner Arztpraxis zu widmen.

»Hat man ihn schon benachrichtigt?« fragte Brunetti.

»Wen?« fragte Bembo verständnislos zurück.

»Den Vater des Toten.«

Bembo schüttelte den Kopf. »Ich weiß nicht. Ist das nicht Aufgabe der Polizei?«

Brunetti beherrschte sich nur mit Mühe. »Wie lange ist es her, daß die Leiche entdeckt wurde?« sagte er mit einem Blick auf die Uhr, und es gelang ihm nicht, den Vorwurf aus seiner Stimme herauszuhalten.

Bembo richtete sich drohend auf. »Irgendwann heute morgen.«

»Um wieviel Uhr?«

»Ich weiß es nicht. Kurz bevor die Polizei verständigt wurde.«

»Wie kurz davor?«

»Ich habe keine Ahnung. Man hat mich zu Hause angerufen.«

»Um wieviel Uhr?« fragte Brunetti erneut, diesmal mit gezücktem Bleistift.

Bembo preßte in kaum verhohlenem Ärger die Lippen zusammen. »Ich bin mir nicht sicher. So gegen sieben.«

»Waren Sie schon wach?«

»Natürlich.«

»Und dann haben Sie die Polizei verständigt?«

»Nein, das hatte bereits jemand von hier aus getan.«

Brunetti stellte die übereinandergeschlagenen Beine wieder nebeneinander und beugte sich vor. »Comandante, der Anruf bei der Questura wurde um sieben Uhr sechsundzwanzig protokolliert. Also fast eine halbe Stunde, nachdem Sie vom Tod des Jungen unterrichtet wurden.« Nachdem Bembo keine Anstalten machte, sich zu rechtfertigen, fuhr Brunetti fort: »Könnten Sie mir das erklären?«

»Was?«

»Daß die Behörden erst mit einer halben Stunde Verzögerung über einen verdächtigen Todesfall in Ihrer Schule informiert wurden.«

»Verdächtig?« wiederholte Bembo scharf.

»Solange die Rechtsmedizin die Todesursache nicht geklärt hat, ist für uns jeder Todesfall verdächtig.«

»Aber es war doch eindeutig Selbstmord.«

»Haben Sie den Toten gesehen?«

Der Comandante antwortete nicht gleich. Er lehnte sich in seinem Sessel zurück und musterte sein Gegenüber. Endlich sagte er: »Ja, allerdings. »Nach dem Anruf kam ich sofort her und habe ihn mir angesehen. Moro hat sich erhängt.«

»Und warum die Verzögerung?«

Bembo wehrte ab. »Keine Ahnung. Meine Leute müssen gedacht haben, ich würde die Polizei verständigen, und ich war sicher, sie hätten das bereits getan.«

Brunetti ließ es dabei bewenden und fragte: »Können Sie mir sagen, wer angerufen hat?«

»Auch wenn ich mich nur ungern wiederhole: Ich weiß es nicht. Aber der Betreffende hat doch sicher seinen Namen angegeben.«

»Sicher«, echote Brunetti und kehrte zum Thema zurück. »Aber Dottor Moro hat niemand verständigt?«

Bembo schüttelte den Kopf.

Brunetti erhob sich. »Ich kümmere mich darum, daß das nachgeholt wird.«

Bembo machte sich nicht die Mühe aufzustehen. Brunetti zögerte einen Moment, gespannt, ob der Comandante wieder seine vermeintliche Überlegenheit herauskehren und sich seinen Schreibtischtrophäen widmen würde, um den Abgang des lästigen Besuchers zu beschleunigen. Aber nein: Bembos Hände ruhten untätig auf der Schreibtischplatte, während seine Augen Brunetti belauerten.

Der Commissario schob das Notizbuch in die Jackentasche, legte den Bleistift sorgsam vor Bembo auf den Schreibtisch und verließ das Zimmer.

3

Draußen auf dem Korridor entfernte Brunetti sich ein paar Meter von Bembos Tür, bevor er sein *telefonino* aus der Tasche zog. Er wählte die 12 und wollte sich eben Moros Nummer geben lassen, als ein Wortwechsel im Treppenhaus ihn aufhorchen ließ.

»Wo ist mein Sohn?« fragte eine Männerstimme laut und fordernd. Eine leisere antwortete beschwichtigend, aber die erste blieb hartnäckig: »Wo ist er?«

Hastig unterbrach Brunetti die Verbindung und steckte das Handy wieder ein.

Als er sich dem Treppenhaus näherte, wurden die Stimmen noch lauter. »Ich will wissen, wo er ist«, rief aufgebracht der erste Sprecher, den offenbar kein Zuspruch und keine Erklärung besänftigen konnten.

Brunetti beugte sich vorsichtig über das Geländer und sah unter sich einen Mann etwa seines Alters und seiner Größe, den er auf Anhieb erkannte, denn er hatte nicht nur sein Foto in der Zeitung gesehen, sondern war ihm auch schon bei verschiedenen offiziellen Anlässen begegnet: Moro hatte ein asketisch hageres Gesicht, dem die hohen Wangenknochen einen slawischen Anstrich verliehen. Die dunklen Augen und der sonnengebräunte Teint standen in scharfem Kontrast zu seinem dichten, schlohweißen Haar. Der jüngere Mann ihm gegenüber trug die gleiche dunkelblaue Uniform wie die Jungen draußen auf dem Hof.

»Dottor Moro«, sagte Brunetti und ging ihm über die Treppe entgegen.

Der Arzt wandte ihm das Gesicht zu, schien ihn jedoch nicht zu erkennen. Sein Mund stand offen, und er rang mühsam nach Luft. Augenscheinlich stand er unter Schock, verstärkt noch durch das hilflose Ringen mit seinem hartnäckigen Begleiter.

»Ich bin Guido Brunetti, Signore. Von der Polizei«, sagte der

Commissario. Als Moro nicht antwortete, wandte Brunetti sich an den Uniformierten und fragte streng: »Wo ist der Junge?«

Vor so viel Autorität und Schützenhilfe für Dottor Moro kapitulierte der Kadett endlich. »Im Waschraum. Oben«, setzte er so unwirsch hinzu, als ob keiner der beiden ein Recht hätte, von ihm Auskunft zu fordern.

»Wo?« fragte Brunetti noch einmal.

Doch da meldete sich über ihnen auf dem Treppenabsatz Vianello. »Er ist hier oben, Signore«, sagte er und deutete in die Richtung, aus der er gekommen war.

Brunetti sah Moro an, dessen Aufmerksamkeit nun auf Vianello gerichtet war. Er stand wie angewurzelt, den Mund zu einem runden O geöffnet, und Brunetti konnte ihn immer noch atmen hören.

Der Commissario trat vor und zog den Arm des Arztes in den seinen. Wortlos führte er ihn die Treppe hinauf, immer Vianellos sich langsam entfernendem Rücken hinterher. Im dritten Stock machte Vianello halt und vergewisserte sich, daß sie ihm folgten, bevor er in einen von vielen Türen gesäumten Flur abbog. An dessen Ende öffnete sich nach rechts ein weiterer Korridor. Hier blieb Vianello vor einer weißlackierten Tür mit rundem Glasfenster in der oberen Füllung stehen. Er fing Brunettis Blick auf und nickte unmerklich. Trotzdem war Moro das Zeichen nicht entgangen, und er stützte sich schwerer auf Brunettis Arm, auch wenn sein Schritt nicht ins Stocken geriet.

Schon im nächsten Moment jedoch machte er sich von ihm los und hastete an Vianello vorbei. Brunetti, der in der Tür stehenblieb, sah ihn wie einen schwarzen Schatten ans andere Ende des Raums taumeln, wo ein dunkles Etwas am Boden lag.

»Ich habe ihn abgenommen, Signore«, sagte Vianello halblaut und legte seinem Vorgesetzten die Hand auf den Arm. »Wir dürfen am Tatort nichts verändern, ich weiß, aber ich konnte den Gedanken nicht ertragen, daß jemand von der Familie den Jungen so sehen würde.«

Brunetti hatte Vianello kaum die Hand gedrückt und ein beifälliges »Schon gut« gemurmelt, da erklang vom anderen Ende des Raums ein unterdrückter tierischer Laut. Moro lag auf den Knien neben dem Leichnam und wiegte ihn in den Armen. Das schaurige Winseln, das keiner menschlichen Sprache glich, kam gleichwohl von ihm. Hilflos sahen die beiden Polizisten zu, wie Moro den Toten fester an sich preßte und den schlaff herabhängenden Kopf zärtlich und behutsam in seine Halsbeuge bettete. Sein dumpfes Gestammel verdichtete sich endlich doch zu Worten, aber weder Brunetti noch Vianello konnten verstehen, was er sagte.

Zögernd traten sie näher. Brunetti blickte auf den Mann, der ihm von Alter und Statur her so sehr glich und nun den Leichnam seines einzigen Sohnes in den Armen hielt, der wiederum kaum älter war als Brunettis eigener. Ihn schwindelte vor Entsetzen, er mußte die Augen schließen, und als er sie wieder öffnete, sah er Vianello hinter dem Arzt knien. Er hatte ihm den Arm um die Schultern gelegt und war ganz dicht an ihn herangerückt, aber ohne den Toten zu berühren. »Lassen Sie ihn, Dottore«, mahnte Vianello leise und lehnte sich fester gegen den Rücken des Mannes. »Lassen Sie ihn«, wiederholte er und rückte langsam seitwärts, um das Gewicht des Toten aufzufangen. Moro schien erst nicht zu begreifen, aber dann drangen Vianellos sanfte Weisungen doch zu ihm durch, und gemeinsam mit ihm legte er den Oberkörper seines toten Kindes auf dem Boden ab und kniete neben ihm nieder, den Blick starr und unverwandt auf das aufgedunsene Gesicht geheftet. So lange, bis Vianello es mit einem Ende des Paletots verhüllte.

Brunetti wartete noch einen Moment, dann beugte er sich zu Moro hinab, schob ihm eine Hand unter den Arm und half dem unsicher Schwankenden auf die Füße.

Vianello stützte ihn von der anderen Seite. Und so verließen sie den Waschraum und gelangten in stockendem Gang über Flure und Treppen hinunter auf den Hof. Als sie ins Freie traten, standen die Kadetten immer noch in Gruppen beisammen. Im ersten Moment reckten sich alle Köpfe nach ihnen, aber ebenso rasch wich man ihren Blicken wieder aus.

Moro schleppte sich vorwärts wie ein Gefangener in Ketten, der nur ganz kurze Schritte machen kann. Einmal blieb er stehen, schüttelte den Kopf wie zur Antwort auf eine Frage, die seine Begleiter nicht hören konnten, und ließ sich dann willenlos weiterführen.

Brunetti, der Pucetti aus einem Gang auf der anderen Hofseite kommen sah, winkte ihn mit der freien Hand herbei. Als der Sergente neben ihm stand, trat Brunetti zur Seite, und Pucetti hakte den Dottore unter, der den Wechsel indes gar nicht zu bemerken schien. »Bringen Sie ihn zurück zum Boot«, sagte Brunetti zu den beiden Polizisten. Und setzte, an Vianello gewandt, hinzu: »Wenn Sie ihn nach Hause begleiten würden?«

Pucetti sah den Commissario fragend an.

»Helfen Sie Vianello, den Dottore an Bord zu schaffen, und dann kommen Sie zurück«, sagte Brunetti, der darauf zählte, daß Pucettis Intelligenz und angeborene Neugier – nicht zu vergessen seine Altersnähe zu den Kadetten – ihm deren Befragung erleichtern würde. Die beiden Beamten setzten sich in Bewegung; Moro taumelte so ungelenk zwischen ihnen, als nähme er seine Helfer gar nicht wahr.

Brunetti sah ihnen nach, während sie den Hof verließen. Die Jungen spähten hin und wieder verstohlen in seine Richtung, aber kaum daß er ihren Blick erwiderte, schauten sie sofort weg oder starrten durch ihn hindurch auf die rückwärtige Mauer, als ob der Commissario Luft wäre.

Als Pucetti nach ein paar Minuten zurückkam, bat Brunetti ihn herauszufinden, ob am Abend zuvor etwas Ungewöhnliches vorgefallen sei, und sich ein Bild von dem jungen Moro zu machen sowie die Meinung seiner Klassenkameraden über ihn einzuholen. Brunetti wußte, daß man diese Dinge jetzt klären mußte, bevor die Zöglinge ihre Aussagen miteinander absprechen konnten und bevor der Tod des Jungen sie veranlaßte, alles, was sie über ihn zu sagen hatten, mit jenem Schwachsinn zu verbrämen, der sich wie klebriger Zuckerguß auf Heiligen- und Märtyrerlegenden legt.

Sobald draußen der ersehnte Zweiklang der Sirene aufheulte, ging Brunetti dem Team von der Spurensicherung bis zur Uferpromenade entgegen. Das weiße Polizeiboot drehte am Kanalufer bei; vier uniformierte Beamte stiegen aus und hievten die Koffer und Taschen mit der Ausrüstung von Bord.

Die beiden Kriminaltechniker folgten zum Schluß. Brunetti winkte ihnen, die Männer griffen nach ihren Tatortkoffern und steuerten auf ihn zu. Als sie vor ihm standen, erkundigte sich Brunetti bei Santini, dem Teamleiter: »Wer kommt von der Rechtsmedizin?«

Die gesamte Kriminaltechnik teilte Brunettis Vorliebe für Dottor Rizzardi, und so befleißigte sich Santini einer besonderen Betonung, als er antwortete: »Venturi« und den Titel bewußt unterschlug.

»Ah«, meinte Brunetti, ehe er kehrtmachte und die Männer in den Hof führte. Die Leiche sei oben, sagte er und ging den anderen voraus in den dritten Stock und den Flur entlang bis zu der offenen Tür des Waschraums.

Daß er Santini und seine Leute nicht hineinbegleitete, geschah nicht aus Sorge, etwaige Spuren am Tatort zu verwischen. Er wollte die Männer einfach in Ruhe arbeiten lassen und kehrte unterdessen in den Hof zurück.

Dort fand er weder Pucetti noch die Kadetten. Letztere waren entweder im Unterricht oder oben auf ihren Zimmern: Im einen wie im anderen Fall hatten sie sich dem Zugriff der Polizei entzogen.

Brunetti ging noch einmal zu Bembo hinauf und klopfte an der Tür. Als keine Antwort kam, klopfte er abermals und drückte dann probeweise auf die Klinke. Die Tür war verschlossen. Er klopfte noch einmal, doch drinnen regte sich nichts.

Auf dem Weg zurück ins Treppenhaus öffnete Brunetti eine nach der anderen die Türen zum Flur und spähte in die dahinter liegenden Klassenzimmer: Im ersten waren die Wände mit Tabellen und Landkarten bedeckt, im nächsten zwei Tafeln mit Algebraformeln vollgeschrieben, und im dritten hing eine riesige Wandtafel, auf der sich ein Heer von Pfeilen und Linien zu einem komplizierten Diagramm zusammenfügte, wie man es aus Geschichtsbüchern zur Illustration von Truppenbewegungen oder Frontverläufen kennt.

Dieser Plan hätte Brunetti, der im Lauf der Jahre schon etliche hundert Militärhistoriker gelesen hatte, normalerweise gewiß interessiert, doch heute schenkte er der Skizze nur einen flüchtigen Blick, bevor er die Tür wieder schloß. Dann stieg er hinauf in den dritten Stock, wo sich früher sehr wahrscheinlich die Dienstbotenkammern befunden hatten, und dort fand der Commissario endlich, was er suchte: die Schlafräume der Kadetten. Zumindest vermutete er das angesichts der nicht zu dicht aufeinanderfolgenden Türen, neben denen jeweils links ein Kärtchen mit zwei Nachnamen in einem adretten Plastikhalter steckte.

Brunetti klopfte an die erste Tür. Keine Antwort. Ebensowenig bei der zweiten. Als er vor der dritten von innen ein schwaches Geräusch zu hören glaubte, trat er ein, ohne die Namen auf der Karte zu lesen. Ein junger Mann saß mit dem Rücken zu Brunetti an einem Schreibtisch vor dem Fenster und wand sich auf seinem Stuhl, als versuche er sich daraus zu befreien. Oder war das ein Anfall? Obwohl Brunetti die heftigen Zuckungen nicht geheuer waren, scheute er sich, näher zu treten, aus Angst, den Jungen zu erschrecken und seinen Zustand zu verschlimmern.

Während er noch unschlüssig auf der Schwelle stand, ließ der junge Mann plötzlich den Kopf auf die Tischplatte sinken, breitete die Arme aus und schlug dreimal mit der flachen Hand aufs Holz. Dazu stimmte er ein durchdringendes »Yaah, yaah,

yaah« an und hielt den letzten Ton so lange, bis der Drummer, den Brunetti selbst auf die Entfernung hören konnte, zu einem langgezogenen letzten Riff ansetzte, dessen Rhythmus der Junge zur Begleitung mit den Fingern auf die Tischkante trommelte.

In das Intro zum nächsten Stück hinein bellte Brunetti mit absichtlich überlauter Stimme: »Kadett!«

Der scharfe Kommandoton durchdrang das Wummern in den Kopfhörern, und der Junge sprang auf die Füße. Hastig wandte er sich nach der Stimme um, und seine Rechte schoß salutierend an die Stirn, verfing sich dabei aber so unglücklich im Kabel der Kopfhörer, daß der Discman zu Boden krachte und die Kopfhörer gleich mitriß.

Die CD war bei dem Aufprall offenbar nicht aus der Spur geraten, denn Brunetti erkannte immer noch den Baß, der wummernd bis zu ihm herüberschallte. »Hat Ihnen noch keiner gesagt, wie schädlich das fürs Gehör ist?« erkundigte sich Brunetti im Plauderton. Wenn er die nämliche Frage seinen Kindern stellte, dämpfte er die Stimme für gewöhnlich zu einem Flüstern, was die ersten paar Male erfolgreich dazu geführt hatte, daß sie ihn baten, seine Worte zu wiederholen. Inzwischen aber hatten sie seine Taktik durchschaut und ignorierten ihn einfach.

Der Junge, der völlig verdutzt dreinblickte, ließ langsam den Arm sinken. »Was sagten Sie?« fragte er und fügte, der Macht der Gewohnheit folgend, ein »Signore« an. Er war groß und spindeldürr, und sein schmales Kinn sah aus, als sei eine Hälfte mit einer stumpfen Klinge rasiert worden, während die andere von den Narben einer hartnäckigen Akne gezeichnet war. Seine mandelförmigen Augen aber waren mädchenhaft schön.

Mit zwei Schritten durchmaß Brunetti den Raum. Er merkte wohl, wie der Körper des Jungen sich bei seiner Annäherung versteifte, doch er bückte sich lediglich, um Discman und Kopfhörer aufzuheben, und legte beides vorsichtig auf den Schreibtisch. Das spartanisch eingerichtete Zimmer wirkte eher wie die Behausung eines Roboters als wie die eines oder – wenn er die Stockbetten richtig deutete – zweier junger Männer.

»Ich sagte, zu laute Musik kann Ihr Gehör schädigen. Das predige ich auch meinen Kindern immer, aber sie hören nicht auf mich.«

Die Antwort verwirrte den Jungen noch mehr; offenbar war es ihm ganz ungewohnt, daß ein Erwachsener ihn als Gesprächspartner ernst nahm. »Ja, meine Tante sagt das auch.«

»Aber Sie hören nicht auf sie?« fragte Brunetti. »Oder glauben Sie ihr etwa nicht?« Er war ehrlich neugierig.

»Doch, ich glaube ihr schon«, entgegnete der Junge, der sich immerhin so weit gefangen hatte, daß er seinen Discman ausschaltete.

»Aber?« hakte Brunetti nach.

»Ist nicht weiter wichtig«, sagte der Junge achselzuckend.

»Nein, sagen Sie schon«, beharrte Brunetti. »Es interessiert mich wirklich.«

»Mir ist egal, was mit meinem Gehör passiert«, erklärte der Junge.

»Egal?« fragte Brunetti verständnislos. »Ob Sie taub werden?«

»Nein, das nicht.« Der Junge sah Brunetti aufmerksam an. Offenbar wollte er sich ihm jetzt wirklich verständlich machen. »Aber bis es soweit kommt, das dauert Jahre und Jahre. Darum ist es egal. Genau wie das mit der globalen Erwärmung. Alles, was so lange dauert, kann mir egal sein.«

Brunetti hatte keinen Zweifel daran, daß der Junge es ernst meinte. »Aber Sie gehen zur Schule, bereiten sich auf eine künftige Karriere vor – vermutlich eine militärische Laufbahn. Die wird auch noch etliche Jahre auf sich warten lassen. Ist Ihnen die denn auch egal?«

Der Junge antwortete erst nach einigem Überlegen. »Das ist was anderes.«

Brunetti ließ nicht locker. »Wieso?« fragte er.

Das ungezwungene Gespräch und die Ernsthaftigkeit, mit der Brunetti auf ihn einging, nahmen dem Jungen allmählich seine Befangenheit. Er setzte sich auf den Schreibtisch, griff nach einem Päckchen Zigaretten und hielt es Brunetti hin. Als der verneinend den Kopf schüttelte, fischte der Junge sich eine Zigarette heraus und tastete über die Tischplatte, bis er, unter einer Kladde versteckt, ein Plastikfeuerzeug fand.

Er zündete die Zigarette an, warf das Feuerzeug wieder hin und nahm einen tiefen Zug. Brunetti fiel auf, wie sehr er sich anstrengte, älter und weltläufiger zu wirken, als er war. Dann blickte der Junge zu ihm auf und sagte: »Weil ich mir die Musik aussuchen kann, die Schule aber nicht.«

Brunetti sah zwar ein, daß das für sein Gegenüber einen gewaltigen Unterschied machte, wollte indes nicht näher darauf eingehen und erkundigte sich statt dessen nach dem Namen des Jungen. Wobei er umstandslos zum vertraulichen *tu* überging, wie er das vom Umgang mit den Freunden seiner Kinder gewohnt war.

»Giuliano Ruffo«, lautete die Antwort.

Nun stellte sich auch Brunetti vor, ganz formlos, also nur mit Namen, ohne Dienstgrad. Dabei machte er einen Schritt auf Ruffo zu, der sich aufrichtete und die Hand schüttelte, die Brunetti ihm entgegenstreckte.

»Kanntest du ihn? Ich meine den Toten.«

Ruffos Miene erstarrte, die Ungezwungenheit war dahin, und er schüttelte nur mechanisch den Kopf. Ehe Brunetti fragen konnte, wie denn jemand in dieser eher kleinen Schule hatte anonym bleiben können, meinte der Junge: »Das heißt, ich habe ihn nicht gut gekannt. Wir hatten nur ein Fach zusammen.« Auch seine Stimme klang nicht mehr unbefangen, und er stieß die Worte so hastig hervor, als wolle er sich von dem Gesagten distanzieren.

»Welches denn?«

»Physik.«

»Und was hast du sonst noch belegt?« fragte Brunetti. »Du bist in der zweiten Jahrgangsstufe, oder?«

»Jawohl. Wir haben Latein, Griechisch, Mathematik, Englisch und Geschichte, und dazu kommen noch zwei Wahlfächer.«

»Und bei dir ist eins davon Physik?«

»Ja, Signore.«

»Und das andere?«

Die Antwort ließ lange auf sich warten. Offenbar wollte der Junge erst einmal herausfinden, was dieser Mann mit all seinen Fragen bezweckte. Allein, Brunetti tappte selbst noch im dunkeln: Im Moment konnte er nichts weiter tun als Eindrücke sammeln, die Atmosphäre an der Schule einfangen; vorläufig hatten alle Informationen mehr oder weniger den gleichen Zufallswert und würden erst dann einen Sinn ergeben, wenn sie sich Steinchen um Steinchen zu einem Muster fügten.

Der Junge drückte die Zigarette aus, schielte nach dem Päckchen, steckte sich jedoch keine neue an.

»Und? Dein zweites Wahlfach?« fragte Brunetti.

Widerstrebend, als gäbe er damit womöglich eine Schwäche preis, antwortete der Junge endlich: »Musik.«

»Na, bravo«, versetzte Brunetti umgehend.

»Warum sagen Sie das, Signore?« fragte der Junge neugierig. Oder vielleicht war er auch nur erleichtert über die Rückkehr zu einem unverfänglichen Thema.

Da Brunettis Reaktion ganz spontan erfolgt war, mußte er sich nachträglich eine Begründung einfallen lassen. »Ich lese gern Geschichtsbücher«, begann er, »und da bekommt man eben auch sehr viel Militärgeschichte mit.« Der Junge nickte, und sein offenkundiges Interesse spornte Brunetti an. »Etliche Historiker behaupten, Soldaten verstünden sich nur auf eines, nämlich das Kriegshandwerk.« Wieder nickte der Junge. »Aber auch wenn sie das noch so gut beherrschen – es reicht nicht. Damit allein kommt man nicht durchs Leben.« Er lächelte den Jungen an, und der lächelte zurück. »Es ist das große Manko der Militärs, daß sie sich nur aufs Kriegführen verstehen.«

»Wenn Sie das doch meinem Großvater plausibel machen könnten«, sagte Ruffo.

»Er ist nicht der Meinung?«

»O nein! Er mag das Wort ›Musik‹ nicht einmal hören, zumindest nicht von mir.«

»Was würde er denn lieber hören? Daß du dich duelliert hast?« fragte Brunetti, der keine Hemmungen hatte, dergestalt die großväterliche Autorität zu untergraben.

»Ja, das würde ihm gefallen, besonders wenn es ein Duell auf Säbel wäre.«

»Und du mit einem Schmiß auf der Wange nach Hause kämest?« legte Brunetti nach.

Diese absurde Vorstellung brachte beide zum Lachen, und just in dem Moment, da sie sich in entspanntem Einvernehmen über säbelrasselnde militärische Bräuche mokierten, überraschte sie Comandante Bembo.

4

Ruffo!« blaffte eine Stimme hinter Brunetti.

Dem Kadetten gefror das Lächeln auf den Lippen. Hastig sprang er auf, reckte sich starr wie ein Pfahl in der Lagune und schlug die Hacken zusammen, während die Finger gleichzeitig zum stocksteifen militärischen Gruß an die Stirn flogen.

»Wieso sind Sie nicht in Ihrer Klasse?« fragte Bembo barsch.

»Ich habe heute morgen keinen Unterricht, Comandante«, antwortete Ruffo, den Blick krampfhaft geradeaus gerichtet.

»Und was haben Sie statt dessen gemacht?«

»Mich mit diesem Herrn unterhalten«, erwiderte Ruffo und fixierte eisern die gegenüberliegende Wand.

»Und wer hat Ihnen dazu die Erlaubnis gegeben?« fragte Bembo in noch strengerem Ton. Da trat Brunetti vor und grüßte den Comandante mit leicht geneigtem Kopf. Es klang durchaus verbindlich, als er fragte: »Braucht der Junge eine Erlaubnis, um mit der Polizei zu sprechen, Signore?«

»Er ist minderjährig«, entgegnete Bembo.

»Ich weiß nicht, ob ich Ihnen folgen kann, Signore.« Brunetti sagte es mit einem Lächeln, das seine Ratlosigkeit unterstreichen sollte. Ihm hätte es eingeleuchtet, wenn Bembo sich auf das militärische Reglement berufen hätte, darauf, daß die Kadetten einzig den Weisungen eines direkten Vorgesetzten folgen dürften. Aber ein Gespräch zwischen der Polizei und dem Jungen allein aufgrund seines Alters zu unterbinden, das empfand Brunetti schlichtweg als juristische Haarspalterei. »Ich begreife nicht, wieso Kadett Ruffos Alter hier eine Rolle spielt.«

»Weil im Fall eines Minderjährigen die Eltern anwesend sein sollten, wenn Sie ihn vernehmen.«

»Und warum, Signore?« fragte Brunetti, gespannt auf Bembos Begründung.

Es dauerte einen Moment, bis der Comandante eine gefunden hatte. Endlich sagte er: »Um sicherzugehen, daß er Ihre Fragen versteht.«

Bembos Zweifel an der Auffassungsgabe des Jungen sprachen schwerlich für die Qualität der Schule. Brunetti wandte sich wieder dem Kadetten zu, der sich kerzengerade hielt, die Arme hölzern herabhängen und das Kinn nur ja nicht den Kragen berühren ließ. »Sie haben meine Fragen doch verstanden, Kadett, oder?«

»Ich weiß nicht, Signore«, versetzte der Junge, den Blick starr auf die Wand geheftet.

»Wir haben über seinen Unterricht gesprochen, Comandante«, sagte Brunetti, »und Kadett Ruffo erzählte mir gerade, daß Physik zu seinen Lieblingsfächern gehört.«

»Ist das wahr, Ruffo?« erkundigte sich der Comandante, ungeniert die Glaubwürdigkeit Brunettis in Frage stellend.

»Ja, allerdings«, antwortete der Junge. »Ich habe dem Herrn erzählt, wie sehr mir meine beiden Wahlfächer gefallen.«

»Heißt das, die Pflichtfächer gefallen Ihnen nicht?« fragte Bembo streng. Und an Brunetti gewandt: »Hat er sich darüber beklagt?«

»Nein«, antwortete Brunetti ruhig. »Über die Pflichtfächer haben wir noch gar nicht gesprochen.« Wovor hatte Bembo wohl Angst? War es denn nicht ganz normal, daß Schüler ihren Lehrplan kritisierten?

»Sie können gehen, Ruffo«, erklärte Bembo unvermittelt. Der Junge salutierte vor seinem Rektor und verließ das Zimmer, ohne Brunetti auch nur anzusehen. Die Tür blieb offen.

»Ich wäre Ihnen dankbar, wenn Sie mich künftig informierten, bevor Sie einen meiner Kadetten vernehmen«, bemerkte Bembo feindselig.

Brunetti, der es nicht der Mühe wert fand, darüber zu streiten, erklärte sich einverstanden. Woraufhin der Comandante sich zum Gehen wandte, an der Tür kurz zögerte, als wolle er noch etwas sagen, nur um dann doch wortlos den Raum zu verlassen.

Allein geblieben, betrachtete sich der Commissario gewissermaßen als Gast in Ruffos Zimmer. Selbstverständlich hatte man die Privatsphäre seines Gastgebers zu respektieren. Brunetti, dem dieses Gebot normalerweise heilig war, durchforstete als erstes die Schreibtischschubladen. Sie enthielten zumeist Notizen, offenbar Entwürfe für Hausaufsätze, aber auch ein paar Briefe.

»Lieber Giuliano«, las Brunetti, ganz ohne Scham oder Skrupel. *»Letzte Woche hat mich Deine Tante besucht, und sie erzählte mir, wie gut Du in der Schule bist.«* Der Brief, der so begann, war mit *»Deine Nonna«* unterzeichnet. Die Schrift hatte die hübschen Rundungen, wie er sie noch von seiner Mutter gewohnt war, doch die Zeilen wanderten zittrig auf und ab, einem unsichtbaren Pfad folgend, den wohl nur die Verfasserin kannte. Brunetti blätterte noch die übrigen Papiere durch und legte, als er nichts Aufschlußreiches entdecken konnte, alles zurück an seinen Platz.

Als nächstes ging er an den Schrank neben Ruffos Schreibtisch und sah die Taschen der Kleidungsstücke durch, fand jedoch nur ein paar Münzen und entwertete Vaporetto-Fahrscheine. Auf dem Schreibtisch stand ein Laptop, aber Brunetti verlor keine Zeit damit, ihn einzuschalten, wohl wissend, daß er ihn ohnehin nicht hätte bedienen können. Unter dem Bett lag, ganz hinten an die Wand geschoben, ein Geigenkasten. Die Lektüre entsprach seinen Erwartungen: Lehrbücher, ein Führerschein-Handbuch, eine Geschichte des AC Mailand und Bildbände über andere Fußballmannschaften. Auf dem untersten Bord lagen Notenhefte von Mozarts Violinsonaten und dem ersten Violinpart eines Streichkonzerts von Beethoven. Brunetti schüttelte verwundert den Kopf über den Kontrast zwischen der Musik auf dem Discman und der im Regal. Schließlich warf er noch einen Blick in den Schrank von Ruffos Stubenkameraden und auf dessen Schreibtisch, konnte aber auch hier nichts Interessantes entdecken.

Doch angesichts des so ordentlich aufgeräumten Zimmers, der penibel gemachten Betten liebäugelte er einen Augenblick mit dem Gedanken, seinen Sohn Raffi unter Narkose zu setzen und nach San Martino zu verschleppen. Doch dann fiel ihm ein, was ihn hergeführt hatte, und der mißratene Einfall stahl sich auf leisen Sohlen davon.

Die anderen Zimmer waren leer, zumindest antwortete niemand auf sein Klopfen, und so ging er zurück in den Waschraum, wo man den Toten gefunden hatte. Die Spurensicherung war schon im Einsatz, der Leichnam nun vollständig mit dem dunklen Wollpaletot bedeckt.

»Wer hat ihn abgenommen?« fragte Santini, als er Brunetti kommen sah.

»Vianello.«

»Hätte er nicht tun sollen«, rief ein anderer Kriminaltechniker dazwischen.

»Genau seine Worte«, versetzte Brunetti.

Santini zuckte die Achseln. »Ich hätte nicht anders gehandelt.« Zwei der Männer brummten zustimmend.

Brunetti wollte eben fragen, ob es schon Erkenntnisse über den Tathergang gebe, als er Schritte hörte. Er wandte sich um und erblickte Dottor Venturi, einen von Rizzardis Assistenten. Ein beiderseitiges Nicken war alles, was sie einander zur Begrüßung gönnten.

Venturi, der, sofern nicht selbst betroffen, reichlich unsensibel war, trat vor die Leiche und stellte seine Arzttasche neben dem Kopf ab. Dann ließ er sich auf ein Knie nieder und zog dem Jungen den Paletot vom Gesicht.

Brunetti, der den Anblick nicht ertrug, sah hinüber zu den Duschen, wo Santinis Assistent Pedone mit einer Plastiksprühdose auf die Wand zu seiner Rechten zielte und lauter kleine Wölkchen eines dunkelgrauen Pulvers auf die Kacheln sprühte. Dabei ging er gewissenhaft von links nach rechts vor und kehrte, sobald eine Reihe fertig war, zum Ausgangspunkt zurück, um zwanzig Zentimeter tiefer erneut anzusetzen.

Als die ganze Kabine eingesprüht war, hatte Venturi seine

Untersuchung beendet und erhob sich, ohne das Gesicht des Toten wieder zu verhüllen.

»Wer hat ihn runtergeholt?« war das erste, was der Gerichtsmediziner fragte.

»Einer meiner Männer. Auf meine Veranlassung hin.« Brunetti bückte sich und deckte das Gesicht des Jungen wieder zu. Als er sich aufrichtete, sah er Venturi schweigend an.

»Was soll das? Warum haben Sie das getan?«

Brunetti war fassungslos. Hatte der Mann denn gar kein Pietätsgefühl? Ohne Venturis Frage zu beantworten, forschte er: »Und? Sieht es nach Selbstmord aus?«

Venturis Schweigen währte so unhöflich lange, daß jeder merkte, er legte es darauf an, Brunetti zu brüskieren. Aber als Santini einsprang und mit einem »Na, was ist?« nachhakte, antwortete der Pathologe: »Solange ich ihn nicht aufgeschnitten habe, kann ich dazu gar nichts sagen.« Und direkt an Santini gewandt: »Habt ihr einen Stuhl gefunden? Irgendwas, worauf er hätte stehen können?«

Einer der Kriminaltechniker rief herüber: »Einen Stuhl, ja. In der Dusche.«

»Ihr habt ihn doch nicht verrückt, oder?« fragte Venturi scharf.

»Ich habe ihn fotografiert«, antwortete der Mann eisig. »Achtmal, glaube ich. Anschließend hat Pedone die Fingerspuren gesichert. Dann erst habe ich ihn weggestellt, damit er Pedone nicht im Weg war, als er die Duschkabine einstäubte.« Er wies mit dem Kinn auf einen Holzstuhl vor einem der Waschbecken. »Da drüben, das ist er.«

Der Doktor würdigte den Stuhl keines Blickes. »Ich schicke Ihnen meinen Bericht, wenn ich mit der Obduktion fertig bin«, sagte er zu Brunetti, nahm seine Tasche und ging.

Sowie Venturis Schritte verklungen waren, fragte Brunetti den Kriminaltechniker: »Was ist Ihr Eindruck?«

»Es *könnte* Selbstmord gewesen sein«, antwortete Santini. Er wies auf ein paar Schrammen, die sich von dem grauen Graphitpulver auf den Kacheln der Duschkabine abhoben. »Hier haben wir in Schulterhöhe zwei lange Striemen ausgemacht. Die könnten von ihm stammen.«

»Aber paßt das zur Selbstmordtheorie?«

»Doch, schon. Das ist der Instinkt: Und wenn einer sich noch so verzweifelt den Tod wünscht – der Körper wird sich bis zum Schluß dagegen wehren.«

Pedone, der ihr Gespräch mit angehört hatte, fügte hinzu: »Die Kabine ist sauber, Signore. Da hat kein Kampf stattgefunden, falls Sie darauf hinauswollten.«

Da sein Partner offenbar nichts weiter zu sagen hatte, ergriff Santini wieder das Wort: »So geht das, Signore, wenn einer sich erhängt. Glauben Sie mir. Falls eine Wand in der Nähe ist, versucht er, sich daran festzukrallen; er kann gar nicht anders.«

»Erhängen kommt vor allem bei Männern vor, nicht wahr?« fragte Brunetti und vermied es, auf Moros Leichnam hinabzusehen.

»Häufiger als bei Frauen, ja«, stimmte Santini zu. Und mit einem zornigen Unterton in der Stimme fuhr er fort: »Wie alt war der Junge – siebzehn, achtzehn? Wie konnte er so was tun?«

»Das weiß Gott allein.« Brunetti seufzte.

»Der hat damit nichts zu schaffen«, versetzte Santini hitzig, wobei unklar blieb, ob er die Barmherzigkeit Gottes in Frage stellte oder gleich dessen Existenz. Dann ging er hinaus auf den Flur, wo zwei weißbekittelte Sanitäter mit einer zusammengeklappten Trage warteten. »Sie können ihn jetzt mitnehmen«, sagte er, blieb aber draußen, während die beiden den Leichnam auf die Bahre hoben und wegtrugen. Als sie an ihm vorbeikamen, hob Santini gebieterisch die Hand. Die Sanitäter blieben stehen, und Santini bückte sich, um einen Zipfel des dunkelblauen Paletots, der hinter der Bahre herschleifte, hochzuheben. Erst als er das Tuch unter dem Bein des Jungen eingeschlagen hatte, bedeutete er den Sanitätern, nun könnten sie den Leichnam aufs Boot bringen.

5

Brunetti unterdrückte den Wunsch, zu kneifen und mit den anderen auf dem Polizeiboot in die Klinik und von dort zurück zur Questura zu fahren. Vielleicht war es das jähe Erschrecken beim Anblick des jungen Leichnams oder vielleicht auch seine Bewunderung für des älteren Moros kompromißlose Ehrlichkeit – jedenfalls drängte ihn irgend etwas, sich ein detaillierteres Bild vom Tathergang zu verschaffen. Männliche Jugendliche waren offenbar generell suizidgefährdeter als Mädchen. Des weiteren hatte Brunetti irgendwo gelesen, daß die Selbstmordrate in Zeiten wirtschaftlichen Wohlstands mit fast mathematischer Präzision anstieg, in schlechten dagegen sank. Und in Kriegszeiten tendierte sie praktisch gegen Null. Vermutlich war sein eigener Sohn ebenso anfällig für die Launen der Pubertät wie jeder andere Junge: ein Spielball seiner Hormone, seiner Beliebtheit oder seiner schulischen Erfolge. Daß Raffi in einem seelischen Tief jemals bis zum Selbstmord getrieben würde, war gleichwohl unvorstellbar, aber das glaubten wohl alle Eltern von ihren Kindern.

Solange es keine Indizien gab, die gegen Selbstmord sprachen, hatte Brunetti auch keine Handhabe, nach einer anderen Todesursache zu forschen: nicht bei Ernestos Mitschülern, und bei seinen Eltern schon gar nicht. Es dennoch zu tun würde nicht nur von makabrer Neugier zeugen, sondern wäre regelrechter Amtsmißbrauch. Trotzdem trat der Commissario entschlossen auf den Hof hinaus und rief über das *telefonino,* das er zum Glück eingesteckt hatte, Signorina Elettra in der Questura an.

Als sie sich meldete, erklärte er ihr, wo er sich befand, und bat sie, im Telefonbuch Moros Adresse nachzuschlagen, die seiner Meinung nach in Dorsoduro sein mußte, auch wenn er sich nicht erinnern konnte, wieso er den Dottore mit diesem Viertel in Verbindung brachte.

Signorina Elettra stellte keine Fragen, bat ihn nur, einen Moment zu warten, und sagte schließlich bedauernd, im Telefonbuch gebe es keinen Eintrag, Moro habe offenbar eine Geheimnummer. Er möge sich noch einen Augenblick gedulden. Wieder verstrichen ein, zwei Minuten, dann nannte sie ihm eine Adresse in Dorsoduro. Unmittelbar an dem Kanal, der an der Kirche der Madonna della Salute entlangführe. »Es muß das Haus neben dem niedrigen Backsteinbau mit der üppigen Blumenterrasse sein«, meinte sie noch.

Brunetti dankte ihr, ging ins Schulgebäude zurück und stieg wieder hinauf zu den Schlafräumen im dritten Stock. Hier schritt er den stillen Flur entlang und las die Türschilder. Am Ende des Korridors fand er, was er suchte: MORO/CAVANI. Ohne zu klopfen, trat er ein. Wie Ruffos Zimmer war auch dieses makellos sauber, ja fast steril: auf der einen Seite die Stockbetten und gegenüber zwei kleine Schreibtische, die penibel aufgeräumt waren. Brunetti nahm einen Bleistift aus der Brusttasche, hebelte damit die Schublade des Schreibtischs auf, der ihm am nächsten stand, und öffnete die Kladde, die zuoberst lag. Auf dem Vorsatzblatt stand Ernestos Name, und das Heft war voll mit mathematischen Formeln in einer klaren, leserlichen Schrift. Er schob die Kladde in die hinterste Ecke der Schublade und schlug die auf, die darunter lag. Allein, sie war nicht ergiebiger als die erste, auch wenn es sich diesmal um englische Sprachübungen handelte.

Brunetti schloß die Schublade wieder und wandte sich dem Schrank zwischen den beiden Schreibtischen zu. Auf einer Tür stand Moros Name. Brunetti öffnete sie von unten mit der Fußspitze. Drinnen hingen zwei Uniformen in Reinigungshüllen, eine Jeansjacke und ein brauner Tweedmantel. In den Taschen fand er nichts weiter als etwas Kleingeld und ein schmutziges Taschentuch.

Im Bücherregal standen nur Lehrbücher, und Brunetti konnte sich nicht aufraffen, jedes einzelne herunterzuholen und durchzublättern. Mit einem abschließenden Blick in die Runde verließ er den Raum, drückte mit dem Stift die Klinke hinunter und zog, ohne sie zu berühren, die Tür ins Schloß.

Auf der Treppe traf er mit Santini zusammen, den er anwies, Moros Zimmer kriminaltechnisch zu untersuchen. Dann verließ er das Schulgelände und ging hinunter zum Canale della Giudecca, wo er sich nach rechts wandte und, die *Riva* entlangschlendernd, auf ein *vaporetto* hoffte. Im Gehen schweifte sein Blick über die Gebäude am anderen Ufer des Kanals: Nicos Bar und darüber die Wohnung, in der er sich, bevor er Paola kennenlernte, sehr oft aufgehalten hatte; die Kirche Dei Gesuati, der einst ein grundanständiger Priester vorgestanden hatte; das ehemalige und nicht mehr beflaggte Schweizer Konsulat. Lassen selbst die Schweizer uns im Stich?, fragte er sich. Weiter vorn lag der Ruderclub Bucintoro, dessen lange, schlanke Lagunenboote freilich längst vom Geruch der Guggenheim-Millionen vertrieben worden waren und der seinen Anleger hatte räumen müssen, um noch mehr Touristenläden Platz zu machen. Als Brunetti sah, wie am Redentore ein *traghetto* ablegte, lief er vor zum *embarcadero* Palanca, um von dort überzusetzen zur Fondamenta Zattere. Seine Uhr bezeugte, daß die Fahrt von der Giudecca tatsächlich keine fünf Minuten dauerte. Trotzdem erschien ihm die Insel immer noch so fern wie der Galapagos-Archipel.

Er brauchte nur ein paar Minuten, um sich bis zu dem weiträumigen *campo* durchzuschlängeln, der die monumentale Chiesa Santa Maria della Salute umgab, und dort fand er auch das gesuchte Haus. Wieder unterdrückte er den Impuls, die Sache hinauszuzögern, drückte entschlossen auf die Klingel und meldete sich über die Sprechanlage mit Namen und Dienstgrad.

»Sie wünschen?« fragte eine Frauenstimme.

»Ich möchte Dottor Moro sprechen«, erwiderte Brunetti und gab damit zumindest sein dringlichstes Anliegen preis.

»Er kann im Moment niemanden empfangen«, beschied ihn die Frau kurz angebunden.

»Aber ich habe bereits mit ihm gesprochen«, wandte Brunetti ein. »In der Schule«, fügte er hinzu, um seiner Forderung Nachdruck zu verleihen. Und als auch das die Frau nicht zu beeindrucken schien, setzte er hinzu: »Ich muß ihn sprechen, es ist wirklich sehr dringend.«

Die Frau grummelte etwas Unverständliches, das obendrein vom Schnarren des elektrischen Türöffners übertönt wurde. Er stieß das Tor auf, durchquerte raschen Schritts die Diele und blieb am Fuß der Treppe stehen. Im Obergeschoß öffnete sich eine Tür, und eine hochgewachsene Frau erschien auf dem Treppenabsatz. »Hier herauf«, sagte sie.

Als er oben angekommen war, drehte sie sich auf dem Absatz um, ging wortlos in die Wohnung voran, und erst als sie die Tür geschlossen hatte, wandte sie sich ihm wieder zu. Obwohl sie bestimmt jünger war als er, hatte sie schlohweißes Haar, das ihr knapp bis auf die Schultern reichte. Ihr Teint dagegen war dunkel wie der einer Araberin, und so tiefschwarze Augen wie die ihren hatte Brunetti wohl noch nie gesehen.

Sie streckte die Hand aus. »Ich bin Luisa, Fernandos Cousine.«

Brunetti ergriff die dargebotene Hand und stellte sich seinerseits vor. »Ich weiß, das ist ein denkbar schlechter Zeitpunkt«, begann er und überlegte, wie er am besten mit ihr ins Gespräch käme. Ihre Haltung war starr und aufrecht, ja sie hielt sich so gerade, als ob sie den Rücken gegen eine Mauer stützte. Sie blickte ihm fest in die Augen.

Als Brunetti über seine verlegene Einleitung nicht hinauskam, fragte sie nüchtern: »Nun, was wollen Sie wissen?«

»Ich möchte mich bei Dottor Moro erkundigen, wie es um die geistige Verfassung seines Sohnes stand.«

»Warum?« fragte sie scharf. Brunetti dachte, das läge doch auf der Hand. Um so mehr überraschte ihn die Heftigkeit, mit der sie ihm in die Parade gefahren war.

»In einem Fall wie diesem«, begann er ausweichend, »hängt sehr viel davon ab, wie es dem Betreffenden ging, wie er sich benommen hat, ob es vielleicht Anzeichen –«

»Anzeichen wofür?« fiel sie ihm ins Wort, ohne ihren Zorn oder ihre Verachtung zu verhehlen. »Daß er sich das Leben nehmen wollte?« Und bevor Brunetti darauf antworten konnte, fuhr sie fort: »Wenn Sie das meinen, dann sagen Sie's doch auch, um Himmels willen!« Wieder wartete sie seine Antwort nicht ab. »Aber der Gedanke ist absurd. Widerwärtig! Ernesto würde sich genausowenig umbringen wie ich mich. Der Junge war völlig normal, etwas anderes zu unterstellen ist einfach ungeheuerlich.« Sie schloß die Augen und rang mit zusammengepreßten Lippen um Selbstbeherrschung.

Bevor Brunetti beteuern konnte, daß er rein gar nichts unterstellt habe, erschien Dottor Moro auf der Bildfläche. »Laß gut sein, Luisa«, meinte er begütigend. »Du sagst jetzt besser nichts mehr.«

Brunetti hörte zwar, was der Mann sagte, achtete jedoch weiter auf das Gesicht der Frau. Sie löste sich aus ihrer starren Haltung und neigte sich ihrem Cousin entgegen. Ja, sie hob eine Hand in seine Richtung, machte indes keine Anstalten, ihn zu berühren. Statt dessen nickte sie einmal und wandte sich dann ab, als ob Brunetti Luft wäre. Der Commissario sah ihr nach, wie sie den Gang entlangschritt und durch eine Tür am Ende des Flurs verschwand.

Als sie fort war, wandte Brunetti seine Aufmerksamkeit dem Doktor zu. In der kurzen Zeit seit ihrer letzten Begegnung schien Moro um Jahre gealtert. Sein Gesicht wirkte käsig, die Augen waren stumpf und vom Weinen gerötet; am deutlichsten aber sah man den Wandel in seiner Haltung, dem vornübergeneigten Rücken eines alten Mannes.

»Verzeihen Sie, daß ich Sie in Ihrem Schmerz störe, Dottore«, begann Brunetti, »aber ich hoffe, wenn wir jetzt miteinander sprechen, brauche ich Sie nicht noch einmal zu belästigen.« So geschult er auch in taktischer Heuchelei war: Diese Entschuldigung klang selbst in seinen Ohren so gestelzt und weit hergeholt, daß sich unwillkürlich eine Kluft auftat zwischen ihm und dem trauernden Vater.

Der Doktor fuhr mit der Hand durch die Luft, eine Geste, die man sowohl abweisend wie zustimmend deuten konnte. Dann schlang er die Arme um den Leib und neigte den Kopf.

»Dottore«, fuhr Brunetti fort, »ist Ihnen in den letzten Tagen oder Wochen im Verhalten Ihres Sohnes irgend etwas Ungewöhnliches aufgefallen?« Moro hielt den Kopf gesenkt, so daß Brunetti ihm nicht in die Augen sehen konnte. Er wußte nicht einmal, ob der Arzt ihm zuhörte.

Er setzte aufs neue an: »Dottore, ich weiß, wie schwer das für Sie sein muß, aber es ist wichtig, daß Sie meine Fragen beantworten.«

Ohne aufzublicken, sagte Moro: »Das glaube ich nicht.«

»Wie bitte?« fragte Brunetti.

»Ich glaube nicht, daß Sie ermessen können, wie schwer es für mich ist.«

Die schlichte Wahrheit ließ Brunetti vor Scham erröten. Als das Blut wieder aus seinen Wangen gewichen war, hatte Moro ihn immer noch keines Blickes gewürdigt. Nach einer Pause, die Brunetti quälend lang erschien, hob der Doktor endlich den Kopf. Seine Augen waren trocken, und seine Stimme klang so ruhig wie eingangs, als er mit seiner Cousine gesprochen hatte. »Ich wäre Ihnen sehr verbunden, wenn Sie jetzt gehen würden, Commissario.« Brunetti wollte etwas einwenden, doch Moro kam ihm zuvor. Diesmal hob er die Stimme, aber sein Ton blieb gefaßt und unpersönlich. »Bitte lassen Sie uns nicht streiten. Ich kann Ihnen rein gar nichts sagen. Weder jetzt noch später.« Er löste die schützenden Arme vom Körper und ließ sie seitwärts niedersinken. »Wirklich, ich habe Ihnen nichts weiter zu sagen.«

Brunetti war sicher, daß es sinnlos wäre, jetzt noch länger in ihn zu dringen. Zugleich wußte er aber auch, daß er wiederkommen und Moro dieselben Fragen stellen würde, sobald der Doktor Zeit gehabt hatte, den ersten Schmerz zu überwinden. Seit er vom Tode des Jungen erfahren hatte, beschäftigte ihn die Frage, ob Moro wohl noch andere Kinder hatte, doch er traute sich nicht, danach zu fragen. Jeder Versuch, sich an Moros Stelle zu versetzen und ermessen zu wollen, welchen Trost er in einem solchen Fall aus dem Überleben eines seiner beiden Kinder schöpfen würde, schlug fehl: Sein Bewußtsein verweigerte sich dieser entsetzlichen Vorstellung. Oder vielmehr ergriff eine Kraft, die weit stärker war als herkömmliche Tabus, von ihm Besitz und betäubte seinen Verstand. Ohne daß er es gewagt hätte, Moro die Hand zu bieten oder noch etwas zu sagen, verließ Brunetti die Wohnung.

Vom Anleger Salute fuhr er mit der Linie eins nach San Zaccaria und ging von dort zu Fuß zurück zur Questura. Unterwegs purzelten ihm, von der Ponte dei Greci her, ein paar Teenager, drei Jungen und zwei Mädchen, entgegen, die untergehakt und mit ausgelassenem Gelächter auf ihn zusteuerten. Brunetti blieb mitten auf der *calle* stehen, um diese Woge überschäumender Jugendlichkeit über sich hinwegrauschen zu lassen. Allein, die Woge teilte sich, wie einst das Rote Meer, und rauschte rechts und links an ihm vorbei. Brunetti war sicher, daß die jungen Leute ihn ihrerseits gar nicht richtig wahrgenommen hatten; er war nur ein Hindernis, das es zu umrunden galt.

Jedes der Mädchen hielt eine Zigarette in der Hand, was Brunetti normalerweise immer in Versuchung brachte, an die Betreffenden zu appellieren, daß sie, sofern ihnen Gesundheit und Wohlergehen am Herzen lägen, doch das Rauchen aufgeben sollten. Diesmal aber flößte ihm, als er sich umdrehte und ihnen nachblickte, die strahlende Jugend und Lebensfreude des Quintetts eine fast andächtige Ergriffenheit ein.

Als er sein Büro betrat, hatte sich diese Empfindung wieder verflüchtigt. Auf dem Schreibtisch erwartete ihn das erste der vielen Formulare, die bei einem Suizid immer anfielen. Er machte sich nicht die Mühe, es auszufüllen; ohnehin konnte er über das weitere Vorgehen erst entscheiden, wenn Venturis Bericht eingegangen war.

Er telefonierte hinunter in den Bereitschaftsraum, aber weder Vianello noch Pucetti waren an ihrem Platz. Als nächstes rief er Signorina Elettra an und bat sie, alle ihr zur Verfügung stehenden Quellen, offizielle wie inoffizielle, nach Informationen über Fernando Moros Laufbahn als Arzt und Parlamentarier zu durchforsten. Elettra erklärte, sie habe bereits damit angefangen, und versprach ihm erste Ergebnisse noch am selben Tag.

Der Gedanke an die Mittagspause verstimmte den Commissario heute: Essen erschien ihm auf einmal als nebensächlicher Luxus. Gleichwohl verspürte er eine quälende Sehnsucht nach seiner Familie. Aber da er wußte, daß er Frau und Kindern in seiner augenblicklichen Verfassung vor lauter Betulichkeit nur auf die Nerven gehen würde, rief er Paola an und sagte, er könne nicht zum Mittagessen kommen. Ein unerwarteter Zwischenfall, er werde in der Questura aufgehalten, und ja, ja, er würde etwas essen und abends zur gewohnten Zeit daheim sein.

»Hoffentlich ist es nicht zu schlimm.« Paolas Tonfall gab ihm zu verstehen, daß sie seinen Gemütszustand erraten hatte und er nicht länger den Unbefangenen zu spielen brauchte.

»Nein, nein. Dann bis heute abend«, versetzte er und konnte sich einfach nicht dazu durchringen, ihr zu erzählen, was passiert war. »Gib den Kindern einen Kuß von mir«, sagte er noch, bevor er auflegte.

Ein paar Minuten saß er grübelnd am Schreibtisch, dann zog er eine Akte zu sich heran und sah sie durch. Er las Wort für Wort, verstand jedes einzelne und war doch nicht sicher, ob er den Zusammenhang begriff. Er schob den Ordner beiseite, nahm ihn sich dann noch einmal vor und las den Schriftsatz aufs neue durch. Diesmal ergaben die Sätze einen Sinn, auch wenn er sich nicht vorstellen konnte, wieso irgend jemand ihre Botschaft wichtig nehmen sollte.

Brunetti trat ans Fenster und betrachtete die Kräne, die getreulich über der Kirche Wache standen und an die geplante Restaurierung erinnerten, die immer noch nicht begonnen hatte. Irgendwo hatte er gelesen oder jemand hatte ihm erzählt, wieviel die Stadt täglich für die untätigen Kräne zahlen mußte, die die leere Hülle des Opernhauses überragten. Wohin floß nur das ganze Geld?, fragte er sich. Wer um alles in der Welt strich für soviel Nichtstun solch riesige Profite ein? Vielleicht, um sich vom gewaltsamen Tod des Jungen abzulenken, stellte er ein paar grobe Kalkulationen auf. Gesetzt, so ein Kran kostete pro Tag fünftausend Euro, dann mußte die Stadt im Jahr dafür fast zwei Millionen Euro berappen, egal, ob sie in Betrieb waren oder nicht. Lange stand er so am Fenster und rechnete mit einer Geschäftigkeit, wie sie die Kräne draußen schon seit geraumer Zeit nicht mehr an den Tag gelegt hatten.

Doch dann wandte er sich abrupt ab, kehrte an den Schreibtisch zurück, streckte die Hand nach dem Telefon aus. Als ihm niemand einfiel, den er hätte anrufen können, verließ er sein Büro und die Questura und schlenderte hinüber zu der Bar am Fuß der Brücke, wo er sich ein *panino* und ein Glas Rotwein genehmigte und die Schlagzeilen der Tageszeitung an seinen Augen vorbeiziehen ließ.

6

Obwohl er seinen kleinen Imbiß so lange wie möglich in die Länge zog, blieb Brunetti am Ende keine andere Wahl, als in die Questura zurückzukehren. Dort machte er als erstes einen Abstecher in den Bereitschaftsraum, wo er diesmal sowohl Vianello als auch Pucetti antraf. Der Jüngere wollte aufspringen, als er ihn kommen sah, doch Brunetti winkte ab. Außer den beiden war nur noch ein Polizist im Zimmer, der etwas abseits an einem Schreibtisch saß und telefonierte.

»Irgendwas Neues?« wandte sich der Commissario an seine beiden Vertrauten.

Pucetti bedeutete Vianello mit einem Blick, daß er ihm den Vortritt lasse.

»Ich habe den Doktor nach Hause gebracht«, begann der Inspektor und setzte achselzuckend hinzu: »Aber er hat mich nicht hineingebeten. Und bei Ihnen, Commissario?«

»Ich habe mit Moro gesprochen und mit seiner Cousine, die gerade bei ihm war. Sie hält es für ausgeschlossen, daß der Junge sich das Leben genommen hat.« Brunettis Stimme klang betont sachlich; irgend etwas hielt ihn davon ab, den beiden zu gestehen, wie leicht auch er sich von Moro hatte abwimmeln lassen.

»Sagten Sie, seine Cousine war bei ihm?« erkundigte sich Vianello ebenso beiläufig.

»So hat sie sich mir vorgestellt.« Ach, dieses immerwährende mißtrauische Taktieren, dieser ständige Drang, sich abzusichern und moralisch hinter dem kleinsten gemeinsamen Nenner zu verschanzen – das ist uns allen in Fleisch und Blut übergegangen, dachte Brunetti. Es scheint ein psychologisches Gesetz zu geben, wonach jedes weitere Dienstjahr eines Polizisten seinen Glauben an die Ehrlichkeit und das Gute im Menschen schmälert. Zu Hause, in der Familie, war das gottlob anders, bloß: Wie lange würde es ihm noch gelingen, die beiden Welten auseinanderzuhalten und sein heiles Privatleben nicht mit dem freudlosen Pessimismus des beruflichen Alltags zu vergiften?

Brunetti schreckte hoch. Vianello hatte ihm offenbar gerade eine Frage gestellt. »Verzeihung, was sagten Sie?«

»Ich wollte wissen, ob auch seine Frau da war«, wiederholte Vianello.

Brunetti schüttelte den Kopf. »Nicht, daß ich wüßte. Ich habe jedenfalls nur ihn und die Cousine gesehen. Allerdings hätte die Mutter des Jungen, wenn sie dagewesen wäre, wohl kaum mit mir reden wollen.«

»*Gibt* es überhaupt eine Ehefrau?« fragte Pucetti skeptisch.

Brunetti, der das auch nicht wußte, antwortete ausweichend: »Ich habe Signorina Elettra gebeten, soviel wie möglich über die Familie in Erfahrung zu bringen.«

»Vor ein paar Jahren stand, glaube ich, mal was über sie in der Zeitung«, meinte Vianello. Die beiden anderen sahen ihn erwartungsvoll an, doch alles, was der Ispettore schließlich sagte, war: »Ich erinnere mich nur noch dunkel, aber ich glaube, es hatte mit der Frau zu tun.«

»Was immer es war, die Signorina wird es herausfinden«, behauptete Pucetti.

Normalerweise hätte der Commissario Pucettis kindliches Vertrauen in Signorina Elettras Zauberkräfte ebenso belächelt wie die Inbrunst jener neapolitanischen Bauern, die so fest an die wundersame Verflüssigung des Blutes von San Gennaro glaubten. Doch da er gegenwärtig selbst zum unerleuchteten Fußvolk gehörte, hielt er sich zurück.

»Warum sagst du dem Commissario nicht, was du in San Martino herausgefunden hast?« Wieder einmal war es Vianello, der mit einem praktischen Vorschlag der andächtigen Schwärmerei seines jungen Kollegen und Brunettis philosophischen Betrachtungen ein Ende machte und zur Tagesordnung zurückkehrte.

»Also der *portiere* sagt, das Tor wird abends um zehn geschlossen«, berichtete Pucetti. »Vom Lehrkörper hat allerdings fast jeder einen Schlüssel. Wer von den Schülern zu spät kommt, muß sich bei ihm melden, sagt er, sonst werden sie nicht eingelassen.«

»Und weiter?« forschte Brunetti, den Pucettis skeptischer Ton hellhörig gemacht hatte.

»Ich weiß selbst nicht recht, aber zwei von den Jungs, die ich, wohlgemerkt getrennt voneinander, befragt habe, machten sich lustig über dieses angeblich so strenge Reglement. Und als ich den Grund wissen wollte, da lächelte der eine und machte so.« Pucetti legte den Kopf in den Nacken und führte mit unmißverständlicher Geste die Hand zum Mund.

Brunetti nickte stumm, und Pucetti fuhr fort: »Ich glaube den Jungs, zumal der *portiere* eindeutig Alkoholiker ist. Der war schon am Vormittag, als ich mit ihm gesprochen habe, fast hinüber.«

»Können das auch die anderen Schüler bezeugen?«

»Ich weiß nicht, ich wollte ihnen keine Fangfragen stellen, Commissario. Und was ich von wem erfahren habe, behalte ich sowieso lieber für mich. Man ist immer im Vorteil, wenn die Zeugen glauben, man sei ohnehin über alles informiert. Dann kriegen sie's nämlich mit der Angst und fürchten, daß man jede Lüge durchschaut. Aber was die Hausordnung in San Martino angeht: Also ich hatte den Eindruck, daß die Schüler kommen und gehen können, wie es ihnen beliebt.«

Brunetti nickte ihm aufmunternd zu, aber Pucetti hob bedauernd die Schultern. »Viel mehr habe ich nicht in Erfahrung gebracht, Commissario. Die meisten waren so geschockt, daß sie meine Fragen immer nur mit Gegenfragen beantworten konnten.«

»Und was für Fragen haben Sie ihnen gestellt?«

»Da habe ich mich ganz an Ihre Weisungen gehalten, Commissario: Wie gut sie Moro kannten, ob sie in den letzten Tagen Kontakt mit ihm hatten ... Sie werden es nicht glauben, aber angeblich konnte sich keiner erinnern, ob der Junge jemals etwas Auffälliges gesagt oder getan hatte. Niemand wollte bestätigen, daß er ein Sonderling, ein Außenseiter war, und niemand wollte sein Freund gewesen sein.«

»Und die Lehrkräfte?« fragte Brunetti.

»Dasselbe Lied. Keinem ist irgend etwas aufgefallen, und alle beteuern, daß er ein prächtiger, ein ganz prächtiger Junge gewesen sei. Aber jeder beeilt sich hinzuzufügen, daß er ihn eigentlich kaum gekannt hat.«

Ein Phänomen, das allen dreien nur zu vertraut war: Sobald es zur Vernehmung kam, stellten die meisten Zeugen sich blind und taub. Nur in Ausnahmefällen war einer bereit, sein Wissen preiszugeben. Das Problem war offenbar keineswegs neu: Schon eine Abhandlung aus dem Mittelalter, die Paola in ihrer Dissertation ausgewertet hatte, trug den beredten Titel *The Cloud of Unknowing.* Brunetti stellte sich diese Wolke des Nichtwissens als ein warmes, trockenes Plätzchen vor, wohin alle geladenen und potentiellen Zeugen flüchteten, um dicht zusammengedrängt wie die Lemminge auszuharren, bis alle lästigen Fragen vorübergezogen waren.

»Ich wollte natürlich auch mit seinem Stubenkameraden sprechen«, fuhr Pucetti fort, »aber der war letzte und vorletzte Nacht gar nicht in San Martino.« Und als seine Zuhörer interessiert aufblickten, erklärte er: »Dreiundzwanzig Schüler, darunter auch Moros Mitbewohner, waren übers Wochenende in Livorno, zu einem Fußballmatch gegen die dortige Marineakademie. Das Spiel fand Sonntag nachmittag statt, gestern und heute haben die Jungs am Unterricht der Gastgeber teilgenommen. Sie kommen erst heute abend zurück.«

Müde und resigniert schüttelte Vianello den Kopf. »Ich fürchte, die können wir auch vergessen.« Und Pucetti, der offenbar genauso pessimistisch war, hob nur stumm die Schultern.

Brunetti unterdrückte die Bemerkung, daß nichts anderes zu erwarten sei von einer Gesellschaft, der die Obrigkeit und ihre

Vertreter als natürliche Widersacher galten. Er war belesen genug, um zu wissen, daß es anderswo Länder gab, deren Bürger nicht diese feindselige Haltung einnahmen, sondern in der Regierung ein dienendes Organ sahen, das ihre Interessen wahrnahm und ein offenes Ohr für ihre Wünsche hatte. Allein, wie würde er reagieren, wenn einer seiner Bekannten behauptete, das nämliche gelte auch für diese Stadt, dieses Land? Wahrscheinlich würde er denjenigen für verrückter halten als irgendwelche Spinner mit religiösen Wahnvorstellungen.

Diese krausen Überlegungen behielt er wohlweislich für sich. Vianello und Pucetti sollten, auch wenn wahrscheinlich nichts dabei herauskäme, am Nachmittag noch einmal hinaus nach San Martino und die Befragung von Schülern und Lehrern fortsetzen. Ihn fänden sie oben in seinem Büro, sagte er noch und ging.

Neugier und der Wunsch zu hören, was Signorina Elettra in Erfahrung gebracht hatte, bewogen Brunetti auf dem Weg nach oben zu einem Abstecher ins Vorzimmer. Doch als er die Tür öffnete, hatte er das Gefühl, sich in einen Wald, wenn nicht gar einen Dschungel verirrt zu haben: Vier hohe, ausladende Bäume mit riesigen, tiefgrün leuchtenden Blättern in Terrakottakübeln säumten die rückwärtige Wand. Vor diesem dunkelbelaubten Hintergrund saß in einem Outfit, dessen Farben er bislang nur von der Tracht buddhistischer Mönche kannte, Signorina Elettra an ihrem Schreibtisch, hindrapiert wie eine exotische Frucht vor dem Baum, von dem sie gefallen war.

»Zitronen?« fragte er.

»Ja.«

»Wo haben Sie die denn her?«

»Ein Freund hat die *Lulu* inszeniert und mir nach der Vorstellung die Dekoration überlassen.«

»Lulu?«

Sie lächelte. »Ganz recht.«

»Ich erinnere mich an keine Zitronenbäume in *Lulu«*, sagte

Brunetti verdutzt, aber wie immer bereit, sich von ihr belehren zu lassen.

»Er hat die Oper nach Sizilien verlegt«, erklärte sie.

»Ah!« machte Brunetti und versuchte, sich die Handlung ins Gedächtnis zu rufen. Die Musik war ihm gnädigerweise entfallen. Um das Gespräch in Gang zu halten, fragte er: »Und haben Sie sich die Aufführung angesehen?«

Ihre Antwort ließ so lange auf sich warten, daß er schon fürchtete, sie mit der Frage irgendwie gekränkt zu haben. Endlich sagte sie: »Nein, Signore. Mein Niveau ist zwar sehr bescheiden, aber Oper in einem Zelt – auf einem Parkplatz –, nein, da hört es bei mir auf!«

Brunetti, der in seinem ästhetischen Empfinden genauso konservativ war, nickte nur und fragte dann: »Wie steht es übrigens mit Moro? Haben Sie schon etwas herausgefunden?«

Ihr Lächeln wurde schwächer, aber es war immerhin noch da. »Einiges ist schon reingekommen. Ich warte allerdings noch auf Nachricht von einem Freund in Siena, der mir Näheres über die Ehefrau, Federica Moro, erzählen wollte.«

»Was ist mit ihr?« fragte Brunetti.

»Sie hatte dort, also in der Nähe von Siena, einen Unfall.«

»Verkehrsunfall?«

»Nein, ein Jagdunfall.«

»Ach? Eine Frau und ein Jagdunfall?« fragte er ungläubig.

Sie hob die Brauen, als wolle sie andeuten, in einer Welt, wo die *Lulu* in Sizilien spielte, sei alles möglich. Laut aber sagte sie nur: »Ausnahmsweise will ich Ihnen diese grob sexistische Bemerkung noch mal durchgehen lassen, Commissario.« Und nach einer didaktischen Pause fuhr sie fort: »Es geschah vor zwei Jahren. Die Signora war in der Gegend von Siena zu Besuch bei Freunden auf dem Land. Während eines Nachmittagsspaziergangs geriet sie ins Revier einer Jagdgesellschaft und wurde versehentlich angeschossen. Zum Glück wurde sie rasch gefunden und ins Krankenhaus gebracht, bevor sie hätte verbluten können.«

»Und der Jäger? Hat man den gefaßt?«

»Nein. Er wird sie vermutlich gehört, mit einem Wild verwechselt und einfach drauflosgeballert haben.«

»Und er hat sich auch hinterher nicht die Mühe gemacht nachzusehen, was er erlegt hatte?« fragte Brunetti empört. »Hat sich nicht um die Frau gekümmert, keine Hilfe geholt?«

»Das ist beileibe kein Einzelfall.« Signorina Elettra klang nicht minder entrüstet als er. »Lesen Sie denn keine Zeitung? Jedes Jahr, wenn die Jagdsaison eröffnet ist, werden oft gleich am ersten Tag drei oder vier Todesfälle gemeldet. Das geht die ganze Saison über so weiter. Und es trifft nicht nur die Trottel, die über ihre eigene Flinte stolpern und sich das Hirn rauspusten«, stieß sie ganz ohne Mitleid hervor. »Die erschießen sich auch gegenseitig, und nicht selten muß das arme Opfer elendiglich verbluten, nur weil der Unglücksschütze zu feige ist, sich zu stellen.«

Brunetti wollte etwas sagen, aber sie ließ ihn nicht zu Wort kommen. »Also von mir aus sollen diese sogenannten Weidmänner sich ruhig gegenseitig abknallen. Dann ist wenigstens irgendwann Schluß mit dem Wahnsinn.«

Brunetti wartete ab, ob sie sich beruhigen und ihre harschen Worte zurücknehmen würde, entschied dann aber, daß ihre Einstellung zur Jägerei ihn nichts anging, und fragte, diplomatisch zum eigentlichen Thema wechselnd: »Und als Signora Moro angeschossen wurde – hat man da die Polizei verständigt?«

»Weiß ich noch nicht. Auf den Polizeibericht warte ich ja gerade.«

»Und die Signora? Wo ist sie jetzt?« fragte Brunetti.

»Auch das versuche ich noch herauszukriegen.«

»Demnach ist sie nicht bei ihrem Mann?«

»Sieht nicht so aus. Ich habe die Computerdateien der *Comune* durchgesehen, doch da ist sie nicht unter der Adresse ihres Mannes gemeldet, obwohl beide Ehepartner als Wohnungseigentümer eingetragen sind.« Brunetti hatte sich mittlerweile so an ihre nützlichen kriminellen Aktivitäten gewöhnt, daß er ohne schlechtes Gewissen darüber hinwegsah, daß man als gesetzestreuer Bürger ihr »durchgesehen« mit »geknackt« hätte übersetzen müssen.

Dafür, daß Moros Frau nicht unter seiner Adresse in Dorsoduro gemeldet war, konnte es mehrere Erklärungen geben, aber es lag wohl doch nahe anzunehmen, daß sie nicht mehr mit ihrem Mann zusammenlebte. »Geben Sie mir Bescheid, sobald Sie den Polizeibericht über diesen Jagdunfall haben, ja?« bat Brunetti und hoffte, ihr damit kein Stichwort für eine neuerliche Attacke gegen das Weidwerk zu liefern. Er selbst interessierte sich, wie die meisten Venezianer, nicht für die Jägerei, einen in seinen Augen teuren, unbequemen und übermäßig lauten Sport. Im übrigen hatte er sowohl bei seinen Ermittlungen als auch bei den Verhaltensstudien, die er so gern betrieb, allzuoft eine beängstigende Übereinstimmung zwischen Waffennarren und Männern mit Potenzproblemen festgestellt.

»Es könnte auch eine Warnung gewesen sein«, erklärte Signorina Elettra unvermittelt.

»Ich weiß«, versetzte er prompt, denn das war sein erster Gedanke gewesen, als sie ihm von dem Jagdunfall berichtet hatte. »Fragt sich nur: Wovor?«

7

Skeptisch, wie er mit den Jahren geworden war, konnte Brunetti sich nicht vorstellen, daß es bei Signora Moros Unfall mit rechten Dingen zugegangen war. Bestimmt hatte sie geschrien, als sie angeschossen wurde, und ihr Schreien hätte mit Sicherheit die Jäger auf den Plan gerufen. Er hielt zwar nicht viel von dieser Zunft, aber daß sie eine verletzte Frau einfach in ihrem Blut würden liegen lassen, das traute er ihnen denn doch nicht zu. Wem aber war so etwas zuzutrauen? Und zu was für Grausamkeiten mochte so ein Mensch noch fähig sein?

In diesem Zusammenhang fiel Brunetti wieder ein, wie plötzlich und unerwartet Moro vor zwei Jahren von seinen politischen Ämtern zurückgetreten war. Für die Launen des Zufalls galten in der Regel drei Grundkonstellationen: Unterschiedliche Personen hatten das gleiche Erlebnis; ein und derselben Person stießen allerlei unglaubliche Dinge zu; mehrere merkwürdige Ereignisse fielen zeitlich zusammen. Moro hatte seinen Parlamentssitz etwa um die Zeit aufgegeben, als seine Frau verletzt wurde. Normalerweise würde das keinen Verdacht erregen, nicht einmal bei einem so mißtrauischen Beobachter wie Brunetti. Seit nun aber noch der Tod des Sohnes hinzukam, konnte er nicht umhin, sich zu fragen, in welcher Beziehung das dritte Ereignis zu den beiden anderen stand.

Brunettis Verhältnis zum Parlament war am ehesten demjenigen vergleichbar, das die meisten Italiener zu ihrer Schwiegermutter hatten. Der war man zwar nicht durch Blutsbande verpflichtet, dennoch forderte sie Achtung und Gehorsam, selbst wenn sie durch ihr Verhalten beides nicht im mindesten verdiente. Diese fremde Person, die sich ganz willkürlich in das Leben eines Mannes drängte, stellte immer höhere Ansprüche und pochte dabei auf ebenjenen häuslichen Frieden, den sie ihm vergällte. Widerstand war zwecklos, denn jedes kleine Aufbegehren wurde mit den hinterhältigsten Racheakten geahndet.

Brunetti griff zum Telefon und wählte seine Privatnummer. Als sich nach viermaligem Klingeln der Anrufbeantworter einschaltete und er seine eigene Stimme hörte, legte er auf, bückte sich und holte das Telefonbuch aus der untersten Schreibtischschublade. Er blätterte bis zum P und ging die Einträge Seite für Seite durch, bis er auf Perulli, Augusto stieß. Dann schob er das Buch ins Fach zurück und wählte die Nummer.

Nach dem dritten Klingeln meldete sich eine Männerstimme. »Perulli.«

»Brunetti hier. Ich muß dich sprechen.«

Nach einer langen Pause meinte der Mann am anderen Ende: »Ich war schon auf deinen Anruf gefaßt.«

Brunetti fiel dazu nur ein verlegenes »Ach ja?« ein.

»In einer halben Stunde hätte ich Zeit für dich. Eine Stunde. Ansonsten morgen.«

»Ich komme gleich«, sagte Brunetti.

Mit dem Fuß stieß er die Schreibtischlade zu, stand auf und verließ sein Büro und die Questura. Da er noch eine halbe Stunde Zeit hatte, machte er einen Umweg über den Campo San Maurizio, wo eine Freundin eine Schmuckwerkstatt betrieb. Aber er war mit den Gedanken woanders und nahm kaum wahr, was sie ihm zeigte. So tauschten sie nur einen Wangenkuß, und er versprach, bald einmal mit Paola zum Essen zu kommen. Dann überquerte er den *campo* und wandte sich zum Canal Grande.

Sechs Jahre waren vergangen, seit er Perullis Wohnung zum letzten Mal betreten hatte. Das war gegen Ende einer langwierigen Ermittlung gewesen, bei der es um Drogengelder ging; Brunetti verfolgte damals eine heiße Spur, die von den Nasen jugendlicher New Yorker zu einem diskreten Schweizer Konto führte und auf dem Wege dorthin lange genug in Venedig verweilte, um zwei Gemälde aufzutun, die sich zu dem Barvermögen im

Tresorraum jener ungemein diskreten Bank gesellen sollten. Das Geld war unbehelligt durch die himmlischen Regionen des Cyberspace gereist, aber die Bilder, die aus einem weniger überirdischen Stoff gemacht waren, hatte man am Genfer Flughafen abgefangen. Das eine stammte von Palma il Vecchio, das andere von Marieschi, und da mithin beide zum kulturellen Erbe Italiens gehörten, konnten sie nicht außer Landes gebracht werden, zumindest nicht auf legalem Wege.

Keine vier Stunden nachdem die Gemälde sichergestellt worden waren, hatte Augusto Perulli sie bei den Carabinieri als gestohlen gemeldet. Daß er einen Tip bekommen hatte und von der Beschlagnahme wußte – ein ungeheuerlicher Gedanke, denn er war gleichbedeutend mit dem Vorwurf der Korruption in den Reihen der Polizei –, ließ sich nicht nachweisen. Also beschloß man, Brunetti, der seit der gemeinsamen Schulzeit viele Jahre lang freundschaftlich mit Perulli verkehrt hatte, zu einem informellen Gespräch mit ihm zu entsenden. Nur daß diese Entscheidung erst einen Tag nach dem Bilderfund getroffen wurde, und da war der Mann, der sie außer Landes schaffen sollte, schon wieder auf freiem Fuß. Welches bürokratische Versehen zu solch einem Schnitzer führen konnte, wurde der italienischen Polizei nie zufriedenstellend erklärt.

Als Brunetti endlich mit seinem alten Schulfreund sprach, sagte Perulli, er habe erst tags zuvor bemerkt, daß die Bilder verschwunden waren, und könne sich nicht erklären, wie es passiert sei. Als Brunetti wissen wollte, wieso denn nur zwei Bilder gestohlen worden seien, blockte Perulli alle weiteren Fragen ab, indem er Brunetti sein Ehrenwort gab und beteuerte, er wisse von nichts. Brunetti glaubte ihm.

Zwei Jahre später ging der Mann, den man mit den Gemälden geschnappt hatte, den Schweizern erneut ins Netz; diesmal in Zürich, weil er als Schleuser illegale Einwanderer ins Land gebracht hatte. In der Hoffnung, sein Strafmaß zu mindern, gab der Mann zu, daß ihm die Gemälde seinerzeit von Perulli persönlich übergeben worden waren, mit der Weisung, sie über die Grenze zu schaffen und bei ihrem neuen Eigentümer abzuliefern. Perulli aber war mittlerweile ins Parlament gewählt worden und genoß diplomatische Immunität.

»*Ciao*, Guido«, grüßte Perulli, als er Brunetti hereinließ, und streckte ihm die Hand entgegen.

Brunetti merkte selbst, wie theatralisch sein Zögern vor dem Händedruck wirkte, und Perulli merkte es auch. Keiner von beiden machte ein Hehl daraus, daß er vor dem auf der Hut war, und sie prüften einander ganz ungeniert darauf, welche Spuren die Jahre hinterlassen hatten, die seit ihrer letzten Begegnung verstrichen waren.

»Es ist lange her, nicht wahr?« meinte Perulli, während er sich umwandte und Brunetti in die Wohnung vorausging. Hochgewachsen und schlank, wie er war, bewegte Perulli sich noch immer mit der Geschmeidigkeit eines Jünglings, ganz so, wie Brunetti ihn aus der gemeinsamen Schulzeit in Erinnerung hatte. Sein Haar war noch voll, allerdings trug er es länger als früher, seine Haut glatt und straff, und auf den gebräunten Zügen lag der Abglanz eines sonnenreichen Sommers. Wann, dachte Brunetti, hatte er angefangen, in den Gesichtern seiner Jugendfreunde nach den ersten verräterischen Spuren des Alterns zu forschen?

Die Wohnung war noch weitgehend so, wie er sie in Erinnerung hatte: hohe, gut geschnittene Räume, in denen Sofas und Sessel, in zwanglosen Sitzgruppen arrangiert, zu offenen, ja vertraulichen Gesprächen einluden. An den Wänden hingen Porträts von Männern und Frauen vergangener Jahrhunderte. Perulli verstand es, mit beiläufigen Bemerkungen den Eindruck zu erwecken, es handele sich um seine Ahnen; dabei lebte seine Familie seit Generationen in Castello und handelte mit Wurst und Dosenfleisch.

Neu waren die Reihen silbergerahmter Fotos auf der nicht sonderlich gelungenen Kopie einer Anrichte aus der Florentinischen Renaissance. Als Brunetti näher trat, um die Bilder zu betrachten, fand er darin die Flugbahn von Perullis steiler Karriere widergespiegelt: der Jüngling mit seinen Freunden; der frischgebackene Akademiker mit einem Führer jener politischen Partei, der Perulli sich damals verschrieben hatte; in gesetzteren Jahren dagegen posierte er Arm in Arm mit einem ehemaligen Bürgermeister der Stadt, dem Innenminister und dem Patriarchen von Venedig. Aus einem besonders opulenten Rahmen lächelte Perullis Gesicht vom Titelbild eines Nachrichtenmagazins, das inzwischen eingegangen war. Speziell dieses Foto oder vielmehr Perullis Bedürfnis, es auszustellen, machte Brunetti gegen seinen Willen unsagbar traurig.

»Kann ich dir etwas anbieten?« Perulli, der auf der anderen Seite des Salons vor einem Ledersofa stand, wollte die Frage der Bewirtung offenbar geklärt haben, bevor er sich hinsetzte.

»Nein, danke«, antwortete Brunetti.

Nun nahm Perulli Platz und zupfte dabei penibel an beiden Hosenbeinen – was nach Brunettis Erfahrung sonst nur alte Männer zu tun pflegten, damit sich der Stoff über den Knien nicht ausbeulte. Ob Perulli im Vaporetto auch die Mantelschöße zurückschlug, bevor er sich hinsetzte?

»Du willst wohl nicht so tun, als ob wir immer noch Freunde wären, oder?« fragte Perulli.

»Ich will überhaupt nichts vortäuschen, Augusto. Ich möchte dir nur ein paar Fragen stellen und hoffe, daß du sie ehrlich beantwortest.«

»Nicht wie beim letzten Mal?« fragte Perulli mit einem Grinsen, das jungenhaft wirken sollte, aber nur verschlagen geriet – und Brunetti für einen Moment verunsicherte, denn irgend etwas an Perullis Mund, an der Art, wie er die Lippen bewegte, hatte sich verändert.

»Nein, nicht wie beim letzten Mal«, sagte Brunetti und war selbst überrascht, wie gefaßt seine Stimme klang, gefaßt, aber auch erschöpft.

»Und wenn ich deine Fragen nicht beantworten kann?«

»Dann sag's mir, und ich gehe.«

Perulli nickte. »Ich hatte keine andere Wahl damals, Guido«, beteuerte er.

Brunetti überhörte das und fragte: »Kennst du Fernando Moro?«

Er sah Perulli an, daß er den Namen kannte, aber in seiner Reaktion schwang noch etwas anderes mit.

»Ja.«

»Und wie gut kennst du ihn?«

»Er ist etliche Jahre älter als wir, aber mein Vater war mit ihm befreundet, dadurch ergab es sich, daß wir uns auf der Straße grüßten oder gelegentlich ein Glas miteinander tranken. Zumindest in jüngeren Jahren. Aber so gut, daß wir uns angefreundet hätten, war das Verhältnis nun auch wieder nicht.« Brunetti schwante, was jetzt kommen würde. »Nicht so wie bei uns beiden«, ergänzte Perulli, doch Brunetti überhörte auch das.

»Habt ihr euch auch in Rom getroffen?«

»Privat oder beruflich?«

»Beides.«

»Privat nicht, nein, aber im Palazzo Montecitorio ist man sich schon ein paarmal über den Weg gelaufen. Doch da wir verschiedenen Parteien angehörten, haben wir nicht miteinander gearbeitet.«

»Parlamentarische Ausschüsse?«

»Nein, auch da gab es keine Überschneidungen.«

»Und sein Ruf?«

»Ich verstehe die Frage nicht.«

Brunetti unterdrückte den Seufzer, der in seiner Brust aufstieg, und antwortete gelassen: »Ich meine, als Politiker. Was hielten die Leute von ihm?«

Perulli schlug elegant die langen Beine übereinander, senkte den Kopf und strich mit der Hand ein paarmal an seiner rechten Braue entlang, wie er es immer getan hatte, wenn er über etwas nachdachte oder sich eine Antwort zurechtlegen mußte. Erst als Brunetti ihn so sah, fiel ihm auf, daß Perullis auffallend jugendliches

Gesicht sich doch verändert hatte: Die Wangenknochen wirkten härter und schärfer konturiert als zu Studentenzeiten. Endlich antwortete er mit einem Hauch von Spott in der Stimme: »Ich würde sagen, er stand in dem Ruf, ein anständiger Kerl zu sein.« Perulli ließ die Hand sinken und setzte ein kleines Lächeln auf. »Vielleicht zu anständig.« Das Lächeln vertiefte sich: Es war immer noch jenes gewinnende Lächeln, dem einst weder die Mädchen noch, später dann, die Frauen widerstehen konnten.

»Was heißt das?« fragte Brunetti, zunehmend gereizt von Perullis aalglatten Ausweichmanövern.

Wieder antwortete Perulli nicht gleich, und während er überlegte, was er sagen oder wie er es formulieren sollte, stülpte er ein paarmal die Lippen vor und schürzte sie zu einem straffen kleinen Kreis, eine Marotte, die Brunetti bisher nicht an ihm kannte. Endlich sagte er: »Es heißt wohl, daß die Zusammenarbeit mit ihm nicht immer einfach war.«

Brunetti, der damit nichts anfangen konnte, fragte wieder: »Was meinst du damit?«

Perullis Augen blitzten zornig auf, als er Brunetti ansah, aber sobald er sprach, klang seine Stimme gefaßt und ruhig, fast zu ruhig. »Daß Kollegen, die eine andere Ansicht vertraten als er, ihn nicht dazu bringen konnten, die Dinge auch einmal aus einem anderen Blickwinkel zu betrachten.«

»Nämlich dem ihren?« fragte Brunetti beiläufig.

Doch so leicht war Perulli nicht zu ködern. »Egal, welchem. Solange er nicht immer nur stur auf dem seinen beharrt hätte.«

»Sprichst du aus eigener Erfahrung?«

Perulli verneinte mit einem energischen Kopfschütteln. »Ich hab dir doch gesagt, daß wir nie in denselben Ausschüssen saßen.«

»In welchen hat er denn mitgearbeitet?« fragte Brunetti.

Perulli lehnte den Kopf an die Lehne zurück und schloß die Augen. Brunetti konnte sich des Eindrucks nicht erwehren, daß diese Pose eigens für ihn bestimmt war, ihm zeigen sollte, wie angestrengt und konzentriert Perulli sich seinen Fragen widmete.

Nach einer scheinbar endlos langen Pause sagte Perulli: »Soweit ich mich erinnern kann, war er erst in dem Ausschuß zur Überprüfung des Postwesens, dann in einem, der irgendwas mit Landwirtschaft zu tun hatte, und in einem dritten ...« Hier brach er ab und bedachte Brunetti mit einem leise vertraulichen Lächeln, ehe er fortfuhr: »Ich erinnere mich beim besten Willen nicht mehr, worum es dabei ging. Möglicherweise um diese humanitäre Hilfsaktion in Albanien oder vielleicht auch um die Altersversorgung der Bauern. Ich weiß es wirklich nicht mehr.«

»Und was geschieht in diesen Ausschüssen?«

»Das gleiche wie in allen anderen auch.« Perulli schien ehrlich erstaunt, daß ein Bürger so etwas fragen konnte. »Man untersucht die anstehenden Probleme.«

»Und dann?«

»Werden Empfehlungen ausgearbeitet.«

»Für wen?«

»Die Regierung natürlich.«

»Und was geschieht mit diesen Empfehlungen?«

»Sie werden geprüft, analysiert, und dann wird darüber abgestimmt. Und falls nötig, wird ein Gesetz erlassen oder das bestehende Gesetz reformiert.«

»So einfach ist das also, ja?« sagte Brunetti.

Perullis Lächeln konnte nicht so schnell aufgehen, wie es unter Brunettis frostigem Ton erloschen war.

»Du kannst dich ruhig darüber lustig machen, Guido, aber es ist nicht leicht, ein Land wie dieses zu regieren.«

»Glaubst du wirklich, daß du es regierst?«

»Natürlich nicht ich persönlich«, sagte Perulli mit aufrichtigem Bedauern in der Stimme.

»Dann ihr alle zusammen? Die Mitglieder des Parlaments?«

»Wer sonst, wenn nicht wir?« fragte Perulli in einem Ton, der zwischen Zorn und Entrüstung schwankte.

»Du sagst es«, versetzte Brunetti trocken. Nach einer langen Pause fuhr er in sachlichem Ton fort: »Weißt du sonst noch etwas über die Ausschüsse, denen Moro angehörte? Vielleicht, wer seine Mitstreiter waren?«

Perulli hatte dieser abrupte Themenwechsel die Zielscheibe für seine selbstgerechte Empörung geraubt. »Über die anderen gibt es nicht viel zu sagen. Schon weil das ganz unbedeutende Ausschüsse waren, in denen Moro mitarbeitete, die Sorte, in die normalerweise bloß Neuparlamentarier oder solche ohne Beziehungen berufen werden.«

»Verstehe«, sagte Brunetti gefaßt. »Aber kennst du trotzdem jemanden aus einem dieser Ausschüsse?«

Er fürchtete schon, er habe es zu weit getrieben und Perulli würde seine Frage abweisen oder die Unterredung aus Termingründen für beendet erklären, aber nach einigem Überlegen antwortete der Abgeordnete doch: »Den einen oder anderen kenne ich zwar, aber nur flüchtig.«

»Könntest du mit ihnen reden?«

»Worüber?« fragte Perulli, sofort mißtrauisch geworden.

»Moro.«

»Nein.« Diesmal kam die Antwort prompt und entschieden.

»Und warum nicht?« erkundigte sich Brunetti, obwohl er ziemlich sicher war, den Grund zu kennen.

»Weil du am Telefon gesagt hast, du willst mir ein paar Fragen stellen. Davon, daß ich deine Arbeit tun soll, war nicht die Rede.« Perulli war regelrecht in Wallung geraten. Rote Flecken, so groß wie Golfbälle, flammten auf seinen Wangen auf. Er sah Brunetti herausfordernd an, doch der blieb stumm, und das schien ihn erst recht in Rage zu bringen. »Ich weiß nicht, warum du dich für Moro interessierst, aber es ist auf alle Fälle gut, daß man den Mann mal genauer unter die Lupe nimmt.«

»Und warum?« fragte Brunetti.

Perulli stellte die übereinandergeschlagenen Beine wieder nebeneinander, beugte sich mit dem Oberkörper bis zu den Knien vor und stach mit dem rechten Zeigefinger in die Luft wie mit einem Taktstock: »Weil er ein scheinheiliger Hund ist mit seinem ewigen Gerede von Betrug und Unlauterkeit und ...« Hier rutschte seine Stimme unversehens in eine tiefere Tonlage, und er dehnte die Endsilben der Wörter ganz so, wie Moro es zu tun pflegte. »Wir dürfen unsere Verantwortung den Bürgern gegenüber nicht länger vernachlässigen«, fuhr er mit seiner hämisch übertriebenen Parodie fort. »Und unsere Ämter und dieses Hohe Haus nicht weiter so behandeln, als wären sie der Trog und wir eine Herde Schweine.«

Brunetti war darauf gefaßt, daß es noch eine Weile so weitergehen würde, denn Augusto hatte nie gewußt, wann ein Witz ausgereizt war. Doch zu seiner Überraschung brach Perulli seinen Auftritt als Moro-Imitator ebenso abrupt ab, wie er ihn begonnen hatte. Aber der Versuchung, Brunetti ein letztes Mal mit ihm zu reizen, konnte er nicht widerstehen. »Falls er was ausgefressen hat, wundert mich das gar nicht: Er ist eben auch nicht anders als wir.«

»Die ihr mit den Vorderbeinen im Trog steht?« fragte Brunetti.

Genausogut hätte er den anderen ins Gesicht schlagen können. Perulli schoß nach vorn, und seine Rechte schnappte nach Brunettis Kehle. Vor lauter Wut übersah er den niedrigen Tisch zwischen ihnen, prallte mit dem Schienbein dagegen und flog mit voller Wucht über die Tischplatte.

Brunetti war geistesgegenwärtig aufgesprungen. Als er Perulli wie benommen auf dem Boden landen sah, bückte er sich, um ihm aufzuhelfen, stutzte und zog die ausgestreckte Hand wieder zurück. Gespannt rückte er näher und neigte sich tiefer, um besser sehen zu können. Perullis nackenlange Haare waren im Sturz nach vorn gefallen, wodurch hinter seinem linken Ohr eine kleine sichelförmige Narbe sichtbar wurde. So also hatte er sich sein jugendliches Aussehen bewahrt! Voll Genugtuung darüber, Perullis Geheimnis entdeckt zu haben, richtete Brunetti sich auf. Er wartete noch, bis Perulli die Knie anzog und die Handflächen neben sich auf den Boden stemmte, dann machte er kehrt und verließ die Wohnung.

8

Als er auf die Straße hinaustrat und auf die Uhr sah, stellte Brunetti überrascht fest, daß es schon fast fünf war. Plötzlich hatte er großen Hunger, stand aber vor dem Problem, daß er sich genau auf halbem Weg zwischen dem Präsidium und seiner Wohnung befand. Was er zu Hause an Eßbarem vorfinden würde, wußte er nicht; außerdem wäre es, bis er heimkam und sich etwas zurechtgemacht hatte, zu spät, um noch einmal in die Questura zurückzukehren. Also lenkte er seine Schritte nach San Marco und rief sich jede Bar oder Trattoria ins Gedächtnis, die er auf dem Weg dorthin kannte. Was ihn in dieser Richtung erwartete, war indes so wenig verlockend, daß er kurzerhand wieder kehrtmachte und via Campo Sant' Angelo zum Campo San Fantin zurückging. Natürlich war es lächerlich, sich so aufzuführen, denn er hatte schließlich aus freien Stücken aufs Mittagessen verzichtet, trotzdem badete er bald in einer Woge von Selbstmitleid: Da verausgabte man sich rastlos im Dienst, gab von früh bis spät sein Bestes, und dann überfiel einen der Hunger um eine Zeit, zu der man nirgendwo etwas zu essen bekam.

Unvermittelt fiel ihm eine der wenigen Geschichten ein, die sein Vater vom Krieg erzählt hatte. Allerdings in immer anderen Variationen, weshalb sie sich in Brunettis Erinnerung ziemlich verworren ausnahm. Kurz nach Kriegsende, als sein Vater, eben aus der Gefangenschaft entlassen, mit zwei Kameraden durch Niedersachsen marschiert war, hatte sich ihnen ein streunender Hund angeschlossen, der wie durch ein Wunder heil unter einem zerbombten Haus hervorgekrochen kam. Am nächsten Tag verzehrten die Männer den Hund. Für Brunetti hatte diese Geschichte im Lauf der Jahre eine geradezu magische Faszination gewonnen, und sie kam ihm immer dann in den Sinn, wenn jemand übers Essen sprach, als handele es sich um ein modisches Accessoire und kein Grundbedürfnis des täglichen Lebens. Er brauchte nur zu hören, wie eine von Paolas Freundinnen sich über ihre empfindliche Verdauung ausließ und beteuerte, daß sie keinesfalls Gemüse kaufen würde, das neben Knoblauch gelegen hatte, und schon fiel ihm jene Geschichte ein. Ja, er erinnerte sich, wie er einmal an einer Tafel einem Mann gegenübergesessen hatte, der den anderen Gästen versicherte, es sei ihm unmöglich, Fleisch zu essen, das nicht von seinem Metzger stammte; er schmecke den Unterschied sofort heraus. Als der Mann geendet hatte und sein feiner Gaumen gebührend bewundert worden war, da hatte Brunetti die Geschichte von dem Hund zum besten gegeben.

In einer Bar am Campo San Fantin genehmigte er sich zwei *tramezzini* und ein Glas Weißwein. Während er an der Theke stand, kam eine attraktive dunkelhaarige Frau herein und bestellte einen Kaffee. Sie trug einen enganliegenden Mantel mit Leopardenmuster und einen ausgefallenen Hut, der aussah wie eine schwarze Pizza, die auf einer Kippa schwebte. Brunetti beobachtete sie, während sie an ihrem Kaffee nippte; und nicht nur er, jeder Mann in der Bar hatte bloß noch Augen für sie. Vermutlich waren sie allesamt dankbar dafür, daß dieses reizende Geschöpf hereingeschneit kam, um ihre Herzen zu erheben und ihnen den Tag zu verschönen.

Beschwingt verließ Brunetti die Bar und kehrte in die Questura zurück. Als er sein Büro betrat, lag auf dem Schreibtisch ein neuer Schnellhefter, und als er ihn aufschlug, fand er darin zu seinem Erstaunen den noch gar nicht erwarteten Obduktionsbericht über Ernesto Moro. Was Venturi wohl im Schilde führte, an was für Intrigen oder Machtspielen beteiligte er sich und gegen wen? Dafür, daß er sich mit der Obduktion so beeilt hatte, konnte es nur eine Erklärung geben: Er warb um Brunettis Gunst, und auf die war er nur dann angewiesen, wenn er einen Angriff auf einen tatsächlichen oder vermeintlichen Rivalen plante, sei es bei der Polizei, sei es in der Rechtsmedizin. Doch für den Augenblick verschob Brunetti alle weiteren Spekulationen über Venturis Motive und vertiefte sich erst einmal in den Bericht.

Ernesto Moro war zum Zeitpunkt seines Todes kerngesund gewesen: keinerlei Krankheiten, nicht mal einen defekten Zahn; allerdings war in der Kindheit eine kieferorthopädische Korrektur vorgenommen worden. Am linken Bein fanden sich Spuren einer vielleicht zehn Jahre alten, vollständig verheilten Fraktur; Mandeln und Blinddarm waren noch vorhanden.

Todesursache: Erdrosseln. Wie tief der Körper gefallen war, ehe sich die Schlinge straffte, ließ sich nicht mehr rekonstruieren, aber der Druck hatte nicht ausgereicht, dem Jungen das Genick zu brechen, sondern er war erstickt. Wie Venturi eigens anmerkte, kein schneller Tod: Der Hals war vorn und an der rechten Seite wund gescheuert, Verletzungen, die von dem Strick herrührten und den Schluß zuließen, daß der Junge in den letzten Minuten verzweifelt um sein Leben gekämpft hatte. Ferner waren noch die genauen Ausmaße der Duschkabine angeführt, in der die Leiche geborgen wurde sowie die maximale Armspanne des Jungen. Brunetti dachte an die wild rotierenden Kratzspuren an den Kachelwänden.

Die Analyse des Mageninhalts ergab, daß der Tod aller Wahrscheinlichkeit nach zwischen Mitternacht und drei Uhr morgens eingetreten war. Der Drogentest war negativ ausgefallen, und zu seiner letzten Mahlzeit hatte der Junge offenbar nur mäßig Wein getrunken, kaum mehr als ein Glas und keinesfalls so viel, daß seine Urteilsfähigkeit davon in irgendeiner Weise beeinträchtigt war.

Brunetti schob die Blätter in den Ordner zurück und ließ ihn aufgeschlagen auf dem Schreibtisch liegen. Der Bericht enthüllte alles und nichts. In einem ersten Schritt versuchte der Commissario, das Wissen um Signora Moros angeblichen Jagdunfall auszuklammern und den Tod ihres Sohnes davon losgelöst zu sehen. In dem Fall kam als Motiv entweder eine schwere Enttäuschung in Betracht, die der Junge nicht verwunden hatte, oder der verzweifelte Racheakt eines Gedemütigten an seinem Peiniger. Aber sobald man die Mutter wieder in die Gleichung aufnahm, vermehrten sich die Motive schlagartig. Der Junge rückte aus dem Zentrum des Geschehens, war nicht länger die treibende Kraft, sondern wurde zur Figur in einem von anderen gelenkten Spiel.

Wer immer in diesem Spiel geopfert werden sollte, überlegte Brunetti weiter: Die Mutter konnte es nicht sein, denn sie hatte überlebt. Blieb also nur noch der Vater. Was ihn freilich auch nicht weiterbrachte, denn solange er nicht wußte, warum oder für wen Moro zur Zielscheibe geworden war, blieben alle Spekulationen so wertlos wie die dürftigen Informationen, auf die er sie stützte.

Signorina Elettras Erscheinen setzte seinen fruchtlosen Grübeleien ein Ende. »Haben Sie schon gelesen?« fragte sie und deutete mit einer Kopfbewegung auf den Obduktionsbericht.

»Ja. Was halten Sie davon?«

»Ich verstehe nicht, warum ein Junge wie der sich umbringen wollte. Es ergibt überhaupt keinen Sinn.«

»So ungewöhnlich ist das leider nicht, daß junge Menschen sich das Leben nehmen.«

Eine Bemerkung, die ihr sichtlich weh tat. »Aber warum?« fragte sie, mit einem Ordner in der Hand vor seinen Schreibtisch tretend.

»Einer der Kadetten drüben auf der Giudecca, den ich das auch gefragt habe, hat mir geantwortet, ihn belaste der Gedanke an eine ungewisse Zukunft und die Angst, daß seine Generation vielleicht gar keine mehr hätte.«

»Das ist doch Unsinn!« rief sie ärgerlich. »Es gibt immer eine Zukunft.«

»Ich wiederhole ja nur, was der Junge gesagt hat.«

»Ein Kadett?« fragte sie.

»Ja.«

Nach langem Schweigen bekannte sie zögernd: »Ich bin eine Weile mit einem gegangen.«

Sofort war Brunettis Neugier geweckt. »Wann? In Ihrer Schulzeit?« fragte er.

Ihre Lippen kräuselten sich zu einem verschmitzten Lächeln. »Bestimmt nicht letzte Woche«, versetzte sie trocken. »Ja, ich war achtzehn damals.« Doch nach einem grüblerischen Blick zu Boden korrigierte sie: »Nein, ich war sogar erst sechzehn. Das ist die Erklärung.«

Brunetti erkannte sein Stichwort. »Erklärung wofür?«

»Dafür, daß ich es so lange ausgehalten habe mit ihm.«

Brunetti erhob sich halb aus seinem Sessel und wies auf den Stuhl gegenüber. »Bitte, nehmen Sie doch Platz.« Signorina Elettra strich den Rock hinten glatt, bevor sie sich hinsetzte, und nahm dann den Ordner flach auf den Schoß.

»Was mußten Sie denn aushalten?« fragte Brunetti verwundert, weil er sich eine Signorina Elettra, die sich gegen ihren Willen etwas aufzwingen ließ, kaum vorstellen konnte.

»Beinahe hätte ich jetzt gesagt: daß er Faschist war, wie der ganze Verein damals und wahrscheinlich auch heute noch, aber das wäre vielleicht doch übertrieben. Also sage ich nur, daß *er* ein eingebildetes Großmaul mit rechtsextremen Ansichten war, wie die meisten seiner Freunde.« Brunetti kannte sie lange genug, um zu wissen, wann sie, bildlich gesprochen, nur *solfeggierte* und wann sie zu einer Arie anhob; diesmal tippte er auf letzteres.

»Aber das haben Sie damals nicht erkannt?« fragte er und bot ihr mit diesem Kürzestrezitativ den Einstieg für ihre Arie.

»Na ja, wenn wir sie damals in ihren schmucken Uniformen durch die Stadt flanieren sahen, meine Freundinnen und ich, dann hielten wir sie für die aufregendsten und tollsten Jungs von der Welt. Wenn einer von ihnen uns ansprach, war es, als habe der Himmel sich aufgetan und ein Gott sei zu uns herabgestiegen. Und dann war da einer ...« Sie stockte, suchte nach den richtigen Worten, gab endlich auf und sagte nur: »Renzo hieß er, und wir gingen miteinander.«

»Gingen miteinander?« half er nach.

»Ins Café oder spazieren, runter in die Giardini, wo wir uns auf eine Bank setzten und redeten. Das heißt«, verbesserte sie sich mit einem reumütigen Lächeln, »ich durfte eigentlich nur zuhören. Man könnte dafür fast ein neues Wort einführen: Hörhaltung statt Unterhaltung. Das ist alles, was ich bekam, wenn wir zusammen waren, eine Hörhaltung.«

»Vielleicht haben Sie ihn auf diese Weise schneller kennengelernt«, versetzte Brunetti trocken.

»Ja«, entgegnete sie schroff. »Und wie ich ihn kennengelernt habe!«

Er wußte nicht recht, welche Frage nun angebracht wäre. »Und wie kommt es, daß Sie jetzt so bitter über ihn urteilen?«

»Ihn als eingebildetes Großmaul mit rechtsextremen Ansichten hinstelle?«

»Ja.«

»Sie erinnern sich doch noch an Barbara?« fragte sie und meinte ihre ältere Schwester.

»Ja.«

»Sie studierte damals in Padua, und wir sahen uns höchstens am Wochenende. Renzo und ich, wir gingen ungefähr drei Wochen miteinander, als Barbara wieder einmal nach Hause kam, und ich wollte unbedingt, daß sie ihn kennenlernte. Ich fand ihn so wunderbar, so gescheit, so weltläufig.« Sie quittierte ihre jugendliche Verblendung mit einem bitteren Lachen. »Denken Sie nur, weltläufig. Mit achtzehn!« Aber dann holte sie tief Luft, lächelte ihn an, und er wußte, die Geschichte würde doch noch ein gutes Ende nehmen.

»Wenn wir zusammen waren, redete er dauernd über Politik und Weltgeschichte und all das, worüber Barbara und meine Eltern zu Hause auch immer diskutiert hatten. Nur daß er ganz andere Ansichten vertrat als sie. Aber er hatte tiefblaue Augen und daheim in Mailand ein eigenes Auto, ein Kabrio.« Wieder lächelte sie in Erinnerung an das Mädchen, das sie gewesen war, und seufzte.

Als sie nicht von allein weiterredete, half er nach: »Und hat Barbara ihn kennengelernt?«

»O ja, und die beiden waren sich spinnefeind, kaum daß sie drei Worte miteinander gewechselt hatten. Er hielt sie offenbar für eine gefährliche Kommunistin, und für sie war er ein Faschistenschwein.« Wieder lächelte Elettra den Commissario an.

»Und?«

»Einer von beiden hatte recht.«

Brunetti lachte herzlich und fragte: »Wie lange haben Sie denn gebraucht, um das einzusehen?«

»Ach, ich glaube, ich wußte es von Anfang an, aber er hatte eben diese Augen. Und dann das Kabrio.« Sie lachte. »Renzo trug ein Foto davon in seiner Brieftasche.«

Brunetti konnte sich eine derart hoffnungslos verblendete Signorina Elettra erst kaum vorstellen, aber dann dachte er einen Augenblick nach und stellte fest, daß ihre Geschichte ihn eigentlich gar nicht so sehr überraschte.

»Und wie ging es weiter?«

»Na ja, kaum daß wir zu Hause waren, hat Barbara ihn in der Luft zerrissen, und – wie heißt es in dem Bibelspruch? – ›Da fiel es ihm wie Schuppen von den Augen‹? Sehen Sie, mir erging es ganz ähnlich. Ich mußte nur, statt ihn wahllos anzuhimmeln, richtig hinhören und mir klarmachen, wofür er schwärmte – da hatte ich bald raus, was für ein widerlicher Typ er war.«

»Und wofür schwärmte er?«

»Für das gleiche, wovon Leute wie er immer schwärmen: Nationalstolz, den Rückhalt des Staates in der Familie, den Heldenmut der Männer in Kriegszeiten.« Hier hielt sie inne und schüttelte den Kopf wie jemand, der sich von einer Last befreit. »Schon erstaunlich, was man sich alles anhören kann, ohne zu merken, wie blöd es ist.«

»Blöd?«

»Na ja, wenn die, die's verzapfen, noch halbe Kinder sind, dann ist es wohl einfach Blödsinn. Erst wenn Erwachsene genauso reden, wird's gefährlich.«

»Und dieser Renzo, was ist aus ihm geworden?«

»Keine Ahnung, ich nehme an, er hat seinen Abschluß gemacht, ist zur Armee gegangen und hat irgendwann Gefangene in Somalia gefoltert. Das hätte zu ihm gepaßt.«

»Sie meinen, er war gewalttätig?«

»Nein, eigentlich nicht, aber sehr leicht verführbar. Und er schwor auf Ehre und Disziplin und einen Staat, der durchgreift, und all das. Es lag wohl in der Familie. Sein Vater war, glaube ich, General, Renzo kannte nichts anderes.«

»So wie es auch bei Ihnen in der Familie liegt, nur mit umgekehrtem Vorzeichen?« meinte Brunetti lächelnd. Da er auch ihre Schwester kannte, wußte er, wo die Zorzis politisch standen.

»Genau, in meiner Familie hat nie jemand das Hohelied auf Ordnung und Disziplin und einen starken Staat gesungen«, erklärte sie mit unverhohlenem Stolz.

Bevor Brunetti darauf antworten konnte, sprang sie so hastig auf, als sei ihr plötzlich bewußt geworden, wie viel von sich sie preisgegeben hatte. Dann beugte sie sich vor und legte ihm den Ordner auf den Schreibtisch. »Das ist eben eingegangen, Signore«, sagte sie so förmlich, als hätten sie nicht eben noch im vertrautesten Ton miteinander gesprochen.

»Ich danke Ihnen«, antwortete er.

»Was da drinsteht, dürfte soweit verständlich sein, aber falls Sie zusätzliche Informationen brauchen, rufen Sie mich an.«

Sie schlug nicht vor, daß er einfach zu ihr ins Büro kommen oder sie noch einmal heraufbitten solle. Mithin war die Diensthierarchie wiederhergestellt, waren die Grenzen vorschriftsgemäß abgesteckt.

»Gewiß«, sagte er, und als sie sich zur Tür wandte, dankte er ihr noch einmal.

9

Der Ordner enthielt fotokopierte Zeitungsartikel über Fernando Moros Laufbahn als Arzt und Politiker, wobei offenbar eine Karriere die andere befördert hatte: Öffentlich in Erscheinung getreten war der Dottore erstmals vor sechs Jahren als einer der Inspektoren, die die medizinische Versorgung im Veneto untersuchten. Er hatte in seinem Abschlußbericht die von der Regionalverwaltung veröffentlichten Zahlen in Frage gestellt, welche sich im Patienten-Arzt-Verhältnis einer Quote rühmten, die zu den besten in ganz Europa zählte. Wie der Moro-Report aufdeckte, waren in diese glänzende Statistik drei erst in der Planung begriffene Kliniken mit einbezogen worden, die medizinische Versorgung auf höchstem Niveau versprachen. Da die dafür benötigten Gelder nicht nur bewilligt, sondern auch bereits ausgegeben worden waren, fanden die geplanten Einrichtungen mit all ihren hochmodernen Dienstleistungen Eingang in jene Statistik, bei deren Bekanntgabe die Öffentlichkeit nicht mehr aus dem Staunen herauskam, attestierte sie doch dem Veneto das europaweit beste Gesundheitssystem.

Erst Fernando Moros Bericht enthüllte die peinliche Wahrheit, daß diese drei Vorzeigekliniken leider nur auf dem Papier existierten. Sobald man aber deren Dienstleistungspalette aus der Kalkulation herausnahm, sank das Niveau der Gesundheitsfürsorge im Veneto auf den Stand, der den Patienten vertraut war: etwas schlechter als in Kuba, aber deutlich besser als im Tschad.

Nach diesem Bericht war Moro von der Presse zum Helden erkoren und in der Öffentlichkeit als solcher gefeiert worden. Nur die Verwaltung des Krankenhauses, in dem er damals tätig war, glaubte auf einmal, seine mannigfachen Talente besser nutzen zu können, indem sie ihm die Leitung des angegliederten Altenheims übertrug. Seinen Einwand, daß er als Onkologe auch in die onkologische Abteilung gehöre, tat man als falsche Bescheidenheit ab und veranlaßte seine Versetzung bei gleichbleibenden Bezügen.

Daraufhin beschloß Moro, für ein politisches Amt zu kandidieren, bevor sein Name wieder aus dem öffentlichen Bewußtsein verschwand; vielleicht eine taktische, darum aber nicht weniger folgenreiche Entscheidung.

Moro hatte einmal den Satz geprägt: Seine lange Erfahrung mit unheilbar Kranken sei vielleicht die beste Vorbereitung auf eine Parlamentskarriere, die man sich wünschen könne. Ein Bonmot, das er, so wurde gemunkelt, zu vorgerückter Stunde und im kleinsten Kreis gern näher verdeutlichte. Natürlich kam das auch seinen Parlamentskollegen zu Ohren und mag sehr wohl Einfluß darauf gehabt haben, welchen Ausschüssen Moro künftig zugeteilt wurde.

Bei der Lektüre dieser Artikel, die allesamt vorgaben, objektiv und sachlich zu berichten, ohne daß es ihnen gelungen wäre, die politische Couleur ihres Blattes oder Redakteurs zu verleugnen, merkte Brunetti, wie voreingenommen er selber war. Er kannte Moro, zumindest vom Hörensagen, seit vielen Jahren und war, da er mit seiner politischen Linie sympathisierte, geneigt, seine Partei zu ergreifen und an seine Aufrichtigkeit zu glauben. Wie gefährlich so eine vorgefaßte Meinung war, besonders für einen Polizisten, wenn er ermittelte, war ihm durchaus bewußt. Doch Moro zählte wohl kaum zum Kreis der Verdächtigen: Sein namenloser Schmerz erhob ihn über jeden Verdacht, am Tode seines Sohnes beteiligt gewesen zu sein.

»So wahr ich einen Sohn, so wahr ich eine Seele habe.« Brunetti blickte verlegen zur Tür, als er merkte, daß er laut vor sich hin gesprochen hatte, aber es war niemand da, der ihn hätte belauschen können. Er las weiter, doch die restlichen Artikel wiederholten nur die Informationen, die er bereits den ersten entnommen hatte. So anzüglich der Ton mancher Journalisten auch war, so raffiniert sie ihre fadenscheinigen Argumente ausschmückten – an der Integrität des Doktors konnte selbst der dümmste Leser nicht zweifeln.

Ungenierte Häme schimmerte erstmals in einigen der Artikel durch, die sich mit Moros überstürztem Rücktritt befaßten, während er in jedem Interview beteuerte, daß ausschließlich »persönliche Gründe« dafür verantwortlich seien. Ein Kommentar aus der Feder des bekanntesten Apologeten der Rechten warf die rhetorische Frage auf, was für ein Zusammenhang zwischen Moros Rücktritt und der vierzehn Tage zuvor erfolgten Verhaftung eines der letzten Mitglieder der Baader-Meinhof-Bande denkbar sei. »Vermutlich gar keiner«, murmelte Brunetti wieder halblaut vor sich hin, eine Marotte, die er sich bei der Lektüre dieser besonderen Zierde der freien Presse angewöhnt hatte.

Signora Moros Jagdunfall wurde in zwei kurzen Artikeln erwähnt, die jedoch nur die dürren Fakten wiedergaben. Dafür stand im zweiten der Name der Familie, bei der Federica Moro damals zu Gast gewesen war.

Brunetti griff zum Telefon, wählte die Auskunft und verlangte die Nummer von Giovanni Ferro in Stadt oder Provinz Siena. Es waren zwei Anschlüsse gemeldet, und Brunetti notierte sich von beiden die Nummer.

Als er die erste wählte, meldete sich eine Frauenstimme.

»Signora Ferro?«

»Wer spricht da, bitte?«

»Commissario Guido Brunetti, ich rufe aus Venedig an.«

Er hörte ein erschrockenes Luftholen, dann fragte sie hastig und mit gepreßter Stimme: »Geht es um Federica?«

»Sie meinen Signora Moro?« fragte er zurück.

Die Frau war offenbar so verstört, daß sie nur ein gepreßtes »Ja« herausbrachte.

»Ihr ist nichts passiert, Signora, bitte glauben Sie mir. Ich rufe nur an, weil ich mich nach dem Vorfall von vor zwei Jahren erkundigen wollte.« Darauf erwiderte sie nichts, aber Brunetti hörte, wie sie am anderen Ende rasch und gehetzt atmete. »Können Sie mich hören, Signora? Ist Ihnen nicht wohl?«

Wieder blieb es lange still, und er fürchtete schon, sie würde auflegen oder habe es bereits getan, aber dann war ihre Stimme wieder da. »Wie, sagten Sie, war Ihr Name?«

»Commissario Guido Brunetti, von der venezianischen Polizei, Signora.« Wieder Schweigen. »Können Sie mich hören, Signora?«

»Ja«, sagte die Frau. »Ich höre Sie gut.« Und nach einer weiteren langen Pause fügte sie hinzu: »Ich rufe Sie zurück.« Dann war die Leitung tot, auch wenn Brunetti ihre ängstliche Stimme und der toskanische Akzent noch im Ohr klangen.

Und sie hat recht, dachte Brunetti, als er den Hörer auflegte, warum sollte sie glauben, daß ich der bin, für den ich mich ausgebe? Beweisen ließ sich das am Telefon nicht, und dann erkundigte er sich ausgerechnet nach einer Frau, die ebenjene Polizei, zu der er angeblich gehörte, nicht hatte schützen können. Zumindest hatte sie den Täter, der damals auf sie geschossen hatte, nie gefaßt.

Nach ein paar Minuten läutete das Telefon. Brunetti nahm gleich beim ersten Klingeln ab und meldete sich mit Namen.

»Gut«, sagte sie. »Ich wollte nur sichergehen.«

»Das ist sehr klug von Ihnen, Signora«, versetzte er. »Aber nun wissen Sie, mit wem Sie es zu tun haben, und beunruhigen sich hoffentlich nicht mehr.«

»Ja, ja«, meinte sie und fragte dann: »Was wollen Sie über Federica wissen?«

»Es geht um diese Jagdverletzung vor zwei Jahren. Ich rufe Sie an, weil da möglicherweise eine Verbindung zu einem aktuellen Fall besteht. Wie die Presse berichtete, war Signora Moro bei Ihnen und Ihrem Gatten zu Gast, als der Unfall geschah.«

»Ja, das stimmt.«

»Könnten Sie mir Näheres darüber erzählen, Signora?«

Wieder entstand eine lange Pause, dann fragte sie: »Haben Sie mit ihr gesprochen?«

»Mit Signora Moro?«

»Ja.«

»Nein, bisher noch nicht«, sagte er und wartete auf eine Erklärung.

»Das sollten Sie aber. Reden Sie mit Federica.«

Sie legte eine so dringliche Betonung auf den Namen, daß es Brunetti ratsam schien, ihr unwidersprochen beizupflichten. »Das würde ich nur zu gern, Signora. Wenn Sie mir sagen, wo ich sie finde?«

»Ist sie denn nicht zu Hause?« fragte die Frau zurück, und schon klang sie wieder ganz ängstlich.

Brunetti versuchte sie zu beschwichtigen. »Ich hatte noch keine Zeit, sie ausfindig zu machen«, erklärte er. »Sie sind die erste, die ich angerufen habe.« Dabei fühlte er sich wie ein Gletscherforscher, vor dem sich plötzlich ein gewaltiger Spalt auftut: Bisher hatte er den Tod von Signora Moros Sohn mit keiner Silbe erwähnt, und jetzt war es zu spät dafür. »Ist sie hier bei Ihrem Mann?«

»Die beiden leben getrennt«, erwiderte sie, mit einemmal ganz kühl und unverbindlich.

»Ach, das wußte ich gar nicht. Aber Signora Moro wohnt noch hier in Venedig?«

Er war fast sicher, was in ihrem Kopf vorging, während sie die Antwort hinauszögerte. Dieser Polizist hatte Federicas Freundin gefunden; früher oder später würde er auch sie finden. »Ja«, sagte sie endlich.

»Könnten Sie mir die Adresse geben?«

Widerstrebend antwortete sie: »Bitte warten Sie einen Moment.« Brunetti hörte ein leises Knacken, als sie den Hörer hinlegte, dann blieb es lange still, und dann war ihre Stimme wieder da. »Die Adresse ist San Marco 2823«, sagte sie und gab ihm auch noch die Telefonnummer.

Brunetti bedankte sich und überlegte gerade, was er noch fragen könnte, als Signora Ferro sagte: »Wenn Sie anrufen, lassen Sie es einmal klingeln, dann legen Sie auf und rufen noch mal an. Andernfalls geht Federica nicht ans Telefon.«

»Das kann ich verstehen, Signora«, sagte er und hatte wieder Ernesto Moros erschlafften Leichnam vor Augen, nur daß er in seiner Erinnerung plötzlich aussah wie der Geist eines der Söhne des unglücklichen Grafen Ugolino.

Als Signora Ferro das Gespräch beendet hatte, saß Brunetti da und stellte fest, daß er nach diesem Anruf kaum mehr wußte als zuvor.

Unterdessen lag sein Büro fast im Dunkeln. Die blasse Spätherbstsonne war hinter dem Horizont versunken, und die Ziffern auf dem Tastenfeld seines Telefons waren kaum noch zu erkennen. Als er zur Tür ging und das Licht anknipste, verblüffte ihn der ungewohnte Anblick seines Schreibtischs, den er offenbar während des Gesprächs mit Signora Ferro selbstvergessen aufgeräumt hatte: In der Mitte türmte sich ein Stoß Akten, daneben lag ein Blatt Papier mit einem genau waagrecht darauf plazierten Stift. Unwillkürlich erinnerte er sich an die zwanghafte Ordnung im Haus seiner Mutter, bevor sie dem Altersschwachsinn verfiel, der sie nicht mehr loslassen sollte, und daran, wie explosionsartig dieser wohlgeordnete Haushalt in den letzten Monaten, bevor sie ins Heim kam, in Auflösung geriet.

Als er wieder am Schreibtisch saß, fühlte er sich plötzlich so erschöpft, daß er am liebsten die Augen geschlossen und den Kopf auf die Tischplatte gelegt hätte. Über zehn Stunden waren vergangen, seit man ihn und seine Leute nach San Martino gerufen hatte, Stunden, in denen Tod und Leid sich in ihn eingesogen hatten wie Tinte in ein Löschblatt. Nicht zum ersten Mal in seiner Laufbahn stand er vor der Frage, wie lange er diesen Beruf noch würde ausüben können. Früher hatte er sich in solchen Momenten mit der Aussicht auf einen erholsamen Urlaub getröstet, und oft hatten ein paar Wochen Abstand von der Stadt und ihren Verbrechen sein Gemüt tatsächlich wieder aufgehellt, zumindest solange er fort war. Doch er konnte sich nicht vorstellen, daß irgendein räumlicher oder zeitlicher Abstand gegen dieses Gefühl der Ohnmacht und Sinnlosigkeit helfen würde, das jetzt allenthalben auf ihn einstürmte.

Er hätte versuchen sollen, Signora Moro zu erreichen, befahl sich auch, nach dem Telefon zu greifen, aber er brachte es nicht fertig. Wer war es doch gleich, dessen Blick Menschen zu Stein verwandeln konnte? Der Basilisk? Die Meduse? Er sah sie vor sich: die Schlangen, die ihr Haupt wie zerzauste Locken umzüngelten, den schmerzvoll aufgerissenen Mund, den irren Blick, aber er wußte nicht mehr, wer sie gemalt oder in Stein gehauen hatte.

Sein Aufbruch aus der Questura glich einer Flucht. Zumindest empfand er es so, als er dem wohlgeordneten Schreibtisch den Rücken kehrte und, ohne den Stuhl zurechtzurücken oder die Tür zu schließen, aus dem Präsidium stürmte und wie gehetzt nach Hause lief.

Seine Nase brachte ihn wieder zur Besinnung. Kaum daß er die Wohnungstür geöffnet hatte, schlugen ihm aus der Küche köstliche Düfte entgegen: irgendein Braten, wahrscheinlich Schwein, dazu eine so durchdringende Knoblauchwürze, als hätte Paola ein ganzes Beet abgeerntet und mit dem Fleisch ins Rohr geschoben.

Als er an der Garderobe sein Jackett aufhängte und dabei merkte, daß er die Aktenmappe im Büro vergessen hatte, zuckte er nur gleichgültig mit den Schultern. Er hatte gehofft, seine Familie bereits um den Tisch versammelt zu finden, aber die Küche war leer bis auf die Knoblauchschwaden, die einem hohen Topf entstiegen, der auf kleiner Flamme köchelte.

Brunetti sog den Duft in vollen Zügen ein und versuchte das dazugehörige Gericht auszumachen. Er war ihm so vertraut wie eine liebgewordene Melodie, von der man nur nicht weiß, aus welchem Stück sie stammt. Vielleicht würden die Zutaten weiterhelfen: Tomaten, ein Hauch Rosmarin, etwas Fischiges wie Muscheln oder Shrimps – eher Shrimps – und vielleicht noch Möhren. Und über allem Knoblauch, ein Meer von Knoblauch. Brunetti beschwor die Verzweiflung herauf, die ihn vorhin im Büro überkommen hatte, und atmete ganz tief, in der Hoffnung, der Knoblauch würde sie verjagen. Wenn man damit Vampire austreiben konnte, dann mußte sein Kräuterzauber doch auch gegen etwas so Banales wie Verzweiflung wirken. Mit geschlossenen Augen lehnte er sich gegen den Türstock und sog den würzigen Duft ein, bis eine Stimme hinter ihm sagte: »Das ist aber nicht die stolze Haltung eines Ritters der Unterdrückten und Entrechteten.«

Paola küßte ihn auf die Wange, ohne ihn richtig anzusehen, und schlüpfte an ihm vorbei in die Küche.

»Ist das Guglielmos Suppe?«

»Erraten«, sagte sie, hob den Deckel vom Topf und rührte mit einem langen Holzlöffel darin herum. »Zwölf Knoblauchzehen«, flüsterte sie in einem Ton, der an Ehrfurcht grenzte.

»Und wir haben es noch jedesmal überlebt«, ergänzte Brunetti.

»Was beweist, daß dieses Rezept im Himmel erdacht wurde«, schwärmte Paola.

»Und, wenn man Guglielmo glauben darf, obendrein noch gegen Würmer und zu hohen Blutdruck hilft.«

»Auf jeden Fall wird es dir morgen auf dem Vaporetto einen Sitzplatz sichern.«

Brunetti lachte und spürte dankbar, wie die düstere Stimmung von vorhin langsam wich. Er dachte an ihren gemeinsamen Freund Guglielmo, der während seiner vier Auslandsjahre als Militärattaché in Kairo Arabisch gelernt hatte, zum koptischen Christentum übergetreten und damit reich geworden war, daß er archäologische Funde in Militärflugzeugen außer Landes schaffte. Da er außerdem ein passionierter Feinschmecker war, hatte er bei seiner Rückkehr eine Vielfalt von Rezepten mitgebracht, die meist ungeheuere Mengen Knoblauch verlangten.

»Stimmt es, daß man in Mumiensärgen getrockneten Knoblauch gefunden hat?« fragte Brunetti und stieß sich vom Türstock ab.

»Den würdest du vermutlich auch in den Taschen von Guglielmos Galauniform finden«, versetzte Paola, während sie den Deckel wieder schloß und ihren Mann zum ersten Mal ins Auge faßte. »Guido, was ist los mit dir?« fragte sie mit gänzlich veränderter Stimme.

Sein Lächeln mißlang kläglich. »War 'n schlechter Tag.«

»Ja?«

»Ein Selbstmord, der vielleicht keiner ist.«

»Wer?«

»Ein Junge.«

»Wie alt.«

»Siebzehn.«

Paola verstand sofort. Erst war sie wie erstarrt, dann holte sie tief Luft und schüttelte den Kopf, als wollte sie eine abergläubische Anwandlung verscheuchen, und legte ihm die Hand auf den Arm. »Komm, sag mir alles.«

Brunetti wußte selber nicht, warum, vielleicht weil auch er abergläubisch war, jedenfalls vermied er es, Paola anzusehen, während er ihr von Ernesto Moro erzählte. Er holte zwei Gläser, nahm eine Flasche Tocai Friulano aus dem Kühlschrank und hantierte so umständlich mit dem Korkenzieher, daß er zum Öffnen des Weins ebenso lange brauchte wie für seinen Bericht. »Er war Kadett in San Martino. Heute morgen erhielten wir einen Anruf von der Giudecca, und als wir hinkamen, fanden wir ihn im Waschraum, erhängt. Das heißt, Vianello hat ihn gefunden.«

Brunetti goß den Wein ein und reichte Paola ihr Glas. Statt es zu nehmen, fragte sie: »Und wer war er?«

»Der Sohn von Fernando Moro.«

»Dottor Moro?«

»Ja«, sagte Brunetti und drückte ihr das Glas in die Hand.

»Weiß er es schon?«

Brunetti stellte sein Glas hin, wandte sich ab und suchte, um sich abzulenken, im Kühlschrank nach etwas Eßbarem. Mit dem Rücken zu ihr würgte er ein knappes »Ja« heraus.

Paola sah schweigend zu, wie er einen Plastikbehälter mit Oliven aufschraubte und auf die Küchentheke stellte. Doch beim Anblick der prallen dunklen Früchte, die in gelblichem Öl schwammen, verging ihm der Appetit, und er griff lieber wieder zu seinem Glas. Endlich konnte er Paolas forschendem Blick nicht länger ausweichen.

»Mußtest du es ihm sagen?«

»Er kam dazu, als wir die Leiche bargen. Später habe ich ihn dann zu Hause aufgesucht und mit ihm gesprochen.«

»Heute?« fragte sie, und es klang entsetzt, fassungslos.

»Ich war nicht lange dort.« Er bereute sofort, daß er das gesagt hatte.

Paolas Blick sprach Bände, aber als sie seinen Gesichtsausdruck sah, ließ sie ihm die Bemerkung kommentarlos durchgehen. »Und die Mutter?« fragte sie nur.

»Ich weiß nicht, wo sie ist. Angeblich hier in der Stadt, ich habe auch eine Telefonnummer, aber ich konnte sie nicht anrufen.« Vielleicht lag es an dem Ton, in dem er dieses »ich konnte nicht« vorbrachte, daß Paola auch hier nicht einhakte.

Statt dessen fragte sie. »Wieso glaubst du, daß es kein Selbstmord war?«

»Berufskrankheit«, sagte er lakonisch.

»Chronisches Mißtrauen?« fragte sie.

»So könnte man es nennen, ja«, antwortete Brunetti und genehmigte sich endlich einen Schluck. Und auch wenn er kaum Linderung verspürte, als der Wein ihm kühl und schwer über die Zunge floß, wußte er doch wieder, daß es Trost und Linderung gab auf dieser Welt.

»Möchtest du darüber reden?« fragte Paola, die nun ihrerseits den Wein probierte.

»Später vielleicht. Nach dem Essen.«

Sie nickte, nahm noch einen Schluck und stellte das Glas ab. »Wenn du noch ein Weilchen lesen möchtest, decke ich schon mal den Tisch. Die Kinder werden bald dasein.« Sie sagte es fast beiläufig, aber das Wort »Kinder« klang beiden in den Ohren wie die Versicherung, daß zumindest in ihrer Familie noch alles gut war. Gleich einem Pferd, das plötzlich die Gangart wechselt, um einer Grube vor seinen Vorderläufen auszuweichen, schlug sie plötzlich einen gekünstelt fröhlichen Ton an und fügte hinzu: »Und dann können wir essen.«

Brunetti ging ins Wohnzimmer. Er stellte das Glas auf den Tisch, setzte sich aufs Sofa und griff nach dem Buch, das er gerade las: die Lebensbeschreibung des byzantinischen Kaisers Alexios, aufgezeichnet von seiner Tochter Anna Comnena. Als Chiara eine halbe Stunde später hereinkam, um ihren Vater zum Essen zu rufen, hielt er das aufgeschlagene Buch im Schoß und starrte blicklos hinaus auf die Dächer der Stadt.

10

Sosehr Brunetti auch gehofft hatte, daß ein Gespräch mit Paola ihm helfen würde, den Schock über den Tod des Jungen zu lindern, es gelang nicht. Sie waren schon zu Bett gegangen, und Paola lag zusammengekuschelt neben ihm, als er ihr endlich alles erzählte. Ein makabres Thema vor dem Einschlafen, wie er selber fand, trotzdem ließ er nichts aus und verschwieg auch nicht, daß er, statt sich mit Signora Moro in Verbindung zu setzen, in einem Anfall von Panik aus dem Büro geflüchtet war. Als er geendet hatte, stützte Paola sich mit dem Ellbogen aufs Kissen, blickte ihm von oben ins Gesicht und fragte: »Wie lange wirst du das noch aushalten, Guido?«

Er betrachtete abwechselnd ihr Profil im fahlen Mondschein und die Lichtreflexe der Terrassenfliesen im Spiegel an der Wand gegenüber.

Paola ließ ihm ein paar Minuten Zeit, dann versuchte sie es noch einmal: »Guido, ich hab dich was gefragt.«

»Ich weiß es nicht«, antwortete er. »Darüber kann ich erst nachdenken, wenn der Fall abgeschlossen ist.«

»Aber wenn sie sagen, es war Selbstmord, dann ist er doch schon abgeschlossen, oder?«

»Ach, das zählt nicht«, sagte er wegwerfend. »Ich meine wirklich abgeschlossen.«

»Soll heißen für dich?« Wenn sie sonst so fragte, wollte sie ihn herausfordern, vielleicht sogar ein bißchen necken, aber heute abend ging es ihr nur darum, ihn zu verstehen.

»Ja, vermutlich«, gab er zu.

»Und wann wird es soweit sein?«

Er war so erschöpft, daß er die Augen kaum noch offenhalten konnte. Eine wohlige Müdigkeit empfing ihn mit weichen Armen, um ihn in den Schlaf zu wiegen. Als er sich dieser fremden Umarmung für einen Moment überließ, weitete sich der Raum, und während der Schlaf sich über seine Lider senkte, zerfiel der Fall Moro in drei Ereignisse, die zufällig ein und dieselbe Familie betrafen. »Wenn die Zeichen verschwinden«, murmelte er und war auch schon eingeschlafen.

Am nächsten Morgen erwachte er ahnungslos wie ein Kind. Als die ersten vom Spiegel reflektierten Sonnenstrahlen sein Gesicht trafen und ihn aus dem Schlaf kitzelten, konnte er sich zunächst nicht erinnern, was gestern gewesen war. Er rutschte ein Stück nach rechts, und erst als sein Körper spürte, daß Paola nicht mehr neben ihm lag, schlug er die Augen auf, wandte den Kopf nach links, dem Glockenturm von San Polo zu, der so hell von der Sonne beschienen war, daß man sogar die grauen Betonkleckse ausmachen konnte, die das Mauerwerk zusammenhielten. Eine Taube segelte auf das Kranzgesims unter dem Turmdach zu, bremste kurz vor dem Ziel mit weit gespreizten Schwingen ab und legte eine weiche Landung hin. Zweimal drehte sie sich noch um die eigene Achse und trippelte flatternd hin und her, bevor sie, das Köpfchen unter den Flügel gesteckt, zur Ruhe kam.

Solange der Vogel sich bewegte, erinnerte er durch nichts an die Ereignisse des vergangenen Tages, aber kaum daß sein Kopf unter dem Flügel verschwand, sah Brunetti schlagartig Ernesto Moros Gesicht vor sich, das Vianello mit einem Zipfel des Paletots verhüllte.

Er stand auf und mied auf dem Weg ins Bad geflissentlich den Spiegel. Doch als er sich nach dem Duschen rasierte, konnte er dem eigenen Gesicht nicht länger ausweichen, und da tauchten hinter den Augen, die ihn aus dem Spiegel ansahen, die matten, erloschenen Blicke all der gramgebeugten Eltern auf, denen er je hatte mitteilen müssen, daß sie ihr Kind niemals wiedersehen würden. Wie erklärte man den Tod eines Kindes? Und selbst wenn man ihn erklären konnte, wie hätte man mit Worten den wilden Schmerz eindämmen sollen, den eine solche Nachricht auslöste?

Paola und die Kinder waren längst fort, also verließ auch er das Haus, um auf dem Weg ins Präsidium in einer kleinen *pasticceria* zu frühstücken, wo die Unterhaltung sich auf belanglosen Small talk beschränken würde. Am Kiosk auf dem Campo Santa Marina kaufte er *Il Tempo* und *Il Gazzettino* und ging dann auf einen Kaffee und eine Brioche ins Didovich.

SELBSTMORD AN VENEZIANISCHER ELITESCHULE meldete *Il Tempo* im Lokalteil, während *Il Gazzettino* mit der Schlagzeile aufmachte: SOHN VON EX-ABGEORDNETEM IN SAN MARTINO TOT AUFGEFUNDEN. In einem kleinen Infokasten konnten die Bürger von Venedig lesen, daß der Vater des Opfers aus dem Parlament ausgeschieden war, nachdem der zuständige Minister seinen heftig umstrittenen Gesundheitsreport zurückgewiesen hatte; daß die Polizei den Tod des Jungen untersuchte und daß die Eltern getrennt lebten. Ganz gleich, welche Informationen der Artikel im Innenteil noch liefern mochte: Nach diesem Einstieg würde sich bei jedem Leser unwillkürlich der Verdacht einstellen, daß die Eltern oder ihre Lebensweise irgend etwas mit dem Tod des Jungen zu tun hätten, ja womöglich sogar daran schuld seien.

»Schrecklich, nicht? Das mit diesem Jungen?« sagte eine Frau am Tresen zum Wirt und wies mit der Hand auf Brunettis Zeitung. Kopfschüttelnd biß sie in ihre Brioche.

»Was ist nur mit der heutigen Jugend los? Denen wird doch so viel geboten. Wieso sind sie immer noch unzufrieden?« fragte eine zweite Frau.

»Weil die Eltern sich nicht genug um sie kümmern«, behauptete wie aufs Stichwort eine dritte, ungefähr im gleichen Alter und mit klimakteriumsrot gefärbtem Haar. Klirrend setzte sie ihre Kaffeetasse auf die Untertasse. »Ich bin seinerzeit zu Hause geblieben und habe meine Kinder selber großgezogen, darum ist bei uns auch nie so was passiert.«

Ein Zuhörer aus einem fremden Kulturkreis hätte den Eindruck gewinnen können, Kindern berufstätiger Mütter bliebe hierzulande nur der Weg in den Selbstmord. Die drei Frauen schüttelten einmütig den Kopf über diesen neuerlichen Beweis für die Undankbarkeit der Jugend und die Verantwortungslosigkeit aller Eltern, sie selbst ausgenommen.

Brunetti faltete seine Zeitungen zusammen, zahlte und verließ die *pasticceria.* Von den gelben Postern an der Rückwand des Kiosks gellten ihm die nämlichen Schlagzeilen entgegen. Wenn ihn in diesem Fall etwas über die Verlogenheit der Presse hinwegtrösten konnte, dann höchstens die Gewißheit, daß solche Angriffe an den leidgeprüften Moros nur wirkungslos abprallen würden.

In der Questura ging er direkt in sein Büro, wo ihn auf dem Schreibtisch schon etliche neue Akten erwarteten. Er rief Signorina Elettra an, die sich mit den Worten meldete: »Er will Sie umgehend sprechen.«

Inzwischen wunderte er sich nicht mehr darüber, daß Signorina Elettra immer gleich wußte, wer am Apparat war: Sie hatte einen stattlichen Anteil des Polizeietats investiert, um sich von der Telecom eine Anlage installieren zu lassen, bei der unter anderem im Display die Nummer des Anrufers erschien. Leider erlaubte die angespannte Haushaltslage es nicht, noch weitere Büros mit solchen Komfortanschlüssen auszustatten. Brunetti wußte auch, wer mit dem namenlosen »Er« gemeint war, denn so titulierte sie nur ihren direkten Vorgesetzten, Vice-Questore Giuseppe Patta.

»Umgehend: jetzt gleich?«

»Ich würde sagen, umgehend gestern nachmittag.«

Also ließ Brunetti die Akten ungeöffnet liegen und lief nach unten. Er hatte erwartet, Signorina Elettra am Schreibtisch anzutreffen, aber ihr Zimmer war leer. Und als er den Kopf zur Tür hinausstreckte, war sie auch auf dem Flur nicht zu entdecken.

Da er Patta nur sehr ungern entgegentrat, ohne zu wissen, in welcher Stimmung er war oder weshalb er ihn sprechen wollte, erwog Brunetti, wieder hinaufzugehen und erst einmal die Akten einzusehen oder im Dienstzimmer nachzuschauen, ob Vianello und Pucetti schon eingetroffen waren. Während er noch unschlüssig dastand, öffnete sich die Tür zum Büro des Vice-Questore, und Signorina Elettra trat heraus, heute in einer Art Bomberjacke (sofern man sich einen Bombenschützen in einer Uniform aus apricotfarbener Rohseide vorstellen konnte) mit weiten Keulenärmeln und eng geknöpfter Taille.

Patta, der vom Schreibtisch aus freie Sicht ins Vorzimmer hatte, rief von drinnen: »Ich hätte Sie gern gesprochen, Brunetti.« Der Commissario warf Signorina Elettra einen fragenden Blick zu, aber sie konnte nur rasch die Lippen zusammenpressen, was entweder Mißfallen oder Entrüstung bedeuten mochte, und dann glitten sie aneinander vorbei wie Schiffe in der Nacht, kaum daß eins vom anderen Notiz nahm.

»Schließen Sie die Tür.« Patta blickte kurz auf und widmete sich dann wieder den Papieren auf seinem Schreibtisch. Brunetti gehorchte, zuversichtlich, daß er an der Art, wann und wie Patta »bitte« sagte, erkennen würde, was für eine Unterredung ihm bevorstand. Doch die bloße Tatsache, daß er Zeit genug hatte, diese Überlegung anzustellen, machte jede Hoffnung auf einen freundlich kollegialen Gedankenaustausch zunichte. Ein kurzes Hinauszögern der Höflichkeitsbezeigung kam dem routinierten Peitschenschnalzen eines Kutschers gleich: eine harmlose Luftnummer, die den Gaul auf Trab bringt, ohne ihm weh zu tun. Eine längere Pause würde Pattas Verärgerung signalisieren, ohne deren Ursache zu enthüllen. Entfiel das »bitte« hingegen ganz, so wie diesmal, dann war der Vice-Questore entweder zornig oder verunsichert, und Brunetti wußte aus Erfahrung, daß letzteres gefährlicher war, denn ein Patta, der sich ängstigte, gefährdete rücksichtslos die Karriere anderer, um die eigene zu schützen. Diese Bilanz hatte Brunetti gezogen, bevor er sich seinem Vorgesetzten wieder zuwandte, und so konnte der Anblick eines finster grollenden Pattas ihn nicht mehr einschüchtern.

»Ja, Signore?« fragte er mit geziemendem Ernst und mimte die Haltung des Befehlsempfängers vor dem Alphamann, während er darauf wartete, daß Patta ihm einen Platz anweisen würde.

»Worauf warten Sie?« raunzte Patta, ohne ihn anzusehen. »Setzen Sie sich.«

Brunetti gehorchte und stützte die Arme auf die Stuhllehnen. Er war neugierig, welche Szene Patta spielen und wie er sie anlegen würde. Eine Minute herrschte Schweigen. Patta las weiter in der Akte, die aufgeschlagen vor ihm lag. Hin und wieder blätterte er eine Seite um.

Wie die meisten Italiener war auch Brunetti ein Bewunderer alles Schönen und umgab sich, soweit es ihm möglich war, mit Schönheit – das galt für seine Frau, die Kleidung, die er trug, die Bilder in seiner Wohnung; ja sogar ein schöner Gedanke in den Büchern, die er las, erfüllte ihn mit Freude. Doch (und das fragte er sich jedesmal, wenn er Patta vielleicht eine Woche lang nicht gesehen hatte) wie war es möglich, daß ein so gutaussehender Mann alle, aber auch wirklich alle Eigenschaften vermissen ließ, die sich normalerweise mit Schönheit paarten? Die aufrechte, stolze Haltung beschränkte sich aufs Äußerliche, denn moralisch gesehen war Patta ohne jedes Rückgrat; das energische Kinn verhieß Charakterstärke, wo nur Verbohrtheit waltete; und die klaren dunklen Augen sahen bloß, was sie sehen wollten.

Brunetti war so in seine Betrachtung vertieft, daß er weder bemerkte, wie Patta sich ihm endlich doch zuwandte, noch den Anfang seiner Rede mitbekam. Erst bei den Worten »... wie Sie seine Schüler schikanieren« schaltete er sich ein.

Gleich einem Gelehrten, der aus bruchstückhaften Funden einen zusammenhängenden Text erstellt, schloß Brunetti, daß mit den Schülern wohl die Kadetten von San Martino gemeint waren und daß der einzige, der die Jungen selbstherrlich als die seinen bezeichnete, ohne Zweifel der Comandante war.

»Ich habe zufällig einen der Schüler in seinem Zimmer angetroffen, und wir haben uns über seine Unterrichtsfächer unterhalten. Ich glaube nicht, daß man das als Schikane auslegen kann, Vice-Questore.«

»Und zwar nicht nur Sie«, fuhr Patta unbeirrt fort. Brunettis Einwurf schien er gar nicht gehört zu haben. »Ihre Beamten genauso. Ich war gestern abend zum Essen eingeladen, und der Vater eines Kadetten, der ebenfalls zu Gast war, hat sich beschwert, weil Ihr Sergente seinen Sohn bei der Befragung sträflich hart rangenommen hat.« Patta ließ diese Ungeheuerlichkeit gebührend nachwirken, bevor er ergänzte: »Und dieser Vater war ein Schulkamerad von General D'Ambrosio.«

»Das tut mir leid, Signore.« Ob diese Jungen sich wohl auch dann noch bei ihren Vätern beschweren würden, wenn sie eines Tages in den Krieg müßten und vom Feind »hart rangenommen« würden? »Hätte der Mann das gewußt, wäre er bestimmt höflicher gewesen.«

»Jetzt werden Sie nicht auch noch frech, Brunetti!« herrschte Patta ihn an; offenbar reagierte er heute schneller auf die Ironie seines Commissario als sonst. »Ich dulde nicht, daß Ihre Leute sich in San Martino aufspielen und die Kadetten unter Druck setzen. Das sind die Söhne einiger der vornehmsten Familien unseres Landes, ich verbitte mir diese rüde Behandlung.«

Die Art, wie Patta mit der Verantwortung für die Polizeitruppe jonglierte, hatte Brunetti schon immer fasziniert: Wenn sie einen Fall gelöst oder sich durch Tapferkeit ausgezeichnet hatten, dann waren sie Pattas Leute. Aber jeder Fehltritt, jegliche Nachlässigkeit oder Inkompetenz degradierten sie umgehend zur Mannschaft eines anderen – in diesem Fall zu der Brunettis.

»Bei allem Respekt, Vice-Questore, aber es stimmt einfach

nicht, daß die Jungs zu hart rangenommen wurden. Ich habe meine Beamten lediglich angewiesen, sich bei den Schülern nach Moro und seinem Verhalten zu erkundigen. Um den Verdacht auf Selbstmord zu erhärten, brauchen wir schließlich unabhängige Indizien.«

»Unabhängig wovon?« fragte Patta verdutzt.

»Vom Leichenfund, Vice-Questore«, antwortete Brunetti.

Einen Moment lang glaubte er, Patta würde sein Vorgehen gutheißen. Jedenfalls entspannte sich dessen Miene, und Patta atmete hörbar auf. Doch alles, was er sagte, war: »Na schön. Dann wollen wir den Fall als Suizid zu den Akten nehmen und der Schule gestatten, ihren regulären Lehrbetrieb wiederaufzunehmen.«

»Ein guter Plan, Signore«, lobte Brunetti, um dann, als sei ihm der Gedanke eben erst gekommen, nachzufragen: »Aber was, wenn die Eltern des Jungen nicht einverstanden sind?«

»Was meinen Sie mit ›nicht einverstanden‹?«

»Nun, der Vater ist bekanntermaßen ein sehr schwieriger Mensch, denken Sie nur an den Moro-Report.« Brunetti schüttelte den Kopf, als sei er noch heute schockiert über diese unerhörte Kritik an renommierten staatlichen Einrichtungen. »Und darum möchte ich beim Tod des Sohnes kein Ermittlungsergebnis verantworten, das auch nur im geringsten angezweifelt werden könnte.«

»Halten Sie das denn für möglich?«

»Eher nicht, Vice-Questore«, antwortete Brunetti. »Trotzdem möchte ich nichts riskieren, was Moro Anlaß zu unbequemen Fragen geben könnte. Wir würden dabei allzuleicht in ein schlechtes Licht geraten, denn der Mann versteht sich auf Publicity.« Hier stockte der Commissario und versagte sich taktvoll weitere Schwarzseherei.

Patta dachte nach und fragte schließlich: »Was schlagen Sie also vor?«

Brunetti tat überrascht, daß man ihn um Rat fragte. Nach einigem Zögern erwiderte er: »Ich denke, ich würde versuchen herauszufinden, ob der Junge Drogen nahm oder ob er vielleicht depressiv war.«

Wieder überlegte Patta gründlich, dann sagte er: »Es wäre vermutlich leichter für sie, wenn sie Gewißheit hätten.«

»Wer, Signore?«

»Seine Eltern.«

Einer plötzlichen Eingebung folgend, fragte Brunetti: »Sind Sie vielleicht mit ihnen bekannt?«

»Mit dem Vater, ja«, entgegnete Patta.

Als darauf keine Kritik an Moro senior folgte, wagte Brunetti sich weiter vor. »Sollen wir die Ermittlungen dann weiterführen wie geplant, Vice-Questore?«

Patta richtete sich auf und schob eine schwere byzantinische Münze, die ihm als Briefbeschwerer diente, von einer Seite des Schreibtischs auf die andere. »Wenn es nicht zuviel Zeit in Anspruch nimmt, meinetwegen.« Eine typische Patta-Entscheidung: die Ermittlungen anordnen und gleichzeitig dafür sorgen, daß etwaige Terminprobleme einem anderen zur Last gelegt würden.

»Jawohl, Signore«, sagte Brunetti und erhob sich. Patta zog sich eine sehr dünne Akte heran, und Brunetti war entlassen.

Draußen im Vorzimmer fand er Signorina Elettra über einen Katalog gebeugt. Auf der Doppelseite, die sie aufgeschlagen hatte, sah Brunetti im Näherkommen ein ganzes Sortiment Computerbildschirme.

Sie blickte lächelnd auf.

»Haben Sie so einen nicht gerade erst angeschafft?« fragte er und deutete auf ein Modell rechts unten.

»Doch, schon, aber jetzt ist eine neue Serie auf den Markt gekommen, Flachbildschirme, so schlank, wie ein guter Pizzateig dünn ist. Da, sehen Sie.« Und sie tippte mit einem scharlachrot lackierten Fingernagel auf eins der Fotos. Auch wenn er ihren Vergleich reichlich gewagt fand, mußte Brunetti zugeben, daß er ganz gut paßte.

Er las die ersten zwei Zeilen der Produktbeschreibung, doch abgeschreckt von zu vielen Ziffern und Initialen, ganz zu schweigen von Wörtern wie »Gigabytes«, übersprang er den Rest und schaute statt dessen nach dem Preis. »Der kostet ja einen ganzen Monatslohn!« sagte er überrascht und merkte selbst, wie vorwurfsvoll das klang.

»Oder fast schon zwei«, ergänzte sie, »falls man den größeren LCD-Schirm nimmt.«

»Und den wollen Sie wirklich bestellen?« fragte er.

»Ich fürchte, ich habe keine andere Wahl.«

»Wieso nicht?«

»Weil ich diesen hier« – und Signorina Elettra deutete auf ihren fast nagelneuen Bildschirm, als handele es sich um einen Sack für die Altkleidersammlung, den sie die Putzfrau fortzuräumen bitte – »schon Vianello versprochen habe.«

Brunetti beschloß, sich nicht weiter einzumischen, und wechselte das Thema. »Es scheint, als gäbe es eine Verbindung zwischen dem Vice-Questore und Dottor Moro«, begann er. »Glauben Sie, daß Sie Näheres darüber in Erfahrung bringen könnten?«

Signorina Elettra hatte sich schon wieder in ihren Katalog vertieft. »Nichts leichter als das, Commissario«, sagte sie und blätterte um.

11

Wie jede andere italienische Stadt litt auch Venedig unter der rückständigen Immigrationspolitik seiner Regierung, die sich strikt weigerte, den steigenden Einwanderungszahlen in vernünftiger Weise Rechnung zu tragen. Eine Folge davon, die Brunetti allerdings nicht unmittelbar betraf, waren die Tausende von illegalen Einwanderern, die sich die laxe Bürokratie zunutze machten, um in den Besitz italienischer Papiere zu gelangen. Mit denen reisten sie dann ganz legal in die nördlichen Nachbarländer der europäischen Union ein, wo sie Arbeit fanden und einen gewissen Rechtsschutz genossen. Natürlich führte die Gelassenheit, mit der die Italiener sich des Problems entledigten, indem sie die Immigranten einfach durchschleusten, zu erheblichen Unstimmigkeiten mit den Regierungen der Nachbarstaaten.

Die Venezianer und mit ihnen Brunetti hatten auf ihre Weise unter der verfehlten Politik zu leiden: Die Zahl der Taschendiebstähle war sprunghaft gestiegen; Ladendiebstahl wurde selbst für die kleinsten Händler zum Problem; und kein Wohnungsinhaber war mehr vor Einbrüchen sicher. Da die meisten Fälle bei der Questura landeten, war Brunetti über die wachsende Kleinkriminalität im Bilde, nahm sie jedoch so gelassen hin wie jemand, der eine leichte Erkältung hat, feststellt, daß seine Temperatur um ein, zwei Grad gestiegen ist, aber weiter keine Beschwerden hat. Wenn ihm die steigende Verbrechensrate Kummer machte, dann höchstens durch die zusätzlichen Protokolle, die er täglich abzeichnete und wohl auch hätte lesen müssen. Gewaltverbrechen kamen in den Häusern oder auf den Gassen Venedigs gegenwärtig so gut wie gar nicht vor, ein glücklicher Umstand, den Patta, der unter Entzugserscheinungen litt, weil sein Name seit über einer Woche nicht mehr im *Gazzettino* gestanden hatte, sich umgehend zunutze machte. Er befahl Brunetti und ersuchte Signorina Elettra, eine Dokumentation zu erstellen, in der die hohe Aufklärungsrate der venezianischen Polizei statistisch nachgewiesen wurde. Dieser Bericht, so hatte Patta es sich ausbedungen, sollte belegen, daß die Täter in den meisten Fällen ermittelt und verhaftet würden, was im letzten Jahr zu einem steten Rückgang der Verbrechensrate in der Stadt geführt habe.

»Aber das ist doch Schwachsinn«, sagte Brunetti, als Signorina Elettra ihm den Auftrag übermittelte.

»Nicht schwachsinniger als jede andere Statistik.«

Brunetti, verärgert wegen der wertvollen Zeit, die dieser Bericht ihn kosten würde, fragte schroffer als beabsichtigt: »Zum Beispiel?«

»Zum Beispiel die Statistiken über Straßenverkehrsopfer«, sagte sie und quittierte seine Gereiztheit mit einem duldsamen Lächeln.

»Ja, und was ist mit denen?« Die Frage interessierte ihn eigentlich nicht, aber er war doch neugierig, ob und wie etwas so gut Dokumentiertes wie eine Unfallstatistik zu manipulieren sei.

»Angenommen, Sie sterben an den Folgen eines Verkehrsunfalls, aber erst eine Woche hinterher oder noch später, dann sind Sie statistisch gesehen kein Unfallopfer«, erklärte sie triumphierend.

»Heißt das, in dem Fall hat einen das Krankenhaus umgebracht?« fragte er mit einem Anflug von Ironie.

»Auch das«, versetzte sie mit engelsgleicher Geduld, »kommt bestimmt oft genug vor, Signore. Was die verspäteten Unfalltoten angeht, so weiß ich zwar nicht, in welche Statistik die gehören, aber als Verkehrsopfer gelten sie jedenfalls nicht.«

Brunetti glaubte ihr aufs Wort, und ihr Beispiel brachte ihn auf eine Idee. »Meinen Sie, diese Methode könnten wir bei unserem Bericht kopieren?«

»Nach dem Motto: Wenn jemand niedergeschossen wird, aber

erst eine Woche später stirbt, wurde er nicht ermordet?« fragte sie zurück. »Oder wenn ein Diebstahl erst nach über einer Woche zur Anzeige kommt, dann wurde nichts gestohlen?« Er nickte, und Signorina Elettra überdachte den Plan. Schließlich sagte sie: »Der Vice-Questore wäre bestimmt hocherfreut, ich fürchte nur, für uns könnte es unangenehm werden, falls wir unsere Zahlen irgendwann belegen müssen.«

Seufzend verabschiedete Brunetti sich von der Hoffnung auf einen leichten Sieg und fragte: »Sehen Sie eine andere Möglichkeit, den Bericht so anzulegen, daß er die gewünschten Resultate bekommt?«

»Ich denke«, versetzte sie ernsthaft, »es wird nicht schwer sein, ihm diesen Gefallen zu tun. Wir müssen nur aufpassen und vorsichtig sein mit der Anzahl der erfaßten Straftaten.«

»Will heißen?«

»Daß wir nur die Fälle aufnehmen, die bei uns protokolliert wurden oder in denen eine *denuncia* bei den Carabinieri vorliegt.«

»Und was bringt uns das?«

»Bekanntlich zeigen die Leute kleinere Vergehen nicht an, und Taschendiebstahl oder harmlose Einbrüche schon gar nicht. Wenn also jemand anruft und einen Diebstahl meldet, sich aber dann nicht die Mühe macht, herzukommen und die nötigen Formulare auszufüllen, dann wird der Fall nicht aktenkundig.« Sie hielt einen Moment inne, damit Brunetti, der ihre jesuitischen Winkelzüge kannte, sich schon einmal auf das Ergebnis einstellen konnte, auf das ihre Überlegungen zusteuerten. »Und wenn keine schriftliche *denuncia* vorliegt – also gewissermaßen auch keine Straftat begangen wurde –, dann sehe ich keinen Grund, warum wir sie in unsere Statistik aufnehmen sollten.«

»Was schätzen Sie denn, wieviel Prozent nicht ordnungsgemäß angezeigt werden?«

»Ich habe nicht die leiseste Ahnung, Commissario. Was nicht

vorhanden ist, läßt sich nun mal nicht nachweisen.« Wieder folgte eine Pause, und dann sagte sie: »Ich würde denken, etwas mehr als die Hälfte.«

»Werden angezeigt?« fragte Brunetti.

»Fallen unter den Tisch.«

Diesmal war es Brunetti, der eine lange Pause brauchte, bevor er sagte: »Das ist sehr günstig für uns, nicht?«

»Allerdings«, antwortete sie und fragte dann: »Möchten Sie, daß ich die Sache in die Hand nehme, Commissario? Er braucht den Bericht für die Presse, und die Zeitungen wollen schreiben, Venedig sei eine glückliche Insel, auf der es so gut wie keine Kriminalität gibt; folglich wird niemand meine Zahlen und Bilanzen in Frage stellen.«

»Aber das sind wir doch auch, oder?«

»Was? Eine glückliche Insel?«

»Ja.«

»Im Vergleich zum Rest des Landes schon, ja.«

»Und was glauben Sie, wie lange das noch so bleibt?«

Signorina Elettra zuckte mit den Schultern. Aber als Brunetti sich zum Gehen wandte, zog sie einen Schnellhefter aus der Schreibtischschublade. »Die Recherche wegen Dottor Moro – ich hab's nicht vergessen, Signore«, sagte sie und reichte ihm den Ordner.

Er bedankte sich und verließ das Büro. Auf der Treppe überflog er die Akte und fand rasch heraus, woher Patta den Dottore kannte. Eine ganz alltägliche Geschichte: Pattas Schwiegermutter war bei Moro in Behandlung, seit der wieder praktizierte. Zwar war es Signorina Elettra nicht gelungen, die Krankenblätter der alten Dame zu beschaffen, aber sie hatte ihre sämtlichen Arzttermine aufgeführt, siebenundzwanzig im Verlauf der letzten beiden Jahre. Am Rand der Seite las er in Signorina Elettras Handschrift den Vermerk »Brustkrebs«. Die letzte Untersuchung lag etwas über zwei Monate zurück.

Wie jeder Vorgesetzte bot auch Vice-Questore Giuseppe Patta seinen Untergebenen reichlich Diskussionsstoff. Seine Motive waren in der Regel leicht zu durchschauen, denn ob er sich nun zum Handeln entschloß oder lieber den Kopf einzog, stets ging es um Machterhalt und Machterweiterung. Es hatte indes auch Situationen gegeben, wo er Schwächen offenbarte, Schwächen, denen er sogar seinen hemmungslosen Ehrgeiz unterordnete und die immer dann auftraten, wenn es galt, seine Familie zu schützen. Brunetti, der Patta sonst nicht über den Weg traute und ihn für seine durchsichtigen Spielchen verachtete, zollte diesen Schwächen uneingeschränkten Respekt.

Aus Pietät hatte Brunetti beschlossen, mindestens zwei Tage verstreichen zu lassen, bevor er sich wieder bei den Eltern des Jungen meldete. Die Frist war nun abgelaufen, und als der Commissario an diesem Morgen in die Questura kam, hatte er sich vorgenommen, den Vater oder die Mutter, vielleicht auch beide zu befragen. Unter Dottor Moros Privatnummer meldete sich der Anrufbeantworter. Ebenso in seiner Praxis, wo die Patienten bis auf weiteres an Dr. D. Biasi verwiesen wurden, dessen Sprechzeiten und Telefonnummer folgten. Brunetti wählte noch einmal die erste Nummer, hinterließ seinen Namen und die Durchwahl in der Questura und bat um Rückruf.

Dann also die Mutter. Signorina Elettra hatte ihm eine Kurzbiographie zusammengestellt. Federica Moro war Venezianerin wie ihr Mann, die beiden kannten sich schon seit dem *liceo*. Nach der Schule waren sie gemeinsam zum Studium nach Padua gegangen, wo Fernando Medizin belegte, Federica Kinderpsychologie. Nach dem Examen heirateten sie und kehrten, als Moro eine Stelle im Ospedale Civile angeboten bekam, nach Venedig zurück, wo seine Frau eine Privatpraxis eröffnete.

Die überstürzte Trennung des Paares, unmittelbar nach Federicas Unfall, hatte jeden in ihrem Freundeskreis überrascht. Scheiden ließen sie sich nicht, und keiner von beiden schien eine neue Partnerschaft eingegangen zu sein. Es gab aber auch keine

Anzeichen dafür, daß die Eheleute weiter Kontakt zueinander hielten, außer über ihre Anwälte.

Signorina Elettra hatte den Bericht über Ernesto Moros Tod aus *La Nuova* außen an den Ordner geheftet. Neben dem Artikel war ein Familienfoto abgedruckt mit der Unterschrift: »Aus glücklichen Tagen«.

Federica Moros Lächeln war der Blickfang dieses Fotos. Sie hatte den rechten Arm um ihren Mann gelegt, ihr Kopf lehnte an seiner Brust, während sie mit der anderen Hand ihrem Sohn das Haar zerzauste. Es war eine Strandaufnahme, die Familie posierte gebräunt, in Shorts und T-Shirts, und alle drei strahlten vor Glück und Gesundheit. Hinter ihnen lugte, rechts von Moro, der Kopf eines Schwimmers ins Bild. Das Foto mußte etliche Jahre alt sein, denn Ernesto war noch ein Kind. Federica sah nicht in die Kamera, und die beiden anderen schauten sie an, Ernesto mit offenem, stolzem Blick – wer wäre nicht stolz gewesen, eine so schöne Frau zur Mutter zu haben. Fernando wirkte abgeklärter, aber nicht weniger stolz.

Einer der drei hatte offenbar gerade eine lustige Bemerkung gemacht, oder aber sie hatten etwas am Strand gesehen, das sie zum Lachen brachte. Oder hatte vielleicht der Fotograf den Clown gespielt? Brunetti fiel auf, daß von allen dreien Federica die Haare am kürzesten trug. Der burschikose Herrenschnitt bildete einen aparten Kontrast zu ihrer fraulich üppigen Figur und der natürlichen Anmut, mit der sie ihren Mann umarmte.

Wer konnte es wagen, jetzt ein solches Foto zu veröffentlichen, und wer mochte es der Zeitung überlassen haben, wohl wissend, wie die es verwenden würde? Brunetti zog die Büroklammer ab und schob den Ausschnitt in den Ordner. Auf dem Deckblatt stand die gleiche Telefonnummer, die Signora Ferro ihm gegeben hatte. Brunetti wählte, dachte aber nicht an Signora Ferros Weisung, er solle es einmal klingeln lassen, dann auflegen und erneut wählen.

Beim vierten Rufzeichen meldete sich eine Frauenstimme mit einem knappen *»Sí?«*

»Signora Moro?« fragte Brunetti.

»Sì.«

»Signora, hier spricht Commissario Guido Brunetti. Ich wäre Ihnen sehr verbunden, wenn Sie sich die Zeit nehmen würden, mit mir zu reden.« Er wartete auf ihre Antwort, und als keine kam, setzte er hinzu: »Über Ihren Sohn.«

»Aah«, sagte sie. Und dann kam lange nichts mehr.

»Warum melden Sie sich jetzt erst?« fuhr sie endlich fort, irritiert, daß sie zu dieser Frage genötigt war, die womöglich doch einen Funken von Interesse bekunden mochte.

»Ich wollte Sie in Ihrem Kummer nicht eher behelligen, Signora.« Und als sie schwieg, setzte er hinzu: »Mein aufrichtiges Beileid.«

»Haben Sie Kinder?« fragte sie überraschend zurück.

»Ja, Signora.«

»Wie alt?«

»Ich habe eine Tochter«, begann er und schickte dann in einem Atemzug nach, was gesagt werden mußte. »Mein Sohn ist so alt wie Ihrer.«

»Warum haben Sie das nicht gleich gesagt?« Sie schien überrascht, daß er sich einen so wirkungsvollen persönlichen Einstieg hatte entgehen lassen.

Brunetti, dem keine passende Entgegnung einfiel, fragte schlicht: »Dürfte ich Sie besuchen kommen, Signora?«

»Wann immer Sie wollen«, sagte sie, und es klang, als ob sich Tage, Monate, Jahre, ja ein ganzes Leben unterschiedslos vor ihr ausdehnten.

»Wäre es Ihnen jetzt recht?«

»Jetzt oder später – was macht das für einen Unterschied?« Sie fragte das sehr ernst, ganz ohne Sarkasmus oder Selbstmitleid.

»Ich brauche etwa zwanzig Minuten«, sagte Brunetti.

»Ich bin hier«, antwortete sie.

Brunetti hatte auf dem Stadtplan nachgesehen und sich den Weg eingeprägt. Er hätte das Vaporetto bis San Marco nehmen können, aber er zog es vor, zu Fuß die *Riva* entlangzugehen. Er überquerte die Piazza, bog vor dem Museo Correr ab und gelangte nach wenigen Schritten auf die vornehme Frezzeria. Nun die erste *calle* links und dort der zweite Eingang rechts. An der obersten Klingel stand ihr Name. Brunetti läutete, ohne eine Nachfrage über die Sprechanlage sprang die Tür auf, und er trat ein.

Der Hausflur war dunkel und feucht, obwohl in unmittelbarer Nähe kein Kanal vorbeiführte. Brunetti stieg in den dritten Stock hinauf und sah sich, oben angekommen, einer offenen Wohnungstür gegenüber. Als er auf seinen zögernden Zuruf »Signora Moro?« von drinnen eine Stimme vernahm, trat er ein, schloß die Tür hinter sich und ging den schmalen, mit einem billigen Webteppich ausgelegten Flur hinunter, einer schwachen Lichtquelle entgegen.

Rechter Hand stand eine Tür offen, und er trat ein. An der Wand gegenüber, vor den zwei Fenstern, durch deren Gardinen nur spärliches Licht hereinfiel, saß eine Frau in einem Sessel. Es roch nach Zigarettenrauch und Mottenkugeln.

»Commissario?« fragte sie und hob den Kopf.

»Ja«, antwortete er. »Danke, daß Sie mich empfangen, Signora.«

Sie wischte seine höflichen Worte mit einer Handbewegung beiseite, führte die Zigarette, die sie zwischen den Fingern hielt, zum Mund und nahm einen tiefen Zug. »Da drüben steht noch ein Stuhl«, sagte sie, blies den Rauch aus und wies auf einen Stuhl mit geflochtenem Sitz hinten an der Wand.

Brunetti holte ihn herüber und rückte ihn vor ihren Sessel, allerdings nicht zu nahe und ein Stück seitlich versetzt. Dann nahm er Platz und wartete darauf, daß sie das Gespräch eröffnete. Um nicht aufdringlich zu erscheinen, blickte er, statt sie anzusehen, aus dem Fenster, hinter dem, gleich jenseits der engen *calle*, die Front des Nachbarhauses aufragte. Kein Wunder, daß der Raum so wenig Licht bekam. Brunetti wandte sich nun doch seinem Gegenüber zu. Ungeachtet der schummrigen Beleuchtung erkannte er die Frau von dem Foto, nur daß sie jetzt aussah wie nach einer radikalen Fastenkur: Die Wangenknochen in dem abgemagerten Gesicht traten so scharf hervor, als wollten sie die Haut durchbohren. Vom Körper schienen unter dem dicken Pullover und den weiten dunklen Hosen nur noch Schulterblätter, Arme und Beine vorhanden.

Als ihm klar wurde, daß sie nicht den Anfang machen, sondern noch ewig so dasitzen und vor sich hin rauchen würde, räusperte sich Brunetti und begann: »Ich möchte Ihnen gern ein paar Fragen stellen, Signora, wenn Sie …« Hier wurde er von einem plötzlichen nervösen Hustenreiz erfaßt.

»Vertragen Sie den Rauch nicht?« fragte sie und griff nach dem Aschenbecher auf einem Tischchen rechts neben sich, um die Zigarette auszudrücken.

Brunetti hob abwehrend die Hand. »Nein, der stört mich nicht«, keuchte er, bevor ein neuerlicher Hustenanfall ihm das Wort abschnitt.

Signora Moro machte die Zigarette aus und erhob sich. Als der krampfgeschüttelte Brunetti ebenfalls Miene machte aufzustehen, winkte sie ab und ging aus dem Zimmer. Ermattet ließ der Commissario, der nicht aufhören konnte zu husten, sich mit tränenden Augen in seinen Stuhl zurücksinken. Doch da kam Signora Moro schon zurück und reichte ihm ein Glas Wasser. »Schön langsam trinken«, sagte sie, »nur in kleinen Schlucken.«

Brunetti, der immer noch um Fassung rang, nickte dankbar, nahm das Glas und setzte es an die Lippen. Er wartete, bis seine Kehle frei war, trank einen Schluck und dann noch einen und wieder einen, bis er das Glas geleert hatte und allmählich wieder zu Atem kam. Hin und wieder stieg zwar noch ein Luftschwall aus der Lunge in die Kehle hoch, aber das Schlimmste war überstanden. Brunetti bückte sich und stellte das Glas auf den Boden. »Vielen Dank«, sagte er.

»Keine Ursache«, erwiderte sie und nahm ihren Platz wieder ein. Er sah, wie sie unwillkürlich nach rechts langte, wo das Zigarettenpäckchen auf dem Tisch lag, doch dann ließ sie die Hand in den Schoß sinken.

Sie schaute ihn offen an und fragte: »Nerven?«

Er lächelte. »Sieht so aus, ja, obwohl ich das vermutlich nicht zugeben dürfte.«

»Und warum nicht?« fragte sie, aufrichtig interessiert.

»Weil ich Polizist bin, und in unserem Beruf sind Unsicherheit und Nervosität tabu.«

»Aber das ist doch lächerlich, oder?«

Brunetti nickte und erinnerte sich im selben Moment, daß sie Psychologin war.

Er räusperte sich und fragte: »Könnten wir wohl noch einmal von vorn anfangen, Signora?«

Sie antwortete mit einem kaum merklichen Lächeln, ein trauriger Abglanz des strahlenden Gesichts auf dem Foto, das immer noch auf seinem Schreibtisch lag. »Es wird uns wohl nichts anderes übrigbleiben. Was wollen Sie denn wissen?«

»Zunächst einmal interessiere ich mich für Ihren Unfall, Signora.«

Sie war sichtlich verwirrt, was Brunetti durchaus verstand. Ihr Sohn war vor wenigen Tagen unter nicht geklärten Umständen ums Leben gekommen, und da kam er und erkundigte sich nach einem Vorfall, der über zwei Jahre zurücklag. »Meinen Sie die Sache in Siena?« fragte sie schließlich.

»Ja.«

»Und wieso interessieren Sie sich ausgerechnet jetzt dafür?«

»Weil damals offenbar niemand richtig hingesehen hat.«

Mit seitwärts geneigtem Kopf dachte sie über seine Antwort nach. »Verstehe«, murmelte sie endlich und fragte dann: »Hätte denn damals Grund bestanden, näher hinzusehen?«

»Ebendas hoffe ich herauszufinden, Signora.«

Dann herrschte Schweigen zwischen ihnen, und Brunetti blieb

nichts weiter übrig, als zu warten, ob sie ihm ihre Sicht der Dinge anvertrauen würde. Während die Minuten verstrichen, schielte sie zweimal zu den Zigaretten hin, und beim zweiten Mal hätte er sie fast ermuntert: Rauchen Sie nur, es macht mir nichts aus. Aber er sagte nichts, ließ nur den Blick durch das spärlich möblierte Zimmer schweifen. Ihr Sessel, sein Stuhl, der Tisch, die Vorhänge an den Fenstern – nichts davon hätte auch nur im entferntesten einem Vergleich mit dem gediegenen Reichtum in Fernando Moros Wohnung standgehalten. Hier konnte von Stil keine Rede sein, nichts war aufeinander abgestimmt bei dieser kargen Einrichtung, die nur den notwendigsten Bedürfnissen Rechnung trug.

Überrascht blickte der Commissario auf, als Signora Moro endlich doch zu sprechen begann. »Wir waren übers Wochenende bei unseren Freunden in Siena eingeladen. Ich war am Freitag morgen vorausgefahren, Fernando sollte abends, gegen zehn, mit dem letzten Zug nachkommen. Es war ein herrlicher Tag, Spätherbst, so wie jetzt, aber noch angenehm warm, und so brach ich am Nachmittag zu einem Spaziergang auf. Ich war vielleicht einen halben Kilometer vom Haus entfernt, als mich ein ohrenbetäubender Knall erschreckte. Fast gleichzeitig spürte ich einen stechenden Schmerz im Bein und stürzte zu Boden; nicht so, als ob mich jemand gestoßen hätte, ich bin einfach zusammengesackt.«

Sie sah ihn forschend an, wie um festzustellen, ob ihn das auch wirklich interessiere. Allein er nickte, und sie fuhr fort: »Ich war so benommen, daß ich mich nicht rühren konnte, ich lag da wie ein Stein. Dabei tat mein Bein gar nicht besonders weh. Dann hörte ich Geräusche aus dem nahen Wald. Na ja, Wald ist vielleicht übertrieben, sagen wir ein, zwei Morgen baumbestandenes Gelände. Jedenfalls hörte ich, wie sich dort etwas rührte, und wollte schon um Hilfe rufen, aber dann – ich weiß selbst nicht, warum – blieb ich einfach still liegen.

Es vergingen ein paar Minuten, und plötzlich schossen aus der

Richtung, aus der ich gekommen war, zwei Hunde auf mich zu und sprangen unter lautem Gekläff wie toll um mich herum. Ich rief sie an und versuchte vergebens, sie zu beruhigen. Inzwischen hatte ich starke Schmerzen im Bein, natürlich hatte ich auch die Schußwunde entdeckt und wußte, daß ich dringend Hilfe brauchte. Statt dessen hatte ich es mit zwei bellenden Hunden zu tun, die sich wie verrückt gebärdeten.«

Sie hielt inne und schwieg so lange, daß Brunetti nachhelfen mußte. »Und was geschah dann, Signora?«

»Die Jäger kamen mir zu Hilfe, oder vielmehr die Hundebesitzer. Als die Hunde ausbrachen, waren sie ihnen gefolgt, und als sie mich dort liegen sahen, dachten sie zuerst, ihre Hunde hätten mich angefallen. Darum gingen sie auf die beiden los und versuchten, sie mit den Gewehrläufen von mir fortzuscheuchen, aber die Hunde hatten mich ja nur verbellt. Wahrscheinlich haben sie mir sogar das Leben gerettet.«

Wieder machte sie eine Pause, doch da er offenbar keine Fragen hatte, fuhr sie fort: »Einer der Männer nahm sein Taschentuch und legte mir eine provisorische Aderpresse an, und dann trugen sie mich zu ihrem Jeep, der am Rand des Waldstücks parkte, und brachten mich ins Krankenhaus. Die Ärzte dort sind an solche Fälle gewöhnt: Es kommt offenbar immer wieder vor, daß Jäger sich mit der eigenen Waffe verletzen oder versehentlich jemanden anschießen.« Als sie nach einer Pause ein leises »die Ärmsten« hinterherschickte, klang das so aufrichtig und mitfühlend, daß der Commissario sich seiner schadenfrohen, lästerlichen Dialoge mit Signorina Elettra schämte.

»Hat man Sie im Krankenhaus gefragt, wie es zu Ihrer Verletzung kam, Signora?«

»Nein. Die Männer, die mich hinbrachten, haben auch die Formalitäten erledigt. Ich brauchte, als ich aus der Ambulanz kam, nur noch zu unterschreiben.«

»Daß es ein Unfall war?«

»Ja«, bestätigte sie lapidar.

»Und glauben Sie das wirklich?« fragte er.

Wieder ließ sie sich mit der Antwort lange Zeit. »Zuerst gab es für mich keine andere Erklärung. Aber später habe ich mich doch gefragt, warum der Schütze nicht aufgetaucht ist. Wäre es eine Verwechslung gewesen und er hätte mich für ein Wild gehalten, dann wäre er doch gekommen, um sich seine Beute zu holen, oder?«

Das war genau die Frage, die Brunetti umtrieb, seit er von dem sogenannten Jagdunfall erfahren hatte.

»Spätestens als die Hunde anschlugen, hätte er sich doch rühren müssen, schon aus Angst, daß ein anderer ihm seine Beute streitig machen könnte.« Sie schwieg gedankenverloren und setzte dann hinzu: »Aber das ist mir, wie gesagt, alles erst später aufgefallen.«

»Und wie denken Sie jetzt darüber?«

Sie setzte zu einer Antwort an, stockte und sagte endlich: »Ich möchte nicht melodramatisch erscheinen, Commissario, aber im Moment habe ich ganz andere Sorgen.«

Brunetti nickte verständnisvoll. Trotzdem hätte er gern gewußt, ob der vermeintliche Unfall zur Anzeige gebracht worden war, ob die beiden Jäger, die Signora Moro gefunden hatten, die Polizei oder die Carabinieri verständigt hatten. Er sah indes ein, daß er Federica Moro nicht länger von ihren Zigaretten fernhalten durfte, und sagte begütigend: »Ich habe nur noch eine Frage, Signora.«

Doch sie kam ihm zuvor. »Nein, Ernesto hat sich nicht umgebracht. Ich bin seine Mutter, ich weiß es. Und das ist ein Grund mehr, warum ich in meinem Fall nicht länger an einen Unfall glaube.« Sie stemmte sich aus ihrem Sessel hoch. »Wenn das also Ihre letzte Frage war ...«, sagte sie und wandte sich zur Tür. Sie hinkte nur ganz leicht, stützte sich im Gehen eine Spur stärker auf das rechte Bein, sonst nichts, und da sie Hosen trug, konnte er nicht ermessen, wie schwer die Behinderung war.

Er ließ sich von ihr bis zur Wohnungstür bringen, bedankte sich zum Abschied, scheute sich aber, ihr die Hand zu bieten. Draußen war es etwas wärmer geworden, und da es schon zwölf vorbei war, beschloß Brunetti, gleich nach Hause zu gehen, zum Mittagessen mit seiner Familie.

12

Brunetti war vor den Kindern zu Hause und leistete Paola in der Küche Gesellschaft. Während sie den Tisch deckte, lüpfte er Topfdeckel, schaute in die Bratröhre und stellte beruhigt fest, daß lauter vertraute Gerichte auf dem Speiseplan standen: Linsensuppe, geschmortes Huhn mit Rotkohl, *radicchio di Treviso.*

»Du konzentrierst wohl all deinen kriminalistischen Spürsinn auf dieses Hühnchen?« fragte Paola, während sie die Gläser verteilte.

»Nein, nicht ganz, Signora«, antwortete er, klappte die Ofentür zu und richtete sich auf. »Meine Ermittlungen gelten dem *radicchio,* genauer gesagt der Frage, ob er auch etwas von der *pancetta* abbekommen hat, die ich in der Linsensuppe entdeckt habe.«

»Mit deinem Spürsinn«, scherzte sie und tippte ihm mit dem Finger auf die Nasenspitze, »wirst du dem Verbrechen in dieser Stadt noch den Garaus machen.« Dann nahm sie den Deckel vom Suppentopf, rührte um und sagte forschend: »Du bist aber früh dran heute?«

»Ich hatte bei San Marco zu tun, da hätte es sich nicht gelohnt, vor dem Essen noch mal in die Questura zu gehen.« Brunetti trank einen Schluck Mineralwasser. »Ich war bei Signora Moro«, sagte er dann und wartete, ob Paola darauf reagieren würde. Als sie schwieg, fuhr er fort: »Ich habe sie nach ihrem sogenannten Jagdunfall befragt.«

»Und?« fragte Paola gespannt.

»Irgend so ein Sonntagsjäger hat sie angeschossen. Zwei andere haben sie gefunden und ins Krankenhaus gebracht.«

»Und du bist sicher, daß der Schütze ein unbeteiligter Dritter war?« Aus der Frage sprach die geschulte Skepsis, die Paola in über zwanzigjähriger Ehe mit einem Polizisten erworben hatte.

»Es hat ganz den Anschein«, sagte er und ließ es dabei bewenden.

Da sie wußte, wie schwer es ihm fallen würde, von selber davon zu sprechen, fragte Paola: »Und ihr Sohn?«

»Sie ist überzeugt, daß er sich nicht umgebracht hat.«

»Sie ist seine Mutter«, entgegnete Paola. »Also glaube ihr.«

»So einfach ist das?« Jetzt war es an Brunetti, den Skeptiker herauszukehren.

»Ja. Wenn jemand weiß, wozu er fähig war, dann sie.«

Brunetti, der nicht widersprechen wollte, goß sich noch ein Glas Wasser ein und trat an das Fenster, das nach Norden hinausging. Hinter ihm fragte Paola: »Sag, wie ist sie denn eigentlich?«

Brunetti dachte an Federicas Stimme, ihre Augen, die mit mäßigem Interesse auf ihm geruht hatten, an das eingefallene Gesicht, die pergamentene Haut. »Elend sieht sie aus«, sagte er endlich. »Als wäre sie kein ganzer Mensch mehr.« Eine so ungereimte Beschreibung hätte Paola ihm sonst nicht durchgehen lassen, aber diesmal schwieg sie. »Ich hatte sie zuvor nur auf einem Foto gesehen, zusammen mit Mann und Sohn. Die Aufnahme ist schon ein paar Jahre alt, aber ich habe sie dennoch wiedererkannt; ich meine, es ist dieselbe Person, nur daß sie weniger geworden ist.«

»Das leuchtet mir ein«, sagte Paola, »sie hat ja auch einen Teil von sich verloren.«

Ohne zu wissen, wieso Paola eine Antwort darauf haben sollte, fragte er: »Wird das je wieder vergehen?« Und bereute die Frage, kaum daß er sie gestellt hatte, weil er Paola damit nötigte, über den Tod der eigenen Kinder nachzudenken: Um ihm antworten zu können, mußte sie sich an die Stelle der anderen Frau versetzen. Er hatte sich nie zu fragen getraut, ob Paola sich mit solchen Gedanken trug und, wenn ja, wie oft. Er selbst kritisierte es zwar, wenn Eltern ihre Kinder allzusehr behüteten, das heißt, sich schon um sie ängstigten, ohne daß irgendeine reale Gefahr bestand; trotzdem verging kein Tag, an dem er sich nicht um die seinen sorgte. Und die Einsicht, daß dies töricht war, zumal in einer Stadt ohne Autoverkehr, minderte weder seine Ängste, noch bewahrte sie ihn davor, sich ständig Situationen auszumalen, die seinen Kindern gefährlich werden konnten.

Paolas Stimme riß ihn aus seinen Gedanken. »Nein, ich glaube, den Tod eines Kindes kann man nie verwinden.«

»Und glaubst du, daß es für die Mutter schlimmer ist als für den Vater?«

Paola schüttelte den Kopf. »Nein, das ist Unsinn.« Glücklicherweise ersparte sie ihm Beispiele dafür, daß der Schmerz eines Vaters genauso tief sein konnte wie der einer Mutter.

Er kehrte den Bergen am Horizont den Rücken, trat vom Fenster weg, und als ihre Blicke sich trafen, fragte Paola: »Was ist deiner Meinung nach passiert?«

Brunetti, den der Fall Moro vor immer neue Rätsel stellte, schüttelte resigniert den Kopf. »Alles, was ich habe, sind vier scheinbar unzusammenhängende Ereignisse: Moro legt sein Gutachten vor, das nicht viel bewirkt, außer daß er dafür strafversetzt wird; man wählt ihn ins Parlament, aber er scheidet aus, bevor die Legislaturperiode zu Ende ist; kurz vor seinem Rücktritt wird seine Frau angeschossen; zwei Jahre später findet man seinen Sohn erhängt im Waschraum seiner Schule.«

»Hat die Schule eine besondere Bedeutung?« fragte sie.

»Wie meinst du das? Weil es eine Militärakademie ist?«

»Das ist das einzig Außergewöhnliche daran, nicht wahr?« meinte Paola. »Das und der Umstand, daß die Zöglinge im Winter wie Pinguine durch die Stadt spazieren und immer so aussehen, als hätten sie einen üblen Geruch in der Nase.« Das war Paolas Lieblingsbeschreibung für einen Snob. Und mit der Spezies hatte sie als Tochter eines Conte und einer Contessa, aufgewachsen zwischen Geburts- und Geldadel samt jenen Schranzen, die sich zu beiden hingezogen fühlen, reichlich Erfahrung.

»Soviel ich weiß, hat San Martino einen guten Ruf«, sagte er.

Paola, die offenbar nicht der Meinung war, stieß nur ein geringschätziges »Pah!« in die Luft.

»Ich weiß nicht, ob das als Gegenargument ausreicht.« Brunetti schmunzelte. »So unmißverständlich es auch formuliert ist.«

Paola baute sich vor ihm auf und stemmte die Hände in die Hüften wie eine Schauspielerin, die für die Rolle der zornigen Alten vorspricht. »Es war vielleicht nicht ganz schlüssig«, sagte sie, »dafür habe ich handfeste Belege.«

»Einfach hinreißend, wie Sie sich ereifern, Signora Paola«, flötete Brunetti mit verstellter Stimme. Worauf Paola so lachen mußte, daß sie die Hände sinken ließ. »Nur zu, ich höre«, sagte er und griff nach der Flasche Pinot Noir, die auf der Küchentheke stand.

»Als Susanna Arici von Rom zurückkam«, begann Paola, »hat sie in San Martino unterrichtet, um die Zeit bis zu ihrer Anstellung in einer staatlichen Schule zu überbrücken. Zwar war es nur eine Teilzeitstelle, aber sie war überzeugt, damit hätte sie immerhin den Einstieg ins staatliche Schulsystem geschafft.« Auf Brunettis fragenden Blick hin führte sie aus: »Susanna dachte, San Martino sei der Armee unterstellt und somit auch als staatliches Institut anerkannt. In Wirklichkeit ist die Akademie aber eine reine Privatschule und völlig unabhängig von der Armee, auch wenn sie staatlich bezuschußt wird, und zwar recht großzügig. Kurz, Susanna hatte nichts weiter als einen schlechtbezahlten Teilzeitjob, und als später eine Vollzeitstelle frei wurde, hat man sie schnöde übergangen.«

»Sie hat Englisch unterrichtet, nicht wahr?« Brunetti hatte Susanna einige Male getroffen. Sie war die jüngste Schwester einer Klassenkameradin von Paola, hatte in Urbino studiert und war nach der Lehramtsprüfung nach Venedig zurückgekehrt, wo sie heute, glücklich geschieden, mit dem Vater ihrer zweiten Tochter zusammenlebte.

»Ja, aber nur ein Jahr lang.«

Inzwischen waren fast zehn Jahre vergangen, weshalb Brunetti fragte: »Glaubst du nicht, daß die Verhältnisse sich seitdem geändert haben?«

»Aber nicht zum Besseren. Mit den staatlichen Schulen geht es jedenfalls stetig bergab – obwohl die Schüler heute sicher nicht viel anders sind als früher –, und ich wüßte nicht, wieso die Privatschulen besser dran sein sollten.«

Brunetti zog seinen Stuhl unter dem Tisch hervor und setzte sich. »Also schön. Was hat Susanna erzählt?«

»Daß die Eltern der meisten Schüler von San Martino gräßliche Snobs sind und ihre Arroganz an die Söhne weitergeben. Vermutlich an die Töchter genauso, aber da die Scuola San Martino nur Jungs aufnimmt ...« Paola verstummte, und Brunetti fragte sich schon, ob sie die Gelegenheit für ein Plädoyer gegen all die Schulen nutzen würde, an denen immer noch Geschlechtertrennung herrschte und die trotzdem staatliche Förderung kassierten. Doch sie kam und stellte sich neben ihn, nahm ihm wortlos das Glas aus der Hand, trank einen Schluck und reichte es zurück. »Keine Angst, mein Lieber. Mehr als eine Predigt aufs Mal würde ich dir nicht zumuten.«

Brunetti unterdrückte ein Lächeln, das sie womöglich doch dazu ermuntert hätte. »Was hat Susanna noch erzählt?« fragte er.

»Daß diese Patriziersöhnchen sich einbildeten, alles, was ihnen oder ihren Eltern gehörte, hätten sie auch verdient, und daß sie sich vor allem über ihre Clique definierten.«

»Tun das nicht alle jungen Leute?« fragte Brunetti.

»Aber die Jungs in San Martino fühlten sich offenbar allein ihrer Gruppe verpflichtet und wollten auch nur deren Regeln anerkennen«, erklärte Paola.

»Kommt das nicht aufs selbe heraus?« fragte Brunetti. »Wir Polizisten empfinden genauso. Na ja, einige von uns.«

»Ja, das wird wohl so sein. Aber ihr fühlt euch doch immer

noch den Gesetzen verpflichtet, die auch für uns Normalsterbliche gelten, oder?«

»Ja, schon«, stimmte Brunetti zu, aber wieder nötigten ihn sein Gewissen und mehr noch der Verstand zu der Einschränkung: »Einige von uns.«

»Siehst du! Susanna meinte, bei den Jungs in San Martino sei das nicht der Fall. Die glaubten allen Ernstes, die einzigen Gesetze, nach denen sie sich zu richten hätten, seien die des Militärs. Und solange sie denen gehorchten und treu zu ihrer Gruppe ständen, so lange könnten sie sich alles erlauben.«

Paola beobachtete ihn, und als sie sah, daß er ihr gespannt zuhörte, fuhr sie fort: »Und was noch schlimmer ist: Die Lehrer, die zum Großteil auch aus Offizierskreisen stammen, bestärken die Schüler noch in dieser Haltung und reden ihnen ein, sie müßten soldatisches Bewußtsein entwickeln.« Hier lächelte Paola bitter. »Das muß man sich mal vorstellen: Eine Privatakademie, die noch nicht einmal dem Militär unterstellt ist, kultiviert kriegerisches Sendungsbewußtsein und Gewaltverherrlichung. Eine Schweinerei, so was!«

Eine vage Erinnerung, die Brunetti seit Tagen verfolgte, nahm allmählich Gestalt an. »Hat Susanna noch dort unterrichtet, als dieses Mädchen vergewaltigt wurde?« fragte er.

»Nein, ich glaube, das war ein oder zwei Jahre später. Wieso?«

»Ich versuche mir den Fall wieder ins Gedächtnis zu rufen. War das Mädchen nicht die Schwester eines der Kadetten?«

»Doch, ja, oder eine Cousine.« Paola schüttelte den Kopf, wie um ihre Erinnerung aufzufrischen. »Ich weiß nur noch, daß die Polizei in die Schule gerufen wurde und daß zunächst von einer Vergewaltigung die Rede war. Erst gab es auch ein großes Medienecho, aber dann verschwand der Fall plötzlich wieder aus den Nachrichten.«

»Merkwürdig, ich kann mich einfach nicht auf den Hergang besinnen. An die Anzeige erinnere ich mich, aber nicht an die Ermittlungen.«

»Ich glaube, du warst damals zur Fortbildung in London«, meinte Paola. »Ich weiß noch, daß ich das Gefühl hatte, ich würde nie erfahren, was wirklich passiert war, weil du nicht da warst, um mich aufzuklären, und ich mich nur über die Zeitungen informieren konnte.«

»Ja, du hast recht, das muß zur selben Zeit gewesen sein. Aber bestimmt haben wir was darüber in den Akten, zumindest die Anzeige und die Vernehmungsprotokolle.«

»Und kannst du die ausgraben?«

»Signorina Elettra kann's bestimmt.«

»Ach, aber wozu die Mühe?« wandte Paola plötzlich ein. »Es liegt doch eigentlich auf der Hand: reiche Jungs, reiche Eltern, also wird der Skandal hübsch vertuscht, und ehe man sich's versieht, ist der Fall aus den Medien verschwunden und womöglich auch aus den Archiven.«

»Trotzdem werde ich Signorina Elettra bitten, mal nachzusehen«, sagte Brunetti. Dann fragte er: »Hat Susanna noch mehr erzählt?«

»Daß sie sich nie wohl gefühlt hat in San Martino. Sie meinte, unterschwellig habe man sie immer spüren lassen, daß sie als Frau dort unerwünscht sei.«

»Aber ihr Geschlecht konnte sie schwerlich korrigieren, oder?« Brunetti schmunzelte.

»Das hat gewissermaßen die Schulleitung besorgt, als sie die Stelle neu besetzte.«

»Laß mich raten. Mit einem Mann?«

»Und was für einem!«

Wohl wissend, daß man sich hüten mußte, über eins von Paolas Steckenpferden zu stolpern, fragte Brunetti vorsichtig: »Es handelt sich hier nicht zufällig um eine kleine sexistische Retourkutsche, wie?«

Paola funkelte ihn an, doch dann wich der zornige Blick einem nachsichtigen Lächeln. »Laut Susanna war das Englisch ihres Nachfolgers ungefähr so gut wie das eines Pariser Taxifahrers, aber er kam von der Marineakademie in Livorno, also waren seine Fremdsprachenkenntnisse nebensächlich. Wahrscheinlich spielen die schöngeistigen Fächer ohnehin nur eine untergeordnete Rolle, denn San Martino ist ja in erster Linie dazu da, den Söhnen reicher Patrizierfamilien den letzten Schliff zu geben, bevor sie in die Fußstapfen ihrer Väter treten, um in der Armee oder anderswo Karriere zu machen. Und beim Militär werden ihnen ja ohnedies keine ernsthaften intellektuellen Anforderungen gestellt.« Bevor Brunetti etwas einwenden konnte, fuhr Paola fort: »Aber gut, vielleicht hat Susanna übertrieben. Sie neigt dazu, sexistische Vorurteile zu wittern, wo gar keine sind.«

Als Brunetti sich von seiner Überraschung erholt hatte, fragte er: »Und du bist sicher, daß sie dir das alles damals erzählt hat?«

»Ganz sicher. Bei ihrer Bewerbung hatte sie mich als Referenz angegeben, folglich kam sie auch zu mir, als diese Pauker sie wieder abservieren wollten. Warum fragst du?«

»Ich wollte nur wissen, ob du seither etwas von ihr gehört hast.«

»Du denkst an den Jungen?«

»Erraten.«

»Nein, wir haben seit, ach, mindestens einem halben Jahr nicht mehr miteinander gesprochen. Aber ich habe alles behalten, was sie mir damals erzählte, vermutlich weil es meine sämtlichen Vorurteile gegen die Militärs bestätigte: Ein eingeschworener Verein mit der Moral einer giftigen Natter, und wenn es darum geht, einen der Ihren zu decken, dann schrecken sie vor nichts zurück, sei es Lüge, Betrug oder Meineid. Erinnere dich nur, was geschah, als die Amerikaner mit einer Militärmaschine in diese Seilbahn gerast sind. Glaubst du, auch nur einer von denen hat hinterher die Wahrheit gesagt? Alle haben sie sich herausgeredet, ich wüßte nicht, daß auch nur ein einziger ins Gefängnis gekommen wäre. Und wie viele Menschen haben sie getötet? Zwanzig? Dreißig?« Paola schnaubte angewidert. Das Glas Wein, das sie sich eingeschenkt hatte, ließ sie vorerst unberührt stehen und fuhr fort: »Mit einem, der nicht dazugehört, springen die doch um, wie es ihnen beliebt, und sobald die Öffentlichkeit anfängt, kritische Fragen zu stellen, machen sie die Schotten dicht und verschanzen sich hinter ihren hohlen Ehrbegriffen. Es ist zum Heulen.« Angewidert schloß sie die Augen, blinzelte dann gerade so weit unter den Lidern hervor, daß sie ihr Glas anpeilen konnte, und trank erst einen kleinen Schluck, dann einen großen. Und auf einmal lächelte sie. »Ende der Katechismusstunde.«

Brunetti hatte in seiner Jugend die obligaten achtzehn Monate Wehrdienst abgeleistet, die er größtenteils mit seinen Alpini-Kameraden auf Bergtouren verbrachte, und seine – zugegebenermaßen mit den Jahren vergoldete – Erinnerung an diese Zeit war vor allem die eines ganz anders gearteten Zusammengehörigkeits- und Gemeinschaftsgefühls als das, welches er von daheim, aus der Familie, kannte. Am lebhaftesten im Gedächtnis geblieben war ihm eine bitterkalte Nacht in einer Hütte in den Trentiner Bergen, wo er und seine vier Kameraden nach einem frugalen Abendbrot, bestehend aus Käse, Brot und Salami, zwei Flaschen Grappa geleert und dazu Marschlieder gesungen hatten. Wenn er Paola nie von diesem Abenteuer erzählt hatte, dann nicht etwa, weil er sich dafür schämte, daß sie alle sturzbetrunken gewesen waren, sondern weil die Erinnerung an diese Nacht ihn immer noch mit solch schlichter Freude erfüllte. Er hatte keine Ahnung, was aus den anderen Jungs – inzwischen gestandene Männer wie er – geworden sein mochte, aber er wußte, daß in jener zugigen Berghütte ein Bund zwischen ihnen geschmiedet worden war und daß er nie mehr etwas Vergleichbares erleben würde.

Brunetti kehrte mit den Gedanken zurück in die Gegenwart und zu seiner Frau. »Du hast das Militär immer schon verabscheut, nicht wahr?«

»Nenne mir einen guten Grund dagegen«, parierte sie.

Da er sicher war, daß sie seine sentimentalen Erinnerungen

als primitiven Korpsgeist gebrandmarkt hätte, war Brunetti um eine Antwort verlegen. »Disziplin?« schlug er zaghaft vor.

»Ach? Hast du je mit einem Trupp Soldaten zusammen im Zug gesessen?« fragte Paola und wiederholte verächtlich: »Disziplin?«

»Erst der Wehrdienst nabelt die Jungs von ihren Müttern ab.«

Paola lachte. »Das ist vielleicht wirklich das einzig Gute daran. Leider nisten sie sich aber nach den achtzehn Monaten alle wieder zu Hause ein.«

»Glaubst du, das wird bei Raffi auch so sein?« fragte er.

»Wenn ich etwas zu sagen habe«, begann sie zu seinem Erstaunen, denn wann hätte Paola sich je ihr Mitspracherecht streitig machen lassen, »dann geht Raffi nicht zum Militär. Es wäre besser für ihn, wenn er die achtzehn Monate durch Australien trampt und sich sein Geld als Tellerwäscher verdient. Dabei würde er ganz bestimmt mehr lernen – oder meinetwegen auch als Zivi in einem Krankenhaus.«

»Du würdest ihn tatsächlich nach Australien gehen lassen? Für anderthalb Jahre? Als Tellerwäscher?«

Paola schaute ihn an, und als sie das ungläubige Staunen auf seinem Gesicht sah, mußte sie lächeln. »Wofür hältst du mich, Guido? Ich bin doch nicht die Mutter der Gracchen, daß ich meine Kinder ewig an den Busen drücken muß, als wären sie mein einziger Schmuck. Na schön, es fiele mir sicher nicht leicht, ihn ziehen zu lassen, trotzdem glaube ich, daß es ihm ungemein guttäte, von zu Hause fortzukommen und unabhängig zu werden.« Als Brunetti schwieg, setzte sie scherzhaft hinzu: »Zumindest würde er lernen, sein Bett selber zu machen.«

»Das tut er jetzt schon«, antwortete der prosaische Brunetti.

»Ich meine das im übertragenen Sinne«, erklärte Paola. »Es würde ihn lehren, daß diese kleine Stadt mit ihren kleinlichen Vorurteilen nicht das ganze Leben ist, und womöglich würde er auch begreifen, daß man arbeiten und eigenes Geld verdienen muß, um sich seine Wünsche zu erfüllen.«

»Statt seine Eltern anzubetteln?«

»Genau. Oder die Großeltern.«

Es kam höchst selten vor, daß Paola Kritik an ihren Eltern übte, und sei sie noch so versteckt, weshalb Brunetti denn auch gleich hellhörig wurde und mehr wissen wollte. »Meinst du, man hat es dir in deiner Jugend zu leicht gemacht?«

»Nicht mehr, als man dir die deine zu schwer gemacht hat, Liebster.«

Ratlos, was damit gemeint sei, wollte Brunetti schon nachfragen, als die Wohnungstür aufflog und Chiara und Raffi hereingestürmt kamen. Da wechselten er und Paola einen Blick, verständigten sich mit einem Lächeln, und dann war es auch schon Zeit zum Essen.

13

Wie so oft hatte das Mittagessen daheim im Kreise seiner Familie Brunetti ungeahnten Auftrieb gegeben. Insgeheim verglich er sein Wohlgefühl in dieser Situation bisweilen mit dem eines Tieres, das nach anstrengender Jagd in den sicheren Bau zurückkehrt und sich, von seinen Jungen gewärmt, genüßlich über die frisch erlegte Beute hermacht. Auch er tankte zu Hause seelisch auf und kehrte anschließend gestärkt und jagdhungrig an seine Arbeit zurück.

Er vergaß die animalischen Vergleiche, sobald er Signorina Elettras Büro betrat und sie ganz entspannt, das Kinn lässig in die Hand gestützt, an ihrem Schreibtisch sitzen sah, den Kopf über irgendwelche Papiere gebeugt. »Ich störe hoffentlich nicht, oder?« fragte er, als er auf dem Deckblatt das Siegel des Innenministeriums erkannte und darunter den roten Stempel, der das Dokument als geheime Verschlußsache auswies.

»Nein, ganz und gar nicht, Commissario«, sagte sie und schob die Papiere so beiläufig in den dazugehörigen Ordner, daß Brunetti unwillkürlich neugierig wurde.

»Könnten Sie etwas für mich nachsehen?« fragte er und schaute ihr dabei fest in die Augen, um nur ja nicht nach dem Aufkleber mit dem Betreff zu schielen.

»Aber gern, Commissario.« Signorina Elettra verstaute den Ordner in einer Schublade und nahm einen Notizblock zur Hand. »Worum geht's?« fragte sie mit gezücktem Stift und strahlendem Lächeln.

»Ich wüßte gern, ob in der Akte der Scuola San Martino etwas über eine Vergewaltigung steht.«

Klappernd fiel ihr der Stift aus der Hand, das Lächeln verschwand von ihrem Gesicht, ihr Körper verkrampfte sich und prallte in jähem Erschrecken vor ihm zurück.

»Ist Ihnen nicht gut, Signorina?« fragte er besorgt.

Sie sah hinunter auf den Stift, nahm ihn und schraubte umständlich die Kappe darauf, nur um sie gleich wieder abzunehmen; dann endlich hob sie den Kopf und lächelte ihn an. »Doch, doch, Signore.« Sie legte sich den Block zurecht und hielt den Stift schreibbereit. »Wie lautet der Name des Opfers, Commissario? Und wann ist es passiert?«

»Das weiß ich eben nicht«, versetzte Brunetti. »Das heißt, ich bin nicht einmal sicher, ob es überhaupt passiert ist. Aber wenn, dann ist es ungefähr acht Jahre her. Es muß zu der Zeit gewesen sein, als ich auf dem Polizeiseminar in London war. Ursprünglich war aus San Martino eine Vergewaltigung gemeldet worden, ich glaube, es war sogar von mehr als einem Täter die Rede. Aber dann wurde keine Anzeige erstattet, und der Fall verschwand in der Versenkung.«

»Und wonach soll ich jetzt suchen, Signore?«

»So genau weiß ich das selber nicht«, antwortete Brunetti. »Nach irgendeinem Indiz für das, was damals vorgefallen sein mag, wer das Mädchen war, warum der Fall niedergeschlagen wurde. Was immer Sie herausfinden können.«

Signorina Elettra brauchte offenbar ziemlich lange, um sich das alles aufzuschreiben, aber er wartete geduldig, bis sie fertig war. Den Stift noch in der Hand, fragte sie: »Wenn kein Strafantrag gestellt wurde, dann ist es nicht sehr wahrscheinlich, daß wir hier im Präsidium eine Akte haben, oder?«

»Nein, aber vielleicht existiert noch ein Protokoll von der ersten Anzeige.«

»Und wenn nicht?«

Brunetti wunderte sich, wieso Signorina Elettra auf einmal so zögerlich an eine Recherche heranging. »Dann könnten Sie's vielleicht bei der Presse versuchen. Das heißt, sobald Sie die Daten abgeklärt haben.«

»Ich werde in Ihrer Personalakte nachsehen, wann Sie in London waren, Commissario«, sagte sie, von ihrem Notizblock aufblickend, und schenkte ihm ein betörendes Lächeln.

»Ja, ja, tun Sie das«, sagte er und setzte matt hinzu: »Ich bin dann in meinem Büro.«

Während er nach oben ging, überdachte Brunetti noch einmal Paolas harsche Kritik am Militär. Wenn er die nicht uneingeschränkt teilte, dann lag das natürlich vor allem an seinen Erfahrungen beim Wehrdienst und an den liebgewordenen Erinnerungen aus dieser Zeit. Vor allem die bedingungslose Kameradschaft war ein erhebendes Gefühl gewesen, auch wenn sich dahinter vielleicht nicht mehr verbarg als der Instinkt des Rudels, das, stolz um seine Beute geschart, in Jägerlatein schwelgt, während dicke Klumpen Fett zischend in die Flammen tropfen. Und doch: Falls er seiner Erinnerung trauen durfte, dann hatte seine Treue stets nur einer Handvoll persönlicher Freunde gegolten und keinem abstrakten Ideal wie Regiment oder Vaterland.

In seinen Geschichtsbüchern hatte Brunetti immer wieder von unerschrockenen Soldaten gelesen, die im stolzen Kampf für die Fahne ihr Leben ließen oder die gefallen waren, als sie tollkühn die Ehre ihres Regiments zu retten suchten, aber solche Heldentaten waren ihm von jeher sinnlos, ja sogar leicht beschränkt erschienen. Natürlich hatten auch ihn bisweilen die Beschreibung einer mutigen Attacke oder der Wortlaut der (leider allzuoft posthum erfolgten) Ordensverleihung an einen dieser tapferen, edelmütigen Soldaten im Innersten bewegt, aber gleich danach meldete sich sein nüchterner Verstand und erinnerte ihn daran, daß diese gefeierten Helden in Wahrheit halbe Kinder waren, die ihr Leben opferten für ein Ideal, das letztlich nicht mehr war als ein Fetzen Stoff. Mutige Jungs, gewiß, und tapfer, aber auch töricht bis zur Verblendung.

Auf seinem Schreibtisch stapelten sich Berichte, Rundschreiben und Protokolle, kurz, all der überschüssige Papierkram, der sich in ein paar Tagen vernachlässigter Büroarbeit anzusammeln pflegt. Brunetti nahm sich seufzend in die Pflicht und widmete sich die nächsten zwei Stunden einer Tätigkeit, die nicht minder sinnlos war als irgendeiner der waghalsigen Einsätze jener jungen Kriegshelden, denen er so skeptisch gegenüberstand. An den Festnahmeprotokollen wegen Einbruch, Taschendiebstahl und den diversen Betrugsdelikten, die gegenwärtig in den Straßen der Stadt verübt wurden, fiel ihm auf, wie oft die Täter neuerdings ausländische Namen hatten und wie viele von ihnen noch strafunmündig waren. Wobei ihm weniger die statistische Bilanz Kummer machte als vielmehr der Gedanke, daß jede dieser Festnahmen der Rechten eine neue Wählerstimme einbringen würde. Vor Jahren hatte er einmal eine Kurzgeschichte von einem amerikanischen Autor gelesen, die mit der Vision eines gewaltigen Regenbogens schloß, über den ein endloses Heer von Sündern in den Himmel Einzug hielt. Und manchmal hatte er den Eindruck, daß eine ebensolche Sünderschar sich langsam durch die Gefilde der italienischen Politik bewegte, freilich kaum in Richtung Paradies.

Sein Kopf war schon ziemlich benommen von der eintönigen Arbeit, als er auf einmal seinen Namen rufen hörte und, aufblikkend, Pucetti in der Tür stehen sah.

»Ja, Pucetti?« sagte er und winkte den Beamten herein. »Setzen Sie sich doch.« Und froh über diesen Vorwand, den Papierkram beiseite schieben zu können, wandte er sich dem Polizisten zu. »Also, was gibt's?« fragte er und stellte betroffen fest, wie jung Pucetti aussah in seiner adretten Uniform, viel zu jung für die Waffe, die an seiner Hüfte baumelte, viel zu unerfahren, um zu wissen, wie man damit umging.

»Es geht um den jungen Moro, Commissario«, sagte Pucetti. »Ich wollte schon gestern mit Ihnen sprechen, aber Sie waren nicht da.«

Das klang beinahe wie ein Vorwurf. Der Commissario, der so etwas von Pucetti überhaupt nicht gewohnt war, ärgerte sich, daß der junge Beamte sich ihm gegenüber einen solchen Ton herausnahm. Doch schon im nächsten Moment war er versucht, Pucetti seine Taktik zu erklären. Er hatte sich entschieden, auf Zeit zu spielen: Wenn sich der Eindruck durchsetzte, die Polizei habe Ernesto Moros Tod als Selbstmord eingestuft, dann fänden sich vielleicht mehr Zeugen bereit, offen über den Jungen zu reden. Aber nein, er brauchte sich doch vor diesem Grünschnabel nicht zu rechtfertigen! Brunetti schwieg ungewöhnlich lange, dann fragte er knapp: »Und? Was ist mit ihm?«

»Erinnern Sie sich noch an den Morgen, als wir in San Martino waren und die Kadetten vernommen haben?« fragte Pucetti, worauf Brunetti am liebsten zurückgefragt hätte, ob der Jüngere wohl annehme, er sei schon so alt, daß man seinem Gedächtnis auf die Sprünge helfen müsse.

Doch er begnügte sich mit einem lapidaren: »Ja.«

»Es ist schon sehr merkwürdig, Commissario. Bei der nächsten Befragung taten die Kadetten so, als wüßten sie kaum mehr, daß Moro mit ihnen auf derselben Schule gewesen war. Die meisten sagten, sie hätten ihn nicht näher gekannt. Ich habe auch mit Pellegrini geredet, das ist der Junge, der ihn gefunden hat. Aber der weiß wirklich nichts. Er war in der fraglichen Nacht betrunken und ist nach eigener Aussage gegen Mitternacht nach Hause gekommen und gleich zu Bett gegangen.« Noch bevor Brunetti einhaken konnte, ergänzte Pucetti: »Er war auf einer Party im Haus eines Freundes, in Dorsoduro. Natürlich habe ich ihn gefragt, wie er denn so spät noch hereingekommen ist, und er sagte, er habe einen Schlüssel zum *portone.* Zwanzig Euro hat er dem *portiere* dafür bezahlt, und so wie er das erzählte, hatte ich den Eindruck, daß sich dort jeder einen Nachschlüssel kaufen kann.« Pucetti machte eine Pause, für den Fall, daß der Commissario etwas fragen wollte, doch als Brunetti schwieg, fuhr er fort: »Ich habe mich bei seinem Zimmerkameraden erkundigt, und der bestätigt Pellegrinis Angaben. Angeblich ist er wach geworden, als Pellegrini in der Nacht zurückkam. Und

Pellegrini gibt an, er sei morgens gegen sechs Uhr aufgestanden, weil er schrecklichen Durst hatte, und als er in den Waschraum kam, da hat er Moro gefunden.«

»Aber es war nicht Pellegrini, der angerufen hat, oder?«

»Sie meinen bei uns, Commissario?«

»Ja.«

»Nein, das war einer der Hausmeister. Der Mann sagt, er habe gerade erst seinen Dienst angetreten, als er verdächtige Geräusche aus dem Waschraum hörte. Und als er nachschauen ging und sah, was passiert war, da hat er uns gleich verständigt.«

»Über eine Stunde nachdem Pellegrini die Leiche entdeckte«, sinnierte Brunetti laut. Als Pucetti darauf nichts erwiderte, sagte er: »Und sonst? Nur weiter. Was haben die Kadetten sonst noch über ihren toten Mitschüler zu erzählen?«

»Steht alles hier drin, Commissario.« Pucetti legte einen Ordner auf Brunettis Tisch und hielt kurz inne, als gelte es, die nächsten Worte besonders sorgfältig abzuwägen. »Ich weiß, das klingt unglaublich, Signore, aber den meisten schien es gar nicht nahezugehen. Sie reagierten ganz anders als unsereins, wenn einem Bekannten oder einem Kollegen so etwas Furchtbares zugestoßen wäre.« Pucetti dachte einen Augenblick nach und fuhr dann fort: »Es war geradezu unheimlich. Sie wohnen doch alle unter einem Dach, haben zusammen Unterricht – wie können sie ihn da nicht gekannt haben?« Pucetti, der vor Erregung laut geworden war, dämpfte seine Stimme wieder. »Immerhin, bei einem hatte ich Glück. Der erzählte mir, daß er mit Moro in einer Klasse war und daß sie kürzlich einen Abend und den ganzen nächsten Tag zusammen für eine Prüfung gelernt hätten.«

»Und wann war diese Prüfung?«

»Am Tag danach.«

»Wonach? Der Nacht, in der er starb?«

»Ja, Commissario.«

Brunetti wußte sofort, was das zu bedeuten hatte, aber er fragte Pucetti: »Was schließen Sie daraus?«

Der junge Beamte war offenbar auf diese Frage vorbereitet, denn er antwortete ohne Zögern. »Also ich denke, wenn jemand in so einer Situation an Selbstmord denkt, dann wartet er zumindest bis nach der Prüfung, um zu sehen, wie schlecht er abgeschnitten hat, und dann, vielleicht ... So würde ich es jedenfalls machen«, erklärte Pucetti und setzte rasch hinzu: »Nur daß ich mir wegen einer dummen Prüfung nicht das Leben nehmen würde.«

»Was wäre denn für Sie ein Grund, sich umzubringen?« fragte Brunetti.

Wie eine nachdenkliche Eule beäugte Pucetti seinen Chef. »Also ich kann mir überhaupt keinen vorstellen, Commissario. Und Sie?«

Brunetti schüttelte den Kopf. »Nein, vorstellen kann ich's mir auch nicht. Aber so was weiß man wohl nie vorher.« Er hatte Freunde, die sich durch Streß, mit Zigaretten oder Alkohol umbrachten, und einige dieser Freunde hatten Kinder, die es mit Drogen taten, trotzdem fiel ihm niemand ein, zumindest nicht auf Anhieb, dem er zugetraut hätte, Hand an sich zu legen. Aber vielleicht traf einen die Nachricht von einem Suizid ja auch deshalb immer so besonders schwer, weil der Selbstmörder immer einer war, von dem man es am wenigsten erwartet hätte.

So vertieft war Brunetti in seine Betrachtungen, daß er von dem, was Pucetti inzwischen vorgetragen hatte, nur noch die letzten Worte mitbekam: »... wollte diesen Winter zum Skilaufen.«

»Wer? Ernesto Moro?« fragte Brunetti, um den Anschluß zu finden.

»Ja, Commissario. Und der andere Junge meinte, Moro habe sich sehr darauf gefreut, denn er sei ein begeisterter Skifahrer gewesen.« Pucetti wartete, ob der Chef etwas dazu sagen würde, und als Brunetti schwieg, fuhr er fort: »Er war ganz aufgelöst, Commissario.«

»Wer? Dieser andere Junge?«

»Ja.«

»Und warum?«

Pucetti starrte ihn an, fassungslos, daß der Chef nicht von selber darauf kam. »Weil ... Also wenn Moro sich nicht umgebracht hat, dann ist er ermordet worden.«

Der zufriedene Gesichtsausdruck, mit dem Brunetti seine Erklärung entgegennahm, beschämte Pucetti, legte er doch den Verdacht nahe, daß der Chef sehr wohl von selber draufgekommen war.

14

In den nächsten Tagen hatte Brunetti kaum Zeit, sich der Familie Moro und ihrem Leid zu widmen, denn es gab wieder einmal Ärger mit dem *Casinò.* Diesmal freilich ging es nicht um eine der raffinierten Absprachen, wie sie nicht selten zwischen Gästen und Croupiers getroffen wurden, sondern die Ermittlungen richteten sich direkt gegen die Kasinoleitung, die im Verdacht stand, sich auf Kosten des Gemeinwohls bereichert zu haben. Brunetti war einer der wenigen Venezianer, denen noch bewußt war, daß die Spielbank der Stadt gehörte und folglich jeder Diebstahl oder jede Unterschlagung von Kasinoeinnahmen unmittelbar die Hilfsfonds schädigte, die zur Unterstützung von Witwen und Waisen bestimmt waren. Daß Menschen, die ihr Leben unter Zockern und Falschspielern zubrachten, keinen Respekt vor fremdem Eigentum hatten, überraschte Brunetti nicht; was ihn gelegentlich dennoch erstaunte, war die Unverfrorenheit dieser Leute. Die trat auch jetzt wieder zutage, als nämlich herauskam, daß das Management der Säle, die das Kasino für Bankette und private Festlichkeiten vermietete, sowie der hauseigenen Bars still und heimlich einer Servicefirma übertragen worden war, die zufällig vom Bruder des Kasinodirektors geleitet wurde.

Da die Kriminalbeamten, die im *Casinò* die Spieltische kontrollieren sollten, um unerkannt zu bleiben, von auswärts angefordert werden mußten und da es nicht leicht war, Angestellte zu finden, die bereit waren, gegen ihre korrupten Chefs und Kollegen auszusagen, zogen die Ermittlungen sich über Gebühr in die Länge und verzögerten die Bearbeitung anderer, nicht minder dringlicher Fälle. Wie dem von Ernesto Moro, wo die Indizienlage mittlerweile immer mehr für einen Selbstmord sprach. Das kriminaltechnische Labor hatte weder in der Duschkabine noch im Zimmer des Jungen irgendwelche Hinweise auf Fremdeinwirkung gefunden, und die Befragung von Lehrern und Mitschülern ergab nichts, was die Selbstmordtheorie hätte erschüttern können. Und wenn Brunetti sich dadurch auch nicht von seiner Überzeugung abbringen ließ, so beherzigte er immerhin die Lektion aus früheren Fällen, bei denen seine Ungeduld sich negativ auf die Ermittlungen ausgewirkt hatte: Diesmal würden Gelassenheit und Gleichmut seine Losung sein.

Der Richter, der das Verfahren gegen die Kasinobetreiber leitete, stand kurz davor, Haftbefehle für den gesamten Aufsichtsrat auszustellen, als das Büro des Bürgermeisters die Versetzung des Kasinodirektors auf einen Posten in der Stadtverwaltung sowie die Beförderung seiner persönlichen Assistenten in hochrangige Positionen anderer städtischer Behörden bekanntgab. Ferner wurden den beiden Kronzeugen der Anklage leitende Stellen im neustrukturierten Kasino angeboten, woraufhin beide zu der Einsicht gelangten, daß ihre frühere Sicht der Dinge wohl doch eine falsche gewesen war. Die Polizei, der ihr Fall unter den Händen zerrann, zog sich zurück, und die auswärtigen Beamten wurden wieder nach Hause geschickt.

Im Zuge dieser überraschenden Wende wurde Brunetti zum Vice-Questore zitiert, der ihm wegen ungebührlicher Aggressivität gegenüber der Kasinoleitung Vorhaltungen machte.

Da Brunetti jedoch das Verhalten der Beschuldigten allenfalls milde mißbilligt hatte – er war bei Vermögensdelikten immer relativ großzügig –, wirkten Pattas hitzige Worte auf ihn nicht stärker als ein Frühlingsregen auf einen gut bewässerten Acker.

Erst als sein Vorgesetzter auf die Familie Moro zu sprechen kam, gab er acht auf das, was Patta sagte. »Tenente Scarpa hat mir berichtet, der Junge galt schon seit längerem als labil, also brauchen wir keine Zeit mit weiteren Ermittlungen zu verschwenden. Ich denke, wir können den Fall abschließen.«

»Bei wem, Signore?« fragte Brunetti höflich.

»Wie bitte?«

»Bei wem galt der Junge als labil?«

Pattas Reaktion zeigte deutlich, daß er es nicht für nötig befunden hatte, diese Frage zu stellen. Scarpas Behauptung genügte ihm vollauf.

»Nun, vermutlich doch bei seinen Lehrern. Mitschülern. Seinen Freunden«, schusterte Patta rasch eine Liste zusammen. »Eben bei den Zeugen, die der Tenente vernommen hat. Warum fragen Sie?«

»Reine Neugier, Signore. Ich wußte gar nicht, daß der Tenente sich für den Fall interessiert.«

»Von Interesse war auch nicht die Rede.« Patta machte kein Hehl aus seinem Verdruß über diesen neuerlichen Beweis für Brunettis Unvermögen – hinter dem der Vice-Questore indes heimliche Insubordination witterte –, sich endlich einmal zu verhalten wie ein guter Polizist und zu begreifen, wann ein Vorschlag in Wahrheit ein Befehl war. Er holte tief Luft und nahm einen neuen Anlauf. »Also laut Aussage der Zeugen, die der Tenente befragt hat, war der Junge hochgradig labil, was eindeutig für Selbstmord spricht.«

»Das deckt sich auch mit dem Obduktionsbefund«, bestätigte Brunetti verbindlich.

»Ja, ich weiß.« Ehe Brunetti danach fragen konnte, fuhr Patta fort: »Ich hatte zwar noch keine Zeit, ihn gründlich zu lesen, aber die Zusammenfassung läßt keinen Zweifel daran, daß es Selbstmord war.«

Brunetti konnte sich unschwer ausrechnen, wer diese Zusammenfassung erstellt hatte; unklar blieb nur, warum Tenente Scarpa sich in einem Fall engagierte, für den er gar nicht zuständig war.

»Hat der Tenente noch weitere Anhaltspunkte genannt?« fragte Brunetti, sehr darauf bedacht, nur mäßig interessiert zu erscheinen.

»Nein. Wieso?«

»Ach, ich dachte nur, wenn Scarpa sich seiner Sache so sicher ist, dann können wir den Eltern des Jungen ja mitteilen, daß die Ermittlungen abgeschlossen sind.«

»Sie haben doch bereits mit ihnen gesprochen, nicht wahr?«

»Vor ein paar Tagen, ja. Aber wie Sie sich erinnern werden, Vice-Questore, baten Sie mich, dafür Sorge zu tragen, daß unsere Ergebnisse hieb- und stichfest sind, damit der Vater, der anderen staatlichen Stellen ja schon die größten Scherereien bereitet hat, nichts an unserer Arbeit auszusetzen findet.«

»Sie spielen auf den Moro-Report an?«

»Ganz recht. Wenn ich Sie richtig verstanden habe, sollte Moro keine Handhabe bekommen, unsere Ermittlungen zum Tod seines Sohnes einer ähnlichen Überprüfung zu unterziehen.« Brunetti hielt inne, um die Wirkung seiner Worte abzuschätzen, und als Patta erste Anzeichen von Unbehagen erkennen ließ, setzte er noch eins drauf. »Wie es scheint, genießt Dottor Moro das Vertrauen großer Teile der Bevölkerung, was bedeutet, daß eine Beschwerde von ihm auf breites Medienecho stoßen würde.« Hier gestattete sich der Commissario ein gleichmütiges Schulterzucken. »Aber wenn Tenente Scarpa sich vergewissert hat, daß die Beweislage ausreicht, um die Eltern vom Selbstmord ihres Sohnes zu überzeugen, dann brauche ich den Fall wohl nicht weiterzuverfolgen.« Brunetti schlug sich geschäftig auf die Schenkel und erhob sich rasch, schon auf dem Sprung zu neuen Aufgaben, jetzt, da sein Kollege Scarpa den Fall Moro so zufriedenstellend abgeschlossen hatte.

»Nun ja«, meinte Patta gedehnt, »vielleicht wäre es voreilig anzunehmen, daß die Sachlage so schlüssig ist, wie Tenente Scarpa glauben möchte.«

Doch so leicht wollte Brunetti ihn nicht davonkommen lassen. »Verzeihen Sie, Vice-Questore, aber ich verstehe nicht ganz«, entgegnete er scheinheilig, gespannt, wie weit Patta wohl gehen würde, um sich von Scarpas Übereifer zu distanzieren. Aber Patta sagte erst einmal gar nichts, und so tastete sich Brunetti, kühn geworden, weiter vor: »Gibt es irgendwelche Zweifel wegen

Scarpas Zeugen?« Er mußte sich gewaltig zusammennehmen, um das letzte Wort ohne Ironie auszusprechen. Da Patta immer noch schwieg, fragte Brunetti rundheraus: »Was genau hat er Ihnen berichtet, Signore?«

Patta forderte Brunetti mit einer Handbewegung auf, wieder Platz zu nehmen, und lehnte sich seinerseits, das Kinn in die Hand gestützt, entspannt im Sessel zurück – zweifellos eine jener ostentativ unbedrohlichen Posen, die auf Managementseminaren einstudiert wurden, um Solidarität mit Untergebenen zu demonstrieren. Jetzt lächelte der Vice-Questore, dann rieb er sich die linke Schläfe und lächelte wieder. »Ich meine, der Tenente ist vielleicht zu sehr darauf bedacht, dem Wunsch der Eltern nach einem zweifelsfreien Bescheid nachzukommen. Fest steht, daß seitens der Schüler zu hören war, Moro sei in den Tagen vor seinem Tod nicht ganz er selbst gewesen. Aus der nötigen Distanz betrachtet, könnte man dem Tenente vorhalten, daß es vielleicht etwas übereilt war, daraus den Beweis für einen Selbstmord abzuleiten«, räumte Patta ein, fügte dann aber rasch hinzu: »Obwohl ich überzeugt bin, daß er recht hat.«

»Konnten die Schüler beschreiben, was sich an Moros Verhalten geändert hatte?« Bevor Patta darauf antworten konnte, schob Brunetti eine zweite Frage nach. »Und um wen handelt es sich eigentlich, ich meine, wie hießen die Zeugen?«

»Ich weiß nicht, ob Scarpa Namen genannt hat«, antwortete Patta.

»Dann stehen sie sicher in seinem Bericht.« Brunetti beugte sich ein wenig vor, als erwarte er, daß der Vice-Questore ihm nun gleich Scarpas schriftliches Protokoll herüberreichen würde.

»Er hat mir seinen Bericht mündlich vorgetragen.«

»Aber ohne Namen zu nennen?« fragte Brunetti.

»Soweit ich mich erinnern kann, ja.«

»Wissen Sie zufällig, ob er ein schriftliches Protokoll nachgereicht hat, Vice-Questore?«

»Wohl kaum, nachdem er mich ja persönlich unterrichtet hatte«, sagte Patta.

»Natürlich.«

»Was soll das denn heißen?« fragte Patta, wieder ganz der alte, in scharfem Ton.

Brunetti lächelte verbindlich. »Nur daß es ganz natürlich ist, wenn für den Tenente mit dem Rapport bei seinem Vorgesetzten der Fall erledigt war.« Der Commissario ließ diesen Satz lange nachwirken. Dann fragte er mit einer Miene, die er einem Tenor in der Rolle des Narren aus *Boris Godunow* abgeschaut hatte: »Wie soll es nun weitergehen, Signore?«

Er fürchtete schon, er hätte den Bogen überspannt, aber Pattas Antwort zerstreute seine Bedenken. »Man sollte sich noch einmal vergewissern, ob die Eltern sich mit dem Fazit ›Selbstmord‹ zufriedengeben.« Die Ungeniertheit, mit der Patta kundtat, daß ihn die Wahrheit nicht im geringsten interessierte, war einfach atemberaubend.

»Vielleicht«, schlug Brunetti scheinheilig vor, »sollte der Tenente mit den Eltern reden?«

Nun hatte er Patta wirklich erschreckt. »Nein, nein, das übernehmen besser Sie. Schließlich haben Sie bereits mit den Moros gesprochen, und ich nehme an, man hat Sie als mitfühlend in Erinnerung.« Nie hatte diese Eigenschaft so nach einem Charakterfehler geklungen als in dem Augenblick, da Patta sie seinem Commissario zuschrieb. Der Vice-Questore überlegte laut weiter. »Ja, gehen Sie hin, reden Sie mit den Leuten, und wirken Sie auf sie ein. Sie werden das schon machen. Sobald wir die Moros überzeugt haben, daß es Selbstmord war, können wir den Fall abschließen.«

»Und uns wieder um das Kasino kümmern?« Die Frage konnte Brunetti sich nicht verkneifen.

Pattas Blick senkte nicht nur die Temperatur im Raum, er rückte auch Brunetti auf merkliche Distanz. »Ich denke, die Stadt hat hinlänglich bewiesen, daß sie dieses Problem aus eigener

Kraft bewältigen kann.« Pattas gedrechselte Antwort weckte in Brunetti, übrigens nicht zum ersten Mal, den Verdacht, daß sein Vorgesetzter vielleicht doch nicht so beschränkt war, wie er es sich gern einredete.

Oben in seinem Zimmer kramte er so lange in den Papieren auf seinem Schreibtisch, bis er den schmalen Ordner mit den Unterlagen zum Tod Ernesto Moros gefunden hatte. Er suchte die Telefonnummer des Vaters heraus und wählte. Nach sechsmaligem Läuten meldete sich eine Männerstimme mit dem Familiennamen.

»Dottor Moro«, sagte Brunetti, »hier spricht Commissario Guido Brunetti. Ich würde mich gern noch einmal mit Ihnen unterhalten, wenn das möglich ist.« Und als Moro nicht antwortete, fragte er in das Schweigen hinein: »Könnten Sie mir sagen, um welche Zeit es Ihnen paßt?«

Er hörte den Mann am anderen Ende seufzen. »Ich habe doch deutlich erklärt, daß ich Ihnen nichts zu sagen habe, Commissario.« Seine Stimme klang ruhig und ganz und gar ausdruckslos.

»Ja, Dottore, ich weiß, und ich entschuldige mich für die Störung, aber ich brauche dringend ein paar Auskünfte von Ihnen.«

»Dringend?«

»Ich denke schon, ja.«

»Wir brauchen sehr wenig in diesem Leben, Commissario. Haben Sie darüber schon einmal nachgedacht?« fragte Moro so ernsthaft, als sei er bereit, den Rest des Nachmittags darüber zu diskutieren.

»Ja, schon oft, Signore. Und ich gebe Ihnen recht.«

Da überraschte der Arzt ihn mit der Frage: »Haben Sie Ivan Ilych gelesen?«

»Den Autor oder die Novelle von Tolstoi, Dottore?«

Brunettis Antwort hatte nun offenbar Moro in Erstaunen versetzt, denn es entstand eine lange Pause, bevor der Doktor sagte: »Die Novelle.«

»Ja, sogar mehrmals.«

Wieder seufzte der Arzt, dann blieb es fast eine volle Minute still in der Leitung. »Kommen Sie um vier, Commissario«, sagte Moro und legte auf.

Obwohl er es sich kaum zutraute, beiden Eltern am selben Tag gegenüberzutreten, gab Brunetti sich einen Ruck und rief gleich anschließend bei Signora Moro an. Er ließ es einmal klingeln, unterbrach die Verbindung und drückte dann die Wahlwiederholungstaste. Zu seiner Erleichterung nahm niemand ab. Er hatte keine Nachforschungen über den Verbleib der Eltern angestellt. Es war also durchaus denkbar, daß Signora Moro nach der Beerdigung ihres Sohnes der Stadt, ja dem Land den Rücken gekehrt hatte, um alles hinter sich zurückzulassen – außer ihrer Mutterschaft.

Da Brunetti wußte, daß solche Spekulationen zu nichts führten, vertiefte er sich ergeben wieder in den Papierkram.

Der Mann, der den Commissario um vier Uhr nachmittags einließ, hätte gut und gern der ältere Bruder Moros sein können, vorausgesetzt, dieser Bruder litte an Auszehrung. Die schlimmsten Symptome fanden sich in den Augen, über deren Iris wie ein dünner Schleier eine trübe Flüssigkeit lag, während das Weiße jene gelbliche Färbung angenommen hatte, die oft bei betagten Menschen auftritt. Unter beiden Augen lagerten dunkle Schatten; die edel geformte Nase war zum fleischlosen Höcker geworden; der vormals kräftige hohe Hals schien geschrumpft, und unter der schlaffen Haut zeichneten sich die Sehnenbänder ab, die allein ihn noch aufrecht hielten. Brunetti schlug die Augen nieder, um sich den Schock über diese drastische Verwandlung nicht anmerken zu lassen. Doch als er sah, wie jämmerlich dem Doktor die Hosenaufschläge über die Absätze bis auf den Boden schleiften, hob er entschlossen den Kopf und schaute Moro offen an. Der aber wandte sich ab und ging voraus ins Wohnzimmer.

»Also, Commissario? Was haben Sie mir zu sagen?« fragte

Moro, als sie einander gegenübersaßen. Seine Stimme hatte nichts von ihrer untadeligen Höflichkeit eingebüßt.

Entweder war seine Cousine oft in der Wohnung, oder jemand anders versah den Haushalt. Jedenfalls glänzte das Parkett, die Läufer darauf waren geometrisch ausgerichtet, und in drei Murano-Vasen prangten üppige Blumenarrangements. Den kultivierten Lebensstandard der Familie hatte der Tod nicht angegriffen; wenngleich Moro ebensogut im Kassenraum einer Bank hätte leben können, so wenig wie er auf seine Umgebung achtete.

»Ich denke, Sie sind nun über die Lüge hinaus, Dottore«, begann Brunetti unvermittelt.

Moro machte nicht den Eindruck, als ob er diesen Einstieg auch nur im geringsten befremdlich fände. »Das kann man so sagen«, antwortete er nur.

»Ich habe sehr viel nachgedacht über unser letztes Gespräch«, sagte Brunetti in der Hoffnung, eine Brücke zwischen sich und dem Mann auf der anderen Seite des Tisches zu schlagen.

»Und ich erinnere mich schon nicht mehr daran«, versetzte Moro, doch es klang weder unwirsch, noch lächelte er dabei.

»Ich hatte versucht, mit Ihnen über Ihren Sohn zu reden.«

»Das ist verständlich, Commissario, nachdem er gerade gestorben war und Sie ja wohl die Ermittlungen zu seinem Tod leiteten.«

Brunetti horchte vergebens auf einen bitteren oder zornigen Unterton. »Auch über Ihren Sohn habe ich sehr viel nachgedacht«, sagte er.

»Und ich denke an nichts anderes mehr«, erwiderte Moro kühl.

»Gehören zu Ihren Gedanken an ihn auch solche, die Sie mir anvertrauen können?« fragte Brunetti und fügte einschränkend hinzu: »Oder anvertrauen werden?«

»Was interessieren Sie meine Gedanken, Commissario?« Während Moro das sagte, fiel Brunetti auf, daß Daumen und Mittelfinger seiner rechten Hand unaufhörlich aneinanderrieben, als ob ein unsichtbarer Gegenstand zwischen ihnen hin und her rollte.

»Wie ich schon sagte, Dottore, ich meine, Sie sind jetzt über die Lüge hinaus, und darum gestehe ich Ihnen freimütig: Ich glaube nicht, daß Ihr Sohn sich das Leben genommen hat.«

Moros Blick glitt für einen Moment ins Leere, dann fand er zu Brunetti zurück. »Lügen sind nicht das einzige, worüber ich hinaus bin, Commissario.«

»Was meinen Sie damit?« erkundigte sich Brunetti zuvorkommend.

»Daß ich kaum noch Interesse an der Zukunft habe.«

»Ihrer eigenen?«

»Der meinen oder der irgendeines anderen.«

»Und wie steht es mit Ihrer Frau?« Eine Frage, für die Brunetti sich umgehend schämte.

Moros Lider zuckten zweimal, dann sagte er: »Wir leben getrennt, meine Frau und ich.«

»Und was ist mit Ihrer Tochter?« sagte Brunetti, der sich erinnerte, daß in einem der Artikel über Moro von einer Tochter die Rede gewesen war.

»Das Sorgerecht wurde der Mutter zugesprochen«, versetzte Moro scheinbar gleichgültig.

Brunetti wollte einwenden, daß Moro trotzdem noch der Vater sei, aber er brachte es nicht übers Herz. Also begnügte er sich mit der Feststellung: »So eine Trennungsregelung ist ja eher ein juristischer Tatbestand.«

Moro gab erst lange keine Antwort. Endlich sagte er: »Ich fürchte, ich kann Ihnen nicht ganz folgen.«

Bisher hatte Brunetti weniger auf den Wortlaut ihres Gesprächs geachtet und sich statt dessen mehr auf Moros Tonfall konzentriert, auf seine Gesten, die Art, wie er dasaß, die Nuancen in seiner Stimme – und dabei erkannt, wie weit der Mann seinem Schmerz entrückt war, als hätte man sein Herz gleichsam in Schutzhaft genommen und zur Beantwortung allfälliger Fragen nur den Verstand zurückgelassen. Aber geblieben war auch noch eine spürbare Furcht; nicht vor ihm, dem Polizisten, sondern davor, mit Worten etwas von dem zu verraten, was sich hinter der so kühl beherrschten Fassade verbarg.

Brunetti entschloß sich, den Einwurf des Doktors als Frage zu verstehen, und so entgegnete er: »Ich habe mit Ihrer Frau gesprochen, Signore, und sie hat nicht ein bitteres Wort über Sie verloren.«

»Hätten Sie das denn erwartet?«

»Unter diesen Umständen, allerdings. Ich meine, es wäre doch verständlich, wenn sie jetzt mit Ihnen haderte, Ihnen zumindest eine Mitschuld am Tod Ihres Sohnes geben würde. Denn vermutlich waren Sie es doch, der ihn zum Eintritt in die Akademie bewogen hat.«

Moro starrte ihn entgeistert an, öffnete den Mund, wie um etwas zu seiner Verteidigung vorzubringen, besann sich dann aber und schwieg. Doch seine Miene war so aufgewühlt, daß Brunetti scheu die Augen niederschlug. Als er wieder aufblickte, sah er in ein ausdrucksloses Gesicht.

Brunetti wußte lange nichts zu sagen, bis er endlich ganz impulsiv und fast flehentlich an sein Gegenüber appellierte: »Ich möchte, daß Sie mir vertrauen, Dottore.«

Nach einigem Schweigen antwortete Moro mit müder Stimme: »Und ich würde Ihnen gern vertrauen, Commissario. Aber es geht nicht.« Als er sah, daß Brunetti etwas einwenden wollte, fuhr er rasch fort: »Es liegt nicht an Ihnen, Sie sind gewiß ein ehrenwerter Mann, aber ich habe nun einmal gelernt, niemandem mehr zu trauen.« Wieder wollte Brunetti etwas sagen, und diesmal gebot Moro ihm mit erhobener Hand Einhalt. »Außerdem vertreten Sie in der Eigenschaft, in der Sie hier sind, einen Staat, den ich für kriminell und gewissenlos halte, was Ihnen mein Vertrauen ein für allemal verwehrt.«

Im ersten Moment war Brunetti tief gekränkt und wollte sich verteidigen, aber in der Stille, die Moros Worten folgte, begriff er, daß die Kritik des Doktors sich nicht gegen ihn persönlich richtete: Verwerflich war in Moros Augen nur seine Rolle als Staatsdiener. Und Brunetti hatte zuviel Verständnis für diese Position, um dagegen aufzubegehren.

Als der Commissario sich erhob, wirkte er erschöpft, und seine Bewegungen hatten rein gar nichts von jener markierten Entschlossenheit, mit der er das Gespräch bei Patta beendet hatte. »Wenn Sie Ihre Meinung ändern sollten und doch einmal mit mir reden wollen, Dottore, dann rufen Sie mich an, bitte.«

»Gewiß«, sagte Signor Moro mit höflichem Desinteresse. Dann stand auch er auf, brachte Brunetti zur Tür und ließ ihn hinaus.

15

Als der Commissario auf die Straße trat und nach seinem *telefonino* griff, stellte er fest, daß er es entweder im Büro oder zu Hause in einer anderen Jacke vergessen hatte. Trotzdem widerstand er der verlockenden Einflüsterung, es lohne sich gar nicht, Signora Moro so spät am Nachmittag noch anzurufen, weil sie ohnehin nicht mit ihm reden würde. Zumindest widerstand er so lange, bis zwei Anläufe mit öffentlichen Fernsprechern fehlgeschlagen waren. Der erste, eine dieser neuen, aerodynamischen Chrominstallationen, welche die häßlichen, aber verläßlichen orangeroten Monster von früher abgelöst hatten, wollte seine Telefonkarte nicht annehmen, und beim zweiten ertönte jedesmal, wenn er die Nummer wählte, statt des Freizeichens ein undefinierbares Tuten. Entnervt riß er die Karte aus dem Schlitz, schob sie zurück in die Brieftasche und machte sich guten Gewissens (er hatte es zumindest versucht) auf, die wenige noch verbleibende Arbeitszeit in der Questura zu verbringen.

Auf dem *traghetto*, das zwischen dem Anleger an der Salute und San Marco verkehrte, richteten seine venezianischen Kniegelenke sich wie von selbst auf die ruckhaften Schaukelbewegungen ein, die im Wechselspiel zwischen den Ruderschlägen der *gondolieri* und der Strömung aus der Lagune entstanden. Während sie gemächlich den Canal Grande durchquerten, ließ Brunetti seine Blicke schweifen und stellte erschrocken fest, daß die Sinne mit den Jahren offenbar gehörig abstumpften: Vor ihm lag der Palazzo Ducale, überragt von den gleißenden Kuppeln der Basilica di San Marco, aber sein Auge glitt so gelassen darüber hin, als wäre es nur der bemalte Prospekt für eine schale Provinzaufführung des *Othello*. Wie hatte es bloß so weit kommen können mit ihm, daß er im Angesicht solch erhabener Pracht vollkommen unberührt blieb? Begleitet vom monotonen Knarzen der Rudergabel, spann er seinen Gedankengang fort und fand es genauso unverständlich, wie er heutzutage Paola bei Tisch gegenübersitzen konnte, ohne daß es ihn danach verlangte, ihre Brüste zu liebkosen; oder wie er es fertigbrachte, seinen Kindern zuzusehen, wenn sie sich nebeneinander auf dem Sofa in irgendeine alberne Fernsehsendung vertieften, ohne daß sich ihm die Eingeweide zusammenzogen aus Angst vor den mannigfachen Gefahren, die im Leben auf sie lauerten.

Die Gondel machte am Anleger fest, und als der Commissario von Bord ging, ermahnte er sich, seine törichten Beklemmungen auf dem Boot zurückzulassen. Er wußte aus Erfahrung, daß seine Begeisterungsfähigkeit nicht unwiederbringlich verloren war, sondern daß sie zurückkehren und ihm all das Schöne, das ihn auf Schritt und Tritt umgab, fast schmerzhaft bewußt machen würde.

Vor Jahren hatte eine schöne Frau aus seinem Bekanntenkreis ihn davon überzeugen wollen, daß ihre Schönheit in gewisser Weise ein Fluch sei, weil die Menschen nämlich nur Augen dafür hätten und all ihre anderen Vorzüge einfach nicht zur Kenntnis nähmen. Er hatte das damals für koketten Komplimentefang gehalten und war galant darauf eingegangen, aber jetzt verstand er vielleicht, was sie meinte, zumindest wenn er ihren Vergleich auf die Stadt übertrug: Niemand sorgte sich ernsthaft um deren weiteres Schicksal – wie sonst sollte man sich die ständigen Wechsel in der Stadtspitze erklären? –, wenn nur alle aus ihrer Schönheit Profit schlagen und sich in ihrem Abglanz sonnen konnten, solange es sie noch gab.

In der Questura ging er als erstes zu Signorina Elettra, die gerade den *Gazzettino* las. Sie begrüßte ihn mit einem Lächeln und deutete auf den Leitartikel. »Der designierte US-Präsident will anscheinend alle Beschränkungen für den Verbrauch fossiler Brennstoffe aufheben«, sagte sie und las ihm die Schlagzeile vor: »BUSH BRÜSKIERT UMWELTSCHÜTZER«.

»Das paßt zu ihm«, sagte Brunetti, der sich auf dieses Thema lieber nicht einlassen wollte. Im stillen fragte er sich, ob die Signorina sich wohl von Vianello, einem leidenschaftlichen Umweltschützer, hatte bekehren lassen. Signorina Elettra blickte nur kurz zu ihm auf, dann war sie schon wieder bei ihrer Zeitung. »Und dann noch das: VENEDIG – STADT OHNE ZUKUNFT«.

»Wie bitte?« fragte Brunetti bestürzt und ohne eine Ahnung, worauf sich diese alarmierende Schlagzeile beziehen mochte.

»Na ja, wenn die Erderwärmung weiter voranschreitet, dann schmelzen die Polkappen, der Meeresspiegel steigt – und das wäre dann das Ende von Venedig«, erklärte Signorina Elettra und klang dabei erstaunlich gefaßt.

»Und Bangladesch müßte auch dran glauben«, ergänzte Brunetti.

»Ja, sicher. Ob Herr Bush diese Auswirkungen bedacht hat?«

»Ich glaube, das übersteigt seine Fähigkeiten.« Brunetti, der es in der Regel vermied, mit Kollegen und Mitarbeitern über Politik zu diskutieren, war sich nicht sicher, ob Auslandspolitik auch unter dieses Tabu fiel.

»Da haben Sie wahrscheinlich recht. Außerdem werden die Flüchtlinge sowieso alle bei uns landen und nicht drüben in den Staaten.«

»Was denn für Flüchtlinge?« fragte Brunetti, unsicher, wohin dieses Gespräch noch führen sollte.

»Na, die aus Bangladesch. Wenn das Land überflutet wird und eines Tages für immer unter Wasser steht, dann werden die Bewohner ja wohl nicht dort bleiben und brav ertrinken, nur damit sie anderswo niemandem zur Last fallen. Also müssen sie irgendwohin auswandern, und da der Osten ihnen kaum Asyl gewähren wird, werden sie zu uns kommen.«

»Ist Ihre Geographie nicht ein bißchen abenteuerlich, Signorina?«

»Ich meine doch nicht, daß die Bangladeschis auf direktem

Wege zu uns kommen. Aber die Völker, die sie verdrängen, werden ihrerseits westwärts ziehen und wiederum andere in die Immigration nötigen, und die letzten in der Kette, die landen dann bei uns.« Verwundert über seine langsame Auffassungsgabe, blickte sie zu ihm hoch. »Sie haben doch Geschichte studiert, Signore, nicht wahr?« Und als er nickte, fuhr sie fort: »Dann wissen Sie doch, daß es darauf hinausläuft.«

»Mag sein«, antwortete Brunetti, hörbar skeptisch.

»Wir werden ja sehen«, sagte sie nachsichtig und faltete die Zeitung zusammen. »Was kann ich für Sie tun, Signore?«

»Also, ich habe heute morgen mit dem Vice-Questore gesprochen, und wie es scheint, will er sich im Fall Moro nun doch nicht allein auf Tenente Scarpas Selbstmordtheorie verlassen.«

»Er fürchtet wohl einen zweiten Moro-Report?« Signorina Elettra hatte Patta auf Anhieb durchschaut und in Worte gefaßt, was der Vice-Questore in dieser Deutlichkeit sicher nicht zugegeben hätte.

»Höchstwahrscheinlich. Auf jeden Fall will er auf Nummer Sicher gehen und alle anderen Möglichkeiten ausschließen, bevor er die Ermittlungen einstellt.«

»Da kommt ja nur eine in Frage, oder?«

»Ja.«

»Und was ist Ihre Meinung?« Sie schob die Zeitung beiseite und beugte sich so eifrig vor, daß ihre Körpersprache die Neugier verriet, die ihrer Stimme nicht anzumerken war.

»Ich kann nicht glauben, daß er sich umgebracht hat.«

»Ich finde es auch unvorstellbar, daß ein so junger Mensch einfach sein Leben wegwerfen, seine Familie und alles hinter sich lassen würde.«

»Kinder denken nicht unbedingt an die Gefühle ihrer Eltern, wenn sie sich etwas in den Kopf gesetzt haben«, wandte Brunetti ein, ohne selbst zu wissen, warum. Vielleicht nur, um die Argumente vorwegzunehmen, die man ihm an höherer Stelle entgegenhalten würde.

»Das weiß ich auch, aber Moro hatte ja noch eine kleine Schwester. Man sollte meinen, daß er wenigstens auf die Rücksicht genommen hätte. Doch wer weiß, vielleicht haben Sie recht.«

»Diese Schwester – wie alt ist sie eigentlich?« fragte Brunetti, der sich nicht erklären konnte, wieso beide Eltern so wenig Interesse an ihrem zweiten Kind bekundeten.

»Sie kam in einem der Artikel über die Familie vor«, antwortete Signorina Elettra. »Oder vielleicht hat auch ein Bekannter sie erwähnt. Im Moment sind die Moros ja in aller Munde.« Sie schloß die Augen, um sich besser konzentrieren zu können, neigte den Kopf zur Seite, und Brunetti stellte sich vor, wie sie durch die Datenbanken in ihrem Kopf scrollte. Endlich sagte sie: »Nein, ich muß es doch irgendwo gelesen haben, denn mir fehlt jeder gefühlsmäßige Bezug, und den hätte ich, wenn jemand mir von dem Kind erzählt hätte.«

»Haben Sie alles Pressematerial aufgehoben?«

»Ja, sämtliche Zeitungsausschnitte und die Magazinberichte sind in dem Ordner über den Moro-Report.« Doch bevor Brunetti sie um Einsicht bitten konnte, sagte sie: »Lassen Sie mich das machen. Vielleicht erkenne ich ja den Artikel wieder, wenn ich ihn sehe oder zu lesen anfange.« Sie sah auf die Uhr. »Geben Sie mir eine Viertelstunde, dann haben Sie die Information.«

Brunetti bedankte sich und ging in sein Büro, um dort auf Signorina Elettra zu warten. Wieder wählte er Signora Moros Nummer, doch es ging immer noch niemand ran. Warum hatte sie ihre Tochter mit keinem Wort erwähnt, und warum fand sich in beiden Wohnungen keine Spur von dem Kind? Der Commissario stellte eine Liste mit all den Ungereimtheiten zusammen, denen Signorina Elettra nachgehen sollte, doch noch bevor er damit fertig war, kam sie mit einem Ordner in der Hand herein. »Hier, ich hab's gefunden, Signore«, sagte sie. »Die Tochter heißt Valentina. Sie ist neun.«

»Steht auch drin, bei welchem Elternteil sie lebt?«

»Leider nicht, nein. In einem Artikel über Moro, der vor sechs Jahren erschienen ist, heißt es, er habe einen Sohn, Ernesto, elf, und die Tochter Valentina, drei Jahre alt. Ansonsten wird das Mädchen nur noch in dem Bericht in *La Nuova* erwähnt.«

»Als ich bei den Eltern war, habe ich nirgends eine Spur von dem Kind gesehen.«

»Haben Sie denn etwas gesagt?«

»Über das Mädchen?«

»Nein, ich meine, haben Sie irgendeine Bemerkung gemacht, die der Mutter hätte Anlaß geben können, ihre Tochter zu erwähnen?«

Brunetti versuchte sich das Gespräch mit Signora Moro ins Gedächtnis zu rufen. »Nein, nicht daß ich wüßte.«

»Na, dann ist es doch verständlich, daß sie nicht von allein auf sie zu sprechen kam, oder?«

Seit nunmehr fast zwanzig Jahren teilte Brunetti sein Zuhause mit erst einem Kind und dann mit zweien, und seither hatte es wohl keinen Tag gegeben, an dem sie in der Wohnung nicht ihre Spuren hinterlassen hätten: Ständig waren Spielzeug, Kleidungsstücke, Schuhe, Schals, Bücher, Papiere, Discmen wahllos und kunterbunt in allen Zimmern verstreut. Alles Zureden, Bitten, Drohen war machtlos gegen diesen offenbar artbedingten Drang menschlicher Brut, ihr Nest zuzumüllen. Ein engherziger Charakter hätte das womöglich als Plage empfunden: Brunetti glaubte, die Natur habe es so gefügt, damit die Eltern sich beizeiten in Geduld übten, um gewappnet zu sein, wenn das Chaos, das heute in den Zimmern herrschte, auf Gefühls- und Hormonhaushalt übergreifen würde.

»Trotzdem hätte ich es gemerkt, wenn ein Kind im Haus gewesen wäre«, beharrte er.

»Vielleicht haben die Moros sie ja zu Verwandten gegeben«, meinte Signorina Elettra.

»Ja, mag sein«, stimmte Brunetti zu, obwohl ihr Vorschlag ihn nicht überzeugte. Wann immer seine Kinder zu Besuch bei den Großeltern oder anderen Verwandten weilten, blieben daheim immer noch genügend unübersehbare Spuren zurück. Auf einmal hatte er eine Vorstellung davon, was es für die Moros bedeutet haben mußte, die Erinnerung an Ernesto aus ihren Wohnungen zu entfernen. Aber selbst wenn sie das geschafft hatten, war die Gefahr noch lange nicht gebannt: Eine einzelne Socke, die aus dem hintersten Winkel einer Kommode zum Vorschein kam, genügte, um das Herz einer Mutter aufs neue zu brechen; eine CD von den Spice Girls, die versehentlich in die Hülle von Vivaldis Flötensonaten geraten war, konnte alle mühsam errungene Fassung im Nu zerstören. Es würde Monate, vielleicht Jahre dauern, bevor die Wohnung aufhörte, ein Minenfeld zu sein; bis den Eltern nicht jedesmal, wenn sie einen Schrank oder eine Schublade öffneten, die Angst im Nacken saß.

Brunetti wurde in seinen düsteren Grübeleien unterbrochen, als Signorina Elettra vortrat und ihm den Ordner auf den Schreibtisch legte.

»Vielen Dank«, sagte er. »Ich hätte da noch ein paar Dinge, die ich Sie bitten wollte, für mich zu recherchieren.« Damit schob er ihr seine Liste zu und erläuterte sie Punkt für Punkt.

»Versuchen Sie herauszufinden, wo das Mädchen zur Schule geht. Wenn sie bei ihrem Vater oder ihrer Mutter wohnt oder gewohnt hat, dann muß sie in einer venezianischen Schule gemeldet sein. Dann die Großeltern: Es wäre gut, wenn wir die ausfindig machen könnten. Moros Cousine – leider habe ich ihre Adresse nicht – könnte da vielleicht weiterhelfen.« Dann fiel ihm noch die befreundete Familie in Siena ein, und er beauftragte Signorina Elettra, sich bei der dortigen Polizei zu erkundigen, ob das Kind vielleicht bei ihnen lebe. »Und anschließend holen Sie bitte auch Erkundigungen über Moros Frau ein. Befragen Sie jeden: Freunde, Verwandte, Kollegen«, schloß er.

Sie sah ihn prüfend an. »Sie werden nicht lockerlassen, Commissario, wie?«

Er stemmte sich mit den Armen hoch, kam aber noch nicht

zum Stehen. »Ich habe ein ungutes Gefühl bei dem Fall, und was ich bisher gehört habe, gefällt mir ganz und gar nicht. Keiner hat mir die Wahrheit gesagt, ohne daß ich herausgekriegt hätte, warum die Leute lügen.«

»Und was folgt daraus?«

Brunetti lächelte und formulierte es schonend: »Im Moment nichts weiter als meine inständige Bitte an Sie, mir Informationen zu all den Punkten zu beschaffen, die ich Ihnen notiert habe.«

»Und dann?« fragte die Signorina, die keinen Augenblick daran zweifelte, daß ihr das gelingen würde.

»Dann können wir vielleicht einen negativen Beweis führen.«

»Nämlich welchen?«

»Daß Ernesto Moro sich nicht umgebracht hat.«

16

Bevor der Commissario die Questura verließ, versuchte er ein letztes Mal, Signora Moro zu erreichen. Fast fühlte er sich schon wie ein aufdringlicher Verehrer, der um so hartnäckiger wird, je länger die Angebetete sich ihm entzieht. Als er wieder keine Verbindung bekam und überlegte, ob er womöglich einen gemeinsamen Freund übersehen hatte, der ein gutes Wort für ihn einlegen könnte, dämmerte ihm, daß er unversehens auf eine Taktik aus Zeiten verfallen war, da seine Versuche, mit Frauen in Kontakt zu treten, noch ganz andere Motive hatten.

Diese verstörende Parallele beschäftigte ihn, während er auf die Unterführung am Campo San Bartolomeo zuschritt und es vor ihm plötzlich dunkel wurde. Immer noch nicht ganz in der Gegenwart angekommen, blickte er auf und sah vier San-Martino-Kadetten untergehakt und in geschlossener Formation wie zur Parade vom *campo* her in die *calle* einschwenken. Von den wehenden Schößen der langen dunklen Paletots ihrer Winteruniform flankiert, nahmen sie mühelos die ganze Breite der *calle* ein. Zwei Frauen, eine alt, die andere jung, wichen unwillkürlich bis an die Panzerglasfenster der Bank zurück, und ein mit Stadtplan bewehrtes Touristenpaar preßte sich hart an die Fenster der Bar gegenüber. Kaum daß diese schiffbrüchigen Landratten den Weg frei gemacht hatten, rauschte das uniformierte Quartett auch schon mit unverminderter Wucht auf Brunetti zu. Der Commissario sah ihnen in die Augen – grüne Jungs, nicht älter als sein Sohn –, und die Blicke, die ihn trafen, waren hart und mitleidlos wie tropische Sonnenstrahlen. Sein rechter Fuß mochte sekundenlang gezögert haben, aber mit äußerster Willenskraft schob er ihn nach vorn und setzte seinen Weg fort, festen Schrittes und mit einer so gebieterischen Miene, als sei er allein in der Calle della Bissa und Herr über die ganze Stadt.

Die Kadetten rückten näher, und Brunetti erkannte links außen denjenigen, der im Schulhof versucht hatte, ihn ins Verhör zu nehmen. Der atavistische Trieb des überlegenen Männchens, seine Vormachtstellung zu verteidigen, ließ Brunetti seine Richtung um zwei Kompaßgrade korrigieren, so daß er direkt auf den Jungen zuhielt. Er spannte die Bauchmuskeln und legte die Ellbogen an, um sich für den Zusammenprall zu wappnen, aber in letzter Sekunde machte der Junge rechts von dem, auf den Brunetti es abgesehen hatte, einen Ausfallschritt nach rechts, löste sich von seinem Kameraden und gab eine schmale Lücke frei, durch die Brunetti passieren konnte. Doch kaum daß der einen Schritt nach vorn tat, sah er aus dem Augenwinkel, wie sein Widersacher mit dem linken Fuß eine Bewegung machte, als wolle er ihm ein Bein stellen. Da holte er Schwung, warf sich mit seinem ganzen Gewicht nach vorn und spürte zufrieden den harten Aufprall, als seine Schuhspitze mit voller Wucht den Knöchel des Jungen traf. Ohne auch nur einen Moment innezuhalten, setzte Brunetti seinen Weg fort und eilte schnellen Schrittes hinaus auf den *campo,* wo er sich nach links wandte, der Brücke zu.

Da sowohl Raffi als auch Chiara zum Essen daheim waren und er es unschicklich fand, in Gegenwart der Kinder mit seinem hinterhältigen Manöver zu prahlen, erwähnte er den Zusammenstoß mit den Kadetten erst gar nicht, sondern widmete sich ganz den Speisen, die Paola auf den Tisch brachte. Es gab *ravioli di zucca* mit kurz in Butter geschwenkten Salbeiblättern und reichlich Parmesan. Danach gebratenes Kalbsfilet mit Fenchel, das Paola letzte Nacht in einer Marinade aus Rosmarin, Knoblauch, Fenchelsamen und kleingehackter *pancetta* im Kühlschrank hatte durchziehen lassen.

Während sein Gaumen genießerisch die sich mischenden Geschmacksrichtungen der Speisen kostete und das fruchtige Bukett des Sangiovese auch beim dritten Glas noch zu schätzen wußte, fiel Brunetti unversehens wieder ein, wie sehr er sich zuvor um die Sicherheit seiner Kinder gesorgt hatte. In der harmonischen Stimmung, in die ihn das gute Essen und der Wein versetzt hatten, fand er seine Ängste nun doch reichlich übertrieben. Was nicht heißt, daß er sie hätte ablegen oder den naiven Wunsch nach immerwährendem Frieden für sich und die Seinen hätte belächeln können. Er wußte nicht, ob sein angeborener Pessimismus daran schuld war oder ob es die Erfahrungen aus seinem beruflichen Alltag waren, die ihn ständig damit rechnen ließen, daß die Dinge sich zum Schlechteren wenden würden. Fest stand nur, daß seine Vision vom Glück sich immer erst durch einen Filter des Bangens hindurchkämpfen mußte.

»Wieso gibt's eigentlich bei uns nie mehr Rindfleisch?« fragte Raffi.

»Weil«, sagte Paola, die gerade eine Birne schälte, »weil Gianni keinen Bauern findet, dem er vertraut.«

»Wie vertraut?« fragte Chiara zwischen zwei Weinbeeren.

»Nun, darin, daß seine Tiere auch wirklich gesund sind«, antwortete Paola.

»Ich mag sowieso keins mehr«, sagte Chiara.

»Wieso nicht? Weil du davon verrückt würdest?« fragte ihr Bruder und korrigierte gleich feixend: »Noch verrückter?«

»Ich finde, unser Bedarf an Witzen über Rinderwahn ist gedeckt«, bemerkte Paola, die für gewöhnlich nicht so unduldsam war.

»Nein, nicht deswegen«, antwortete Chiara ihrem Bruder.

»Also warum dann?« fragte Brunetti.

»Ach, weil halt«, gab Chiara ausweichend zurück.

»Weil was?« beharrte ihr Bruder.

»Weil wir sie schließlich nicht essen müssen.«

»Früher hat dir das aber nichts ausgemacht«, hielt Raffi ihr entgegen.

»Das weiß ich selber. Früher hat mir vieles nichts ausgemacht. Aber jetzt ist es eben anders.« Und sich ihm zuwendend, holte sie zu einem vermeintlichen Vernichtungsschlag aus. »Falls du noch nicht davon gehört haben solltest: Man nennt das Erwachsenwerden.«

Doch Raffi schnaubte nur verächtlich, worauf sie zu einer neuen Rechtfertigung ansetzte.

»Daß wir die Möglichkeit haben, Tiere zu essen, ist noch lange kein Grund, es auch zu tun.« Es klang, als sagte sie eine eingelernte Lektion auf, was, wie Brunetti vermutete, wohl auch der Fall war.

»Was willst du denn dann essen?« fragte Raffi. »Zucchini?« Und an seine Mutter gewandt: »Sind Witze über Zucchini-Wahn erlaubt?«

Worauf Paola mit jenem olympischen Gleichmut, den Brunetti so bewunderte, zurückgab: »Darf ich das so verstehen, daß du dich für den Abwasch meldest, Raffi?«

Raffi stöhnte, erhob aber keinen Einwand. Ein Brunetti, der mit den Finessen der Jugend nicht so vertraut gewesen wäre, hätte das vielleicht als Zeichen dafür genommen, daß sein Sohn gewillt war, seinen Teil Verantwortung für den gemeinsamen Haushalt zu übernehmen, ja vielleicht sogar als einen ersten Anflug von Reife. Der wahre Brunetti indes, gestählt durch jahrzehntelangen Umgang mit hinterhältigen Verbrechern, durchschaute das Manöver auf Anhieb als kaltblütige Strategie, die momentane Fügsamkeit im Tausch gegen künftige Belohnung anbot.

Als Raffi über den Tisch hinweg nach dem Teller seiner Mutter langte, schenkte Paola ihm ein liebreizendes Lächeln, erhob sich und bewies mit einem einzigen Satz, daß sie verschlagene Taktiken ebenso leicht durchschaute wie ihr Mann: »Danke, *caro tesoro*, das ist lieb von dir, aber Tauchunterricht ist trotzdem nicht drin.«

Brunetti sah ihr nach, als sie hinausstolzierte, dann wandte er sich um und betrachtete forschend seinen Sohn. Raffi stand die Überraschung ins Gesicht geschrieben, doch als er den prüfenden Blick seines Vaters auffing, brachte er sein Gesicht unter Kontrolle und lächelte tapfer. »Wie macht sie das bloß andauernd?« fragte er.

Brunetti wollte ihn schon mit einer Floskel trösten wie der, es gehöre nun einmal zu den Stärken der Mütter, die Gedanken ihrer Kinder lesen zu können, als Chiara, die inzwischen emsig das Obst auf dem Tablett verputzt hatte, aufsah und wie selbstverständlich erklärte: »Das kommt daher, daß sie Henry James liest.«

Als sie später in Paolas Arbeitszimmer saßen und Brunetti ihr von seinem Zusammenstoß mit den Kadetten erzählte, verschwieg er den animalischen Triumph, den er empfunden hatte, als sein Fuß auf den Knöchel jenes arroganten Jungen traf.

»Du kannst von Glück sagen, daß es hier passiert ist«, sagte sie nur, als er geendet hatte, und ergänzte dann: »In Italien.«

»Wieso? Was meinst du damit?«

»Daß es viele Orte auf der Welt gibt, wo so ein Bravourstück dich das Leben gekostet hätte.«

»Nenn mir zwei«, sagte er, gekränkt, weil sie sein tapferes Bravourstück so kaltlächelnd abtat.

»Sierra Leone und die Vereinigten Staaten«, erwiderte Paola. »Aber das heißt nicht, daß ich nicht stolz bin auf das, was du getan hast.«

Brunetti schwieg eine ganze Weile, dann fragte er: »Merkt man mir an, wie voreingenommen ich gegen die bin?«

»Gegen wen?«

»Eben Jungen wie die, aus reicher Familie, mit besten Beziehungen und diesem herrischen Wesen.«

»Du meinst Familien wie meine?« In ihren ersten gemeinsamen Jahren, bevor Brunetti gelernt hatte, daß Paolas schockierend brutale Offenheit oftmals alles andere als aggressiv war, hätte die Frage ihn verblüfft. Jetzt beantwortete er sie einfach mit einem schlichten: »Ja.«

Sie faltete die Hände und stützte das Kinn auf die Fingerknöchel. »Merken würde das wohl nur jemand, der dich sehr gut kennt. Oder der aufmerksam verfolgt, was du sagst.«

»Jemand wie du?« fragte er lächelnd.

»Ja.«

»Was glaubst du, woran es liegt, daß sie mich so leicht auf die Palme bringen?«

Paola zögerte; es war beileibe nicht das erste Mal, daß sie darüber nachdachte, aber er hatte ihr die Frage noch nie so direkt gestellt. »Ich glaube, es hat viel mit deinem Gerechtigkeitssinn zu tun.«

»Nicht mit Eifersucht?« hakte er nach, um ihr ein Kompliment zu entlocken.

»Nein, zumindest nicht irgendeiner primitiven Form von Eifersucht.«

Brunetti lehnte sich im Sofa zurück und verschränkte die Hände hinter dem Kopf. Er rutschte noch ein wenig hin und her, um sich eine bequemere Stellung zu suchen, und als er sie gefunden hatte, fuhr Paola fort: »Ich glaube, was dir so gegen den Strich geht, ist nicht, daß manche Menschen mehr besitzen als andere, sondern daß die Reichen nicht begreifen oder nicht einsehen wollen, daß ihr Geld sie weder über die anderen erhebt noch ihnen das Recht gibt, sich alles herauszunehmen.« Als er das nicht in Abrede stellte, fügte sie hinzu: »Und du stößt dich an ihrer Weigerung, auch nur ansatzweise darüber nachzudenken, daß sie ihr Vermögen schließlich nicht aus eigener Kraft erworben oder verdient haben.« Sie lächelte ihn an. »So erkläre zumindest ich mir, warum dir diese Schicht so verleidet ist.«

»Und du?« fragte er. »Bist du auch gegen sie?«

Paola lachte schallend. »Das kann ich mir nicht leisten«, sagte sie. »Dafür gibt's zu viele davon in meiner Familie.« Er stimmte in ihr Lachen ein, und sie setzte hinzu: »Als ich jung war und noch mehr Ideale hatte, da habe ich mich schon gegen sie aufgelehnt. Aber mit der Zeit sah ich ein, daß sie sich nicht ändern würden, und außerdem waren mir einige von ihnen inzwischen sehr ans Herz gewachsen, und ich wußte, daran würde sich nie etwas ändern – also blieb mir keine andere Wahl, als sie so zu nehmen, wie sie sind.«

»Die Liebe geht über die Wahrheit?«

»Tut mir leid, aber die Liebe geht über alles, Guido«, sagte sie in vollem Ernst.

Am nächsten Morgen stieß Brunetti auf dem Weg zur Questura auf eine Ungereimtheit im Fall Moro, die er bislang übersehen hatte: Wieso war der Junge eigentlich Internatszögling gewesen? Das strenge Reglement der San Martino mit all ihren Richtlinien und Vorschriften hatte ihn so sehr beschäftigt, daß, als er Ernestos Zimmer durchsuchte, die naheliegende Frage unterblieb, wieso in einer Gesellschaft, die junge Menschen darin bestärkte, bis zur Heirat daheim zu leben, ausgerechnet dieser junge Mann nicht bei seinen Eltern wohnte, obwohl doch beide in Venedig ansässig waren.

Am Eingang zur Questura wäre er um ein Haar mit Signorina Elettra zusammengestoßen. »Gehen Sie außer Haus?« fragte er.

Sie sah auf die Uhr. »Brauchen Sie etwas, Signore?« fragte sie zurück. Aber der Commissario merkte nicht, daß das eigentlich keine rechte Antwort war.

»Ja, ich wollte Sie bitten, für mich einen Anruf zu übernehmen.«

Sie trat bereitwillig in den Flur zurück. »Bei wem?«

»Der Akademie San Martino.«

Mit unverhohlener Neugier in der Stimme fragte sie: »Und was soll ich denen sagen?« Inzwischen waren sie schon an der Treppe, die zu ihrem Büro hinaufführte.

»Ich möchte wissen, ob es Vorschrift ist, daß die Jungen in der Schule wohnen, oder ob die Akademie denjenigen, die in Venedig zu Hause sind, auch als Tagesschülern offensteht. Es geht mir darum herauszufinden, wie starr dort die Regeln sind. Vielleicht könnten Sie sich als Mutter eines Aspiranten ausgeben und sagen, Ihr Sohn sei gerade mit dem Gymnasium fertig, er habe von klein auf keinen sehnlicheren Wunsch gehabt als den, Offizier zu werden, und da Sie Venezianerin sind, wollten sie ihm nun den Besuch der San Martino ermöglichen, die doch ein so hohes Ansehen genießt.«

»Und sollte meine Stimme von patriotischem Stolz erfüllt sein, während ich diese Fragen stelle?«

»Bis zum Ersticken!« bekräftigte er.

Sie hätte es nicht besser machen können. Neben einem makellos reinen und geschliffenen Italienisch beherrschte Signorina Elettra auch einen sehr altertümlichen venezianischen Dialekt. Jetzt am Telefon gelang es ihr, beide so perfekt zu vermischen, daß sie haargenau so klang wie die Frau, für die sie sich ausgab: die venezianische Gattin eines römischen Bankiers, der soeben zum Direktor der venezianischen Filiale einer Bank ernannt worden war, deren Namen sie lässig überging. Nachdem sie die Sekretärin der Akademie hatte warten lassen, während sie nach Stift und Papier suchte – und sich dann dafür entschuldigte, beides nicht griffbereit neben dem Telefon zu haben, so wie ihr Mann es immer predigte –, ließ sie sich den nächsten Einschulungstermin nennen, erkundigte sich nach den Bestimmungen für Nachzügler sowie nach der Zustelladresse für Zeugnisse und Empfehlungsschreiben. Als die Sekretärin sie über die Schulgebühren, den Preis der Uniformen und so weiter informieren wollte, winkte die Bankiersgattin souverän ab und erklärte, um solche Details kümmere sich ihr Wirtschaftsberater.

Brunetti, der über Lautsprecher mithörte, war verblüfft über den Elan, mit dem Signorina Elettra sich in die Rolle einfand; er sah sie geradezu vor sich, wie sie abends nach einer anstrengenden Shoppingtour heimwärts eilte, um nachzusehen, ob die Köchin auch echten *basilico genovese* für den Pesto bekommen hatte. Gerade als die Sekretärin der Hoffnung Ausdruck gab, die Schule möge die Erwartungen Filibertos und seiner Eltern erfüllen, stieß Signorina Elettra hervor: »Ach, ja, eine letzte Frage noch. Es läßt sich doch einrichten, daß unser Sohn zu Hause schläft, nicht wahr?«

»Verzeihen Sie, Signora«, erwiderte die Sekretärin, »aber wir sind ein Internat, also wohnen die Schüler auch bei uns. Die Kosten dafür sind in den Schulgebühren enthalten. Wo sollte Ihr Sohn sonst wohnen?«

»Natürlich hier bei uns im Palazzo. Sie können doch nicht erwarten, daß er mit all diesen anderen Jungen zusammenlebt, oder? Er ist schließlich erst sechzehn.« Hätte die Sekretärin ihr eine Blutspende abverlangt – das Entsetzen der Bankiersgattin wäre kaum größer gewesen. »Selbstverständlich werden wir die Gebühren in voller Höhe zahlen, aber es ist undenkbar, ein Kind in dem Alter von seiner Mutter zu trennen.«

»Ah«, flötete die Sekretärin, sobald sie erfreut den ersten Teil von Signorina Elettras Erklärung zur Kenntnis genommen hatte – die zweite Hälfte überging sie elegant. »In einigen wenigen Fällen läßt sich vielleicht, mit Zustimmung des Comandante, eine Ausnahme machen. Allerdings müssen die Schüler morgens um acht pünktlich zur ersten Stunde erscheinen.«

»Dafür haben wir ja unsere Motorjacht!« erklärte Signorina Elettra und lieferte sich damit selbst die Vorlage für ihren letzten Volley, der in dem Versprechen gipfelte, die unterschriebenen Papiere baldigst abzuschicken und die vorgeschriebene Kaution bis Ende der Woche einzuzahlen. Danach folgte beiderseits eine höfliche Verabschiedung.

Brunetti ertappte sich bei einem ganz ungewohnten Gefühl: Er empfand plötzlich Mitleid mit Vice-Questore Patta – der arme Mann hatte nicht die geringste Chance. »Filiberto?« fragte er.

»Den Namen hat sein Vater ausgesucht«, antwortete Signorina Elettra.

»Und Ihre Wahl? Eustasio?«

»Nein, Eriprando.«

17

Mit der Auskunft, daß es im Ermessen des Comandante lag, die Schulordnung in Ausnahmefällen zu umgehen, erfuhr Brunetti nichts, was er nicht schon vermutet hätte: Wo die Kinder der Reichen und Mächtigen versammelt waren, wurden Vorschriften oft frei ausgelegt, um den ausgefallenen Wünschen der Eltern entgegenzukommen. Was er nicht wußte, war, wie weit die Kulanz des Comandante reichte. Und auch bei der Frage, wie das alles mit Ernesto Moros Tod zusammenhängen mochte, tappte er noch im dunkeln.

Da er mit seinen Überlegungen nicht weiterkam, wählte Brunetti kurz entschlossen Signora Moros Nummer. Doch wieder läutete das Telefon ins Leere. Einer Eingebung folgend, der er sich kurz entschlossen beugte, beschloß er, einfach bei ihr vorbeizuschauen. Vielleicht konnte ihm ja einer der Nachbarn sagen, wo sie zu finden sei.

Er nahm das Vaporetto bis San Marco und ging von dort zurück zu der Gasse, in der Signora Moro wohnte. An der Haustür läutete er, wartete und läutete wieder. Dann klingelte er bei der Wohnung links daneben, wartete und arbeitete sich in der Folge von einer Klingel zur nächsten abwärts, wie ein Kletterer, der sich an einer Klippe hinunterhangelt. Die erste Antwort kam aus einer Wohnung im ersten Stock, deren Klingelschild den Namen Della Vedova trug. Eine Frauenstimme meldete sich, und als Brunetti erklärte, er sei von der Polizei und müsse Signora Moro sprechen, sprang die Tür mit einem Klicken auf. Gleich darauf ging in dem schummrigen Flur das Licht an, und eine Frau rief von oben: »Hier herauf, Signore.«

Im Treppenhaus bemerkte Brunetti am Geländer eine Vorrichtung für Rollstuhlfahrer, die ihm beim letzten Mal nicht aufgefallen war. Die Erklärung dafür wartete gleich hinter der Wohnungstür im ersten Stock: eine junge Frau in einem Rollstuhl mit einer riesigen grauen Katze auf dem Schoß. Lächelnd blickte sie ihm entgegen, schob die Katze zur Seite und streckte ihm die Hand hin. »Beatrice Della Vedova«, sagte sie. »Freut mich, Sie kennenzulernen.«

Nachdem Brunetti sich mit Namen und Dienstgrad vorgestellt hatte, packte sie mit beiden Händen die Räder ihres Stuhls, drehte ihn geschickt um die eigene Achse und rollte sich mit kräftigen Stößen in die Wohnung zurück. Brunetti folgte ihr und schloß die Tür hinter sich.

In der Mitte des Wohnzimmers, in das Signora oder Signorina Della Vedova ihn führte, stand ein Zeichentisch, dessen Höhe so eingestellt war, daß der Rollstuhl bequem darunterpaßte. Auf dem Tisch stapelten sich Aquarelle von Brücken und Kanälen in jenen fluoreszierenden Farben, die bei den Touristen offenbar besonders gut ankamen. Die drei Kirchenansichten – von San Zaccaria, San Martino und San Giovanni in Bragora –, die an der rückwärtigen Wand hingen, zeichneten sich durch eine architektonische Detailtreue aus, die den Bildern auf dem Zeichentisch gänzlich fehlte. Und die gedämpften Farben eigneten sich vortrefflich dazu, den warmen Glanz der Steine und das Lichterspiel auf dem Kanal vor San Martino und an den Fassaden der beiden anderen Kirchen einzufangen.

Die junge Frau schwenkte ihren Rollstuhl herum und sah, wie Brunetti die Zeichnungen an der Wand betrachtete. »Das ist mein eigentliches Metier«, sagte sie und fügte mit einer abschätzigen Geste zu den Aquarellen auf dem Tisch hinzu: »Und für das da werde ich bezahlt.« Dann beugte sie sich zu der Katze hinunter und flüsterte ihr ins Ohr: »Wir müssen schließlich dafür sorgen, daß dir dein Whiskas nicht ausgeht, oder, Dickerchen?«

Die Katze erhob sich gravitätisch auf ihrem Schoß und sprang mit einem Plumps, den man sicher noch unten im Hausflur hören konnte, zu Boden. Dann stolzierte sie mit steil erhobenem Schwanz aus dem Zimmer. Die Frau sah lächelnd zu Brunetti auf. »Ich weiß nie, ob es ihn kränkt, wenn ich auf sein Gewicht anspiele, oder ob er einfach nicht für diese Klecksereien verantwortlich gemacht werden mag.« Sie ließ diese Erklärung einen Moment nachwirken und setzte dann, immer noch lächelnd, hinzu: »Gerechtfertigt wäre eins wie das andere, meinen Sie nicht auch?«

Brunetti erwiderte ihr Lächeln, und sie bat ihn, Platz zu nehmen. Als er sich gesetzt hatte, rollte sie ihren Stuhl herum, bis sie ihm gegenübersaß. Er schätzte sie auf Ende Zwanzig, obwohl die grauen Strähnen in ihrem Haar und die senkrechten Falten zwischen den Brauen sie älter erscheinen ließen. Ihre Augen hatten die Farbe von hellem Bernstein, die Nase war, gemessen an den übrigen Gesichtszügen, ein wenig zu lang und der Mund so weich und entspannt, daß er sich ganz fremd ausnahm in diesem Antlitz, auf dem Brunetti eine leidvolle Geschichte zu lesen glaubte.

»Sie sagten, Sie kommen wegen Signora Moro?« erkundigte sie sich.

»Ja, ich hätte sie gern gesprochen. Ich habe mehrmals versucht anzurufen, sie aber nie erreicht. Als ich das letzte Mal mit ihr sprach, da –«

»Wann war das?« unterbrach sie ihn.

»Vor ein paar Tagen. Und sie sagte nichts davon, daß sie vorhätte zu verreisen.«

»Nein, das sähe ihr nicht ähnlich. Ich meine, daß sie so was erwähnen würde.«

Brunetti nickte und fuhr fort: »Ich hatte auch nicht das Gefühl, daß ...« Er stockte, unsicher, wie er sich ausdrücken sollte. »Also ich hatte nicht den Eindruck, als gäbe es irgendeinen Ort, wo es sie hinziehen könnte.«

Signora oder Signorina Della Vedova maß ihn mit neu erwachtem Interesse. »Warum sagen Sie das?«

»Ich weiß nicht. Ich hatte nur ganz stark das Gefühl, daß sie hierhergehörte und kein Verlangen danach hatte fortzugehen.«

Als Brunetti offenbar nicht weiterwußte, sagte sie: »Gab es auch nicht. Ich meine, einen Ort, wo es sie hingezogen hätte.«

»Kennen Sie die Signora gut?«

»Nein, eigentlich nicht. Sie wohnt noch keine zwei Jahre hier.«

»Seit dem Unfall?« fragte Brunetti.

Sie sah ihn scharf an, und ihr eben noch so freundliches Gesicht wirkte auf einmal streng und verschlossen. »Das«, sagte sie und schnippte mit den Fingern der rechten Hand über ihren Schoß zu den Beinen hin, die nutzlos im Stuhl ruhten, »das war ein Unfall. Was Federica zugestoßen ist, war keiner.«

Brunetti unterdrückte jeden Kommentar, der sich angeboten hätte, und fragte nur ganz ruhig: »Wissen Sie das genau?«

»Natürlich nicht«, entgegnete sie, und ihre Stimme klang wieder gefaßt. »Ich war ja nicht dabei und habe nicht gesehen, was passiert ist. Aber die beiden Male, die Federica davon gesprochen hat, begann sie mit den Worten: ›Als sie auf mich geschossen haben …‹ So redet man nicht, wenn es sich um einen Unfall handelt.«

Brunetti zweifelte nicht daran, daß diese Frau sehr genau wußte, wie ein Unfallopfer sich ausdrückte. »Und das hat sie zweimal gesagt?«

»Soweit ich mich erinnern kann, ja. Aber nur so im Erzählton, nicht anklagend. Und ich habe nie gefragt, was passiert ist; ich wollte nicht indiskret sein. Darunter habe ich selber oft genug gelitten. Ich dachte mir, was sie preisgeben will, wird sie mir schon von allein erzählen, wenn sie soweit ist.«

»Und hat sie?«

Die junge Frau schüttelte den Kopf. »Nein, es blieb bei diesen beiden Anspielungen.«

»Sehen Sie sich oft?«

»Vielleicht einmal die Woche. Manchmal schaut sie auf einen Kaffee vorbei, oder sie kommt einfach runter, um sich ein Weilchen zu unterhalten.«

»Kannten Sie sie schon, bevor sie hier einzog?«

»Nein. Ihr Mann war mir natürlich ein Begriff. Aber den kennt ja so gut wie jeder. Schon durch den Moro-Report.«

Brunetti nickte. »Sie habe ich durch Gastone kennengelernt.«

»Gastone?«

»Der Kater. Sie fand ihn eines Tages vor dem Haus, und sowie sie das Tor aufsperrte, drängte er sich mit hinein. Und als er dann hier vor meiner Wohnungstür stehenblieb, klopfte sie und fragte, ob das meine Katze sei. Gastone entwischt mir manchmal, und dann stromert er in der *calle* herum, bis ihm jemand aufmacht oder Nachbarn, die wissen, daß er mir gehört, bei mir läuten und Bescheid sagen, daß ich ihn hereinlassen soll.« Ein inniges Lächeln ließ ihr Gesicht aufleuchten. »Worum ich sehr froh bin. Schließlich ist es nicht gerade leicht für mich, hinunterzugehen und ihn zu holen.« Sie sagte das so beiläufig, daß Brunetti es weder als indirekte Aufforderung zur Nachfrage empfand noch als unbewußten Appell an sein Mitleid.

»Wann haben Sie Signora Moro zuletzt gesehen?«

Darüber mußte sie erst nachdenken. »Vorgestern, und direkt gesehen habe ich sie nicht, ich hörte sie nur auf der Treppe. Aber ich bin sicher, daß sie es war. Ich hatte gerade vom Tod ihres Sohnes erfahren, und dann, als sie ins Haus kam, erkannte ich draußen ihren Schritt. Ich wollte schon zur Tür und aufmachen, aber dann wußte ich nicht, was ich hätte sagen sollen. Also blieb ich einfach hier sitzen und hörte sie nach oben gehen. Etwa eine Stunde später kam sie wieder herunter.«

»Und seitdem?«

»Nichts.« Bevor er etwas sagen konnte, fuhr sie fort: »Aber ich schlafe nach hinten raus, und aufgrund der Medikamente, die ich nehmen muß, habe ich einen sehr festen Schlaf. Es ist also durchaus möglich, daß sie zurückgekommen ist, ohne daß ich es gehört habe.«

»Hat sie Sie vielleicht angerufen?«

»Nein.«

»Und paßt es zu ihr, einfach zwei Tage fortzubleiben?«

Die Antwort kam prompt. »Nein, im Gegenteil, sie ist fast immer zu Hause, aber seit vorgestern habe ich sie weder auf der Treppe gehört noch oben in ihrer Wohnung.« Bei den letzten Worten deutete sie zur Decke hinauf.

»Und haben Sie eine Vermutung, wo sie sein könnte?«

»Nein, über so was haben wir nicht miteinander gesprochen.« Als sie sein erstauntes Gesicht sah, ergänzte sie: »Ich meine, wir waren nicht befreundet, nur zwei einsame Frauen, die ab und zu miteinander plauderten.«

Auch dahinter verbarg sich, soweit Brunetti es beurteilen konnte, keine Botschaft: nur die schlichte Wahrheit, klar und deutlich ausgesprochen. »Und sie lebte allein?«

»Soviel ich weiß, ja.«

»Empfing auch keinen Besuch?«

»Nicht daß ich wüßte, nein.«

»Ein Kind haben Sie in der Wohnung nie gehört?«

»Meinen Sie ihren Sohn?«

»Nein, ihre Tochter.«

»Tochter?« Ihr Erstaunen beantwortete seine Frage hinlänglich. Sie schüttelte den Kopf.

»Niemals?«

Wieder ein stummes Kopfschütteln, als hätte die schockierende Vorstellung von einer Mutter, die eins ihrer Kinder einfach verheimlichte, ihr die Sprache verschlagen.

»Und hat sie über ihren Mann gesprochen?«

»Selten.«

»Können Sie beschreiben, wie? Ich meine, klang sie verbittert? Zornig?«

Die junge Frau überlegte einen Moment, dann sagte sie: »Nein, sie redete ganz normal über ihn.«

»Liebevoll?«

Der Blick, den sie ihm zuwarf, zeugte von beredter Neugier. »Nein, das könnte ich nicht sagen. Wenn es sich ergab, erwähnte sie ihn ganz normal.«

Um sich besser einfühlen zu können, bat Brunetti: »Könnten Sie mir ein Beispiel geben?«

»Also einmal unterhielten wir uns über Krankenhäuser und Kliniken.« Hier stockte die junge Frau, dann seufzte sie und fuhr fort. »Wir sprachen über die Fehler, die dort begangen werden, und sie sagte, der Report ihres Mannes habe dem Abhilfe geschaffen, aber nur für kurze Zeit.«

Brunetti wartete auf eine nähere Erläuterung, aber sie hatte offenbar alles gesagt, was sie wußte. Und da ihm keine weiteren Fragen einfielen, erhob er sich. »Vielen Dank, Signora«, sagte er und beugte sich nieder, um ihr die Hand zu schütteln.

Sie nickte lächelnd und schob ihren Rollstuhl zur Tür hin. Brunetti war vor ihr dort und griff schon nach der Klinke, als sie ihm Einhalt gebot: »Warten Sie!« In der Annahme, daß ihr noch etwas Wichtiges eingefallen sei, drehte Brunetti sich um, spürte aber im selben Moment einen plötzlichen Druck gegen seine linke Wade. Es war Gastone, der sich an sein Bein schmiegte und diesem Fremden schöntat, der die Macht hatte, Türen zu öffnen. Brunetti hob den Kater auf, erstaunt, wie schwer er war. Lächelnd setzte er ihn der Frau auf den Schoß, verabschiedete sich und verließ die Wohnung, allerdings nicht, ohne sich zu vergewissern, daß kein Gastone zwischen Tür und Rahmen herumstrich.

Sobald er von Beatrice Della Vedova erfahren hatte, daß Signora Moro seit zwei Tagen verschwunden war, wußte Brunetti, was er zu tun hatte. Er stieg unverzüglich eine Treppe höher und stand gleich darauf vor ihrer Wohnungstür. Das Schloß war ein ganz einfaches Modell: Der Wohnungseigentümer war offenbar nicht sonderlich darauf bedacht, seine Mieter vor Einbrechern zu schützen. Brunetti zückte seine Brieftasche und entnahm ihr eine schmale Plastikkarte. Die hatte Vianello vor ein paar Jahren einem Einbrecher abgenommen, den seine erfolgreiche Karriere leichtsinnig gemacht hatte. Vianello hatte sich der Karte mehr als einmal und natürlich immer streng gesetzwidrig bedient, um sie dann, als er vom Sergente zum Ispettore befördert wurde, Brunetti zu verehren, in dankbarer Anerkennung für dessen beharrliche Unterstützung, ohne die seine Beförderung wohl nie zustande gekommen wäre. Wenn Brunetti auch zunächst den Verdacht hegte, Vianello wolle sich womöglich nur einer gefährlichen Versuchung entledigen, so hatte die Karte ihm inzwischen so viele gute Dienste geleistet, daß er das großzügige Geschenk gebührend zu würdigen wußte.

Er klemmte die Karte zwischen Tür und Pfosten, zog sie bis zum Schloß durch, und schon gab die Klinke nach. Gewohnheitsmäßig blieb er auf der Schwelle stehen, sog die Luft ein und schnupperte nach dem Geruch des Todes. Er roch Staub und abgestandenen Zigarettenrauch und den Nachgeschmack eines scharfen Reinigungsmittels, aber keine Spur von verwesendem Fleisch. Erleichtert schloß er die Tür hinter sich und ging ins Wohnzimmer, das er genauso vorfand wie bei seinem ersten Besuch: die Möbel unverändert am selben Platz, und auch das Buch, das aufgeklappt, mit der Schrift nach unten, auf der Armlehne eines Sofas gelegen hatte, war noch da und womöglich immer noch an derselben Stelle aufgeschlagen.

Die Küche war aufgeräumt: kein schmutziges Geschirr in der Spüle, und als er mit der Schuhspitze die Kühlschranktür öffnete, fanden sich darin keinerlei verderbliche Speisen. Brunetti nahm einen Stift aus der Innentasche seines Jacketts und klappte eine nach der anderen die Schranktüren auf: Das einzige, was er entdeckte, war eine offene Kaffeedose.

Im Bad öffnete er mit einem Handknöchel das Medizinschränkchen, das nichts weiter enthielt als ein Röhrchen Aspirin, eine benutzte Duschhaube, eine noch ungeöffnete Shampooflasche und eine Packung Nagelsandfeilen. Die Handtücher auf dem Ständer waren trocken.

Nun blieb nur noch das Schlafzimmer übrig, aber Brunetti war nicht wohl, als er es betrat: Dieser Teil seiner Arbeit war ihm gründlich zuwider. Auf dem Nachttisch neben dem Bett lag eine feine Staubschicht, in der sich deutlich ein schmales Rechteck abzeichnete: Hier hatte Signora Moro offenbar ein Foto entfernt. Zwei weitere fehlten auf der Kommode. Dagegen schienen Schrank und Schubladen unberührt, und unter dem Bett lagen zwei Koffer. Brunetti überwand alle Scham und schlug an der nächst der Tür gelegenen Seite des Doppelbetts die Decke zurück und hob das Kissen hoch. Darunter lag, sorgsam zusammengefaltet, ein weißes Oberhemd. Brunetti zog es hervor und breitete es auseinander. Ihm hätte es gepaßt, aber für Signora Moro war es in der Schulter viel zu breit, und die Ärmel reichten ihr sicher bis weit über die Hände. Ungefähr in Höhe des Herzens entdeckte Brunetti ein so zart gesticktes Monogramm, daß es nur aus Seide sein konnte, und entzifferte die verschlungenen Initialen FM.

Brunetti faltete das Hemd wieder zusammen und legte es an seinen Platz; dann zog er die Decke hoch und strich sie sorgfältig glatt. Anschließend ging er durchs Wohnzimmer in den Flur zurück und verließ die Wohnung. Als er auf der Treppe an der Tür von Beatrice Della Vedova vorbeikam, stellte er sich vor, wie sie drinnen mit ihrem Kater auf dem Schoß dasaß und den Schritten lauschte, die das Leben an ihrer Schwelle vorbeitrugen.

18

Erst als die Kinder an diesem Abend zu Bett gegangen waren und er und Paola allein im Wohnzimmer saßen, wo sie zum hundertsiebenundzwanzigsten Mal Jane Austens *Die Liebe der Anne Elliot* las und er Anna Comnenas Mahnung nachhing, daß »sobald man in die Rolle des Historikers schlüpft, Freund- und Feindschaften nicht mehr zählen dürfen«, erst da kam Brunetti auf sein heimliches Eindringen in Signora Moros Wohnung zu sprechen, allerdings auf einem Umweg. »Paola ...«, begann er. Über den Rand des Buches hinweg traf ihn ein zerstreuter Blick. »Was würdest du tun, wenn ich dich um eine Trennung bäte?«

Bei seinen ersten Worten war Paolas Blick wieder in ihr Buch gewandert, aber jetzt starrte sie ihn entgeistert an, und Anne Elliot blieb mit ihren romantischen Problemen sich selbst überlassen. »Wenn du was?«

»Dich um eine Trennung bitten würde.«

»Bevor ich in die Küche gehe und das Brotmesser hole«, sagte sie, und ihre Stimme klang sehr beherrscht, »könntest du mir verraten, ob das eine hypothetische Frage ist?«

»Aber ja doch!« beteuerte er und genierte sich fast, weil ihre Gewaltandrohung ihn gar so glücklich machte. »Also, was würdest du tun?«

Paola legte das aufgeschlagene Buch verkehrt herum neben sich. »Warum willst du das wissen?«

»Das sage ich dir, sobald du meine Frage beantwortet hast. Komm schon, was würdest du tun?«

Ihr Blick verhieß nichts Gutes. »Na?« drängte er.

»Wenn es eine echte Trennung wäre, dann würde ich dich vor die Tür setzen und alles, was dir gehört, hinterherwerfen.«

Auf Brunettis Gesicht erschien ein glückseliges Lächeln. »Alles?«

»Ja. Alles. Sogar die Sachen, die ich mag.«

»Würdest du zum Schlafen eins von meinen Hemden anziehen?«

»Bist du verrückt?«

»Und wenn die Trennung nur eine Finte wäre?«

»Eine Finte?«

»Ja, damit es so aussieht, als ob wir uns getrennt hätten, auch wenn es gar nicht stimmt, sondern wir nur so tun müßten, als ob.«

»Dann würde ich dich immer noch rauswerfen, aber all die Sachen, die ich mag, behalten.«

»Und das Hemd? Würdest du darin schlafen?«

Sie sah ihn lange an. »Willst du eine ernstgemeinte Antwort oder noch mehr Kindereien?«

»Ich glaube, ich möchte eine ehrliche Antwort.«

»Gut, dann ja, ich würde in deinem Hemd schlafen oder es auf mein Kissen legen, damit ich zumindest deinen Geruch bei mir hätte.«

Brunettis Glaube an seine Ehe war so unerschütterlich wie der in das periodische System der Elemente, ja womöglich noch stärker; trotzdem konnte eine gelegentliche Bestätigung nicht schaden. Und auch wenn er noch nicht wußte, was er daraus folgern sollte, schien ihm die Ehe der Moros jetzt ebenso beständig wie die eigene.

»Signora Moro«, begann er, »lebt von ihrem Mann getrennt.« Paola nickte zum Zeichen, daß er ihr das bereits erzählt hatte. »Aber unter dem Kissen in dem Doppelbett, in dem sie allein schläft, liegt ein Hemd von ihm.«

Paolas Blick schweifte nach links zum Fenster, in dem sich ein einsames Licht aus dem Haus gegenüber spiegelte. Nach einer langen Weile sagte sie leise seufzend: »Ah.«

»Ja«, bekräftigte er, »das habe ich auch gedacht.«

»Aber warum müssen sie so tun, als hätten sie sich getrennt?«

»Vermutlich damit diejenigen, die auf sie geschossen haben,

es nicht wieder tun und womöglich beim zweiten Mal besser treffen.«

»Ja, das leuchtet ein.« Paola dachte nach, dann fragte sie: »Und wer könnte das sein?«

»Wenn ich das wüßte, dann würde ich wahrscheinlich auch alles andere verstehen.«

Mechanisch, weil sie es nun einmal gewohnt war, auf sprachliche Logik zu achten, sagte Paola: »Wir können nie *alles* verstehen.«

»Gut, aber wenigstens wüßte ich mehr als jetzt. Vermutlich auch, wer den Jungen getötet hat.«

»Da läßt du nicht locker, oder?« fragte sie ohne Tadel.

»Nein.«

»Solltest du wohl auch nicht.«

»Dann glaubst du also auch, daß er ermordet wurde?«

»Das habe ich von Anfang an gedacht.«

»Wieso?«

»Weil ich auf dein Gespür vertraue und weil du so fest davon überzeugt warst.«

»Und wenn ich mich doch irren sollte?«

»Dann waren wir gemeinsam im Irrtum«, sagte sie, nahm ihr Buch auf, schob ein Lesezeichen zwischen die Seiten und klappte es zu. Als sie den Band wieder hinlegte, sagte sie: »Ich kann jetzt nicht weiterlesen.«

»Ich auch nicht«, meinte er und ließ die Anna Comnena vor sich auf den Tisch sinken.

Paola sah ihn an und fragte: »Bist du mir böse, wenn ich nicht eins von deinen Hemden anziehe?«

Er lachte schallend, und sie gingen zu Bett.

Am nächsten Morgen machte er sich als erstes auf die Suche nach Signorina Elettra, die er in ihrem Büro fand. Auf dem Schreibtisch standen mindestens sechs Blumensträuße, jeder in ein kegelförmig gerolltes, pastellfarbenes Papier eingeschlagen. Brunetti, der wußte, daß sie einen Dauerauftrag bei Biancat hatte, von wo man ihr jeden Montag frischen Blumenschmuck lieferte, fragte sich, ob er mit dem Kalender durcheinandergekommen und heute gar nicht Dienstag sei – oder ob er die Ereignisse des gestrigen Tages am Ende nur geträumt habe.

»Sind die von Biancat?« erkundigte er sich.

Sie riß zwei Packungen auf und begann, Zwergsonnenblumen in einer grünen Vase anzuordnen. »Nein, die sind vom Rialto.« Sie trat einen Schritt zurück, musterte das Arrangement und fügte noch drei Sonnenblumen hinzu.

»Dann ist heute also wirklich Dienstag?«

Sie maß ihn mit einem verwunderten Blick und sagte: »Ja, natürlich.«

»Aber kommen die Blumen nicht immer montags?«

Sie lächelte, nahm die Vase auf und stellte sie auf die andere Seite ihres Computers. »Doch, schon. Aber der Vice-Questore hat letzthin ein ziemliches Theater gemacht wegen der hohen Bürokosten, und da habe ich beschlossen, die Blumen für eine Weile am Rialto zu kaufen, wo sie sehr viel billiger sind – zumindest so lange, bis *er* sich ein neues Steckenpferd sucht.«

»Haben Sie denn all diese Sträuße selber hergebracht?« fragte Brunetti und versuchte abzuschätzen, ob die üppigen Gebinde überhaupt in ihre Arme paßten.

»Nein, als ich merkte, wie viel ich gekauft hatte, habe ich mir ein Boot bestellt.«

»Ein Polizeiboot?«

»Ja, sicher. Ein Wassertaxi ließe sich schlecht verbuchen«, sagte sie und kürzte den Stiel einer Nelke.

»Wegen dieser leidigen Sparmaßnahmen«, vermutete Brunetti.

»Genau.«

Drei der übrigen Sträuße wanderten in eine riesige Keramikvase, und der letzte, ein Bund Astern, kam in eine schlanke Kristallvase, die Brunetti noch nie zuvor gesehen hatte. Als alle drei

Vasen zu Signorina Elettras Zufriedenheit aufgestellt waren und sie das Einwickelpapier sauber gefaltet in dem Korb fürs Recyclingpapier entsorgt hatte, sah sie zu ihm auf und sagte: »Ja, Commissario?«

»Haben Sie etwas über die Tochter herausfinden können?«

Signorina Elettra nahm einen Notizblock vom Schreibtisch, klappte ihn auf und begann vorzulesen: »Das Mädchen, Valentina, wurde vor zwei Jahren aus der Schule genommen, und seither fehlt, zumindest amtlicherseits, jede Spur von ihr.«

»Wer hat sie aus der Schule genommen?«

»Offenbar ihr Vater.«

»Und wie ging das zu?«

»Laut Eintrag der Schulbehörde war der sechzehnte November vor zwei Jahren ihr letzter Schultag.«

Sie sah ihn an, aber keiner von beiden brauchte den anderen daran zu erinnern, daß eine Woche zuvor auf Signora Moro geschossen worden war.

»Und?« fragte er.

»Nichts und. Aus den Unterlagen im Archiv geht hervor, daß die Eltern sich entschlossen hatten, das Mädchen auf eine Privatschule zu geben.«

»Wo?« fragte Brunetti.

»Wie man mir sagte, brauchen darüber keine Angaben gemacht zu werden.«

»Aber hat die alte Schule denn nicht nachgefragt?« Brunetti klang verärgert. »Wollen die denn nicht wissen, wo ihre Schützlinge abbleiben?«

»Die Frau, mit der ich gesprochen habe, sagte, Vorschrift sei nur, daß die Erziehungsberechtigten die entsprechenden Formulare ausfüllen und unterschreiben – in doppelter Ausführung«, äffte Signorina Elettra den leiernden Tonfall der Person nach, mit der sie gesprochen hatte.

»Und wenn die Papiere in Ordnung sind, kann ein Kind verschwinden, ohne daß irgendwer Nachforschungen anstellt?«

»Man hat mir gesagt, die Verantwortung der Schule erlischt, sobald die Eltern die Formulare ausgefüllt haben und mindestens ein Elternteil das Kind von der Schule abgeholt hat.«

»Einfach so?« fragte er.

Signorina Elettra hob die gespreizten Hände, als wolle sie sagen, daß sie hier schon gar nicht zuständig sei. »Die Frau am Telefon sagte, sie habe noch nicht dort gearbeitet, als das Mädchen abgemeldet wurde. Darum könne sie leider nicht mehr tun, als mir die Schulordnung zu erklären.«

»Und wo ist sie nun? Ein kleines Mädchen kann doch nicht einfach verschwinden«, beharrte Brunetti.

»Sie könnte überall sein«, sagte Signorina Elettra und fügte hinzu: »Aber sie ist nicht in Siena.«

Brunetti warf ihr einen fragenden Blick zu.

»Ich habe das dortige Polizeipräsidium angerufen und anschließend die Meldelisten der Schulen durchgesehen. Weder die kleine Moro ist irgendwo erfaßt noch ein Kind von den Ferros.«

»Jetzt ist auch noch die Mutter verschwunden«, sagte Brunetti, erzählte ihr von seinem heimlichen Besuch in Signora Moros Wohnung, von dem Hemd, das er unter ihrem Kissen gefunden und welche Schlüsse er daraus gezogen hatte.

Signorina Elettra wurde erst blaß, dann schoß ihr das Blut ins Gesicht. »Sein Hemd?« fragte sie dann, und bevor er antworten konnte, wiederholte sie: »Sein Hemd?«

»Ja«, bestätigte Brunetti. Er wollte schon fragen, was sie davon hielte, aber ein Blick in ihr Gesicht genügte, und ihm war klar, daß sie dabei nur an einen Mann denken konnte. In das qualvolle Schweigen hinein, das die Erinnerung an ihren Verlust heraufbeschworen hatte, sagte er: »Hätten Sie vielleicht eine Idee, wie wir das Kind ausfindig machen könnten?« Obwohl sie ihn überhaupt nicht zu hören schien, fuhr er fort: »Irgendwie muß es doch möglich sein. Vielleicht gibt es ja irgendwo ein Zentralregister, in dem alle schulpflichtigen Kinder erfaßt sind?«

Mit einer Stimme, die von weit her zu kommen schien, sagte Signorina Elettra leise: »Eventuell ginge es über ihre Krankenakte oder falls sie bei den Pfadfindern war.«

Bevor sie noch weitere Vorschläge machen konnte, fiel Brunetti etwas ein: »Die Großeltern! Die müßten uns doch sagen können, wo das Kind geblieben ist.«

»Wissen Sie denn, wo wir die Großeltern finden?« fragte Signorina Elettra mit neuerwachtem Interesse.

»Nein, aber die Moros stammen beide aus Venedig, also werden ihre Eltern vermutlich auch hier ansässig sein.«

»Ich will sehen, was ich tun kann«, versetzte sie zurückhaltend. Und dann: »Ach, übrigens, ich habe herausgefunden, was mit dem Mädchen war, das angeblich in San Martino vergewaltigt wurde.«

»Ja? Wie denn?«

»Durch Freunde von früher« war die einzige Erklärung, die sie sich entlocken ließ. Als sie sah, daß Brunettis Neugier geweckt war, fuhr sie fort: »Das Mädchen war die *fidanzata* von einem der Kadetten, und der schmuggelte sie eines Nachts mit auf sein Zimmer. Irgendwie bekam der Klassenälteste Wind davon und verschaffte sich Zutritt. Das Mädchen fing an zu schreien, als er hereinkam, und dann hat irgendwer die Polizei gerufen. Aber es wurde nie Strafanzeige erstattet, und wie ich dem Protokoll entnehme, bestand dazu vermutlich auch gar kein Anlaß.«

»Verstehe«, sagte Brunetti, ohne zu fragen, wie sie sich so rasch das Vernehmungsprotokoll beschafft hatte. *»Tanto fumo, poco arrosto.«* Der Spruch war ihm kaum über die Lippen, da begriff Brunetti, wie frivol er auf sie wirken mußte, und beeilte sich hinzuzufügen: »Aber Gott sei Dank, daß dem Mädchen nichts passiert ist.«

Signorina Elettra zeigte sich völlig unbeeindruckt von seinem frommen Nachsatz und wandte sich mit einem lapidaren »Ja, allerdings« wieder ihrem Computer zu.

19

Brunetti telefonierte hinunter in den Bereitschaftsraum und verlangte Pucetti. Doch der war auf Streife und wurde erst am nächsten Morgen zurückerwartet. Als er aufgelegt hatte, sann der Commissario darüber nach, wie lange es wohl dauern würde, bis seine hohe Meinung von Pucettis Intelligenz dem jungen Mann zum Nachteil gereichte. Von seinen Kollegen würde sich wohl kaum einer gegen ihn stellen, nicht einmal die beiden Erzdummköpfe Alvise und Riverre, denn die uniformierten Beamten waren, zumindest nach Brunettis Erfahrung, nicht eifersüchtig aufeinander. Aber vielleicht konnte Vianello, der ihnen in Rang und Alter näherstand, das besser beurteilen.

Einer wie Scarpa hingegen würde Pucetti gewiß bald mit dem gleichen Mißtrauen belauern, mit dem er schon Vianello verfolgt hatte. Auch wenn Vianello jahrelang kein Wort darüber verloren hatte, war es Brunetti nicht verborgen geblieben, daß die beiden einander von Anfang an spinnefeind waren. Gründe dafür gab es mehr als genug: die Abneigung zwischen einem Süd- und einem Norditaliener, zwischen dem alleinstehenden Scarpa und dem so glücklich verheirateten Vianello, zwischen einem herrschsüchtigen Bürokraten und einem friedliebenden Gemütsmenschen.

Einen Augenblick lang verdroß es ihn, daß derlei persönliche Animositäten die Zusammenarbeit in der Questura unnötig erschwerten. Warum konnten nicht wenigstens die Hüter des Gesetzes über solch kleinlichen Querelen stehen? Doch schon im nächsten Moment schüttelte er den Kopf über seine verrückte Utopie: Wenn das so weiterging, würde er sich demnächst noch einen salomonischen Herrscher herbeisehnen. Dabei brauchte er nur an den gegenwärtigen Regierungschef zu denken, und schon löste sich sein Wunschtraum in Luft auf.

Weiter kam er nicht mit seinen philosophischen Betrachtungen, denn Alvise erschien, brachte ihm die aktuellen Zahlen zur Kriminalstatistik und meldete, der Vice-Questore benötige die Auswertung noch am selben Tag und er wünsche Quoten, die er der Presse vorlegen könne, ohne sich zu blamieren.

»Was soll das Ihrer Meinung nach heißen, Alvise?« fragte Brunetti hinterhältig.

»Daß er alle Verbrechen aufgeklärt hat, Signore«, antwortete Alvise, ohne eine Miene zu verziehen, salutierte und verschwand. Brunetti aber blieb mit dem schwelenden Verdacht zurück, daß Lear nicht der einzige war, der einen weisen Narren im Gefolge hatte.

Er arbeitete über Mittag durch und war bis zum späten Nachmittag damit beschäftigt, neue Kategorien einzuführen und die Zahlen so hinzudrehen, daß sowohl der Wahrheit Genüge getan als auch Patta zufriedengestellt werden konnte. Als er endlich auf die Uhr sah, war es schon nach sieben und somit höchste Zeit, den Zahlenspielen den Rücken zu kehren und Feierabend zu machen. Kurz entschlossen rief er Paola an und fragte, ob sie nicht Lust hätte, mit ihm essen zu gehen. Paola war sofort einverstanden. Sie müsse nur rasch noch etwas für die Kinder herrichten, dann könne sie ihn treffen, wo immer er wolle.

»Sommariva?« fragte er.

»Du meine Güte«, rief sie, »so edel?«

»Ich will mich heute einmal belohnen«, sagte er.

»Mit Marias Kochkünsten?« fragte sie.

»Mit deiner Gesellschaft«, antwortete er. »Wir treffen uns um acht im Restaurant.«

Fast drei Stunden später stiegen ein hummergesättigter Brunetti und seine champagnerselige Gattin die Treppen zu ihrer Wohnung hinauf – ein bißchen langsamer als sonst, was bei ihm vom mehr als reichlichen Essen kam, bei ihr von dem Grappa, den sie nach dem Kaffee getrunken hatte. Sie gingen untergehakt und freuten sich aufs Bett und auf einen erquickenden Schlaf.

Als sie die Tür aufsperrten, klingelte das Telefon. Erst wollte Brunetti nicht rangehen und den Anrufer, wer es auch sein mochte, bis zum nächsten Morgen warten lassen. Hätte er Zeit gehabt, sich zu vergewissern, daß die Kinder sich wohlbehalten in ihren Zimmern befanden, wäre er auch bei diesem Entschluß geblieben; so aber obsiegte das väterliche Verantwortungsgefühl, und er hob beim vierten Klingeln ab.

»Ich bin's, Signore«, sagte Vianello.

»Was ist passiert?« fragte Brunetti, kaum daß er die Stimme erkannt hatte.

»Signor Moros Mutter hatte einen Unfall.«

»Was?«

Ein plötzliches Knistern in der Leitung übertönte Vianellos Stimme. Als die Verbindung wieder klar war, hörte Brunetti nur noch: »... keine Ahnung, wer.«

»Wer was?« verlangte Brunetti zu wissen.

»Es getan hat.«

»Was getan? Ich habe Sie nicht verstanden.«

»Sie wurde von einem Auto angefahren, Signore. Ich bin in Mestre im Krankenhaus.«

»Was ist geschehen?«

»Die Signora war vermutlich auf dem Weg zum Bahnhof in Mogliano, wo sie wohnt. Jedenfalls ging sie in diese Richtung. Plötzlich wurde sie von einem Auto erfaßt, das sie zu Fall brachte und einfach weiterfuhr.«

»Gibt es Zeugen?«

»Ja, zwei. Die Ortspolizei hat sie vernommen, aber beide konnten nur sehr vage Angaben machen. Danach hatte der Wagen angeblich eine helle Farbe, und der Fahrer könnte eine Frau gewesen sein.«

Mit einem Blick zur Uhr fragte Brunetti: »Und wann war das?«

»Gegen sieben, Signore. Als die Polizei die Personalien aufnahm und feststellte, daß es sich um Fernando Moros Mutter handelt, fiel einem der Kollegen der Tod des Jungen ein, und sie verständigten die Questura. Erst versuchte man, Sie zu erreichen, und dann haben sie mich angerufen.«

Brunettis Blick fiel auf den Anrufbeantworter, der mit einer blinkenden roten Ziffer die einzige Nachricht anzeigte, die ihn erwartete. »Weiß Moro schon Bescheid?«

»Den haben sie als ersten angerufen, Signore. Seine Mutter ist verwitwet, und sie hatte einen Zettel mit seinem Namen und seiner Adresse in der Geldbörse.«

»Und?«

»Er kam sofort her.« Beide konnten sich vorstellen, was das für Moro bedeutet haben mußte, aber keiner sprach es aus.

»Wo ist er jetzt?« fragte Brunetti.

»Noch hier im Krankenhaus.«

»Und was sagen die Ärzte?«

»Ein paar Schürfwunden und Prellungen, aber nichts gebrochen. Das Auto kann sie nur gestreift haben. Aber sie ist zweiundsiebzig, also beschlossen die Ärzte, sie über Nacht zur Beobachtung dazubehalten.« Nach einer Pause fügte Vianello hinzu: »Der Doktor ist übrigens gerade gegangen.«

Es folgte ein längeres Schweigen. Endlich sagte Vianello wie zur Antwort auf Brunettis unausgesprochene Frage: »Ja, das wäre vielleicht eine gute Idee. Er ist sehr mitgenommen.«

Brunetti ahnte wohl, daß sein instinktiver Entschluß, Moros Schwäche auszunutzen, nicht weniger niederträchtig war als der Eifer, mit dem Vianello ihn darin bestärkte. Beides konnte ihn nicht aufhalten. »Wie lange ist er schon fort?« fragte er.

»Etwa fünf Minuten. Er hat ein Taxi genommen.«

Aus dem hinteren Teil der Wohnung drangen vertraute Geräusche: Paola hantierte im Bad, dann ging sie über den Flur zum Schlafzimmer. Brunettis Phantasie aber kreiste über der Stadt und dem Festland und verfolgte ein einsames Taxi durch die leeren Straßen von Mestre und über den langen Damm, der zum Piazzale Roma führte. Ein Mann stieg aus, beugte sich noch einmal durchs offene Wagenfenster und drückte dem Fahrer einen Geldschein in die Hand, bevor er sich abwandte und auf den Anleger der Linie eins zuschritt. »Ich gehe zu ihm«, sagte Brunetti und legte auf.

Paola schlief schon, als er ins Schlafzimmer schaute. Das Flurlicht ergoß sich über ihre Beine. Rasch schrieb er ihr einen Zettel, wußte dann aber nicht, wohin damit. Endlich lehnte er ihn an den Anrufbeantworter, dessen flackerndes Lämpchen immer noch nach Aufmerksamkeit heischte.

Als Brunetti durch die nächtlich stille Stadt ging, eilte seine Phantasie ihm wieder voraus, aber diesmal beobachtete sie einen Mann in dunklem Anzug und grauem Mantel, der von San Polo her auf die Accademia-Brücke zuschritt. Vor dem Museum bog er ab und strebte den engen *calli* von Dorsoduro zu. Am Ende des überdachten Steges, der neben der Kirche San Gregorio verlief, überquerte er die Brücke zu der breiten Uferpromenade vor der Salute. Moros Haus, ein Stück weiter rechts, lag im Dunkeln, obwohl alle Läden offenstanden. Brunetti folgte dem Kanal bis zu der kleinen Brücke, über die man auf die andere Seite des Kanals und zu Moros Eingang gelangte. Von hier würde er Moro heimkommen sehen, egal, ob er ein Wassertaxi nahm oder das Vaporetto. Er wandte sich um und blickte über das unbewegte Wasser hinauf zum Kuppelgewirr von San Marco und sah zu den scheckigen Mauern des Palazzo Ducale, dankbar für den Frieden, den er im Angesicht ihrer Schönheit fand. Seltsam, aber offenbar genügte allein der Anblick dieser Harmonie von Farben und Konturen, und schon fühlte er sich besser.

Von weitem hörte er den tuckernden Motor des Vaporettos, dann kam hinter einer Hausmauer der Bug zum Vorschein. Der Motor wurde gedrosselt, und das Boot glitt auf den Anleger zu. Der Matrose warf mit lässiger Präzision das Tau aus und zurrte es mit dem althergebrachten Knoten am Poller fest. Ein paar

Leute gingen von Bord, aber Moro war nicht darunter. Mit metallenem Kratzen wurde das Gitter geschlossen, mit elegantem Schwung das Tau gelöst, und schon setzte das Vaporetto seine Fahrt fort.

Zwanzig Minuten später kam das nächste Boot, aber auch diesmal war Moro nicht an Bord. Brunetti glaubte schon, der Doktor sei vielleicht über Nacht in der Wohnung seiner Mutter in Mogliano geblieben, als er von links her Schritte vernahm und Moro aus der engen *calle* zwischen den Häusern am Ende des *campiello* auftauchte. Rasch überquerte Brunetti die Brücke und blieb an ihrem Fuß, kurz vor Moros Hauseingang, stehen.

Der Doktor hatte die Hände in den Jackentaschen vergraben und hielt den Kopf tief gesenkt, als müsse er bei jedem Schritt darauf achten, wohin er die Füße setzte. Als er nur noch wenige Meter von Brunetti entfernt war, blieb er stehen und fuhr erst mit der linken, dann mit der rechten Hand in seine Hosentaschen. Beim zweiten Versuch brachte er ein Schlüsselbund zum Vorschein, starrte aber so verständnislos darauf, als wisse er nicht recht, was es sei oder was er damit anfangen solle.

Dann hob er den Kopf und sah Brunetti. In seinem Gesicht regte sich nichts, trotzdem war Brunetti sicher, daß Moro ihn erkannt hatte.

Er trat dem Mann in den Weg. »Wollen Sie tatenlos zusehen, wie die auch noch Ihre Frau und Ihre Tochter umbringen?« entfuhr es ihm, und er war selbst erschrocken über den geballten Zorn in seiner Stimme.

Moro wich einen Schritt zurück, und die Schlüssel fielen ihm aus der Hand, als er den Arm hochriß und sich vors Gesicht hielt, wie um seine Augen vor Brunettis ätzenden Worten zu schützen. Doch schon im nächsten Augenblick sprang er mit unerwarteter Behendigkeit auf Brunetti zu und packte ihn mit beiden Händen am Kragen. Da er sich aber mit der Entfernung verschätzt hatte, gruben sich seine Fingernägel in Brunettis Nacken.

Er riß und zerrte so heftig an seinem Opfer, daß er den Commissario eine halbe Schrittlänge vorwärts zwang. Brunetti breitete die Arme aus, um das Gleichgewicht zu halten, aber eigentlich war es Moros kräftiger Griff, der ihn vor einem Sturz bewahrte.

Der Doktor zog ihn noch dichter an sich und schüttelte ihn, wie ein Hund eine Ratte beutelt. »Halten Sie sich da raus«, zischte Moro so dicht vor ihm, daß sein Speichel Brunettis Gesicht netzte. »Das waren nicht *die.* Und überhaupt, was wissen Sie schon davon?«

Von Moro gestützt, fand Brunetti wieder Halt, und als der Doktor ihn auf Armeslänge von sich schob, wich er noch einen Schritt zurück, warf die Arme hoch und befreite sich vollends aus Moros eisernem Griff. Unwillkürlich führte er die Hand in den Nacken: Seine Finger ertasteten abgeschürfte Haut und einen ersten brennenden Schmerz.

Er beugte sich vor, bis sein Gesicht dem des Doktors wieder gefährlich nahe kam. »Sie werden sie finden. Ihre Mutter haben sie ja auch gefunden. Wollen Sie denn warten, bis die Ihre ganze Familie ausrotten?«

Wieder parierte der Doktor Brunettis Worte mit einer abwehrenden Handbewegung, nur daß er diesmal gleichsam roboterhaft auch die andere Hand hob, wie ein Blinder, der, in die Enge getrieben, nach einem Schlupfloch tastet. Dann wandte er sich ab und stolperte steifbeinig auf seine Haustür zu. Kraftlos an die Mauer gelehnt, begann er seine Taschen nach den Schlüsseln abzuklopfen, die ein Stück weit entfernt am Boden lagen. Moro grub die Hände in die Taschen, kehrte sie um und verstreute Münzen und Papierschnipsel auf dem Pflaster. Als es keine Tasche mehr auszuleeren gab, ließ er den Kopf auf die Brust sinken und brach in Schluchzen aus.

Brunetti bückte sich und hob die Schlüssel auf, trat zu dem Doktor und ergriff seine schlaff herunterhängende Rechte. Er drehte die Handfläche nach oben, legte die Schlüssel hinein und schloß Moros willenlose Finger darüber.

Unbeholfen, wie ein seit langem Rheumakranker, stieß Moro sich von der Mauer ab und steckte erst einen, dann noch einen und danach einen dritten Schlüssel ins Schloß, bis er endlich den richtigen gefunden hatte, der sich viermal knarzend im Schloß drehte. Dann drückte Moro die Tür auf und verschwand im Hausflur. Ohne abzuwarten, bis drinnen das Licht anging, machte Brunetti kehrt und trat den Heimweg an.

20

Der Regen, der eintönig gegen die Fenster trommelte, weckte Brunetti am nächsten Morgen, und schlaftrunken stellte er fest, daß Paola nicht mehr neben ihm lag. Er fand sie nirgendwo in der Wohnung, und auch die Kinder waren ausgeflogen. Ein Blick zur Uhr erklärte, warum: Alle gingen längst ihren Tagesgeschäften nach. Als er in die Küche kam, sah er dankbar, daß Paola die Espressomaschine gefüllt und auf den Herd gestellt hatte. Während der Kaffee durchlief, starrte Brunetti blicklos aus dem Fenster, und als er fertig war, nahm er seine Tasse mit ins Wohnzimmer, wo er durch den Regen nach dem Glockenturm von San Polo spähte und im Stehen seinen Kaffee trank. Als er ausgetrunken hatte, ging er in die Küche zurück und brühte frischen. Diesmal setzte er sich mit der Tasse aufs Sofa, legte die Füße samt Pantoffeln auf den Tisch und starrte durch die Glastür auf die Terrasse hinaus, ohne die Dächer dahinter wahrzunehmen.

Er zerbrach sich den Kopf darüber, wer »die« sein könnten. Letzte Nacht hatte er Moro dermaßen überrumpelt, daß der gar keinen Versuch machte, zu leugnen oder so zu tun, als ob er Brunettis Frage nach seinen namenlosen Gegnern nicht verstünde. Die erste Möglichkeit, die Brunetti einfiel und auf die vermutlich jeder gekommen wäre, der nur halbwegs über Moros Laufbahn Bescheid wußte, waren die führenden Köpfe aus dem Gesundheitswesen, denen der Moro-Report Korruption und unrechtmäßige Bereicherung vorgeworfen hatte. Brunetti schloß die Augen, ließ den Kopf auf die Sofalehne sinken und versuchte sich zu erinnern, was aus den Männern geworden war, die zur Zeit des Moro-Reports in der Chefetage des venezianischen Gesundheitsamts saßen.

Einer war in einer privaten Anwaltskanzlei verschwunden, der zweite in Pension gegangen, und der dritte hatte zur Zeit einen untergeordneten Posten in der neuen Regierung inne, bei dem es um Verkehrssicherheit ging oder um Hilfsmaßnahmen im Falle von Naturkatastrophen; so genau wußte Brunetti das nicht mehr. Um so lebhafter erinnerte er sich an die Stellungnahme der Regierung zum Moro-Report, die, ungeachtet des Skandals und der öffentlichen Empörung über die dreiste Plünderung der Staatskasse, so unerschütterlich gravitätisch geklungen hatte wie der Todesmarsch aus Händels *Saul*. Jahre gingen ins Land: Die neuen Kliniken blieben ungebaut, ohne daß die Statistiken korrigiert worden wären, und die Männer, die für den Betrug verantwortlich waren, hatten sich relativ unbehelligt abgesetzt.

In Italien hatten Skandale die gleiche Haltbarkeit wie frischer Fisch: Am dritten Tag waren beide wertlos; der Fisch, weil er zu stinken anfing, und die Skandale, weil sie zu stinken aufhörten. Hätten die Opfer des Moro-Reports sich an seinem Verfasser rächen wollen, so wäre das schon vor Jahren geschehen: Ein um sechs Jahre hinausgezögerter Rachefeldzug würde andere ehrliche Beamte nicht davon abhalten, ungesetzliche Regierungspraktiken anzuprangern.

Nachdem diese Möglichkeit ausschied, wandte Brunetti sich Moros ärztlicher Laufbahn zu und versuchte die Anschläge auf dessen Familie als Racheakt eines enttäuschten Patienten zu deuten. Aber auch den Gedanken verwarf er gleich wieder, ja er glaubte nicht einmal, daß Moros Gegner auf Vergeltung aus waren, denn dann hätten sie ihn persönlich angegriffen. Mit den Anschlägen auf seine Familie aber wollte man ihm drohen. Angenommen, Moro arbeitete an etwas oder hatte etwas herausgefunden, das seinen Widersachern gefährlich werden konnte, und sie wollten mit allen Mitteln die Veröffentlichung eines zweiten Moro-Reports verhindern? Das wäre die Lösung; rätselhaft blieb nur, wieso Moro letzte Nacht zwar einerseits gar nicht versucht hatte, die Existenz seiner namenlosen Feinde zu leugnen, andererseits aber vehement bestritt, daß »die« hinter dem Anschlag auf seine Mutter steckten.

Brunetti trank noch einen Schluck Kaffee, doch der war inzwischen kalt geworden. Erst als er die Tasse abstellte, hörte er das Telefon klingeln und ging an den Apparat im Flur.

»Brunetti«, meldete er sich.

»Ich bin's«, sagte Paola. »Bist du noch im Bett?«

»Nein, ich bin schon lange auf.«

»Ich habe dich in der letzten halben Stunde dreimal angerufen. Wo warst du? Unter der Dusche?«

»Ja«, log Brunetti.

»Schwindelst du?«

»Ja.«

»Was hast du denn gemacht?« fragte Paola ehrlich besorgt.

»Dagesessen und aus dem Fenster geschaut.«

»Nun, es freut mich, daß dein Tag so produktiv begonnen hat. Nur dagesessen und geschaut oder auch nachgedacht?«

»Auch nachgedacht.«

»Worüber?«

»Moro.«

»Und?«

»Und ich glaube, ich bin auf etwas gestoßen, das ich bisher übersehen hatte.«

»Willst du's mir erzählen?« fragte sie, aber er hörte an ihrem Ton, daß sie in Eile war.

»Nein. Erst muß ich es noch ein bißchen besser durchdenken.«

»Dann heute abend?«

»Ja.«

Nach einer kleinen Pause sagte Paola mit einer Stimme wie aus einer brasilianischen Seifenoper: »Übrigens haben wir noch was nachzuholen von letzter Nacht, mein Held.«

Ein wohliger Schauer überlief ihn, als er begriff, was sie meinte. Aber bevor er antworten konnte, hatte Paola schon lachend aufgelegt.

Als der Commissario eine halbe Stunde später die Wohnung verließ, trug er feste Schuhe mit Gummisohlen und hielt einen dunklen Schirm über sich. Letzterer hemmte seinen Schritt und zwang ihn in den schmalen Gassen zu ständigen Ausweichmanövern. Der Regen hatte die Touristenmassen verringert, aber ganz verscheuchen konnte er sie nicht. Wie oft hatte Brunetti sich schon gewünscht, daß er auf einem anderen Weg zur Arbeit gelangen könnte, einem, der ihm den leidigen Zickzackkurs durch die Ruga Rialto erspart hätte. Gleich hinter Sant' Aponal bog er rechts ab und ging hinunter zum Canal Grande. Als er aus der Unterführung kam, legte gerade ein *traghetto* an der Uferpromenade an. Brunetti wartete, bis die Passagiere ausgestiegen waren, ging an Bord, drückte dem *gondoliere* eine der immer noch ungewohnt klobigen Euromünzen in die Hand und hoffte, daß sie für die Überfahrt ausreiche. Aber der junge Mann gab ihm sogar etwas Kleingeld zurück, bevor Brunetti sich in den hinteren Teil der Gondel verzog und knieweich die Balance hielt, während das Boot im Wasser auf und ab schaukelte.

Als sich dreizehn Personen, darunter ein Mann mit einem triefnassen Schäferhund, dicht an dicht unter die Schirme duckten, die sich fast wie ein durchgehender Schutzschild über ihren Köpfen spannten, stießen die *gondolieri* vom Kai ab und ruderten ihre Fracht in rascher Fahrt ans andere Ufer. Trotz des heftigen Regens sah Brunetti oben auf der Rialtobrücke unbeschirmte Touristen stehen, die mit dem Rücken zum Kanal für die Kameras ihrer Begleiter posierten.

Die Gondel glitt neben der kleinen Holztreppe längsseits, und die Fahrgäste gingen einer nach dem anderen von Bord. Brunetti wartete, während der *gondoliere* vorn am Bug sich anschickte, einer Frau ihr Einkaufswägelchen hinaufzureichen. Eine der Rollen verfing sich an den Stufen, und der Wagen kippte hintenüber, aber der *gondoliere* fing ihn gerade noch auf. Plötzlich sprang der Hund ins Boot zurück, schnappte sich mit den Zähnen einen alten, zerkauten Tennisball, setzte wieder an Land und jagte seinem Herrn hinterher.

Brunetti sagte sich, daß er gerade Zeuge einer ganzen Reihe von Gesetzesverstößen geworden war. Die Anzahl der Passagiere hatte das vorgeschriebene Limit überschritten. Wahrscheinlich war es Vorschrift, Schirme während der Fahrt zusammengerollt zu tragen, doch in dem Punkt war er sich nicht ganz sicher und zählte ihn nicht mit. Der Hund trug weder einen Maulkorb, noch war er angeleint, und zwei Touristen, die deutsch sprachen, bekamen ihr Wechselgeld erst auf Verlangen ausgehändigt.

Auf dem Weg in sein Büro machte Brunetti im Bereitschaftsraum halt und forderte Pucetti auf, mit nach oben zu kommen. Als beide Platz genommen hatten, fragte Brunetti: »Also, was haben Sie weiter in Erfahrung gebracht?«

Pucetti sah ihn überrascht an. »Sie meinen über San Martino, Signore?«

»Ja, natürlich.«

»Interessieren Sie sich denn noch dafür?«

»Sicher, wieso denn nicht?«

»Aber ich dachte, die Ermittlungen sind abgeschlossen.«

»Wer hat das gesagt?« fragte Brunetti, obwohl er es sich denken konnte.

»Tenente Scarpa, Signore.«

»Wann?«

Pucetti blickte zur Seite und dachte nach. »Gestern. Er kam zu mir und sagte, der Fall Moro sei nicht mehr aktuell und ich würde jetzt in Tronchetto eingesetzt.«

»Tronchetto?« fragte Brunetti entgeistert. Er konnte sich nicht erklären, wieso ein Polizeibeamter einen Parkplatz bewachen sollte.

»Es sind Beschwerden über diese Typen eingegangen, die vor dem Parkplatz die Touristen abfangen und ihnen Bootsfahrten in die Stadt anbieten.«

»Beschwerden von wem?« fragte Brunetti.

»Zum Beispiel von einem Angehörigen der amerikanischen Botschaft in Rom. Er mußte zweihundert Euro für die Fahrt bis San Marco bezahlen.«

»Was wollte er denn in Tronchetto?«

»Einen Parkplatz suchen, Signore. Und da hat so ein Kerl mit weißer Mütze und falscher Uniform ihm seine Hilfe angeboten und ihm ein Wassertaxi vermittelt, das ihn angeblich ganz bequem bis vor sein Hotel bringen würde.«

»Und der Mann hat gezahlt?«

Pucetti zuckte mit den Schultern. »Sie wissen doch, wie die Amerikaner sind, Signore. Er ist dem Gauner auf den Leim gegangen. Also hat er anstandslos gezahlt, aber als er es den Leuten im Hotel erzählte, haben die ihm gesagt, daß er betrogen wurde. Und da er offenbar ein hohes Tier in der Botschaft ist, hat er mit Rom telefoniert, und daraufhin haben die uns angerufen und sich beschwert. Und seitdem patrouillieren wir dort, damit so was nicht wieder vorkommt.«

»Wie lange machen Sie das schon?«

»Ich war gestern draußen, Signore, und in einer Stunde muß ich wieder hin«, sagte Pucetti. Und als er Brunettis Gesichtsausdruck sah, setzte er hinzu: »Es war ein Befehl.«

Brunetti enthielt sich jeder Bemerkung über die Fügsamkeit des jungen Beamten und sagte nur: »Die Ermittlungen im Fall Moro laufen noch, Sie können also Tronchetto vergessen. Ich möchte, daß Sie noch mal rausfahren nach San Martino und mit einem der Schüler reden, einem gewissen Ruffo. Ich glaube, Sie haben ihn schon einmal vernommen.« Brunetti hatte den Namen des Jungen in Pucettis Protokoll gelesen und erinnerte sich, daß dieser Ruffo als auffallend nervös beschrieben hatte. Pucetti nickte, und Brunetti fügte hinzu: »Aber, wenn möglich, nicht in der Schule. Und gehen Sie nicht in Uniform.«

»Ja, Signore. Ich meine, nein, Signore«, stotterte Pucetti und schob rasch die Frage nach: »Und der Tenente?«

»Den übernehme ich«, antwortete Brunetti.

Pucetti sprang auf. »Sowie ich mich umgezogen habe, fahre ich auf die Giudecca, Signore.«

Als er gegangen war, spielte Brunetti mit dem Gedanken, Scarpa in sein Büro zu zitieren. Doch da er sich mehr davon versprach, den Tenente ohne Vorwarnung zu stellen, stieg er die zwei Treppen zu dem Büro hinunter, das Scarpa sich beharrlich ertrotzt hatte. Jahrelang war der Raum als Abstellkammer genutzt worden, wo die Beamten der Questura ihre Schlechtwetterkleidung und die Stiefel für ein unvermutet hereinbrechendes *acqua alta* aufbewahrten. Irgendwann war wie durch Zauberei ein Sofa dazugekommen, und seitdem hatten die Beamten der Nachtschicht sich ab und an heimlich eine Stunde Schlaf gegönnt. Auch ging das Gerücht, daß eine Kommissarin auf ebendiesem Sofa in die Freuden des Ehebruchs eingeweiht worden sei. Doch vor drei Jahren hatte Vice-Questore Patta plötzlich angeordnet, alle Stiefel, Schirme und Mäntel auszuräumen; am nächsten Tag war das Sofa verschwunden und wurde durch einen Schreibtisch ersetzt, dessen verspiegelte Glasplatte auf schweren Metallstreben ruhte. In der Questura hatte niemand unter dem Rang eines Kommissars ein eigenes Büro, für seinen Assistenten aber machte Vice-Questore Patta eine Ausnahme und postierte ihn hinter ebenjenem gläsernen Schreibtisch. Zwar kam es wegen dieser vorschriftswidrigen Bevorzugung zu keinem offenen Protest, doch hinter vorgehaltener Hand wurde ausgiebig gelästert.

Brunetti klopfte an die Tür und trat ein, sowie Scarpas lautes *»Avanti!«* ertönte. Es folgte der heikle Moment, in dem Scarpa einen seiner Vorgesetzten auf der Schwelle stehen sah. Instinktiv stützte er die Hände auf die Tischplatte, als wolle er sich erheben. Aber dann besann er sich nicht nur darauf, um welchen Vorgesetzten es sich handelte, sondern auch auf seinen Heimvorteil, und er verkürzte die Bewegung zu einem Wippen, das ihn lediglich aufrechter in seinem Sessel plazierte. »Guten Morgen, Commissario«, sagte er. »Was kann ich für Sie tun?«

Brunetti übersah die huldvolle Geste, mit der Scarpa auf einen Stuhl vor seinem Schreibtisch wies, und blieb an der Tür stehen. »Ich wollte Ihnen nur sagen, daß ich Pucetti für einen Sonderauftrag einteile.«

Scarpas Gesicht verzog sich zu einer Grimasse, die vielleicht ein Lächeln hätte werden sollen. »Pucetti hat bereits einen Sonderauftrag, Commissario.«

»Sie meinen Tronchetto?«

»Ja. Was dort vorgeht, schadet dem Ansehen unserer Stadt.«

Brunetti befahl seinem besseren Ich, die Diskrepanz zwischen venezianischem Lokalpatriotismus und dem sizilianischen Dialekt, in dem er vorgetragen wurde, zu überhören. »Ich bin nicht sicher, ob ich Ihre Sorge um das Ansehen der Stadt teile, Tenente«, sagte er, »und darum ändere ich Pucettis Dienstplan.«

Wieder dieses Zucken um die Lippen. »Und natürlich haben Sie das Einverständnis des Vice-Questore?«

»Ich glaube kaum, daß eine solche Bagatelle wie der Einsatz eines einfachen Polizeibeamten den Vice-Questore sonderlich interessiert.«

»Im Gegenteil, Commissario. Der Vice-Questore nimmt lebhaften Anteil an allem, was die Polizei unserer Stadt betrifft.«

Brunetti war das Taktieren leid und fragte rundheraus: »Wie meinen Sie das?«

»Wie ich es gesagt habe, Signore. Und daß der Vice-Questore sich sehr für Ihre Umdisponierung interessieren wird.« Gleich einem Tenor mit Registerproblemen bekam Scarpa seine Stimme nicht in den Griff, die beständig zwischen höflicher und drohender Tonlage schwankte.

»Soll das heißen, Sie werden ihm davon berichten?« fragte Brunetti.

»Falls es sich ergibt«, versetzte Scarpa verbindlich.

»Ganz wie Sie meinen«, gab Brunetti ebenso zuvorkommend zurück.

»Ist das alles, was ich für Sie tun kann, Commissario?«

»Ja«, antwortete Brunetti knapp und verließ das Büro, bevor ihm doch noch ein deutliches Wort entschlüpfte. Er wußte so gut wie nichts über Tenente Scarpa oder was ihn antrieb: Wahrscheinlich spielte Geld eine nicht unerhebliche Rolle. Der Gedanke erinnerte ihn an eine Bemerkung von Anna Comnena über Robert Guiscard: »Sobald ein Mann an die Macht kommt, zeitigt seine Liebe zum Geld die gleichen Eigenschaften wie Wundbrand, denn sobald der sich in einen Körper eingeschlichen hat, ruht er nicht eher, als bis er ganz und gar von ihm Besitz genommen und ihn vergiftet hat.«

Eine alte Frau lag verletzt in Mestre im Krankenhaus, und er mußte sich in einem Kompetenzgerangel mit Pattas Adlatus verzetteln, ja sogar versuchen, sich in ihn hineinzuversetzen und seine Motive zu ergründen. Brunetti schäumte innerlich, als er nach oben ging, doch bis er in sein Büro kam, hatte er eingesehen, daß sein Zorn gar nicht so sehr gegen Scarpa gerichtet war als vielmehr gegen sich selbst, weil er den Anschlag auf Moros Mutter nicht vorausgesehen hatte. Daß ihm das gar nicht möglich gewesen wäre, spielte für Brunetti dabei kaum eine Rolle; irgendwie hätte er die Gefahr erkennen und etwas tun müssen, um die alte Frau zu beschützen.

Er rief im Krankenhaus an, nannte seinen Dienstgrad und verlangte in dem autoritären Befehlston, den er sich im Umgang mit hirnlosen Bürokraten angewöhnt hatte, mit der Station verbunden zu werden, auf der Signora Moro lag. Es dauerte eine Weile, bis er durchgestellt wurde, aber als er die diensthabende Schwester am Apparat hatte, war sie hilfsbereit und entgegenkommend und erklärte ihm, der Arzt habe Signora Moro geraten, noch bis zum nächsten Tag in stationärer Behandlung zu bleiben, und dann könne sie wieder nach Hause. Nein, sie war nicht ernsthaft verletzt, und man behielt sie eher mit Rücksicht auf ihr Alter als aus medizinischen Gründen einen Tag länger in der Klinik.

Brunetti, der eine so menschliche Handlungsweise irgendwie

tröstlich fand, bedankte sich bei der Schwester und rief gleich anschließend die Polizei in Mogliano an. Von dem Beamten, der den Fall bearbeitete, erfuhr er, daß die Fahrerin des Unfallwagens am Morgen aufs Revier gekommen sei und sich gestellt habe. Erst hatte sie in Panik die Flucht ergriffen, aber nach einer schlaflosen Nacht war sie, geplagt von Furcht und Reue, geständig und bereit, für ihre Tat einzustehen.

Als Brunetti den Polizisten fragte, ob er die Frau für glaubwürdig halte, bekam er ein erstauntes »Aber natürlich« zur Antwort, bevor der Mann sagte, er müsse jetzt wieder an die Arbeit, und auflegte.

Also hatte Moro doch recht gehabt, als er behauptete, »die« hätten nichts mit dem Anschlag auf seine Mutter zu tun. Oder vielmehr mit ihrem Unfall, denn auch den Verdacht auf einen »Anschlag« hatte ja erst er, Brunetti, ins Spiel gebracht. Bloß, warum war Moro dann so außer sich geraten? Und vor allem: Woher rührte seine abgrundtiefe Verzweiflung letzte Nacht, nachdem er doch gerade erfahren hatte, daß seine Mutter nicht ernstlich verletzt war?

21

Die Erkenntnis, daß er sich Tenente Scarpa einmal mehr zum Feind gemacht hatte, wäre durchaus Anlaß zur Besorgnis gewesen, doch Brunetti sah es gelassen: So eine unversöhnliche Antipathie wie die zwischen ihnen beiden war ohnehin nicht mehr steigerbar. Leid tat ihm nur, daß wahrscheinlich Pucetti den Ärger würde ausbaden müssen, denn Scarpa war nicht der Mann, der sich offen mit einem Vorgesetzten anlegte. Brunetti fragte sich nicht zum ersten Mal, ob es oft vorkam, daß jemand im rücksichtslosen Streben nach Macht und Erfolg so blind und taub gegen die wahren Erfordernisse seines Berufs verstieß wie der Tenente. Dabei hatte Paola ihm immer wieder versichert, daß die Grabenkämpfe im Englischen Seminar der Universität bei weitem unbarmherziger waren als irgendein Gemetzel in *Beowulf* oder einer der besonders blutrünstigen Shakespeare-Tragödien.

Er wußte, daß man Ehrgeiz zu den natürlichen menschlichen Eigenschaften zählte, und hatte seit vielen Jahren zugesehen, wie verbissen andere ihrer Vorstellung vom Erfolg nachjagten. Aber auch wenn deren Streben gemeinhin als ganz normal angesehen wurde, konnte er nicht umhin, sich über die Leidenschaft und Energie zu wundern, mit der sie ihre Ziele verfolgten. Paola hatte einmal gesagt, in seiner Erbmasse fehle ein entscheidendes Gen, weil er keinen anderen Wunsch kenne als den, glücklich zu sein. Das hatte ihm zu schaffen gemacht, bis sie erklärte, daß just dieses Manko einer der Gründe war, warum sie ihn geheiratet hatte.

Noch ganz in Gedanken, betrat er Signorina Elettras Büro. Als sie aufblickte, sagte er ohne jede Einleitung: »Ich bräuchte weitere Informationen über San Martino.«

»Und was genau wollen Sie wissen, Commissario?«

Er überlegte und sagte dann: »Ich denke, was ich wirklich wissen möchte, ist, ob einer von dort fähig wäre, den Jungen umzubringen, und wenn ja, warum.«

»Dafür könnte es mehrere Gründe geben«, antwortete sie. »Vorausgesetzt, Sie wollen glauben, daß es Mord war.«

»Nein, glauben will ich es nicht. Aber wenn er ermordet wurde, dann will ich wissen, warum.«

»Interessieren Sie sich für die Schüler oder für die Lehrer?«

»Für beide.«

»Nun, ich bezweifle, daß beide Gruppen gleichzeitig als Täter in Frage kommen.«

»Warum nicht?« fragte er.

»Weil sie unterschiedliche Motive haben dürften.«

»Nämlich?«

»Also die Lehrer würden es aus ernsthaften, aus Erwachsenengründen tun.«

»Zum Beispiel?«

»Gefahr für ihre Karriere. Oder die Schule.«

»Und die Mitschüler?«

»Weil er ihnen auf den Geist ging.«

»Scheint mir ein ziemlich läppischer Grund für einen Mord.«

»Je nachdem, aus welchem Blickwinkel man's betrachtet, werden die meisten Morde aus ziemlich läppischen Gründen begangen.«

Brunetti mußte ihr recht geben. Nach einer Weile fragte er: »Und was an ihm hätte den anderen auf den Geist gehen können?«

»Weiß der Himmel. Ich habe keine Ahnung, wen oder was Jungs in dem Alter verabscheuen. Jemanden, der zu aggressiv ist – oder nicht aggressiv genug. Einen Klugscheißer, der die anderen blamiert. Oder einen unerträglichen Angeber oder –«

»Das scheinen mir allzu belanglose Gründe«, unterbrach Brunetti. »Selbst für unbedarfte Teenager.«

Signorina Elettra wirkte durchaus nicht gekränkt. »Was Besseres fällt mir nicht ein«, sagte sie. Und fuhr mit einem Nicken in Richtung Computer fort: »Aber lassen Sie mich mal sehen, was ich rausfinden kann.«

»Wo werden Sie suchen?«

»Erst in den Klassenlisten, dann unter den Familienmitgliedern. Anschließend verfahre ich genauso beim Lehrkörper. Und dann gleiche ich die Ergebnisse mit anderen Listen ab.«

»Und woher haben Sie diese Listen?«

Ihr Stoßseufzer war stilvoll in die Länge gezogen. »Noch habe ich sie nicht, Signore, aber ich kann sie mir beschaffen.« Sie sah zu ihm auf und wartete auf seine Entgegnung. Doch Brunetti gab sich geschlagen. Er bedankte sich und bat sie, ihm alle verfügbaren Informationen so bald wie möglich hinaufzubringen.

Oben in seinem Büro versuchte er sich ins Gedächtnis zu rufen, was immer er im Lauf der Jahre über die Akademie gehört oder gelesen hatte. Als ihm nichts Erhellendes einfallen wollte, besann er sich darauf, daß die meisten Lehrer in San Martino ehemalige Offiziere der einen oder anderen Waffengattung waren, und dehnte seine Überlegungen auf das Militär schlechthin aus. Und dann wehte ihn von irgendwoher eine Erinnerung an; eine, die ihn narrte und nicht recht Gestalt annehmen wollte, bis er sich wie ein Scharfschütze, der sich in der Dunkelheit orientieren muß, nicht mehr auf das Ziel konzentrierte, das ihm beständig vor den Augen verschwamm, sondern auf das, was sich daneben oder dahinter befand. Irgend etwas mit jungen Männern und dem Militär.

Und dann kehrte die Erinnerung zurück: Es ging um einen Zwischenfall vor einigen Jahren, als zwei Fallschirmspringer den Befehl erhielten, irgendwo im früheren Jugoslawien aus einem Helikopter abzuspringen. Da sie nicht wußten, daß der Hubschrauber nur hundert Meter über dem Boden kreiste, waren sie in den Tod gesprungen. Weil sie ahnungslos waren und weil die restliche Besatzung, die Bescheid wußte, aber zu einer anderen

Einheit gehörte, ihnen nichts gesagt hatte. Und an diese Erinnerung knüpfte sich gleich noch eine zweite: Ein junger Mann war nach einem Fallschirmabsprung tot aufgefunden worden – vielleicht das Opfer einer nächtlichen Mutprobe, die wegen schlechter Sicht ein böses Ende genommen hatte. Soviel er wußte, waren beide Fälle nie aufgeklärt worden, und bis heute hatte man keine zufriedenstellende Erklärung für den sinnlosen Tod dieser drei jungen Menschen gefunden.

Des weiteren erinnerte er sich an einen Morgen beim Frühstück, der schon ein paar Jahre zurücklag, als Paola in der Zeitung eine Meldung über den damaligen Regierungschef gefunden hatte, der einem Verbündeten italienische Truppen für eine kriegerische Auseinandersetzung versprach. »Er will denen tatsächlich Soldaten schicken«, hatte Paola gesagt. »Ist das ein Angebot oder eine Drohung?«

Nur einer von Brunettis engeren Freunden hatte sich für eine militärische Laufbahn entschieden, aber da sie sich in den letzten Jahren aus den Augen verloren hatten, mochte er ihn nicht anrufen. Außerdem hatte er auch keine Ahnung, was er ihn hätte fragen sollen. Ob die Armee wirklich so unfähig und korrupt war, wie alle Welt zu glauben schien? Nein, das war kaum eine Frage, die man einem aktiven General stellen konnte.

Blieben seine Freunde bei der Presse. Er probierte es bei einem in Mailand, aber als sich der Anrufbeantworter einschaltete, legte er auf, ohne eine Nachricht zu hinterlassen. Bei einem anderen Freund in Rom hatte er ebenfalls kein Glück. Doch als er Beppe Avisani in Palermo anrief, wurde beim zweiten Klingeln abgenommen.

»Avisani?«

»*Ciao*, Beppe. Ich bin's, Guido.«

»Ah, schön, deine Stimme zu hören«, sagte Avisani, und ein paar Minuten tauschten sie sich über die Themen aus, die zwischen Freunden anstehen, wenn sie einander längere Zeit nicht gesprochen haben. Falls sie dabei etwas steif klangen, dann weil beide wußten, daß sie heutzutage eigentlich nur noch miteinander sprachen, wenn einer von ihnen Informationen brauchte.

Als das Thema Familie gründlich erschöpft war, fragte Avisani: »Was kann ich für dich tun?«

»Ich untersuche den Tod von Moros Sohn«, antwortete Brunetti und war gespannt, was der Reporter darauf sagen würde.

»Also kein Selbstmord?« fragte Avisani offen und ohne Pietät zu heucheln.

»Das ist es ja, was mir keine Ruhe läßt«, antwortete Brunetti.

»Wenn es Mord war, dann mußt du das Motiv beim Vater suchen«, erklärte Avisani ohne Zögern.

»*So* weit war ich auch schon, Beppe«, sagte Brunetti, ohne daß es sarkastisch klang.

»Ja, natürlich. Entschuldige.«

»Aber der Moro-Report liegt schon zu lange zurück.« Brunetti war sicher, daß Avisani als altgedienter Politreporter arbeitete, seine Meinung teilen und den Bericht als Mordmotiv ebenfalls ausklammern würde. »Weißt du, woran er während seiner Zeit als Abgeordneter gearbeitet hat?«

Es entstand eine lange Pause, während deren Avisani Brunettis Frage überdachte. »Du bist da vielleicht auf der richtigen Spur«, sagte er endlich. »Kannst du mal eine Minute warten?«

»Natürlich. Warum?«

»Ich habe die Angaben hier irgendwo gespeichert.«

»Im Computer?« fragte Brunetti.

»Wo sonst?« entgegnete der Reporter lachend. »Ausgedruckt in einer Schublade?«

Brunetti lachte mit, als hätte er tatsächlich einen Witz gemacht.

»Nur eine Minute«, wiederholte Avisani, und Brunetti hörte, wie der Telefonhörer mit einem Klicken auf eine harte Oberfläche traf.

Während des Wartens schaute er aus dem Fenster, versuchte aber gar nicht erst, die Informationen, die in seinem Kopf herumschwirrten, zu ordnen. Er achtete auch nicht auf die Zeit, doch es dauerte weit mehr als eine Minute, bevor Avisani wieder an den Apparat kam.

»Guido?« fragte er. »Bist du noch dran?«

»Ja.«

»Also viel habe ich nicht über den Abgeordneten Moro. Er war knapp drei Jahre im Parlament, aber man hielt ihn ziemlich im Hintergrund.«

»Man?«

»Die Partei, für die er kandidierte, stellte ihn auf, weil er damals ebenso prominent wie beliebt war und sie sich mit ihm als Zugpferd einen sicheren Wahlsieg versprachen, aber als sie dann am Ruder waren und seine wirklichen Pläne kennenlernten, nahmen sie ihn schleunigst aus dem Rampenlicht.«

Es kam immer wieder vor, daß anständige, reformwillige Politiker in ein System integriert und dann von ihm geschluckt wurden, wie Insekten von einer fleischfressenden Pflanze. Brunetti wußte das, doch da Avisani wesentlich mehr Erfahrung auf dem Gebiet hatte als er, nahm er einen Notizblock zur Hand und sagte bloß: »Ich möchte wissen, in welchen Ausschüssen er mitgearbeitet hat.«

»Tippe ich richtig, und du suchst nach jemandem, dem er – nun, sagen wir in die Quere gekommen ist?«

»Ja.«

Avisani schnalzte abwägend mit der Zunge. »Also ich zähle dir einfach mal auf, was ich habe. Da wäre zunächst der Ausschuß, der die Altersversorgung der Landwirte regeln sollte. Aber der kommt nicht in Frage – saßen lauter Nullen drin. Dann der Ausschuß, der den Versand der Hilfsgüter nach Albanien überwachte.«

»War die Armee mit dem Transport betraut?« fragte Brunetti gespannt.

»Nein. Ich glaube, den haben private Hilfsorganisationen übernommen – wie Caritas und so weiter.«

»Was sonst noch?«

»Postwesen.«

Brunetti schnaubte verächtlich.

»Und militärischer Versorgungsdienst«, las Avisani mit unverhohlenem Interesse vor.

»Was versteht man darunter?«

Es entstand eine Pause, bevor der Reporter antwortete: »Wahrscheinlich ist das der Ausschuß, der die Verträge mit den Firmen prüft, die das Militär beliefern.«

»Prüft oder die Aufträge vergibt?«

»Ich würde sagen: prüft. Es war eigentlich nur ein Unterausschuß, das heißt, seine Befugnisse beschränkten sich darauf, dem übergeordneten Gremium Empfehlungen zu geben. Glaubst du, das ist der Stolperstein?« fragte Avisani.

Brunetti erinnerte sich gerade noch rechtzeitig, daß sein Freund ein Mitglied der Presse war. »Ich weiß nicht mal, ob es einen solchen gibt«, antwortete er ausweichend.

»Mein Gott, Guido«, seufzte Avisani ungeduldig. »Ich frage dich als interessierter Freund, nicht als Reporter.«

Brunetti lachte erleichtert auf. »Na ja, es paßt besser als die Postboten. Die sind nicht besonders gewalttätig.«

»Außer in Amerika«, schränkte Avisani ein.

Wieder sorgte der Konflikt zwischen beruflichen Interessen und Freundschaft für einen Augenblick betretenen Schweigens, dann fragte Avisani entschlossen: »Möchtest du, daß ich an der Sache dran bleibe?«

Da er nicht wußte, wie er es sonst formulieren sollte, sagte Brunetti zögernd: »Wenn du es diskret machen kannst.«

»Bei mir geht alles diskret, darum lebe ich ja noch, Guido«, sagte der Reporter ohne einen Anflug von Ironie. Dann verabschiedete er sich nicht übermäßig freundlich und legte auf.

Brunetti rief unten bei Signorina Elettra an, und als sie sich meldete, sagte er: »Signorina, ich hätte da noch einen Punkt für Ihr ...« Hier stockte er, verlegen um eine Bezeichnung für das, was Signorina Elettra trieb. »… für Ihre Recherchen«, ergänzte er schließlich.

»Ja, Signore?«

»Die Truppenversorgung.«

»Und worum geht es da?«

»Um Kauf und Erwerb«, begann er, aus einem Vers zitierend, den Paola beständig im Munde führte. »Aber nach dem Motto: Was springt für mich dabei heraus? Moro war in einem Ausschuß, der die Vereinbarungen zwischen den Zulieferfirmen fürs Militär und ihren Vertragspartnern zu überprüfen hatte.«

»Oje«, rief Signorina Elettra. »Wie konnte denn das passieren?« Und Brunetti fragte sich, wie lange er wohl brauchen würde, um einem Ausländer zu erklären, was damit gemeint war – fassungslose Verwunderung darüber, daß ein grundehrlicher Mann wie Moro in einen Ausschuß geraten konnte, der über die Verteilung staatlicher Gelder in beträchtlicher Höhe zu entscheiden hatte.

»Ich habe keine Ahnung«, antwortete er. »Vielleicht könnten Sie nachsehen, wer sonst noch in diesem Ausschuß war?«

»Gewiß, Signore. Regierungsunterlagen sind sehr leicht zugänglich«, sagte sie und überließ es ihm zu erraten, wieviel kriminelles Potential in diesem Satz steckte.

Er sah auf die Uhr und fragte: »Soll ich zum Essen gehen oder lieber warten?«

»Gehen Sie Mittag essen, Signore«, riet sie und hatte auch schon aufgelegt.

Also ging Brunetti ins Testiere, wo der Besitzer immer einen Platz für ihn fand, und bestellte Meeresfrüchte als Vorspeise und danach einen gegrillten Thunfisch, von dem Bruno schwor, daß er fangfrisch sei. Aber so zerstreut, wie Brunetti auf seinem Teller herumstocherte, hätte der Fisch ebensogut aus der Tiefkühltruhe kommen können. Normalerweise hätte er sich geschämt, eine so vorzügliche Mahlzeit nicht gebührend zu würdigen. Heute aber war er so damit beschäftigt, den Zusammenhang zwischen Moros politischer Arbeit und dem Leid, das man seiner Familie zugefügt hatte, zu ergründen, daß er den Fisch zwar aufaß, aber nicht genießen konnte.

Zurück in der Questura, sah er die Tür zu Signorina Elettras Büro offenstehen. Sie lehnte am Fenster und blickte auf den Kanal hinaus, der ins *Bacino* mündete. So vertieft war sie in das, was es dort zu sehen gab, daß sie ihn nicht kommen hörte, und da er sie nicht erschrecken wollte, blieb er auf der Schwelle stehen. Sie hatte die Arme vor der Brust verschränkt, die Füße gekreuzt und kehrte Brunetti das Profil zu. Er sah, wie sie den Kopf senkte und einen Herzschlag länger als nötig die Lider schloß. Dann holte sie so tief Luft, daß ihre Brust sich merklich hob, schlug die Augen auf und wandte sich vom Fenster ab. Und fand seinen Blick auf sich gerichtet.

Drei Sekunden vergingen. Paola hatte einmal einen Satz zitiert, mit dem die Iren Trostbedürftigen Beistand leisten: »Ich leide mit dir in deinem Kummer.« Die Worte lagen ihm schon auf der Zunge, als Signorina Elettra einen Schritt auf ihren Schreibtisch zu machte und mit dem Anflug eines Lächelns sagte: »Ich habe alles gefunden.« Aber in einem Ton, als hätte sie alles verloren.

Es vergingen noch drei Sekunden, dann hatten sie sich stillschweigend darauf geeinigt, die Szene am Fenster nicht zu erwähnen, und Brunetti trat zu ihr an den Schreibtisch.

Dort lagen zwei Stapel Papiere. Noch im Stehen wies Signorina Elettra auf den ersten und sagte: »Das ist eine Liste der Schüler, deren Väter beim Militär oder in der Regierung sind – sonst habe ich bei den Schülern noch nichts recherchiert. Und darunter finden Sie eine Aufstellung über die militärische Laufbahn der Lehrer und darüber, welchem Truppenteil sie angehörten und in welchem Rang sie ausgeschieden sind. Und ganz unten ist noch eine Liste der Männer, die mit Dottor Moro in dem Ausschuß zur Überprüfung der Truppenversorgung saßen.«

Wider besseres Wissen – die Neugier war einfach stärker – sagte Brunetti: »Also schön. Verraten Sie mir, wo Sie das alles herhaben.« Als sie nicht antwortete, hob er die rechte Hand und beteuerte: »Ich schwöre bei den Häuptern meiner Lieben, daß ich es niemandem weitersagen, ja daß ich es sofort wieder vergessen und Tenente Scarpa unter keinen Umständen preisgeben werde.«

Sie dachte darüber nach. »Und wenn er Sie mit einer ganz furchtbaren Drohung in die Enge treibt?«

»Wie der, mich auf ein Glas Wein einzuladen?«

»Schlimmer. Zum Essen.«

»Ich werde stark bleiben.«

Da kapitulierte sie. »Es ist gar nicht so schwer, Zugriff auf die Personalakten des Militärs zu kriegen. Alles, was man braucht, sind der Code und die Dienstnummer der gesuchten Person.« Brunetti fragte nicht, wie sie sich Codes oder Dienstnummern beschafft hatte. »Beim Parlament ist es fast schon zu einfach«, fuhr sie verächtlich fort. »Da käme jedes Kind rein.« Er nahm an, sie meinte die Computerdateien, nicht das Gebäude.

»Und die Listen aus San Martino?« fragte er.

Sie maß ihn mit einem langen, forschenden Blick, und er nickte, zum Zeichen, daß sein Schwur immer noch galt. »Die hat Pucetti mitgehen lassen und bei mir deponiert, für den Fall, daß wir sie einmal brauchen könnten.«

»Hatten Sie schon Zeit, sie auszuwerten?«

»Ein wenig. Ein paar Namen kommen auf mehreren Listen vor.«

»Zum Beispiel?«

Sie zog ein Blatt Papier aus dem ersten Stapel und deutete auf zwei Namen, die sie bereits mit einem gelben Marker angestrichen hatte. »Maggiore Marcello Filippi und Colonello Giovanni Toscano.«

»Sagen Sie mir einfach, was mit denen ist«, bat Brunetti. »Das geht schneller.«

»Maggiore Filippi war siebenundzwanzig Jahre in der Armee und wurde vor drei Jahren pensioniert. Die letzten sechs Jahre seiner Dienstzeit war er für die Ausrüstung der Fallschirmspringer verantwortlich. Sein Sohn besucht in San Martino die Abschlußklasse.« Sie zeigte auf den zweiten Namen. »Der Colonello war als militärischer Berater in genau dem Parlamentsausschuß, dem auch Dottor Moro angehörte. Inzwischen unterrichtet er an der Akademie. In der Woche, als der Junge starb, war er auf einem Seminar in Paris.«

»Ist das nicht ein ziemlicher Abstieg, von einem Parlamentssitz zum Lehrer an einer Militärakademie in der Provinz?«

»Die militärische Laufbahn des Colonello nahm nach zweiundzwanzig Jahren ein etwas unrühmliches Ende«, erklärte Signorina Elettra. »Zumindest«, fuhr sie einschränkend fort, »ist das der Eindruck, den die internen Daten vermitteln.«

Interne Daten, wiederholte Brunetti im stillen. Machte sie denn vor gar nichts halt? »Und was steht da drin?«

»Daß einige Mitglieder des Ausschusses mit der Arbeit des Colonello nicht übermäßig zufrieden waren. Einer ging sogar so weit zu behaupten, der Colonello sei bei der Wahl seiner Empfehlungen an den Ausschuß alles andere als unparteiisch vorgegangen.«

»Moro?«

»Ja.«

»Aha.«

»Sie sagen es.«

»Inwiefern war Toscano nicht unparteiisch?« fragte Brunetti.

»Darüber gibt es keine näheren Angaben, aber es ist doch nicht schwer zu erraten, oder?«

»Nein, Sie haben recht.« Wenn der Ausschuß den Colonello für befangen erklärte, dann bedeutete das wohl, daß er bei der Präsentation der Firmen, die als Militärlieferanten zur Wahl standen, einzelne bevorzugt und sich dafür hatte bezahlen lassen. Oder, meldete sich Brunettis eingefleischter Zynismus, oder beide Seiten waren bestechlich, und man überwarf sich, weil Toscano und die Mitglieder des Ausschusses auf der Gehaltsliste konkurrierender Unternehmen standen. Das Erstaunliche an der Sache war gar nicht einmal Toscanos Bestechlichkeit – warum sonst hätte er sich einen solchen Posten aussuchen sollen –, sondern daß man ihn … Selbst in Gedanken schreckte Brunetti vor dem »erwischt hatte« zurück. Ungewöhnlich auch sein erzwungener Rücktritt, denn Brunetti konnte sich nicht vorstellen, daß ein Mann in Toscanos Position stillschweigend das Feld räumte. Wie auffällig oder skrupellos mußte seine Parteinahme gewesen sein, um ihn zum Ausscheiden zu bewegen?

»Ist der Colonello Venezianer?« fragte Brunetti.

»Nein, aber seine Frau.«

»Und wann sind sie nach Venedig gekommen?«

»Vor zwei Jahren. Gleich nach Toscanos Pensionierung.«

»Haben Sie eine Ahnung, was er als Lehrer in San Martino verdient?«

Signorina Elettra deutete wieder auf das vor ihr liegende Blatt. »Die Gehälter sind jeweils rechts neben den Namen aufgeführt.«

»Wahrscheinlich bekommt er ja auch schon seine Militärpension ausbezahlt«, sagte Brunetti.

»Die ist ebenfalls angegeben.«

Ein Blick genügte, und Brunetti überzeugte sich, daß die Pension des Colonello zusammen mit seinen Bezügen von der Akademie das Gehalt eines Commissario bei weitem überstieg. »Nicht schlecht, würde ich sagen.«

»Trotzdem werden sie sich einschränken müssen«, meinte Signorina Elettra.

»Die Ehefrau?«

»Stammt aus reichem Haus.«

»Und was unterrichtet er?«

»Geschichte und Militärtheorie.«

»Und ist sein Geschichtsunterricht von einer bestimmten politischen Richtung geprägt?«

Sie lächelte über seine diplomatische Formulierung und sagte: »Das kann ich noch nicht beantworten, Signore. Aber ich habe einen Freund, dessen Onkel in San Martino Mathematik lehrt, und der hat versprochen, sich kundig zu machen. Seine Gesinnung dürfte nicht schwer zu erraten sein«, fuhr sie fort, »aber es ist immer gut, sich zu vergewissern.«

Er nickte. Keiner von beiden machte sich Illusionen über das politische und historische Weltbild eines Mannes, der eine zweiundzwanzigjährige Militärlaufbahn hinter sich hatte. Aber wie Signorina Elettra hielt auch Brunetti es für das beste, auf Nummer Sicher zu gehen.

»Und gibt es eine Verbindung zwischen dem Colonello und dem Maggiore?« fragte er. »Waren sie vielleicht einmal in derselben Einheit stationiert?«

Diesmal galt ihr Lächeln offenbar seinem kriminalistischen Scharfsinn. Triumphierend zog sie den zweiten Stapel Papiere heran. »Wie es aussieht, saß der frisch pensionierte Maggiore zur selben Zeit, als der Colonello den Parlamentsausschuß beriet, im Vorstand der Edilan-Forma-Werke.«

»Und was ist das für ein Unternehmen?«

»Eine Firma aus Ravenna, die das Militär mit Uniformen, Stiefeln, Tornistern und anderem ausstattet.«

»Was heißt ›und anderem‹?« fragte Brunetti.

»Ich habe ihr Computersystem noch nicht geknackt«, gestand sie so freimütig, als deckte sein anfängliches Schweigegelübde automatisch auch dieses Bekenntnis. »Aber es sieht so aus, als lieferten sie schlichtweg alles, was ein Soldat an Kleidung oder tragbarem Gerät braucht. Und den Vertrieb für die Firmen, von denen das Militär Verpflegung und Getränke bezieht, übernehmen sie auch.«

»Und was bedeutet das alles?« fragte Brunetti.

»Millionen, Signore! Millionen und Abermillionen. Es ist eine unerschöpfliche Geldquelle, oder könnte zumindest eine sein. Immerhin verfügt das Militär über einen Etat von siebzehn Milliarden Euro pro Jahr.«

»Aber das ist ja Wahnsinn!« entfuhr es Brunetti.

»Nicht für den, der eine Chance hat, etwas davon abzuzweigen«, konterte sie.

»Edilan-Forma?«

»Zum Beispiel«, antwortete sie und wandte sich dann wieder ihren Unterlagen zu. »Einmal hat der Ausschuß auf Betreiben eines seiner Mitglieder die Verträge mit Edilan-Forma unter die Lupe genommen.«

Auch wenn er es kaum für nötig hielt, fragte Brunetti: »Moro?«

Sie nickte nur.

»Und was hat er beanstandet?«

»Die Protokolle vermerken eine Anfrage bezüglich der Preise einiger Artikel sowie die bestellten Mengen«, erklärte sie.

»Und wie ist es ausgegangen?«

»Als besagtes Ausschußmitglied zurücktrat, wurde die Untersuchung eingestellt.«

»Und die Verträge mit Edilan-Forma?«

»Wurden alle erneuert.«

War er nicht ganz bei Trost, daß ihm dies alles so normal und vorhersehbar erschien? Oder war das ganze Land einem Wahn verfallen, der dazu führte, daß sich die Papiere auf Signorina Elettras Schreibtisch nur noch auf eine Weise deuten ließen: daß nämlich die Staatskasse ein Selbstbedienungsladen war und jedes öffentliche Amt ein Freibrief zur persönlichen Bereicherung?

Dottor Moro, der naive und grundehrliche Moro, hatte es gewagt, diese Sichtweise anzuzweifeln. Und er hatte die Quittung für seine unbequemen Fragen bekommen – wenn auch nicht persönlich, sondern auf dem Umweg über seine Familie.

»Falls Sie das nicht schon gemacht haben, könnten Sie Toscano und Filippi einmal genauer unter die Lupe nehmen?«

»Ich war gerade dabei, als Sie kamen, Signore«, sagte sie. »Aber mein Freund aus Rom, der im Militärarchiv arbeitet, mußte für ein paar Tage nach Livorno, und darum kann ich ihre Personalakten nicht vor Ende der Woche einsehen.«

Brunetti verlor kein Wort darüber, daß sie untätig am Fenster gestanden und einen traurigen Blick in ihre Vergangenheit oder Zukunft geworfen hatte, als er hereingekommen war. Stattdessen bedankte er sich höflich und ging zurück in sein Büro.

22

Brunetti mußte seinen ganzen Willen aufbieten, um bis Dienstschluß in der Questura auszuharren. Erst vertrieb er sich die Zeit damit, die eingegangenen Berichte zu lesen und abzuzeichnen, dann las er nur noch jeden zweiten und schließlich jeden dritten, malte aber gewissenhaft sein Kürzel GB auch unter diejenigen, die er nicht gelesen hatte. Doch während sein Blick über die Texte und Zahlenkolonnen glitt, die endlose Fülle von Fakten und Ziffern streifte, die der Realität so verwandt waren wie Anna Anderson mit Zar Nikolaus II., war er in Gedanken immer noch bei Moro.

Kurz vor Feierabend rief er Avisani in Palermo an.

Wie schon beim letzten Mal meldete sich der Journalist mit vollem Namen.

»Ich bin's, Beppe«, sagte Brunetti.

»Ich bitte dich, Guido, es ist nicht mal ein Tag vergangen! Laß mir noch ein bißchen Zeit, ja?« forderte der Reporter ungehalten.

»Nein, ich wollte dich nicht drängen, Beppe, glaub mir. Ich hätte nur noch zwei Namen für deine Liste«, begann Brunetti, und bevor Avisani etwas einwenden konnte, fuhr er fort: »Einen Colonello Giovanni Toscano und einen Maggiore Marcello Filippi.«

Nach einer langen Pause ließ sich Avisani mit einem tiefen Seufzer vernehmen: »Mann, o Mann! Ich kann nur sagen: Wo Rauch ist, ist auch Feuer; beides gehört zusammen wie Öl und Essig; Pfeffer und Salz.«

»Oder Toscano und Filippi?« fragte Brunetti.

»Du hast's erfaßt. Wie bist du denn über die beiden gestolpert?«

»Moro«, lautete die knappe Antwort. »Beide hatten mit dem

Ausschuß zu tun, in dem Moro bis zu seinem Rückzug aus dem Parlament gearbeitet hat.«

»Ach ja, die Geschichte mit dem Versorgungsdienst«, sagte Avisani und zog dabei das letzte Wort genüßlich in die Länge.

»Weißt du was darüber?« fragte Brunetti, der sicher war, daß sein Freund über einschlägige Informationen verfügte.

»Ich weiß, daß Colonello Toscano ersucht wurde, seine Beratertätigkeit für den parlamentarischen Ausschuß niederzulegen, und daß er sich kurz darauf auch aus der Armee verabschiedete.«

»Und Filippi?«

»Ich glaube, der Maggiore kam zu der Erkenntnis, daß seine Interessenkonflikte allzu offensichtlich waren.«

»Was denn für Interessenkonflikte?«

»Nun, er ist immerhin mit der Cousine des Chefs einer Firma verheiratet, von der seine Fallschirmspringer den Großteil ihrer Ausrüstung beziehen.«

»Edilan-Forma?« fragte Brunetti.

»Na, da ist aber einer fleißig gewesen!« bemerkte Avisani anerkennend.

Ehrlicherweise hätte Brunetti jetzt klarstellen müssen, daß Signorina Elettra die Fleißarbeit geleistet hatte, aber er hielt es für besser, das einem Mitglied der Presse nicht auf die Nase zu binden. »Hast du was darüber geschrieben?« fragte er.

»Immer und immer wieder, Guido«, antwortete Avisani mit einem resignierten Seufzer.

»Und?«

»Und was sollen die Leute tun? Überraschung heucheln? So tun, als würden sie nicht auf die gleiche Art Geschäfte machen? Weißt du noch, was dieser Fernsehkomiker gesagt hat, als die Initiative *Mani pulite* gegründet wurde?«

»Daß wir alle korrupt wären und jeder von uns ein paar Tage ins Gefängnis wandern sollte?« fragte Brunetti, der sich noch gut an Beppo Grillos stürmischen Appell an seine Landsleute erinnerte. Grillo war Komiker, also durfte man ungeniert über ihn lachen, auch wenn das, was er an jenem Abend gesagt hatte, durchaus nicht komisch gewesen war.

»Ja«, sagte Avisani und lenkte Brunettis Aufmerksamkeit wieder auf sich. »Ich habe Artikel über diese und andere Regierungsstellen verfaßt, deren Hauptanliegen darin besteht, Gelder für Freunde und Verwandte abzuzweigen. Aber niemand schert sich darum.« Er wartete auf Brunettis Reaktion, und als der schwieg, wiederholte er: »Keiner schert sich darum, weil alle hoffen, daß sie früher oder später selber einen Weg finden, an so leicht verdientes Geld ranzukommen. Also ist es ganz in ihrem Sinne, daß das System so bleibt, wie es ist. Siehst du, und darum ändert sich auch nichts.«

Da Brunetti seinem Freund recht gab, sah er keinen Grund zu widersprechen. Statt dessen kehrte er zu seinem eigentlichen Anliegen zurück und fragte: »Ist das die einzige Verbindung zwischen Toscano und Filippi?«

»Nein. Sie waren beide im selben Jahrgang auf der Akademie in Modena.«

»Und danach?« fragte Brunetti.

»Weiß ich nicht. Aber das dürfte auch nicht so wichtig sein. Worauf es ankommt, ist, daß sie sich von Jugend auf gut gekannt haben und schließlich beide für den Versorgungsdienst tätig waren.«

»Und sich beide aus dem Geschäft zurückgezogen haben?«

»Ja, und zwar fast zur gleichen Zeit.«

»Weißt du, wo Filippi abgeblieben ist?« fragte Brunetti. – »Ich glaube, er wohnt in Verona. Soll ich mich mal erkundigen?«

»Sei so gut.«

»Und was willst du über ihn wissen?«

»Alles, was du in Erfahrung bringen kannst.«

»Und ich nehme an, das Honorar ist das gleiche wie immer?« erkundigte Avisani sich lachend.

»Schmeckt dir etwa das Essen meiner Frau nicht mehr?« fragte Brunetti mit gespielter Entrüstung. Doch bevor der Reporter darauf antworten konnte, sagte er in ernstem Ton: »Ich will aber nicht, daß du dich mit dieser Geschichte in Schwierigkeiten bringst, Beppe.«

Wieder mußte Avisani lachen. »Ach, Guido, wenn ich davor Angst hätte, dann könnte ich meinen Job gleich an den Nagel hängen.«

»Danke, Beppe«, sagte Brunetti, und das herzliche Lachen, mit dem der Reporter sich verabschiedete, gab ihm die Gewißheit, daß er nach wie vor auf seine Freundschaft zählen konnte.

Auf dem Weg nach unten wähnte er sich vom betörenden Sirenengesang Signorina Elettras und ihres Computers zu einem Abstecher verleitet. Doch in ihrem Büro brannte kein Licht, und der dunkle Bildschirm ließ darauf schließen, daß sie bei ihren Recherchen noch nicht fündig geworden war. Also blieb ihm, wenn er nicht ihren Schreibtisch filzen wollte, nichts weiter übrig, als heimzugehen zum Abendessen mit seiner Familie.

Am nächsten Morgen war er schon vor acht in der Questura. Da er Signorina Elettras Büro noch verwaist fand, ging er auf einen Sprung in den Bereitschaftsraum, wo Pucetti an einem Schreibtisch saß und in einer Illustrierten blätterte. Als Brunetti eintrat, sprang er strahlend auf. »Guten Morgen, Commissario. Ich hatte gehofft, daß Sie heute früher kommen.«

»Was haben Sie denn für mich?« fragte Brunetti, bevor er spürte, daß hinter ihm noch jemand hereingekommen war. Ein Blick in Pucettis Gesicht, auf dem das Lächeln erstarb, bestärkte ihn in seinem Verdacht.

»Nur diese Formulare, Commissario.« Pucetti raffte vom Nebentisch zwei Stapel Papiere zusammen. »Ich glaube, die müssen Sie unterschreiben«, sagte er, und es klang sehr dienstlich.

Brunetti griff seinen Ton auf und sagte: »Ich muß nur noch kurz runter zu Bocchese. Könnten Sie die Anträge inzwischen raufbringen in mein Büro?«

»Gewiß, Signore!« Und Pucetti hievte erst einen, dann den anderen Stapel auf seine Illustrierte und klopfte das Papier auf Stoß. Als er den Packen hochnahm, war die Zeitschrift verschwunden.

Brunetti wandte sich zum Gehen und wäre um ein Haar mit Tenente Scarpa zusammengestoßen, der breitbeinig den Eingang versperrte. »Ah, guten Morgen, Tenente«, grüßte Brunetti höflich. »Kann ich etwas für Sie tun?«

»Nein, Commissario«, antwortete Scarpa. »Ich wollte mit Pucetti sprechen.«

Brunettis Gesicht leuchtete dankbar auf. »Wie gut, daß Sie mich erinnern, Tenente, ich muß Pucetti unbedingt noch etwas fragen.« Und an den jungen Polizisten gewandt: »Sie können in meinem Büro warten, Pucetti. Bei Bocchese wird's nicht lange dauern.« Mit einem freundlichen Lächeln für den Tenente setzte er hinzu: »Bocchese ist ja bekanntlich ein Morgenmensch.« In Wahrheit wußte die ganze Questura, daß Bocchese seine erste Arbeitsstunde regelmäßig der Lektüre von *La Gazzetta dello Sport* widmete und über seine dienstliche E-Mail-Adresse Wetten in drei verschiedenen Ländern plazierte.

Schweigend machte der Tenente seinem Vorgesetzten Platz. Brunetti wartete gleich neben dem Eingang auf Pucetti und schloß rasch die Tür hinter ihnen.

»Also, ich fürchte, Bocchese wird sich noch ein paar Minuten gedulden müssen«, meinte er mit einem gespielten Seufzer und stieg mit Pucetti hinauf in sein Büro. Dort fragte er, noch während er seinen Mantel auszog und in den Schrank hängte: »Also? Was haben Sie in Erfahrung gebracht?«

Pucetti, der die Papiere fest unter seinen Arm geklemmt hielt, begann zögernd: »Ich glaube, mit dem Kadetten Ruffo stimmt etwas nicht, Signore. Gestern war ich auf der Giudecca und habe mich in die Bar gegenüber von der Schule gesetzt, wo die Kadetten verkehren. Als Ruffo kam, habe ich ihn angesprochen und zu einem Kaffee eingeladen, aber er schien sich vor mir zu ängstigen.«

»Oder davor, mit Ihnen gesehen zu werden«, mutmaßte Brunetti. Als Pucetti nickte, fragte der Commissario: »Und wieso glauben Sie, daß mit dem Jungen etwas nicht stimmt?«

»Zuerst einmal hatte ich den Eindruck, daß er sich geprügelt hat.« Ohne Brunettis Nachfrage abzuwarten, fuhr Pucetti fort: »Er hatte Kratzer an beiden Händen, und die Knöchel an seiner rechten Hand waren geschwollen. Als er sah, daß ich es bemerkte, versuchte er seine Hände hinter dem Rücken zu verstecken.«

»Und weiter?«

»Er bewegte sich so komisch, als ob er ein steifes Bein hätte.«

»Und was hat er Ihnen gesagt?« fragte Brunetti, während er hinter seinem Schreibtisch Platz nahm.

»Daß er Zeit zum Nachdenken gehabt habe und sich nun vorstellen könne, daß es vielleicht doch Selbstmord war.«

Brunetti hob die Ellbogen auf die Tischplatte und stützte das Kinn in die gefalteten Hände. Schweigend wartete er ab, ob Pucetti seine eigene Schlußfolgerung aus Ruffos Aussage ziehen würde.

Als sein Vorgesetzter keine Antwort gab, wagte Pucetti einen weiteren Vorstoß. »Aber das nehme ich ihm nicht ab, Commissario.«

»Und wieso nicht?«

»Er klang verängstigt – und als wiederholte er etwas, das man ihm eingetrichtert hatte. Ich habe ihn gefragt, warum er plötzlich doch an Selbstmord glaubt, und da sagte er, Moro habe sich in den letzten Wochen so merkwürdig verhalten.« Pucetti hielt inne, dann fuhr er fort: »Genau das Gegenteil von dem, was er beim ersten Mal gesagt hat. Und mir schien, er wollte ein Zeichen von mir, daß ich ihm glaube.«

»Und haben Sie es ihm gegeben?« fragte Brunetti.

»Natürlich, Signore. Wenn er das braucht, um sich sicher zu fühlen, dann sollten wir ihm den Gefallen tun.«

»Und warum das, Pucetti?«

»Weil er sich dann entspannt, und je entspannter er ist, desto mehr Angst wird er bei der nächsten Vernehmung haben.«

»Sie meinen, hier?«

»Unten, ja. Und mit einem imposanten, furchteinflößenden Beisitzer.«

Brunetti sah zu dem jungen Mann auf und lächelte.

Für die Rolle des einschüchternden Buhmannes kam nur Vianello in Frage, der sich glänzend darauf verstand, seine angeborene Gutmütigkeit hinter der Maske des mißlaunigen bis brutalen Polizisten zu verstecken. Leider entging ihm die Chance, sein Repertoire an Ruffo zu erproben, denn als der Inspektor und Pucetti eine Stunde später in San Martino eintrafen, war der Kadett weder auf seinem Zimmer, noch wußten die Jungen vom selben Flur etwas über seinen Verbleib. Erst als ihre Ermittlungen sie ins Büro des Comandante führten, erfuhren die Beamten, daß Kadett Ruffo für einen Familienbesuch beurlaubt worden sei und man ihn frühestens in zwei Wochen zurückerwarte. Allen Fragen nach dem Grund für Ruffos plötzliche Abreise wich der Comandante aus und verschanzte sich zur Abwehr jeder weiteren Nachforschung hinter dem vagen Begriff »Familienangelegenheiten«.

Vianello wußte, daß Signorina Elettra im Besitz der Klassenliste war, die sicher auch die Adresse von Ruffos Eltern enthielt. Folglich ging es ihm nur darum, die Reaktion des Comandante zu testen, als er ihn um die Heimatanschrift des Jungen bat. Bembo weigerte sich, sie herauszugeben, und behauptete, die persönlichen Daten der Schüler seien streng vertraulich. Dann schützte er eine dringende Sitzung vor und forderte die Polizisten auf zu gehen.

Nachdem die beiden Brunetti Bericht erstattet hatten, fragte er Pucetti: »Und was machten die Schüler für einen Eindruck?«

»Ich wünschte, ich könnte sagen, sie waren verängstigt, so wie Ruffo, als ich ihn das letzte Mal sprach. Aber nichts dergleichen. Sie schienen regelrecht empört darüber, daß ich ihnen Fragen stellte, und taten so, als hätte ich gar kein Recht, mit ihnen zu sprechen.« Der junge Polizist zuckte hilflos die Achseln. »Ich meine, sie sind alle sieben oder acht Jahre jünger als ich, aber sie behandeln *mich* wie einen grünen Jungen oder wie jemanden, der ihnen zu gehorchen hat.«

»Wie zum Beispiel ein gemeiner Soldat?« fragte Brunetti.

Pucetti war so verwirrt, daß er ihm nicht gleich folgen konnte. »Verzeihen Sie, Signore?«

»Als ob sie es mit einem gemeinen Soldaten zu tun hätten. Haben die Kadetten Sie so behandelt?«

Pucetti nickte. »Ja, ich denke schon – als ob ich ihnen Gehorsam schulden würde und nicht das Recht hätte, Fragen zu stellen.«

»Aber das erklärt noch nicht, warum keiner von denen reden will«, unterbrach Vianello.

»Dafür wüßte ich nur einen Grund«, sagte Brunetti.

Bevor Vianello sich danach erkundigen konnte, platzte Pucetti heraus: »Weil sie alle unter einer Decke stecken und uns nicht an Ruffo heranlassen wollen.«

Und wieder einmal belohnte Brunetti den jungen Polizisten mit einem anerkennenden Lächeln.

Um drei Uhr nachmittags saßen Brunetti und seine Begleiter auf halbem Weg zwischen Venedig und Padua, am Rande eines kleinen Ortes namens Dolo, in einem zivilen Polizeifahrzeug, das in hundert Meter Entfernung von dem Bauernhof parkte, in dem Giuliano Ruffo zu Hause war. Das langgezogene, niedrige Gehöft mit der angrenzenden großen Scheune lag, abgeschirmt von einem Pappelstreifen, in einer Talmulde. Den Kiesweg, der zum Haus führte, hatten die jüngsten Regenfälle in eine Schlammpiste verwandelt, auf der sich vereinzelt welke Grasbüschel und matschige Pfützen breitmachten. Rings um das Anwesen stand kein einziger Baum mehr; nur die Stümpfe, die hie und da aus dem Boden ragten, verrieten, daß das Gelände nicht immer so kahl gewesen war. Brunetti, der steif vor Kälte im Wagen saß, konnte sich die Gegend kaum in einer anderen Jahreszeit vorstellen; und doch fragte er sich, wie das Vieh wohl im Sommer ohne schattenspendende Bäume auskam. Aber dann fiel ihm ein, daß es auf den modernen Höfen des Veneto ja kaum noch Kühe gab, die im Freien weiden durften: Man hielt sie jetzt auf engstem Raum zusammengepfercht in den Stallungen, als letzten lebenden Restposten in der Maschinerie der Milchproduktion.

Der rauhe Nordwind hatte aufgefrischt, und es war merklich kälter geworden. Vianello stellte immer wieder den Motor an und drehte die Heizung so hoch, daß abwechselnd einer von ihnen gezwungen war, ein Fenster herunterzukurbeln.

Nach einer halben Stunde sagte Vianello: »Ich glaube, es bringt nichts, wenn wir noch länger hier sitzen und darauf warten, daß der Junge herauskommt. Warum gehen wir nicht einfach rein und fragen, ob er da ist?«

Pucetti, der sowohl nach Dienstgrad wie Platzverteilung (er saß auf dem Rücksitz) an hinterster Stelle kam, schwieg geziemend und überließ Brunetti die Antwort.

Da der Commissario schon eine ganze Weile mit dem gleichen Gedanken gespielt hatte, stimmte er Vianellos Vorschlag ohne weiteres zu. »Einverstanden«, sagte er. »Gehen wir rein und sehen nach, ob er da ist.«

Vianello ließ den Motor an und legte den Gang ein. Langsam, weil die Räder in dem aufgeweichten Boden immer wieder durchdrehten und nur mühsam Halt fanden, rollten sie durch Schlamm und Kies auf das Haus zu. Im Näherkommen entdeckten sie mehr und mehr Zeugnisse eines kargen bäuerlichen Alltags. Vor der Scheune lag ein ausrangierter Reifen, der seiner Größe nach nur von einem Traktor stammen konnte. Links vom

Hauseingang stand eine Reihe wahllos gepaarter Gummistiefel: hohe neben niedrigen, schwarze neben braunen. Plötzlich tauchten hinter einer Ecke zwei große Hunde auf und jagten in großen Sätzen auf sie zu; daß sie nicht bellten, ließ sie nur um so gefährlicher erscheinen. Zwei Meter vor dem Wagen verhielten beide jäh auf der Beifahrerseite, bleckten die Zähne und beäugten die Wageninsassen argwöhnisch.

Brunetti, der nur ein paar gängige Rassen auseinanderhalten konnte, glaubte in diesen beiden, die augenscheinlich Mischlinge waren, etwas von einem Schäferhund zu erkennen, aber das war auch alles, was er identifizieren konnte. »Was nun?« fragte er Vianello.

Da der keine Antwort gab, stieß Brunetti seine Tür auf und setzte einen Fuß auf ein trockenes Grasbüschel. Die Hunde rührten sich nicht. Also stellte er auch den anderen Fuß auf den Boden und stemmte sich aus dem Sitz. Die Hunde verharrten immer noch reglos. Der scharfe Geruch von Kuhpisse stieg ihm in die Nase, und er sah, daß auf den Pfützen vor dem Eingang zum Stall ein dunkler Schaum schwamm, der bräunliche Blasen warf.

Gleich darauf hörte er erst eine, dann die andere Wagentür aufgehen, und im nächsten Moment stand Pucetti neben ihm. Angesichts der Verstärkung wichen die Hunde ein Stück weit zurück. Als dann auch noch Vianello um die Motorhaube herumkam, verzogen sie sich bis an die Hausecke. Plötzlich stampfte Vianello mit dem rechten Fuß auf und machte einen großen Ausfallschritt, worauf die Hunde vollends Reißaus nahmen, immer noch ohne einen Laut von sich zu geben.

Die drei Männer gingen zum Wohnhaus, wo Brunetti den wuchtigen Eisenring, der als Türklopfer diente, gegen das Messingschild in der Türfüllung schwang. Er lag gut in der Hand und erzeugte einen satten Klang. Als sich nichts rührte, klopfte er noch mal, und jetzt erscholl von drinnen eine Antwort, deren Wortlaut sie indes nicht verstanden.

Eine kleine, untersetzte Frau mit dunklem Haar öffnete die

Tür. Sie trug ein unförmiges graues Wollkleid und darüber eine dicke grüne Jacke, offenbar handgestrickt, allerdings von einer ungeübten Hand. Sie trat einen Schritt zurück, legte den Kopf in den Nacken und blinzelte zu den Männern hoch, die um etliches größer waren als sie. Ihr Gesicht wirkte auf der linken Seite seltsam verzerrt: das Auge nach der Schläfe hin verschoben, während die Mundpartie schlaff herabhing. Brunetti schätzte sie auf weit über vierzig, und doch hatte sie einen babyzarten, faltenlosen Teint.

»Sí?« fragte sie nach einigem Zögern.

»Wir suchen Giuliano Ruffo, Signora«, sagte Brunetti. »Wohnt er hier?«

Man hätte sie für eine Ausländerin halten können, so lange dauerte es, bis sie den Sinn seiner Worte erfaßt hatte. Brunetti sah, wie sie mit den Lippen den Namen »Giuliano« formte, als würde ihr das bei der Beantwortung der Frage helfen.

»Momento«, sagte sie endlich, wobei die Konsonanten ihr große Schwierigkeiten machten. Dann ging sie weg und überließ es ihnen, die Haustür zu schließen. Oder, dachte Brunetti, sich mit allem Hab und Gut davonzustehlen und womöglich obendrein noch die Hausbewohner niederzumetzeln und – mit etwas Glück von den Hunden unbehelligt – davonzufahren.

Die drei Männer standen dicht gedrängt in der Diele und warteten darauf, daß die Frau zurückkommen oder vielleicht jemanden schicken würde, der ihre Fragen besser beantworten konnte. Und wirklich erklangen nach ein paar Minuten Schritte aus dem rückwärtigen Teil des Hauses. Die Frau in der grünen Jacke erschien wieder, gefolgt von einer jüngeren in einem Pullover aus der gleichen Wolle, jedoch von begabterer Hand gestrickt. Auch Gesichtszüge und Körperhaltung der jungen Frau wirkten auf Brunetti merklich kultivierter. Ihre dunklen Augen suchten sofort seinen Blick, der wohlgeformte Mund war leicht geöffnet, und ihre lebhafte Miene vermittelte den Eindruck wacher Intelligenz.

»Sí?« fragte sie. Und sowohl Tonfall als auch Mimik machten deutlich, daß sie keinen höflichen Bescheid, sondern eine Erklärung verlangte.

»Ich bin Commissario Guido Brunetti, Signora. Und ich möchte gern mit Giuliano Ruffo sprechen.«

»Worüber?«

»Über den Tod eines seiner Mitschüler.«

Während dieses Wortwechsels stand die ältere Frau neben ihm und sah mit offenem Mund von einem Sprecher zum anderen, schien aber nur inhaltslose Laute wahrzunehmen. Als Brunetti sie im Profil sah, entdeckte er eine große Ähnlichkeit zwischen ihrer unversehrten Gesichtshälfte und den Zügen der Jüngeren. Also vermutlich Schwestern oder Cousinen.

»Er ist nicht da«, sagte die Jüngere.

Doch Brunetti duldete keine Ausflüchte. »Dann verstößt er gegen die Beurlaubungsvorschriften der Schule«, sagte er, was vielleicht nicht einmal gelogen war.

»Zum Teufel mit der Schule!« stieß sie heftig hervor.

»Dann sollte er erst recht mit uns reden.«

»Ich sage Ihnen doch, er ist nicht hier.«

Da wurde Brunetti ärgerlich. »Ich glaube Ihnen nicht«, sagte er hart. Und eingedenk dessen, wie wenig Abwechslung das Landleben bot – so wenig, daß mitunter allein die Hoffnung, einem der Nachbarn könnte ein Unheil zustoßen, für Kurzweil sorgte –, fuhr er drohend fort: »Wenn Sie wollen, können wir wieder gehen. Aber dann fahren wir demnächst in drei Streifenwagen mit Rotlicht und Sirenengeheul auf Ihrem Hof vor und erkundigen uns anschließend bei den Nachbarn nach Giuliano.«

»Das würden Sie nicht tun«, sagte sie und hatte ihn besser durchschaut, als sie ahnen konnte.

»Dann lassen Sie mich mit ihm reden«, erwiderte Brunetti.

»Giuliano«, warf die Ältere ein, worauf sich alle überrascht nach ihr umwandten.

»Schon gut, Luigina«, sagte die Jüngere und legte ihr beschwichtigend die Hand auf den Arm. »Diese Herren sind hier, um mit Giuliano zu sprechen.«

»Giuliano«, wiederholte die Ältere in demselben träge schleppenden Tonfall.

»Ja, ganz recht, *cara*. Das sind Freunde von ihm, sie wollen ihn besuchen.«

»Freunde«, wiederholte die Frau mit einem schiefen Lächeln. Dann ging sie auf Vianello zu, dessen massige Gestalt seine hochgewachsenen Kollegen noch ein gutes Stück überragte, legte ihm die rechte Hand auf die Brust, hob ihr Gesicht zu ihm empor und sagte noch einmal: »Freunde.«

Vianello bedeckte ihre Hand mit der seinen und sagte: »So ist es, Signora. Wir sind Freunde.«

23

Einen Augenblick lang waren alle peinlich berührt, mit Ausnahme von Vianello und Luigina, deren Hand immer noch wie selbstverständlich auf seiner Brust ruhte. Dann wandte Brunetti sich an die andere Frau und sagte: »Signora, ich muß Giuliano wirklich dringend sprechen. Und Sie haben das Wort meines Inspektors: Wir kommen als Freunde.«

»Warum sollte ich Ihnen vertrauen?« fragte sie.

Brunetti deutete auf Luigina und Vianello, der ihr jetzt begütigend den Handrücken tätschelte. »Weil sie es tut.«

Die junge Frau wollte aufbegehren, unterließ es aber, ehe noch ein Wort über ihre Lippen kam, denn sie sah ein, daß er recht hatte. Ihr Körper entspannte sich, als sie fragte: »Was wollen Sie von ihm wissen?«

»Ich sagte es bereits, Signora. Es geht um den Tod eines Kadetten.«

»Nur darum?« Ihr Blick war so klar und direkt wie ihre Frage.

»Ja.« Er hätte es dabei bewenden lassen können, aber er fühlte sich durch Vianellos Versprechen gebunden. »Das heißt, genau kann ich das erst sagen, wenn ich mit ihm gesprochen habe.«

Da nahm Luigina plötzlich ihre Hand von Vianellos Brust, wandte sich der anderen Frau zu und sagte: »Giuliano.« Und so schmerzlich, wie sich dabei ihr Mund verzog, so heftig regte sich Brunettis Mitleid.

Die jüngere Frau trat auf sie zu und umfaßte ihre Rechte mit beiden Händen. »Schon gut, Luigina. Giuliano wird nichts geschehen.«

Die Frau hatte sie offenbar verstanden, denn ihr schiefes Grinsen verwandelte sich in ein Lächeln, und sie klatschte beglückt in die Hände. Aber als sie ins Innere des Hauses zurückwollte, legte die Jüngere ihr eine Hand auf den Arm und hielt sie zurück. »Der Herr muß mit Giuliano allein sprechen«, begann sie und sah demonstrativ auf ihre Uhr. »Und während er das tut, kannst du die Hühner füttern. Es ist ohnehin Zeit.« Brunetti hatte wenig Ahnung vom Landleben, aber so viel wußte er doch, daß man die Hühner nicht mitten am Tag fütterte.

»Hühner?« wiederholte Luigina, die der plötzliche Themenwechsel verwirrt hatte.

»Sie haben Hühner, Signora?« fragte Vianello begeistert und trat dicht vor sie hin. »Darf ich sie mir einmal ansehen?«

Wieder erschien das schiefe Lächeln, diesmal vor Freude darüber, ihrem neuen Freund die Hühner zeigen zu dürfen.

Vianello wandte sich unterdessen an Pucetti und sagte mit Nachdruck: »Die Signora wird uns ihre Hühner vorführen, Pucetti.« Ohne seine Antwort abzuwarten, nahm er die Frau am Arm und geleitete sie zur Haustür. »Wie viele …?« hörte Brunetti den Inspektor beginnen. Und als ihm klar wurde, daß die Frau des Zählens wahrscheinlich nicht mächtig war, fuhr er nahtlos fort: »Wie oft habe ich mir schon gewünscht, einmal richtige Hühner zu sehen.« Und an Pucetti gewandt: »Na, komm, gehen wir zu den Hühnern.«

Als sie allein geblieben waren, sagte Brunetti: »Darf ich fragen, wer Sie sind, Signora?«

»Ich bin Giulianos Tante.«

»Und die andere Signora?«

»Ist seine Mutter.« Als Brunetti nicht weiterfragte, fuhr sie fort: »Sie hatte vor Jahren einen Unfall. Giuliano war damals noch klein.«

»Und davor?« fragte Brunetti.

»Was meinen Sie? Ob sie früher normal war?« gab sie zurück, aber die Entrüstung wollte ihr nicht recht gelingen.

Brunetti nickte nur.

»Ja, so normal wie ich. Ich bin ihre Schwester, Tiziana.«

»Das dachte ich mir. Sie sehen einander sehr ähnlich.«

»Aber sie war früher eine Schönheit«, versetzte Tiziana traurig. Und Brunetti dachte, wenn die vernachlässigte Schönheit dieser jungen Frau ein Maßstab war, dann mußte Luigina in der Tat ein Wunder an Liebreiz gewesen sein.

»Darf ich fragen, was passiert ist?«

»Sie sind doch von der Polizei, nicht wahr?«

»Ja.«

»Heißt das, daß Sie an die Schweigepflicht gebunden sind?«

»Wenn es sich mit meinen Ermittlungen vereinbaren läßt, ja.« Brunetti sagte ihr nicht, daß es in der Regel in seinem Ermessen lag, was er preisgab und was nicht, aber sie schien mit seiner Antwort zufrieden.

»Ihr Mann hat auf sie geschossen. Und sich dann selbst getötet.« Als Brunetti nichts dazu sagte, fuhr sie fort: »Er wollte erst sie umbringen und dann sich. Aber bei Luigina hat er schlecht gezielt.«

»Warum hat er es getan?«

»Er dachte, sie hätte eine Affäre.«

»Und? Hatte sie?«

»Nein.« Brunetti glaubte ihr sofort. »Aber er war immer schon eifersüchtig. Und gewalttätig. Wir hatten sie alle vor dieser Heirat gewarnt, aber sie setzte ihren Kopf durch.« Nach einer langen Pause sagte sie: »Liebe«, und es klang, als hätte man sie aufgefordert, die Krankheit zu benennen, die das Leben ihrer Schwester zerstört hatte.

»Wie lange ist das her?«

»Sieben Jahre. Giuliano war damals zehn.« Tiziana verschränkte die Arme vor dem Leib und klammerte sich mit den Händen wie schutzsuchend an die Ellbogen.

Der Gedanke erschreckte Brunetti so sehr, daß er ihn aussprach, bevor ihm klar wurde, wie schmerzlich diese Frage für sie sein mußte. »Und wo war Giuliano?«

»Nein, er hat nichts mitbekommen«, antwortete sie. »Wenigstens das hat er ihm nicht angetan.«

Brunetti hätte gern gewußt, wie gravierend Luiginas Behinderung war, aber aus Angst, sein Interesse könnte als voyeuristische Neugier ausgelegt werden, fragte er nicht danach. Luiginas Verhalten und ihr halb entstelltes Gesicht verrieten auch so, was von ihr geblieben war, und was man ihr geraubt hatte, zeigte sich nur zu deutlich an Tizianas lebhafter Ausstrahlung.

Während sie in den hinteren Teil des Hauses gingen, erkundigte sich Brunetti: »Warum ist Giuliano aus der Schule fort?«

»Er hat gesagt ...«, begann sie, sprach aber nicht weiter, obwohl Brunetti spürte, daß es ihr leid tat, es ihm nicht erklären zu können. »Ich denke, das sollten Sie ihn lieber selbst fragen.«

»War er gern in San Martino?«

»Nein, nie.« Die Antwort kam prompt und heftig.

»Warum ist er dann überhaupt auf die Akademie gegangen? Und vor allem geblieben?«

Sie wandte sich nach ihm um, und er sah trotz des schummrigen Flurlichts, daß in ihren Augen, die er erst für tief dunkel gehalten hatte, bernsteinhelle Sprenkel funkelten.

»Wissen Sie etwas über unsere Familie?«

»Nein, gar nichts«, sagte er und bereute sofort, daß er Signorina Elettra nicht dazu angehalten hatte, noch weiter in das Privatleben der Schüler einzudringen und ihre Geheimnisse aufzudecken. Dann hätte ihn die Situation hier nicht so überrumpelt, und er wüßte besser, wonach er diese junge Frau fragen sollte.

Wieder verschränkte sie die Arme, bevor sie ihn ansah. »Dann haben Sie es nicht in der Zeitung gelesen?«

»Nicht, daß ich wüßte.« Es war ihm selbst schleierhaft, wie er einen so spektakulären Fall hatte übersehen können: Für die Presse mußte das doch ein gefundenes Fressen gewesen sein.

»Es geschah, als sie auf dem Marinestützpunkt in Sardinien stationiert waren«, sagte Tiziana, als ob das eine Erklärung wäre. »Und dem Schwiegervater meiner Schwester gelang es, den Skandal abzuwenden.«

»Wer ist ihr Schwiegervater?« fragte Brunetti.

»Ammiraglio Giambattista Ruffo«, antwortete sie.

Brunetti erkannte den Namen sofort: der Mann, dem seine offen zur Schau gestellte monarchistische Gesinnung den Beinamen »der Admiral des Königs« eingetragen hatte. Er war gebürtiger Genueser, und Brunetti kam es so vor, als hätte er schon seit Jahrzehnten von sich reden gemacht. Der Admiral hatte seine politischen Ambitionen für sich behalten, bis er sich in der Marine ganz an die Spitze emporgedient hatte. Erst dann – vor nunmehr gut fünfzehn Jahren – begann er offen für die Wiedereinführung der Monarchie zu werben. Die verzweifelten Versuche des Verteidigungsministeriums, ihn zum Schweigen zu bringen, hatten Ruffo zu kurzlebiger Popularität verholfen, denn der Admiral dachte nicht daran, auch nur eine seiner Parolen zurückzunehmen. Die seriösen Zeitungen (falls von solchen in Italien überhaupt die Rede sein konnte) verloren alsbald das Interesse an der Geschichte, und der Fall Ruffo verschwand in jenen Magazinen, deren Titelbilder sich Woche für Woche möglichst freizügig mit der weiblichen Anatomie beschäftigten.

Angesichts der Prominenz des Admirals grenzte es fast an ein Wunder, daß der Selbstmord seines Sohnes nicht in einem gigantischen Medienrummel ausgeschlachtet wurde, aber Brunetti konnte sich in der Tat an keine einzige Schlagzeile erinnern. »Wie war es nur möglich, so etwas geheimzuhalten?« fragte er.

»In Sardinien, auf dem Marinestützpunkt, hatte er das unumschränkte Kommando«, begann sie.

»Sie meinen den Admiral?« unterbrach Brunetti.

»Ja. Und weil sich alles dort abspielte, konnte man die Presse heraushalten.«

»Und wie lautete die offizielle Version?« fragte Brunetti, der wußte, daß in einem so streng abgeriegelten Umfeld fast jede Manipulation möglich war.

»Daß mein Schwager bei einem Unfall ums Leben gekommen sei, den Luigina nur schwerverletzt überlebte.«

»Und der Admiral ist damit durchgekommen?« Brunetti war selbst überrascht, wie er so naiv sein konnte, das anzuzweifeln.

»Natürlich. Die Marinepolizei hat ermittelt, ein Marinearzt übernahm die Obduktion. Luiginas Verletzung war nicht einmal schlimm, nur ein Streifschuß am Arm. Aber sie war unglücklich gestürzt und mit dem Kopf aufgeschlagen. Und das hat bleibende Schäden verursacht.«

»Warum erzählen Sie mir das?« fragte Brunetti.

»Weil Giuliano nicht weiß, was wirklich geschehen ist.«

»Wo war er? Ich meine, als es passierte?«

»Auch dort im Haus, aber in einem anderen Flügel, bei seinen Großeltern.«

»Und niemand hat ihm je die Wahrheit gesagt?«

Sie schüttelte den Kopf. »Ich glaube nicht. Wenigstens bis jetzt nicht.«

»Warum sagen Sie das?« fragte er, durch die plötzliche Unsicherheit in ihrer Stimme hellhörig geworden.

Sie hob die Hand und rieb sich die Schläfe, knapp am Haaransatz vorbei. »Ich weiß selber nicht. Aber als er diesmal nach Hause kam, hat er mich danach gefragt, und ich fürchte, ich habe nicht gut reagiert. Statt einfach zu wiederholen, was wir ihm immer erzählt haben, fragte ich ihn, warum er das wissen wolle.« Sie verstummte und schlug die Augen nieder. Ihre Finger strichen immer noch rastlos an der Schläfe entlang.

»Und?« forschte Brunetti.

»Und als er keine Antwort gab, sagte ich, er wisse doch längst, was passiert sei. Daß sein Vater bei einem schrecklichen Unfall ums Leben kam.« Wieder hielt sie inne.

»Hat er Ihnen geglaubt?«

Sie wischte die Frage beiseite wie ein mutwilliges Kind, das sich weigert, auf ein unangenehmes Thema einzugehen.

Brunetti wartete schweigend, bis sie endlich zu ihm aufblickte und sagte: »Ich weiß es nicht. Als er jünger war, hat er immerzu davon gesprochen. Es war fast wie ein Fieber, das stieg und stieg, bis er nicht mehr anders konnte, als mich immer wieder danach zu fragen, egal, wie oft ich es ihm schon erzählt hatte. Und dann gab er eine Weile Ruhe, aber alsbald fing es wieder von vorne an, und er fragte so lange nach seinem Vater und seinem Großvater, bis mir nichts mehr einfiel, und am Schluß wollte er immer wissen, wie sein Vater gestorben war.« Sie schloß die Augen und ließ die Arme sinken. »Und ich erzählte ihm immer die gleichen Lügen. Bis ich sie nicht mehr hören konnte.«

Tiziana wandte sich ab und ging nun zielstrebig voraus ins Innere des Hauses. Brunetti folgte ihr, wagte aber noch eine letzte Frage: »Kam er Ihnen diesmal verändert vor?«

Sie blieb nicht stehen, bedeutete ihm jedoch mit einem raschen Heben und Senken der Schultern, daß die Frage nicht zu beantworten sei. Noch ein paar Schritte, dann machte sie, ohne sich nach ihm umzuwenden, vor einer Tür halt. »Früher hat es ihn immer für ein Weilchen beruhigt, wenn ich ihm von dem angeblichen Unfall erzählte, aber diesmal nicht. Er hat mir nicht geglaubt. Er glaubt mir nicht mehr.« Sie sagte nicht, wie sie darauf kam, und Brunetti hielt es nicht für nötig, danach zu fragen: Der Junge selbst würde dafür die weitaus verläßlichere Quelle sein.

Tiziana öffnete die Flurtür, die wieder auf einen langen Gang führte, blieb dort vor der zweiten Türe rechts stehen und klopfte. Fast sofort wurde von innen geöffnet, und Giuliano Ruffo trat auf den Flur heraus. Er lächelte seine Tante an, doch als er Brunetti erkannte, verschwand das Lächeln, flackerte noch einmal zaghaft auf und erlosch endlich ganz.

»Zia«, fragte er seine Tante, »was ist passiert?« Und als sie nicht antwortete, wandte er sich an Brunetti. »Sie sind doch der Polizist, der bei mir im Zimmer war.« Brunetti nickte, worauf der Junge fragte: »Und was wollen Sie jetzt von mir?«

»Das gleiche wie beim letzten Mal: mich mit dir über Ernesto Moro unterhalten.«

»Und wieso?« fragte Giuliano gefaßter, als Brunetti es von einem Jungen erwartet hätte, den die Polizei bis nach Hause verfolgte, um ihn wegen eines toten Kameraden zu verhören. Plötzlich wurde ihm bewußt, in was für einer peinlichen Situation sie sich befanden: drei Menschen in einem ungeheizten Korridor, von denen die Frau stumm zusah, wie er und der Junge sich mit ihren Fragen umkreisten. Als ob sie seine Gedanken erraten hätte, deutete Tiziana auf das Zimmer hinter ihrem Neffen und sagte: »Wollen wir uns nicht im Warmen weiter unterhalten?«

Wenn es ein Befehl gewesen wäre, hätte der Junge nicht schneller reagieren können. Er ging sofort hinein und ließ die Tür für die beiden Erwachsenen offen. Als Brunetti eintrat, mußte er an Giulianos Zimmer in der Akademie denken, das so makellos aufgeräumt gewesen war. Dieses hier war das genaue Gegenteil: Kleidungsstücke lagen achtlos auf dem Bett und auf der Heizung verstreut; auf dem Schreibtisch stapelten sich hüllenlose CDs; Schuhe und Stiefel kugelten auf dem Boden herum. Trotzdem war Brunetti eigentlich nur überrascht, daß es nicht nach Rauch roch, obwohl ein angebrochenes Päckchen Zigaretten auf dem Schreibtisch lag und ein zweites auf dem Nachttisch.

Giuliano räumte einen Sessel vor dem Fenster frei und bot ihn seiner Tante an. Den Armvoll Kleider warf er achtlos ans Fußende des Bettes, über eine Jeans. Brunetti bedeutete er mit einem Kopfnicken, daß er auf seinem Schreibtischstuhl Platz nehmen könne. Er selbst ließ sich zwischen zwei Kleiderhaufen auf dem Bett nieder.

»Giuliano«, begann Brunetti, »ich weiß nicht, was man dir eingeredet hat oder was du in der Zeitung gelesen hast, und es ist mir auch gleich, was du den anderen erzählst. Ich glaube jedenfalls nicht, daß Ernesto sich umgebracht hat. Nach unseren Erkenntnissen war er nicht suizidgefährdet, und außerdem hatte er keinen Grund, sich das Leben zu nehmen.« Er hielt inne und wartete darauf, daß der Junge oder seine Tante etwas sagen würden.

Als beide schwiegen, fuhr er fort: »Das heißt, es war entweder ein Unfall oder Mord.«

»Was meinen Sie mit Unfall?« fragte Giuliano.

»Einen dummen Streich, der ein böses Ende nahm und der entweder von ihm ausging oder den andere ihm gespielt haben. In dem Fall könnte ich mir gut vorstellen, daß die Beteiligten vor lauter Angst auf die Idee kamen, einen Selbstmord vorzutäuschen.« Wieder hielt er inne, in der Hoffnung, von dem Jungen eine Bestätigung zu bekommen, aber Giuliano blieb stumm.

»Oder aber«, fuhr Brunetti fort, »man hat ihn getötet. Entweder absichtlich oder wiederum weil irgend etwas nicht nach Plan lief oder außer Kontrolle geriet. Und um die Tat zu vertuschen, ließ man es wie Selbstmord aussehen.«

»Aber in der Zeitung stand doch, daß es Selbstmord war«, unterbrach Tiziana.

»Das besagt gar nichts, *Zia*«, meinte der Junge zu Brunettis Überraschung.

Und in das nachfolgende Schweigen hinein sagte Brunetti: »Ich fürchte, er hat recht, Signora.«

Der Junge stützte sich mit beiden Händen auf den Bettrand und ließ den Kopf hängen, als wolle er die Schuhe und Stiefel zählen, die auf dem Boden verstreut lagen. Brunetti sah, wie seine Hände sich zu Fäusten ballten und wieder öffneten. Dann blickte er auf und griff rasch nach den Zigaretten, die neben ihm auf dem Nachttisch lagen. Er hielt das Päckchen in der Rechten wie einen Talisman oder die Hand eines Freundes, machte aber keine Anstalten, sich eine Zigarette zu nehmen. Erst als das Päckchen von der rechten in die linke Hand gewandert war, schüttelte er eine heraus, stand auf, warf die Packung aufs Bett und trat zu Brunetti, der regungslos sitzen blieb, an den Schreibtisch.

Giuliano schnappte sich das Plastikfeuerzeug und ging zur Tür. Ohne ein Wort zu sagen, verließ er das Zimmer und machte die Tür hinter sich zu.

Seine Tante erklärte: »Ich habe ihn gebeten, im Haus nicht zu rauchen.«

»Mögen Sie den Geruch nicht?« fragte Brunetti.

Sie zog ein zerbeultes Zigarettenpäckchen unter dem Pullover hervor und sagte: »Ganz im Gegenteil. Aber Giulianos Vater war ein starker Raucher, daher verbindet meine Schwester den Geruch mit ihm. Um sie nicht aufzuregen, rauchen wir beide nur im Freien.«

»Ob er wiederkommt?« fragte Brunetti, der keinen Versuch gemacht hatte, Giuliano zurückzuhalten. Er war überzeugt, daß man den Jungen nicht zwingen könne, irgend etwas gegen seinen Willen preiszugeben.

»Er kann ja sonst nirgendshin«, sagte seine Tante, aber es klang nicht unfreundlich.

Eine Weile saßen sie schweigend, bis Brunetti fragte: »Wer bewirtschaftet eigentlich diesen Hof?«

»Ich. Zusammen mit einem Mann aus dem Dorf.«

»Wie viele Kühe haben Sie?«

»Siebzehn.«

»Kann man denn davon leben?« fragte Brunetti, der so wenig Ahnung von der Landwirtschaft hatte, daß die Zahl des Viehbestandes ihn auch nicht darüber aufklären konnte, wie arm oder wie wohlhabend ein Bauer war.

»Wir haben einen Treuhandfonds von Giulianos Großvater«, erklärte Tiziana.

»Ist er tot?«

»Nein.«

»Wieso dann der Treuhandfonds?«

»Er hat ihn beim Tod seines Sohnes eingerichtet. Für Giuliano.«

»Und zu welchen Bedingungen?« Als sie nicht antwortete, fügte Brunetti hinzu: »Wenn Sie die Frage erlauben.«

»Ich kann sie Ihnen nicht verbieten«, versetzte sie mit matter Stimme.

Und nach einer Weile entschloß sie sich offenbar, auch darauf zu antworten. »Giuliano erhält alle vier Monate eine festgesetzte Summe«, erklärte sie.

Ein gewisses Zögern am Satzende veranlaßte Brunetti, seine Frage zu wiederholen: »Und welche Auflagen sind damit verbunden?«

»Solange er eine militärische Laufbahn anstrebt, bekommt er das Geld.«

»Und wenn er einen anderen Beruf wählt?«

»Erlischt sein Anspruch.«

»Die Akademie ist Teil dieser Ausbildung?«

»Ja.«

»Und jetzt?« fragte Brunetti und deutete auf das ganz und gar unmilitärische Chaos in Giulianos Zimmer.

Sie zuckte die Achseln, eine Geste, die er mittlerweile als charakteristisch für sie empfand, und sagte dann: »Solange er offiziell beurlaubt ist, gilt er nach wie vor als ...« Hilflos brach sie ab.

»Strebsamer Zögling?« half Brunetti nach und wurde mit einem Lächeln belohnt.

Da öffnete sich die Tür, und Giuliano kam zurück. Man roch den Zigarettenrauch, als er quer durchs Zimmer zum Bett ging. Seine Schuhe hinterließen Schlammspuren auf dem gekachelten Fußboden. Er setzte sich, stützte die Hände aufs Bett, sah Brunetti an und sagte: »Ich weiß nicht, was passiert ist.«

»Ist das die Wahrheit oder das, was du dir draußen zurechtgelegt hast?« fragte Brunetti behutsam.

»Die Wahrheit.«

»Hast du denn irgendeine Vermutung?« Der Junge schien ihn überhaupt nicht gehört zu haben. »Oder kannst du dir denken, wie es gewesen sein könnte?«

Nach einer langen Pause – Giuliano hielt den Kopf wieder gesenkt und starrte unverwandt auf seine Schuhspitzen – stieß er hervor: »Ich kann nicht dahin zurück.«

So verzweifelt, wie das herauskam, glaubte Brunetti ihm sofort. Trotzdem wollte er den Grund wissen. »Warum nicht?«

»Weil ich nicht Soldat werden kann.«

»Und wieso nicht, Giuliano?«

»Es liegt mir einfach nicht. Es kommt mir alles so dumm vor: die ewigen Befehle und das Strammstehen, und immerfort machen alle dasselbe. Es ist nicht zum Aushalten.«

Brunetti suchte Tizianas Blick, aber die hatte nur Augen für ihren Neffen und schenkte dem Commissario keine Beachtung. Als der Junge weitersprach, wandte auch Brunetti sich ihm wieder zu. »Ich wollte von Anfang an nicht, aber mein Großvater sagte, es sei der Wunsch meines Vaters gewesen, daß auch ich Offizier werde.« Hier sah er zu Brunetti auf, der seinen Blick stumm erwiderte.

»Das ist nicht wahr, Giuliano«, mischte seine Tante sich ein. »Er hat das Militär immer gehaßt.«

»Und warum ist er dann Offizier geworden?« fuhr Giuliano zornig auf.

Sie schwieg lange, wie um abzuwägen, welche Wirkung ihre Worte haben würden. Endlich sagte sie: »Aus demselben Grund, aus dem du nach San Martino gegangen bist: um deinen Großvater glücklich zu machen.«

»Den kann man nicht glücklich machen.«

In dem Schweigen, das darauf folgte, drehte Brunetti sich um und schaute aus dem Fenster, aber alles, was er sah, war eine weite, kahle Landschaft mit ein paar vereinzelten Baumstümpfen hier und da.

Es war Tiziana, die schließlich das Schweigen brach. »Dein Vater wollte immer Architekt werden, zumindest hat deine Mutter mir das erzählt. Aber dein Großvater bestand darauf, daß er zum Militär ging.«

»Genau wie alle Ruffos vor ihm«, stieß Giuliano verächtlich hervor.

»Ja«, sagte sie. »Und ich glaube, das war mit ein Grund dafür, warum er so unglücklich war.«

»Er hat sich umgebracht, oder?« Die Frage traf beide Erwachsenen völlig unvorbereitet.

Wieder suchte Brunetti den Blick der Frau. Sie sah erst ihn an, dann ihren Neffen und flüsterte endlich ein kaum hörbares »Ja«.

»Und vorher hat er versucht, *mamma* zu töten?«

Sie nickte.

»Warum hast du mir das nie gesagt?« fragte der Junge mit gepreßter Stimme, dem Weinen nahe.

Auch Tiziana hatte Tränen in den Augen, die ihr langsam von den Wimpern tropften und über die Wangen liefen. Sie preßte die Lippen zusammen und schüttelte nur hilflos den Kopf, unfähig, etwas zu sagen. Endlich hob sie die Hand, deren Fläche sie ganz weit nach außen kehrte, ihrem Neffen entgegen, als bitte sie ihn um Geduld, bis sie sich wieder gefaßt hatte. Minuten verstrichen, dann sagte sie: »Ich hatte Angst.«

»Wovor?«

»Dir weh zu tun.«

»Und eine Lüge, meinst du, tut nicht weh?« fragte er, aber es klang nicht böse, nur verwirrt.

Wieder kehrte sie die Handfläche nach außen und beschrieb mit weit gespreizten Fingern eine Geste, die Unsicherheit, aber seltsamerweise auch Hoffnung ausdrückte.

»Was ist wirklich passiert?« fragte Giuliano. Als sie nicht antwortete, beschwor er sie: »Bitte, du mußt es mir sagen, *Zia*.«

Brunetti sah, wie Tiziana nach Worten rang. Endlich sagte sie: »Er war eifersüchtig auf deine Mutter und beschuldigte sie, ihn zu betrügen.« Als der Junge keine Regung zeigte, fuhr sie fort: »Er hat erst auf sie geschossen und dann sich selbst getötet.«

»Ist *mamma* darum so anders?«

Sie nickte.

»Warum hast du mir das nie erzählt? Ich dachte immer, es sei eine Krankheit und du trautest dich nicht, es mir zu sagen.« Er stockte, aber dann brach es aus ihm heraus: »Ich dachte, es sei erblich. Und ich würde es auch bekommen.«

Dieses Geständnis brach ihr das Herz, und sie weinte jetzt still und hemmungslos, nur hin und wieder von einem tiefen Atemzug unterbrochen.

Brunetti wandte sich wieder dem Jungen zu und fragte eindringlich: »Willst du mir nicht doch sagen, was deiner Meinung nach mit Ernesto geschehen ist, Giuliano?«

Der Junge sah erst ihn an, dann die weinende Frau und dann wieder Brunetti. »Ich glaube, sie haben ihn umgebracht«, sagte er endlich.

»Wer?«

»Die anderen.«

»Warum?« fragte Brunetti und verschob die Frage nach den »anderen« auf später.

»Wegen seines Vaters, und weil er versucht hat, mir zu helfen.«

»Was war mit seinem Vater?« fragte Brunetti.

»Die anderen haben gesagt, er sei ein Verräter.«

»Verräter an wem?«

»La Patria«, antwortete der Junge, und Brunetti hatte noch nie gehört, daß jemand so viel Verachtung in dieses Wort legte.

»Wieso? Weil er diesen Bericht geschrieben hat?«

Der Junge schüttelte den Kopf. »Ich weiß es nicht. Sie haben nie einen Grund genannt, ihm nur immer wieder vorgehalten, daß sein Vater ein Verräter sei.«

Da Giuliano offenbar wirklich nicht mehr wußte, wechselte Brunetti das Thema. »Und wie hat er versucht, dir zu helfen?«

»Einer von den anderen fing an, über meine Eltern herzuziehen. Er sagte, es hätte gar keinen Unfall gegeben. Aber meine Mutter sei eine Hure gewesen, und sie hätte den Verstand verloren, als mein Vater sich das Leben nahm, weil sie wußte, daß es ihre Schuld war.«

»Und was hat Moro getan?«

»Er hat sich mit dem geprügelt, der das behauptet hat, mit Paolo Filippi. Er hat ihm einen Zahn ausgeschlagen.«

Brunetti wartete. Er wagte nicht, den Jungen zu bedrängen, aus Angst, daß er dann gar nicht mehr reden würde.

Und wirklich sprach Giuliano nach einer Weile von allein weiter: »Danach war eine Zeitlang Ruhe, aber irgendwann fing Filippi an, Ernesto zu bedrohen, und seine Freunde taten es ihm nach.« Brunetti horchte auf. Filippi, Absolvent der Akademie, dessen Vater die militärische Versorgung unter sich hatte.

»Was geschah in der Nacht, als Ernesto starb?«

»Ich weiß es nicht. In der Nacht habe ich nichts gehört. Aber am nächsten Tag waren alle ganz komisch – verängstigt und glücklich zugleich, wie Kinder, die ein Geheimnis haben oder einem Geheimbund angehören.«

»Hast du mit ihnen gesprochen? Jemanden gefragt?«

»Nein.«

»Warum nicht?«

Giuliano sah Brunetti offen an, als er zur Antwort gab: »Ich hatte Angst.« Und Brunetti wußte wohl, wieviel Mut ihn dieses Eingeständnis kostete.

»Und seitdem?«

Wieder schüttelte Giuliano den Kopf. »Ich weiß nicht. Ich habe mich krank gemeldet und bin die meiste Zeit auf meinem Zimmer geblieben. Die einzigen, mit denen ich gesprochen habe, waren Sie und der andere Polizist, der nette, der in die Bar kam.«

»Und warum bist du fort aus San Martino?«

»Einer aus Filippis Clique sah mich mit dem Polizisten reden, und er erinnerte sich, daß es derselbe war, der gleich nach Moros Tod alle vernommen hatte. Und dann kam Filippi zu mir und sagte, wenn ich weiter mit der Polizei verkehrte, solle ich mich in acht nehmen …« Hier versagte ihm die Stimme, und er mußte Atem schöpfen. »So eine Freundschaft könne einen in den Selbstmord treiben. Und dabei hat er ganz schauerlich gelacht.« Giuliano machte eine Pause, um zu sehen, wie Brunetti das aufnehmen würde, dann schloß er: »Da bin ich dann weg. Bin einfach abgehauen und nach Hause gefahren.«

»Und du gehst auch nicht zurück«, warf seine Tante so heftig ein, daß beide zusammenfuhren. Sie sprang auf, machte zwei Schritte auf ihren Neffen zu, blieb stehen und sah mit flehendem Blick zu Brunetti hinüber. »Schluß damit. Bitte, es muß endlich ein Ende haben.«

»Gut«, sagte Brunetti und erhob sich ebenfalls. Einen Moment lang überlegte er, ob er dem Jungen sagen solle, daß er seine Aussage vor Gericht wiederholen müsse, aber das war nicht der rechte Zeitpunkt dafür, vor allem nicht in Gegenwart der Tante. Er hatte keinen Einfluß darauf, ob die Ruffos künftig leugnen würden, daß dieses Gespräch stattgefunden hatte, oder ob sie dazu standen. Aber wie auch immer sie sich entschieden: Mit dem, was er jetzt und hier erfahren hatte, würde er schon ein großes Stück weiterkommen.

Als die drei wieder nach vorn zur Hofseite gingen, hörte Brunetti schon von weitem Vianellos tiefen, beruhigenden Baß und dazwischen eine fröhlich trällernde Frauenstimme. Und als sie in der Diele zusammentrafen und er Giulianos Mutter ansah, da blickte er in ein Gesicht, das vor Freude leuchtete. Vianello stand mit einem Korb voll brauner Eier neben ihr, und Giulianos Mutter deutete auf ihn und sagte: »Freund.«

24

Auf der Rückfahrt nach Venedig erklärte Brunetti, daß sie zwar jetzt genug in der Hand hätten, um den jungen Filippi vorzuladen, er aber doch lieber erst noch mehr Beweise gegen den Vater sammeln wolle.

Vianello überraschte ihn mit dem Angebot, am nächsten Tag ein paar Stunden im Internet zu recherchieren. Obwohl die Formulierung verdächtig nach Signorina Elettra klang, verzichtete Brunetti auf jeden ironischen Vergleich und wünschte sich nur insgeheim, daß doch endlich auch einmal jemand anders, jemand, dem er nicht schon bis in alle Ewigkeit verpflichtet war, imstande wäre, vertrauliche Informationen zu beschaffen.

»Und wie wollen Sie vorgehen?« fragte er.

Ohne den Blick von der Straße abzuwenden, auf der sich der Feierabendverkehr in Richtung Venedig staute, antwortete Vianello: »Genauso wie Signorina Elettra. Erst sehen, wieviel ich selber rausfinden kann, und dann meine Freunde einspannen.«

»Und sind das die gleichen Freunde wie die von Signorina Elettra?« fragte Brunetti.

Hier erlaubte Vianello sich doch einen raschen Seitenblick in Brunettis Richtung. »Mag sein, ja.«

Brunetti gab sich geschlagen. »Dann ginge es vielleicht schneller, wenn wir gleich Signorina Elettra fragen.«

Schon am nächsten Morgen fand er sich in ihrem Büro ein und erkundigte sich, ob ihr Freund vom Militärarchiv aus Livorno zurück sei und ihnen, wenn ja, einen Blick in seine Akten gestatten würde. Als ob sie schon beim Aufstehen gewußt hätte, daß sie es an dem Tag mit dem Militär zu tun bekommen würde, trug Signorina Elettra einen dunkelblauen Sweater mit schmalen, aufgeknöpften Schulterriegeln, die nicht nur entfernt an Epauletten erinnerten.

»Sie tragen nicht zufällig auch noch ein Schwert bei sich, oder?« fragte Brunetti.

»Nein, Signore. Das wäre mir im Büro zu unbequem.« Lächelnd hämmerte sie mit flinken Fingern auf die Tastatur ein, hielt einen Moment inne und sagte dann mit einem zufriedenen Blick auf den Bildschirm: »Mein Freund wird sich gleich dranmachen.«

Brunetti bedankte sich und ging hinauf in sein Büro. Er las zwei Zeitungen, während er auf sie wartete, und nannte das Arbeit. Dann erledigte er ein paar Anrufe, die nur dazu dienten, die guten Beziehungen zu Leuten aufrechtzuerhalten, die ihm vielleicht eines Tages als Informanten nützlich sein könnten.

Als Signorina Elettra sich bis zur Mittagszeit noch nicht gemeldet hatte, verließ er die Questura, ohne bei ihr nachzufragen. Aber er rief Paola an und sagte ihr, daß er nicht zum Essen komme. Dann ging er ins Da Remigio, aß *insalata di mare* und *coda di rospo* mit Tomatensauce und redete sich ein, weil er nur ein Viertel vom weißen Hauswein und einen Grappa zum Kaffee trank, sei es eine leichte Mahlzeit, die es ihm gestatten würde, abends etwas Anständiges zu essen.

Als er in die Questura zurückkam und bei Signorina Elettra vorbeischaute, war ihr Büro verwaist. Brunetti sank der Mut, denn er fürchtete schon, sie hätte sich den Nachmittag freigenommen und er würde bis zum nächsten Tag warten müssen, um mehr über Filippi zu erfahren. Aber sie enttäuschte ihn nicht. Um halb vier, als der Commissario sich fast schon entschlossen hatte, Vianello zu einem Streifzug durchs Internet zu ermuntern, kam sie mit einigen Papieren in sein Büro.

»Filippi?« fragte er.

»Ist das nicht der Name einer Schlacht?«

»Ja. Die, in der Brutus und Cassius geschlagen wurden.«

»Von Marc Anton?« fragte sie, ohne daß ihn das überrascht hätte.

»Und von Oktavian«, ergänzte er der Vollständigkeit halber. »Der dann, wenn ich mich recht entsinne, auszog, um seinerseits Antonius in die Knie zu zwingen.«

»Das paßt«, sagte sie und legte die Papiere auf seinen Schreibtisch. »Durchtriebenes Volk, diese Soldaten.«

Er deutete auf die Papiere und fragte: »Haben die Ihnen zu dieser Erkenntnis verholfen oder die Schlacht bei Philippi.«

»Beide«, antwortete sie. Und nachdem sie noch erklärt hatte, daß sie in einer Stunde gehen müsse, weil sie einen dringenden Termin habe, verließ sie sein Büro.

Das Dossier, das sie ihm gebracht hatte, enthielt kaum mehr als ein Dutzend Seiten, aber es enthielt einen umfassenden Bericht über die militärische Laufbahn von Filippi und Toscano. Filippi war von San Martino aus auf die Militärakademie in Modena gegangen, wo er sich nur mäßig hervortat und schließlich mitten im Schuljahr abging, um eine Laufbahn einzuschlagen, die ihn den Gefahren des Krieges tunlichst fernhielt. Seine ersten Sporen verdiente er sich als Nachschuboffizier bei einem Panzerregiment. Dann wurde er befördert und gehörte drei Jahre zum Stab des italienischen Militärattachés in Spanien. Nach der nächsten Beförderung übernahm er als Erster Offizier den Versorgungsdienst bei einem Fallschirmspringerregiment, wo er bis zu seiner Pensionierung blieb. Als Brunetti noch einmal zum Anfang zurückblätterte, sprang ihm das Wort »Panzerregiment« ins Auge, und er mußte an seinen Vater denken, der jedesmal in Rage geriet, wenn von Panzern die Rede war. Während zweier Kriegsjahre, in denen die Armee unter der Willkür von General Cavallero zu leiden hatte, dem ehemaligen Direktor der Ansaldo-Rüstungswerke, hatte Brunettis Vater einen Panzer gefahren und mehr als einmal erleben müssen, wie die Männer seines Bataillons in Stücke gerissen wurden, wenn die Panzerung ihrer Fahrzeuge unter Feindbeschuß wie billiges Glas zerbarst.

Toscano hatte eine ähnlich unkriegerische Karriere gemacht

wie sein Freund. Auch er war, wie von Schutzengeln getragen, die Rangleiter emporgeschwebt und nach Jahren, in denen er gewiß nie mit feindlichem Feuer in Berührung gekommen war, als Colonello zum Militärberater des Parlaments ernannt worden. Ein Posten, von dem er vor zwei Jahren auf Druck der Öffentlichkeit zurückgetreten war. Gegenwärtig unterrichtete er Geschichte und Militärtheorie in San Martino.

Unter den beiden Bögen mit dem Briefkopf der Armee fanden sich Aufstellungen der Vermögenswerte, die Filippi, Toscano und ihre Familien besaßen, sowie Kopien ihres derzeitigen Kontostands. Vielleicht hatten beide reich geheiratet; vielleicht stammten beide aus wohlhabenden Familien; vielleicht waren sie all die Jahre sehr sparsam mit ihren Einkünften umgegangen. Vielleicht.

Damals, als er Paola kennenlernte, hatte Brunetti sie zunächst nur alle paar Tage angerufen, weil er sein Interesse nicht allzu deutlich zeigen und sich überdies seine sogenannte männliche Überlegenheit bewahren wollte. An diese törichte Ziererei mußte er denken, als er jetzt Avisanis Nummer in Palermo wählte.

Doch Avisani reagierte, als er seine Stimme erkannte, genauso großzügig, wie Paola es vor all den Jahren getan hatte. »Ich wollte dich auch anrufen, Guido, aber hier ist zur Zeit der Teufel los. Kein Mensch scheint zu wissen, wer eigentlich an der Regierung ist.«

Brunetti fragte sich, wieso ein erfahrener Reporter diesen Dauerzustand noch eines Kommentars für wert befand. Aber er sagte nur: »Ich dachte, ich melde mich mal. Und falle dir auf die Nerven.«

»Nicht nötig«, lachte Avisani. »Ich habe inzwischen die Akten gefilzt. Aber das einzige, was ich herausfinden konnte – abgesehen von dem, was ich dir schon letztens erzählte –, ist, daß sowohl Filippi als auch Toscano riesige Aktienpakete von Edilan-Forma halten.«

»Was verstehst du unter ›riesig‹?«

»Falls du dich schon an den Eurokurs gewöhnt hast: vielleicht zehn Millionen – für jeden.«

Brunetti summte leise vor sich hin, dann fragte er: »Hast du eine Ahnung, wie sie da dran gekommen sind?«

»Toscanos Depot gehört strenggenommen seiner Frau. Zumindest ist es auf ihren Namen eingetragen.«

»Du hast mir erzählt, Filippi sei mit der Cousine des Firmenchefs verheiratet.«

»Stimmt. Aber das Depot läuft auf seinen Namen. Anscheinend wurde er mit Aktien entlohnt, während er im Vorstand saß.«

Lange herrschte Schweigen in der Leitung, bis Brunetti endlich sagte: »Also haben beide ein Interesse daran, daß die Aktien nicht fallen.«

»Du sagst es«, bestätigte Avisani.

»Aber eine parlamentarische Untersuchung hätte genau das zur Folge haben können.«

Diesmal war es der Journalist, der lautmalerisch antwortete, was freilich bei ihm mehr nach einem Grunzen als nach einem Summen klang.

»Und hast du die Aktien überprüft?« fragte Brunetti.

»Sicher wie ein Fels in der Brandung, einer, der stetig wächst und wächst und regelmäßig Dividenden abwirft.«

Wieder war es still in der Leitung, doch jeder glaubte zu hören, wie im Kopf des anderen Zahlen und Tabellen rumorten. Endlich sagte Avisani erschöpft: »Ich muß Schluß machen, Guido. Gut möglich, daß wir morgen früh aufwachen und keine Regierung mehr haben.«

»Ein Jammer, daß Thomas von Aquin nicht mehr unter uns weilt«, bemerkte Brunetti abgeklärt.

»Was?« fragte Avisani verdutzt und korrigierte sich mit einem nachgeschobenen: »Warum?«

»Weil ihm dieser Tag sonst als weiterer Gottesbeweis hätte dienen können.«

Ein letzter gedämpfter Grunzlaut, dann hatte Avisani aufgelegt.

Aber wie, dachte Brunetti, wie sollte man es anstellen, in die Welt der Kadetten vorzudringen? Er hatte lange die Ansicht vertreten, daß die Mafia sich nicht zufällig im Herzen des Vatikans entwickelt habe, da beide von ihren Anhängern die gleiche unerschütterliche Treue forderten und Verrat mit der Höchststrafe ahndeten – die einen mit dem Tode, die anderen mit ewiger Verdammnis. Der dritte Bundesgenosse in dieser Trinität der Befehlshörigen war zweifellos das Militär: Wer von Berufs wegen seinen Feinden nach dem Leben trachtete, der scheute offenbar auch in den eigenen Rängen nicht vor der Vollstreckung der Todesstrafe zurück.

Noch lange saß Brunetti da und betrachtete abwechselnd seine Wand und die Fassade von San Lorenzo, ohne daß er einen Weg gefunden hätte, wie der Elitecode, der in San Martino regierte, zu knacken sei. Endlich griff er zum Telefon und rief Pucetti an. Als der junge Polizist sich meldete, fragte er: »Wie alt ist Filippi?«

»Achtzehn, Signore.«

»Gut.«

»Wieso?«

»Weil wir ihn dann allein verhören können.«

»Wird er keinen Anwalt verlangen?«

»Nicht, wenn er sich uns überlegen wähnt.«

»Und wie wollen Sie ihm das Gefühl geben?«

»Indem ich Alvise und Riverre auf die Giudecca schicke, um ihn abzuholen.«

Brunetti war sehr zufrieden, als Pucetti das weder mit einem Lachen noch verbal kommentierte, und wertete seine Diskretion als Beweis für Pucettis Intelligenz und seine Nächstenliebe.

Als der Commissario eine Stunde später nach unten ins Verhörzimmer kam, saß Paolo Filippi am Kopfende des langgestreckten Tisches, den Blick zur Tür gerichtet. Der junge Mann hielt sich sehr gerade, den Rücken in mindestens zehn Zentimeter Abstand zur Stuhllehne. Die Hände hatte er vor sich auf dem Tisch gefaltet wie ein General, der seinen Stab einberufen hat und ungeduldig auf dessen Erscheinen wartet. Er war in Uniform und hatte die Mütze mit den sauber gefalteten Handschuhen obenauf rechts neben sich liegen. Er blickte zwar hoch, als Brunetti und Vianello eintraten, würdigte die beiden aber keines Wortes. Brunetti, der in ihm auf Anhieb denjenigen wiedererkannte, dem er so genüßlich vor den Knöchel getreten hatte, bemerkte wohl, daß dieses Wiedererkennen auf Gegenseitigkeit beruhte.

Schweigend, so wie Filippi es ihm vormachte, setzte Brunetti sich auf eine Seite des Tisches, Vianello auf die andere. Brunetti hatte einen dicken blauen Aktenordner dabei, den er vor sich auf den Tisch legte. Ohne den Jungen zu beachten, schaltete er das Mikrophon ein und nannte Datum, Uhrzeit und die Namen der drei Anwesenden. Dann erst wandte er sich Filippi zu und fragte in einem Ton, der für den jungen Mann hoffentlich so klang, als müsse ein tapferer Held dieses Angebot ausschlagen, ob er einen Anwalt wünsche.

»Natürlich nicht«, sagte der Junge mit der blasierten Überheblichkeit, die mittelmäßige Schauspieler in schlechten Kriegsfilmen vorführen. Brunetti entrichtete der Arroganz der Jugend seinen stummen Dank.

Rasch hakte er die Fragen nach Name, Alter, Wohnsitz ab und sparte sich die nach Ausbildung oder Berufsstand bis zum Schluß auf.

»Ich bin Kadett der San Martino«, sagte Filippi, und es klang, als ob es undenkbar wäre, daß jemand seines Alters und Standes etwas anderes sein könnte.

»Auf der Giudecca?« fragte Brunetti.

»Das wissen Sie doch«, erwiderte der Junge schroff.

»Tut mir leid, aber das ist keine Antwort«, sagte Brunetti ruhig. Worauf der Junge sich ein trotziges »Ja« abrang.

»Und in welchem Jahr sind Sie?« fragte Brunetti weiter, obwohl er die Antwort kannte. Aber er wollte sehen, ob Filippi gelernt hatte, stur auf jede Frage zu antworten.

»Im dritten.«

»Haben Sie alle drei Jahrgänge der San Martino absolviert?«

»Ja, natürlich.«

»Hat das in Ihrer Familie Tradition?«

»Was, die Akademie?«

»Ja.«

»Selbstverständlich. Erst die Akademie, dann die Armee.«

»Also ist Ihr Vater auch in der Armee?«

»War. Jetzt ist er pensioniert.«

»Seit wann?«

»Seit etwa drei Jahren.«

»Wissen Sie, warum Ihr Vater sich hat pensionieren lassen?«

»Interessieren Sie sich nun für mich oder für meinen Vater?« fragte der Junge gereizt. »Wenn Sie etwas über ihn wissen wollen, warum laden Sie ihn dann nicht vor?«

»Alles zu seiner Zeit«, sagte Brunetti ruhig. Dann wiederholte er: »Wissen Sie, warum Ihr Vater sich hat pensionieren lassen?«

»Aus einem ganz einfachen Grund«, gab der Junge ungehalten zurück. »Weil er genügend Dienstjahre hatte und noch einmal eine neue Aufgabe suchte.«

»Als Vorstand der Edilan-Forma-Werke?«

Filippi wischte die Frage mit einer ungeduldigen Handbewegung beiseite. »Das müssen Sie ihn schon selber fragen.«

Als ob das ganz folgerichtig in seinen Fragenkatalog gepaßt hätte, fragte Brunetti weiter: »Kannten Sie Ernesto Moro?«

»Den Jungen, der sich umgebracht hat?« fragte Filippi überflüssigerweise.

»Ja.«

»Ich kannte ihn flüchtig, er war eine Klasse unter mir.«

»Hatten Sie trotzdem gemeinsame Kurse?«

»Nein.«

»Haben Sie gemeinsam Sport getrieben?«

»Nein.«

»Gemeinsame Freunde?«

»Nein.«

»Wie viele Schüler hat die San Martino?«

Die Frage brachte Filippi aus dem Konzept. Rasch blickte er sich nach Vianello um, als ob der wissen könnte, was diese Frage zu bedeuten hatte.

Als von Vianello nichts kam, sagte der Junge: »Nein. Wieso?«

»Es ist eine kleine Anstalt, mit nicht einmal hundert Schülern.«

»Wenn Sie das schon wissen, warum fragen Sie dann?«

Brunetti stellte befriedigt fest, daß es den Jungen irritierte, eine Frage vorgelegt zu bekommen, zu der die Polizei offenbar bereits die Antwort wußte. Ohne auf Filippis Einwurf einzugehen, fuhr er fort: »Wie ich höre, ist es eine sehr gute Schule.«

»Ja, es ist sehr schwer reinzukommen.«

»Und sehr kostspielig«, bemerkte Brunetti beiläufig.

»Natürlich«, sagte Filippi mit unverhohlenem Stolz.

»Werden die Söhne ehemaliger Absolventen bevorzugt?«

»Das will ich doch hoffen«, sagte Filippi.

»Wieso das?«

»Weil dann die richtigen Leute reinkommen.«

»Nämlich welche?« fragte Brunetti, der sicher war, daß er, falls sein Sohn einmal in diesem Ton von den »richtigen Leuten« sprechen sollte, seine Erziehung als gescheitert ansehen würde.

»Offizierssöhne natürlich«, antwortete der Junge.

»Natürlich«, wiederholte Brunetti. Er klappte den Aktenordner auf und überflog den ersten Eintrag, der nichts mit Filippi oder Moro zu tun hatte. Trotzdem ging der Blick des Commissarios aufmerksam zwischen Filippo und dem Text hin und her. »Erinnern Sie sich, wo Sie waren, in der Nacht, als man den Kadetten Moro ...« Hier machte er eine Kunstpause, ehe er sich korrigierte und mit den Worten schloß: »... als Moro starb?«

»Ich nehme an, in meinem Zimmer«, antwortete Filippi.

»Sie nehmen es an?«

»Wo hätte ich sonst sein sollen?«

Brunetti wechselte einen Blick mit Vianello, der fast unmerklich nickte, worauf Brunetti umblätterte und die nächste Seite überflog.

»War jemand bei Ihnen?«

»Nein.« Die Antwort kam wie aus der Pistole geschossen.

»Ach, und wo war Ihr Zimmergenosse?«

Filippi beugte sich vor und rückte die Handschuhe auf der Mütze zurecht, bis sie millimetergenau von der Mitte des Schirms zum hinteren Rand hin ausgerichtet waren. »Doch, ja, der muß auch da gewesen sein«, sagte er endlich.

»Verstehe.« Wieder suchte Brunetti ostentativ den Blickkontakt zu Vianello, der auch diesmal mit einem leichten Nicken antwortete. Worauf Brunetti erneut seine Akte zu Rate zog, obwohl er aus dem Gedächtnis zitierte: »Davide Cappellini, so heißt er doch, nicht wahr?«

Filippi, der sich seine Verblüffung nicht anmerken ließ, bejahte.

»Sind Sie gut befreundet?« fragte Brunetti.

»Denk' schon«, versetzte der Junge so bockig, wie das allein Teenager fertigbringen.

»Nur das?«

»Nur was?«

»Sie denken nur, daß er Ihr Freund ist? Aber sicher sind Sie sich nicht?«

»Natürlich bin ich mir sicher! Wieso würden wir sonst seit zwei Jahren zusammenwohnen?«

»Eben.« Brunetti nickte und beugte sich wieder über seine Akte. Nach einer ziemlich langen Pause fragte er: »Unternehmen Sie viel zusammen?« Und bevor Filippi fragen konnte, wer gemeint sei, ergänzte er: »Sie und Ihr Zimmerkamerad, Kadett Cappellini?«

»Wovon reden Sie?«

»Von gemeinsamen Unternehmungen«, wiederholte Brunetti. »Sport? Hausaufgaben machen? Andere Dinge?«

»Was für andere Dinge?« forschte Filippi argwöhnisch.

»Auf die Jagd gehen?« warf Vianello zu beider Überraschung ein.

Filippi fuhr so erschrocken herum, als hätte er ganz vergessen, daß noch ein zweiter Polizist im Raum war. »Was?« fragte er, und seine Stimme kippte um eine Oktave.

»Fischen? Jagen?« erkundigte Vianello sich harmlos. Und ergänzte dann: »Fußball?«

Filippi streckte die Rechte nach den Handschuhen aus, zog sie jedoch im letzten Moment zurück und legte beide Hände ineinander verschränkt vor sich auf den Tisch. »Ich möchte einen Anwalt«, sagte er.

»Aber gern«, antwortete Brunetti, und es klang so freundlich, als hätte Filippi um ein Glas Wasser gebeten. Dann beugte er sich zum Mikrophon und nannte die Uhrzeit, zu der die Vernehmung unterbrochen worden war.

25

Als der Junge selbst keinen Anwalt benennen konnte, gestattete man ihm, ohne Zeugen mit seinem Vater zu telefonieren. Nach wenigen Minuten kam Filippi aus dem Verhörraum und erklärte, sein Vater werde in etwa einer Stunde mit einem Anwalt zur Stelle sein. Brunetti ließ einen Beamten kommen, der so lange mit dem Jungen im Verhörraum bleiben sollte, und erkundigte sich höflich, ob er etwas zu essen oder zu trinken wünsche. Filippi lehnte beides mit der gleichen arroganten Geste ab, mit der Generationen von drittklassigen Schauspielern in schlechten Hollywoodfilmen die Augenbinde verschmähten, die der Führer des Erschießungskommandos ihnen reichen ließ.

Sobald sie allein waren, wies der Commissario Vianello an, Major Filippi und seinen Anwalt so lange wie möglich aufzuhalten, bevor er sie zu dem Jungen ließ.

Dann rief er Pucetti an und bestellte ihn an den Bootsanleger.

»Wo wollen Sie denn jetzt hin?« unterbrach Vianello verdutzt.

»Nach San Martino. Ich muß mit Cappellini sprechen, bevor die ihn instruieren«, erklärte Brunetti. »Lassen Sie Filippi ruhig allein mit seinem Sohn reden, wenn er darauf besteht. Wenn's sein muß, kann er ihn meinetwegen auch mitnehmen. Sorgen Sie nur dafür, daß es sich so lange wie möglich hinzieht.« Bevor Vianello darauf antworten konnte, war Brunetti schon zur Tür hinaus.

Die Polizeibarkasse lag vor der Questura bereit, und der Bootsführer, der sich von Pucettis Aufregung hatte anstecken lassen, brachte den Motor auf Touren. Pucetti hatte bereits die Ankertaue gelöst und hielt das Boot vom Ufer aus hart am Pier. Brunetti sprang an Bord, Pucetti folgte, verlor aber, da das Boot im selben Moment startete, das Gleichgewicht und mußte sich mit einer Hand an Brunettis Schulter festhalten, um nicht auszugleiten. Mit Vollgas brauste die Barkasse quer durchs Bacino und bog in ungebremster Fahrt in den Canale della Giudecca ein. Pucettis Weisung folgend, hatte der Bootsführer das Blaulicht, aber nicht die Sirene eingeschaltet.

Auf den ersten erregenden Nervenkitzel folgte schlagartig peinliche Ernüchterung, und Brunetti schämte sich, daß er selbst inmitten von Tod und Verbrechen noch in einen solchen Geschwindigkeitsrausch verfallen konnte. Natürlich war dies kein Schulausflug und kein Räuber-und-Gendarm-Spiel; trotzdem schlug sein Herz höher, als er den Fahrtwind in den Haaren spürte und der Bug schlingernd durch die Wellen pflügte.

Ein verstohlener Blick zu Pucetti erleichterte sein Gewissen, denn auf dem Gesicht des jungen Polizisten fand er die eigenen Empfindungen gespiegelt. Wie im Flug rasten sie an den anderen Booten vorbei, von wo man ihnen mit gereckten Köpfen nachsah, während sie in elegantem Schwung den Kanal entlangbrausten. Doch die Fahrt ging allzu rasch zu Ende; schon bog der Bootsführer in den Rio di Sant' Eufemia ein, schaltete in den Rückwärtsgang, und die Barkasse glitt geräuschlos ans linke Ufer. Als er und Pucetti von Bord gingen, kamen Brunetti Zweifel, ob es richtig war, diesen sanftmütigen jungen Mann mitzunehmen statt einen wie Alvise, der zwar nicht minder anständig war, aber für einen Einsatz wie diesen den Vorzug hatte, daß er aussah wie ein Schlägertyp.

»Ich will dem Jungen Angst einjagen«, erklärte er, sobald sie über die Uferpromenade auf die Akademie zuschritten.

»Nichts leichter als das, Signore«, versetzte Pucetti.

Während sie den Hof überquerten, hatte Brunetti das Gefühl, daß neben ihm etwas in Bewegung geriet, und als er im Gehen einen Blick auf Pucetti warf, war er so überrascht, daß er fast aus dem Tritt gekommen wäre. Pucettis Schultern hatten sich scheinbar verbreitert, und sein Gang war der eines Boxers oder Hafenarbeiters. Der vorgereckte Kopf saß auf einem bulligen Nacken, seine Hände zuckten, als warteten sie nur auf den Befehl, sich zu Fäusten zu ballen, und jeder Schritt war wie eine Drohung an den Boden unter seinen Füßen, ihm nur ja kein Hindernis in den Weg zu stellen.

Pucettis Blicke schweiften lauernd über den Hof. Mit raubtierhafter Gier nahm er die Kadetten einen nach dem anderen ins Visier. Um seinen Mund lag ein hungriger Zug, und seine Augen hatten alle Wärme und jeden Humor verloren.

Unwillkürlich verlangsamte Brunetti den Schritt und ließ Pucetti vorangehen – wie ein Kreuzfahrtschiff in der Antarktis einem Eisbrecher die Vorfahrt läßt. Die wenigen Kadetten, die um diese Stunde auf dem Hof waren, verstummten mit einem Schlag, als die beiden vorüberschritten.

Auf dem Weg zu den Schlafräumen nahm Pucetti zwei Stufen auf einmal, während Brunetti in gemächlicherem Tempo folgte. Vor der Tür zu Filippis Zimmer hob Pucetti die Faust und ließ sie mehrmals in rascher Folge auf das Holz niedersausen. Über den ganzen Flur hinweg hörte Brunetti den erschrockenen Aufschrei von drinnen und sah gleich darauf, wie Pucetti die Tür so ungestüm bis zum Anschlag aufstieß, daß sie mit dumpfem Aufprall gegen die Wand schlug.

Als Brunetti ihn einholte, stand Pucetti breitbeinig auf der Schwelle, die Arme so in die Seiten gestemmt, daß die Schultern noch muskulöser wirkten als zuvor.

Ein schmächtiger blonder Junge mit aknevernarbten Wangen, der halb sitzend, halb liegend auf dem oberen Stockbett hockte, drückte sich ängstlich gegen die Wand und zog die Beine an, als wolle er sie vor Pucettis Gebiß in Sicherheit bringen. Sowie er Brunetti kommen sah, hob Cappellini die Hand, aber nicht abwehrend, nein, er winkte ihn eifrig näher.

»Was wollen Sie?« stammelte der Junge in blankem Entsetzen.

Auf seine Frage hin drehte Pucetti sich langsam nach Brunetti um, als erwarte er den Befehl, aufs Bett zu steigen und den Kadetten mit Gewalt herunterzuholen.

»Nein, Pucetti«, beschied ihn der Commissario in einem Ton, in dem man normalerweise mit Hunden spricht. Pucetti ließ die Hände ein Stück weit sinken und wandte sich wieder dem Jungen auf dem Bett zu, bevor er mit dem Absatz die Tür zuschlug.

In das spannungsgeladene Schweigen hinein fragte Brunetti: »Cappellini?«

»Jawohl.«

»Wo waren Sie in der Nacht, als Kadett Moro getötet wurde?«

Ohne nachzudenken, sprudelte der Junge mit hoher Fistelstimme hervor: »Ich war's nicht. Ich habe ihn nicht angerührt.« Vor lauter Angst wußte er nicht einmal, was er damit gestanden hatte.

»Aber Sie wissen, wer es war«, versetzte Brunetti so unbeirrt, als hätte er die Bestätigung dafür längst in der Tasche.

»Ja, aber ich hatte nichts damit zu tun«, jammerte der Junge und versuchte, noch weiter nach hinten zu rutschen. Doch Schultern und Rücken waren bereits flach gegen die Wand gepreßt, so daß es kein Entkommen, keine Fluchtmöglichkeit mehr für ihn gab.

»Wer war es?« fragte Brunetti und konnte gerade noch verhindern, daß ihm Filippis Name über die Lippen kam. Als der Junge zögerte, herrschte er ihn an: »Reden Sie!«

Doch Cappellini mußte offenbar erst abwägen, was schlimmer war: die Gefahr, die von diesen beiden bedrohlichen Gestalten ausging, oder die, mit der er seit Tagen lebte. Offenbar fiel die Entscheidung zu Brunettis Gunsten aus, denn er sagte: »Filippi. Er hat alles geplant.«

Nach diesem Geständnis ließ Pucetti die Hände sinken, und Brunetti spürte, wie sein ganzer Körper sich entspannte, während er Zug um Zug seine bedrohliche Maske abstreifte. Der Commissario wandte den Blick nicht von Cappellini, aber er war sicher, daß Pucetti hinter ihm langsam wieder auf seine normale Größe schrumpfte.

Der Junge schien sich ein klein wenig zu beruhigen. Er rutschte auf dem Bett nach vorn, streckte die Beine aus und ließ das linke über den Rand baumeln. »Filippi hat ihn gehaßt. Warum, weiß ich nicht, aber das war schon immer so. Und er wollte uns dazu anstiften, ihn auch zu hassen, weil er ein Verräter sei. Er und seine ganze Familie.« Als er sah, daß Brunetti darauf nicht eingehen wollte, fuhr er fort: »So hat er es uns erzählt. Und Moros Vater sei der größte Verräter von allen.«

»Können Sie sich denken, warum er das behauptet hat?« fragte Brunetti mit einer Stimme, die auf einmal weich und nachsichtig klang.

»Nein, Signore. Mehr hat er uns nicht gesagt.«

So gern Brunetti auch gewußt hätte, wer die anderen waren – jetzt danach zu fragen hätte den Rhythmus des Verhörs unterbrochen. Also fragte er statt dessen: »Hat Moro sich beschwert? Oder zur Wehr gesetzt?« Und als Cappellini zögerte, setzte er hinzu: »Ich meine, wenn Filippi ihn einen Verräter nannte?«

Die Frage schien Cappellini zu überraschen. »Natürlich hat er sich gewehrt. Sie haben sich ein paarmal gestritten, und einmal hat Moro sich auch mit ihm geprügelt, aber jemand ist dazwischengegangen und hat sie getrennt.« Cappellini fuhr sich mit der Rechten durchs Haar, dann stützte er sich mit beiden Händen auf und ließ den Kopf zwischen die Schultern sinken. Es entstand eine lange Pause. Pucetti und Brunetti standen wie aus Stein gemeißelt.

»Was ist in jener Nacht geschehen?« hakte Brunetti endlich nach.

»Filippi kam sehr spät. Ich weiß nicht, ob er eine Ausgeherlaubnis hatte oder seinen Schlüssel benutzte.« Cappellini sagte das so beiläufig, als nähme er an, sie wüßten bereits über die Hausgewohnheiten Bescheid. »Ich weiß nicht, mit wem er weg war – vielleicht mit seinem Vater. Irgendwie war er immer besonders aggressiv, wenn er sich mit seinem Vater getroffen hatte. Jedenfalls, als er hier hereinkam …« Cappellini stockte und wies mit einer Handbewegung auf den Raum vor ihm, genau dorthin, wo jetzt die beiden reglosen Polizisten standen. »Also da fing er wieder an, über Moro herzuziehen und was der für ein Verräter sei. Ich hatte schon geschlafen und wollte nichts davon hören. Darum hab ich ihm gesagt, er soll den Mund halten.«

Er schwieg so lange, daß Brunetti endlich nachhelfen mußte: »Und was ist dann passiert?«

»Er hat mich geschlagen. Er kam hier ans Bett, kletterte rauf zu mir und hat mich an den Schultern gepackt und zugeschlagen. Nicht richtig fest, verstehen Sie, mehr so geknufft, um mir zu zeigen, wie wütend er war. Und dabei hat er immerzu über Moro geflucht – was für ein Scheißkerl der sei und welch ein Verräter.«

Brunetti hoffte inständig, der Junge würde weiterreden. Und er wurde erhört. »Dann ist er plötzlich abgehauen, hat sich einfach umgedreht und ist raus auf den Flur. Ich weiß nicht, vielleicht wollte er Maselli und Zanchi holen.« Nun hielt der Junge doch wieder inne und starrte zu Boden.

»Und dann? Was weiter?«

Cappellini blickte auf und sah Brunetti aus leeren Augen an. »Ich weiß es nicht. Ich bin wieder eingeschlafen.«

»Komm, Davide, das nehme ich dir nicht ab«, meldete sich unvermittelt Pucetti zu Wort. »Also, was ist passiert?«

Da fing der junge ohne jede Vorwarnung zu weinen an. Ungehindert liefen ihm die Tränen über die Wangen, und er wischte sie nicht einmal fort, als er jetzt zu einer Antwort ansetzte, sondern sprach einfach durch sie hindurch. »Ich weiß nicht, wie lange er fort war. Ich bin wieder wach geworden, als er zurückkam, und ich merkte gleich, daß etwas passiert sein mußte. Schon an der Art, wie er hereinkam. Diesmal wollte er mich bestimmt nicht wecken, ganz im Gegenteil. Aber auf einmal war so eine unheimliche Energie im Raum, daß ich einfach wach werden mußte. Ich setzte mich auf und machte Licht. Und da saß er und sah aus, als wäre ihm ein Gespenst erschienen. Ich fragte ihn, was los sei, aber er sagte, es sei nichts und ich solle weiterschlafen. Doch ich wußte, daß etwas Schreckliches passiert war.«

Die Tränen liefen ihm immer noch ungehindert übers Gesicht. Er schniefte nicht und machte auch keine Anstalten, sie fortzuwischen. Und so rann Träne um Träne über seine Wangen und tropfte ihm aufs Hemd, das sich langsam dunkel färbte.

»Irgendwann bin ich wohl tatsächlich eingeschlafen, und als ich wieder zu mir kam, rannten die anderen draußen schreiend über die Gänge. Das muß mich geweckt haben. Dann kam Zanchi hereingestürzt und rüttelte Filippi wach, und sie tuschelten miteinander. Mit mir haben sie nicht gesprochen, aber Zanchi warf mir einen Blick zu, und da wußte ich, daß ich den Mund halten mußte.«

Wieder hielt er inne, und die beiden Polizisten sahen zu, wie seine Tränen fielen. Endlich wies Cappellini auf Pucetti und fuhr fort: »Ja, und dann sind Sie gekommen und haben Fragen gestellt. Aber ich hielt es wie alle anderen und sagte, ich wüßte von nichts.« Pucetti machte eine beschwichtigende Geste, und der Junge hob eine Hand und wischte sich die Tränen von der rechten Wange, ließ die anderen aber ungehindert weiterfließen. »Ich mußte es tun«, beteuerte er und fuhr sich mit der Armbeuge übers Gesicht. Als alle Tränen fortgewischt waren und sein Gesicht wieder zum Vorschein kam, sagte er: »Und dann war es zu spät, und ich konnte mit niemandem mehr reden.«

Hilfesuchend sah er erst Pucetti an, dann Brunetti und senkte den Blick schließlich auf seine im Schoß gefalteten Hände. Brunetti und Pucetti tauschten einen verstohlenen Blick, aber keiner von beiden wagte etwas zu sagen.

Auf der anderen Seite der Tür wurden Schritte laut, gingen vorbei und kamen zurück, aber ohne anzuhalten. Endlich fragte Brunetti: »Was sagen denn die anderen?«

Cappellini zuckte nur mit den Schultern.

»Wissen sie Bescheid, Davide?« hakte Pucetti nach.

Wieder ein Schulterzucken, aber dann sagte er: »Ich weiß es

nicht. Niemand spricht darüber. Es ist fast, als ob es nie passiert wäre. Auch die Lehrer reden nicht davon.«

»Ich dachte, es hätte eine Trauerfeier gegeben«, sagte Pucetti.

»Ja, aber die war ganz blöd. Sie haben Gebete vorgetragen und so. Bloß gesagt hat keiner was.«

»Und Filippi? Wie hat er sich seitdem verhalten?« fragte Brunetti.

Fast hätte man meinen können, der Junge habe darüber noch nie nachgedacht. Er hob den Kopf, und man sah ihm an, daß er von der eigenen Antwort überrascht wurde. »Wie immer. Keinen Deut anders. Als ob nichts geschehen wäre.«

»Und hat er inzwischen mit dir gesprochen?« fragte Pucetti.

»Nein, nicht richtig. Aber am nächsten Tag, also nachdem sie Moro gefunden hatten und Sie in die Schule kamen und Fragen stellten, da hat er zu mir gesagt, ich wüßte hoffentlich, was mit Verrätern geschieht.«

»Und was, glauben Sie, hat er damit gemeint?« fragte Brunetti.

Da erwachte Cappellini zum ersten Mal aus seiner Apathie und gab aufgebracht zurück: »Wie können Sie so etwas Dummes fragen!«

»Ja, Sie haben recht, das war dumm«, gab Brunetti zu. »Wo finden wir denn die beiden anderen, Zanchi und Maselli?«

»Rechts den Gang hinunter. Die dritte Tür.«

»Können wir dich jetzt allein lassen, Davide?« fragte Pucetti.

Der Junge nickte einmal, dann noch einmal, ließ den Kopf sinken und starrte auf seine Hände.

Brunetti gab Pucetti das Zeichen zum Aufbruch. Der Junge blickte weder auf, als sie sich zum Gehen wandten, noch, als sie die Tür öffneten. Draußen auf dem Flur fragte Pucetti: »Und jetzt?«

»Zanchi und Maselli, wie alt sind die?« fragte Brunetti zurück.

Pucetti schüttelte bedauernd den Kopf, was Brunetti so verstand, daß beide noch minderjährig waren und also nur in Gegenwart der Eltern oder eines Rechtsbeistands verhört werden durften – zumindest, wenn ihre Aussagen vor Gericht verwertbar sein sollten.

Und da begriff der Commissario, daß es sinnlos gewesen war, hierher zu eilen und Cappellini unter Druck zu setzen. Filippi hatte einen Köder ausgelegt, und er war darauf hereingefallen. Es bestand nicht die geringste Hoffnung, daß Cappellini sein Geständnis vor Gericht wiederholen würde; sobald er sich mit besonneneren Leuten beriet, sobald seine Familie auf ihn einwirken konnte, sobald ein Anwalt ihnen die unausweichlichen Folgen einer Konfrontation mit der Justiz auseinandersetzte, würde der Junge mit Sicherheit alles widerrufen. Sosehr Brunetti auch auf seine Aussage angewiesen war – er mußte einsehen, daß kein vernünftiger Mensch zugeben würde, von einem Verbrechen gewußt, es aber der Polizei verschwiegen zu haben; und schon gar nicht würde man eine solche Torheit seinen Kindern gestatten.

Nicht einmal er hätte seine Kinder in einer vergleichbaren Situation aussagen lassen. Gewiß, als Polizeibeamter war er gehalten, sie unter Hinweis auf das staatliche Zeugenschutzprogramm dazu zu ermuntern, aber als Vater wußte er, daß ihre einzige Chance, einen Zusammenstoß mit der *magistratura* unversehrt zu überstehen, auf der Stellung ihres Vaters und, mehr noch, auf dem Reichtum ihres Großvaters beruhen würde.

»Fahren wir zurück«, sagte er und ging dem verblüfften Pucetti voran auf die Treppe zu.

26

Auf dem Rückweg zur Questura setzte der Commissario Pucetti die gesetzliche Regelung zur Befragung Minderjähriger auseinander. Falls Cappellini ihnen die Wahrheit gesagt hatte – und daran zweifelte Brunetti keinen Augenblick –, dann hatte er sich strafbar gemacht, weil er nicht von sich aus Anzeige erstattet hatte. Allerdings wog ein solches Vergehen nicht schwerer als eine Ordnungswidrigkeit. Filippi dagegen – und mit ihm vermutlich auch seine Komplizen Zanchi und Maselli – hatte ein Kapitalverbrechen begangen, das mit der vollen Härte des Gesetzes geahndet werden würde. Bloß, solange Cappellini seine Aussage nicht in Gegenwart eines Anwalts wiederholte und zu Protokoll gab, war sie juristisch nicht verwertbar.

Die einzige Hoffnung, die ihnen noch blieb, war die, Filippi mit der gleichen Strategie zu überlisten, die sich schon bei seinem Zimmergenossen bewährt hatte: so tun, als wisse man bereits, wie Moro zu Tode gekommen war, und darauf hoffen, daß man den Jungen mit Fragen nach noch ungeklärten Details dazu verleiten konnte, ihnen den Tathergang zu verraten.

Vor der Questura sprang Pucetti mit dem Ankertau an Land und zog das Boot längsseits an den Pier. Brunetti bedankte sich beim Bootsführer, dann folgte er Pucetti. Schweigend gingen sie hinunter zu den Verhörräumen, wo sie Vianello auf dem Flur antrafen.

»Sind sie noch drin?« fragte Brunetti.

Vianello nickte und sah erst auf seine Uhr, dann auf die geschlossene Tür. »Seit über einer Stunde.«

»Konnten Sie was hören?« fragte Pucetti.

Vianello schüttelte den Kopf. »Kein Wort. Vor einer halben Stunde bin ich rein und habe gefragt, ob sie was zu trinken wollen, aber der Anwalt hat mich gleich wieder rausgeschickt.«

»Und der Junge? Wie sieht er aus?« fragte Brunetti.

»Besorgt.«

»Gut. Und der Vater?«

»Genauso.«

»Wer ist der Anwalt?«

»Donatini«, sagte Vianello betont beiläufig.

»Sieh an!« entfuhr es Brunetti. Bemerkenswert, daß Maggiore Filippi den berühmtesten Strafverteidiger der Stadt engagierte, um seinen Sohn zu vertreten.

»Hat er schon was gesagt?« fragte Brunetti.

Vianello schüttelte den Kopf.

Ein paar Minuten standen die drei Männer noch auf dem Gang herum, bis Brunetti es leid wurde, Vianello und Pucetti in den Bereitschaftsraum schickte und sich in sein Büro begab. Dort wartete er fast eine geschlagene Stunde, bevor Pucetti ihn anrief und sagte, Avvocato Donatini lasse ausrichten, sein Mandant sei zu einer Aussage bereit.

Brunetti verabredete sich mit Vianello vor dem Verhörraum, ließ sich aber absichtlich Zeit, ehe er nach unten ging, wo Vianello bereits auf ihn wartete. Brunetti nickte, Vianello öffnete die Tür und ließ seinem Chef den Vortritt.

Donatini erhob sich und streckte Brunetti die Hand hin. Er lächelte sein smartes Lächeln, und Brunetti fiel auf, daß er sich seit ihrer letzten Begegnung aufwendig die Zähne hatte richten und die Jacketkronen à la Pavarotti im Oberkiefer durch dezente Verblendschalen hatte ersetzen lassen, die vorteilhafter mit den Gesichtsproportionen harmonierten. Ansonsten war er unverändert: Sonnenbräune, Designeranzug, Krawatte und Schuhe vereinten sich zu einem glorreichen Halleluja auf Reichtum, Macht und Erfolg.

Der Anwalt bot Vianello zwar nicht die Hand, bedachte ihn aber mit einem knappen Nicken. Vater und Sohn Filippi gönnten den Polizisten nicht einmal das. Der Maggiore war in Zivil erschienen, aber wie der Donatinis zeugte auch sein Anzug so beredt von Wohlstand und Prestige, daß er einer Uniform in nichts nachstand. Er war schätzungsweise in Brunettis Alter, sah aber zehn Jahre jünger aus – was er entweder einer Gnade der Natur verdankte oder schweißtreibenden Stunden im Fitneßstudio. Die dunklen Augen und die lange, gerade Nase hatte er seinem Sohn vererbt.

Donatini, der offenbar bei dem bevorstehenden Verhör Regie führen wollte, winkte Brunetti zu einem Platz am anderen Ende des rechteckigen Tisches und bedeutete Vianello, sich Vater und Sohn gegenüberzusetzen. So hatte er Brunetti im Blick, während die beiden anderen auf Vianello schauten.

»Ich will Ihnen nicht Ihre kostbare Zeit rauben, Commissario«, begann der Anwalt. »Mein Mandant hat sich bereit erklärt, mit Ihnen über das tragische Ereignis in der Akademie zu sprechen.« Er suchte den Blick des Kadetten, und Filippi antwortete mit einem feierlichen Kopfnicken.

Brunetti revanchierte sich mit einer, wie er fand, sehr zuvorkommenden Geste.

»Wie sich herausgestellt hat«, fuhr der Anwalt fort, »kann mein Mandant etwas zur Aufklärung des Todes von Kadett Moro beitragen.«

»Ich bin sehr gespannt«, sagte Brunetti, seine Neugier in höfliche Zurückhaltung kleidend.

»Mein Mandant war –«, begann Donatini. Doch da hob der Commissario die Hand, sachte nur und nicht sehr hoch, um ihm Einhalt zu gebieten. »Wenn Sie gestatten, Avvocato, würde ich die Aussage Ihres Mandanten gern auf Band aufnehmen.«

Diesmal war es der Anwalt, der Höflichkeit bezeigte und mit einem nur angedeuteten Nicken sein Einverständnis gab.

Brunetti beugte sich vor – wie oft hatte er das nicht schon getan – und schaltete das Mikrophon ein. Er gab Datum und Uhrzeit an, nannte seinen Namen und Dienstgrad und stellte die übrigen Personen im Raum vor.

»Mein Mandant –«, begann Donatini wieder, und wieder sah

sich Brunetti genötigt, ihn mit erhobener Hand zum Schweigen zu bringen.

»Ich denke, es wäre besser, Avvocato«, sagte er und schaltete für einen Moment das Mikrophon aus, »wenn Ihr Mandant für sich selbst spricht.« Bevor der Anwalt etwas einwenden konnte, fuhr Brunetti mit geschmeidigem Lächeln fort: »Das würde von größerer Bereitschaft zur Offenheit zeugen. Und außerdem dürfte es ihm dann leichter fallen, eventuelle Ungereimtheiten klarzustellen.« Brunetti stellte befriedigt fest, wie elegant es ihm gelungen war, sich ein Recht darauf zu sichern, den Jungen gegebenenfalls ins Kreuzverhör zu nehmen.

Donatini sah Maggiore Filippi an, der bisher unbeweglich und stumm dagesessen hatte. »Nun, Maggiore?« fragte er höflich.

Filippi nickte, worauf sein Sohn sich straffte, wie zum Salut.

Brunetti lächelte dem Jungen zu und schaltete das Mikrophon wieder ein.

»Würden Sie mir bitte Ihren Namen nennen?« sagte er.

»Paolo Filippi.« Er sprach lauter und deutlicher als bei der ersten Vernehmung, wahrscheinlich zugunsten des Mikrophons.

»Und Sie sind Absolvent der Militärakademie San Martino in Venedig?«

»Ja.«

»Können Sie mir sagen, was sich in der Nacht vom dritten auf den vierten November in der Akademie zugetragen hat?«

»Sie meinen mit Ernesto?« fragte der Junge.

»Ja, ganz recht, meine Frage bezieht sich auf die Umstände, die zum Tod des Kadetten Ernesto Moro führten.«

Der Junge schwieg so lange, daß Brunetti schließlich fragte: »Haben Sie Ernesto Moro gekannt?«

»Ja.«

»War er ein Freund von Ihnen?«

Der Junge schüttelte den Kopf, doch bevor Brunetti ihn an das Mikrophon erinnern konnte, sagte Paolo: »Nein, wir waren nicht befreundet.«

»Und warum nicht?«

Erstaunt sah der Junge ihn an. »Er war ein Jahr jünger als ich und eine Klasse unter mir.«

»Gab es sonst noch Gründe, die einer Freundschaft zwischen Ihnen und Ernesto Moro im Weg standen?«

Der Junge dachte einen Augenblick nach und verneinte dann.

»Könnten Sie uns nun schildern, was in jener Nacht geschah?«

Als der Junge längere Zeit nicht antwortete, wandte sein Vater sich ihm mit einer winzigen Drehung des Kopfes zu und nickte leicht.

Da beugte Paolo sich zu ihm hinüber und flüsterte ihm etwas zu, wovon Brunetti nur ein »Muß ich?« verstand.

»Ja«, sagte der Maggiore mit fester Stimme.

Der Junge wandte sich wieder Brunetti zu. »Es fällt mir sehr schwer«, sagte er mit unsicherer Stimme.

»Erzählen Sie einfach der Reihe nach«, ermunterte ihn Brunetti und dachte an seinen eigenen Sohn und all das, was Raffi ihm im Lauf der Jahre hatte beichten müssen; auch wenn sicher nichts davon an die Ungeheuerlichkeit heranreichte, die vermutlich auf dem Gewissen dieses Jungen lastete.

»Ich war ...«, begann Paolo, hüstelte nervös und fing noch einmal von vorn an. »Ich war in dieser Nacht mit ihm zusammen.«

Brunetti hielt es für das beste, jetzt nichts zu sagen, und so blickte er den Jungen nur weiter aufmunternd an.

Paolos Blick schweifte zum Kopfende des Tisches, wo Donatini saß und ihm väterlich zunickte.

»Ich war mit ihm zusammen«, wiederholte der Junge.

»Wo?«

»Im Waschraum.« Normalerweise dauerte es sehr viel länger, bevor jemand ein Geständnis ablegte. Die meisten mußten erst langsam darauf hinarbeiten und all die verhängnisvollen Umstände aufzählen, die, zumindest in ihren Augen, am Ende unausweichlich zu der Tat geführt hatten. »Wir waren zusammen in einer Dusche«, sagte der Junge und stockte wieder.

Brunetti sah Donatini an, doch der preßte nur die Lippen zusammen und schüttelte den Kopf.

Aber das Schweigen währte so lange, daß der Anwalt schließlich doch eingriff: »Sag es ihm, Paolo.«

Der Junge räusperte sich, sah Brunetti an, wollte sich seinem Vater zuwenden, unterließ es aber und sprach den Commissario direkt an: »Wir haben so rumgemacht«, sagte er und stockte.

Einen Moment lang hatte es den Anschein, als sei das alles, was er sagen würde, aber dann fügte er hinzu: »An uns – gegenseitig.«

»Verstehe«, sagte Brunetti. »Bitte sprechen Sie weiter.«

»Viele von uns machen das«, erklärte der Junge so leise, daß Brunetti Sorge hatte, ob es für das Mikrophon ausreichen würde. »Ich weiß, daß es unrecht ist, aber es tut ja niemandem weh, und wenn es alle machen ...«

Brunetti schwieg, und der Junge fuhr fort: »Wir haben schon Mädchen. Aber eben zu Hause. Und es ist so schwer, sich ... und ...« Seine Stimme versagte.

Brunetti vermied es, den Vater anzusehen, und wandte sich statt dessen an Donatini. »Verstehe ich recht, daß Ihr Mandant und der Kadett Moro gegenseitig sexuelle Handlungen aneinander vorgenommen haben?« Er hielt es für angezeigt, sich so klar wie möglich auszudrücken.

»Es geht um Masturbation, ja«, bestätigte Donatini.

Die Zeit, da er so jung gewesen war wie Paolo Filippi, lag um Jahrzehnte zurück; trotzdem verstand Brunetti nicht, warum Paolo die Sache gar so peinlich war. Es handelte sich um spätpubertierende Jungs, die, bedingt durch die Internatssituation, tagein, tagaus nur unter sich waren. Daß es da zu sexuellen Erlebnissen kam, verwunderte ihn nicht – das Verhalten Paolos dagegen sehr wohl.

»Drücken Sie sich bitte etwas deutlicher aus«, sagte Brunetti und hoffte, was immer er zu hören bekam, würde ihm helfen, Licht in den Fall zu bringen.

»Ernesto war anders«, begann Paolo. »Ihm reichte es nicht, das zu tun, was – na ja, was wir eben so machen. Er wollte immer noch ganz andere Dinge.«

Brunetti behielt den Jungen fest im Blick, um ihn durch seine ungeteilte Aufmerksamkeit zum Sprechen zu bringen.

»In der Nacht erzählte er mir, er habe etwas in einer Illustrierten gelesen, etwas ganz Aufregendes. Oder vielleicht war es auch eine Zeitung.« Paolo stockte, und Brunetti sah, wie er diesem läppischen Detail nachgrübelte. Endlich sagte er: »Nein, ich weiß nicht mehr, wo er es herhatte, aber er wollte es unbedingt ausprobieren.« Und wieder schwieg er.

»Was ausprobieren?« fragte Brunetti. Einen Moment lang glitt sein Blick von dem Jungen zum Vater, und er sah, wie der Maggiore den Kopf gesenkt hielt und so blicklos auf den Tisch starrte, als wünschte er sich meilenweit fort aus diesem Raum, wo sein Sohn einem Polizisten ein derartiges Geständnis machen mußte.

»Er sagte, wenn man es so machte, wie er es gelesen hatte, dann hätte man viel mehr davon«, fuhr der Junge fort. »Aber dazu mußte er sich eine Schlinge um den Hals legen und sich ein bißchen würgen, wenn er ... na ja, wenn er *es* machte. Und darum wollte er mich dabeihaben, damit nichts schiefgehen würde.«

Der Junge seufzte tief, pumpte Luft in die Lunge und machte sich bereit für die letzte Hürde. »Ich habe ihm gesagt, daß er verrückt sei, aber er wollte nicht auf mich hören.« Paolo preßte die Hände zusammen und legte sie züchtig gefaltet auf den Tisch.

»Er hatte schon alles vorbereitet, und als ich in den Waschraum kam, zeigte er mir das Seil. Es war da, wo es auch hinterher ... ich meine, wo man ihn gefunden hat. Es war so lang, daß er damit über den Boden kriechen und so tun konnte, als ob er stolpern und hinfallen würde. Dann sollte sich das Seil straff ziehen und ihn würgen. Und das wäre dann das Tolle daran. So hat er es jedenfalls beschrieben.«

Schweigen. Durch die Wand hörte man ein schwaches Summen: Computer? Kassettenrecorder? Gleichgültig, es interessierte niemanden.

Brunetti blieb auffallend stumm.

Der Junge setzte aufs neue an. »Und dann hat er es also gemacht. Ich meine, erst hat er sich den Strick umgelegt und dann eine Plastiktüte über den Kopf gezogen. Er rief mir etwas zu, aber auf einmal bekam er einen Lachkrampf, und ich konnte nicht verstehen, was er sagte. Ich weiß noch, daß er auf mich zeigte und wieder zu lachen anfing, und dann zappelte er so komisch … und nach einer Weile sackte er zusammen und kippte zur Seite weg.«

Das Gesicht des Jungen war rot angelaufen, und Brunetti sah, wie sich seine Hände verkrampften. Aber er sprach trotzdem weiter, konnte jetzt nicht eher aufhören, als bis er sich alles von der Seele geredet hatte. »Er strampelte mit den Beinen, und seine Hände ruderten wie wild durch die Luft. Und auf einmal fing er an zu schreien und schlug wie verrückt um sich. Ich versuchte ihn zu fassen, aber er zappelte so wahnsinnig, daß er mich aus der Kabine stieß. Ich bin trotzdem wieder rein und habe versucht, den Strick zu lösen, aber die Plastiktüte war so rutschig, und ich kam nicht ran an das Seil, und als ich es endlich doch gepackt hatte, da kriegte ich den Knoten nicht auf, weil Moro so wild um sich schlug. Und dann … dann hörte er auf zu strampeln, aber als ich endlich an ihn rankam, da war es zu spät – ich glaube, er war schon tot.«

Der Junge wischte sich den Schweiß vom Gesicht.

»Und was haben Sie dann gemacht, Paolo?« fragte Brunetti.

»Ich weiß nicht mehr. Zuerst habe ich einfach nur daneben gestanden. Ich hatte noch nie einen Toten gesehen. Tut mir leid, aber ich weiß nicht, was ich gemacht habe.« Er hob den Kopf, schlug jedoch gleich wieder die Augen nieder. Brunetti sah, wie der Vater die Linke über die verkrampften Hände seines Sohnes legte, sie einmal tröstend drückte und seine Hand dann darauf ruhen ließ.

Ermutigt durch diesen väterlichen Beistand, fuhr Paolo fort: »Ich hab wohl Panik gekriegt. Ich dachte, es sei meine Schuld, weil ich ihn nicht hatte retten oder davon abhalten können. Vielleicht wäre das ja möglich gewesen, aber ich hab's nicht geschafft.«

»Was haben Sie dann gemacht, Paolo?« wiederholte Brunetti.

»Ich konnte kaum klar denken, aber ich wollte nicht, daß man ihn so findet. Dann hätte doch jeder gewußt, was passiert war.«

»Und?« drängte Brunetti.

»Ich weiß selber nicht, wie ich darauf kam, aber ich dachte, wenn es nach Selbstmord aussähe, dann – na ja, das wäre auch furchtbar, aber doch nicht so schlimm wie … wie das andere.« Diesmal hakte Brunetti nicht nach, sondern hoffte, daß der Junge von allein weiterreden würde.

»Also habe ich versucht, es so aussehen zu lassen, als ob er sich erhängt hätte. Ich wußte, ich mußte ihn aufrichten und dann so dort zurücklassen.« Brunettis Blick fiel auf die verschlungenen Hände von Vater und Sohn. Die Knöchel des Maggiore sprangen weiß hervor. »Und so habe ich es dann gemacht. Und ihn allein gelassen.« Der Junge öffnete den Mund und sog so gierig die Luft ein, als sei er kilometerweit gerannt.

»Und die Plastiktüte?« fragte Brunetti, als Paolos Atem wieder ruhiger ging.

»Die habe ich mitgenommen und später weggeworfen. Ich weiß nicht mehr genau, wohin. In irgendeine Mülltonne.«

»Und dann?«

»Ich kann mich kaum noch erinnern. Ich glaube, ich bin zurück auf mein Zimmer.«

»Hat Sie jemand gesehen?«

»Ich weiß es nicht.«

»Ihr Zimmerkamerad?«

»Ich erinnere mich nicht. Vielleicht. Aber ich weiß kaum noch, wie ich nach oben gekommen bin.«

»Wann setzt Ihre Erinnerung denn wieder ein, Paolo?«

»Am nächsten Morgen weckte mich Zanchi und sagte mir, was passiert sei. Und da war es zu spät, um noch irgendwas zu ändern.«

»Und warum haben Sie sich jetzt doch zu einer Aussage entschlossen?« fragte Brunetti.

Der Junge schüttelte den Kopf. Er löste seine Hände voneinander und umklammerte mit der Rechten die seines Vaters. Endlich sagte er mit leiser Stimme: »Ich habe Angst.«

»Wovor?«

»Vor dem, was passieren könnte. Oder wie man es auslegen wird.«

»Nämlich?«

»Als ob ich ihm nicht hätte helfen wollen. Daß ich tatenlos zugesehen hätte, weil ich ihn nicht mochte.«

»Hatten die anderen den Eindruck, daß Sie ihn nicht mochten?«

»Ernesto wollte, daß sie das denken«, beteuerte Paolo und rückte ein winziges Stück von seinem Vater ab, als fürchte er sich vor dessen Gesichtsausdruck. Aber seine Hand ließ er nicht los. »Er hat mir gesagt, wie ich mich verhalten soll, damit die andere Sache nicht auffliegt.«

»Sie meinen, daß Sie beide ...«

»Ja. Wir machen es fast alle, aber normalerweise mit wechselnden Partnern. Ernesto wollte es immer nur mit mir tun. Und ich habe mich geschämt deswegen.«

Der Junge wandte sich an seinen Vater. »*Papa*, muß ich noch mehr Fragen beantworten?«

Statt zu antworten, warf der Maggiore Brunetti einen fragenden Blick zu. Der beugte sich vor, nannte die Uhrzeit, erklärte die Vernehmung für beendet und schaltete das Mikrophon aus.

Stumm erhoben sich alle fünf. Donatini, der der Tür am nächsten gesessen hatte, ging und öffnete sie. Der Maggiore legte seinem Sohn den Arm um die Schultern. Brunetti schob seinen Stuhl unter den Tisch, gab Vianello das Zeichen zum Aufbruch und ging zur Tür. Er war schon fast an der Schwelle, als er hinter sich ein Geräusch hörte, doch es war bloß Vianello, der über seinen Stuhl gestolpert war.

Als er sich überzeugt hatte, daß Vianello nichts weiter passiert war, warf Brunetti einen letzten Blick auf Vater und Sohn, die einander gegenüberstanden. Und da sah er, wie Paolo, dem sein Vater sich mit gespannter Aufmerksamkeit entgegenneigte, das rechte Auge zukniff und einmal triumphierend und verschlagen zwinkerte. Im selben Moment hob der Vater die Rechte und versetzte dem Jungen einen anerkennenden Schlag auf den Bizeps.

27

Vianello hatte es nicht gesehen. Ihm war dieser Sekundenbruchteil komplizenhaften Einvernehmens zwischen Vater und Sohn entgangen. Brunetti wandte sich zur Tür und schritt an dem plötzlich auffallend stummen Donatini vorbei. Auf dem Flur wartete er, bis Vianello herauskam, gefolgt von den beiden Filippis und ihrem Anwalt.

Langsam und umständlich schloß Brunetti das Verhörzimmer ab, denn er brauchte Zeit zum Nachdenken.

Donatini sprach als erster. »Es ist Ihre Entscheidung, Commissario, wie Sie diese Informationen verwenden wollen.« Brunetti gab keine Antwort, ließ nicht einmal erkennen, ob er seine Worte gehört hatte.

In Brunettis Schweigen hinein ergriff der Maggiore das Wort. »Vielleicht wäre es besser, wenn die Familie des Jungen ihn so in Erinnerung behalten könnte, wie sie ihn gesehen haben«, sagte er feierlich. Und Brunetti gestand sich beschämt, daß ihn, wäre er nicht Zeuge des triumphalen Siegerblicks zwischen Vater und Sohn geworden, die Sorge des Mannes um Ernestos Familie gerührt hätte. Jetzt aber hätte er ihm am liebsten ins Gesicht geschlagen. Statt dessen kehrte er allen den Rücken und schritt den Korridor entlang. Hinter sich hörte er den Jungen rufen: »Soll ich noch etwas unterschreiben?« Und dann, absichtlich verzögert: »Commissario?«

Brunetti ging unbeirrt weiter. Er hatte nur den einen Wunsch, sich in seinem Büro zu verkriechen, wie ein Tier, das sich erst in seiner Höhle sicher fühlt vor dem Feind. Oben angekommen, schloß er die Tür hinter sich. Vianello würde ihn, sosehr ihn das wunderliche Benehmen seines Vorgesetzten auch verwirren mochte, allein lassen, bis er gerufen wurde.

»Schachmatt und aus das Spiel«, sagte Brunetti laut. Er war

seinem inneren Aufruhr so sehr ausgeliefert, daß er sich buchstäblich nicht mehr rühren konnte. Da half es auch nichts, die Fäuste zu ballen und die Augen zu schließen: Vor diesem Zwinkern, diesem anerkennenden Schlag gab es kein Entrinnen. Selbst wenn außer ihm auch Vianello Zeuge gewesen wäre – für sie oder die Moros würde das nichts ändern. Filippis Geschichte klang glaubhaft, der ganze Auftritt war perfekt inszeniert. Brunetti schauderte bei dem Gedanken, wie sehr ihn das schamhafte Stammeln des Jungen gerührt, wie er sich seinen eigenen Sohn an Paolos Stelle gedacht und Furcht und Reue gesehen hatte, wo doch nur niederträchtige List am Werk gewesen war.

Fast wünschte er, Vianellos Stimme an der Tür zu hören, damit er ihm sagen könnte, wie schmählich man sie übertölpelt hatte. Aber auch das würde ihm keine Linderung verschaffen, und so war er froh, daß der Inspektor fortblieb. Seine Unbesonnenheit war schuld; weil er unbedingt Cappellini verhören wollte, hatten die Filippis Zeit gehabt, sich ihre Geschichte zurechtzulegen, ja sie so raffiniert auszuschmücken, daß sie niemanden ungerührt lassen konnte. Hatten sie auch nur ein Klischee ausgelassen? Jungs sind nun mal Jungs. Meine Scham ist größer als meine Schuld. Oh, wir wollen der trauernden Mutter des armen Toten weiteres Leid ersparen.

Brunetti fuhr herum und trat mit voller Wucht gegen die Tür. Aber weder der laute Krach noch der Schmerz in seinem Rücken bewirkten etwas, und er mußte sich damit abfinden, daß er nichts tun, nichts mehr ändern konnte, so schmerzlich das auch war.

Ein Blick auf die Uhr zeigte ihm, daß er über dem Verhör völlig die Zeit vergessen hatte, auch wenn er an der Dunkelheit vor dem Fenster hätte abschätzen können, wie spät es war. Er hatte zwar nichts angeordnet, aber es gab keinen Grund, Filippi festzuhalten, und sicher hatte Vianello ihn bereits gehen lassen. Doch da Brunetti es nicht ertragen hätte, ihm, seinem Vater oder dem

Anwalt noch einmal begegnen zu müssen, zwang er sich, weitere fünf Minuten mit geschlossenen Augen, den Kopf an die Tür gelehnt, zu verharren, bevor er nach unten ging.

Aus Feigheit machte er einen Bogen um den Bereitschaftsraum, obwohl er unter der Tür Licht durchschimmern sah. Leise schlich er die Treppen hinunter, und draußen wandte er sich nach rechts, der Uferpromenade zu. Ein plötzliches Verlangen nach Trubel und Menschen bewog ihn, das Vaporetto zu nehmen, das um diese Zeit meist überfüllt war.

Als er zum Anleger kam, fuhr gerade ein Boot ab, und in den zehn Minuten, die er auf das nächste warten mußte, hatte er Zeit, die Leute zu beobachten, die sich am *embarcadero* versammelten, in der Mehrzahl Venezianer wie er. An Bord gelangt, stellte er sich an die Reling und kehrte den prächtigen Fassaden der Palazzi den Rücken zu.

Als er endlich vor seiner Wohnungstür stand, hielt er inne und hoffte, daß ihn drinnen ein verläßlicher Rest von Menschlichkeit empfangen möge. Was, wenn er zu einem Sohn wie Paolo heimkehren müßte? Wer außer seinem Erzeuger konnte stolz sein auf eine solche Ausgeburt? Brunetti öffnete die Tür und betrat die Wohnung.

»Ich werde dir kein *telefonino* kaufen, weil diese Dinger euch nur verweichlichen und Menschen ohne Rückgrat heranziehen. Und du würdest damit noch abhängiger von uns, als du es sowieso schon bist«, hörte Brunetti Paola sagen und jauchzte innerlich über die herzlose Strenge, mit der sie ihren Kindern die sehnlichsten Wünsche verweigerte.

Ihre Stimme kam aus der Küche, aber Brunetti ging geradewegs in Paolas Arbeitszimmer. Er war sicher, daß sie, deren Ohr durch jahrelanges Wachliegen und Lauschen auf die Schritte der heimkehrenden Kinder geschärft war, ihn gehört hatte und gewiß bald kommen und ihn suchen würde.

So geschah es, und dann redeten sie. Oder vielmehr, er redete, und sie hörte zu. Nach einer langen Weile, als er alles erklärt und die Möglichkeiten aufgezählt hatte, die ihm offenstanden, fragte er: »Also?«

»Die Toten können nicht mehr leiden« war alles, was sie sagte, eine Antwort, die ihn zunächst verwirrte.

Doch da er an ihre Art zu denken gewöhnt war, ließ er sich den Satz eine Weile durch den Kopf gehen und fragte endlich: »Im Gegensatz zu den Lebenden?«

Sie nickte.

»Filippi und sein Vater«, sagte er und fügte hinzu: »die es weiß Gott verdient haben. Aber auch Moro und seine Frau.«

»Und Tochter und Mutter«, ergänzte Paola, »die mehr als genug gelitten haben.«

»Wird das jetzt ein Zahlenwettstreit?« fragte er nüchtern.

Paola wischte den Einwurf mit einer ungeduldigen Geste beiseite. »Nein, nein, überhaupt nicht. Aber ich denke, man muß abwägen, wie viele Menschen betroffen sind und vor allem auch wie viel damit erreicht wird.«

»Welche Möglichkeit ich auch wähle, bewirken tun sie beide nichts«, behauptete er.

»Und welche wird weniger Schaden anrichten?«

»Der Junge ist tot«, sagte Brunetti, »ganz gleich, wie das Gerichtsurteil lautet.«

»Hier geht es nicht um das Urteil des Gerichts, Guido.«

»Worum denn dann?«

»Darum, was du den Eltern sagst.« Aus Paolas Mund klang es ganz selbstverständlich. Er hatte vor dem Gedanken zurückgescheut; fast wäre es ihm gelungen, ihn ganz zu verdrängen, doch sobald sie es aussprach, wußte er, daß dies das einzige war, worauf es ankam.

»Du meinst, was Filippi getan hat?«

»Ein Mann hat das Recht zu erfahren, wer sein Kind getötet hat.«

»Bei dir hört sich das so einfach an. Wie ein Zitat aus der Bibel.«

»Ich versichere dir, es stammt nicht aus der Bibel. Aber es ist schlicht die Wahrheit.« Ihr Ton ließ keinen Zweifel gelten.

»Und was, wenn er sich rächen will?«

»Wie denn? Indem er Filippi tötet? Oder seinen Vater?«

Brunetti nickte.

»Nach dem, was ich gehört habe und was du von ihm erzählst, bezweifle ich, daß er so etwas tun würde.« Bevor er einwenden konnte, daß man das nie vorher wisse, sagte sie: »Aber man weiß nie, oder?«

Und wieder hatte Brunetti das Gefühl, jeden Zeitbezug verloren zu haben. Ein Blick auf die Uhr belehrte ihn, daß es schon fast zehn war. »Haben die Kinder gegessen?«

»Ich hab sie in die Pizzeria geschickt, als ich dich reinkommen hörte.«

Während er ihr von dem Verhör mit den Filippis und ihrem Anwalt erzählte, war Brunetti immer tiefer und tiefer ins Sofa gerutscht, bis sein Kopf auf einem Kissen ruhte. »Ich glaube, ich habe Hunger«, sagte er.

»Ja«, meinte Paola, »ich auch. Bleib du noch ein bißchen liegen, und ich mache unterdessen die Pasta.« Sie stand auf und ging zur Tür. »Was wirst du tun?« fragte sie.

»Ich muß mit ihm reden«, antwortete Brunetti.

Das Gespräch fand tags darauf um vier Uhr nachmittags statt. Die Zeit hatte Dottor Moro festgesetzt, der darauf bestand, den Commissario nicht in seiner Wohnung zu empfangen, sondern sich mit ihm in der Questura zu treffen. Der Doktor war auf die Minute pünktlich, und Brunetti erhob sich, als ein uniformierter Beamter ihn hereinführte. Der Commissario trat vor den Schreibtisch und streckte Moro die Hand entgegen. Sie tauschten ein paar steife Höflichkeitsfloskeln, und sobald man Platz genommen hatte, fragte Moro: »Was wollen Sie diesmal, Commissario?«

Seine Stimme klang ruhig und gefaßt, ohne jede Spur von Neugier oder Interesse. Sein Unglück hatte ihn alledem entrückt.

Brunetti, der sich mehr aus Gewohnheit denn mit irgendeiner Absicht hinter seinen Schreibtisch zurückgezogen hatte, begann mit der Feststellung: »Es gibt da ein paar Dinge, die Sie wissen sollten, Dottore.« Er hielt inne, darauf gefaßt, daß Moro vielleicht sarkastisch, vielleicht verärgert reagieren würde. Aber der Doktor sagte nichts.

»Wir haben in bezug auf den Tod Ihres Sohnes gewisse Fakten aufgedeckt, die ...« Schon hatte Brunetti sich hoffnungslos verhaspelt und wußte nicht weiter. Den Blick auf die Wand hinter Moro gerichtet, begann er noch einmal von vorn. »Das heißt, ich habe einige Dinge in Erfahrung gebracht und möchte sie nun auch Ihnen mitteilen.«

»Warum?«

»Weil sie Ihnen bei Ihrer Entscheidung helfen könnten.«

»Welcher Entscheidung?« fragte Moro müde.

»Wie Sie weiter vorgehen wollen.«

Moro rutschte an die Stuhlkante vor und schlug die Beine übereinander. »Ich weiß nicht, wovon Sie reden, Commissario. Ich glaube nicht, daß ich irgendeine Entscheidung treffen kann. Jedenfalls nicht in absehbarer Zeit.«

»Aber wenn es um Ihren Sohn geht?«

Brunetti sah, wie etwas in Moros Augen aufflackerte.

»Für meinen Sohn gibt es nichts mehr zu entscheiden«, sagte er mit unverhohlenem Zorn. Und wie um Brunetti das Unabänderliche einzuhämmern, setzte er hinzu: »Er ist tot.«

Wieder mußte Brunetti den Blick abwenden, so stark hatte Moros Erregung sich auf ihn übertragen. Aber als er das Wort an ihn richtete, sah er dem Doktor fest in die Augen. »Ich habe neue Erkenntnisse gewonnen, und ich denke, Sie sollten wissen, worum es sich handelt.« Ohne Moro Gelegenheit zu einem Einwand zu geben, fuhr er fort: »Paolo Filippi, ein Kadett aus San Martino, behauptet, Ihr Sohn sei Opfer eines Unfalls geworden, und um sich – und Ihnen – Peinlichkeiten zu ersparen, habe er, Filippi, einen Selbstmord vorgetäuscht.«

Brunetti hatte erwartet, daß Moro fragen würde, ob das nicht genauso peinlich sei. Statt dessen sagte der Doktor: »Nichts, was mein Sohn getan hat, wäre mir je peinlich.«

»Filippi behauptet, Ihr Sohn sei im Verlaufe einer homosexuellen Handlung gestorben.«

»Ich bin zwar Arzt«, sagte Moro, »aber ich habe keine Ahnung, was das bedeuten soll.«

»Daß Ihr Sohn bei dem Versuch, seine sexuelle Erregung durch Strangulationsexperimente zu steigern, ums Leben kam.«

»Autoerotische Asphyxie«, diagnostizierte Moro kühl und distanziert.

Brunetti nickte.

»Warum sollte mir das peinlich sein?« fragte der Doktor ruhig.

Als Brunetti nach langem Schweigen einsah, daß Moro ihm kein Stichwort liefern würde, sagte er: »Ich glaube nicht, daß Filippi mir die Wahrheit gesagt hat. Ich denke, er hat Ihren Sohn getötet, weil sein Vater ihm einredete, daß Ernesto ein Spion oder ein Verräter sei. Es war sein Einfluß, der den Jungen zu der Tat getrieben hat – vielleicht hat er ihn sogar angestiftet.«

Moro sagte immer noch nichts, aber seine Augen weiteten sich vor Staunen.

Da er beharrlich schwieg, schloß Brunetti matt: »Ich wollte, daß Sie wissen, welche Geschichte Filippi auftischen wird, wenn wir den Fall weiterverfolgen.«

»Und was hat es mit der Entscheidung auf sich, derentwegen Sie mich herzitiert haben, Commissario?«

»Es liegt bei Ihnen, ob wir gegen Filippi ein Verfahren wegen fahrlässiger Tötung anstrengen.«

Moro musterte Brunetti eine Weile, bevor er sagte: »Wenn Sie glauben, daß er Ernesto umgebracht hat, Commissario, dann ist fahrlässige Tötung eine viel zu milde Anklage, finden Sie nicht?« Und bevor Brunetti antworten konnte, fuhr er fort: »Im übrigen ist das Ihre Entscheidung, Commissario, nicht meine.« Seine Stimme war so distanziert wie sein Gesichtsausdruck.

»Ich wollte Ihnen die Wahl lassen«, sagte Brunetti und hoffte, daß auch er seine Stimme unter Kontrolle hatte.

»Damit Ihnen die Entscheidung abgenommen wird?«

Brunetti senkte den Kopf, machte jedoch im letzten Moment ein Nicken daraus. »Meinetwegen, wenn Sie es so sehen wollen, aber es geht doch auch um Sie und Ihre Familie.«

»Darum, uns Peinlichkeiten zu ersparen?« fragte Moro spöttisch.

»Nein«, sagte Brunetti, der den Hohn des anderen kaum noch ertragen konnte. »Darum, Sie vor Gefahren zu schützen.«

»Was für Gefahren?« fragte Moro, und es klang, als sei er wirklich neugierig.

»Den Gefahren, die uns allen drohen, wenn dieser Fall vor Gericht geht.«

»Das verstehe ich nicht.«

»Der Bericht, den Sie zurückgehalten haben, müßte als Beweismittel vorgelegt werden, oder Sie müßten zumindest eine eidesstattliche Erklärung darüber abgeben, daß er existiert und wovon er handelt. Nur so ließen sich das Motiv für Filippis Tat und der Grund für den Haß oder die Angst seines Vaters belegen.«

Mit einer Geste, die Brunetti sehr theatralisch vorkam, führte Moro eine Hand an die Stirn. »Mein Bericht?« fragte er endlich.

»Ja. Über den militärischen Versorgungsdienst.«

Moro ließ die Hand sinken. »Es gibt keinen Bericht, Commissario. Jedenfalls keinen über die Armee oder den Versorgungsdienst oder was immer die befürchten. An dem Tag, als sie auf meine Frau geschossen haben, habe ich alle Recherchen eingestellt.«

Brunetti konnte es kaum glauben, wie ruhig Moro das sagte; als sei einwandfrei erwiesen, daß der vermeintliche Jagdunfall ein vorsätzlicher Anschlag gewesen war.

Der Doktor fuhr fort: »Richtig ist, daß ich die Ausgaben und die Verteilung der Gelder überprüft habe, sobald ich dem Ausschuß beitrat. Das war nicht weiter schwer, nicht einmal für einen Mediziner; vor lauter Arroganz sind sie so schlampig in ihrer Buchführung, daß ich ihnen ganz leicht auf die Spur kam. Aber dann haben sie auf meine Frau geschossen.«

»Sie sagen das, als sei es erwiesen«, bemerkte Brunetti.

Moro sah ihn an und erwiderte kalt: »Allerdings. Ich erhielt einen Anruf, noch bevor sie ins Krankenhaus eingeliefert wurde. Und ich erklärte mich bereit, meine Recherchen einzustellen. Dann legte man mir nahe, mich aus der Politik zurückzuziehen, und ich habe wieder nachgegeben. Ich habe ihnen in allem gehorcht, Commissario.«

»Sie wußten, daß die auf Ihre Frau geschossen haben?« fragte Brunetti, der immer noch nicht wußte, wer »die« waren – zumindest nicht genau genug, um ihnen Namen zu geben.

»Natürlich«, sagte Moro. Und der sarkastische Unterton war wieder da, als er ergänzte: »So weit habe ich denn doch recherchiert.«

»Aber warum haben Sie sich dann von Ihrer Frau getrennt?«

»Um sicherzugehen, daß die sie in Ruhe lassen.«

»Und Ihre Tochter?« fragte Brunetti mit plötzlich erwachter Neugier.

»Ist an einem sicheren Ort« war alles, was Moro preisgeben wollte.

»Aber warum haben Sie Ihren Sohn ausgerechnet auf die San Martino geschickt?« Noch während er die Frage stellte, kam Brunetti der Gedanke, daß Moro die Höhle des Löwen womöglich für das sicherste Versteck gehalten habe. Wer immer auf seine Frau geschossen hatte, würde sich hüten, die Akademie in einen Skandal zu verwickeln. Vielleicht war die Einschulung seines Sohnes in San Martino aber auch nur als Täuschungsmanöver gedacht.

Moros Gesicht verzog sich zu etwas, das vielleicht einmal ein Lächeln gewesen war. »Weil ich ihn nicht aufhalten konnte,

Commissario. Es war die größte Niederlage meines Lebens, daß Ernesto Soldat werden wollte. Aber das war sein sehnlichster Wunsch, schon seit er ein kleiner Junge war. Und nichts, was ich sagte oder tat, konnte ihn davon abbringen.«

»Aber warum haben die ihn dann umgebracht?« fragte Brunetti.

Als Moro nach einigem Zögern antwortete, schien er erleichtert, endlich darüber sprechen zu können. »Weil sie dumm sind und nicht glauben wollten, daß es so leicht war, mich aufzuhalten. Weil ich ein Feigling war und nicht gegen sie aufgestanden bin.« Lange saß er gedankenversunken da, ehe er fortfuhr. »Oder vielleicht war Ernesto auch kein solcher Feigling wie ich. Er wußte, daß ich einmal so einen Bericht geplant hatte, und vielleicht hat er ihnen damit gedroht.«

Obwohl es kühl war in seinem Büro, sah Brunetti Schweißperlen auf Moros Stirn, die ihm langsam übers Gesicht rannen, bis hinunter zum Kinn, wo der Doktor sie mit dem Handrükken auffing. Dann sagte er: »Ich werde nie erfahren, wie es wirklich war.«

Die beiden Männer saßen sich lange schweigend gegenüber, ohne jede Regung, bis auf die matte Geste, mit der Moro sich hin und wieder den Schweiß vom Gesicht wischte. Als seine Stirn wieder trocken war, fragte Brunetti: »Was soll ich tun, Dottore?«

Moro hob den Kopf und sah Brunetti aus Augen an, die in der letzten halben Stunde noch trauriger geworden waren. »Sie wollen, daß ich Ihnen die Entscheidung abnehme?«

»Nein. Das nicht. Oder nicht nur. Ich möchte, daß Sie sie für sich selbst treffen. Und für Ihre Familie.«

»Und Sie werden sie in jedem Falle akzeptieren?« fragte Moro.

»Ja.«

»Ohne Rücksicht auf Recht und Gerechtigkeit?« Moro legte eine sehr häßliche Betonung auf das letzte Wort.

»Ja.«

»Wieso?« fuhr Moro ihn zornig an. »Ist Ihnen die Gerechtigkeit so wenig wert?«

Brunetti war mit seiner Geduld am Ende. »Hier gibt es keine Gerechtigkeit, Dottore«, sagte er und stellte erschrocken fest, daß er damit nicht nur diesen Mann und seine Familie meinte, sondern auch seine Stadt, sein Land und ihrer aller Leben.

»Dann lassen Sie es ruhen«, sagte Moro erschöpft. »Und lassen Sie ihm seinen Frieden.«

Aller Anstand, den er in sich hatte, drängte Brunetti, diesem Mann etwas Tröstliches zu sagen, aber sosehr er auch nach Worten rang, sie wollten sich nicht einstellen. Er dachte an Moros Tochter und dann an seine eigene. Er dachte an seinen Sohn, an den von Filippi und den von Moro, und dann kamen die Worte wie von selbst: »Der arme Junge.«